繭

묘보설림
006

고치

繭

장웨란 장편소설

김태성 옮김

글항아리

차례

아이야, 네게 줄 수 있는 축원은 이런 불행뿐이다.

― 샤클레이, 『장미와 반지』

제
1
장

리 자 치 李佳栖

난위안南院으로 돌아온 지 이미 2주일이 되었지만 근처 슈퍼에 간 걸
제외하면 아무데도 가지 않았어. 참, 약국에는 한번 갔었지. 잠이 계
속 오지 않아서 말이야. 나는 줄곧 이 집 건물 안에 머물면서 곧 죽
을 이 사람을 지키고 있어. 오늘 아침 일찍 그는 혼수상태에 빠졌어.
아무리 해도 깨어나지 않았지. 날은 몹시 흐렸고, 방 안의 기압은 매
우 낮았어. 침대 옆에 서서 죽음의 그림자가 검은 날개를 가진 박쥐처
럼 건물 상공을 날고 있는 것을 느꼈어. 마침내 그날이 오고 있었지.
난 방에서 나왔어.

여행용 트렁크 안에서 두터운 스웨터를 꺼냈지. 이곳은 항상 난방
이 충분하지 못하거든. 어쩌면 집이 너무 크기 때문인지도 몰라. 나는
줄곧 그 벽 밖에서 새어 들어오는 냉기와 잘 지내보려고 노력했지만
결국 더 참을 수 없는 지경에 이르고 말았어. 화장실로 갔지만 등은
켜지 않았지. 가느다란 형광등 전구가 차갑게 파란빛을 내뿜고 있으
면 더 춥게 느껴지거든. 세면대 가까이 서서 씻으면서 내일 이후에 일

어날 일들을 생각해봤지. 내일, 그가 죽으면 나는 이 방에 있는 등을 전부 바꿔버릴 거야. 세면대의 하수관이 세는 바람에 더운물이 뚝뚝 떨어져 나와 어둠 속에서 조용히 내 발까지 흘러왔어. 피처럼 따뜻하더군. 그 자리에 서서 차마 수도꼭지를 잠그지 못했어.

아래층으로 내려가 부엌에 가서 계란 프라이를 두 개 만들고 식빵 두 조각을 토스터에 집어넣었어. 식탁에 앉아 천천히 아침식사를 하고 나서 창고에서 사다리를 꺼내 모든 방의 커튼을 떼어냈어. 1층 거실로 돌아와 보니 완전히 다른 모습으로 변해 있더군. 나는 문가에 서서 흐릿해진 눈빛으로 알몸이 된 창문을 바라봤어. 햇빛이 구석구석을 먼지까지 샅샅이 비춰 방 안의 비밀을 날려버렸어.

정오가 지나 나는 이 방으로 다시 돌아와 그를 살펴봤어. 그의 몸은 두터운 거위 털 이불에 눌려 있었지. 약간 줄어든 것 같았어. 날은 여전히 흐렸고 죽음은 계속 하늘을 맴돌면서 내려오려 하지 않았지. 가슴이 답답해지면서 갑자기 태양혈이 빠르게 뛰는 걸 느꼈어. 외투를 입고 건물을 도망치듯 빠져나왔지.

나는 의과대학 교정을 목적지 없이 이리저리 걸어다녔어. 폐교된 초등학교 건물과 도서관 뒤의 회랑, 운동장의 황량한 관람석을 둘러봐도 네 생각이 나진 않더군. 곧장 난위안의 서구西區로 왔어. 예전의 낡은 건물들은 전부 철거되고 지금은 새로 지은 아파트 몇 동이 들어섰어. 입구에는 반짝거리는 방범문도 설치되어 있었어. 나는 맨 서쪽으로 가서 아파트를 빙 돌아 뒤로 가봤지. 놀랍게도 그곳에 너희 집 건물이 그대로 남아 있더군. 고층 건물들에 둘러싸여 담장 쪽에 쓸쓸하게 몸을 움츠리고 있었어.

여러 해가 지난 터라 네가 아직도 그 안에 살고 있으리라고는 생각하지 않았어. 그래도 들어가서 102호실 벨을 눌러봤지. 안에서 인기척이 들리기에 들어갔어. 잠시 주저하다가 문을 열었지. 집 안은 아주 어두웠어. 화로 위에는 뭔가를 끓이고 있는지 짙은 수증기가 피어오르고 있었고. 남자 하나가 소파에 앉아 있었어. 눈이 감긴 걸 보니 자고 있는 것 같았어. 음산한 빛줄기와 축축한 수증기, 그리고 19년의 세월을 사이에 두고도 나는 너를 알아봤지. 청궁! 너의 이름을 가볍게 불러봤어. 너는 천천히 눈을 떴지. 줄곧 나를 기다린 것 같았어. 기다리다 지친 것 같았지. 그러고는 다시 잠이 들더군. 그 짧은 순간에 나는 너와 만나기로 일찌감치 약속을 했는데 기억을 잃었던 것일지도 모른다는 의심이 들었어. 하지만 사실 너는 나를 전혀 알아보지 못했어. 내가 누군지 말했는데도 너는 여전히 냉담한 모습을 보이더군. 나는 있는 힘을 다해 너에게 아는 체를 하면서 옛날 친구들의 이름을 대거나 폐교된 초등학교에 관해 물어댔지. 아주 빨리 가장 표층적인 말들을 다 한 뒤 나는 이내 침묵에 빠졌어. 계속 그 자리에 남아 있을 이유가 생각나지 않아 곧 몸을 일으켜 작별 인사를 건네고 나왔지.

너는 나를 문까지 배웅했어. 나는 건강하게 잘 지내라고 말하고 몸을 돌렸지. 등 뒤에서 문이 닫혔어. 복도는 아주 조용하더군. 방범문의 철제 문틀 위에 있던 먼지가 떨어지는 소리가 들렸어. 나는 그곳에 서서 감히 밖으로 나올 수 없었어. 일단 문밖의 햇빛 속으로 들어가면 우리가 또다시 헤어지는 것이라는 생각이 들었어. 차가운 바람이 불어오자 방범문이 몇 번 끼익— 끼익— 소리를 내더군. 누군가 어두운 곳에서 탄식하고 있는 것 같았어. 여러 생각이 마음속에서 뒤섞이고 있었지. 꺼져가던 불꽃이 가벼운 바람이 불자 되살아나는 것 같았어. 자신이 왜 여기까지 왔는지 조금은 알고서 용기를 내 초인종을 눌렀던 것 같아. 나는 저녁에 샤오바이루小白樓(작고 흰 건물이라는 뜻)로 한번 오라고 하고는 너의 반응을 기다리지도 않고 몸을 돌려 와버렸지.

나는 호숫가의 작은 길을 따라 돌아왔어. 다시 그 방으로 돌아왔을 때는 마음이 평온해져 있었지. 서랍에서 한번도 본 적 없는 그 DVD를 꺼내 플레이어에 넣었어. 그런 다음 차를 한 잔 우리고 의자를 두 개 가져다놓고 앉아서 너를 기다렸지. 창밖의 하늘빛이 조금씩 어두워지고 침대에 누워 있는 사람은 간간이 뭔가를 중얼거렸어. 아주 깊은 꿈을 꾸고 있는 것 같았어. 아주 힘들게 숨을 쉬고 있었지. 방 안이 그의 폐부에서 뿜어져 나온 간장 색 공기로 가득 찼어. 어두워지던 빛이 갑자기 조금 밝아지더군. 해가 지기 전에 잠깐 빛나던 하늘에 뭔가 이상 현상이 나타난 것 같았어. 거센 바람에 창문이 열리자 내가 재빨리 다가가 닫았지. 그제야 밖에 눈이 내린 걸 알았어. 문득 네가 오지 않을 거라는 생각이 들었지. 하지만 나는 계속 기다렸어.

나는 은근히 모든 것이 이렇게 발생되리라는 것을 알았어. 날은 완전히 어두워졌고 눈은 갈수록 더 크게 내렸지. 창가로 가서 저 멀리 있는 길을 바라봤어. 이미 길은 없어지고 온통 아득한 흰빛이었지. 나는 눈이 침침해져 잘 보이지 않을 때까지 계속 먼 곳을 바라보고 있었어. 마침내 검은 점 하나가 눈 아래 나타나더군. 검은 점은 마치 땅을 헤치고 나오는 새싹처럼 그 흰빛 속을 뚫고 내 시선 안에서 점점 확대됐어. 네가 이쪽으로 다가오는 모습이었어.

너는 아무것도 묻지 않고 나를 따라 계단을 올라와 이 집 안으로 들어왔어. 예감하기라도 했는지 침대에 그가 누워 있는 것을 보고도 놀란 표정을 짓지 않더군. 너는 앞으로 몇 걸음 걸어가더니 판결을 내리는 듯한 눈빛으로 그의 얼굴을 자세히 살펴봤어. 그의 일생을 가늠해보는 것 같더군. 운명의 계산이 너무 복잡한 것 같았어. 내가 의자를 옮겨다가 앉으라고 권할 때까지 너는 뭔가에 홀린 듯 그렇게 물끄러미 내려다보고 있었어.

그랬어. 너는 그가 곧 죽으리라는 것을 알았지. 우리 아빠 말이야. 나는 의사에게 전화를 걸어야 한다는 걸 알았어. 그들은 곧장 차를 보내 그를 데려다가 밤중인데도 전문가들을 소집해 진료 회의를 하는 등 그를 구하기 위한 모든 노력을 다했지. 어쩌면 생명을 며칠 더 연장할 수 있었는지도 모르겠지만 그리 오래 연장하지는 못했을 거야. 이어서 그들은 장례를 준비하기 시작했지. 원사院士(과학원이나 아카데미 등의 회원으로 지식의 최고봉에 이른 사람들이다) 리지성李冀生의 성대한 장례였어. 나는 추도회 날 현장에 나온 유일한 가족으로서 그를 보내는 행렬에 함께했어. 사람들은 눈물을 머금고 그의 일대기를 낭독한 다음 천천히 걸음을 옮기며 그의 영정을 바라봤지. 낯모르는 사람 몇몇이 내게 다가오더니 아빠가 어떤 분이었는지 얘기해주었어. 위대하고 예지가 충만한 데다 사람들로부터 크게 존경을 받았다고…… 하더군. 성장省長과 시장市長도 달려와 친절하게 내 손을 잡아주면서 슬픔을 잘 이겨내고 갑작스런 변고를 잘 받아들이라고 말했어. 카메라 렌즈가 충성스런 개처럼 나를 따라다니며 내 얼굴에서 위안의 표정을 찾으려 애썼지. 모든 것을 누군가 다 잘 처리해주었기 때문에 나는 충분한 눈물을 준비하는 것 말고는 할 일이 아무것도 없었어.

나는 소리 내어 울 줄 알았어야 했는지도 몰라. 그를 위해서가 아니라 그와 함께 떠나버린 것들을 위해서 말이야. 하지만 나는 자신에게 병원의 전화번호를 누르게 할 수 없었어. 일단 통화가 이루어지면 그의 죽음은 공공연한 사건으로 변해 더 이상 나와는 아무 연관도 없는 일이 되고 말기 때문이지. 그의 신변을 간호사와 의사, 학생과 동료들, 조문 온 간부들, 여러 매체에서 온 사람들이 가득 에워쌌어. 사람들은 재잘거리며 그의 생명의 마지막 시간 속으로 비집고 들어와 곧 다가올 죽음에 어울리는 규모를 연출해냈지. 죽음의 규모가 바로 그의 생명의 무게였으니까. 거대한 유람선이 침몰한 것 같았어. 나는 위대한 사람이 장엄하게 죽는 것을 저지하지 말았어야 했어. 나는 그걸 알았지. 하지만 당장은 이 시간을 붙잡고 있었어. 절대로 내어주고 싶지 않았지. 과거에 그렇게 오랜 세월 동안 나는 그에게 아무것도 묻지 않았어. 그의 관심과 총애, 명예…… 그의 모든 것을 나는 원치 않았어. 지금 나는 그의 죽음만 요구할 뿐이야. 그의 죽음을 기정사실로 여겼어. 나는 존재하지 않는 어떤 목소리가 내게 모든 것이 끝났다고 선포해주기만을 기다리고 있었어.

오후에 너를 만났을 때, 어떤 것들이 우리 사이를 가로막고 있다는 것을 느꼈어. 그 비밀을 너만 일찌감치 알고 있었는지도 몰라. 어쩌면 긴 세월 속에서 이미 녹아 생명의 살결 속으로 스며들었는지도 모르지. 하지만 어떤 형태로든 그 비밀은 아직 존재하고 있다고 믿어. 너도 나처럼 그걸 보면서도 못 본 척할 수는 없을 거야. 우리 얘기를 해보는 게 좋지 않을까? 처음으로 말이야. 어쩌면 마지막일지도 모르지. 이 비밀에 관한 모든 것을 오늘 저녁에 남겨두자고.

밖에는 정말 큰 눈이 내리고 있어. 커다란 눈송이들이 하늘에서 쉴 새 없이 쏟아지고 있지. 하늘이 이 세상에 써서 던지는 편지 같아. 조각조각 찢어지고 있어.

청궁 程恭

이곳에 오래 있을 수 없어. 잠시 후 눈이 잦아들면 기차역으로 가야해. 오늘 밤 먼 길을 떠나야 하거든. 사실 오후에 이미 출발했어야 했어. 네가 날 찾아왔을 때, 나는 물을 배달하는 사람을 기다리고 있었지. 그가 조금만 더 일찍 왔더라면 우리는 아마 만나지 못했을 거야.

오후에 나는 짐을 정리하고 나서 물을 한 잔 따라 마시려 부엌으로 갔어. 정수기의 물통이 비어 있는 것을 발견하고는 얼른 생수 공급회사에 전화를 했지. 그런데 30분이 지나도 배달원이 오지 않았어. 원래는 더 기다릴 생각이 없었는데 지난번에 현금이 없어서 그에게서 돈을 빌린 터라 갚아야 한다는 생각이 늘 있었지. 먼길을 가기 전에 마무리할 수 있는 건 다 마무리해야 했어. 바깥 날씨가 흐린데 갈수록 더 목이 마르더라고. 하는 수 없이 찬장에서 아주 낡은 쇠 주전자를 꺼내 수돗물을 끓여 마시기로 했지. 파란 불꽃이 주전자 바닥을 지지직 달구면서 쇠 주전자에서 아주 가늘고 경쾌한 소리가 나더군. 소파에 앉아 있다가 뜻밖에도 잠이 들고 말았어. 게다가 꿈까지 꾸었지. 꿈속에서 나와 다빈大斌, 즈펑子峰 같은 아이들이 늦은 밤의 골목길을 달리고 있었어. 셋 다 술을 약간 마신 상태였지. 아주 즐거운 모습이었어. 얼굴 위의 여드름이 빨갛게 빛나더군. 이렇게 계속 달리고 달려 큰 거리까지 달렸지. 큰 거리에는 네온등이 반짝이고 있었어. 우리처럼 젊은 사람들이 아주 많았지. 그들은 맥주 캔을 들고 멀지 않은 광장을 향해 달려갔어. 우리는 길가의 지프에 올랐지. 빨간색 차였어. 엔진이 부릉부릉 소리를 내고 있었지. 모두 환호하면서 호루라기를 불어댔어. 몸을 차창 밖으로 내밀기도 했지. 축제의 광적인 환락의 분위기 속에서 자동차는 앞을 향해 질주했어.

아득한 의식 속에서 문득 문 두드리는 소리를 들었어. 물을 배달하러 온 사람일 거라고 생각하고 입구를 향해 "들어오세요!"라고 소리 쳤지. 문이 잠겨 있지 않은 터라 그 남자는 물통을 어깨에 메고서 스스로 문을 밀고 들어올 수 있었어. 나는 여전히 눈을 감고 있었지. 방금 전의 꿈을 회상하고 있었어. 이 꿈은 영화의 결말 같기도 했어. 자동차가 멀리 달리고 있는 가운데 집과 도로는 축소되고 환호와 웃음소리도 점점 멀어져 들리지 않았지. 막이 내리자 온통 칠흑 같은 어둠이었어. 물건을 사람들이 다 가져가버린 것 같았어. 나는 조용히 어둠 속에 빈 밥그릇처럼 남아 있었어. 잠시 후 몰려오는 차가운 바람을 느끼고서야 문이 열린 걸 알았어. 하지만 발걸음 소리는 들리지 않더군. 방 안은 정적에 잠겨 있었어.

나는 눈을 떴어. 네가 문가에 서 있었지. 네가 얼마나 오래 서 있었는지는 알 수 없었어. 아마 내가 꿈속에서 크게 웃는 모습까지 다 봤을 것 같았어. 게다가 나는 꿈에서 깼을 때의 가장 슬프고 허약한순간의 모습이었지. 청궁. 네가 낮은 목소리로 내 이름을 불렀어. 약간 쉰 목소리더군. 아주 오랫동안 입을 열어 말을 하지 않은 것 같았어. 곧 눈이 내리려는지 하늘은 잔뜩 흐려 있더군. 방 안은 칠흑같이 어두웠어. 난로 위에서는 물이 끓으면서 요란하게 소리를 내고 있었지. 나는 잠시 동안 너를 자세히 쳐다보고는 전혀 모르는 사람이라고 확신했어. 하지만 어두운 빛줄기 속에서 갑자기 내 맞은편에 서 있는 이 낯선 사람이 내 생명과 아주 깊이 연관되어 있다는 것을 직감했지. 등줄기가 서늘해지는 느낌이었어. 나는 열심히 기억을 더듬어봤지. 기억의 조각들이 머릿속에서 와르르 뒤집혀 무너졌어. 그러고 나서 네가 말했지. 자신이 리자치라고 말이야.

네 입에서 흘러나오는 하얀 입김과 바람에 곡선으로 말리는 머리칼, 그리고 외투 아래서 가볍게 떨리는 무릎, 이 모든 것이 눈앞에 있는 네가 방금 꾸었던 꿈의 연속이 아니라 실재하는 존재임을 믿게 해주었다. 18년 동안 만나지 못했으니 알아보지 못하는 것도 이상한 일은 아닐 거야. 너는 화장을 하지 않았고 창백한 얼굴이 약간 부어 있었지. 하지만 모든 사람의 기대를 저버리지 않고 미인으로 성장한 것 같더군. 단지 복숭아뼈처럼 갸름하고 작은 얼굴이 약간 거무스레한 편이었지. 대도시에서 오래 생활한 얼굴이었어. 너는 자신의 모습이 내가 상상하던 것과 다르지 않느냐고 물었지. 나는 가부를 알 수 없는 웃음을 지었어. 그러고는 네가 장성한 모습을 한번도 상상해본 적이 없다고 솔직하게 말했지. 나는 너와 관련된 모든 것을 이미 서류봉투 안에 다 넣어둔 터였어. 게다가 봉랍인封蠟印까지 해두었지. 이런 얘기를 하면 마음이 좀 상하겠지만, 난 정말로 너를 다시 만나게 되리라고는 전혀 기대하지 않았어.

나는 부엌으로 가서 난로를 껐어. 물은 이미 반 주전자나 증발해버려 방 안에 하얀 안개가 가득했지. 너는 어색한 자세로 자리에 앉아 내가 차를 따르는 모습을 바라봤어.

"아직 할머니랑 고모랑 함께 살아?"

네가 물었지.

말이야, 할머니는 이미 돌아가셨고, 지금은 나랑 고모 둘이 살고 있어.

"고모는 아직 결혼하지 않으신 거야?"

네가 또 물었어.

"응."

우리의 대화는 아주 힘들게 진행됐어. 이따금 침묵에 빠질 때마다 난 심장이 눌리는 듯한 느낌을 받았지. 빨리 이 만남을 끝내고 싶다는 생각밖에 없었어. 너는 그런 내 마음을 알아챈 것 같으면서도 여전히 다른 화제를 찾으려 애쓰더군. 차가 다 식고 방 안의 안개도 다 흩어졌을 때쯤 너는 일어서서 작별 인사를 했어. 내가 문을 닫고서 홀가분하다고 느끼고 있던 차에 또다시 초인종이 울리더군. 네가 나더러 저녁에 샤오바이루로 오라고 했어. 내가 못 갈 것 같다고 말하면서 변명을 늘어놓기도 전에 너는 이미 문을 나서고 있더군.

　나는 약속 장소에 나갈 생각이 없었어. 이유는 모르겠지만 나는 우리 둘 다 다시 만날 필요가 없다고 생각했거든. 나는 소파 위에 앉아 한 대 또 한 대 담배를 피워댔지. 하늘은 갈수록 어두워지는데 갑자기 똑똑 문을 두드리는 소리가 들리더군. 물을 배달하는 남자가 물통을 어깨에 메고 문 앞에 서서 서교에 있는 어느 집에 먼저 물을 배달하느라 늦었다고 하는 거야. 그는 회색 털실로 짠 모자를 쓰고 있었어. 때에 찌든 모자였지. 게다가 아주 멍한 표정이더군.

　"길을 헤매는 바람에 늦었습니다."

　그가 말했어.

　나는 물 배달하는 청년을 보내고 외투 단추를 채운 다음, 여행용 캐리어를 끌고 문을 나섰지. 밖은 이미 어두웠고 하늘에서는 눈발이 날리기 시작했어. 난위안을 나온 나는 길가에 서서 한참을 기다렸지만 지나가는 택시가 한 대도 없더군. 간신히 한 대가 오긴 했지만 기사가 손을 내저으며 일을 마치고 돌아가는 길이라고 했어. 날이 너무 추워 나는 쉴 새 없이 발을 굴렀지. 열기를 심장으로 보내려는 몸짓이었어. 등 뒤에 작은 음식점이 하나 있었어. 갑자기 문이 확 열리더니 여주인이 안에서 나오더군. 손님 대신 바로 옆 구멍가게로 담배를 사러 가는 길이었던 그녀는 나를 보더니 아주 친절하게 인사를 건네더라고. 지난여름 한동안 그 집에 가서 술을 자주 마셨거든.

"멀리 떠나시는 길인가봐요?"

그녀가 물었어. 나는 고개를 끄덕였지.

"무척 급하신가보군요? 눈이 잦아들면 가시지 그래요. 지금은 차잡기가 아주 어려울 거예요."

그녀가 말했어.

나는 그녀와 함께 그 작은 음식점 안으로 들어갔지. 맨 안쪽 자리에는 중년의 사내가 하나 앉아 있었어. 그가 여주인이 사온 담배를 건네받더니 비닐 포장을 벗기고 한 개비를 꺼내 불을 붙였지. 나는 창가에 붙어 있는 테이블 앞에 앉아 루웨이齒味(오향五香을 한데 섞은 소스를 이용하여 삶은 음식 혹은 그 맛) 모듬 한 쟁반을 주문했어. 여주인은 후저우潮州 사람으로 남편과 함께 이곳에 왔대. 나중에 남편이 다른 여자랑 눈이 맞아 도망치자 그녀 혼자 이곳에 남게 되었지.

"새로 들어온 맥주가 있는데 맛 좀 보시지 않을래요?"

그녀가 내게 물었어. 나는 꼭 마시고 싶은 건 아니었지만 좋다고 말했지. 술이 의지를 약하게 할 수 있다는 걸 잘 알고 있었거든.

나는 술을 마시면서 루더우간齒豆乾(루웨이 맛의 말린 두부)을 먹었어. 맥주는 담담한 것이 여름의 맛을 지니고 있더군. 여주인은 중년의 남자와 마주媽祖(중국 남방 연해지역 및 남양南洋 일대에서 신봉하는 여신)에서 두부에 이르기까지 다양한 화제로 줄곧 신나게 수다를 떨고 있었어.

"이곳은 물이 별로 안 좋아서 두부가 맛이 없어요."

여주인이 한탄하듯 말했지.

잠시 후 중년의 사내는 돈을 치르고 떠났어. 가게에 남은 손님은 나 하나밖에 없었지. 아주 적막했어.

"친구의 천식은 좀 나아졌나요?"

여주인이 갑자기 물었어.

"얼마 전에 손님 한 분이 가게에 와서는 천식을 치료하는 조상 대대로 전수되고 있는 비방이 있다기에 적어달라고 했어요."

그러면서 그녀는 카운터 밑에 있는 서랍을 뒤적거리더군.

"어라? 어디다 뒀지?"

"괜찮아요. 찾지 마세요."

내가 말했어.

"여기 있네요!"

그녀가 말했어.

"잘 받아뒀던 걸로 기억하거든요."

"감사합니다."

나는 약방전을 받아 주머니에 쑤셔넣었어.

그녀는 자리로 돌아가 앉더니 담배를 한 개비 입에 물고는 불을 붙이더군.

"정말 큰 눈이네요."

그녀가 중얼거리듯이 말했어.

나는 고개를 돌려 창밖을 내다봤지. 어둡게 내려앉는 밤의 장막에 눈발이 휘날리고 있었어. 땅은 온통 흰빛으로 아득하기만 했지. 길 위에 찍힌 발자국은 금세 눈에 덮여버렸어. 아주 얕은 구덩이만 남았지.

"이곳에 이렇게 눈이 많이 내리지 않았다면 전 일찌감치 남방으로 내려갔을 거예요."

여주인이 말했어.

"눈 좋아하세요?"

"좋아해요."

내가 말했지.

우리는 둘 다 더 이상 말이 없었어. 조용히 창밖의 눈을 바라볼 뿐이었지. 나는 가로등 아래 불빛이 만드는 빛의 도랑을 바라봤어. 눈꽃이 빛의 도랑을 가득 메우며 격렬하게 몸을 버둥거리면서 쏟아져 내렸지. 마치 고해의 바다에서 발버둥치는 것 같았어.

여러 해 전의 그 오후가 생각났어. 그날도 이렇게 큰 눈이 내렸지. 나는 학교를 나서서 너를 만나기 위해 네 할아버지 댁으로 갔어. 너가 떠날 예정이었거든. 너의 엄마가 학교로 와서 전학 수속을 하셨지. 사무실 입구에서 다빈과 마주친 너는 나를 만나고 싶다고 말했어. 나더러 좀 늦은 시각에 할아버지 댁으로 자신을 만나러 오라고 했지.

나도 앞으로는 너를 만나기 어려울 거라는 생각이 들었어. 너한테 몇 가지 일을 얘기할 마지막 기회라고 생각했지. 하지만 발걸음이 갈수록 느려지더니 우리가 자주 가던 캉캉康康 매점 앞에서 멈춰버렸어. 그러고는 다시 발길을 돌려 집으로 왔지. 들리는 얘기에 의하면 그날 너는 아주 오래 날 기다리다가 저녁식사를 할 때가 되어서야 엄마가 데려갔다고 하더군. 너를 공연히 기다리게 한 것에 대해 늘 미안한 마음을 갖고 있었어. 나도 그때 왜 그랬는지 잘 모르겠어. 아마 내 마음대로 할 수 있는 게 거의 없어서 스스로 이 우정을 빨리 끝내버리려 했던 것인지도 몰라. 그때부터 나는 너와 관련된 모든 것을 서류봉투 안에 가둬버렸지.

다빈에게 너의 새 주소가 있었어. 그는 네 생일 하루 전에 테이블에 엎드려 네게 보낼 생일카드를 썼지. 하지만 나는 그 이름 뒤에 내 이름을 적는 걸 거부했어. 나중에 그는 너에게서 답장도 없고 자기 생일에 네가 생일카드를 보내오지 않자 몹시 슬퍼했지. 네 소식을 아는 사람은 없었어. 너는 내가 원했던 것처럼 우리 생활에서 아주 깨끗이 사라졌지. 나는 네가 이런 방식으로 내 결정에 찬동한다는 것을 알려주는 것이라고 생각했어. 다시 돌아갈 수 없을 바에야 연락을 유지한다는 것도 아무런 의미가 없으니까 말이야. 우리는 그토록 친했지. 우정이 아주 견고해서 절대 부서지지 않을 거라고 믿었어. 사실 우정은 너무나 연약한 것인데 말이야. 처음부터 잘못된 것이었기 때문이야. 도로 한가운데에 자라나 조만간 베어질 수밖에 없는 나무 같았지.

나는 맥주 세 병을 다 마시고 외투의 단추를 채운 다음 자리에서 일어섰어.

"가시려고요?"

여주인이 말했어. 나는 주머니에서 돈을 꺼내 그녀에게 내밀었지.

"조금만 더 앞으로 가시면 틀림없이 차를 잡을 수 있을 거예요."

그녀는 아주 빠르고 능숙한 동작으로 거스름돈을 내 손에 쥐여주었어.

"조심해서 가세요."

드르르 소리와 함께 그녀가 미닫이문을 열자마자 차가운 바람이 눈가루와 함께 몰려 들어오더군. 나는 한 발을 문밖으로 내밀고는 다시 걸음을 멈췄어. 그 자리에 미동도 하지 않고 서 있었지. 알코올이 내 얼굴을 뜨겁게 데우고 있었어.

"캐리어를 여기에 잠시만 맡겨둘 수 있을까요?"

난 자신의 목소리를 듣고 있었지.

"한가지 일을 처리하지 않은 게 생각나서요."

"그러세요. 어차피 눈이 너무 많이 내려서 저도 집에 돌아가지 못할 것 같으니까요. 늦게 와서 가져가셔도 돼요."

여주인이 웃으면서 말했어.

"설마 밤새 마음이 무겁지는 않겠지요. 어서 가보세요."

나는 그녀에게 고맙다는 인사를 건네고 씩씩하게 눈과 바람 속으로 걸어 들어갔어.

방금 너를 만나러 가던 길을 걸으며 다시 캉캉 매점 앞을 지났지. 그 매점은 이미 둥둥東東 패스트푸드점으로 바뀌어 있었어. 옆에 자전거를 세워두던 넓은 울타리도 철거됐고, 예전에 가팔랐던 그 비탈길도 평평해져 있었지. 네 할아버지 댁도 서구에서 샤오바이루로 이사한 뒤였어. 하지만 흰 눈이 이 모든 변화를 뒤덮어버렸지. 나는 희미하게 열한 살 때의 그날 저녁을 느끼고 있었어. 네가 떠나려 하는 것을 알고서 나는 너를 만나러 달려갔었지. 이번에는 캉캉 매점을 지나서도 걸음을 멈추지 않았어. 마침내 그날 저녁 다 가지 못한 길을 끝까지 다 갔지.

리 자 치

저녁 무렵이 되니 이곳은 너무나 조용해졌어. 어떤 말소리도 들리지 않아. 그래도 낮이 좋은 것 같아. 아이들은 중앙화원에 와서 얼음이 언 호수 위를 서로 쫓고 쫓기며 소리를 지르면서 놀았지. 심지어 햇볕이 내리쬐는 오후에는 웨딩드레스를 입은 신부를 볼 수도 있었어. 걸치고 있던 외투를 벗고서 추위에 부들부들 떨면서도 건물 앞에서 사진을 찍고 있었지. 아마도 겨울이라 해변은 너무 춥고 따뜻한 지역은 너무 멀어서 의과대학 교정을 배경으로 촬영을 하려는 것 같았어. 샤오바이루가 그들의 마음에 맞는 모양이야. 새하얀 외벽과 허공에 반쯤 걸친 아치형 발코니, 그리고 꽃무늬가 새겨진 둥근 창틀이 저열한 행복의 무대장치로 손색이 없는 듯했지. 어차피 행복이라는 것은 원래 전부 거짓이니까 말이야. 저열한 행복이 정교하고 아름다운 행복보다 더 거짓이라고 할 수도 없지.

샤오바이루. 모두 그 건물을 친근하게 샤오바이루라고 불렀지. 그때만 해도 이처럼 새하얀 건물은 많지 않았어. 심하게 오염된 이 공업 도시에서는 모든 게 회색이었으니까. 건물도 회색, 하늘도 회색, 공기도 회색이었지. 회색이야말로 우리 유년의 바탕색이었어. 샤오바이루는 이곳에 속하지 않았지. 샤오바이루는 중앙화원 끄트머리에 숨겨져 있어서 멀리서 바라보면 부드러운 구름송이가 빽빽하게 들어선 나무들 사이에 걸려 있는 것 같았어. 하지만 나는 늘 그 건물이 나쁜 마법에 걸려 곤경에 빠진 코끼리가 이곳까지 흘러 들어온 것은 아닐까 하고 의심했었지. 나는 그 건물의 여름 모습을 가장 좋아했어. 무성한 고무나무에 둘러싸인 흰 벽에 나무 그림자가 물결치는 모습은 식민지 시대 저택의 풍경을 연상시켰어. 주변의 뜨겁고 끈적끈적한 바람 속에서 차분한 정취를 자아냈어. 몇 번인가 수영을 하고 돌아올 때면 저학년 여자아이 몇 명이 계단에서 소꿉놀이를 하고 있는 것을 볼 수 있었어. 소파 손잡이까지 내려오는 하얀 면사포를 머리에 쓰고 결혼하는 공주가 되어 놀고 있었지. 우리는 갑자기 공연을 망치려는 무당 할멈처럼 괴상한 웃음소리를 내면서 기이한 표정을 지으며 그 옆을 지나갔어.

그런데 너 혹시 알고 있니? 너랑 이 건물에 몰래 들어왔던 그날 밤 나는 마음속으로 아무도 모르는 결심을 했어. 언젠가 이곳에서 너랑 결혼식을 올리겠다고 말이야. 그때 우리가 몇 살쯤이었더라? 열 살, 아니면 열한 살? 이곳이 아직 노동조합 활동의 중심지였을 때였어. 어느 토요일에 너랑 나는 수위가 가버린 틈을 타서 몰래 안으로 들어와 어른들이 사교댄스를 추는 광경을 구경했지. 우리는 아리따운 음악 선생님도 봤어. 그녀는 평소에는 볼 수 없었던 많은 것을 몸에 잔뜩 걸치고 있었지. 하이힐과 단이 넓은 치마 차림이었고 허리를 남자의 손이 받쳐주고 있었지. 어두운 무도장에는 향수와 땀냄새가 공기 중에서 서로 싸우고 있고 채색 조명이 빙글빙글 쉴 새 없이 돌아가고 있었어. 벽 위를 이리저리 날아다니던 빛은 우리의 곤두박질치는 마음이었지. 무도회가 열리는 홀을 빠져나온 우리는 건물 여기저기를 돌아다니다가 높고 큰 홀을 가로질러 나무 계단을 따라 이층으로 올라갔지. 복도 끝에는 아주 작은 원형 창문이 하나 있었어. 우리는 그 창틀에 엎드려 밖을 내다봤지. 촉촉한 밤 풍경 속에 안개와 구름에 가려진 달이 보였어. 순간 구름이 걷히는 듯하더니 완전무결하게 둥근 달이 나타났지. 우리는 조심스레 발걸음을 옮겼어. 뒤로 물러섰다가 다시 왼쪽, 오른쪽으로 걸음을 옮겨 마침내 그 자리를 찾아냈지. 달이 정확히 창문 한가운데 위치하는 자리였어. 흠잡을 데 없는 동심원이었지. 우리는 서로에게 꼭 달라붙어 눈 한번 깜박이지 않고 창밖을 바라봤어. 그 순간 우리는 세상의 한가운데 있는 것 같았지. 하지만 아주 빨리, 세상을 놀라게 할 비밀이 밝혀질까 두렵기라도 했는지 안개구름이 쫓아와 달을 덮어버리더군. 눈앞의 세상은 또다시 몽롱하고 희미해져 손에 잡히지 않았어. 우리는 천천히 계단을 내려왔지. 다소 실망한 채 마음속으로 알 수 없는 것들을 생각하고 있었어. 행복이나 미래, 영원 같은 것이었지. 그 건물을 떠나면서 나는 건물과 한 가지 약속을 해야 할 것 같았어. 그래서 마음속으로 먼 미래에 이곳에서 너와 결혼식을 올릴 수 있게 해달라는 소원을 빌었지. 이 결정을 너에게는 알리지 않았어. 그 순간 네가 나의 신랑이 될 거라고 믿긴 했지만 말이야.

너는 내게 줄곧 그 샤오바이루가 독일인이 지은 건물이라고 말했지. 우리가 막 5학년이 됐을 때, 어느 날 역사 선생님은 수업 시간에 독일인이 자오저우만膠州灣을 점령했을 때의 이야기를 들려주셨어. 너는 그 이야기에 큰 관심을 보였지. 그 뒤로 너는 동문東門 밖에 있는 고딕 양식의 천주교 성당과 고풍스런 기차역, 그리고 우아하고 아름다운 샤오바이루 등 독일인들이 남긴 흔적을 찾아다니기 시작했어. 그런 건축물이 전부 히틀러의 지시로 세워졌다고 믿으면서 샤오바이루의 벽 여기저기에서 은밀한 卍 자 부호를 찾을 수 있을 거라고 상상하곤 했지. 사실 히틀러를 조금 숭배한다고 몰래 내게 말해주기도 했어. 적어도 히틀러는 아무것도 아닌 삶을 살지는 않았다면서 말이야. 너는 평범한 게 두렵다고 했어. 인생이 강에 던져져 아무 소리 없는 작은 돌멩이 같아지는 게 두렵다고 했지.

아주 오랜 시간이 지나서야 나는 샤오바이루가 1950년대 들어서 지어졌다는 사실을 알게 되었어. 당시에 한 유명 교육가가 의과대학 학장으로 이곳으로 부임하자 정부에서 특별히 이 건물을 지어 그의 거처로 제공했다는 거였어. 하지만 그 교육가는 너무 화려한 것이 싫다면서 완곡하게 거절했다더군. 그러나 집을 거절했던 것도 '문화대혁명' 앞에서는 아무 소용이 없었지. 문혁 시기에 이 빚은 고스란히 그에게 돌아가고 말았어. 대중을 배반하고 특별한 생활을 했다는 죄목을 하나하나 다 뒤집어쓰면서 이곳이 바로 그에 대한 비판투쟁의 장소가 되고 말았지. 그는 여러 날 동안 감금되어 있었어. 그러던 어느 날 이층의 어느 방에서 몰래 숨겨두었던 칼을 찾아 동맥을 긋고 말았지. 아마 지금 우리가 있는 이 방이었을 거야. 원한을 품고 자살한 학장은 오랜 세월이 지나 이 건물이 결혼을 앞둔 신부들이 웨딩 촬영을 하는 행복의 배경이 되리라고는 상상하지 못했겠지. 물론 나도 내가 언젠가 이 건물 안에 들어와 살게 되리라고 생각해보지 않았으니까. 지금은 내가 원하기만 하면 여기서 매일 한번씩 결혼식을 올릴 수도 있어. 이건 어려서부터 어른이 될 때까지 가장 꿈에 가까운 일이었지. 나와 결혼할 그 남자만 찾으면 되는 일이었으니까.

작년에 나는 하마터면 결혼할 뻔했어. 탕후이唐暉라는 남자로 대학 선배였지. 우리가 서로 알고 지낸 것은 아주 오래였지만 결혼하기엔 이미 너무 늦은 터였어. 내 인생의 큰일들은 이미 다 터져버린 뒤였지. 그는 이 점을 알면서도 결혼을 시도했던 거야. 그는 정말 좋은 사람이었어. 나를 구하기 위해 파견된 천사처럼 내 손을 잡고서 위로 끌어당겼지만 애석하게도 끝내 성공하지 못했지. 그를 떠나온 뒤로 나는 다른 친구들 집에 빌붙어 살았어. 아주 멍청하게 시간이 지나갔지. 그러다가 올여름에 페이쉬안沛萱이 돌아오자 그 애가 있는 곳으로 이사해 두 달 동안 같이 지내게 되었어.

너는 틀림없이 내 사촌인 페이쉬안을 기억할 거야. 예쁜 기수旗手였잖아. 최근 몇 년 동안 그 애는 줄곧 미국에서 살면서 작년에 의학박사 학위를 받았어. 지금은 오하이오 주립대학에서 교편을 잡고 있지. 여름에 돌아오자마자 자발적으로 내게 만나자고 연락을 해왔어. 그리고 그 애에게서 할아버지가 샤오바이루로 이사한 사실을 들었지. 페이쉬안은 그곳이 전혀 마음에 안 든다며 불평을 하더군. 주변의 중앙 화원이나 인공 호수처럼 위치가 너무 눈에 띄는 데다 학교 교정의 배경이 되어 있는 게 싫다는 거야. 놀러 오는 사람들이 많이 왔다 갔다 하면 지나가다가 집 안을 들여다보기 일쑤일 것이고, 결국 문을 두드리면서 원사님과 사진 좀 같이 찍을 수 있는지 물어보는 사람도 있을 거라고 툴툴대더라고.

"할아버지는 우리 안에 갇힌 희귀동물 같은 신세야."

페이쉬안이 화를 내면서 말했어. 그 애는 매년 여름 이 집에 와 잠시 머물면서 새로운 가구를 몇 점씩 들여놓았지. 부엌에 있는 오븐이

나 커피머신은 전부 그 애가 사놓은 거야. 그 애는 이런 물건들 없이는 살 수 없거든. 하지만 여름이 지나고 그 애가 돌아가고 나면 이 물건들은 전부 찬장 속으로 들어가버려. 할아버지는 여전히 주전자 하나와 철제 냄비 하나로만 생활하시거든. 생활 방식이 많이 다르긴 하지만 두 사람은 그런대로 잘 지내는 편이었어. 페이쉬안은 그런 세월을 '조용한 여름날'이라고 불렀는데 내가 보기에 그런 이름은 그저 무료함의 또 다른 표현일 뿐이었어.

나는 전학 때문에 이곳을 떠난 뒤로는 페이쉬안을 만나지 못했어. 하지만 우리는 줄곧 서로 연락할 수 있는 방법을 갱신해왔지. 이건 주로 그 애의 일방적인 노력에 의한 것이었어. 미국으로 간 지 얼마 되지 않아 그 애는 내게 편지를 보내 자기 주소를 알려줬어. 그 뒤로도 단속적으로 편지가 날아왔지. 가끔씩 편지 말미에 새로 바뀐 주소가 첨부되곤 했어. 나중에 내가 베이징으로 가서 대학에 다니게 되었을 때는 우리 엄마에게 물어 내 기숙사 전화번호를 알아내 짧은 안부 전화를 주고받기도 했지. 그다음에는 이메일 주소를 교환했어. 그 애는 가끔씩 내게 메일을 보내 자기 신상에 일어난 중요한 변화들을 알려주곤 했어. 예컨대 대학을 바꿔 석사과정을 시작하게 되었다거나, 다니던 학교에 남아 박사과정을 계속하기로 했다는 등의 소식이었지. 때로는 메일 끄트머리에 "시간이 나면 집에 돌아가 할아버지와 할머니를 좀 찾아뵙도록 해"라고 쓰기도 했어. 나는 그 애의 메일에 일체 답신을 하지 않았지. 단지 대학을 졸업할 때쯤 메일을 한 통 써서 내가 베이징에 남아 일하게 되었다고 알려주었을 뿐이야.

페이쉬안에게는 나와 연락을 유지하는 게 중요한 임무였던 것 같아. 내가 할아버지 집안의 일원이었기 때문에 내가 이 집안과 철저히 분리되지 못하게 막는 것이 자신의 의무라고 생각했던 모양이야. 우리 둘 사이의 유일하고도 실질적인 연락은 5년 전에 있었어. 어느 날 밤중에 그 애가 미국에서 내게 전화를 걸어 소리 없이 흐느끼면서 할머니가 돌아가셨다고 알려주더군. 그 애는 장례식에 참석하러 올 거라면서 나도 빨리 가보라고 간청했어. 하지만 나는 돌아가지 않았지. 나중에 그 애는 또다시 예전처럼 메일을 보내면서 자신이 이미 박사 과정을 마치고 교직을 알아보고 있다고 알려주었어. 메일 말미에는 여전히 같은 말을 덧붙였지. 할머니라는 글자만 하나 빠졌을 뿐이었어. 올여름에도 그 애는 메일로 자신이 돌아온 사실을 알려주더군. 얼마간 베이징에서 머물게 될 거라고 했어.

우리는 시내에 있는 한 카페에서 만났지. 그 애는 자주 피트니스클럽에 다니며 가꾼 멋진 몸매를 갖고 있었고 피부도 예전처럼 아주 희었어. 너무 흰 나머지 조금은 차갑게 느껴질 정도였지. 그런데 그 애 얼굴에 난 너무나 뚜렷한 상처 자국을 보고 놀랐어. 그런 상처는 본 적이 없었거든. 들리는 바에 따르면 높은 데서 떨어져 다친 거라고 하던데, 이건 정말 불가사의한 일이었어. 예전에는 다치는 쪽이 항상 나였거든. 무릎이 깨지거나 팔을 접질리기 일쑤였지. 하지만 그 애는 높은 사다리에 올라가거나 하는 일이 전혀 없었어. 너도 기억하지? 그 시절 그 애가 집에 가자고 우리를 부르러 올 때마다 우리가 사인탑死人塔의 높은 벽 위로 올라가기만 하면 그 애는 달리 방법이 없었지.

약간 튀어나온 그 상처는 오른쪽 입꼬리에서 아래쪽으로 비스듬히 내려와 턱선까지 이어져 있었어. 5센티미터는 족히 되는 길이었지. 말을 안 할 때는 상처가 잠을 자고 있어서 그나마 괜찮았지만 일단 그 애가 말하는 소리를 들으면 잠자던 상처가 깨어나 입 모양에 따라 변화무쌍하게 움직였어. 얼굴의 아주 얇은 표피층에 지네 한 마리가 살고 있는 것 같았지. 나는 그저 안타깝다고 느낄 뿐이었어. 어려서부터 다 클 때까지 그 애는 자신이 무엇을 원하는지 분명히 알고 있었고, 내내 잘 구획된 길을 따라 앞으로 나아갔어. 아마도 이 상처만이 그 애의 인생에서 유일한 뜻밖의 일이었을 거야.

페이쉬안은 내게 한 방송사에서 할아버지에 관한 다큐멘터리 제작을 준비하고 있다고 알려주었어. 이번에 귀국한 중요한 목적 가운데 하나가 바로 이 다큐멘터리 제작팀이 자료를 수집하고 할아버지를 잘 아는 사람들을 섭외하며 인터뷰하는 일을 돕는 것이라고 했지. 그 애는 할아버지의 또 다른 손녀인 나도 다큐멘터리 제작에 참여하길 바랐어.

"넌 그냥 어렸을 때 할아버지 댁에 살았을 때의 일을 얘기하기만 하면 돼. 아주 간단해."

그 애가 말했지.

"난 별로 기억나는 게 없어."

내가 말했어.

"그럴 리가 있나? 기억을 잘 되살려봐."

"생각이 안 난다니까."

"너희 아빠 일 때문에 그러는 거 다 알아. 하지만 두 분이 인연을 끊게 된 것도 할아버지 한 분만의 책임은 아니잖아."

"그것 때문이 아니야."

"할아버지라고 완전무결한 사람은 아니지. 그래도 할아버진……"

"그만해."

내가 말을 잘랐어.

"나 가야 해. 더 있다 갈 거니?"

그 애는 한숨을 내쉬고는 종업원에게 계산하겠다는 손짓을 했지.

하지만 그 애는 포기하지 않고 며칠 지나서 또 전화를 걸어와 만나자고 했어. 그때 나는 잠시 사귀던 남자와 막 헤어진 터라 최대한 빨리 그의 집에서 짐을 빼야 했지. 나는 그 애에게 집을 보러 다녀야 하기 때문에 만날 시간이 없다고 했어. 그 애는 우선 자기 집으로 와서 함께 지내자고 하더군. 다큐멘터리 일 때문에 베이징에서 두 달 정도 머물러야 하는 형편이라 호텔식 아파트를 한 채 빌렸다는 거야. 난 그 애 말에 따르기로 했어. 짧은 시간에 적당한 거처를 찾을 수 없었기 때문이지. 하지만 사실은 마음 깊은 곳에 그 애와 많은 얘기를 나눠보고 싶은 욕망도 자리하고 있었어. 내가 아는 여러 일을 말해주고 싶었던 거지.

다음 날 오후에 나는 페이쉬안의 집으로 이사했어.

"이게 네 물건 전부니?"

그 애가 팔짱을 끼고서 문가에 세워져 있는 여행용 캐리어 두 개를 바라보며 말하더군.

"캐리어 하나는 다 차지도 않았어."

"넌 집시처럼 생활하는 모양이구나?"

그 애가 묻더군.

"거의 그런 셈이야. 사람들에게 점을 쳐주지는 못하지만 말이야."

난 오래전부터 이렇게 돌아다니는 생활에 익숙해져 있었어. 최대한 짧은 시간 안에 어떤 장소에서 자신의 흔적을 지워내는 일에는 일가견이 있었지. 평소에도 생활용품을 구입할 때 가격 다음으로 가장 중요하게 고려하는 게 바로 부피였어. 같은 종류의 물건이라면 나는 항상 크기가 가장 작은 것을 선택하곤 했지. 드라이기와 고데기, 다리미, 스피커 등 모든 물건이 미니 사이즈였어. 작은 크기를 위해서라면 심지어 형편없는 성능이나 바비 인형의 꿈을 꾸는 유치한 소녀들의 비위를 맞추기 위한 분홍색도 받아들일 수 있었지. 향수도 전부 5밀리리터짜리 작은 용량을 썼어. 그 외에도 최대한 여러 기능을 가진 물건들을 사서 썼지. 예컨대 접히는 병따개는 포도주와 맥주병, 통조림을 따는 데 두루 사용할 수 있었고, 휴대용 충전기는 휴대전화랑 컴퓨터, 카메라를 전부 충전할 수 있었어. 크림도 얼굴과 몸에 동시에 바를 수 있는 것으로 썼지. 나는 다이어트하는 여자가 칼로리를 계산하는 것처럼 물건의 부피를 꼼꼼히 계산해 자신이 점유한 공간을 줄이고 또 줄였어. 꽉 조인 위 속에서 생활하는 것 같았지.

물론 페이쉬안은 이런 걸 이해하지 못했어. 그 애는 미국에서 혼자 아주 큰 집에서 살았다고 하더군. 정원도 있었대. 부모님이랑 같이 살지도 않았고. 부모님은 캘리포니아에 사신대. 아버지는 늘 몸이 안 좋았고, 2년 전에는 중풍으로 몸이 마비됐대. 이는 그 애가 귀국해서 할아버지를 뵈러 올 일이 영원히 없어졌다는 의미이기도 했지.

이사한 다음 날, 페이쉬안은 또다시 다큐멘터리 일을 거론하더군.

"넌 카메라 렌즈를 보면서 간단히 몇 마디만 하면 돼."

그 애가 말했어.

"아주 쉬워, 안 그래?"

난 조금씩 이해하기 시작했어. 사실 내가 다큐멘터리에서 무슨 말을 하는지는 그다지 중요하지 않았어. 중요한 것은 내가 출현한다는 사실 그 자체였지. 이는 틀림없이 감독의 의도였을 거야. 할아버지 생활의 일면을 보여주기 위해 여러 사람을 인터뷰하고 싶었던 거지. 하지만 할머니도 돌아가시고 우리 아빠도 이미 돌아가신 데다 삼촌과 숙모는 또 돌아올 수가 없었지. 지금 할아버지 가족으로 남아 있는 사람은 나와 페이쉬안뿐이야. 페이쉬안은 내가 할아버지랑 오래전부터 왕래가 없었다고 말하지 않았을 게 분명해. 그 애는 말할 수 없었을 거야. 그런 얘기를 하면 할아버지가 너무 처량해 보일 거고, 그의 완벽한 이미지가 손상될 테니까 말이야.

"손녀는 너 하나면 충분하지 않니?"

내가 말했지.

"가족이 많아서 뭐 하게. 훌륭한 사람들은 자식이나 손자랑 완전히 단절된 경우가 많아."

페이쉬안은 놀란 표정으로 어이가 없다는 듯 나를 쳐다보더군. 그러고는 한참 있다가 다시 입을 열었어.

"사실 할아버지는 우리 둘 중에서 널 더 좋아하셨어."

나는 빙긋 웃었어.

"그럴 리가? 할아버지랑 아빠는 물과 불처럼 서로 가까워질 수 없었다고."

"맞아. 할아버지는 네 아빠와는 맞지 않았지. 하지만 널 아주 좋아하셨어. 왠지 알아? 네가 할아버지의 어머니를 꼭 닮았기 때문이지. 할머니가 그러셨어. 특히 이마와 눈이 완전히 똑같았다고 말이야."

"할아버지 얘기 좀 그만하면 안 되겠니?"

내가 말했어.

그 후 며칠 동안 그 애는 정말 할아버지 얘기를 꺼내지 않았어. 하지만 얘기를 꺼내지 않아도 여전히 우리 사이에 할아버지가 함께하고 있다는 것을 금세 깨달았지. 페이쉬안의 생활은 할아버지가 남긴 흔적들로 가득했어. 심지어 나는 때로 그 애가 그 어린 시절, 할아버지와 함께 살던 그 3년의 세월로 돌아간 듯한 착각을 하기도 했지. 나는 물을 마시려고 찻잔을 집어들었다가 손잡이에 반창고로 만든 이름표가 붙어 있는 것을 발견했어. 이름표에는 내 이름이 적혀 있었지. 테이블 위에 있는 또 다른 찻잔에는 그 애의 이름이 적혀 있었어. 예전에 할아버지 댁에서 살 때도 이런 방식으로 다른 사람의 찻잔을 쓰지 않도록 사전에 방지했었지. 할아버지 댁에서는 찻잔을 바꿔 쓰는 게 아주 큰일이었어. 그들은 집안의 모든 사람을 감염 환자로 가정하는 듯한 태도로 전염이 발생할 수 있는 모든 가능성을 사전에 차단해버렸지. 그때 몰래 페이쉬안의 찻잔을 쓰고는 내 감기가 그 애에게 옮겨가는지 시험해봤던 일도 기억나는군. 결국 찻잔의 위력이 그렇게 대단하지 않다는 것이 사실로 증명되었어.

호텔식 아파트에는 개방형 부엌이 하나 있었어. 페이쉬안은 싱크대 옆의 타일 벽에 벽걸이를 몇 개 설치해 수건을 걸어두었지. 그리고 벽걸이마다 옆에 반창고를 붙여 '설거지할 때'와 '식탁 닦을 때' '손 닦을 때' 등으로 구분해놓았어. 이렇게 역할이 분명한 수건들이 나란히 걸려 있는 것을 보면서 어렴풋이 옛날 할아버지 댁 부엌에 서 있는 듯한 느낌이 들곤 했어. 가장 중요한 것은 그 애가 사용한 것이 포스트 잇이나 스티커가 아니라 가느다란 반창고라는 사실이야. 그것도 약 냄새가 심하게 나는 반창고였지. 예전에 병원에서 일했던 사람의 집에는 으레 이런 반창고가 있었어. 너희 할머니 댁에도 틀림없이 있었을 거야. 하지만 우리 할아버지 댁처럼 그렇게 충분하게 활용한 곳은 없을 거야. 비닐 커버로 싸인 텔레비전 리모컨 양쪽에도 이런 반창고가 붙어 있었고, 라디오 안테나에도 반창고가 감겨 있었거든. 틈이 벌어진 문구함 바깥에도 두 줄로 반창고가 감겨 있었지. 페이쉬안은 또 내게 그 반창고를 작은 직사각형으로 잘라 숙제 노트의 틀린 글자에 붙이도록 가르쳐주기까지 했어. 나중에 수정액이 생긴 뒤에도 그 애는 여전히 반창고를 버리지 못했어. 당시 나는 이런 반창고가 정말 싫었어. 반창고에서 나는 병원 냄새를 맡는 게 너무 싫었지. 더 싫었던 건 반창고가 문구함이나 리모컨, 라디오까지 붕대를 감은 환자로 만들어버린 거였어.

페이쉬안은 또 스스로에 대한 할아버지의 극도의 엄격함과 거의 파시스트에 가까운 생활 태도도 물려받았어. 하지만 그 애는 그게 꼭 필요한 절제라고 했지. 아침에 일어나면 그 애는 침대 위에 1분도 머무르지 않았어. 일단 30분 동안 텔레비전을 보겠다고 말하면 정확한 시간에 미련 없이 꺼버렸어. 영화의 결말 부분이 방영되고 있어도 예외가 될 수 없었지. 어느 날 우리는 저녁식사를 마치고 잠시 이야기를 나눴어. 이어서 그 애는 과일을 먹어야겠다고 말했지. 하지만 시계를 보니 8시 반이었어. 평소보다 30분이나 늦은 시각이었지. 그 애는 그 즉시 뭔가를 더 먹어서는 안 된다고 말했어. 가장 중요한 것은 그 애가 아직 치열 교정기를 하고 있었다는 사실이야. 겉으로 보이지 않는 치열 교정기는 음식을 먹기 전에 먼저 떼어내야 했지.

"넌 어렸을 때 치열 교정기를 하지 않았니?"

내가 물었어. 그 애가 어릴 때 했던 교정기는 금속 철사로 된 것이라서 말할 때마다 입에서 차가운 빛이 나왔거든.

"지금 또 이가 벌어져서 한동안 더 착용해야 해. 특별한 일만 없으면 한 번 고생으로 영원히 편해진다고."

그 애가 말했어.

나는 어디에 틈이 벌어진 건지 찾아낼 수가 없었어. 그 애의 이는 마작 패처럼 가지런했거든. 페이쉬안은 가끔씩 무의식적으로 혀끝으로 이를 밀곤 했어. 치아 교정을 하면 이런 나쁜 습관도 고칠 수 있다고 하더라고. 알고 보니 그 애에게도 무의식적이긴 하지만 나쁜 습관이란 게 있었던 거야. 내 인상 속에서 페이쉬안은 잠을 잘 때조차 늘 깨어 있는 것처럼 느껴졌어. 그 애가 다가와서는 내게 입을 열어보라고 했어.

"너도 얼마 동안은 교정기를 끼고 있어야겠다."

그 애가 말했지.

"싫어. 잠꼬대할 때까지도 플라스틱 덮개를 착용하고 있어야 하잖아. 얼마나 부자연스러운 일이야!"

하루는 그 애가 슈퍼마켓에 가서 장을 봐왔어. 와인도 두 병 들어 있었지. 그 애 말로는 저녁에는 레드와인을 좀 마셔도 된다더군. 나는 마침내 우리 두 사람이 공통된 취미를 갖게 된 것이 정말 기뻤어. 페이쉬안은 인내심 있게 마른 천으로 술잔에 묻어 있던 물방울을 세심하게 닦은 다음, 술잔들을 테이블 위에 나란히 늘어놓았어. 그러고는 각각 3센티미터 정도의 높이로 와인을 따랐지. 그런 다음 마개로 병 입구를 단단히 막아두었어. 나는 곧 '와인을 좀 마셔도 된다'는 말에 대한 두 사람의 이해가 전혀 달랐다는 것을 깨달았지. 술을 따르면서 그 애는 줄곧 유리잔을 뚫어져라 쳐다보고 있었어. 유리잔에 눈금이 그려져 있고 그 안에 시럽형 기침약이 가득 들어 있기라도 한 것 같았어. 페이쉬안이 잠들고 나서 나는 그 애가 잘 보관해둔 반쯤 남은 술병을 꺼내 마개를 뽑고 혼자 계속 마셔댔지.

다음 날 점심때가 되어서야 잠에서 깬 나는 머리가 좀 아팠어. 다른 방으로 가보니 페이쉬안은 컴퓨터 앞에서 메일에 답신을 쓰고 있더라고.

"어제 일이 전혀 기억 안 나는 모양이구나?"

그 애가 자판을 두드리면서 물었어.

"내가 취했었나?"

"밤중에 일어나보니 네가 바닥에 드러누워 있더라고. 술잔은 깨져 있고 바닥엔 파편이 가득했어."

"미안해. 내가 주량이 그다지 세지 못해서 그래."

나는 손으로 태양혈을 문지르다가 문득 팔에 커다랗게 멍이 들어 있는 걸 발견했어.

"아니야. 넌 주량이 정말 대단해. 남아 있던 반병을 다 마시고 나서 새로 한 병을 따서 한 방울도 남김없이 다 마셔버렸으니까 말이야."

"내가 정말 그랬어?"

나는 어렴풋이 어젯밤에 포도주 병을 들고 병따개를 찾아 헤매던 것이 기억났어.

페이쉬안이 몹시 걱정스러운 눈빛으로 나를 쳐다봤지.

"너 혹시 술주정하는 버릇이 있니?"

그런 경향이 전혀 없는 건 아니었지. 그 애가 '술주정'이라는 단어를 쓰는 바람에 나는 또 아빠가 생각났어.

"그럴지도 몰라."

내가 말했어.

"왜 그러는 건데?"

그 애가 나를 쳐다보며 묻더군.

"왜 술을 끊으려고 하지 않아. 약도 있잖아."

"약간의 나쁜 버릇은 있는 게 좋아. 그래야만 자신을 너무 싫어하지 않게 되거든."

나는 그 애에게 이런 나쁜 습관이 아빠한테서 물려받은 몇 가지 안되는 것들 가운데 하나라는 사실은 말하지 않았어. 매번 술에 취할 때마다 나는 아빠가 가깝게 느껴졌지.

"난 네가 이렇게 변하리라고는 생각지도 못했어."

그 애는 고개를 가로저었지. 고통스런 표정은 그 애에게 어울리지 않아. 상처를 보이게 하니까. 나는 그 애가 울거나 웃을 때 그 '벌레'가 피부 아래서 꿈틀거리는 걸 상상했어. 왜 그 애에게는 항상 표정이 없는지 알게 되었지. 무표정이야말로 자신에게 가장 잘 어울리는 표정이었던 거야. 최대한 상처를 건드리지 않으려 애쓰고 있는 거였어.

그 뒤로 페이쉬안은 다시는 술을 사오지 않았어. 나는 이따금 밖에 나가 친구들과 술을 마셨지. 그 애는 내가 외출하기 위해 서둘러 머리를 말리고 화장할 때마다 화를 내곤 했어. 매우 복잡한 감정이 뒤섞인 분노였지. 때로는 말 안 듣는 딸을 둔 엄마 같기도 하고, 또 어떤 때는 곱게 화장하고 나가는 엄마를 보고 기분이 나빠진 어린 딸 같기도 했어. 페이쉬안은 거의 화장을 하지 않았고 파티에 참석하는 일도 없었지. 그 애는 미국인들이 아무 의미도 없는 사교 파티에 너무 많은 시간을 낭비한다고 비난하면서 파티 때문에 그들이 갈수록 더 멍청해지는 거라고 지적하곤 했어. 그 애는 나를 보면서 중국도 그렇게 되어서는 안 된다는 것을 의식하는 듯했어. 온 세상 사람들이 전부 멍청해지면 안 될 테니까 말이야.

외출하기 전에 내가 거울 앞에 서서 옷을 입어보고 벗었다가 다시 다른 옷으로 갈아입기를 반복하면서 어떤 옷을 입고 나갈지 몰라 안절부절못할 때마다 그 애는 책상에 앉아 고개를 절레절레 흔들면서 쳐다봤어. 내가 옷이 잘 어울리는지 봐달라고 하지는 않았지만, 아마 그 애는 마음에 드는 게 하나도 없다고 말했을 거야.

"옷에서 가장 중요한 건 재질이야. 무엇보다 입었을 때 몸이 편해야지."

그 애가 말했어.

나중에 내가 어느 패션 잡지에 면접시험을 보러 가게 되었을 때, 페이쉬안은 내가 입고 있는 원피스와 하이힐을 억지로 벗기고는 자신의 편안한 검정 슈트를 입히고 플랫슈즈를 신겨주었어. 그러면서 일하는 여자는 공공연한 장소에서 바지를 입는 것이 더 편할 거라고 말해주더군. 그 면접시험은 실패로 끝나고 말았지. 아마도 편집장이 내가 패

선과는 아무런 연관도 없는 사람이라고 판단했던 모양이야.

세면할 때마다 거울을 통해 욕조 위 선반에 걸려 있는 속옷이 보였어. 우리 두 사람의 브래지어가 어깨를 나란히 하고 걸려 있는데 전혀 다른 모습이었지. 내 브래지어는 전부 앵두색이나 분홍색인 데다 반달형의 갸름한 스타일이었어. 질이 낮은 레이스나 실크를 모방한 소재로 만든 거였어. 또 가운데에는 작은 나비 매듭이 달려 있고, 그 위에 몇 번 빨면 쉽게 떨어져 나가버리는 큐빅이 박혀 있었어. 반면에 그 애 것은 일률적으로 흰색이었지. 편안하고 땀 흡수가 잘되는 순면 재질로 되어 있고 디자인도 거의 같았어. 겨드랑이 아래까지 천을 아끼지 않아 폭이 아주 넓은 형태였어. 한 진열대에서 똑같은 사이즈의 브래지어를 전부 사온 게 아닌가 하는 의심이 들기도 했지.

"이렇게 화려한 브래지어는 전부 남자들 보여주려고 입는 거니?"

옷을 갈아입을 때 등 뒤에서 기분 나쁘게 나지막한 그 애의 목소리가 들려왔어.

"남자에게 보여주려고 속옷을 입는다는 게 말이 되니?"

내가 말했어.

"설마 넌 거울도 안 봐?"

그 애는 정말 거울을 보지 않았어. 그 상처 때문에 거울 속의 자신의 모습을 보고 싶어하지 않는 것 같았어. 거울이 없어서인지 페이쉬안은 아직 발육이 덜 된 소녀처럼 몽매한 상태로 살아갔지. 가끔씩 어릴 때의 모습을 드러내기도 했어. 과거의 그 빛나던 모습은 찾아볼 수 없었지. 나는 그 애가 매주 월요일 아침 국기를 품에 안고 국기게 양대로 걸어갈 때 하얀 피부가 햇빛 아래서 환하게 빛을 발하던 모습을 아직도 기억하고 있어. 날씬한 몸매에서는 사람들의 마음을 움직이는 소녀의 분위기가 넘쳐났지. 나는 전교 남학생들이 모두 그 애에게 반했을 거라고 생각했어.

딱 하루 어느 날 저녁에 우리가 비교적 사적이고 은밀한 대화를 나눈 적이 있어. 사실 다른 사촌 자매들에게는 은밀한 얘기에 끼지도 못하는 얘기였지. 하지만 나는 결국 그 애의 기분을 건드리고 말았어.

내가 페이쉬안에게 남자친구가 있냐고 묻자 그 애는 없다고 말하더군.

"그럼 섹스 파트너는?"

내가 다시 물었지.

"난 그런 거 필요 없어."

그 애는 얼굴이 새빨개져서 말을 받았어.

"나는 아주 충실하게 생활하고 있다고."

그 애는 자신에게 속한 남자가 아직 나타나지 않았다고 했어. 그 애는 이 세상에서 자신에게 어울리는 남자는 훌륭한 가정 출신으로 양질의 교육을 받은, 내세울 만한 직업에 영원히 자신만을 사랑하는 남자일 거라고 믿고 있더군. 그 애는 인내심을 갖고 그런 사람을 기다리겠다고 했어.

"너는 어때?"

페이쉬안은 약간 쑥스러운 듯 내게 물었어.

"네가 기다리는 남자는 아직 나타나지 않았지만 내가 기다린 남자는 이미 떠났어."

내가 간단히 대답했지.

"이제 남자는 다 그게 그거 같아. 특별히 좋은 사람도 없고 특별히 나쁜 사람도 없어. 누구랑 지내도 다 잘 지낼 수 있을 것 같아."

"인생을 대하는 태도에 큰 문제가 있는 것 같구나."

"인생에 대한 태도 따위는 없어. 나는 그저 그렇게 하루하루 살아

갈 뿐이지. 그냥 살아나가는 거야."

내가 말했어.

그다음 두 주 동안 페이쉬안은 촬영제작팀과 회의를 하고 촬영에 필요한 자료를 준비하느라 몹시 바빴어. 점심때가 다 돼서 내가 잠에서 깨면 그 애는 이미 나가고 없었어. 나는 알아서 먹을 걸 챙겨 먹고 컴퓨터 앞에 앉아 원고를 쓰거나 인터넷에서 일거리를 찾아보고 메일로 이력서를 보냈어. 그 애는 늘 저녁을 먹고 돌아왔고, 그때쯤 나는 외출 준비를 했지. 여름이라 거의 매일같이 친구들과 술집에서 술을 마셨어. 누구든지 불러내기만 하면 나는 부리나케 달려갔고, 밤중이 되어서야 돌아오면 페이쉬안은 깊이 잠들어 있었어. 우리는 같은 집에 살기는 했지만 거의 얼굴을 보지 못했어. 아주 좋았지. 예전에도 남의 집에 살 때 함께 사는 사람들과 서로 안 맞는 부분이 발견되면 최대한 시간을 조정해서 서로 마주치지 않으려고 노력했거든.

그러던 어느 날, 비가 세차게 내리던 밤이었어. 12시가 넘어 온몸이 흠뻑 젖은 채로 집에 돌아왔는데 그 애가 아직 자지 않고 있었어. 방 한가운데 여행용 캐리어를 펼쳐놓고는 잘 접은 옷을 하나하나 집어넣고 있더군. 나는 가슴이 덜컹 내려앉았어. 다큐멘터리를 다 찍은 걸까? 뜻밖에도 서글픈 마음이 들더라고. 동시에 또다시 살 곳을 찾아야 할지도 모른다는 생각에 갑자기 지독한 피로가 몰려왔지. 하지만 그 애는 그저 며칠 출장을 가는 거라고 말했어. 촬영팀을 따라 윈난雲南과 미얀마에 갈 예정이라더군.

"윈난에 간다고? 자연 다큐를 찍는 거야?"

내가 물었지.

"너 알고 있니?"

그 애가 말했어.

"할아버지는 원정군에 참여하신 적이 있어. 중일전쟁 시기에 치루齊魯 대학이 청두成都로 잠시 옮겼을 때, 그곳에서 입대하셨어. 그리고 군대를 따라 윈난과 미얀마로 가셨던 거야. 자료 사진이 한 장 있는데, 중대 사병들이 쑨리런孫立人 장군과 함께 찍은 단체사진이야. 내가 그 사진에서 할아버지를 찾아냈어!"

물론 나는 모르고 있던 일이었어. 나는 심지어 쑨리런 장군이 누군지도 몰랐거든.

페이쉬안은 책상에서 책 한 권을 들고 왔어. 오랫동안 그 책상에 놓여 있던 책으로 원정군에 관한 것이었지. 나는 몇 번 뒤적거리다가 다시 제자리에 가져다놓았어. 그 애는 책을 들고는 재빨리 한 페이지를 찾아냈어. 그리고 사진 속 사병들 가운데 가장 오른쪽에 있는 사람을 내게 보여줬어. 너무 흐릿하고 사람도 조그마해서 누구라고 둘러대도 될 것 같더군. 그 페이지의 오른쪽 위 귀퉁이가 접혀 있는 게 눈에 들어왔어. 사진에 자국을 남기지 않으려고 작고 조심스레 접은 자국이었어. 맨 오른쪽 사람의 몸을 가리지 않게 접혀 있었지.

"할아버지는 의무대에서 일하셨어. 부상당한 대원을 구조하는 일을 맡았지. 당시에는 영국에서 파견된 지원부대가 있었잖아? 할아버지는 그 지원부대에 있는 장교들의 통역까지 맡으셨어."

페이쉬안은 말을 하면서 또다시 그 책을 뒤적거리기 시작했어.

"그만해. 난 다큐멘터리 제작에 참여하지 않을 거야."

내가 말했어.

"넌 내가 널 다큐멘터리 제작에 참여시키려고 이런 얘기를 한다고 생각하는 거니?"

그 애는 차가운 어투로 말하면서 책을 덮어 무릎 위에 올려놓았어.

"난 그저 네가 알아야 할 이야기라고 생각했을 뿐이야. 네가 인정하든 안 하든 할아버지는 우리 집안의 영광이셨어. 나는 이런 영광을 너와 공유하고 싶을 뿐이야. 네가 받아들이기만 하면 이 사실은 너를 충만하게 해주고 너에게 힘을 줄 거라고."

충만하게 해준다고? 성령이 충만한 기독교도처럼 그렇게 말이야? 그 애가 나와 나누고 싶은 것은 영광이 아니라 자신의 신앙이었어. 할아버지에 대한 그 애의 감정도 일종의 신앙이었지. 그래서 사도라는 확실한 자기인식 덕분에 항상 조금도 지겨워하지 않고 그 '영광'의 이야기들을 내게 들려주곤 했던 거야. 사도가 복음을 전파하라는 사명을 완수하기 위해 최선을 다하는 것과 마찬가지. 그 애가 소명 가득한 눈빛으로 나를 바라볼 때마다 나는 어리석게도 길을 잃은 한 마리 어린 양이 된 듯한 느낌이 들었지.

"페이쉬안, 길을 잃은 사람은 바로 너야."

나는 고개를 가로저으며 가벼운 목소리로 말했어.

우리 둘은 나란히 앉아서 안타까운 눈빛으로 서로를 바라봤어. 서로 상대방을 너무 불쌍하다고 생각하면서 말이야. 이게 얼마나 웃기고 황당한 일이야.

나는 갑자기 옛날 어느 저녁에 너와 함께 사인탑을 둘러싸고 있는 담장 위에 올라가 놀았던 일이 생각났어. 그 애는 나를 찾으러 와서는 집에 가자고 보챘지. 나는 담장 위에 앉아서 내려가지 않았어. 오히려 음침한 목소리와 표정으로 담장 안쪽의 죽은 귀신들 흉내를 냈지. 그 애는 얼굴이 창백해져 온몸을 부들부들 떨었어. 그러고는 휙 몸을 돌려 몇 미터쯤 가다가 다시 발걸음을 멈췄는데, 고개를 돌리더니 한 글자 한 글자 힘을 주어 분명하게 말했어.

"리자치, 네 인생은 틀림없이 비극이 될 거야."

그 애의 목소리는 몹시 기괴했어. 자신의 목소리 같지 않았어. 신의 말을 전하는 것 같았지.

"네 인생이야말로 비극이 될 거다."

나도 매섭게 되받아쳐주었지.

몇 년이 지나 우리의 저주는 모두 효험을 발휘했어. 내 삶은 확실히 비극적이었지. 페이쉬안은 그렇지 않다고 할 수 있을까?

페이쉬안은 줄곧 할아버지와 가족을 위해 살았어. 할아버지와 가족은 그 애가 아주 어릴 적부터 끼고 있던 치아교정기처럼 늘 그 애를 옭아매고 그 애의 모습을 주조해냈지. 성년이 된 뒤에도 이런 밀착 관계에는 조금도 틈이 생기지 않았어. 그 애는 여전히 할아버지와 가족을 자신의 삶에서 떼어내지 못했어. 그 애의 자유는 꽉 낀 치아 틈 사이에서 완전히 죽어버렸어.

"페이쉬안."

내가 침묵을 깨고 어렵사리 입을 열었어.

"이른바 가문의 영광이라는 게 얼마나 우스운 건지 아니?"

"그만해."

그 애는 천천히 일어섰어.

"그걸 이해할 수 없다면 적어도 손상시키지는 말아줘."

그 애의 그 상처 자국이 떨리고 있었어. 내가 시선을 옮겨 어떻게 말을 이어갈지 생각하는 사이에 그 애는 재빨리 안쪽 방으로 들어가더니 쾅 하고 문을 닫아버리더군.

나는 혼자서 소파에 앉아 있었어. 위험한 침묵 속에 앉아 있었지. 나는 그다음 1초를 상상해봤어. 내가 달려가 그 문을 열고 그 애에게 말하겠지.

"페이쉬안, 내가 몇 가지만 알려줄게."

그 애는 내가 하려는 말이 일종의 폭력이라는 것을 예상했을 거야.

하지만 나와 내 그림자가 문 앞을 막아서고 있어서 그 애는 도망칠 수 없었겠지. 그 애는 그곳에서 움츠린 채로 두려운 듯이 나를 바라봤을 거야. 그런 다음 나는 주머니를 열 수 있었겠지. 정말로 못된 개 한 마리가 달려나와 미친 듯이 그 애에게 달려들어 그 애의 몸에 두른 영광의 갑옷을 찢어버렸을 거야. 축축하게 젖은 혀로 그 애 몸 위에 덮여 있는 새하얀 솜사탕 같은 신앙을 핥아버릴 수 있었겠지. 잠깐 사이에 그 애는 자신에게 가장 소중한 것들을 상실하고 완전히 무너지는 거지. 나는 그 자리에 서서 평화롭게 이 모든 것을 지켜보면서 자신에게 말했겠지. 나는 아무것도 하지 않았다고, 페이쉬안에게 폭력을 휘두른 것이 내가 아니라 진실이라고 말이야. 진실이 내 손을 빌려 그것을 묶고 있던 봉인을 풀어낸 것뿐이야.

하지만 정말 이럴 수 있었을까? 나는 아득한 혼란에 빠졌어. 진상을 알게 되지만 그것이 많은 사람에게 상처를 안겨주는 것을 목격했기 때문이야. 이 모든 것 앞에서 나는 완전히 수동적일 수밖에 없었어. 그대로 받아들이는 것 외에 다른 선택의 여지가 없었지. 그리고 그 순간 갑자기 자신의 손에 사태를 주재할 수 있는 무언가가 쥐여져 있다는 것을 의식했어. 내게 진상을 어떻게 처리할지 결정할 수 있는 권리가 주어진 거지. 나는 진실이 페이쉬안에게 상처를 주게 할지 말지를 결정할 수 있었어. 물론 그런 상처를 무시하고 정의의 이름으로 진실을 말할 수도 있었어. 또한 진실을 말하는 것이 일종의 책임이라고 자신을 설득할 수도 있었어. 이게 얼핏 들으면 얼마나 숭고한 일이야. 하지만 애석하게도 이건 진정으로 몸에 달라붙는 감정이 아니었어.

내 감정이 갑자기 연약해졌어. 나는 그저 자신이 좀 인자해질 수 있기를 바라게 되었지. 페이쉬안이 믿고 있는 영광은 허망한 것이지만 그 애는 그 영광에 기대어 진실하게 살아가고 있었어. 그 애가 숭배하는 신앙은 선하고 아름다운 것이 아니지만 그 애가 선하고 아름답다고 믿기 때문에 그 애의 마음을 정화시키고 선과 아름다움을 얻게해주는 거야.

나는 만일 내가 페이쉬안을 일반적인 친구나 낯선 사람으로 생각한다면 그 애에 대한 인자함이 훨씬 더 쉽게 변할 수 있을 거라는 생각을 해봤어. 이런 인자함은 우리의 천성 안에 있는 것이지만 그저 험난한 성장과정을 거치면서 점차 잃어버리지. 어렸을 때 일이 생각나는군. 너랑 나는 아주 열심히 진상을 찾아다녔어. 하지만 우리가 그렇게 노력한 끝에 즈펑이 부모의 친자식이 아니라는 사실을 확인했을 때, 우리는 침묵을 지키기로 결정했지. 우리는 즈펑 앞에서 절대 말실수를 하거나 비밀을 누설해선 안 된다고 서로를 일깨웠어. 한번은 내가 아무 생각 없이 즈펑과 가족의 혈액형에 대해 얘기를 했어. 그때 네가 나를 호되게 나무라며 내가 착하지 않다고 화를 냈지. 그 일 때문에 나는 한참을 울어댔어. 그때 나는 내 자신이 정말 착하지 않은 사람일까봐 얼마나 무서웠는지 몰라.

나는 소파에 앉아 눈앞의 12층 창문을 바라보고 있었어. 창밖에는 폭우가 퍼붓고 있고, 번쩍이는 번개가 계속 하얀 줄을 긋고 지나갔지. 한 무더기 빛의 다발이 나를 뒤덮었어. 빛이 부드럽게 내 머리칼을 어루만졌지. 아마 넌 상상할 수 없을 거야. 나로서도 설명하기가 쉽지 않으니까. 내가 그 일을 영원히 호주머니 안에 가둬두기로 결심하는 순간, 갑자기 네가 너무나 보고 싶었어.

페이쉬안이 윈난과 미얀마에 머문 시간은 그 애가 생각했던 것보다 훨씬 길었어. 나중에 전화를 걸어와 미국의 대학에 자신이 처리해야 할 중요한 일이 기다리고 있다고 하더군. 그래서 홍콩에서 출발하는 비행기표를 샀기 때문에 베이징에는 들리지 않는다는 거였어. 한 달치 월세를 더 지불했으니 내가 계속 살아도 된다고 하더라고.

"네가 빨리 일을 찾았으면 좋겠어. 술도 빨리 끊고."

그때 그 애는 중국과 미얀마의 국경에 서 있었어. 바람이 몹시 거셌지. 그러다보니 목소리가 공중을 날고 있는 비둘기 같았어.

"너도 잘 지내."

이 한마디와 함께 나는 전화를 끊었어.

페이쉬안이 떠나고 나는 좀더 적극적인 모습으로 변한 것 같았어. 술집에 가는 횟수도 줄고 술에 취하는 일도 없었지. 서점에서 일자리도 구했고 친구와 함께 아주 작은 아파트도 빌렸어. 가을에는 엄마가 찾아오셔서 베이징에서 며칠 머물다 가셨어. 부엌 화로가 망가지는 바람에 우리는 너무 좁아 몸도 돌리기 힘든 방에서 음식을 배달시켜 먹었지. 엄마는 고개를 숙인 채 밥만 드시면서 말은 한마디도 안 하셨어. 나는 엄마가 완전히 실망하고 있다는 걸 잘 알고 있었지. 엄마는 늘 내가 빨리 시집가서 집을 사고 자신을 불러주기를 바라셨어. 최근 몇 년 동안 엄마는 줄곧 이모 집에서 살고 계셨거든. 남의 집에 빌붙어 사는 서러움을 충분히 겪는 중이었지. 지난濟南으로 돌아간 지 얼마 되지 않은 어느 날 새벽 2시에 엄마가 내게 전화를 걸어왔어. 할아버지가 지금 어떻게 지내시는지 모르겠다고 하시더라고. 나는 놀라움을 금할 수 없었어. 최근에 엄마가 할아버지 얘기를 꺼낸 적이 없었기 때문이야. 엄마는 잠시 침묵하다가 다시 입을 여셨어. 네 할아버지가 사시는 그 건물은 의과대학에서 선물해준 건물이야. 그러니까 할아버지가 돌아가셔도 도로 회수하지 못할 거야. 그렇지? 그래도 네가 친손녀잖아. 엄마가 말했어. 네가 돌아가서 할아버지를 돌봐드리면 무척 기뻐하실 거야. 그 작은 건물을 네게 물려주실 수도 있지 않겠니?

나는 돌아가지 않을 거라고 딱 잘라 말했어. 엄마의 그런 기대를 단칼에 단념시켜버렸지. 하지만 엄마는 귀신이 들렸는지 며칠에 한번씩 전화를 걸어왔어. 나는 점점 엄마가 전화를 걸어온 목적을 잊었지. 전화에서는 돌아가라는 소리가 반복적으로 메아리쳤어. 나는 유년 시절의 수많은 일을 기억하기 시작했지. 난위안에서 지내던 날들이 사무치게 그리워졌어. 그러다가 지난주에는 또 그 꿈을 꾸었지. 내가 덜컹거리는 열차에 타고 있는데 어디선가 붉은 러시아 마트로시카 인형이 굴러와 발치에 닿았어. 내가 인형을 집어드는 순간, 한 여인의 날카로운 목소리가 귓가에 울리는 거였어. 열어봐! 내가 인형의 배 부분을 비틀어 열자 한 사이즈 작은 인형이 나왔지. 완전히 똑같이 생긴 인형이었어. 내가 또 그걸 비틀어 열자 안에서 더 작은 인형이 나왔어. 나는 계속해서 인형을 비틀어 열었고 속도도 점점 더 빨라졌어. 땀이 흘러내려 눈 속으로 들어갔어. 영원히 멈추지 않을 것만 같았어. 허리가 잘린 인형들은 열차 바닥을 데굴데굴 굴러다녔어. 그 여인은 계속 열어봐! 열어봐! 하고 외치고 있었어. 꿈에서 깨어나니 베개가 땀에 흥건히 젖어 있더군. 그 꿈이 또 나를 찾아온 거였어. 그 꿈은 항상 일종의 소환 같았어. 나는 반드시 한번은 돌아가야 한다는 사실을 깨달았지. 할아버지는 머지않아 돌아가실 테니까 말이야.

나는 지난달에 돌아왔어. 아무에게도 알리지 않았지. 도착했을 때는 한밤중이었어. 중앙화원의 가로등은 모두 망가져 사방에 거무튀튀한 나무 그림자들이 흩어져 있고 앙상한 나뭇가지들이 바람에 흔들리고 있었지. 달빛이 울퉁불퉁한 오솔길을 비추면서 튀어나온 자갈들이 흐릿하게 빛나고 있었어. 샤오바이루는 인공호수 다른 쪽 끝에 자리 잡고 있었어. 멀리서 보면 호수 한가운데 떠 있는 외로운 섬 같았지.

초인종은 고장났지만 문은 잠겨 있지 않았어. 손잡이를 돌리니 쉽게 열리더군. 나는 시끄러운 소리를 따라 1층 맨 끝에 도착했어. 방 안 가득 수많은 남녀가 원탁에 둘러앉아 있더군. 남자 둘이 차이촨猜拳(가위바위보를 해서 상대에게 술을 마시게 하는 벌주 놀이)을 하고 있고, 다른 사람 몇몇은 머리를 흔들면서 내가 알아들을 수 없는 사투리로 노래를 부르고 있었어. 그리고 남녀 한 쌍이 서로 몸을 밀착하고 있었지. 바닥에는 빈 술병들이 어지럽게 나뒹굴고 있었어. 테이블 한가운데 있는 전기난로 위에 얹혀 있는 냄비에서는 고추기름이 뽀글뽀글 소리를 내면서 끓고 있었고.

간신히 내가 누군지 알아본 여자 하나가 뛰어나와서는 맞은편에 굳게 닫힌 문을 힘껏 두드렸어. 잠시 후 문이 열렸지.

밖으로 나온 그 여자가 바로 우리 할아버지를 돌보는 가정부 샤오메이小梅였어. 샤오메이는 옷을 잘 갖춰 입었지만 뒤에 있는 남자는 그렇지 못했어. 허리띠에 문제가 있었는지 뒤로 돌아서 허리띠를 채우고 있었지. 당황한 손님들은 일제히 흩어져 가버리고 샤오메이 혼자 방 안에 서 있었어. 잠시 후 샤오메이는 입술을 앙다물고 거친 동작으로 테이블을 닦았어. 물론 이런 상황을 인정하기도 싫었을 거야. 나를 한번도 만난 적이 없는 데다 할아버지에게 손녀가 있다는 사실조차 몰랐을 테니까 말이야. 일생의 영광을 상징하는 이 대저택이 가정부가 밀회를 나누는 낙원으로 변하다니 정말 풍자적인 현실이지. 하지만 우리 할아버지는 죽어도 이런 사실을 알 수 없었을 거야. 반년 전에 한 차례 폐렴을 앓으신 뒤로 할아버지는 계속 침대에 누워 다시는 지금의 이 집을 떠나지 않으셨거든. 찾아오는 사람도 없었어. 할아버지는 누군가에게 방해받는 걸 싫어하셨기 때문에 몇 년 동안 외부와의 왕래가 완전히 끊긴 상태였지.

이틀 후에 나는 샤오메이를 내보냈어. 그 애가 나보다 더 주인 같았기 때문이야. 떠나기 전에 그 애는 할아버지에게 작별 인사를 하면서 눈물을 보이더군. 진실된 감정인 듯했어. 어쨌든 나보다는 할아버지에 대한 정이 깊었겠지. 할아버지도 그 애의 보살핌을 받는 데 익숙해져 있었지만 생명이 다하는 시점에서 할아버지는 몹시 허약해지셨고, 누군가 꼭 의지할 사람을 찾아야 했을 때, 결국은 나를 선택하셨어.

여러 해 동안 만나지 못해 나를 알아보지도 못하셨지만, 내가 자치라고 말씀드린 뒤로 곧장 나를 신임하기 시작하셨어. 내가 샤오메이를 내보내겠다고 했을 때도 별다른 이의를 제기하지 않으셨지. 이 모든 것이 혈연 때문이야. 혈연은 정말로 일종의 폭력이야. 감정이 없는 사람들을 굳세게 하나로 묶어두니까 말이야.

자치, 자치, 할아버지는 아무 때나 나를 부르셨어. 이 이름을 잊지 않으려고 애쓰시는 것 같았지. 막 돌아와서 며칠 동안 나는 이 방에 오래 머물렀어. 여기 앉아서 할아버지를 보면서 과거에 할아버지와 나눴던 대화를 떠올렸지. 이 가정에 일어났던 비극에 관해 생각했고 할아버지가 어떻게 지금의 모습으로 변했는지에 관해서도 생각해봤어. 그리고 내가 어떻게 지금의 모습으로 성장했는지도 생각했지. 나는 마음속으로 할아버지에게 해야 할 말들을 늘어놓았어. 냉정한 어투로 단어 하나하나가 연필 끝처럼 뾰족하고 날카롭게 하려고 연습했지. 할아버지에게 치명적인 일격을 가할 작정이었거든.

하지만 실제로는 그러지 못했어. 나와 할아버지는 서로 아무 말도 하지 않았어. 할아버지에게 치명적인 일격을 가한 것은 찬바람이었지. 샤오메이가 떠나고 며칠이 지나 할아버지는 몸에 한기가 들어 고열에 시달리셨어. 이틀 동안 약을 먹고 나서 열은 물러갔지만 정신은 회복되지 않았지. 눈빛이 흐려진 데다 내가 하는 말을 전혀 알아듣지 못하셨어. 질병이 제때 찾아온 것은 할아버지를 보호하기 위한 것 같았어. 질병이 치욕과 상처를 피하도록 해주었다고 할 수 있지. 그릇 안에 갇혀버린 것처럼 외부와 완전히 단절되긴 했지만 할아버지는 여전히 사고할 수 있었고 의지도 남아 있었어. 대소변을 가리지 못하는 일도 없었지. 할아버지는 내가 요강을 몸 아래 가져다놓을 때까지 인상을 쓰면서 참고 계셨어. 할아버지의 의지에 도전해보기 위해 열 몇 시간을 내버려둔 적이 있었지. 뜻밖에도 할아버지는 변함없이 굳건하셨어. 이는 어쩌면 수십 년 동안 수술대 앞에 서서 단련된 직업적 소양인지도 몰라.

식사를 마련해드릴 때나 대소변을 도와드릴 때를 제외하고 내가 이 방에 들르는 횟수는 점점 줄어들었어. 할아버지와 서로 얼굴을 마주하고 싶지 않았거든. 할아버지의 혼탁한 동공에는 내가 그저 희미한 윤곽에 지나지 않을 테지만 말이야. 할아버지도 눈을 내리깔고 최대한 나를 보지 않으셨어. 우리는 혹시라도 잘못해서 우리 둘 사이에 있는 사람을 보게 될까봐 두려워하는 것 같았어. 할아버지의 몸을 닦아드릴 때도 나는 항상 할아버지 어깨를 넘어 등 뒤에 있는 따스하고 주름 잡힌 침대 시트를 살폈지. 할아버지는 너무 야위셨어. 수건으로 피부를 닦아낼 때면 하나하나 뼈를 문지르는 것 같았지. 할아버지는 고개를 한쪽으로 돌리고 눈은 바닥을 내려다보셨어. 나의 이런 보살핌이 할아버지로 하여금 약간의 굴욕감을 느끼게 하는 듯했어. 전에는 그렇게 자제력이 많고 수많은 생명을 결정했던 분이 마지막에는 다른 사람에게 의지해 팔을 올려 겨드랑이를 닦게 해야 하는 처지가 되었으니까 말이야. 하지만 솔직히 말해서 노인으로서의 할아버지는 정말 깨끗했어. 몸에서 어떤 역겨운 냄새도 나지 않았지. 이는 틀림없이 강인한 의지력으로 실현해낸 걸 거야. 할아버지는 자신의 몸에서 냄새가 나는 것을 용납하지 않으셨지. 이런 처지가 되어서도 자신을 포기하지 않으신 거야.

아이 둘을 제외하면 아무도 이곳을 찾지 않았어. 그 아이들은 그저께 울타리를 넘어 몰래 정원에 들어왔어. 그때 나는 소파에 앉아 책을 읽고 있었는데 서재에는 고급 양장본 명저가 많았지. 서재를 장식하는 데 쓰는 책이라 아무도 손을 대지 않은 것 같았어. 나는 『폭풍의 언덕』을 꺼내 읽었어. 박진감 넘치는 이야기가 내 마음을 마구 때렸지. 무심코 고개를 드는 순간, 아이 둘이 얼굴을 창에 대고 안을 들여다보는 모습이 눈에 들어왔어. 둘 다 나이가 열 살쯤 되어 보이더군. 남자아이 하나와 여자아이 하나였어. 남자아이는 전혀 너처럼 생기지 않았고 여자아이도 나랑 비슷하지 않았어. 하지만 그 애 둘이 함께 있는 것을 보는 순간, 왠지 모르게 여러 해 전 우리를 보는 것 같더라고. 내가 달려가 문을 열었더니 아이들은 그 자리에 나란히 서 있었어. 잠시 어리둥절해진 모습이더군.

남자아이가 내게 국어 선생님이 '존경스러운 인물'이라는 제목으로 작문 숙제를 내주셨다고 말했어. 두 아이 모두 이 의과대학 교직원 자녀로 어릴 때부터 우리 할아버지에 관한 얘기를 들어온 터라 이번에 할아버지에 관해 글을 쓰기로 했다는 거야. 그래서 특별히 할아버지를 취재하러 왔다나. 내가 할아버지 건강 상태가 좋지 않다는 이유를 들어 거절하자 여자아이가 나를 쳐다보더니 잠시 눈을 깜박이고는 다시 말하더군. 그럼 아줌마를 인터뷰하면 안 될까요? 아줌마는 손녀니까 할아버지를 잘 알잖아요. 우리에게 할아버지에 관한 얘기를 좀 해주세요.

나는 사실 나도 할아버지에 대해 아는 것이 별로 없다고 말했어. 아이들은 내 말을 믿지 않더군. 얘기를 해달라고 막무가내로 졸라대는 거였어. 나는 아이들에게 맘대로 이야기를 꾸며도 좋다고 했지. 아이들은 눈을 휘둥그레 뜨고서 내게 말했어. 그럼 아줌마가 말한 거니까 혹시 우리 선생님이 오셔서 물으면 전부 사실이라고 해주셔야 해요. 그래, 전부 사실이라고 말할게. 내가 말했지. 아이들은 만족스런 표정으로 돌아갔어. 존경받는 사람에게는 감동적인 이야기가 가득해야 하는 법이지. 그것이 진실인지 거짓인지는 중요하지 않아.

우리 할아버지가 원사 칭호를 받았을 때, 이곳 의과대학은 우리 부속 초등학교까지 포함해 전체가 크게 술렁였어. 그러나 안타깝게도 나는 이미 전학을 했고, 새 학교에서는 석간신문에서 두 면에 걸쳐 대대적으로 보도한 중국 최고의 유명 심장 전문의가 내 할아버지란 사실을 아는 사람이 없었지. 어떤 보이지 않는 힘이 나를 할아버지의 몸에서 떼어내 할아버지의 영광을 함께 누리지 못하도록 손을 쓴 것 같았어. 가끔씩 그때 떠나지 않았다면, 줄곧 할아버지의 후광 속에서 생활했다면, 지금쯤 내가 전혀 다른 사람으로 성장해 있지 않을까 하는 생각을 하곤 했지.

그제 저녁에 나는 아래층 거실에서 텔레비전을 봤어. 텔레비전에서는 마침 다큐멘터리 프로가 방영되고 있더군. 미얀마에 남아 있는 원정군 노병을 인터뷰하는 내용이었어. 그들 가운데 일부는 중국어 학원 강사가 되었고 어떤 사람은 작은 잡화점을 운영하고 있었지. 카메라가 노인들의 얼굴 위를 이리저리 옮겨다니더군. 낯선 타향에서는 늙는 것조차 조심스러웠는지 편하게 뻗어나간 주름이 한 가닥도 없었어. 그들은 여전히 강인해 보였지. 하지만 대부분 귀가 먹거나 여러 해 동안 멍한 상태로 지내왔어. 일찌감치 감각을 다 닫아버리고 자신의 세계 안에서만 살아온 것 같더군. 그렇게 하면 타향도 조금은 고향처럼 느껴지는 모양이야. 일본인들을 제압한 그들은 귀국해서 다시 내전을 치르고 싶지 않았던 거야. 같은 동족끼리 싸우는 광경을 눈 뜨고 볼 수 없었던 그들은 미얀마에 그대로 남기로 결정한 거지. 그때부터 일생이 항로를 벗어나 더 이상 큰 시대와 공명하지 못했고, 생활이 안정되면서 돌아가는 걸 포기하게 됐던 거야. 병사 하나가 강을 건너지 않는 쪽을 선택하면 아무 소용이 없는 거지.

기자가 한 노병의 손녀를 인터뷰했어. 그녀는 조부의 가업을 이어받아 잡화점을 운영하고 있었는데 나는 그녀의 가무잡잡한 얼굴을 뚫어져라 쳐다봤어. 만일 우리 할아버지도 그때 그곳에 남았다면 나도 그녀와 같은 모습이었을 거야. 아마 할아버지는 그곳에 진료소를 열어 현지의 화인華人(국적에 상관없이 전 세계 중국인을 통칭하는 말)들의 도움에 의지해 힘들게 운영해나갔을 거야. 그리고 할아버지에서 아빠에게로, 아빠에서 다시 내게로 이어졌겠지. 어쩌면 나는 자라서 미얀마 남자와 사랑을 하고 함께 비를 맞으며 광장으로 달려가 아웅산 수치의 연설을 들었을지도 몰라. 텔레비전 앞에 앉아서 해방을 알리는 소식을 듣고 너무 기뻐 서로 부둥켜안은 채 환호했을지도 모르지. 하지만 그건 원래 내게 속한 인생이 아니었을 거야. 그저 민들레 홀씨처럼 바람에 날려 그곳까지 가서 소박한 꽃을 피워냈을 지도 모르지. 하지만 뿌리가 받쳐주지 못하는 탓에 자신만의 성정을 길러내지는 못했을 거야. 적어도 더 깨끗하긴 했겠지만 말이야. 오래된 나라들은 하나같이 너무 두껍게 흙먼지가 쌓여 있기 때문에 이산離散이야 말로 자기 정화의 과정이 될 거야. 나는 그처럼 고통이 끼어 있는 자유를 좋아하는 편이지.

아쉽게도 우리 할아버지에게는 이산의 용기가 없으셨어. 그처럼 가난하고 척박한 나라는 할아버지의 야심을 감당할 수 없었지. 하지만 페이쉬안은 할아버지에게 어떤 야심도 없다고 생각했어. 할아버지에 관한 다큐멘터리에는 페이쉬안의 인터뷰도 있었지. 그 애가 말했어. 할아버지는 제게 당신은 시류를 따라 흘러가는 사람이라고 말씀하셨어요. 공부해야 할 때는 열심히 공부했고 의술을 배운 다음에는 열심히 사람들을 치료했으며, 종군해야 할 때는 종군했고 입당해야 할 때는 입당했다고 하셨지요. 시대의 변화가 너무 빠르다보니 조금만 잘못해도 허공에 발을 내딛어 나락으로 떨어질 수 있었지만 할아버지는 항상 올바른 걸음을 내디뎠어요. 정확히 시류에 따라 흘러간다는 것은 정말 어려운 일이었지요. 정보 업무 전문가가 인내심을 가지고 무선 주파수를 맞추듯이 남달리 민감한 귀와 평정심을 갖추고 있어야만 자신과 이 시대를 하나의 주파수로 조율할 수 있을 거예요.

지금 텔레비전에서는 페이쉬안이 보낸 다큐멘터리를 방영하고 있어. 오후에 너를 기다리는 동안 그 프로가 반복해서 방영되고 있었지. 나는 보다 말다 하다가 잠시 넋을 놓기도 했어. 나중에 기회가 되면 페이쉬안에게 그 원정군 부분이 가장 마음에 든다고 말해주고 싶어. 나는 할아버지 인생의 전반부가 더 맘에 들어. 할아버지가 어느 곳에 정착했더라면 우리 가족의 운명은 어떻게 변했을까 하는 상상에 마음을 빼앗기기도 하지.

「인심인술仁心仁術―리지성 원사에게 다가가다」

15' 37"

나이 많은 여인이 대춧빛 블라우스 차림으로 창가 테이블 옆에 앉아 있다. 모니터에는 '천수전陳淑貞의 장녀 장아이란薑愛嵐'이라고 쓰여 있다. 그녀가 앞에 놓인 타원형 양철통을 열어 네모나게 접힌 편지를 꺼낸다. 펼쳐서 테이블 위에 놓는다. 편지지 위쪽의 빈 공간에 만년필로 쓴 글이 두 줄 나타난다. 모니터에 편지 내용 전체가 펼쳐진다.

수쩐, 편지 잘 받았어.

의료팀은 현재 어느 산언덕에 주둔해 있어. 이 일대는 지세가 아주 험준해 비만 왔다 하면 걷기조차 힘들어지지. 날씨는 무척 덥지만 몸을 꽁꽁 싸매고 있어야 해. 말거머리가 아주 많기 때문이지. 오후에 사지절단 수술을 했어. 평생 잊기 어려운 수술이었지. 환자는 우더伍德 선생이야. 의료팀 안에서 가장 훌륭한 의사지. 옛날에 영국에 있을 때는 왕실의 귀족들을 진료했던 분이야. 최근 두 달 동안 나는 줄곧 그를 위해 통역과 조수 역할을 했지만 메스를 잡지는 않았어. 그는 자신만을 믿었기 때문에 다른 사람이 자기 몸에 손대는 것을 허락하지 않았어. 이틀 전에 공습이 있었고 영지에서 열 명 남짓 되는 인원이 희생됐어. 그 역시 폭발로 인해 부상을 입었지. 하루 종일 혼수상태에 빠져 있다가 깨어나서는 오른팔을 보전할 수 없는 거냐고 묻더군. 나는 고개를 끄덕였지. 그의 눈두덩이 빨개졌어. 수술 전에 그는 내게 자신의 오른손을 잡아달라고 하더군. 그러더니 자신의 모든 천부적 재능을 내게 주겠다고 말했어. 수술은 아주 순조로웠지만 그는 아직 깨어나지 않고 있어. 나 혼자 영지 밖에 앉아 있지. 멀리서 또 경보가 울리는군. 수쩐, 요 며칠 전부터 나는 운명의 무상함을 더 깊이 체감하고 있어. 생명은 이처럼 미미한 것이라 존엄하다고 할 수 있는 게 하나도 없어. 전쟁은 그저 명령을 내리는 자들의 장난일 뿐이지. 그렇게 많은 사람의 희생을 대가로 해서 얻은 승리가 무슨 의미가 있겠어. 하지만 항상 당신을 생각하면 너무 비관적인 생각에서 벗어나게 되지. 아무리 어려워도 나는 반드시 당신 곁으로 돌아갈 거야.

지성

    화면이 바뀐다. 나이든 여인이 편지를 접어 다시 양철 함에 넣는다. 화면 아래에 자막이 나온다. 이는 1943년에 리지성이 미얀마에서 천수쩐에게 보낸 편지다. 유일한 편지이기도 하다. 그 후 두 사람은 전쟁이 끝날 때까지 연락이 끊겼다. 리지성이 돌아왔을 때, 천수쩐은 이미 결혼한 지 2년이 지난 뒤였다. 28년 뒤, 천수쩐은 세상을 떠나기 전에 리지성을 한번 만나보고 싶었지만 리지성은 미국에서 열리는 학술회의에 참가했다가 제때 돌아오지 못했다.

청 궁

고모는 내가 떠나려 한다는 걸 몰랐어. 지금 고모는 아마 침대에 누워 바짝 정신을 차리고 문밖의 동정에 귀를 기울이고 있을 거야. 고모는 최근 두 해 동안 신경쇠약 때문에 항상 잠을 청하는 시간이 잠든 시간보다 길었지. 내가 아주 늦게 집에 돌아가도 고모는 줄곧 잠을 자지 않고 있었어. 어둠 속에서 귀를 기울이고 있다가 초인종이 울리고 내가 집 안으로 들어선 뒤에야 마음 놓고 잠을 청했지. 고모는 틀림없이 오늘도 평소와 다름없이 내가 술을 마시기 위해 밖에 나갔다고 생각했을 거야. 고모는 더 이상 술 마시는 걸 탓하지 않았고, 형편없이 취해도 뭐라고 하지 않으셨어. 1년 가까이 내겐 아주 경미하긴 하지만 주사를 부리는 경향이 있었지. 고모는 틀림없이 그걸 알아챘을 거야. 하지만 그게 그녀가 바라는 것은 아니었겠지. 날이 어두워진 다음에 술에 취한 사람이 고모의 사랑을 받을 수는 없었어. 게다가 술귀신들은 성에 대한 요구가 점점 낮아지고 섹스 능력도 점점 상실하지. 나는 조금 일찍 늙었어야 했어. 가장 좋은 것은 그녀가 늙는 속도를 따라잡아 그녀와 함께 이 세상을 떠나는 것이었지. 이것은 나에게 좋은 일이었어. 고모는 항상 자신이 가고 나 혼자 남겨지면 너무 외로울 거라고 걱정했거든.

하지만 고모는 오늘 밤에는 기다리지 못했어. 고모는 밤새 깨어 있었지. 어쩌면 날이 밝을 때쯤에야 억지로 눈을 조금 붙였다가 또 아주 빨리 깼을 거야. 고모는 버튼을 돌려 스탠드를 켜고서 테이블 위의 자명종을 봤겠지. 몸을 일으켜 문 자물쇠를 확인하고는 내게 전화를 걸어봤을 거야. 한참이나 신호가 가는 소리를 들으면서 방 안을 이리저리 왔다 갔다 했겠지. 바로 그 순간에 고모는 문득 내가 돌아오지 않으리라는 걸 의식했을 거야. 고모는 햇살이 비쳐 들어오는 일층 방 한가운데 서서 사방을 둘러봤을 거야. 그 순간 고모가 얼마나 두려웠을지 충분히 상상할 수 있지. 낯익은 모든 사물이 생소해지는 그런 느낌을 나도 잘 알거든.

내가 다른 곳에서 살아보겠다고 진짜 지난을 떠난 건 이번이 처음이야. 아주 오래전에 고모가 점을 본 적이 있어. 평생 집에만 있어야 한다고, 멀리 나가면 위험한 일을 당할 거라고 했다나봐. 고모는 집 밖으로 멀리 나가면 안 된다는 내 팔자가 자신과 똑같다고 단정했지. 최근 몇 년 동안 나는 고모와 운명을 공유했고, 정말로 고모와 점점 비슷해져갔어. 먼 곳에 대한 고모의 공포도 점점 내 몫이 되어갔지. 아주 기이한 신념 때문에 난 반드시 여기 남아 있어야 한다고 믿게 됐어. 마치 뭔가를 기다리는 사람처럼 말이야. 그때 나는 나의 그런 느낌을 샤오커小可에게 꼭 말해주고 싶었어. 하지만 나 스스로도 뭘 기다리는 건지 단정해서 말할 수 없었지.

샤오커도 말하지 않았어. 그저 팔뚝에 모기 물린 자국만 쉴 새 없이 긁어댔지. 8월이었어. 녹슨 선풍기 바람에 커튼이 드르륵 걷혔지. 그녀는 웃옷을 벗은 채 방 안을 왔다 갔다 하면서 팔뚝을 세게 긁고 있었어. 결국 물집이 터져 피가 나는데도 알아차리지 못하더라고. 딱지가 앉았다가 다시 긁어 떨어져나가기를 여러 번 반복하면서 상처는 점점 커졌어. 그녀가 떠날 때까지도 아물지 않았지.

샤오커를 알게 된 건 이미 7년 전 일이야. 그때 나는 한 광고회사에서 일하고 있었지. 대학 다닐 때는 다른 도시로 갈 수 있을 거라고 생각했는데, 결국은 그대로 남게 됐어. 하지만 늘 마음이 편치 않았지. 할머니는 연세가 많아지면서 성격이 더 고약해져서 도저히 참을 수 없는 지경이었어. 그래서 그때는 정말 이곳을 떠나고 싶은 마음뿐이었지. 샤오커도 그러고 싶어했어. 그때는 그녀도 자기 집에서 지내고 있었지. 그녀의 아버지는 퇴역 군인이었어. 성질이 아주 포악했고 그녀에게도 아주 모질게 대했지. 그는 딸이 몸을 망칠까 두려워 남자친구도 사귀지 못하게 했어. 하지만 샤오커와 나는 두 번째 만났을 때 곧바로 몸을 섞었지. 처음에 우리가 만났던 장소도 늘 그녀 집 근처에 있는 여관이었어. 매번 만나는 시간은 한 시간 정도에 불과했어. 물론 나는 훨씬 더 자유로웠지만 할머니와 고모에게는 그녀의 존재를 숨겨야 했거든.

할머니는 내가 사랑 때문에 집을 떠날까봐 늘 노심초사했어. 이때부터 나는 더 이상 할머니한테 신경을 쓰지 않았지. 대학에 입학하자마자 나는 연애를 했어. 할머니의 반응은 아주 격렬했지. 항상 꼬투리를 잡아 말싸움을 걸어왔고, 그 여자애한테 달려가 위협하면서 겁을 주곤 했어. 나는 너무 화가 나서 집을 나와버렸지. 몇 달 후 여자

친구는 나를 떠나 자신을 미친 듯이 쫓아다니던 남자를 좋아하게 됐어. 나는 짐을 싸서 다시 집으로 돌아가야 했지. 할머니는 아무 말도 하지 않았어. 반면에 고모는 나에게 아주 극진했지. 매일 내가 좋아하는 음식을 만들어주고, 주말에는 함께 산에도 오르곤 했어. 바람이 세차게 부는 산꼭대기에서 고모가 그러더군. 네가 그렇게 무심하게 가버리고 나서 나 혼자 남아 네 할머니를 보살펴야 했어. 정말 무서워 죽는 줄 알았다. 그때 이후로 나는 여자친구와 오래 사귀어본 적이 없어. 아마 그럴 만한 대상이 없었던 것 같아.

하지만 샤오커는 예외였어. 우린 수시로 '몰래 도망치는' 일을 상의했지. 둘이서 몰래 이곳을 빠져나가 다른 곳에서 새로운 삶을 시작하자고 했어. 그 장면에서 나는 늘 어릴 적 너에게 함께 먼 데로 가자고 했던 일을 떠올리곤 했지. 기억나? 네 아버지가 베이징에 계셔서 너도 베이징으로 가야 했잖아. 그런데 나는 엄마를 찾으러 선전深圳으로 가고 싶었지. 광저우廣州일 수도 있었어. 난 엄마가 도대체 어디 있는지 정확히 알지 못했거든. 우린 집을 떠날 계획을 세웠지. 우선은 네가 아빠를 만나러 가는 데 내가 따라가주고, 다시 우리 엄마를 만나러 가는 길에 네가 동행하기로 했어. 우리는 장거리 기차를 타고 덜컹거리는 객차 안에서 잠들었다 깨어났다 하면서 창밖으로 날듯이 스쳐 지나가는 나무들을 바라봤다. 뜨거운 김이 모락모락 나는 컵라면 하나를 함께 나누어 먹기도 했어. 내 양말을 빨아주겠다는 너의 말이 고마워 나는 도중에 열차가 멈추면 플랫폼에 내려가 고구마를 사다주겠다고 했지. 돈이 남으면 아이스크림도 꼭 먹게 해달라는 요구에도 동의했어. 이런 상상은 아무리 반복해도 질리지 않는 놀이처럼 늘 우리를 흥분시켰지. 세월이 많이 흐른 뒤에 나는 그때의 모의를 또다시 시작했어. 샤오커와 함께 말이야. 하지만 이번에는 좀더 현실적이었지. 우리는 상하이上海로 갈 계획이었어. 그곳에는 기회가 훨씬 많으니까 어쩌면 돈도 좀 벌어 자기 사업을 시작할 수도 있을 거라고 생각했지. 우리는 만날 때마다 항상 이런 얘기를 했고, 너무 신이 나서 내일 당장 떠나자고 약속하곤 했지. 하지만 결국에는 한 시간 뒤에 각자 집으로 돌아가고 말았어.

그러다가 그해 5월에 할머니가 입원하셨어. 할머니의 몸은 여러 날 동안 심하게 열이 나더니 도무지 내려가질 않았어. 순식간에 많이 야위어졌지. 결국 검사 결과 간암 말기 판정을 받으셨어. 의사는 할머니에게 3개월을 넘기지 못할 거라며 집으로 돌아가라고 했지. 그때 이미 할머니는 정신이 흐려져 있었어. 항상 나랑 고모가 당신을 해칠 거라고 생각하면서 아무리 설득해도 병원을 나가려 하지 않으셨지. 의대 부속병원의 입원병동은 항상 오가는 사람들로 북적였어. 할머니는 할아버지가 왕년에 병원 간부였고 고모도 병원에서 일하는 직원이라는 배경 덕분에 결국 외딴 병동에 들어가실 수 있었어. 전에 할아버지가 오랫동안 입원해 있던 그 병동이었지. 그곳은 죽을 날만 기다리는 노인들이 입원해 있어서 거의 양로원이나 마찬가지였어. 간호사들도 드세고 포악하기로 악명 높아 할머니도 적잖이 고생을 하셨지. 더구나 할머니는 나와 고모를 몹시 경계하면서 은행 통장과 패물들을 전부 몸에 지니고 계셨어. 누군가 훔쳐갈까봐 걱정하느라 밤새도록 잠도 편히 못 주무셨지.

"집안 물건들은 함부로 손대면 안 된다. 난 금방 다 나아서 며칠 후면 집으로 돌아갈 거니까."

할머니가 말씀하셨어. 우리가 바로 옆에서 할머니가 하루하루 쇠약해져가는 모습을 지켜보고 있는데도 말이야.

5월 말쯤 샤오커가 갑자기 여행용 캐리어를 끌고 우리 집 건물 아래 나타났어. 그녀는 아버지와 결별했고, 집 근처 피트니스센터의 일도 그만뒀다면서 이미 마음속으로 다시는 돌아가지 않기로 결심했다고 하더라고.

　나는 일단 그녀를 임시로 우리 집 건물 위층에 머물게 했어. 넌 오후에 나를 찾아왔을 때 서구의 낡은 건물들이 전부 철거되고 할머니가 살았던 8동만 남아 있는 것을 보고 의아해했을 거야. 원래 그 건물도 철거될 예정이었지만 우리 할머니가 이사하지 않겠다고 우기면서 학교 측에 두 배의 보상금을 요구했지. 결국 다른 사람들은 다 이사해 가고, 우리 집만 남게 되었어. 의대 철거사무소에서 사람을 보내 하루 종일 할머니를 설득해봤지만 아무 소용이 없었지. 그들은 우리 할머니가 상대하기 까다로운 데다 걸핏하면 죽네 사네 하며 소란을 피우는 터라 몹시 두려워했어. 그래서 잠시 그 건물을 철거하지 않고 사태를 지켜보기로 했지. 그들은 할머니가 2년 이상 버티지 못할 것으로 생각하는 듯했어. 하지만 뜻밖에도 할머니는 아주 오래 사셨고, 그사이에 학장이 두 번이나 교체됐지. 이웃들이 전부 이사 가고 나자 할머니는 자물쇠를 비틀어 문을 열고는 그 집들을 자기 것처럼 차지했어. 그리고 나와 고모에게 싸구려 스프링 침대와 플라스틱 식탁 세트를 사서 들여놓게 한 다음, 인근 전자상가에 일하러 오는 외지인에게 임대를 했지. 이때부터 할머니는 건물주가 되어 하루 종일 건물을 오르락내리락하면서 방세를 받으러 다녔어. 상당히 알찬 하루하루였지. 이렇게 7, 8년을 지내다가 나중에는 전자상가가 다른 지역으로 옮겨가면서 임차인들이 점점 줄어들더니 결국에는 전부 이사를 가고 건물이 텅 비어버렸어. 건물 전체를 통틀어 우리 집 한 가구만 남게 되었어. 벽의 갈라진 틈은 점점 벌어졌고 전기회로가 수시로 고장나 걸핏하면 정전이 되곤 했지. 위층 창문의 유리도 죄다 깨져 바람이 세차게 불 때면 창틀이 요란하게 흔들리는 게 마치 귀신들이 소란을 피우는 것 같았어.

나는 샤오커를 3층 동쪽 방에 머물게 했어. 우리는 모든 창문을 활짝 열어놓고 벽 위의 거미줄을 깨끗이 제거했지. 샤오커는 내가 가지고 간 라디오를 틀어놓고 흥얼흥얼 노래를 따라 부르며 바닥을 쓸었어. 길게 연결한 호스로 바닥에 물을 뿌리면서 청소를 하던 내가 갑자기 등 뒤에서 그녀를 공격하자 그녀도 호스를 빼앗아 반격하더군. 우리 둘은 텅 빈 방 안에서 온몸이 흠뻑 젖도록 쫓고 쫓기며 추격전을 벌였어. 그러고는 비닐로 싸인 2인용 침대 위에서 사랑을 나누었지. 매번 사랑을 나누고 나면 그녀의 얼굴에는 붉은 반점이 번지고 미세한 발진이 잔뜩 돋아나곤 했지. 이 때문에 그녀는 몹시 난처해했지만 나는 오히려 그런 모습이 정말 아름답다고 생각했어.

그로부터 얼마 지나지 않아 나는 상사와 갈등이 생겨서 홧김에 직장을 그만둬버렸어. 시간이 많아 하루 중에 새벽이든 정오든, 아니면 저녁이든 아무 때나 그녀를 찾아갈 수 있게 되었지. 고모가 야근을 할 때면 나는 곧장 위층으로 올라갔어. 때로는 할머니 식사를 챙겨주러 병실에 가거나 혹은 고모 심부름으로 간장을 사러 나가면서 잠깐의 틈을 이용해 위층으로 올라가기도 했지. 가서 그녀를 한번 보고 나오기도 하고 그녀에게 밖에서 사온 볶음밥을 전해주기도 했어. 그렇게 여름이 왔지. 우리 두 사람은 모기장을 치고 침대 매트리스를 뗏목 삼아 하루 종일 그 위에서 밥도 먹고, 비디오도 보고, 게임도 하며 시간을 보냈어. 사랑을 나누기도 했지. 탈진할 때까지 쉬지 않고 그짓을 하기도 했어. 둘 다 아무 말도 하지 않았지만 사실은 둘 다 기다리고 있었어.

최근 몇 년 동안 나와 고모는 집을 옮길 수 없었을 뿐만 아니라 가구 하나도 바꿀 수 없었고, 낡은 생활 방식도 바꿀 수 없었어. 모든 일을 할머니 뜻에 따라야 했지. 원래의 자리를 고수하는 것이 바로 할머니의 뜻이었어. 우리는 줄곧 할머니가 떠난 뒤에 새로운 삶을 시작할 수 있기만을 기다렸지. 이제는 샤오커도 그 기다림의 대열에 합류했어. 그녀는 내가 해방되어 자신과 함께 이곳을 떠날 수 있게 되기를 기다렸지. 하지만 누구도 이 일을 입에 올리지 않고 그저 묵묵히 기다릴 뿐이었어.

우리는 대낮에 맥주를 마시고 벌거벗은 채로 바닥에 누워 배꼽이 뜨거워질 때까지 햇볕을 쬐기도 했어. 엉망으로 취해 사지에 힘이 다 풀린 몸으로 흐물흐물 기어 그녀 안으로, 그 심원한 핵심 속으로 파고 들어가기도 했지. 끈적끈적한 액체가 점점 많아지고 뜨거운 가장자리까지 흥건하게 적시자 경련이 온몸을 휘감았어. 나는 몸을 숙이고 눈을 감은 채 그녀의 몸속 깊숙한 곳에 완전히 잠겼어. 좁은 골반으로 지탱되는 몸뚱이가 한없이 부드러워지면서 전율 속에서 움츠러들었지. 나는 몸이 마비되어 더 이상 사정을 할 수 없을 때까지 멈출 수가 없었어. 발기 상태가 오래 지속되면서 수그러들 줄 몰랐지. 그 고독한 견고함이 청춘의 마지막 광란의 환희인 듯 나를 아득한 미망에 빠뜨렸어.

6월 말에 할머니는 중환자실에 들어가셨어. 우리가 도착했을 때는 아주 맑은 정신으로 산소호흡기를 빼달라고 요구하셨지. 할머니가 고모에게 물었어.

"네 아버지가 벌써부터 그곳에서 날 기다리고 있겠지?"

고모는 머뭇거리며 모르겠다고 대답했어. 잠시 후 할머니가 갑자기 고개를 가로저으며 말했어.

"더 이상은 혼자 있고 싶지 않구나."

할머니는 이틀 후 숨을 거두셨어. 그때 나는 샤오커를 안고 낮잠을 자고 있었지. 고모의 전화를 끊고 나서도 나는 다시 누워 샤오커를 안았어. 샤오커는 눈을 동그랗게 뜨고는 무슨 일이냐고 물었지. 나는 그녀에게 움직이지 말고 그대로 잠시만 누워 있자고 했어. 해탈의 맛은 상상했던 것과는 달랐어. 난 약간 어지러움을 느꼈지.

장례식은 아주 썰렁했어. 할머니는 난위안에서 악명 높은 인사였거든. 모두 할머니를 피해다니느라 바빴으니 무슨 왕래가 있었겠어. 돌아오는 길에 큰비가 내리기 시작하더군. 나랑 고모는 버스에서 내려 유골함을 감싸 안고 우체국 처마 밑으로 뛰어 들어갔어. 우리가 그곳에 서 있는 동안 비는 점점 거세졌고 전혀 멈출 생각이 없는 듯했어. 고모는 갑자기 울음을 터뜨리더군. 고모가 말했어. 칭궁, 이제 난 이 세상에서 고아가 됐어. 너마저 날 업신여기면 안 돼.

우리는 할머니를 도시 교외의 산에 묻었어. 할머니 혼자였지. 옆에 다른 친척 하나 없이 무척이나 쓸쓸했어. 원래는 유골함을 고향으로 보낼 생각이었지만 고모가 아는 것이라곤 할머니가 산둥山東 자오현 曹縣 사람이라는 것뿐이었어. 어느 마을인지는 정확히 몰랐지. 열일곱 살에 고향을 떠나온 할머니는 다시는 돌아가지 못한 셈이야. 집으로 오는 길에 고모가 그러더군. 할머니를 묻어 조상 묘가 생겼으니 이제 우리도 이 도시에 둥지를 튼 셈이라고 말이야.

대단했던 독재자가 죽고 나자 사람들은 무서운 공허 상태에 빠졌어. 반항이 이미 필생의 사업이 되어 있었지. 이것 말고는 사람들이 할 줄 아는 게 없었어. 이제 하늘에서 자유가 뚝 떨어졌지만, 그 자유라는 것은 정밀하고 복잡한 기기와 같아서 사람들은 그걸 손에 들고도 어떻게 사용해야 하는지 몰랐어. 그 후 일주일 동안 나와 고모는 조심스럽게 예전의 방식대로 생활했어. 고모는 여느 때처럼 출근했다가 퇴근해서 돌아왔고, 나는 낮에는 샤오커를 찾아갔다가 저녁에는 장을 보러 나갔지. 밤이 되면 나와 고모는 그 낡은 사각 식탁 양쪽에 마주 앉아 밥을 먹었어. 머리 위의 백열등 불빛은 망가진 그대로라 불길한 예감에 떨리는 눈꺼풀처럼 쉴 새 없이 깜빡였지. 고모도 할머니가 계실 때와 마찬가지로 채소를 흐물흐물하게 될 때까지 익혔어. 기름때가 덕지덕지 앉은 식탁보에는 할머니의 침 냄새가 배어 있어 할머니가 우리 둘 사이에 앉아서 갈비를 뜯던 모습을 떠올리게 했지. 일요일이 되자 나의 제안으로 우리는 정수기를 한 대 사러 갔어. 고모가 늘 갖고 싶어했던 착즙기도 샀지. 우리가 그렇게 바라던 새로운 생활이라는 것은 이게 전부였어.

　나와 샤오커의 생활도 이전과 달라진 것이 없었어. 하지만 그녀는 내가 가지고 간 담배를 피우기 시작했고, 캐리어 속에 든 딱할 정도로 적은 옷가지들을 하나하나 가지런히 개켜두었어. 어느 날 오후, 그녀는 밖에 나가 문신을 하고 왔어. 손바닥에 작은 새 한 마리를 새겼더군. 그녀는 그 새가 평화의 비둘기라며 세계 평화를 기원하는 의미라고 하더라고. 그러더니 키득키득 웃었어. 사실은 뭔가를 꾸미고 싶었는데 뭘 꾸며야 할지 생각나지 않아 결국 문신을 생각해냈다더군. 평화의 비둘기는 그녀의 성정에 잘 어울리는 것 같았어. 그녀는 어릴 때부터 아버지랑 엄마가 싸우는 모습을 많이 봐온 탓인지 싸움에 대해 심한 거부감을 나타냈거든. 누군가와 언쟁을 해본 적도 없었어. 그녀는 내게 원망의 말 한마디조차 하지 않았어. 나는 그녀의 무거운 침묵을 느꼈지. 그 침묵은 매일 전날보다 조금씩 더 무거워져갔어.

　나도 내가 왜 아직 떠나지 않고 있는 건지 모르겠더군. 아마 할 일을 다 끝내지 못해서였던 것 같아. 그래서 고모가 이사하는 걸 돕기로 했지. 병원 측에서 고층 아파트에 집을 한 채 남겨뒀었어. 언젠가 우리가 이사를 하게 되면 곧바로 들어가 살 수 있도록 준비해둔 거였지. 나와 고모는 집을 보러 갔어. 12층에 자리한 집은 채광이 좋고 발코니도 아주 넓었어. 우리는 이사 준비를 시작했고 주말에는 대대적인 청소를 했지. 할머니는 쓰레기를 쟁여두는 취미가 있어서 평소에 웬만한 것은 버리지 않았어. 털이 다 빠져 민숭민숭한 닭털 먼지떨이와 이가 부러진 빗, 다 쓰고 빈 철제 화장품 케이스 같은 것을 그대로 간직하고 있었지. 우리는 이런 것을 전부 커다란 종이 박스에 넣어 벽 쪽에 쌓아두었어. 원래는 삼륜차를 한 대 빌려 쓰레기장으로 가져가려 했지만, 며칠 동안 비가 오는 바람에 잠시 미뤄두었지. 내가 아주 어렵게 삼륜차를 빌려와 물건들을 밖으로 들고 나가는 것을 보고는 고모가 갑자기 입을 열었어.

"내가 죽은 다음에 함께 버리는 게 어떻겠니? 어차피 몇 년 남지 않았는데 말이야."

나는 그 말에 아랑곳하지 않고 계속 물건을 옮겼어. 그랬더니 고모가 달려와 문 앞을 막아서더라고.

"난 집 안 옮기고 그냥 여기서 쭉 살래. 가고 싶으면 너나 가도록 해."

"난 진즉부터 가고 싶었다고요."

나는 캐리어를 내버려둔 채 문을 박차고 나와버렸어.

난 샤오커에게 가지 않고 조그만 음식점에 가서 국수를 한 그릇 먹었지. 그런 다음 밤늦도록 거리를 배회했어. 다음 날 고모랑 잘 상의해서 새 건물로 이사해 들어가게 할 작정이었지. 그런 다음 고모에게 친구가 상하이에 일자리를 소개해줘서 한번 가볼까 한다고 말하려 했어. 집으로 돌아와 문을 열자마자 집 안에 불이 환하게 켜져 있는 모습이 눈에 들어왔어. 고모는 거실에 앉아 있고 식탁 위에는 이미 다 식어버린 음식들이 그대로 놓여 있었어. 고모는 아무것도 먹지 않고 있었던 거야. 난 그냥 방으로 들어가려고 했지만 고모가 소리를 지르며 나를 불러 세우더니 할 말이 있다고 하더라고. 내가 자리에 앉자 고모가 다시 입을 열었어.

"나도 내가 왜 이러는지 모르겠어."

고모는 울기 시작했어.

"네 할머니가 돌아가신 뒤로 난 밤에 잠을 잘 수가 없어. 오래전에 지나간 너무 많은 일이 머릿속에 계속 떠올라. 마치 영화를 보고 있는 것 같아. 난 무대 아래서 관객이 되기도 했다가 또 무대 위로 올라와 연기자가 되기도 해."

"네가 알지 모르겠지만, 난 아주 이상한 느낌이 들어."

고모는 고개를 푹 숙인 채 쉴 새 없이 좌우로 가로저었어.

"네 할아버지는 아직 안 돌아가셨어……."

"식물인간으로 42년을 살 수 있는 사람은 없어요."

나는 자신이 42년이라는 숫자를 말할 수 있다는 사실이 놀라웠어. 마음속으로 계속 세고 있었던 것 같아. 하지만 우리는 아주 오랫동안 할아버지 얘기를 꺼내지 않았지. 할아버지는 20년 전에 실종됐거든. 어느 날 밤 병실에서 누군가에 의해 몰래 옮겨져 그 뒤로는 행방을 알 수 없었지.

"하지만 기적이 일어나지 않는다고 단정할 수는 없지. 그때 네 할머니도 중환자실에서 그렇게 물었잖아. 뭔가 알고 계셨던 게 분명해. 죽음을 눈앞에 둔 사람은 평소보다 많은 것을 알게 되는 법이지."

"그런 건 다 엉터리 추측일 뿐이에요. 전혀 근거가 없다고요."

"아니야 있어."

고모가 말을 이었지.

"네 할머니 장례를 치르러 가서야 가족이 아니면 증명서 없이 화장을 진행할 수 없다는 걸 알게 됐지. 그럼 네 할아버지 시신은 어떻게 처리했을까? 매장했을까? 아무데나 유기했을까? 그건 다 범죄잖아. 그러니 한가지 방법밖에 없어."

고모가 나를 빤히 보며 말했어.

"네 할아버지를 몰래 되돌려놓는 것뿐이지."

"할아버지를 몰래 데려가는 것은 범죄가 아닌가요? 누가 붙잡힐 위험을 무릅쓰면서 할아버지를 다시 모셔다놓겠어요?"

"우리 건물은 모두 이사 가버려서 텅 비어 있잖아. 밤에 문 앞에 데려다놓으면 아무도 보지 못할 거라고."

"그래서 새벽에 문을 열면 할아버지가 밖에 누워 있을지도 모른다고 그렇게 매일같이 기다리시는 거예요?"

"내가 기다리는 게 아니고, 네 할머니가 기다리셨지."

고모가 말했어.

"네 할머니가 그때 왜 그렇게 죽어도 이사를 가지 않겠다고 버텼는지 이제야 알 것 같아. 이게 이유였어."

"됐어요."

내가 쏘아붙였지.

"할머니는 내내 할아버지가 일찍 돌아가시기만을 기다렸어요."

"사람은 때때로 자신이 속으로 무슨 생각을 하는지 모르기도 하지. 나도 내가 줄곧 이사를 가고 싶어하는 줄 알았거든. 좀더 큰 집으로 옮겨서 그럴듯한 내 방도 갖고 싶어한다고 생각했어. 하지만 지금은…… 잘 모르겠어. 난 그냥 여기서 기다려야 한다는 생각뿐이야. 네 할아버지 일이 아직 끝나지 않았으니까."

고모는 또 울기 시작했어.

"그런 얘긴 그만하세요."

내가 말했지.

고모가 모종의 진상을 얘기한 거였어. 우리의 기다림은 할머니가 죽은 걸로도 끝나지 않았던 거지. 우리가 기다리는 건 따로 있었으니까. 할아버지가 다시 돌아오기를 기다리고 있었던 건지 아닌지는 나도 확실하게 말할 수 없어. 하지만 나도 할아버지에 관한 모든 것이 끝났다고는 믿을 수 없었지. 뭔가 풀리지 않은 수수께끼가 남아 있어서가 아니야. 알아야 할 건 다 알고 있었지만, 어떤 감정상의 문제들이 아직 완결되지 않았던 거야. 그 문제들은 누구에게 떠넘길 수 없는 채로 허공에 걸려 있었던 거지.

우리 둘 다 더 이상은 말하지 않았어. 고모가 소리 죽여 흐느꼈어. 나는 식탁 위에 놓여 있던 볶은 땅콩 접시를 내 앞으로 끌어다놓고 한 알 한 알 입에 넣기 시작했지.

그때 이후로 고모는 혼자 있는 것을 점점 더 두려워했어. 밥을 할 때도 내게 옆에 서서 말을 걸어달라고 하더군. 더구나 밤에는 나를 집 밖에 나가지도 못하게 했어. 나는 고모와 함께 소파에 앉아 무료한 드라마를 보거나 수박을 먹었어. 고모는 쉴 새 없이 땀을 흘리면서 아주 두꺼운 스웨터를 짜고 있었어. 손을 움직여 뭐라도 해야 그나마 초조함을 덜 수 있었던 거지. 나는 나중에야 고모에게 갱년기가 찾아와 몸 안의 잉여 욕망들을 처리하고 있다는 것을 알게 됐어. 당장 폐기돼야 할 아궁이에 남은 석탄까지 탈탈 털어넣고 뜨겁게 활활 태우는 것 같았지. 할머니가 돌아가시자 마치 집 안에 나이든 여인의 공백을 메우기라도 하듯이 고모에게 갱년기가 찾아왔던 거야. 고모는 할머니의 괴팍하고 의심 많은 성격과 강렬한 소유욕을 물려받았고, 할머니가 이 낡은 집에 남겨둔 희망과 기대를 물려받았어. 물론 고모가 늙어 힘이 없다는 것은 거역할 수 없는 사실이었지. 하지만 그래도 고모에게 갱년기가 찾아온 것은 지나치게 가혹한 일이라는 생각이 들었어. 고모는 아직 처녀일 가능성이 높았으니까 말이야. 고모의 몸 속에 흐르는 피가 평생을 헛돈 것이나 다름없었지.

샤오커는 내게 자신과 함께 떠날 생각이 있는지 더 이상 묻지 않았어. 언제부터인가 그녀는 이미 답을 알고 있었던 듯했지. 그럼에도 그녀는 내가 먼저 뭐라고 얘기해주기를 기다리고 있었어. 그녀는 방 안을 이리저리 서성이며 피가 나는 것도 모른 채 팔뚝의 모기 물린 상처를 계속 긁어댔어. 나는 벽 한쪽 구석에 앉아 맥주를 마시면서 생각에 잠겼어. 좀더 마셔 취하면 그녀에게 뭔가 얘기할 수도 있었겠지. 하지만 나는 끝까지 말을 꺼낼 수가 없었어. 너무 오랫동안 안 한 얘기라 이미 녹이 슬어버렸던 거야. 밖에는 큰비가 내리고 있었어. 온 방 안에 이별의 분위기가 넘쳐흘렀지. 샤오커는 창문 앞에 서 있다가 갑자기 이 황량한 건물 밖으로 몸을 내밀었어. 날아오르려는 비둘기 같았지.

마지막으로 사랑을 나눌 때 그녀가 나를 꽉 껴안았던 것이 기억나는군. 손톱이 살 속으로 파고들 정도였지. 모기장이 당겨져 고정시킨 곳이 풀리면서 우리 두 사람의 몸을 덮쳤어. 그녀는 모기장으로 얼굴을 가렸지. 신부가 면사포를 쓴 것 같았어.

"나를 아내로 맞아줄 거야?"

그녀는 얼굴 가득 정색을 하면서 물었어.

"응."

그녀가 아주 엄청난 농담을 듣기라도 한 것처럼 깔깔거리며 웃더니 결국엔 눈물을 흘리더군.

샤오커는 떠나면서 내게 작별 인사를 하지 않았어. 내게 이 소식을 전한 사람은 고모였지. 고모가 새벽에 쓰레기를 버리러 내려갔다가 위층에서 여자애가 내려오는 것을 본 거야.

"제가 찾는 사람이 벌써 이사를 갔네요."

그녀는 고모에게 이렇게 말하고는 캐리어를 끌고 멀어져갔어.

제
2
장

리 자 치

너도 이 방이 춥다고 느끼니? 술을 마시면 좀 나아질 거야. 서서히
따뜻해질 테니까. 너도 술을 좋아한다니 정말 기뻐. 우리가 같은 취
미를 키워왔다는 건 일종의 묵계라고 할 수 있지 않을까? 나는 주량
이 보통 수준이라 금세 취할지도 몰라. 하지만 걱정하지 마. 쓸데없
는 말은 안 할 테니까. 어쩌면 정반대로 머리가 훨씬 맑아질 수도 있
겠지. 술이 기억력을 좋게 할 수도 있거든. 등잔불 하나가 먼지로 가
득해 칠흑같이 어두운 구석을 환히 밝히는 것 같은 상황을 경험해
보지 못했니?

가끔씩 어째서 페이쉬안은 나와 한집에서 태어났으면서도 집에서
배운 것은 그렇게 다른 걸까 하는 생각이 들곤 해. 사실 그런 차이는
우리 아빠 세대에도 이미 있었지. 페이쉬안의 아빠, 그러니까 우리 삼
촌은 어릴 때부터 할아버지를 신처럼 떠받들었거든. 인생의 모든 중요
한 일은 항상 할아버지 의견을 따라 결정했지. 할아버지는 늘 자신은
한번도 자식들에게 뭘 하라고 강요한 적이 없고, 단지 당신의 의견을

말했을 뿐이었다고 말씀하시곤 했어. 하지만 그 의견이라는 것이 실제로는 환자에게 내리는 처방처럼 거역할 수 없는 권위를 지니고 있었던 거지. 하지만 우리 아빠는 그런 권위를 무시했고 할아버지의 뜻을 늘 거역했어. 아빠는 그야말로 이 집안의 반역자인 셈이었지.

나는 아주 어렸을 적부터 이미 아빠와 할아버지 사이에 어떤 힘의 대치가 존재한다는 것을 느끼고 있었어. 아빠와 할아버지가 함께 있으면 금방이라도 터져버릴 것 같은 팽팽한 긴장감이 흘렀거든. 두 분은 거의 아무 말도 나누지 않았어. 꼭 해야 할 말이 있으면 할머니를 통해서 했지. 할머니는 항상 아빠에게 무슨 말을 하고 나서는 "네 아버지 의견이다"라고 한마디 덧붙였어. 아빠가 할머니에게 뭔가 얘기할 때도 "아버지께 전해주세요"라는 말로 시작되는 것은 전부 할아버지에게 하는 말이었어. 당시 나는 두 분 사이가 안 좋은 것이 아빠가 엄마와 결혼했기 때문일 거라고 생각했어. 확실히 그것도 한가지 원인이긴 했지. 하지만 나중에 알고 보니 아빠는 할아버지에게 맞서기 위해 엄마랑 결혼한 거였어.

아빠를 처음 만났을 때, 엄마는 아직 두 볼이 발그스름한 시골 처녀였어. 조상 대대로 십팔리장十八里莊이라는 그 마을을 떠나본 적이 없었지. 상산하향上山下鄕(1966년부터 1976년까지 문화대혁명 기간에 중국공산당이 도시의 지식청년들을 농촌으로 보내 생활과 노동을 통해 의식을 개조하려 했던 정치운동으로 '하방下放'이라 불리기도 한다)이 아니었다면 아빠는 영원히 엄마를 만나지 못했을 거야. "지식청년들이여, 농촌으로 가라!"라는 구호가 없었다면 이 세상에 나라는 존재는 생겨나지 않았겠지. 어떤 구호 때문에 세상에 태어났다고 하면 생명이 너무 하찮은 것처럼 들릴 수도 있을 거야. 하지만 내가 운이 아주 좋았다고 생각해야 하지 않을까. 이 나라에서는 어떤 구호 때문에 태어나지도 못하는 아이들이 훨씬 더 많았으니까 말이야.

'천지는 넓고, 할 일은 많은' 시골에서 우리 아빠는 정말로 '할 만한' 일을 찾지 못해서 엄마랑 연애를 했어. 당시 아빠는 이미 할아버지와의 사이가 너무 나빴기 때문에 어떻게든 집을 벗어나기 위해 시골로의 하방을 선택했지. 외할아버지 집은 그 지역에서 알아주는 큰 부자였어. 사람도 많고 전답도 많아서 아빠 한 분 때문에 먹는 입이 늘어나는 것도 아니고 일손을 덜게 되는 것도 아니었지. 게다가 엄마는 마을 전체에서 가장 예쁜 아가씨였어. 엄마는 그윽하게 아름다웠지. 산속을 조용히 흐르는 맑디맑은 샘물 같았어. 아빠는 엄마에게 한눈에 반했지. 아빠가 미인을 좋아한다는 사실을 나는 이제껏 인정하고 싶지 않았어. 그 점을 인정하면 아빠가 천박하게 비칠 것 같았거든. 엄마는 농사일도 참 잘했어. 돼지를 키우는 일이며 닭을 치는 일까지 못하는 것이 없었지. 애석하게도 나중에 도시로 나가게 되었을 때는 이런 장점들을 가지고 갈 수 없었어. 엄마가 유일하게 도시로 가져갈 수 있었던 것은 미모뿐이었지. 아름다움은 호구와 달라 도시에서도 통했어. 그렇게 두루 통용되는 미모 덕분에 사람들은 엄마가 시골 출신인 데다 학교도 제대로 다니지 않아 아는 글자가 얼마 없다는 사실을 자주 잊곤 했지. 엄마가 사람들과 잘 어울리지 못해 느껴야 했던 외로움이 쉽게 간과되었던 것도 그 미모 때문이었어. 내가 엄마의 외로움을 알아차렸을 때는 엄마가 도시에 온 지 이미 20년이 훨씬 넘었던 때였어. 그때 엄마는 더 이상 아름답지 않았지.

아빠는 영원히 시골에서 살겠다고 말하곤 했어. 하지만 그건 한때의 격정으로 한 말이었을 뿐, 아빠도 도시에서 온 모든 젊은이와 마찬가지로 힘들고 따분한 생활을 금세 못 견뎌 했지. 나중에 도시에서 일꾼을 모집하자 아빠는 곧바로 도시로 돌아가버렸어. 그리고 얼마 지나지 않아 할아버지께 엄마와 결혼하겠다는 얘기를 했지. 그제야 온 식구가 엄마의 존재를 알게 됐어.

할아버지는 두 분의 결혼을 완강하게 반대했어. 할아버지는 아빠를 동료였던 린林 교수의 딸과 결혼시키고 싶어했거든. 린 교수의 딸은 음악을 전공했고 바이올린 솜씨가 아주 감동적이었어. 게다가 아빠를 무척 흠모한 터라 일부러 찾아와 표를 건네면서 자신이 속한 극단의 공연을 보러 와달라고 초대하기까지 했지. 그런데 엄마에게서 나중에 들은 얘기에 의하면 연적이라고 할 수 있는 이 아가씨가 까무잡잡한 피부에 키가 작고 통통한 데다 아주 두꺼운 안경을 끼고 있었대. 어렸을 때 나는 종종 마음속으로 아빠가 린씨 아가씨와 결혼했을 경우의 장단점을 이리저리 따져보곤 했지. 그럴 때마다 내가 까무잡잡하고 키 작은 아이로 자랐을 것이고, 일찌감치 안경을 썼을지도 모른다는 생각이 들었어. 하지만 바이올린을 켤 수도 있었겠지. 그랬다면 모두 각자의 솜씨를 선보여야 하는 신년 모임에서 너랑 다빈과 함께 재미도 없는 소품 따위를 함께 공연할 필요 없이 혼자 정적이 감도는 조용한 교실 한가운데로 걸어가 바이올린을 어깨 위에 얹은 다음, 애절하게 바이올린 협주곡 「량주梁祝」를 연주했겠지.

할아버지는 아빠가 엄마와 결혼하면 나중에 틀림없이 후회할 거라고 말했어. 하지만 아빠는 후회하더라도 자기 일이니 상관하지 말라고 했지. 눈이 내리던 어느 날 아침에 아빠는 엄마를 데리고 나가서 결혼증명서를 발급받았어. 두 사람은 그냥 이렇게 결혼을 했지. 혼례도 없었고 신방이나 예물도 없었어. 두 분은 잠시 동안 아빠 친구 집에서 지냈어. 그 10평방미터 남짓한 허름한 단층집이 엄마가 도시에서 산 첫 번째 집이 되었지. 일주일 뒤에 외할머니가 외삼촌과 함께 산 닭 한 마리와 설 떡을 찔 쌀가루 한 포대를 안고 장거리 버스를 타고 지난으로 오셨어. 친가에 인사를 하려고 찾아온 것이었는데 결국 아빠가 말리는 바람에 가지 못하셨지. 양가 사람들은 그 뒤로도 계속 서로 만나지 못했어.

막 결혼했을 때는 아빠와 엄마도 얼마간 행복한 시절을 보냈어. 어쨌든 이 가정이 첩첩산중 같은 어려움을 다 헤치고 이룬 것인 만큼 아빠에게는 무척이나 소중했거든. 엄마는 더 이상 닭을 치고 돼지를 먹이거나 뜨거운 햇볕 아래 서서 보리를 벨 필요가 없게 됐지. 낯선 도시생활이 엄마에겐 아주 신선했어. 아빠는 낡디낡은 금사자표 이팔二八 자전거로 엄마에게 자전거 타는 법도 가르쳐주었지. 어느 일요일 오후, 엄마는 서툰 솜씨로 자전거를 타고 비틀비틀 거리로 나가서는 백화점에서 평생 처음으로 콜드크림을 샀어. 이때는 이미 얼굴의 홍조가 사라지고 없었지만 당시에 찍은 사진을 보면 여전히 예뻤지. 얼마 지나지 않아 아빠는 사람들에게 부탁해서 엄마에게 일자리를 구해주었어. 가도街道(중국 대도시의 행정구역 단위로 한국의 동에 해당된다) 유치원의 보모 자리였지. 엄마는 이 일을 무척 좋아했어. 매일 아이들과 함께 노래하고 춤추고 게임을 했지. 아이들이 잠들면 살그머니 남은 밥과 반찬을 도시락 통에 담아 집으로 가져와 저녁식사로 먹었어.

당시 아빠는 양식국糧食局 수송부에서 기사로 일했어. 매일 아침 일찍 자전거를 타고 수송부로 가서 작업복으로 갈아입고 하얀 목장갑을 낀 다음, 해방표 트럭에 시동을 걸고는 짐칸 하나 가득 밀가루와 쌀을 싣고 시내를 누볐지. 바쁜 와중에 오후에 잠깐이라도 짬이 나면 아빠는 차를 몰고 엄마를 데리러 갔어. 엄마를 차에 태우고 거리를 마구 돌아다녔지. 1976년의 일이었어. 당시에는 그런 트럭이 아주 드물었지. 들리는 바로는 지난을 통틀어 스무 대가 넘지 않았대. 골목 입구에 서서 아빠가 차를 몰고 오는 걸 바라보고 있다가 길 가는 사람들의 부러운 눈길 속에서 차에 오를 때면 아마 엄마는 자신이 세상에서 가장 행복한 여인이라고 생각했을 거야. 아빠는 가끔 밤중까지 종일 바쁘게 돌아다니다가 수송부로 돌아가지 못하고 차를 집으로 몰고 오는 때가 있었어. 그러면 엄마는 몹시 기뻐하며 빗자루와 쌀포대를 들고 골목 입구까지 달려나왔어. 트럭 뒤에 올라가 희미한 가로등 불빛에 의지해 짐칸 위에 얇게 덮여 있는 쌀알을 쓸어 모아 포대에 담았지. 그러고는 그길로 잔달음을 쳐 집으로 돌아가 묵직한 쌀 포대를 들어 보이며 이 정도면 일주일은 족히 먹을 수 있다고 아빠에게 자랑하듯 말했어. 그러면 아빠도 빙긋이 미소를 지었지. 어쩌면 엄마가 귀엽다고 생각했을지도 몰라. 엄마의 근검절약은 그나마 당시에 아빠가 무척 자랑스럽게 여기는 미덕이었으니까 말이야.

여기까지가 아빠가 엄마에게 이혼하자고 했을 때 엄마가 내게 해줬던 얘기야. 엄마는 그렇게 몇 날 며칠을 옛 기억을 더듬었지. 엄마는 갑자기 변했어. 더 이상 예전의 그 초라하고 거친 시골 여인이 아니었지. 깊은 슬픔이 엄마를 자신의 이해 능력을 초월하여 사랑을 너무나 잘 아는 여인으로 변화시켰던 거야. 내게는 그 며칠 동안처럼 엄마를 그렇게 좋아하고, 엄마의 얘기를 그렇게 듣고 싶었던 적이 없었어. 나는 사랑이 뭔지 잘 아는 모든 사람을 좋아하거든.

결혼한 그해에 아빠와 할아버지 사이에는 전혀 왕래가 없었어. 그러던 어느 날 삼촌이 갑자기 아빠를 찾아와 할아버지가 만나고 싶어한다고 말했지. 아빠는 내키지 않았지만 억지로 집엘 한번 다녀왔어. 할아버지가 정부에서 올해 대입시험을 부활시킨다며 꼭 응시해보라고 말씀하셨다나봐. 하지만 아빠는 지금의 생활에 만족한다고, 다른 사람이 시키는 일을 할 생각은 없다고 잘라 말했지. 두 분은 몇 마디 나누지도 않고 언짢게 헤어졌어. 이 일 때문에 할머니도 처음이자 마지막으로 일부러 시간을 내서 엄마를 만나러 왔지. 나중에 엄마는 아빠를 설득해달라는 할머니의 부탁을 들어준 것을 두고두고 후회했어. 엄마의 제한된 식견으로는 대학을 다닌다는 게 무엇이고, 인생에 얼마나 큰 변화를 가져다줄지 상상도 할 수 없었거든.

엄마의 설득이 얼마나 큰 영향을 미쳤는지는 모르겠지만, 어쨌든 아빠는 결국 대입시험을 치렀어. 어쩌면 처음부터 치르고 싶었으면서 그저 할아버지 뜻을 거역하기 위해 어깃장을 부렸던 것인지도 모르지. 하마터면 거의 포기할 뻔했으니까. 하지만 아빠는 할아버지의 바람이었던 의학이 아닌 중문과를 선택했어. 사실 아빠는 베이징에 있는 대학에 가고 싶어했지만 결국 지난에 남게 되었어. 엄마를 데리고 베이징에 가면 머물 곳도 없는 데다 엄마에게 일자리를 구해주는 것도 쉬운 일이 아니었거든. 그때부터 엄마는 이미 아빠의 발목을 잡기 시작했던 거야.

아빠는 평일에는 학교에서 기거하다가 주말이 되어야 집에 돌아왔어. 월요일부터 토요일까지는 학교에서 톨스토이의 작품을 읽은 후 교수님이나 친구들과 함께 시와 철학에 대해 토론했고, 학교 안에 있는 작은 강당에서 영화를 봤지. 그리고 일요일이 되면 빨랫감을 잔뜩 싸들고 집으로 돌아왔어. 일단 집에 오면 아빠는 양곡 가게에 가서 밀가루 40~50근을 등에 지고 집에다 가져다놓고, 아궁이에서 구멍탄을 꺼내 임시로 세워둔 처마 밑에 옮겨놓은 다음, 꽉 막힌 아궁이를 청소했지. 게다가 우리가 살던 곳은 전기가 자주 나갔기 때문에 아빠는 언제라도 퓨즈를 갈러 나갈 준비가 되어 있었어. 아빠가 그런 일을 하는 동안 엄마는 계속 컴컴한 부엌에서 자오즈餃子를 빚었지. 아빠에 대한 호감을 어떻게 표현할지 몰라서 그저 일요일마다 자오즈만 빚은 거야. 이게 아빠의 일주일간 삶이었어. 낭만주의 몸통에 현실주의의

꼬리를 달고 있었지.

당시 아빠는 시를 썼어. 아빠의 시는 잡지에 실렸고, 여학생들이 몰래 암송하기도 했지. 아빠가 교정 안을 걷고 있을 때면 항상 등 뒤를 따르는 시선들이 있어. 나도 어렸을 때 집에 있던 오래된 잡지에서 아빠의 시를 읽은 적이 있어. 이해할 수는 없었지만 참 아름답고 낭만적인 시라고 생각했지. 그 낭만이라는 것은 사랑에 관한 것이었지만, 엄마와는 무관했어. 적어도 그걸 엄마와 연관 지어 생각하기가 어려웠지. 아빠는 몇몇 친구와 함께 시 모임을 결성해 초대 대표를 맡았어. 그들은 자주 모여 시를 읽고 토론했지. 주말에 집에 오는 일은 거의 없었어. 시 모임의 영향력은 상당했어. 당시의 주요 창립회원 가운데 몇 명은 나중에 유명한 시인이 되었지. 아빠만 빼고 말이야. 그들은 이구동성으로 우리 아빠야말로 당시 가장 재능이 뛰어난 사람이었다고 입을 모아 말했지만 현실은 달랐지.

우리 아빠는 왜 시 쓰기를 그만두었던 걸까? 그건 정말 수수께끼가 아닐 수 없어. 여러 해가 지나서야 나는 아빠의 동창생인 인정殷正이라는 분을 알게 되었어. 대학을 졸업하고 나서 아빠와 함께 학교에 남아 강의를 하면서 석사과정을 밟으셨다고 하더군. 그분 얘기로는 석사과정 1학년 때 아빠가 갑자기 시 쓰는 걸 그만두셨대. 갑자기 시쓰는 능력을 잃어버리기라도 한 것처럼 시를 쓸 수가 없었다는 거야. 아빠는 너무나 초조해서 밤새도록 잠을 못 이뤘대. 아주 어두웠던 시절이지. 그해에 또 다른 큰 사건이 있었어. 다름 아니라 내가 태어난 거지. 이 두 사건 사이에 어떤 은밀한 연관이 있는지는 아무도 몰라.

그때 아빠는 이미 엄마에 대한 감정이 차갑게 식어 있었어. 당시 우리 가족은 모두 함께 교직원 관사로 이사한 터였지. 진정한 내 집이 생긴 셈이었어. 하지만 아빠는 집에 거의 들어오지 않고 사무실에서 혼자 지내고 싶어하셨어. 어쩌면 아빠는 시 쓰는 능력을 잃은 것이 엄마와 관련 있다고 생각했는지도 몰라. 아니면 그 어려운 시기를 혼자 극복하고 싶었던 건지도 모르지.

아빠의 대학 친구들 중에 아빠랑 상황이 아주 비슷한 사람이 한 분 있었어. 그분 역시 농촌으로 하방되었을 때 현지 아가씨를 아내로 맞았지만 나중에 도시로 돌아와 대학에 다녔지. 대학을 졸업하고 얼마 지나지 않아 곧 이혼하고 같은 과 여자친구랑 결혼했어. 그 당시에 우리 아빠를 흠모했던 여자가 아주 많았다고는 하지만, 아빠는 이혼도 하지 않았고 같은 과 여자친구를 좋아하지도 않았어. 추측건대 아빠의 결혼 상태를 꿋꿋이 지켜준 것은 어쩌면 엄마와의 감정이 아니라 할아버지에 대한 반항심이었을 거야.

아빠도 점점 벌어지는 엄마와의 차이를 줄여보려고 노력하긴 했지. 아빠는 엄마를 야간학교에 보내 자학自學고시를 보게 했어. 엄마는 단속적으로 몇 년을 다녔지만 한번도 시험에 합격하지 못했지. 그러다가 엄마는 내가 태어나자 더 이상 학교를 다니지 않아도 된다는 사실에 마음을 놓았던 거야. 하지만 엄마가 이를 핑계 삼아 내가 자신의 행운의 별이라서 장차 좋은 운명을 가져다줄 거라고 믿었던 건 정말 잘못 중에서도 특별히 큰 잘못이었어. 엄마는 내가 초등학교에 들어간 뒤로 새 교과서를 받아올 때마다 이리저리 들춰보면서 그렇게 여러 해가 지났는데도 여전히 시험 보는 악몽을 꾼다고 말했어. 엄마는 또 유산했던 악몽도 꾸었지. 과거에 엄마는 아빠가 마음 편히 대학에 다닐 수 있게 해주려고 아이를 둘이나 지웠거든. 그 두 아이 가운데 어느 아이든 하나를 낳았다면 나보다는 나았을 거라는 생각에 엄마가 무척이나 안쓰러웠어. 어쩌면 그 두 수정란 속에 엄마에 대한 아빠의 애정이 조금이나마 남아 있었을지도 모르니까 말이야.

철이 든 이후로 나는 아빠가 엄마를 사랑하지 않는다는 걸 알았어. 그저 결혼을 했으니까 함께 살 뿐이었지. 나는 결혼이란 마치 한번도 몸에 맞았던 적은 없었지만 계속 입어야 했던 우리 교복 같다는 생각이 들었어. 하루하루 커가면서 나는 아빠의 시각에서 엄마를 평가하는 방법을 배웠고, 엄마에게서 어쩔 수 없는 시골 사람의 습성을 발견했지. 엄마는 때때로 이 닦는 것을 잊었고, 세면을 하고 나서도 수건으로 얼굴을 닦는 법이 없었어. 엄마는 서로 다른 용기의 기능을 구분하지 못해 오렌지사이다를 밥그릇에 따르거나 홍소육紅燒肉(돼지고기에 기름과 설탕을 넣어 살짝 볶고 간장을 넣어 익혀 검붉은 색이 되게 하는 중국 요리)을 세숫대야에 담곤 했어. 또 엄마는 불 켜는 것을 좋아하지 않았고 빛에 대해 기대하는 바도 도시 사람들과 달랐지. 엄마는 밥을 먹는 것에 대한 이해도 달라서 종종 아궁이 옆에 선 채로 밥그릇을 후벼 파듯 후다닥 먹어치우고는 무거운 짐을 벗기라도 한 양 홀가분한 느낌으로 그 자리에서 바로 그릇을 씻었지. 엄마는 또 지나치게 절약하는 미덕을 갖고 있었어. 심지어 사과를 포장했던 스티로폼 망을 모아 커다란 포대에 담아두었다가 그걸로 그릇을 닦거나 전자레인지를 닦았지. 솥과 그릇을 닦은 물은 모아두었다가 변기를 닦을 때 다시 사용했어. 아빠는 일찌감치 엄마에 대한 잔소리를 그만두었지만 나는 아빠가 엄마의 그런 모습을 싫어한다는 걸 잘 알고 있었어. 이런 일상의 자질구레한 일들이 우리 생활 속에 넘쳐나면서 거대한 흰개미 떼처럼 아빠가 엄마에 대해 갖고 있던 감정들을 모조리 갉아먹었지. 그 감정은 내가 태어나기 전에 이미 전부 먹혀버려 하나도 남은 것이 없었어.

내 어릴 적 기억 속에서 우리 집은 항상 쥐 죽은 듯이 조용했어. 텔레비전이나 세탁기, 가스스토브 같은 생명이 없는 물건들만 말을 하고 있었지. 나중에 집에 전화기를 놓은 뒤로 나는 항상 누군가 아빠를 찾는 전화를 걸어오길 애타게 기다렸어. 그래야만 아빠가 말하는 소리를 들을 수 있었거든. 가끔씩 아빠의 웃음소리도 들을 수 있었지. 그럴 때면 나는 전화기 너머에 있는 사람이 아빠를 웃길 수 있는 말을 했다는 사실에 크게 감탄하곤 했어. 나나 엄마에게는 없는 능력이었거든. 내가 어렸을 때 가장 좋아했던 텔레비전 연속극이 바로 「성장의 고뇌」였다는 사실을 너는 상상도 하지 못했을 거야. 나는 그 연속극에 등장하는 세 아이에게 온갖 장난감과 크고 충직한 개가 있었다는 사실도 부럽지 않았고, 그 아이들이 항상 끝나지 않는 파티에 가는 것도 부럽지 않았어. 여름휴가만 되면 어느 작은 섬에 가서 파랗게 넘실대는 바닷가에서 선글라스를 끼고 누워 휴가를 즐기는 것도 부럽지 않았지. 내가 부러웠던 건 그 아이들의 부모에게 서로 할 말이 그토록 많다는 점이었어. 그 애들의 엄마가 싱크대 앞에 서서 접시를 닦을 때, 그 애들의 아빠는 옆에 서서 엄마에게 말을 걸지. 이런저런 얘기를 길게 나누다가 그 애들의 아빠는 그 애들의 엄마에게 다가가 입을 맞춰. 아주 긴 입맞춤을 하지. 내가 눈물이 날 만큼 긴 입맞춤이었어. 나는 자신에게 말했지. 저들은 그냥 연기를 하는 것뿐이라고. 연속극 속의 남편과 아내들만 저렇게 할 말이 많은 거라고.

우리 아빠와 엄마 사이에는 뭔가 제대로 된 대화라고는 한번도 없었던 것 같아. 사실 엄마는 말하는 것을 무척 좋아했지만, 뭔가 대화를 하고 싶다고 생각할 때마다 금세 아빠에 의해 중단되곤 했지.

"당신이 몰라서 그래."

"그만 좀 물어요."

"나 좀 조용히 있게 내버려두면 안 되겠소?"

이게 아빠가 엄마에게 가장 많이 한 말이야. 엄마는 종종 입가로 가볍게 웃음을 짓거나 창가로 다가가서 애먼 커튼을 당겨 밖을 꼼꼼하게 가렸어. 에휴— 하는 공허한 탄식과 함께 손톱깎이로 손톱을 깎기도 했지. 엄마는 한번도 화를 낸 적이 없었던 것 같아. 자존심은 일찌감치 거둬들여 보이지 않는 곳에 놔두었지. 엄마는 늘 아무렇지도 않다는 듯이 무심한 표정이라 동정심이 일지도 않았어. 나는 한번도 엄마를 가엾게 생각한 적이 없어.

게다가 난 엄마를 원망하기까지 했어. 나는 항상 엄마가 나를 자신의 처지에 연루시킨다는 생각이 들었어. 아빠가 나를 사랑하지 않는 것도 엄마를 사랑하지 않기 때문이라고 생각했던 거지. 그래서 엄마와 분명하게 선을 그으려고 무척이나 노력했어. 엄마의 그 비루한 생활 습관들을 호되게 비난했고 엄마가 말할 때 잘못 쓴 단어를 고쳐주려 했으며, 촌스러운 심미안을 조롱했지. 이런 방식으로 아빠를 기쁘게 해드리려 노력했어. 비록 그 효과는 아주 미미했지만 말이야. 아빠는 나를 안아준 적도 없고 뽀뽀를 해준 적은 더더욱 없었어. 이른 아침에 일어나 밤새 돋아난 아빠의 수염을 볼 때마다 저걸 내 뺨에 비비면 어떤 느낌일까 하는 상상을 하곤 했지. 아빠는 나를 웃게 하거나 울게 한 적도 없어. 아빠와 나 사이에는 아무런 감정도 없었지. 놀이 한번 함께 해본 적이 없으니까. 아마 아빠는 내게 놀이가 필요하다는 것을 한번도 의식하지 못했을 거야. 아빠가 어렸을 때 할아버지가 아빠에게 필요한 것을 의식하지 못했던 것과 마찬가지지. 두 분 모두 어린아이를 어른과 똑같이 대했어. 두 분의 사전에는 애당초 유년이란 단어가 없었던 거지.

아빠는 가끔 출장을 갔지만 나나 엄마를 데리고 간 적은 한번도 없어. 우리가 다 같이 가장 멀리 가본 곳은 시골 외할머니 댁이 전부였지. 아빠는 나를 유원지에 데리고 간 적도 없고 함께 영화를 본 적도 없어. 가족이 다 함께 정월대보름 연등회에 간 적은 한번 있었어. 하지만 그때는 내가 너무 작았기 때문에 눈에 보이는 거라고는 화려한 등불이 아니라 분주하게 움직이는 사람들의 다리뿐이었지. 아빠가 다른 집 아빠들처럼 나를 머리 위로 번쩍 들어올려 화려한 색깔의 등롱 아래 수수께끼가 가득 적힌 채 대롱대롱 매달려 있는 색동 종이를 만져보게 해주거나 탕후루糖葫蘆(산사나무 열매에 물엿을 묻혀 굳힌 주전부리)가 가득 꽂혀 있는 과녁에서 하나를 뽑아 건네주는 일은 한번도 없었어. 아빠는 내 친구들 이름을 하나도 알지 못했고 내가 글쓰기를 잘하지만 '닭과 토끼가 같은 울타리 안에 있다'는 수학 문제(5세기경 중국에서 집필된 『손자산경』에 나오는 유명한 수학 문제)는 아주 싫어한다는 사실도 알지 못했어.

아빠는 일찌감치 내 삶이 아빠 자신과는 다른 매개체 안에 있다고 가정하고 살았던 것 같아. 나는 어항 속의 금붕어이고 아빠는 한번도 어항 가까이 얼굴을 갖다 대고 어항 속 세상을 들여다본 적이 없는 주인 같았지. 아빠에게는 내가 그저 장식적인 진설에 불과했을 거야. 아빠에게 용돈을 달라고 할 때만 우리 둘 사이에 교류가 생겼지. 나는 아빠한테 돈을 달라고 하는 게 좋았어. 아빠가 엄마보다 훨씬 후했거든. 엄마도 내가 돈을 아빠에게 달라고 하는 것을 좋아했지. 그래야 아빠가 준 생활비에서 내게 일부를 떼어주지 않아도 됐으니까. 나는 매번 사야 하는 물건을 아주 구체적으로 설명했어. 하트 모양의 구식 구리 자물쇠가 달린 하드커버 일기장을 사야 하는데 겉표지 색깔이 진한 남색과 연한 남색 두 가지가 있다고 말했지. 낮과 밤의 하늘처럼 말이야. 밤을 더 좋아하는 나는 진한 남색을 선택했어. 색깔이 서른여섯 가지인 수성 색연필은 물을 한 방울 떨어뜨리면 색이 넓게 골고루 번지는 것이어야 한다고 했어. 구름이나 안개가 피어오르는 숲을 그리는 데 적합한 물건이었지. 친하게 지내는 반 친구와 나눠 먹을 술이 든 초콜릿도 한 상자 사야 한다고 했어. 지난번에 먹었던 것은 그 친구가 산 것이라고 했지. 이런 물건들을 묘사할 때면 나는 자신의 재산을 묘사하고 있는 듯한 느낌이 들었어. 아빠가 나에 대해 좀 더 많이 알면 혹시라도 나를 좋아하게 될지 모른다고 생각했지. 사실 내가 산 일기장은 연한 남색이었어. 진한 남색을 남들이 다 사가버렸거든. 이 일기장은 아주 오랫동안 거실 다탁 위에 놓여 있었기 때문에 아빠도 신문을 집어들 때마다 보셨을 거야. 그런데도 아빠는 내게 왜 일기장이 진한 남색이 아니냐고 한번도 묻지 않았지.

그래 맞아, 너는 어른들이 아이들의 말을 귀로는 듣지만 마음으로는 듣지 않는다고, 우리 아빠가 진한 남색인지 연한 남색인지 하는 디테일은 기억조차 하지 못했을 거라고 말하겠지. 그런 디테일을 기억하지 못하는 사람이 엄마였다면 나는 아무렇지도 않았을 거야. 하지만 아빠에 대한 내 감정은 달랐어. 아빠에 대한 내 감정은 너무나 민감하고 연약해서 끊임없이 상처를 받았지.

우리 집에서 엄마와 아빠는 서로 다른 계급에 속해 있는 사람들 같았어. 아빠는 권력을 쥐고 아주 높은 곳에 있는 존재였지. 아빠의 사랑을 요구하는 것은 불가능했어. 아빠가 은혜를 베풀듯 하사하는 것만 가능했지. 그리고 나는 남달리 그런 사랑을 갈구했어.

나는 아빠가 가장 좋아하는 시간이 한밤중, 나와 엄마가 잠들고 나서 한 시간쯤 지났을 때라는 걸 잘 알고 있었어. 그 시간은 진정으로 아빠에게만 속한 시간이었지. 한번은 화장실에 가려고 일어났다가 아빠가 소파에 앉아 텔레비전을 보고 있는 모습을 보게 되었어. 옆에 있는 다탁에는 맥주 캔이 놓여 있었지. 아빠는 몸을 비스듬히 하고 누워 다리를 소파 팔걸이에 걸치고 있었어. 얼굴이 아주 빨갛더군. 방 안에는 습기가 가득했어. 막 목욕을 하고 나와 흰 가을 내복을 입고 있는 아빠의 모습은 한 마리 연체동물 같더군. 꼭 닫혀 있던 껍데기 안에 틀어박혀 있다가 마침내 기어나온 연체동물 같았어. 아빠는 내가 문가에 서 있는 것을 보더니 낮은 목소리로 가서 자라고 말했지. 껍질에 가로막히지 않은 그 목소리가 너무나 촉촉하고 부드럽게 들렸어.

아빠는 동료나 친구들과의 모임에 나나 엄마를 데리고 가는 일이 거의 없었어. 엄마가 몇 번 그들 앞에 등장한 적이 있긴 하지만 그때마다 그들은 놀라움을 금치 못했지. 엄마와 아빠가 함께 서 있으면 재자가인才子佳人의 고전적인 애정의 전형에 딱 맞았어. 그래서 사람들은 당연히 두 사람이 아주 행복할 거라고 생각했지. 하지만 우리 아빠는 사람들 앞에서 억지로 행복한 가정의 모습을 꾸며내고 싶어하지 않으셨어. 유일한 예외는 가족 전체가 할아버지 댁에 갈 때뿐이었지.

어릴 적에 매년 설이 다가오면 엄마는 나를 데리고 시장에 가서 새 옷을 사주셨어. 섣달그믐날 밤에 할아버지 댁에 갈 때 입히기 위해서였지. 어느 해인가는 내가 캥거루처럼 앞에 커다란 주머니가 달린 짙은 초록색 스웨터를 몹시 마음에 들어했어. 하지만 엄마는 지난해 섣달그믐날에 입었던 옷이 초록색이었기 때문에 어르신들이 작년 옷인 줄 아실 거라며 입지 못하게 했지.

나는 섣달그믐날이 되면 정오부터 단장을 시작했어. 새옷과 새 신발에 새 머리띠를 하고, 머리 뒤쪽에도 새로 꽃을 만들어 달았지. 가장 인상 깊었던 것은 반짝거리는 비단으로 만든 나비매듭이었어. 통통한 날개 부분에는 작은 진주알들이 매달려 있어 걸을 때마다 흔들렸지. 마치 궁중의 여인이 된 것 같았어. 내가 좋아하는 머리 꽃은 빨간 바탕에 짙은 초록색으로 체크무늬가 있는 것이었지만 엄마는 너무 작다고 섣달그믐날에는 달지 못하게 하셨어. 엄마가 달라고 한 머리 꽃은 크기가 손바닥만 해서 뒤통수를 거의 다 가릴 정도였지. 머리에 큰 꽃을 달아야 내가 훨씬 더 행복해 보인다고 생각하시는 듯했어.

우리 두 사람의 치장이 끝나면 엄마는 거울 앞에 서서 만족스러운 듯한 어투로 이런 모습으로 나타나면 할아버지 할머니가 몹시 화가 나실 거라고 말했어.

"왜 화를 내시는데요?"

내가 물었지.

"그분들은 우리가 잘 지내는 모습을 보고 싶어하지 않으시거든."

엄마가 말했지.

"할아버지 할머니는 네 아빠가 엄마랑 결혼해서 틀림없이 잘 지내지 못할 거라고 생각하신단다."

요컨대 엄마의 말은 우리가 아주 잘 지내는 모습을 보여드려야 한다는 거였어. 아빠는 그런 얘기를 한 적이 없지만 나는 아빠의 생각도 마찬가지라는 것을 느낄 수 있었지. 어떻게 사는 게 잘 사는 것일까? 가는 내내 줄곧 마음이 불안해 어쩔 줄 몰라 하다가도 일단 할아버지 댁에 도착하면 아주 자연스러운 모습을 보여줄 수 있었어. 엄마를 도와 자오즈를 빚을 때는 엄마 옷에 묻은 밀가루를 털어드리고 아빠 손을 잡아끌고 발코니로 나가 함께 다른 집들의 밥 짓는 연기를 바라보기도 했어. 12시가 되어 밖에서 볜파오鞭炮(한 꿰미에 죽 꿴 연발 폭죽으로 주로 설이나 결혼식 때 터뜨린다) 소리가 들려오면 귀를 막고 아빠 품에 머리를 묻기도 했어. 엄마는 아빠에게 소매를 걷어달라고 하기도 하고 설거지하기 전에 반지를 빼서 아빠에게 맡아달라고 하기도 했어. 그러면서 무심결에 흘리는 것처럼 할머니와 숙모에게 그 반지가 최근에 아빠가 사준 거라고 말했지. 아빠는 적극적으로 나서서 뭔가를 하진 않고 그저 묵묵히 장단만 맞출 뿐이었어. 하지만 식사할 때는 아빠가 젓가락으로 음식을 집어 엄마 그릇에 얹어주기도 했지. 이런 행동은 아예 할아버지에 대한 일종의 도발이라고 할 수 있었어. 할아버지 댁에서는 음식이 수북이 담긴 커다란 접시마다 공용 젓가락이 한 벌씩 놓여 있었거든.

나는 이 모든 행동이 진실이 아니라는 것을 잘 알고 있었어. 그냥 연기일 뿐이었지. 하지만 나는 정말 즐거웠어. 연기의 즐거움 속에서 얻는 즐거움이라고 할 수 있었지. 그때부터 나는 섣달그믐날 밤을 간절히 기다리기 시작했어. 옷을 잘 차려입고 연기하는 것이 우리 세 사람의 연환만회聯歡晚會(중국 CCTV에서 섣달그믐날 저녁에 방영하는 대규모 공연 프로그램으로 춤과 노래, 잡기 등 다양한 기예를 선보인다)인 셈이었으니까.

일곱 살이 되던 해의 섣달그믐날에 온 가족이 함께 저녁을 먹을 때였어. 할머니가 갑자기 엄마의 유치원 일에 관해 물으셨지.

"제가 그만두라고 했어요."

아빠가 대답하셨어.

"그 유치원에는 보모가 너무 적어요. 아이들 돌보는 일 외에 청소까지 해야 하기 때문에 너무 힘들거든요."

내가 처음 들은 아빠의 거짓말이었어. 사실 엄마는 스스로 그만둔 게 아니라 해고당한 거였어. 유치원에서 사범대학 유아교육과를 졸업한 새 선생님을 고용했기 때문이지. 그때만 해도 삼촌과 숙모가 아직 출국하지 않았고 숙모가 마침 의과대학에서 교수로 일하고 있던 터라 자기가 방법을 생각해내 엄마에게 후근後勤(물자의 조달과 공급을 담당하는 일) 부서의 일자리를 찾아봐주겠다고 했어. 하지만 아빠는 후근 업무는 전부 남자들이 하는 일이라며 고개를 가로저었지.

"여자들에게 적합한 일도 있을 거예요."

숙모가 말을 받았지.

"가령 식당이나 학생 기숙사에서……"

"됐어요."

아빠가 말했어.

"당분간 집에서 좀 쉬게 하고 싶어요."

자오즈를 다 먹고 나서 할머니가 빨간 봉투에 담은 세뱃돈을 나와 페이쉬안에게 주셨어. 어른들이 텔레비전 앞에 앉아 연환만회를 보는 동안 우리는 바깥쪽 방에서 세뱃돈 봉투를 뜯어봤지. 새 지폐에서 달 짝지근한 향기가 나는 게 아주 좋았어. 지폐 위에 인쇄된 사람은 얼굴에 주름 하나 없었어. 아주 순결해 보였지. 우리는 분홍색 지폐를 세어봤어. 나는 다섯 장이고 페이쉬안은 세 장이었어. 차이가 이렇게 많이 난다는 것은 할머니가 잘못 센 게 아니라는 것을 의미했어. 나는 곧장 아빠에게 달려가 말했어.

아빠는 금세 안색이 어두워지더니 고개를 돌려 할머니를 바라봤어. 할머니는 반쯤 깎은 사과를 내려놓으며 엄마가 당분간 일을 안 하기 때문에 우리 쪽에 조금 더 넣은 거라고 황급히 해명하시더군. 순간 방 안이 아주 조용해졌어. 텔레비전에서 이따금씩 터져나오는 박수 소리와 웃음소리만 들렸지. 내가 눈을 비스듬히 깔고 화면을 바라보니 인민복 차림의 두 사람이 상성相聲(우리나라의 만담과 비슷한 중국의 설창說唱 문예의 일종)을 하고 있더군. 그 가운데 한 명이 꼬치 요리 이름을 줄줄이 읊어대고 있었어. 이걸 듣고 있자니 갑자기 배가 고파지는 거야.

쾅 하는 소리에 깜짝 놀라 정신이 들었어. 아빠가 찻잔을 탁자 위에 세게 내려놓은 소리였어.

"이게 뭐 하는 짓이냐?"

할아버지가 눈을 부릅뜨며 아빠를 노려봤어.

아빠도 할아버지를 쳐다봤지. 두 분이 서로를 노려보는 광경을 본 건 이때가 처음이었어. 평소에는 두 분 다 시선을 서로에게서 되도록 멀리 떨어뜨리곤 했지. 아빠가 내 손에서 세뱃돈 봉투를 빼앗아 탁자에 내동댕이치며 차갑게 웃었어.

"두 분의 호의는 감사합니다. 하지만 아내와 아이는 저 혼자서도 충분히 부양할 수 있어요."

아빠가 몸을 일으키며 우리에게 말했어.

"외투 입어. 집에 가자."

우리는 문을 나서 큰 마당 한쪽으로 걸어갔어. 자전거를 도둑맞을까봐 걱정되어 차고에 세워두었거든. 하늘은 차가운 얼굴을 하고 있었지만 눈은 내리지 않았어. 하지만 몹시 추웠지. 나는 아빠 엄마 뒤에서 덜덜 떨면서 외투 단추를 채웠어. 시간은 거의 12시가 다 되어가고 있었지. 다른 집들 발코니에서 벤파오가 터지면서 불꽃이 뿜어져 나오고 있었어. 거리에서도 사람들이 뱀처럼 둘둘 말린 벤파오에 불을 붙이고 나서 재빨리 귀를 막고 멀리 달아나고 있었고. 우리는 연기가 자욱한 신작로를 가로질렀어. 머리 위에서는 마구 연기를 내뿜으며 폭발한 불꽃이 하늘을 초록색으로 물들였다가 붉은빛으로 물들였다가 했지. 차고를 지키는 노인은 솜저고리 소맷부리에 양 손을 지르고서 라디오로 설 연환만회 방송을 듣고 있었어. 내가 들었던 상성은 일찌감치 끝나고 여성 사회자가 떨리는 목소리로 변방의 전사가 보내온 축하 메시지를 읽고 있더군.

"연환만회도 안 보고 벌써 가는 거예요?"

노인이 물었어.

엄마가 네, 하고 모호하게 대답했지.

아빠가 자전거에 올라타자 엄마는 나를 안아 자전거 뒤에 태워주고는 자신도 다른 자전거에 올라탔어. 우리는 사방에 널린 빨간 폭죽 잔해를 헤치며 마당을 나왔지.

당시 난위안 주변은 아직 황량했어. 이 집 말고는 다른 주택이 하나도 없었고, 큰길에서도 사람들의 모습을 볼 수 없었지. 고개를 드니 멀리 희미하게 연기가 보였어. 하지만 이미 너무 멀어서 다른 하늘에 있는 풍경 같았어. 두 대의 자전거는 텅 비어 적막한 앞을 향해 거리를 달렸지. 아빠가 너무 빨리 달렸기 때문에 엄마는 필사적으로 페달을 밟아야만 겨우 뒤처지지 않을 수 있었어. 엄마가 거세게 불어닥치는 바람을 맞으며 얼굴을 아빠 쪽으로 돌리고 말했어.

"두 분 다 사람을 너무 무시하시네요."

엄마의 목소리에 울음이 섞여 있어서 약간 선동적이었지. 아빠는 아무 말도 하지 않았어. 대신 뒷자리에 타고 있던 내가 갑자기 울음을 터뜨렸어. 두 분은 내가 엄마의 말에 호응하여 가족 전체의 자존심이 상처받은 것 때문에 우는 거라고 생각했지.

난 정말 가슴이 아팠어. 나 자신을 탓하기도 했지. 아빠한테 세뱃돈 얘기를 좀 늦게 했더라면 좋았을 거라는 생각이 들었어. 조금 늦게, 아주 조금만 늦게, 12시가 지나서 말했더라면 좋았을 것 같았어. 내게는 아직 연기하지 못한 중요한 연극이 남아 있었거든. 다름 아니라 밖에서 종소리가 울리고 폭죽 소리가 가장 시끄럽게 들릴 때 귀를 막고 아빠의 품에 머리를 묻는 것이었어. 너 혹시 알아? 내가 섣달그믐날 밤을 통틀어 그 짧은 1, 2분 동안만 연기를 하고 있다는 걸 잊을 수 있다는 사실 말이야.

청궁

우리가 어렸을 때 일 기억하지? 이쪽 난위안 일대는 무척 황량했지. 이 의과대학이 아마 이 도시의 맨 동쪽 끝이었을 거야. 동쪽으로 더 가면 발전소가 나오고, 발전소 동쪽은 보리밭과 시골 마을이었지. 마을 사람들은 갓 딴 사과와 땅콩을 가져다 학교 정문 앞에 늘어놓고 팔았지. 갓 낳은 토종닭 알을 한 봉지 들고 와서는 식당에서 일하는 다빈 아빠의 손에 쥐여주고 대신 구정물 몇 통과 바꿔가는 사람도 있었어. 당시 이 주변에는 높은 건물도 없었고 지금의 전자과학 기술성은 더 말할 것도 없었지. 그 자리에는 배가 불룩한 발전소 굴뚝 두 개만 덩그러니 서 있었어. 중간에 가로막는 건물이 없다보니 항상 아주 가깝게 느껴졌지. 그 굴뚝들은 맑은 날에는 비스듬히 연기를 뿜을 뿐이었지만, 모래폭풍이나 폭우, 눈보라가 치는 악천후에는 몹시 무서웠어. 외계인의 두 다리가 이쪽을 향해 걸어오고 있는 것 같았거든. 그런 광경을 볼 때마다 나는 항상 세계의 종말을 떠올리곤 했지.

당시에는 이 대학 캠퍼스가 여러 구역으로 나뉘어 있지 않고 딱 하나뿐이었어. 맞은편에는 직원 숙소가 있었지. 우리는 어른들을 따라 그곳을 난위안이라고 불렀어. 우리 할머니 댁과 너희 할아버지 댁 모두 난위안에 있었지. 하지만 한 집은 동쪽에 있고 한 집은 서쪽에 있었어. 그 사이를 식당과 차고가 가로막고 있었고 아주 작은 숲도 하나 있었지. 이른 아침이면 우리는 거기서 서로를 기다렸다가 함께 학교에 갔어. 우리보다 학교에 더 가까이 사는 사람은 없었어. 부속초등학교가 바로 난위안의 서남쪽 구석에 있었으니까 말이야.

나는 여섯 살 때 아빠에 의해 난위안으로 보내졌어. 여덟 살이 되던 해에는 너도 너희 엄마에 의해 이곳으로 보내졌지. 너는 엄마의 이런 조치가 마음에 들지 않았는지, 막 왔을 때는 몹시 답답하고 우울해했어. 근처에 우체국이 어디 있고 서점이 어디 있는지조차 알고 싶어하지 않았지. 매점 주인과 얘기를 하면서 자기 이름을 말해주려고 하지도 않았어. 봄 소풍 때는 단체사진 촬영을 피하기 위해 가산假山 뒤에 숨기도 했지. 너는 우리에게 항상 이곳에 잠시 머무는 것뿐이고, 곧 네 아빠가 데리러 올 거라고 말했어. 그런 너를 보면서 나는 항상 2년 전의 내 모습을 생각했지. 그래서 너와 함께 다니기 시작하면서부터 나도 누군가가 곧 데려갈 거라는 환상을 갖게 됐어. 다른 점이라면 너는 3년 후에 떠났고 나는 여기서 24년을 더 살았다는 것이겠지. 내가 막 '오복五福약업'에 출근하기 시작했을 때 다빈이 다른 동료들에게 날 소개하면서 자신과 마찬가지로 어릴 때부터 쭉 난위안에서 자랐다고 말했어. 나는 진지한 태도로 사실은 여섯 살 때 이사 왔다고 바로잡아주었지. 다빈은 무슨 차이가 있냐면서 입을 삐쭉 내밀고 내가 생트집을 잡는다고 투덜거렸어. 그는 여섯 살 이전의 삶이 내게 얼마나 중요한지 이해하지 못했어. 지금은 거의 잊혀가지만 난 그래도 내 기억 속에 그때의 삶을 위한 자리를 남겨두려고 해. 그러고 보니 그때의 삶에 관해 네게 얘기한 적이 한번도 없는 것 같네. 가장 중요한 그 일들을 네게 얘기하지 않은 이유를 모르겠어.

팔자선생八字先生(주역을 기초로 사주팔자로 점을 치는 사람)의 말에 따르면 나는 여섯 살 때부터 운이 트이기 시작해서 그때부터 10년에 한 번씩 대운이 찾아온다고 했어. 노인들은 운이 트이기 전에는 목숨이 위태롭기 때문에 요절하기 쉽다고 말했지. 운이 트인 뒤에야 진정한 인생이 시작된다는 거야. 이는 나무가 진흙 속에 단단히 뿌리를 내리는 것과 마찬가지지. 하지만 나는 뿌리를 내리고 싶지 않았어. 이른바 '운이 트인다는 것'은 오히려 말에게 재갈을 물리는 것에 더 가깝다고 생각했지. 이때부터 운명의 밧줄에 매달려 운명이 정해놓은 노선을 따라서만 앞으로 나아가게 될 테니까 말이야. 나는 늘 여섯 살 이전의 삶이 그리웠어. 그때는 아직 운명이 나를 찾아오기 전이었지.

"엄마한테는 청궁 너밖에 없단다. 청궁한테도 엄마밖에 없지?"

어린 시절 엄마는 종종 나를 품에 끌어안고 뒤통수의 가마를 가볍게 쓰다듬으며 이렇게 말씀하시곤 했어.

"그래 안 그래?"

내가 고개를 끄덕이면 그제야 엄마는 안도의 한숨을 내쉬었지. 당연히 그랬어. 내가 보기에 이건 물어볼 필요도 없는 일이었지. 하지만 엄마는 이렇게 물어보는 것을 좋아해서 묻고 또 물었어.

그때는 아무것도 몰랐어. 엄마의 울타리라는 좁고 폐쇄된 공간 속에서 살다보니 세상이 원래 그렇게 작은 거라고 생각했지. 나는 유치원에 다니지도 않았고 건물 아래로 내려와 놀지도 않았어. 엄마는 친구를 사귀지도 않았고 친척집에도 가지 않았지. 심지어 제일 잘 아는 이웃과도 집 앞에서 만나면 인사만 겨우 나누는 정도였어. 이 세상에서 내가 아는 사람은 손가락으로 다 꼽을 수 있을 정도였지. 나는 대부분의 시간을 아무데도 가지 않고 그냥 집에서 보냈어. 집은 방 두 칸을 다 합쳐서 30평방미터가 채 안 되는 데다 항상 물건들로 꽉 차 있었지. 엄마가 물건 사는 걸 무척 좋아했거든. 생활이 넉넉지 않았는데도 엄마는 물건 사들이는 취미를 굳게 유지했어. 대외무역 도매소에서 일하는 친구에게 부탁해서 산 회전목마 오르골과 양산을 쓴 외국 인형, 유리공장 입구에서 앞다퉈 염가로 산 흠집 있는 화병, 골동품 재래시장에서 사온 소리 안 나는 낡은 라디오…… 온갖 물건을 엄마는 둥지를 튼 제비처럼 며칠 걸러 하나씩 물어다놓곤 했어. 이렇게 쓸모없는 물건들은 항상 집 안에서 눈에 가장 잘 띄는 자리에 놓여 있었지. 신발이나 우산, 세숫대야처럼 늘 쓰는 물건들은 아름답지 못하다는 이유로 눈에 잘 띄지 않는 곳에 숨겨져 있었어. 이런 물건들은 침대 밑에 처박혀 질식할 정도로 빼곡히 들어차 있다가 침대보를 들추면 그제야 머리를 반쯤 내밀어 숨을 쉬곤 했지. 우리는 밀봉된 캔 같은 집 안에 숨어 지내면서 시간을 외부와 차단시켜놓았어. 그래서인지 그 시절은 시간이 아주 천천히 가는 것 같았지.

엄마는 그 쓸모없는 물건들을 진열하는 것 외에 옷 사는 것도 무척 좋아하셨어. 하지만 사실 엄마의 옷들 가운데 상당수는 역시 진열되기만 할 뿐이었어. 한번도 입지 않았지. 그래도 무척이나 예쁜 옷들이었어. 외투에는 아주 특이한 깃이 달려 있었고 치마는 하단이 아주 특별했지. 양모로 만든 셔츠는 전혀 따갑지 않고 얼굴에 비비고 싶을 정도로 부드러웠어. 엄마는 내게 색깔이 너무 예뻐서 한번도 입지 않은 살구색 스웨터를 잘 때 베고 자라며 내어주셨어. 내가 그 옷에서 나는 특별한 향기를 무척 좋아했기 때문이지. 문드러진 사과 같은 냄새였어. 엄마만큼 많지는 않았지만 내게도 예쁜 옷이 적지 않았어. 등 뒤에 고리단추가 달린 양복 조끼와 빨강과 검정이 어우러진 커다란 체크무늬가 있는 두꺼운 모직 코트, 그리고 가슴에 닻 모양이 수놓아진 스웨터 등이 있었지. 이 옷들의 유일한 단점은 내 몸에 잘 맞지 않는다는 거였어. 대부분 너무 컸지. 엄마는 몇 년 더 있다 입으면 된다고 하셨어. 외출은 거의 하지 않았지만 어쩌다 한번 외출을 할 때면 엄마는 나를 한껏 치장해주셨어. 한번은 엄마랑 함께 골목 입구에서 아래층에 살던 메이쩐美珍 아주머니를 만났던 기억이 나는군.

"어머, 이 옷 좀 봐!"

아주머니가 부러운 눈빛으로 우리 모자를 훑어보더니 손을 뻗어 엄마가 입고 있던 낙타색 모직 코트 깃을 만지작거리며 말했어.

"이 옷들도 전부 그 외국에 사는 친척이 보내준 거예요?"

엄마는 아무 말 없이 가볍게 미소 지으셨어. 나는 고개를 들어 엄마를 쳐다봤어. 나는 우리한테 외국에 사는 친척이 있었다는 사실을 몰랐거든.

낮에는 거의 언제나 내게 아빠가 있다는 사실을 잊고 지냈어. 아빠는 늘 깊은 밤이 되어서야 온몸에 술 냄새를 잔뜩 풍기며 돌아오셨지. 눈 안의 실핏줄이 터져나올 것만 같았어. 아빠는 뭔가 제대로 된 직장을 가져본 적이 없었지만 그런데도 항상 바빴어. 운수업을 한다는 구실로 하루 종일 밖으로만 돌아다녔지. 술에 취해 주정을 부리기도 하고 도박도 좋아했어. 그렇게 하지 않으면 몸 안의 넘치는 에너지를 다 발산할 수 없는 것 같았지. 그러고도 몸에 에너지가 남아 있을 때면 엄마를 때렸어.

뭔가를 기억할 수 있게 된 날부터 나는 줄곧 엄마가 맞는 모습을 봤어. 엄마가 이를 습관으로 받아들이는 모습도 봤지. 엄마가 바라는 거라곤 폭력이 있는 날, 내가 일찍 잠들어 있는 것이었어. 엄마는 내가 아직 잠들기 전이거나 혹은 매 맞는 소리에 놀라 깨더라도 잠을 자고 있는 것처럼 울지도 않고, 소리를 지르지도 않고, 모든 게 빨리 지나갈 수 있기를 바랐지. 나는 정말로 그렇게 했어. 어둠 속에서 숨을 참으면서 미동도 하지 않고 조용히 있었지. 일종의 표창이었는지 아니면 보상이었는지 엄마는 폭력이 끝나면 내 옆으로 다시 왔어. 그러면 나는 엄마의 젖가슴을 손에 쥐고 잠들 수 있었지. 달빛이 녹아내리는 밤의 어둠 속에서 엄마의 작은 고깔 모양의 젖가슴은 순백의 신전처럼 빛났어. 그 위에서 숨을 쉬고 있을 때면 더 이상 악몽이 찾아오지 않았지.

하지만 밤에 엄마가 침대로 돌아오지 않는 날도 있었어. 꿈의 틈새에서 깨어난 나는 침대에서 뛰어내려 다른 방 문 앞으로 갔지. 아빠와 엄마가 커다란 침대 위에 누워 있었고, 아빠의 커다란 갈색 손이 나의 신전 위에 얹혀 있었어.

아침 일찍 잠에서 깨면 엄마가 다시 침대로 와 있었어. 침대 맡에 몸을 기대고 어깨를 감싸 안은 채 멍하니 앉아 있었지. 나는 엄마 팔뚝에 담뱃불로 지져서 생긴 물집을 자세히 들여다보면서 손가락으로 가볍게 툭툭 쳤어. 손가락 끝으로 투명하게 반짝거리는 물집의 볼록한 부분을 스치면 아주 미묘한 감촉이 느껴졌지. 나는 엄마 몸에 생긴 멍 자국을 하나하나 세었어. 마치 비 오기 전 하늘에 떠 있는 구름 같았지. 새로 생긴 멍과 오래된 멍들이 한데 뒤섞여 완전히 깨끗하게 나은 적은 한번도 없었어. 모든 여인의 피부가 다 엄마처럼 투명할 정도로 얇은 건 아니라는 사실을 나는 다 큰 다음에야 알았지. 엄마의 피부는 진청색 모세혈관이 겉으로 다 드러날 정도로 약해서 가볍게 톡 찌르기만 해도 찢어졌어. 나는 엄마가 다친 모습을 보는 게 좋았어. 그때는 엄마가 정말 너무 예뻤어. 그래서 나는 엄마도 자신의 다친 모습을 보는 걸 좋아한다고 생각했어. 심지어 다치기 위해서 이 세상에 왔다고까지 생각했지.

엄마에게 정말로 외국에 사는 친척이 있다는 건 나도 나중에야 알았어. 엄마의 할아버지가 1949년에 타이완에 갔다가 거기서 다시 미국으로 갔다고 하더군. 하지만 내가 알기로는 엄마의 할아버지는 엄마와 만나거나 연락한 적이 전혀 없어. 엄마의 아버지는 외아들이었고 할머니 혼자서 키웠어. 그러다가 엄마가 태어난 지 얼마 되지 않아 할머니와 아버지 모두 병으로 세상을 떠났고, 엄마의 어머니도 그로부터 얼마 후 3년 자연재해(1959년부터 1961년까지 대약진大躍進운동의 실패와 공업 발전을 위해 농업의 발전을 희생시킨 결과 전국적으로 식량이 부족해 아사자가 속출했다)로 아사하셨어. 엄마는 할아버지의 동생인 외숙부 집에 양자로 보내져 그곳에서 성장했지. 문화대혁명 기간에 외숙부 댁 일가는 엄마 할아버지의 해외 관계 때문에 매일같이 비판투쟁에 시달렸다더군. 엄마는 그 일로 인해 외숙부 댁에서 쫓겨날까봐 두려워 하루하루를 공포와 불안 속에서 보내야 했지.

엄마의 눈동자에는 늘 두려움의 그림자가 남아 있었어. 백악기 시대의 동물들이 도망치면서 남긴 발자국 같았지. 엄마의 아름다움과 그런 두려움이 서로 의존하고 있었던 거야. 아빠는 전시장 입구에서 해설가로 일하던 엄마를 처음 만났을 때부터 이 여인의 몸에 자신이 깡그리 없애버리고 싶은 무언가가 있다고 느꼈던 것인지도 몰라. 아마 엄마는 남의 집에서 더부살이를 너무 오래해서 자신의 집을 갖고 싶다는 바람이 컸을 테고, 그래서 이 무뢰한처럼 들러붙는 남자랑 교제를 시작했을 거야. 엄마는 이 남자가 정말 못된 놈이라는 사실을 금세 깨달았지만 이미 임신을 하고 말았어. 결국 외숙부 댁에 더 이상 폐를 끼치지 않기 위해 그와 결혼하기로 마음먹었지. 여러 해가 지나 내가 어떤 여자애를 데리고 함께 응급피임약을 사러 갔을 때 문득 당시에도 이런 약이 있었다면 나와 엄마의 혈연관계는 아예 존재하지 않았을 거라는 생각이 들었어.

아빠의 악랄한 행적은 어린 시절까지 거슬러 올라가지. 아빠는 초등학교도 졸업하기 전에 이미 홍위병 불량배들이랑 어울려 다니면서 못된 짓이란 못된 짓은 다 저지르고 다녔어. 나중에 세상이 조용해진 뒤에도 악행을 멈출 줄 모르고 걸핏하면 쌈질을 해댔지. 제대로 된 직업도 없이 지내면서 돈이 떨어지면 남들을 협박해서 돈을 갈취할 생각만 했어. 아빠는 사람들 팔뚝에 칼침을 놓은 적도 있고 코를 부러뜨린 적도 있어. 물론 그러다보면 자신도 많이 다쳤지. 맞아서 다리가 부러지는 바람에 걸음을 뗄 때마다 왼쪽 다리를 약간 절게 됐거든. 우리 아빠가 목발을 짚고 걸어오는 모습을 보면 모든 사람이 다 불안해했어. 아빠는 아주 어릴 적부터 난위안에서 자랐기 때문에 이곳에서는 아빠를 모르는 사람이 거의 없어. 사람들은 아버지를 보면 하나같이 숨기 바빴지만 뒤에서는 '목숨 내놓고 다니는 정신 나간 놈'이라고 흉을 봤지. 네가 난위안에 처음 왔을 때도 틀림없이 누군가가 이런 얘기를 해주었을 거야.

눈으로 직접 보지는 못했지만 내 느낌으로는 사실 아빠가 싸움을 그다지 잘하는 것 같지는 않았어. 그저 자신의 분노를 조절할 수 없었을 뿐이지. 아빠에게는 아주 강렬한 원한의 정서가 있었지만 누구를 증오해야 하는지 대상을 정확히 모르다보니 아무런 목적도 없이 마구 분풀이를 했던 거야. 어느 여름 날, 우리 세 식구는 함께 집을 나서서 할머니 생신을 축하드리기 위해 난위안으로 가게 됐어. 푹푹 찌는 바람 한 점 없는 오후에 우리는 정류장 표지판 아래에서 버스를 기다렸지. 버스를 기다리던 사람들 중에는 아주 예쁜 여자가 한 명 있었어. 우리 엄마보다 조금 더 젊어 보이는 이 여자는 흰색 원피스를 입었는데 커다란 연꽃잎 모양의 레이스 옷깃이 등 뒤로 약간 깊게 파여 목이 훤히 드러났어. 아빠가 담배를 입에 물고는 그녀를 뚫어지게 쳐다봤지.

"헤픈 여편네들 같으니라고!"

아빠가 낮은 목소리로 중얼거리듯 말했어.

그러면서 그 여자 뒤로 가서 섰어. 그러고는 뒤꿈치를 살짝 들어 까치발을 하고는 가느다랗게 실눈을 뜨고서 표지판 위에 적힌 글씨를 보는 척했지. 그러더니 아무렇지 않다는 듯이 손을 들어 불꽃이 타들어가는 담배를 그녀의 옷깃에 비볐어. 여자는 마침 다가오는 차 쪽을 바라보면서 고개를 내밀고 있었던 터라 전혀 알아채지 못했고 주변 사람들도 보지 못했어. 나랑 엄마만 불꽃이 붙은 옷깃이 조금씩 타들어가는 것을 지켜봤지. 엄마는 내 손을 세게 꽉 쥐었어. 내가 무슨 소리를 낼까봐 걱정하는 듯했어. 너무나 긴 1분이었지. 우리는 어떻게 몸을 움직이지 않고 그 자리에 서 있었을까? 연꽃 모양의 레이스가 조금씩 타들어가 결국 이빨 모양의 검은 자국을 남겼어. 차가 오자 여자는 얼른 올라탔지. 그제야 엄마는 내 손을 놓아주었어.

나는 이처럼 아무런 이유도 없는 악행이 어쩌면 유전자 안에 들어 있는 것일지도 모른다는 생각이 들었어. 난위안으로 이사 온 뒤로 이곳에서는 아빠보다 할머니가 더 유명하다는 사실을 알게 됐거든. 사람들은 할머니가 한 일을 전부 기억하고 있었어. 맞은편 부속병원으로 달려가서 자기한테 왜 화를 내는지 영문도 모르는 젊은 간호사에게 다짜고짜 욕설을 퍼붓는 바람에 간호사가 너무 놀라 유산하는 일까지 있었어. 게다가 그 젊은 간호사를 대신해 입바른 소리 몇 마디를 했다는 이유만으로 수간호사에게는 매일같이 가래통과 쓰레기를 들고 가서 그 집 문 앞에다 쏟아놓기도 했지. 절대로 잊을 수 없는 일이었어. 그래도 사람들은 할머니가 원래부터 그렇게 무서운 사람은 아니었다고, 할아버지가 문화대혁명 때 박해를 당해 식물인간이 된 뒤로 서서히 그렇게 변한 거라고 말했어. 그러면서 식물인간이 되기 전에는 할아버지도 꽤나 악독했다고 한마디 덧붙였지. 당시 할아버지는 부원장으로 부속병원을 통솔하는 지위에 있었기 때문에 모두 할아버지를 무서워했거든. 그러니 이게 도대체 유전자 문제인지 아닌지는 나도 잘 모르겠어.

할머니는 우리 엄마를 몹시 싫어했어. 사실 할머니는 아빠가 누구와 결혼했어도 다 싫어했을 거야. 자기 가족을 제외한 세상 모든 이를 나쁜 사람이라고 생각했으니까. 당연한 일이겠지만 그래서 엄마가 시집온 뒤로 할머니는 자신이 손해 보는 일은 하지 않았어. 엄마를 빨래판 위에 오후 내내 꿇어앉아 있게 하기도 하고 밀방망이로 때리기도 했지. 엄마는 일찌감치 이런 일을 습관처럼 받아들였어.

상대적으로 고모는 할머니 집에서 유일하게 정상적인 사람이었지. 소심하고 겁이 많은 성격이라 그동안 집안에서 일어나는 불의한 일들을 말없이 참아내고 있었어. 그러다가 엄마가 시집오자 혼자 받아오던 탄압을 분담할 사람이 생겨 한결 마음이 편해졌던 거야. 잠시 동안이지만 두 사람은 아주 사이좋게 지냈어. 고모의 일방적인 노력 덕분이었지. 고모는 갖가지 방식으로 엄마의 환심을 사려고 노력했어. 직업적인 장점을 살려 엄마가 각종 약을 처방받을 수 있도록 도와주었고, 의과대학 목욕탕의 목욕표도 나눠줬어. 고모는 우리 엄마를 거의 숭배하기까지 했던 것 같아. 엄마의 언행이 우아하고 품위 있는 데다 정말 아름다운 여인이었기 때문이지. 엄마의 아름다움은 아주 값비싼 목걸이처럼, 가질 수는 없지만 언제든지 가까이 다가가 보고 싶고, 자신의 목에 걸면 어떤 모습일까 상상하게 되는 그런 존재였어. 하지만 상상해보고 나서는 결국 상심할 수밖에 없었나봐. 질투심으로 인한 화를 참지 못한 고모가 할머니 앞에서 그만 엄마에 관해 험담을 해버렸지. 그 일로 엄마와 고모의 관계는 갈수록 나빠진 것 같았어.

하지만 나중에 엄마와 고모 사이가 더 멀어진 것은 고모의 이간질 때문이라기보다는 나 때문이었어. 내가 철이 들면서부터 엄마는 의도적으로 아빠네 식구와 거리를 두면서 그들이 우리 삶에 끼어들지 못하게 했지. 엄마는 내가 온갖 아름다운 사물에 둘러싸여 있기를 바랐어. 내가 태어난 지 얼마 안 되었을 때 한번은 고모가 엄마를 찾아왔어. 그때 엄마는 나를 안고 발코니에서 햇볕을 쬐고 있었고, 라디오에서는 교향곡이 흘러나오고 있었지. 엄마는 고모를 향해 집게손가락을 입술에 갖다 대며 조용히 하라는 신호를 보냈어. 내가 계속해서 편안하게 음악을 끝까지 들을 수 있도록 소리 내지 말라는 뜻이었지. 엄마가 말했어.

"이것 좀 보세요. 얘가 들으면 들을수록 베토벤에 매료되는 것 같다니까요."

어린아이가 알긴 뭘 알았겠어. 고모는 참 우습다고 생각했을 거야.

"얘는 뭐든지 다 알아들어요. 항상 불가사의하다는 생각이 든다니까요."

엄마가 웃으면서 말을 이었지. 엄마는 내게 교향악을 들려주고 동화 이야기를 해주었어. 벽에는 또 반 고흐와 샤갈의 그림을 잔뜩 붙여놓으셨지. 당시 엄마는 정말 야심이 많았어. 나를 반드시 대단한 사람으로 키우지 않으면 안 된다는 생각을 하고 있었지. 하지만 이런 신념은 내가 하루하루 성장하면서 서서히 사라졌어. 잔혹한 일상생활이 엄마의 인내심을 전부 마모시켜버렸던 거야.

나는 정말 처음으로 엄마와 함께 타이캉泰康 식품점에 갔던 게 언제였는지 까맣게 잊고 있었어. 나중에 아빠가 반드시 생각해내야 한다고 다그치며 계속 추궁하지 않았더라면 아마 완전히 잊어버렸을 거야. 매번 오후에 갔다는 것만 기억나. 엄마는 나를 큰길 건너편에 있는 타이캉 식품점으로 데리고 가서 과자를 사주셨어. 그 남자는 그 가게에서 판매원으로 일하고 있었어. 매일 과자와 사탕을 취급하다보니 몸에서 달콤한 냄새가 났지. 말할 때도 아주 끈적거렸어. 그 사람 이름이 뭐였는지는 잘 기억나지 않아. 애당초 알지도 못했던 것 같아. 나는 그를 그냥 밀전蜜餞(설탕에 잰 과일) 아저씨라고 불렀지. 엄마가 나를 데리고 갈 때마다 밀전 아저씨는 늘 다양한 색깔의 파라핀 종이로 포장한 밀전을 내 호주머니에 넣어주곤 했어.

"너무 많아요. 몇 개만 줘도 돼요."

엄마는 밀전 아저씨를 바라보며 방글방글 웃었어.

"자꾸 이러시면 저 다음에는 못 와요."

이틀 뒤에 엄마는 또 나를 데리고 그 가게로 갔어. 내 호주머니는 또다시 밀전으로 가득 찼지. 오후에는 가게에 손님이 없었어. 엄마는 팔꿈치를 카운터에 괴고는 밀전 아저씨와 이런저런 얘기를 끝없이 늘어놓으며 수다를 떨었지. 카운터는 아주 높았어. 내 키보다 높은 카운터 밑에서 나는 혼자 밀전을 까 먹으며 쭈글쭈글한 밀전 껍질을 평평하게 펴서 인형을 접으면서 놀았어. 그러다가 갑자기 위에서 엄마가 흑흑 흐느끼는 소리가 들려왔어. 발밑의 그림자도 떨리고 있었지. 나는 팔을 들어 엄마의 손을 잡아당기려 했어. 하지만 엄마 손은 이미 다른 사람에게 잡혀 있었지.

떠날 때가 되자 밀전 아저씨는 또 내게 밀전을 한 줌 쥐여주었어. 밀전은 다 먹지 못할 만큼 많았지. 잠잘 때도 내 입안에는 밀전이 있었고 꿈을 꿀 때도 으스스한 감초 냄새가 날 정도였어.

하루는 감초 냄새 때문에 꿈에서 깨기도 했어. 방 안이 텅 비어 있고 엄마는 보이지 않았지. 엄마는 얼마나 급하게 나갔는지 아무것도 안 가지고 갔어. 그렇다고 딱히 남긴 것도 없는 것 같더군. 엄마가 유일하게 내게 남겨준 것은 밀전을 너무 많이 먹어서 다 썩어버린 치아뿐이었어.

엄마가 왜 나를 데리고 가지 않았는지 모르겠어. 내 모든 면이 실망스러워 나를 버리기로 결심한 것이었을까? 하지만 아주 한참 동안 나는 엄마가 절대로 그랬을 리 없다고 믿었어. 자리를 잡고 나면 반드시 나를 데리러 올 거라고 믿었지. 그래서 할머니 집에 가서 살고 싶은 마음은 눈곱만큼도 없었고, 그냥 집에서 엄마를 기다리고 싶은 마음뿐이었어. 하지만 아버지는 내 의견 따위는 묻지 않았지. 오로지 나를 버려두고 더 이상 신경 쓰지 않아도 될 만한 곳을 찾으려 했어.

봄에서 여름으로 계절이 바뀌던 어느 저녁이었어. 나는 문가에 서서 아빠가 이제껏 우리 집을 꾸몄던 물건들을 대충 챙겨서 비닐 포대 두 개에 나누어 담는 것을 바라보고만 있었어. 하늘빛이 점점 약해지더니 휑하니 넓은 방 안에 어둠이 가득 찼지. 사진과 그림 액자를 떼어내 하얗게 드러난 벽도 더 이상 거슬리지 않았어. 나는 바닥에 쪼그리고 앉아 아빠가 버리려고 모아둔 잡동사니 속에서 태엽 달린 철제 청개구리와 유리구슬 몇 개를 몰래 주웠어. 아빠가 비닐 포대 두 개를 자전거 뒷자리에 묶고 나서 우리는 할머니 댁으로 출발했지. 아빠는 나더러 뒤에서 잘 쫓아오라고 말하고는 혼자서 자전거를 타고 갔어. 처음에는 천천히 몰더니 나중에 사람들로 붐비는 시장을 지날 때는 답답했는지 속도가 빨라지기 시작하더군. 나는 뒤에서 죽을힘을 다해 쫓아갔어. 하마터면 과일 노점 좌판에 부딪혀 좌판을 뒤집을 뻔했지. 어느 여자아이와 부딪혀 그 아이 손에 들려 있던 바람개비를 떨어뜨리기도 했어. 주머니 속에 들어 있던 유리구슬이 튀어나와 땅바닥에 떨어졌지만 자칫하다가는 시야에서 아빠를 놓칠까봐 두려워 줍지 않고 계속 죽기 살기로 뛰었지.

할머니 집도 방 두 칸짜리 작은 집이었어. 세상의 모든 집이 전부 방 두 칸짜리 작은 집인 것 같았어. 집 안에는 그럴듯한 가구 하나 없는 데다, 크고 작은 나무 상자와 종이 상자들만 잔뜩 쌓여 있었어. 꼭 창고 같았지. 나는 사방을 둘러보면서 화병이나 액자 같은 작은 진열품들을 찾아봤지만, 유일하게 찾은 것이라고는 아래쪽에 붉은 글씨로 '경축 의과대학 개교 90주년'이라고 쓰인 네모난 벽걸이 시계뿐이었어. 나중에 안 사실이지만, 할머니는 이처럼 붉은 글씨를 매우 좋아했던 것 같아. 붉은 글씨는 찻잔에도 쓰여 있고 세숫대야에도 쓰여 있고 보온병에도 쓰여 있었어. 단지 경축의 내용이 달랐지. 어떤 것은 개교를 경축하는 것이었고 또 어떤 것은 창당을 경축하는 것이었어.

저녁식사 시간이 다 되었는데도 식탁 위에는 시커먼 대접 몇 개만 놓여 있었어. 의자도 세 개밖에 없어서 고모가 재봉틀 의자를 가져와 나를 앉게 했지. 할머니는 네 번째 의자를 아빠가 망가뜨려놓고는 새로 하나 마련해주겠다고 큰소리만 치고 여태 실행하지 않았다며 원망을 늘어놓으셨어. 그러더니 아빠가 지키지 않은 약속들을 쭉 헤아리기 시작하셨지. 튀긴 찹쌀떡을 사주겠다는 약속부터 금니를 해주겠다는 약속까지 하나하나 전부 또렷하게 기억하고 계셨어. 할머니는 말할 때 혀를 거의 사용하지 않는 것 같았어. 글자가 입안에서 모양을 잡기도 전에 목구멍 밖으로 굴러나왔지. 그 괴상한 목소리는 자고새를 떠올리게 했어. 어쩌면 다른 새였는지 모르지. 아버지는 할머니의 말을 전혀 알아듣지 못한다는 듯이 태연자약하게 계속 밥을 먹었어.

재봉틀 의자가 너무 낮아서 나는 몸을 꼿꼿이 세우고 목을 쭉 빼야 했어. 하지만 내 손에 든 젓가락은 어느 그릇으로 가서 내려앉아야 할지 몰랐지. 어느 그릇이든 다 똑같은 것 같았거든. 얇게 썬 고기와 애호박, 그리고 가지까지 전부 간장에 푹 젖어 있었어. 만터우饅頭는 대체 몇 번이나 다시 찐 건지 알 수 없었어. 물을 잔뜩 먹은 만터우 껍질은 흐물흐물해져서 한 겹 한 겹 일어나 있었지. 나는 만터우를 들고 살금살금 할머니와 고모에게로 다가갔어. 두 사람 중 누구든지 벗겨진 만터우 껍질을 버려주기를 바랐지만 두 분 다 입속으로 가져가더군. 게다가 할머니는 하나를 집어서 간장 국물에 푹 찍더라고. 아버지는 벗기지도 않고 그냥 통째로 삼켰지. 정말 한 가족이 맞구나 하는 생각이 들었어. 나는 모든 기대를 접은 채 만터우 껍질 한 조각을 입에 넣었어. 만터우 껍질은 고기 비계처럼 순식간에 혀 위에서 녹아 없어졌지. 구역질을 하자 하마터면 입 밖으로 다시 튀어나올 뻔했어.

아빠는 저녁식사를 마치고 곧장 가버렸어. 문을 나서는 아빠의 뒤통수에 대고 할머니가 매달 내 생활비 주는 것을 잊지 말라고 소리쳤어. 나는 식탁 위의 지저분한 그릇들을 걷어 부엌으로 가져가 고모에게 주었지. 그러고는 옆에 서서 다 씻은 그릇을 조심스럽게 받아 마른 행주로 물기를 깨끗이 닦았어. 고모에게 잘 보이는 것이 할머니에게 잘 보이는 것보다 훨씬 쉬울 거라고 생각했지. 고모가 설거지를 마치면 나는 부뚜막 언저리를 깨끗이 닦았고, 부엌의 모든 물건을 제자리에 정리해놓은 뒤에야 고모를 따라 바깥에 있는 방으로 돌아갔어.

집 안은 불빛이 너무 어두워 산소가 부족하다고 느껴질 정도였어. 식탁 위쪽 벽에 형광등 하나가 매달려 있을 뿐이었지. 그 위에는 연녹색 먼지가 잔뜩 내려앉은 등갓이 날개를 쫙 펴고 있는 박쥐처럼 커다란 그림자를 드리우고 있었어. 흑백 텔레비전이 요란한 소리를 내고 있는 가운데 할머니는 창문 아래쪽에 놓인 소파에 누워 있었어. 대나무와 등나무로 된 아주 낡은 소파였지. 등나무 줄기가 여러 군데 뚝뚝 끊어져 있고, 도처에 반 토막 난 가지들이 곤추서 있었어. 소파 중간쯤에는 커다란 구덩이가 움푹 파여 있어 납작하고 작은 할머니 몸을 나무 꼭대기의 새집 속에 누워 있는 것처럼 딱 알맞게 받쳐주고 있었어. 할머니가 잠든 줄 알고 한숨을 푹 내쉬는 순간, 할머니가 갑자기 벌떡 일어나 앉더니 가늘게 실눈을 뜨고는 나를 훑어봤어. 그러고는 주름 가득한 얼굴 뒤편에서 그 자고새 같은 목소리가 흘러나왔어.

"어서 쟤 옷 좀 벗겨줘라!"

내가 무슨 영문인지 몰라 어리둥절해 있는 사이에 벌써 팔 한쪽이 고모에게 잡혀 있었어. 고모가 내 줄무늬 옷을 잡아당기며 앞쪽에 나란히 달린 단추를 풀었지.

"뭘 그렇게 애를 쓰고 있어. 그냥 뜯어버려!"

할머니가 소리쳤어. 고모가 스웨터를 세게 잡아 뜯자 단추가 후두둑 땅바닥에 떨어졌어. 그런 다음 고모는 목 뒤쪽을 붙잡고는 스웨터를 내 몸에서 벗겨냈어.

"바지! 바지도 있잖아!"

할머니가 또 고함을 질렀어. 고모는 쪼그리고 앉아 한 손으로는 나를 꽉 붙잡고, 다른 한 손으로 내가 입고 있던 코르덴 바지를 끌어내렸어.

"아직도 네 엄마가 입혀준 이 옷들이 무슨 보물이라도 되는 줄 알고 있구나, 흐흐!"

할머니는 일어서서 팔짱을 낀 채 땅바닥에 가래를 칵 뱉으면서 말했어.

"이건 다 죽은 아이한테서 벗겨온 거야! 온몸에 썩은 내가 진동하고 구더기가 득시글거리는 죽은 아이 말이야! 지금 이 위에 붙어 있던 구더기 알이 벌써 네 몸 위를 기어서 네 귓속으로 파고 들어갔다고!"

"거짓말 마세요!"

내가 소리쳤어.

"할머니 말이 맞아."

고모가 바닥에 떨어진 코르덴 바지를 집어 뒤집더니 솔기에 붙어 있던 세탁 지침을 내게 보여줬어. 그 위에는 빽빽하게 알파벳이 적혀 있더군.

"이 오래된 옷들은 네 엄마가 하이요우海右 시장에서 사온 거야. 거기서 파는 물건들은 전부 외국에서 컨테이너로 실어온 쓰레기지."

나는 너무 놀라 그 자리에 그대로 선 채 고모가 다리를 들어주는 대로 발목께 뭉쳐 있던 바짓가랑이에서 발을 뺐어. 고모가 두 손가락으로 바지 양쪽 끝을 집어 허공에 흔들며 말했지.

"이 색깔을 좀 봐. 아직 새거잖아. 몇 번 빨지 않았다는 걸 한눈에 알 수 있어. 죽은 사람에게서 벗겨온 게 아니라면 멀쩡한 옷을 뭐하러 버렸겠니?"

"그렇게 흔들지 마. 더러워 죽겠네!"

할머니가 고모 어깨를 아주 매섭게 탁 치면서 말했어.

"어서 가서 쟤가 싸가지고 온 보따리 뒤집어봐. 그리고 저 죽은 사람 옷들은 전부 건물 아래로 싸가지고 가서 태워버려!"

나는 고모가 비닐 포대를 여는 모습을 바라보고 있었어. 닳을 수놓은 스웨터와 모자 달린 바람막이 점퍼, 챙이 달린 모자…… 고모가 이런 옷들을 하나하나 포대 안에서 꺼내는 모습이 마치 마지막으로 그 옷들을 보여주려는 것 같았어. 그 옷들이 공기 중에 퍼뜨리는 냄새가 그렇게 친근할 수 없었지. 그게 엄마 냄새인지 아니면 죽은 아이 냄새인지 알 수 없었어. 고모는 끄집어낸 옷들을 빈 상자에 집어넣고는 상자를 안고 건물 아래로 내려갔어.

"이렇게 악독한 엄마가 또 어디 있담. 자기 아들한테 죽은 사람의 옷을 입히다니……"

할머니는 고약한 입 냄새를 풍기며 하품을 늘어지게 하고는 몸을 구부려 자신이 자는 방으로 들어갔어.

나는 얇은 내복을 입은 채 방 한가운데 서 있었어. 그리고 잠시 후 으앙 하고 울음을 터뜨렸지. 나는 막막한 기분으로 계속 울었어. 도대체 무엇 때문인지도 모르면서 울었지. 몹시 아끼고 좋아하던 옷들을 잃었기 때문이고, 죽은 아이 몸에 있던 구더기가 귓속에 들어갔을까 봐 두려웠기 때문이었을 거야. 그리고 엄마가 날 속였기 때문이었겠지. 나는 머리 밑에 베고 자던 그 살구색 스웨터가 생각났어. 그 스웨터에서 나던 썩은 사과의 달콤한 냄새가 어쩌면 죽은 여자 몸에 배어 있던 향수 냄새일지도 모른다는 생각이 들었지. 아름다웠던 기억은 모골이 송연해지는 공포로 변해버렸어. 전에는 그렇게나 친숙했던 엄마조차 낯설어져서 내가 더 이상은 이전처럼 엄마를 사랑할 수 없을 것 같다는 생각이 들었지.

나는 울다가 지쳐서 재봉틀 의자에 엎드려 잠들었어. 시간이 얼마나 흘렀는지 주위에 인기척이 들어 눈을 떠보니 고모가 의자를 옮기고 있었어. 고모는 의자 두 개를 침대 옆에 나란히 놓아 싱글침대를 넓혔어. 그러고는 침대 밑에 있던 나무 상자 속에서 누비 이부자리를 꺼내 그 위에 펼쳤어.

"이리 와. 나랑 같이 자자."

고모가 바닥에 있던 나를 잡아끌었어. 그리고 나를 한번 쳐다보고는 다시 말했어.

"내복도 갈아입자. 할머니의 생각이 그러니까 말이야……"

고모는 침대 위에 걸쳐져 있던 연한 보라색 내복을 집어들며 말했어.

"우선 이거 입어. 아쉬운 대로 오늘밤만 입고, 내일은 내가 새옷 몇 벌 사주마."

고모는 내가 멍하니 그 자리에 그대로 서 있는 것을 보고는 얼른 쪼그리고 앉더니 옷 갈아입는 것을 도와주었어. 내복 바지를 벗을 때, 고모가 실수로 속옷까지 같이 내려버렸지. 내 조그만 생식기가 등불 아래 드러나자 고모 얼굴이 아주 빨개지더군. 고모는 그런 표정을 내게 들킬까봐 황급히 내복 윗도리를 내 머리에 뒤집어씌웠어.

내복은 여자용이었어. 입어보니 복사뼈까지밖에 내려오지 않는 두루마기더군. 고모는 길게 축 처져 있는 소매에 손을 집어넣어 내 손을 잡아 빼주었어.

"됐다."

고모는 소매를 걷어 올려준 다음 침대에 걸터앉아 나를 바라봤어. 나는 고개를 한쪽으로 돌려버렸지.

"자, 이거 받아."

고모가 스웨터 주머니에서 사탕을 한 줌 꺼내 내 손 위에 올려놔줬어. 차갑고 미끌미끌한 파라핀 종이 껍질이 내 손바닥을 어루만졌지. 고개를 숙여 손바닥을 내려다봤더니 그 밀전 아저씨가 준 밀전이었어.

"방금 옷을 태우다가 네 바지 주머니에서 찾은 거야."

고모가 말했어.

"그게 전부야. 네가 좋아하면 나중에 또 사다줄게."

"됐어요."

나는 밀전을 꼭 움켜쥐고는 손을 소매 속으로 거둬들였어.

잠자기 전에 고모는 땋은 머리를 묶었던 가죽 끈을 끌러 긴 머리를 풀어헤쳤어. 그러고 나서 불을 끈 다음 내 옆에 누웠지. 너무 어두워서 그랬는지, 아니면 이런저런 생각 때문에 마음이 복잡해서였는지, 그것도 아니면 고모의 유난히 톡 튀어나온 이마와 높은 광대가 긴 머리에 가려져서 그랬는지, 어쨌든 내가 몸을 돌려 고모를 바라봤을 때 뜻밖에도 엄마와 조금 닮았다는 생각이 들었어. 나는 고모의 젖가슴에 손을 올려놓고 싶은 것을 간신히 참았어. 조금 지나자 가볍게 코고는 소리가 들리더군.

어둠 속에서 나는 바스락바스락 사탕 껍질을 까서 마지막 밀전을 입안에 넣었어.

다른 선택이 있었다면, 나는 절대로 엄마에 대한 감정을 고모에게 전이할 수 없었을 거야. 너도 우리 고모를 본 적이 있지. 하지만 어떻게 생겼는지는 전혀 기억나지 않을 거야. 고모는 영원히 가지런한 단발머리를 하고 다녔고, 말할 때는 핍박받는 민며느리처럼 사람들의 눈을 똑바로 쳐다보지 못했어. 어린 시절의 굶주림과 두려움, 이 두 가지가 고모의 성장과 발육을 저해했던 것 같아. 굶주림 때문에 고모는 150센티가 겨우 넘는 아주 왜소한 체구를 갖게 되었고, 공포 때문에 늘 구부정한 자세로 목을 움츠리면서 스스로도 애써 훨씬 더 왜소해졌으면 좋겠다는 생각을 하게 됐지. 고모는 절대로 못생긴 얼굴이 아니었어. 오히려도 제법 단정한 편이었지. 단지 어디 두드러진 구석이라도 있으면 남들의 시선을 끌게 될까 두려워 아주 조심스럽고 엄숙하게 생긴 거야. 어딘가 두드러진다는 건 고모한테는 스스로를 거대한 위험 속에 빠뜨리는 것과 마찬가지였거든. 고모는 사람들이 자신을 아예 무시해주기를 바랐지. 고모는 여러 사람과 함께 있을 때도 늘 그들이 자신의 존재를 잊게 만들 수 있었어.

한번은 고모가 내게 수채화 색연필을 사주었어. 나는 그 보답으로 고모를 그려주겠다고 고집을 부렸지. 그리하여 뚫어지게 응시하는 내 시선 아래 놓인 고모는 15분 동안 얼굴이 온통 새빨개진 채 아주 힘들게 앉아 있었어. 그때까지 그렇게 진지하게 고모를 바라본 사람은 없었을 거라는 생각이 들었어. 아마 내가 처음일 거야.

할머니 집에 봄이 왔을 때는 이미 유치원 개학이 지난 뒤였어. 할머니도 다시 찾아가 방도를 알아보는 것이 귀찮으셨는지 가을이 될 때까지 그냥 집에서 지내다가 곧장 초등학교에 다니는 게 낫다고 하시더군. 난위안에는 아이들이 아주 많았지만 전부 유치원에 다니고 있었기 때문에 나는 아는 친구가 한 명도 없었어. 결국 혼자 노는 수밖에 없었지. 봄부터 가을까지 줄곧 그랬어. 아빠는 얼마 지나지 않아 금세 어느 과부와 동거를 시작했고 난위안에는 거의 오지 않았어. 생활비도 계속 밀리고 보내주지 않았지. 할머니는 그 일이 생각날 때마다 내게 화풀이를 하시곤 했어. 빗자루를 들고 쫓아다니며 날 때리기도 하고 내일 당장 쫓아내겠다고 고래고래 소리를 지르기도 하셨지. 하지만 사실 나는 풀 뽑는 일도 돕고 수세미와 조롱박에 물도 주는 등 할머니에게 제법 쓸모가 있었던 편이야. 할머니는 뒤뜰에 채소를 아주 많이 심어놓고도 정작 봄이 오면 바깥에 있는 산나물만 생각하셨지. 산냉이가 들어간 훈툰餛飩(돼지고기나 마른 새우, 채소 등을 섞은 속을 넣어 자오즈처럼 만들어 육수에 넣고 끓여 먹는 한족의 전통 음식)이나 홰나무 꽃 계란 볶음槐花炒雞蛋(살짝 데친 홰나무 꽃을 달걀에 섞어 볶은 음식) 같은 음식을 떠올리며 군침을 흘리곤 하셨어. 할머니는 매일 아침 일찍 일어나 내 등에 광주리를 메어주면서 밖에 나가서 산나물도 캐고, 홰나무 꽃도 따오라고 시키곤 하셨지. 또 한 다발 한 다발 나란히 붙어 있어 마치 송충이처럼 생긴 백양나무 꽃씨도 있었어. 할머니는 이걸 고기와 함께 잘게 다져 만든 소를 넣고 바오쯔包子(소를 넣고 크고 둥글게 모양을 빚어 찐 밀가루 음식)를 만들기도 하셨지. 지난의 시골에서 백양나무 꽃은 '무사망無事忙'이라는 이름을 갖고 있었어. 할 일 없이 피는 꽃이라며 사람들이 놀려댔지. 열매도 못 맺는 꽃을 피우니 결국은 쓸데없이 바쁜 꼴이라는 뜻이었어. 당시에는 그게 무슨 뜻인지 제대로 이해하지 못했지. 하지만 그 이름을 말할 때면 약간 서글픈 느낌이 들었어. 커다란 백양나무 아래 서서 대나무 막대기로 몇 번 흔든 다음 고개를 들면 쓸데없이 피었던 꽃들이 마구 흩어져 떨어지는 모습을 볼 수 있었어.

나는 광주리를 등에 메고 사방을 돌아다녔어. 그때는 난위안이 정말로 크게 느껴졌지. 이쪽 끝에서 저쪽 끝까지 걸어가려면 한참을 가야 했거든. 하지만 나는 가진 게 시간뿐이라 마음만 먹으면 하루 종일 밖에 있을 수도 있었어. 할머니가 나를 찾으려고 나오는 일도 절대 없었으니까. 내 유랑의 범위는 계속 확대되어 점차 난위안만이 아닌 의대 캠퍼스와 부속병원, 그리고 그 앞 길거리 상점들에까지 미치게 됐어. 주변에 갈 만한 곳은 죄다 한번씩 가봤지.

하루는 난위안을 벗어나 나도 모르게 다른 거리로 들어서게 됐어. 거기에는 내가 한번도 보지 못한 교회가 있었지. 짙은 갈색의 돌로 된 벽, 하늘을 찌를 듯한 십자가가 아주 웅장해 보였어. 정문이 활짝 열려 있었고, 안에서 노랫소리가 흘러나왔어. 나는 마당을 지나 예배당 입구에 서서 안을 들여다봤지. 사람들은 모두 일어서서 목사가 한마디 하면 그대로 따라 말하더군. 마치 초등학교 학생들 같았어. 몇몇 여자는 울고 있는 것 같았어. 점점 큰 소리로 울면서도 눈물을 닦지 않더라고. 다른 사람이 와서 다독여주지도 않았어. 하지만 예배가 끝나자 그녀들은 금세 아무렇지도 않은 표정을 짓더군. 말도 하고 웃기도 하는 게 방금 전과는 완전히 다른 사람이 되어 있었어. 예배가 끝난 후 사람들이 줄줄이 밖으로 나왔어. 앞줄에 있던 할머니 세 분이 입구를 지나가면서 내 존재를 알아차렸지.

"어? 뉘 집 아이지? 한번도 못 본 아이네."

그중 키 작은 할머니가 나를 위아래로 훑어보며 말했어. 나는 커다란 러닝셔츠를 입고 있었지. 너무 낡아서 윗부분에 군데군데 구멍이 나 있고, 목 부분이 늘어져 어깨가 반쯤 드러나 있었어. 얼굴에는 온통 재가 묻어 있고 등에는 아주 커다란 대나무 광주리를 메고 있었지.

"너 혼자 왔니? 집이 어디야?"

키 큰 여자가 물었어.

그들은 내게 아주 많은 걸 물었지. 결국 아빠가 누구고, 할머니가 누구인지까지 물었어.

"아, 청씨네 아이로군…… 어쩐지."

키 작은 여자가 내가 신고 있던 테이프로 둘둘 만 슬리퍼를 뚫어져라 쳐다보면서 말했어.

은발 머리에 쪽을 진 또 다른 여자가 아무 말 없이 다시 예배당 안으로 들어가더니 손에 사탕을 들고 나오더군.

"자. 너한테 주는 거야. 어서 받으렴."

그녀는 우리 할머니보다는 조금 젊어 보였어. 커다란 두 눈이 부드러운 주름 속에 폭 싸여 있었지.

"내 뭐랬어. 후이윈繪雲은 정말 마음씨가 곱다니까. 우리도 배워야 해."

키 작은 여자가 키 큰 여자에게 말했어.

"그러게. 하지만 난 정말 저 애 할머니가 싫어."

키 큰 여자가 작은 목소리로 투덜거렸어.

나는 사탕을 향해 손을 뻗지 않고 가만히 있었어. 밀전 아저씨 이후로 낯선 사람이 주는 사탕에 상당한 경계심을 갖게 됐거든. 후이윈이라는 여자가 지저분한 내 손을 잡더니 사탕을 손바닥에 쥐어줬어.

"다음 주 일요일에 또 오렴. 알았지?"

그러면서 그녀는 나를 향해 환하게 웃어주었어.

나는 고맙다는 말도 없이 사탕을 손에 꼭 쥔 채 달아났지.

이틀 뒤에 고모와 함께 만터우를 사러 난위안의 음식점에 갔다가 입구에서 그 후이원이라는 여자와 마주쳤어. 그 여자도 난위안에 살고 있는 게 분명했어. 나는 그녀가 내게 다가와서 말을 걸 줄 알았어. 하지만 그녀는 나를 보고는 모르는 사람처럼 무표정하게 그냥 지나쳐 가더군. 나는 약간 실망했지. 그리고 한참이 지나서야 그녀가 네 할머니라는 것을 알았어. 네 할머니는 그때 나를 처음 만났을 때와 사뭇 다른 태도로 대했지. 하지만 나는 마음속으로 여전히 그분께 감사하는 마음을 갖고 있었어.

일요일이 되어 나는 또 교회에 갔어. 예배가 끝나자 그녀가 나왔고, 이번에도 나를 향해 웃어주더군. 하지만 이번에는 사탕을 주지 않고 목사를 따라 급히 가버렸어. 나 혼자 마당에서 한참을 멍하니 서 있다가 막 나오려는 참에 목사가 다가오더군.

"꼬마 친구, 이름이 뭐지?"

"청궁이에요."

내가 대답했지.

"청궁成功이라, 아주 좋은 이름이로구나!" ('成功'의 중국어 발음이 '程恭'과 같음)

그가 그 작은 눈을 가늘게 뜨고서 나를 훑어보더군.

"사람에게 가장 큰 성공이 뭔지 아니?"

나는 고개를 가로저으며 입구 쪽으로 걸어갔어.

"바로 훌륭한 인품을 가진 사람이 되는 거란다."

그가 나를 잡아 세우더니 손을 내 어깨 위에 올려놓으면서 말했어.

"내가 방금 단상에서 한 설교 기억하니?"

나는 또 고개를 가로저었어.

"몇 마디 정도는 꼭 기억해두거라. 유용한 걸로. 알겠니?"

그가 내 머리를 토닥이며 말했지.

"잠깐만, 가지 말고 기다려라."

한낮의 햇빛이 반짝거렸어. 나는 마당 한가운데 서서 그가 교회에서 나오는 것을 바라봤어. 그가 비닐봉지를 들고 나오더니 그 안에서 파란색 플라스틱 슬리퍼를 꺼내더군.

"맞나 안 맞나 한번 신어보렴."

슬리퍼는 완전 새거였어. 상표까지 붙어 있었지. 나는 의심의 눈초리로 그를 바라보면서 천천히 낡은 슬리퍼를 벗고 새 슬리퍼에 발을 쑥 밀어넣었어.

"딱 맞는군. 그걸 신고 이 낡은 건 더 이상 신지 말도록 해라. 끈도 떨어져서 자칫하면 넘어지겠구나."

그가 다시 내 머리를 토닥이며 말했어.

"나중에 또 필요한 게 있으면 나한테 말하렴. 알겠지?"

내가 고개를 끄덕이자 그도 만족한 듯 고개를 끄덕이더군.

"그런데 네가 매주 이곳에 와줬으면 좋겠구나. 그러면 좋은 인품을 가진 사람으로 성장할 수 있을 거야."

나는 새 슬리퍼를 신고 되돌아가면서 마음이 좀 답답했어. 교회가 무슨 보물 상자라도 되나? 어떻게 그곳엔 모든 게 있지? 눈 깜짝할 사이에 나만 한 아이가 신을 슬리퍼를 들고 나오다니, 목사가 마술이라도 부린 것인가. 계속 그 하나님이라는 신 얘기만 하지 않았던가? 아마 그 신이 그에게 능력을 전수해주었나보다 생각했어. 집에 돌아와서 나는 고모에게 그 일을 상세히 얘기했어. 고모는 지난번 내가 갔을 때 목사가 내 낡은 슬리퍼를 봤던 것이 틀림없다고 말했어. 하지만 내 기억으로는 그때 목사는 나를 전혀 보지 못했어. 고모는 이 일을 깊이 파고들고 싶어하지 않았어. 다만 목사가 왜 나에게 매주 교회에 나오라고 했는지를 궁금해했지. 아, 알겠다. 고모가 말했어.

"목사가 너를 키우고 싶은 거야. 네가 보통 아이가 아니라는 걸 알아본 거지."

내가 날 키워서 뭐 하냐고 물었어.

"목사가 되라는 거지 뭐겠니."

고모가 말했지. 나는 목사가 되고 싶지 않고 비행기 조종사가 되고 싶다고 말했어. 그러자 고모가 또 말했지.

"알았어. 하지만 그래도 그분의 호의를 저버리지는 마."

고모는 잠시 생각하더니 말을 이었어.

"옷도 몇 벌 달라고 해봐. 옷도 다 낡았잖니. 옷 사 입히는 데 돈이 너무 많이 들어. 아, 맞다. 리모컨으로 조종하는 자동차도 사달라고 해. 네가 늘 갖고 싶어하지 않았니? 생일선물로 하나 사달라고 해."

나는 생각이 바뀌어 이제는 자전거가 갖고 싶다고 말했어. 그러자 고모는 손으로 내 귀를 비틀더군.

"그래, 이 욕심쟁이 녀석아."

일요일에 나는 또 교회에 갔어. 사람들이 다 돌아가기를 기다렸다가 목사에게 말했지.

"다음 달이 제 생일이에요. 새옷과 자전거를 갖고 싶어요."

하지만 이번에는 목사가 물건을 변하게 하는 마법을 부리지 않았어. 심지어 대답도 해주지 않았지. 그저 다음 주에 또 오라는 말만 했어. 일요일은 아주 더디게 다시 찾아왔지. 나는 일찌감치 교회로 달려가 예배를 처음부터 끝까지 거의 다 경청했어. 목사의 설교는 너무 길더군. 신이니 죄니 하면서 끝도 없이 늘어놓더라고. 나는 맨 뒷줄 탁자에 엎드려 잠이 들었다가 예배가 거의 끝날 때가 되어서야 깼어. 목사는 자신을 둘러싸고 있던 몇몇 사람과 얘기를 마치고는 예배당 뒤쪽으로 사라졌어. 잠시 후에 그가 작은 자전거를 하나 끌고 나오더군. 진한 빨간색 몸체가 어두컴컴한 예배당 불빛 아래에서 번쩍번쩍 빛을 발했지. 이제껏 내가 요구하는 대로 이렇게 다 들어주는 사람은 없었어. 그래서 그 순간 나는 정말로 감동했지. 심지어 날더러 목사가 되라고 해도 좋다는 생각까지 들더라고.

자전거 핸들에는 비닐봉지가 하나 걸려 있었어. 목사는 그 안에서 옷 두 벌을 꺼냈지. 한 벌은 흰색 셔츠였고 또 한 벌은 파란색과 흰색 줄무늬가 어우러진 라운드넥 러닝셔츠였어. 그는 내 몸에 옷을 대보더니 다시 봉지에 집어넣었어.

"이거면 되겠니?"

목사가 웃으며 말했어.

"다음부터 매년 생일날 네가 원하는 것을 들어주마. 원하는 게 있으면 미리 나한테 얘기하렴."

"네."

나는 은색 손잡이를 만지작거리며 고개도 들지 않고 말했어.

가기 전에 그는 내게 교회에 자주 와야 한다고, 그래야 훌륭한 인품을 가진 사람이 될 수 있다고 거듭 당부했지.

자전거를 타고 교회를 나서니 선선한 바람이 뺨을 스치더군. 두 발이 점점 빨라지면서 페달이 발아래에서 나는 것처럼 빠르게 움직였어. 그때의 시원한 느낌은 아직도 기억이 생생해. 기억 속의 그날은 하나의 분수령인 것 같았어. 그날 이후부터 내가 정말로 난위안에 살고 있다는 느낌이 들었으니까. 낯선 사람의 선의 덕분에 나는 이곳이 좋아지기 시작했어. 나는 목사가 아무렇게나 은혜를 베푸는 것은 아닐 거라고, 고모 말대로 내가 보통 아이가 아니기 때문일 거라고 믿었어. 여전히 목사가 되고 싶은 마음은 없었지만, 그가 내게 뭔가를 기대한 다는 사실은 아주 중요한 의미를 가졌지. 그 전까지는 엄마가 떠났다는 사실 때문에 몹시 우울해하면서 내면 깊은 곳에서부터 스스로를 부정했다면 이제는 어느 정도 자신감을 되찾았다고 할 수 있었지.

생일 전날, 아침 일찍 잠자리에서 일어나자마자 이빨 하나가 입에서 툭 떨어졌어. 이를 갈 때가 됐던 거지. 나는 그 이빨을 손바닥 위에 올려놓고 가뭇가뭇하게 썩은 부분을 세밀히 관찰했어. 입안에 신물이 고이면서 아주 오랜만에 감초 맛이 확 올라왔지만 금세 사라져버리더 군. 그 짧은 용솟음이 나와 작별 인사를 나누기 위한 것인 듯했어. 고 모는 윗니가 빠지면 땅에 묻고 아랫니가 빠지면 높은 곳에 던져야 한 다더군. 그래야 새 이빨이 예쁘게 난다는 거야. 나는 할머니 집 뜰 한 가운데 서서 있는 힘껏 펄쩍 뛰어오르며 새로 지은 헛간 지붕 위로 이빨을 던졌어. 사람은 자신의 이빨을 던진 곳에 뿌리를 내리고 정착 하게 된다는 사실을 고모는 그때 내게 말해주지 않았어.

나는 그 건물에서 꼬박 20년 넘게 살았지.

리 자 치

나는 아주 어렸을 때 이미 아빠가 언젠가는 집을 떠날 수도 있겠다 는 예감을 했어. 그리고 나는 아빠를 위해 가장 빠르고 간편한 방법 을 계획했지. 아빠를 사랑하게 되는 여학생 말이야. 아빠는 중문과에 서 학생들을 가르치는 일 외에 학년 지도원을 맡고 있었어. 당연히 학생들의 생활에 신경 써야 했고, 긴 머리를 쓸어 넘기며 시집을 가슴에 안고 다니는 여학생과 허심탄회하게 얘기를 나누는 일이 많았지. 나는 유행이 한참 지난 '마음을 읽는다'는 말이 무척 맘에 들어. 특히 1980년대의 느낌을 진하게 느낄 수 있으니까. 당시에는 사람들이 속마음을 애써 깊이 숨기려 하지 않았지. 어느 정도는 털어놓는 편이었어.

아빠는 학생들을 집으로 초대하지도 않았고 나와 엄마를 학교 모임에 데리고 가지도 않았어. 그래서 아빠가 가르치던 여학생들을 한번도 본 적이 없었지. 그나마 그녀들에 대해 아는 것이라고는 아빠가 가지고 오신 졸업앨범 몇 권에서 본 게 전부였어. 다시 말해서 졸업할 때가 되어서야 비로소 그녀들을 알게 되었다는 거지. 하지만 그녀들은 볼일이 다 끝났는데도 해산할 생각이 없었어. 졸업에 부치는 말에 이렇게 썼더라고.

"우리 이야기는 아직 끝나지 않았어요."

"당신은 저의 영원한 정거장이에요."

이런 문장들을 읽을 때마다 아빠에게 보내는 애정 담긴 메시지라는 생각이 들었어. 햇살이 쏟아지던 어느 오후였지. 나는 실눈을 뜨고 작은 액자에 담긴 사진 속 여자아이를 세심히 살펴봤어. 챙이 달린 모자를 손에 들고 무릎을 감싸 안은 자세로 잔디밭에 앉아 낙조를 바라보는 모습이 마치 자신의 새엄마를 고르고 있는 것 같더군.

나는 아무런 이유 없이 그녀들 모두가 우리 엄마보다 낫다고 믿었어. 젊어서도 아니고, 물론 미모 때문도 아니었어. 미모라면 아무래도 우리 엄마를 능가하기가 쉽지 않을 테니까 말이야. 주된 이유는 그녀들이 시골 사람이 아니라는 거였어. 나는 그녀들이 시골 사람일지도 모른다는 생각은 한번도 해보지 않았어. 대학에 합격하고 나서야 농촌을 떠나왔다면 도시에서 생활한 시간이 엄마보다 길지 않을 텐데 말이야. 하지만 그녀들은 전혀 시골 사람 같아 보이지 않았어. 그녀들은 우리 엄마가 영원히 할 수 없는 "우리 이야기는 아직 끝나지 않았어요" 혹은 "당신은 저의 영원한 정거장이에요" 같은 말을 할 줄 알았으니까.

하지만 아빠를 데려갈 그 여학생은 아직 나타나지 않고 있었지. 1990년에 아빠는 대학의 교직을 그만두고 베이징으로 가서 사업을 하기로 결정하셨어. 아빠가 떠나기 전에 나는 처음으로 아빠의 학생들을 만났지.

그날 밤, 일고여덟 명의 학생이 우리 집을 찾아왔어. 아빠는 아직 돌아오시기 전이었지. 친구들이 근처 식당에서 아빠를 위한 송별 파티를 해주고 있었거든. 학생들은 입을 꼭 다문 채 엄숙한 표정으로 좁은 거실에 가득 들어앉아 있었어. 엄마가 내온 수박을 누구도 먹으려 하지 않았지.

"사모님, 쉬시는데 저희가 폐를 끼치네요. 선생님을 꼭 한번 더 뵙고 싶어서요……."

한 여학생이 말했어. 눈이 퉁퉁 부은 게 한참을 운 것 같더라고.

"사모님, 선생님께서 저희에게 얼마나 잘해주셨는지 사모님은 모르실 거예요."

이번에는 남학생이 말했어.

당황한 엄마는 그 학생을 바라보면서 뭐라고 말해야 할지 몰라 그저 미소로 대답을 대신하는 수밖에 없었지.

그 남학생이 말을 이었어.

"지난해 여름 저희가 베이징에 갔을 때 선생님만 저희를 지지해 주셨어요. 그 일을 빌미로 그들이 결국 선생님까지 연루시키는 바람에……."

엄마는 그런 일은 전혀 모르고 있었어. 하지만 그런 일은 이미 중요하지 않았어. 엄마의 관심은 오로지 그들이 말하는 '베이징'에 있었으니까.

"그럼 그이가 베이징에 가는 건 문제없는 거죠?" 엄마가 물었어.

학생들은 그렇다고 말했지만 엄마는 여전히 걱정이 하나 가득이었어. 엄마에게 '베이징'은 신문이나 방송에서 볼 수 있는, '국가'나 '세계' 같은 훨씬 거대한 단어와 연결된 개념이었거든. 엄마의 머릿속에 베이징은 외국 정상들과의 회담, 아시안게임 개최, 국경절 열병식 같은 거사를 개최하는 지역이었어. 엄마로서는 그곳에서 어떻게 생활해야 하는지 상상도 할 수 없었지. 엄마는 그들이 베이징에 대해 좀더 많은 얘기를 해주길 바랐어. 엄마는 또 그들에게 베이징이 텔레비전에서 보는 것처럼 온통 그렇게 넓은 도로가 펼쳐져 있고 광장에는 항상 그렇게 사람이 많은지 묻더군. 학생들은 사실 딱 한번 가봤을 뿐이면서도 마치 반평생을 그곳에서 산 것처럼 말했어. 그들이 엄마에게 들려준 것은 그곳에서 보낸 10여 일 동안의 얘기에 지나지 않았지.

나는 아무 관심도 없다는 듯이 엄마 등 뒤에 숨어 플라스틱 인형의 팔을 돌리고 있었어. 한 바퀴 또 한 바퀴 축음기 손잡이 돌리듯 돌렸지. 학생들의 감정이 점점 고조되어갈 때쯤 갑자기 인형 팔 한쪽이 어깨에서 툭 빠져나가더니 한 남학생 발 언저리로 날아가 떨어졌어. 이야기하던 사람이 갑자기 말을 멈췄지. 모두들 그제야 내 존재를 인식했다는 듯이 나를 쳐다보더군. 그 남학생이 바닥에 떨어진 인형 팔을 줍자 나는 잠시 머뭇거리다가 얼굴을 붉히면서 그에게 다가갔어. 그가 내 손에서 인형을 가져가더니 팔을 붙잡고 인형 몸체의 구멍에 맞춰 힘껏 밀어넣었지.

"자. 이젠 떨어뜨리지 마."

그는 이렇게 말하며 내게 인형을 돌려줬어.

이 작은 사건 이후 모두가 침묵에 잠겼어. 주위의 공기가 어색해졌지. 순간 집 안의 전압이 낮아 백열등 불빛이 흔들렸어. 우웅— 우웅—

아빠가 집에 돌아왔을 때는 이미 잔뜩 취해 있었어. 얼굴이 불콰해진 아빠는 뜨겁게 불타는 석탄처럼 자신을 불태우고 있었지. 집에 들어섰을 때의 아빠는 술자리가 너무 일찍 마무리된 것이 몹시 아쉬운 표정이었지만, 집 안 가득 학생들이 와 있는 것을 보고는 금세 다시 기분이 좋아지는 것 같았어. 술 취한 사람에게서나 볼 수 있는 아주 공허한 즐거움이었지. 그저 왁자지껄한 것을 좋아할 뿐, 그 외에 다른 것은 없었어. 엄마가 아빠에게 의자를 하나 가져다주었지만 아빠는 한참을 비틀거리면서 제대로 앉지도 못하더군. 이번 일로 아빠의 이미지가 상할까봐 내가 다 걱정이 될 정도였지. 하지만 아빠를 바라보는 학생들의 시선에는 여전히 진한 존경심이 담겨 있었어. 마음 아파하는 표정도 읽을 수 있었지. 마치 아빠가 겪고 있는 고통을 잘 알고 있는 듯했어. 나는 학생들이 아빠에 대해 그렇게 많은 것을 알고 있다는 사실에 질투심이 났어. 나나 엄마보다 훨씬 더 아빠의 가족 같았거든.

"니들, 내가 몇 번을 말해야겠니. 내가 그만둔 건 너희와는 아무 상관이 없다니까!"

아빠가 집게손가락을 세워 이리저리 휘두르며 말했어.

"단지 내가 상황을 간파했던 것뿐이야."

아빠는 말하면서 고개를 가로저었어.

"아무 의미 없는 일이지."

학생들은 입술을 깨물면서 아무 말도 하지 않았어. 한 여학생이 흐느끼기 시작하더군.

"울지 마, 샤오펑小楓, 울지 마라."

아빠의 목소리는 더없이 따뜻하고 부드러웠어. 아빠는 마침내 뒤쪽에 놓여 있던 의자에 앉아 잠시 멍한 표정으로 있더니 갑자기 웃음을 터뜨리더군.

"우리 더 이상 희망을 갖지 말자."

아빠가 말했어.

내 기억 속의 그날 그 비장한 밤은 이 심오한 말 한마디로 끝났지. 사실은 그렇게 끝난 게 아니라 엄마가 나를 억지로 방 안으로 들이밀면서 어서 자라고 했던 거였어.

그때 그들이 했던 말들이 무슨 뜻인지 제대로 알아듣지는 못했지만 어찌 된 일인지 전부 기억이 나는군. 세월이 한참 지난 뒤에 그때 학생들이 베이징에서 있었던 일이라며 해준 얘기들을 내가 그대로 줄줄 읊어서 쉬야천許亞琛을 깜짝 놀라게 했지. 어떤 장면은 당사자인 그들도 또렷하게 기억하지 못하거나 왜곡된 기억을 갖고 있었거든. 그때 쉬야천은 어쩌면 수많은 기억이 무심하게 흘려듣는 방식으로 저장되는 건지도 모르겠다고 말했지.

쉬야천이 바로 내 인형의 팔을 끼워주었던 그 남학생이야. 4년 전에 우연히 그와 마주쳤을 때 나는 한 패션 잡지의 편집부에서 일하고 있었어. 그날의 자선 경매에도 여느 때와 다름없이 부유한 기업인과 명문가 규수들, 신흥 유력 인사들이 한자리에 모였어. 부를 뽐내기 위한 쇼 무대였지. 사람들은 스타들이 착용했던 보석류나 5대 와이너리의 명포도주, 유명 예술가들의 작품 등을 놓고 앞다투어 높은 가격을 제시했지. 경매 소득 전액은 농민공 자녀들을 위한 초등학교 건립에 쓰일 예정이었어. 사랑은 값을 매길 수 없다고 사회자가 끊임없이 얘기했지만 그곳의 모든 사랑은 다 정해진 가격이 있었지. 쉬야천은 유명 예술가의 조각품에 엄청난 액수를 제시했어. 사회자가 그를 무대 위로 불러 발언을 청하자 그는 단상에 올라가 맨 앞줄에 앉아 있는 몇몇 아이를 작은 눈에 사랑이 가득 담긴 눈빛으로 내려다보며 말했지.

"우리가 제공할 수 있는 것은 아주 미미한 노력에 지나지 않겠지만, 이 아이들의 인생을 완전히 바꿔놓을 수도 있습니다."

그의 발언에 무대 아래에서 뜨거운 박수가 터져나왔어. 뭔가 잘못됐다고까지는 말할 수 없었지만 나는 문득 그 아이들이 가엾다는 생각이 들더군. 타인의 아주 작은 노력이 그들의 일생을 통째로 바꿀 수 있다니 말이야. 그들의 존재가 얼마나 하찮기에 그럴 수 있다는 거지?

쉬야천은 회색 와이셔츠를 입고 있었어. 맨 위 단추를 간신히 잠가 셔츠 칼라가 둥그런 머리 아래에 꼭 끼어 있는 모습이 마치 당장 돈을 갚으라고 목이 졸리고 있는 것처럼 보였어. 나는 경매가 끝나고 나서 거대한 인파 속에서 그를 찾아내야 했기 때문에 특징을 찾기가 어려운 그의 얼굴을 꼭 기억해야 한다고 스스로를 다독였지. 그는 대형 외식업 그룹의 대표가 되어 있었어. 당시 그는 회사의 상장 이슈와 공동 창업자인 스허失和의 소식들로 언론의 새로운 총아가 되어 있었지. 잡지 편집장이 내게 그와의 인터뷰를 잡아 '도시의 신흥 귀족' 섹션에 넣으라고 했어. 경매가 끝난 후, 나는 샴페인 한 잔을 들고 천천히 다가갔어. 그러고는 그와 환담을 나누고 있던 몇몇 사람이 떠날 때까지 기다렸다가 다가가서 말을 건넸지. 그는 흔쾌히 인터뷰에 응했어. 나는 임무를 끝냈다고 얼른 자리를 뜨기가 약간 미안해서 그와 상투적인 인사말을 몇 마디 더 나눴지. 그가 내게 어디 사람이냐고 묻더군. 내가 지난 사람이라고 대답하자 자신도 지난에서 대학을 다녔다고 했어. 어느 대학, 무슨 과, 몇 학번 등의 정보들이 하나하나 들어맞았지. 나는 혹시 리무위안李牧原을 아느냐고 물을 수밖에 없었어. 그는 그분이 자신의 선생님이었다고 대답했지.

"제 아버지예요."

내가 말했어.

"사매師妹(스승의 딸이나 여자 후배를 부르는 말)!"

그가 흥분하며 소리를 지르더군.

순간 손이 떨리면서 잔 안에 든 샴페인이 쏟아질 뻔했지. 그 호칭은 정말 감동적이었어. 그렇게 불리니까 내가 마치 아빠의 학생들 가운데 한 명이 된 듯한 느낌이 들었어.

쉬야천은 나를 본 적이 있다고, 그때는 아직 수줍음 많은 어린 여자아이였다고 말했지. 그러더니 갑자기 그 인형 사건이 생각났는지 그때 인형 팔을 끼워줬던 사람이 바로 자기라고 말하더군. 그 말을 하기 전까지 나는 그가 학생들 중 누구였는지 전혀 기억을 하지 못했어. 정말 놀라움을 금할 수 없더군. 그때의 그 남학생과 눈앞에 있는 이 남자를 도저히 연결 지을 수가 없었거든.

"아주 어렸을 때 봤으니 당연히 내 모습을 기억하지 못하겠지."

하지만 나는 그때의 모습을 확실히 기억한다고 말했어.

"그럼 내가 나이도 들고 뚱뚱해져서 그런가보군요."

그는 약간 감정이 상했는지 씁쓸하게 웃더군.

하지만 사실은 그 때문도 아닌 것 같았어. 아마 그가 외식업 그룹의 대표가 되리라고는 전혀 생각지 못했기 때문이었을 거야. 그가 어떤 사람이 될지는 나도 알 수 없었지만 확실히 그렇게 크게 성공할 사람으로 보이진 않았거든. 어쩌면 그날 밤이 너무 슬픈 밤이라서 내가 그 슬픔을 통해 그들 모두의 삶을 바라봤던 것인지도 모르지.

이때 주최 측 직원이 그에게 다가와 그가 구매한 조각품과 함께 사진을 찍고 싶다고 하더군. 조각품은 분홍색 치마를 입은 열 살 남짓의 소녀상이었어. 무릎을 살짝 구부려 상체를 앞으로 내밀고 있었고, 얼굴은 하늘로 향한 채 두 눈을 감고 있었지. 마치 허공에 보이지 않는 꽃이 있어 그 향기를 깊이 들이마시며 심취한 듯한 모습이었어. 작품의 제목은 '꿈'이었어. 쉬야천은 사진사의 뜻대로 두 팔을 쭉 뻗어 '꿈'을 감싸 안으며 아주 환하게 웃었지.

나는 며칠 후 그와 약속을 잡고 밖에서 인터뷰를 진행했어. 인터뷰를 마친 뒤에는 함께 어느 음식점에 가서 저녁을 먹었지. 음식점은 건물 65층에 있었어. 커다란 유리창을 통해 아래를 내려다보니 아득히 먼 불빛들이 마치 인생의 다른 한쪽 끝처럼 느껴졌어. 우리와 저 아래 지상과의 거리가 1990년까지의 거리만큼 멀게 느껴졌지. 그는 처음 알게 된 모든 여자에게 그러듯이 내게도 지나간 얘기는 꺼내지 않고 와인과 여행, 예술품 수집에 관해 얘기했어. 우리는 아주 즐겁게 대화했지만, 서로 나눴던 모든 대화 내용을 깡그리 잊어버리는 데도 그리 오랜 시간이 걸리지 않으리라는 것도 잘 알고 있었지. 저녁을 먹고 나서 그가 차로 나를 바래다주었어. 차가 창안가長安街를 지날 때, 광장은 텅 비어 휑했고 광장을 둘러싼 검붉은 담벼락은 밤의 장막 아래서 녹슨 쇳빛을 드러내고 있었지. 차 안은 너무 조용해서 쇄쇄— 하는 에어컨 소리만 들렸어. 그가 갑자기 내 쪽으로 고개를 돌리면서 집에 가서 한 잔 더 하겠느냐고 묻더군. 집에 아주 좋은 와인이 많이 있다면서 말이야. 나는 좋다고 했어.

그는 이혼한 지 얼마 안 된 터라 큰 저택에서 혼자 살고 있더군. 우리는 그의 집 정원에 앉아 술을 마셨어. 6월의 저녁이었고 마침 비가 온 뒤라 공기가 아주 시원하고 상쾌했지. 미풍이 얼굴을 서늘하게 쓰다듬어준 덕분에 쉽게 취하지는 않았어. 두 번째 술병을 따면서 그가 문득 아빠 얘기를 꺼내더군. 나는 고개를 숙이고 잔 주둥이만 뚫어지게 바라봤어. 그의 입에서 나오는 단 한 글자도 놓치고 싶지 않았지.

그는 졸업한 뒤 몇 년이 지나서야 아빠가 돌아가셨다는 소식을 들었다고 하더군. 과 동기가 모두 모여 아빠를 위한 작은 추도회를 가졌고 모두가 서럽게 울었다고 했어. 그의 기억 속에서 청춘은 그날의 통곡 속에서 완전히 끝나버렸다고 하더군.

"청춘뿐만 아니라 한 시대가 그렇게 끝나버린 것 같았어요."

"한 시대가 그렇게 끝나버린 것 같다."

그의 말을 내가 작은 소리로 되뇌었어. 그 말을 꽉 붙잡고 있으니 마침내 우리 아빠의 죽음이 장중한 의미를 되찾은 것만 같았지.

그날 밤은 둘 다 취하지 않았어. 우리는 내가 그 집에 남아서 하룻밤을 보내도 민망하지 않을 정도로만 마셨지.

쉬야천과 섹스를 하면서 우린 둘 다 상대의 몸에서 뭔가를 찾는 것 같았어. 물거품이 되어버린 꿈과 과거에 사람들 사이에 오갔던 진심과 여유, 잃어버린 시대의 흔적들을 찾으려 했지. 우리는 서로의 도움으로 과거에 우리가 지나온 그 시공 속으로 돌아가고 싶었어. 내가 돌아가고 싶은 것은 그때 이해하지 못했던 일들을 알기 위해서였고 그가 돌아가고 싶은 것은 잊었던 일들을 기억해내기 위해서였지.

"사매."

몸과 몸이 밀착해 있는 상태에서 그가 낮은 목소리로 나를 불렀어. 늘 우리 사이를 가로막고 있던 한 사람을 떠올리게 했지.

"아빠."

나는 작은 목소리로 웅얼거리며 텅 빈 허공에 엄연하게 존재하는 아빠를 불렀어.

그날 밤엔 둘 다 잠들지 않았어. 우리는 침대에 누워 1990년의 그 날 밤을 함께 회상했지. 내 기억이 그 사람보다 훨씬 더 또렷했어. 그 날 밤 그들이 했던 모든 얘기를 그대로 재연할 수 있었으니까.

"그때 사매가 우리에게 물었지요. '창안가 가로등 기둥 하나에 목련 꽃 전등이 몇 개나 있는지 기억하는 사람 있어요?' 그러고는 곧이어 답을 말했어요. '열두 개예요.' 광장에서 보낸 긴긴 밤 동안 사매는 그 걸 한번 또 한번 세고 있었던 거예요."

나는 나 자신이 말하는 소리를 들었어. 하지만 그 서벅서벅 거친 입자들의 소리는 내 목소리가 아니라 수년 전에 녹음해둔 테이프에서 나오는 소리 같았지. 갑자기 또렷해진 기억이 강렬한 빛처럼 쉬야천을 비추자 그는 아주 나약해져버리더군. 그는 예전의 자기 모습을 봤다고 말했어. 생각난 것이 아니라 봤다고. 자신이 아직 그 자리에 있기 때문이라고 했어. 다 끝나버린 시대에 말이야. 그러더니 그는 자신이 이미 불구자라는 사실을 안다고 말하더군.

"제 일부는 이미 그 시대와 함께 죽었어요."

나는 눈을 감고 있었지만 눈꺼풀을 내리누르던 어둠이 약간 가벼워 진 만큼 곧 날이 밝으리라는 걸 알고 있었어.

새벽에 옷을 주워 입은 그는 다시 멀쩡한 사람으로 돌아왔지. 그는 나를 데리고 집 전체를 돌아다니며 구경시켜주었어. 그동안 수집한 자단紫檀 가구들도 보여주고 새로 만든 와인 저장고도 보여주었지. 또 한쪽 문이 꼭 닫혀 있는 2층 방문을 열어 각종 경매에서 구입한 예술 품들도 감상하게 해주었어. 널찍한 큰 방은 한낮에도 두꺼운 커튼이 쳐져 있었지. 값비싼 사진작품들이 자외선에 손상될까봐 그러는 거라 고 하더군. 햇빛을 차단해놓은 방은 유폐의 냄새로 가득했어. 벽에 가 득 걸려 있는 유화는 하나하나가 소녀나 초여름의 풍경, 농익은 사과

들을 가두고 있는 상자들이었지. 바닥에는 크고 작은 조각품들이 마치 무덤 속 흙으로 빚은 인형처럼 늘어서 있었어. 수집한 작품이 너무 많아서인지 그림들이 아직 뜯지도 않은 상태로 비닐포장을 뒤집어쓰고 있었어. 방 안 가장 깊숙한 곳에서 지난번 경매 때 그가 사들인 조각작품도 봤지. '꿈'이라는 이름의 여자아이 조각상이었어. 비닐포장도 아직 뜯지 않은 채 테이프로 둘둘 감겨 있는 것이 그 아이의 미소를 단단히 옥죄고 있는 것 같았어.

쉬야천은 지금의 생활에 아주 만족하고 있는 것 같더군. 성공한 다른 많은 사람과 마찬가지로 그 역시 이전에 겪었던 수많은 좌절을 지금의 자신을 일구기 위한 과정이었다고 믿고 있었어.

"다행히 당시 그 일의 영향으로 입당하지 못했지요."

그가 말을 이었어.

"안 그랬다면 제 성격에 지금쯤 적당한 관리가 돼서 공직에 몸담고 있겠지요. 그렇게 알량한 돈을 벌자고 하루 종일 조마조마하며 산다는 건 아무런 의미가 없어요."

아무 의미가 없다. 아빠도 그렇게 말했지. 하지만 두 사람이 말한 그 '의미'가 같은 것을 가리키진 않을 거야. 아빠는 18년 전에 이런 말을 했지. 아직까지 살아서 사업도 아주 잘됐다면 아빠는 지금쯤 아주 부유한 사업가가 되어 있겠지. 그랬다면 아빠는 자신이 가진 모든 것을 하나하나 따져보면서 그해의 사건에 영향을 받았던 일에 감사했을까? 학생들과 이별을 고하던 그날 밤을 일찌감치 잊었을까? 그랬다면 그 밤은 그날 그 자리에 있던 모든 사람에게 잊히고 말 밤이었을까?

나는 묻고 싶은 게 하나 더 있었지만 타이밍을 놓쳐버렸어. 이미 그럴 만한 상황이 아니었지. 나는 아빠가 아직 살아 있다면 아빠의 일부도 그 끝나버린 시대 속에서 죽어버렸을까 하고 묻고 싶었어. 아니면 그보다 훨씬 더 일찍 아빠의 일부가 이미 죽어버렸고, 그때는 한번 더 죽은 것일 뿐이었다고 해야 할까.

그렇게 여러 해가 지났는데도 쉬야천은 여전히 아빠를 숭배하고 있었어. 단지 그 숭배의 근거가 약간 바뀌어 있었지. 지금의 그는 아빠가 일찌감치 교수직을 던져버리고 사업을 선택함으로써 '전향적이고 영명한 결정'을 한 것에 대해 가슴 깊이 탄복하더군. 그는 아빠를 공화국 1세대 사업가라고 불렀어. 하지만 나는 아빠가 단지 자신을 추방했던 것뿐이라고 생각해. 쉬야천은 당시 중문과의 많은 교수가 아빠와 사이가 좋지 않았다고 말하더군. 학생들을 두둔했다는 죄명을 씌우는 것 말고도 온갖 방법을 다 동원해 아빠를 정리해버리고 싶어 했고, 심지어 학생들에게 강의도 못하게 했다는 거야. 아빠가 크게 낙담했을 게 분명해. 아빠가 '간파했다'고 말한 것과 '의미 없다'고 말했던 것도 동료들 사이의 투쟁이나 알력과 관련 있을 거야. 그래서 아빠가 사직하기로 했던 거였어. 그 뒤로 뭘 해야 할지 고민하다가 별다른 계획도 없이 베이징에서 사업하는 사촌 형님이 생각나자 무턱대고 찾아가기로 했던 거지. 사실 아빠는 장사에 대해 애당초 별로 흥미가 없었어.

내가 쉬야천을 만난 것은 2008년이었어. 탕후이唐暉가 베이징으로 돌아온 지 얼마 되지 않았을 때였지. 탕후이는 나보다 3년 선배였어. 대학 다닐 때 연애를 시작했으니 우리가 함께한 지도 벌써 여러 해가 됐지. 그는 졸업 후에 상하이로 가서 공부를 계속했고 나는 베이징에 남았어. 크기만 컸지 실속이라고는 하나도 없는 이 도시가 대체 뭐가 좋다고 그랬는지 모르겠어. 왜 그랬는지 나도 뭐라고 콕 집어 말할 수는 없어. 어쩌면 아빠 때문이었는지도 모르지. 아빠한테는 늘 차마 떨쳐낼 수 없는 감정이 있었거든. 그 몇 년 동안 나와 탕후이는 몇 번 만나지 못했고 대부분의 시간을 떨어져 지냈어. 그러면서도 서로에 대한 감정은 신기할 정도로 안정적이었어. 그동안 내가 탈선한 적도 가끔 있었지만, 그건 단지 공허한 마음 때문이었어. 탕후이는 전혀 눈치 채지 못했지. 그는 수학 공식을 믿듯이 우리의 감정을 굳게 믿고 있었으니까. 그는 박사과정을 끝내고 나서 마침내 베이징으로 돌아왔고, 한 대학에서 강의를 하게 되었어. 그때까지 계속 다른 사람들과 공동으로 임대한 아파트에 살면서 수시로 이사를 다니던 나 때문인지 그는 돌아오자마자 아파트부터 구했어. 내게 고달픈 떠돌이 생활을 그만하라더군.

"여기가 우리의 첫 집이야."

빛이 가득 찬 빈방 한가운데 서서 그가 나를 뒤에서 안으며 말했어. 그가 주는 사랑은 그의 손바닥처럼 부드러워서 그 안에 있으면 무척 편안했지.

우리가 새 아파트로 막 이사했을 때였어. 녹색 플란넬 커튼은 방금 치수를 재서 제작을 맡긴 상태였고 발코니에서 기르던 치자나무와 프리지어는 꽃이 아직 피지 않았어. 장샤오江紹 청매실로 담근 술도 아직 마실 때가 안 되었어. 나는 작은 오븐과 계란말이용 프라이팬을 샀고 인터넷에서 요리 레시피도 찾아 한 묶음 인쇄해두었어. 평온한 가정생활이 이제 막 시작된 터였지. 새로 칠한 벽에서는 연하게 페인트 냄새가 풍겼어. 그 화학물질 냄새는 뭔가 탁 트이고 시원한 느낌을 줬지. 그 커다란 빈 공간이 이제부터 우리의 밥 짓는 연기로 가득 채워지기를 기다리고 있었지.

쉬야천의 집에서 밤을 보낸 그날, 탕후이는 때마침 상하이로 출장을 가 있었어. 내가 왜 하필이면 그가 출장 간 때를 골라 쉬야천의 인터뷰를 했는지 모르겠어. 어쩌면 진작부터 우리 사이에 무슨 일이 일어날 것을 예감했는지도 모르지. 결국 일이 터져버리고 말았지만 원래는 감쪽같이 넘어갈 수도 있었어. 그날 밤은 아주 길었고 우리는 할 얘기를 다 했거든. 날이 밝은 후에는 모든 것이 끝났어야 했어. 다음 날 그 집을 나오면서 나는 영원히 다시 만나지 않으리라는 슬픔 속에서 쉬야천을 안은 거라고 마음을 다잡았지. 집으로 돌아오는 택시 안으로 햇살이 밀려들어와 뒷좌석을 가득 채우는데도 내 마음은 한없이 쓸쓸하기만 했어. 다시는 쉬야천을 볼 수 없다는 것은 곧 다시는 아빠와 그렇게 가까워질 수 없다는 것을 의미했으니까. 택시는 그가 있는 곳과는 정반대 방향으로 달렸어. 나는 마치 셔터를 천천히 내리듯 지난 일을 모두 내 안에 가두었지.

그날 밤, 나는 그 이상한 꿈을 꾸었어. 꿈속에서 나는 89세의 노인이 되었지. 허옇게 센 머리를 땋아 길게 늘어뜨리고, 그러니까 네가 날 처음 봤을 때의 바로 그 모습으로 이리저리 흔들리는 기차에 앉아 있었어. 기차 안에는 아무도 없고 조명도 몹시 어두웠지. 낡은 카펫에는 오래된 꽃무늬가 아로새겨져 있었어. 러시아 인형 마트로시카 하나가 갑자기 내 발밑으로 굴러왔어. 나는 그걸 주웠어. 주홍색 에나멜 페인트가 칠해진 그 나무 인형은 느끼한 미소를 띠고 있었지. 그러면서도 통통하고 단정한 데다 아주 맑고 신통한 눈빛을 가지고 있었어. 보살 같더군.

"열어봐."

어디선가 여인의 낭랑한 목소리가 들려왔어.

나는 나무 인형의 배 부분을 따라 비틀어 열었지. 그 안에는 한 치수 작은 인형이 들어 있었어. 다시 그것을 비틀어 열었지. 이번에는 더 작은 인형이 나왔어. 나는 끊임없이 인형을 비틀어 열었어. 이마에서 땀이 솟아났지. 하나를 열면 또 하나가 나오고 끝이 없는 것 같았어.

"어서 열어! 열라니까!"

여인의 음성이 기차 안에 메아리쳤어. 허리에서 절단되어 열린 나무 인형들이 데구르르 바닥을 굴러다녔지.

깜짝 놀라 잠에서 깨니 온몸이 식은땀에 흠뻑 젖어 있었어. 탕후이가 내 등을 가볍게 토닥이고 있더군.

"그냥 악몽을 꾼 것뿐이야."

나는 그의 품에 머리를 파묻었어. 그 꿈이 뭘 의미하는지는 알 수 없었지만, 모든 것이 그냥 쉽게 그렇게 끝나지는 않으리라는 예감 같더군. 과연 일주일 후에 쉬야천이 다시 전화를 걸어왔어.

"보고 싶어요."

전화기 저쪽에서 그가 낮게 속삭였어.

그날 오후, 그가 차를 몰고 와서는 나를 교외의 한 음식점으로 데리고 갔어. 거기서 저녁을 함께 먹었지. 화창한 여름날이었어. 공기가 상큼한 풀 향기를 머금고 있었지. 차가 탁 트인 고속도로를 달리는 동안 양옆으로 파란 보리밭이 드넓게 펼쳐져 있고 새빨간 해가 느릿느릿 지평선 아래로 가라앉고 있었지. 라디오에서는 뤄다요우羅大佑(타이완의 유명한 싱어송라이터)의 「유년」이 흘러나오고 있었어. 정말 어린 시절 막 학교를 파하고 나왔을 때의 느낌 그대로였어. 갑자기 기분이 좋아지더군.

음식점 주위로 큰 나무들이 빽빽하게 둘러싸고 있어 매미 소리가 요란하게 귓가를 때렸어. 옥외 테이블 위에는 작고 하얀 초가 켜져 있고 연못에는 자색 수련이 떠 있었지.

"우리가 서로 안 지 벌써 18년이나 됐네요."

쉬야천이 입을 열었어.

"믿기지가 않네요. 안 그래요?"

"요 며칠 줄곧 사매만 생각했어요."

그가 말을 이어갔지.

"사매 덕분에 옛날 일이 많이 기억났어요. 사매 앞에서는 내가 특별히 더 진실해지는 느낌이에요."

"그럼, 진실을 위해 건배!"

내가 앞에 놓인 술잔을 들며 외쳤지.

내 의지는 한 치 한 치 줄어드는 포도주 속에서 무너져내렸어. 나는 스스로에게 했던 약속을 잊고 또다시 그의 집으로 따라갔어. 섹스를 하고 나서 만취한 상태로 잠이 들었지. 다행히 자정 무렵까지 자다가 목이 말라서 깼어. 침대 옆 협탁 위에 놓여 있던 휴대전화가 쉴 새 없이 번쩍거리고 있더군. 나는 침대에서 펄쩍 뛰어내려 황급히 신발을 신고 '안녕'이라고 한마디 던지고는 재빨리 그 집을 뛰쳐나왔어.

탕후이에게는 동료들과 함께 술을 마셨다고 어설픈 거짓말로 둘러댔지. 그리고 한마디 덧붙였어.

"다들 앞으로도 자주 모이자고 그랬어."

앞으로 그를 만날 약속에 대비해 영원한 변명거리라도 만드는 것처럼.

"나도 술 마시는 연습을 좀 해야겠군. 자기 친구들 앞에서 망신당하면 안 될 테니까 말이야."

내가 얼른 그의 말을 받았지.

"자기는 그 사람들 안 좋아할 거야. 하나같이 재미없는 사람들이거든."

주말이 되자 쉬야천이 또 전화를 걸어왔어. 거울 앞에 서서 머리를 넘기는데 문득 거울에 비친 내 모습이 무척 낯설게 느껴지더군. 거울 속의 방도 너무나 낯설었어. 어쩌면 방금 설치한 새 커튼 때문인지도 모르지. 색상이 좀 별로인 것 같아. 너무 진해. 너무 기세등등한 녹색이야. 시선이 거울 우측 모서리를 스칠 때 문득 회색 벽 구석에서 나를 바라보고 있는 두 눈동자를 발견했어.

"아빠!"

나는 얼른 뒤돌아보며 불렀지. 아빠가 오래된 커피색 조끼 차림에 머릿기름을 발라 번들거리는 머리를 하고 거기에 앉아 있었어. 한 다발의 녹색 햇살이 아빠의 구두 위에서 일렁이고 있었지. 아빠는 조용히 나를 바라보기만 했어. 아무런 표정도 없는 얼굴이었어.

"어떻게 해야 할지 모르겠어요, 아빠. 전 그냥 아빠한테 좀더 가까이 다가가고 싶을 뿐이거든요."

솟구치는 눈물 속에서 그 녹색 햇빛이 번지면서 흩어졌어. 이어서 빛의 반점이 점점 커지더니 아빠도 사라졌어.

아빠의 출현은 그저 환영에 불과했는지 모르지만 그래도 내 죄를 용서해주기 위해서 찾아온 것이었을 거야. 아빠에게 좀더 가까이 다가가는 것보다 더 중요한 게 뭐가 있겠어?

그 뒤로 거의 일주일에 한번씩 쉬야천을 만났어. 항상 같은 코스였지. 그가 나를 데리러 와서 함께 저녁을 먹고, 그런 다음 그의 집에서 술을 마시고, 섹스를 하면서 옛날 일들을 회상하는 거였어. 사실 내가 정말로 관심이 있었던 것은 맨 마지막 부분이기 때문에 앞부분의 절차들은 얼마든지 생략할 수도 있다고 생각했어. 하지만 그는 식사를 매우 중요하게 여겼고, 매번 아주 신중하게 음식점을 골랐어. 부겐빌레아가 흐드러지게 핀 옥상이나 반죽斑竹이 자라는 중국식 정원, 먼 곳에서 초빙되어 온 미슐랭 셰프, 천마天馬의 질주처럼 호방한 분자 요리……가 그가 원하는 것이었지.

"앞으로 선생님 대신 내가 사매를 잘 돌봐줄게."

한번은 메뉴판을 보던 그가 정색을 하면서 이렇게 말하더군. 하지만 나는 그와 함께 호화로운 곳에 앉아 그런 값비싼 음식을 먹는 것이 늘 죄스럽게 느껴졌어. 말쑥하게 차려입고 내 앞에 앉아 가볍게 와인 잔을 흔드는 그를 보며 문득 분노가 치밀 때도 있었지. 우리가 어떻게 이렇게 즐겁고 한가할 수 있는 거지? 이건 아니야. 오히려 우리는 슬픈 분위기 속에 있어야 했지. 1990년의 그날 밤처럼 말이야. 우리는 커튼이 처진 방 안에 갇혀 괴롭게 섹스를 하고 괴롭게 회상해야만 했어. 고통 속에 침잠해야만 우리의 욕정이 정당해질 수 있고, 나의 배반이 고상해질 수 있었으니까.

나는 스스로를 자제시키려고 노력했어. 고개를 처박고 모든 음식을 마구 먹어치웠지. 마침내 종업원이 와서 앞에 놓인 접시들을 가져갔어.

"디저트는 먹고 싶지 않아요. 지금 당신 집으로 가요."

이 말에 그가 음흉한 미소를 짓더군.

"서두르지 말아요. 마시던 잔은 마저 비워야지."

그의 집 문을 들어서자마자 나는 그를 끌고 계단을 기어올라가 곤두박질치듯 침실로 뛰어들어갔어. 그러고는 그의 와이셔츠를 벗기고 허리띠를 풀었지. 그의 뚱뚱한 몸이 어둠 속에 드러났어. 폐허 같더군.

"그렇게 하고 싶었어?"

그가 낮은 목소리로 속삭였어.

"네."

내가 갖고 싶어하는 것과 그가 주려는 것이 동일한 것은 아니었지만 그냥 그렇다고 대답했어.

나는 무척이나 폭력적이고 히스테릭했어. 모든 고통의 즙을 다 짜냈지. 제물을 바치듯이 그를 철저히 빈털터리로 만들었어.

"사매는 여자 강도 같아."

그가 힘이 쭉 빠진 목소리로 말했지.

욕정은 물러갔고 몸은 말끔히 씻겼어. 어느 순간, 어떤 면에서는 그가 정말로 그때의 그 남학생처럼 보이기도 했어. 혈기왕성하고 날카로운 얼굴에 그날 나를 매료시켰던 절망이 어른거렸어. 나는 팔을 뻗어 그를 안아주고 싶었어. 그런 사랑이 몇 분은 더 지속될 수 있기를 진심으로 바랐거든.

"그때 일을 좀더 얘기해줘요."

내가 말했어. 그때라고. 그건 우리끼리 통하는 말이었지. 사실 서로 약간의 오차도 없지 않았어. 그가 말하는 '그때'는 자신의 대학 시절이었고 내가 말하는 '그때'는 아빠와 그가 함께했던 3년이었거든.

"무슨 얘길 하지?"

"아무 얘기나 해봐요."

그는 눈을 감고 지난날을 회상하기 시작했어. 어떤 대목에서는 기억이 흐릿해지더군. 실연을 당해 술을 진탕 마셨고, 자기 여자친구를 빼앗아간 남학생을 찾아가 흠씬 두들겨 패준 다음 나중에 아빠가 불러서 얘기를 나눴다고 했어. 아빠는 나무라지는 않고 그냥 사랑에 대한 당신의 생각을 얘기해주셨대.

"아빠가 뭐라고 하셨어요?"

나는 이렇게 묻고 나서 침대 위에 쪼그리고 앉아 그의 코 고는 소리가 들릴 때까지 어둠 속에서 기다렸어.

그는 이미 회상 속에서 그렇게 멀리까지 갈 수는 없었던 것 같아. 그에게는 마라톤 경기를 하는 것보다 힘든 일이었을 테니까. 그는 지나치게 단조롭고 평범한 생활에 약간의 활력을 줄 수 있을 만큼의 아주 소량의 옛일만을 필요로 하는 듯했어. 사실 그가 좋아한 것은 어쩌면 회상 자체가 아니었는지도 모르지. 옛일로부터 현재의 이 순간으로 돌아오는 과정을 좋아한 건지도 모르지. 그는 바로크풍의 크리스털 샹들리에 조명 아래서 밝음을 찾고 소더비 경매에서 산 벽난로에서 따스함을 찾으며 180갈래로 누벼진 이집트 면 오리털 이불에서 행운의 여신의 키스를 찾았을 거야.

나는 내가 일찌감치 떠났어야 한다는 걸 알고 있었어. 하지만 그러지 않았지. 나도 내가 뭘 기다리고 있었는지 모르겠어.

어쩌면 탕후이에게 들키기를 기다렸는지도 모르지. 그 주 금요일에 끔찍할 정도로 엄청난 폭우가 쏟아졌어. 비가 가장 세차게 내릴 때 탕후이에게서 전화가 왔지만 나는 받지 않았어. 방송에서는 도로 곳곳이 심각하게 침수되었다는 뉴스가 보도되었지. 너무 걱정이 되었는지 탕후이가 내 직장 동료에게 전화를 했던 모양이야.

나는 자정이 다 되어서야 집으로 돌아갔어. 비는 이미 잦아들어 있었지. 거실 창문이 활짝 열려 있었고 바닥은 온통 물바다였어. 늘어져 있던 커튼도 흠뻑 젖어 있더군. 탕후이는 소파에 앉아 팔목으로 턱을 괴고 있었어. 그가 고개를 돌려 하이힐을 벗는 나를 바라봤지.

"회식이 있었다고?"

그는 목소리가 약간 쉬어 있더군.

"응."

그가 천천히 고개를 가로저으며 말했어.

"아니야."

"뭐라고?"

내가 귀고리를 빼다가 손을 멈추고 되물었지.

"회식은 없었어."

그가 말했어.

나는 고개를 들어 그를 바라봤지.

"이제 보니 매주 아주 중요한 약속이 있었군그래."

그가 말을 이었어.

"당신의 해명을 듣고 싶군."

그는 기대에 찬 눈초리로 나를 바라봤어. 마치 내가 그 거짓말을 그럴듯하게 잘해내도록 격려하는 듯한 눈빛이었지. 하지만 나는 입술을 깨물며 아무 말도 하지 않았어.

그가 서글프게 웃으며 말했어.

"그러고 보니 우리가 정말 큰 어려움에 부딪힌 것 같군."

비는 그쳤어. 방 안 가득 축축한 냉기가 스며 있었지. 우리는 소파 양쪽 끝을 한쪽씩 차지하고 앉았어.

"그 사람은 아빠 제자야. 나한테 너무 친절해서 나도 모르게 그만 가까워지고 싶다는 생각을……"

내 말이 끝나기도 전에 그가 말을 자르더군.

"당신 아빠 제자가 그렇게도 많은데 그 사람들 하나하나 다 그렇게 가까워지려고?"

그가 벌떡 일어나더니 문을 쾅— 닫고 나가버리더군.

나는 거실 소파에 계속 멍하니 앉아 있다가 새벽 3시가 되어서야 방에 들어가 잤어. 얕은 잠이라 그런지 꿈은 아예 꿀 수가 없었지. 그래서 그게 꿈이었는지 뭐였는지 잘 모르겠어. 어쨌든 마트로시카 인형이 또 나타난 거야. 주홍색 페인트가 칠해진 얼굴이 바닥을 데굴데굴 구르고 있더군.

"어서 열어! 열라니까."

날카로운 여자 목소리였어.

잠에서 깨어보니 탕후이가 나를 바라보고 있더군. 그가 언제 돌아왔는지는 알 수 없었어.

"탕후이."

내가 나직한 목소리로 그를 불렀어.

"아빠에 관한 수많은 일에 관해 내가 아는 게 너무 없다는 생각이 들었어. 그래서 제대로 알고 싶었던 거야……."

"리자치, 아버님이 떠나신 지 벌써 20년이나 됐어!"

그가 나를 향해 버럭 소리를 지르더군.

나는 아무 말 없이 몸을 일으켜 침대에서 내려왔어. 그러고는 맨발로 거실로 걸어가 담배를 집어들었지. 바닥에 흥건했던 빗물은 원래의 모습대로더군. 한 구의 시신 같았어. 나는 거울 앞으로 걸어가 오른쪽 위를 힐끗 쳐다봤어. 그가 거기 있는 걸 알고 있었거든.

내가 다시 방으로 돌아왔을 때 탕후이는 이미 화가 많이 가라앉아 있었어. 테이블 스탠드의 밝기가 어둡게 맞춰져 있었어. 밤새 우려낸 찻물 같은 불빛이 그의 얼굴 위에 뿌려지고 있었지. 그는 표정이 무척 슬퍼 보였어. 나는 고개를 돌려 빛을 등진 채 담배를 한 모금 빨았지.

"말해봐. 어쩔 작정이야?"

그가 물었어.

"옛날에 아빠와 함께 사업을 했던 사람들을 찾아보려고. 그 사람들은 알고 있을지도……"

"자기야, 내가 물은 건 우리 문제야. 우리가 앞으로 어떻게 해야 하냐고?"

그가 내 눈을 똑바로 쳐다보며 말했지.

"말해봐. 당신 아버지 제자라는 그 사람과 정리하고 싶지 않은 거야?"

"모르겠어…… 난 단지 그의 일부분, 아주 작은 일부분만 좋아해.

그런데 그 작은 부분이 우리 아빠랑 연결되어 있는 거야."

탕후이가 나를 자기 쪽으로 잡아끌더니 두 손으로 내 얼굴을 받치고 말했어.

"그런 괴상한 생각 좀 집어치울 수 없어?"

그는 우리에게 아직 할 일이 많다고 하더군. 우리는 아직 함께 제대로 된 여행 한번 가보지 못했으니 올해는 어쩌면 타이의 어느 섬에 가서 설을 쇨 수 있을 것이고, 내년 여름휴가에는 파리에 갈 수도 있을 거라고…… 2년 후면 우리도 근교에 작은 마당이 딸린 집을 한 채 마련할 수 있을 거라고, 거기에 내가 좋아하는 무화과나무를 심고 여름에는 나무 아래에서 바비큐 파티를 하고, 래브라도도 한 마리 키우자고…… 그는 열심히 미래의 그림들을 그려 보여주었지만 결국 멍한 표정의 내 모습을 볼 수 있을 뿐이었지. 낙담한 그는 침대 머리맡에 몸을 기댔어.

"자기 아버님 말이야."

그가 다시 입을 열었어.

"아버님이 우리한테는 최대의 적이란 걸 난 진작부터 알고 있었어."

이틀 후 나는 연한 페인트 냄새가 풍기는 그 집을 나왔어. 어둠침침한 새벽이었지. 쉬야천은 잠이 덜 깨 게슴츠레한 눈으로 대문을 열고는 캐리어를 끌고 문 앞에 서 있는 나를 봤어. 그는 약간 놀란 표정을 짓더니 금세 두 팔을 벌려 나를 세게 끌어안더군. 나는 얼마간 그와 함께 살면서 남은 그리움을 다 소진하고 싶었어.

쉬야천은 내게 열쇠를 하나 주었고 자기 기사와 가정부를 불러 인사를 시켜주더군. 가정부 샤오후이小惠는 그의 집에서 일한 지 아주 오래돼서 그런지 이미 완벽한 도시인의 모습이더군. 그녀는 예의 바른 미소를 지으며 슬금슬금 나를 훑어봤어. 이 여자가 얼마나 오래

갈지 가늠해보려는 것 같더군. 그녀는 내가 이전의 여주인들과는 사뭇 다르다는 것을 금세 간파한 듯했어. 스킨케어 화장품들이 순식간에 욕실 곳곳을 점령하지도 않았고, 그녀가 만든 음식과 그녀가 다려준 옷들에 대해 거의 불평을 하지 않았으니까. 게다가 다시 해달라는 요구도 없었거든. 나는 그녀에게 처음부터 끝까지 아무런 규칙도 정해주지 않았어.

나는 매일 아침 잠에서 깨면 한참 동안 내가 지금 어디 있는지 생각했어. 때로는 널찍한 방 안을 거닐면서 이게 바로 어린 시절 꿈꾸던 호화로운 생활이라는 사실을 떠올렸지. 그런데 그 꿈이 일말의 옛정에 기대어 이렇게 비현실적으로 다가온 거야. 아빠가 남긴 유산이라도 되는 것처럼 말이야. 나는 그 유산을 물려받긴 했지만 진정으로 소유했다는 느낌이 들지는 않았어. 늘 뭔가에 가로막혀 나를 그 안에 침잠시킬 수가 없었지.

나는 여러 실마리를 가지고 그 당시 아빠와 함께 사업을 했던 사람들을 찾기 시작했어. 쉬야천이 많이 도와주었지. 쉬야천이 친구들에게 부탁해서 그 가운데 몇 명을 찾아냈어. 나는 그들과 통화를 한 다음 주소를 들고 찾아갔지. 그리고 그들이 준 단서를 가지고 또다시 새로운 사람들에게 연락을 했어. 그러는 동안 그 일에 온통 정신이 팔려서 일할 마음이 나지 않았지. 한번은 인터뷰 약속을 해놓고 펑크를 내버렸어. 약속을 잡았던 여배우는 펄펄 뛰며 화를 냈고, 매니저가 잡지사로 전화를 걸어 호되게 욕을 퍼부었지. 편집장은 그들을 달래고 사태를 수습하기 위해 할 수 없이 내게 사직을 권고하더군. 나는 새 일을 찾지 못한 상태로 당분간은 아빠와 알고 지냈던 사람들을 더 찾아다니기로 했어.

쉬야천은 거의 매일 밤 밖에서 접대 약속이 있었고, 접대가 없을 때에도 사람들을 불러들여 저녁을 먹고 술을 마셨어. 그는 떠들썩한 것을 좋아해서 늘 많은 사람과 함께 어울려야 했지. 사람들과 어울리는 것이 그에게는 식은 죽 먹기만큼 쉬운 일이었어. 돈 많은 사람 주변에는 늘 사람들이 몰리기 마련이니까. 부르면 모두 곧장 달려와서 함께 술을 마시면서 수다를 떨어주었어. 지루하기 짝이 없는데도 새벽까지 함께 있어주었지. 자신을 따르는 사람이 그렇게나 많은데도 그는 나까지 불러냈어.

"이쪽은 내 사매야."

그는 친구들에게 이 부분이 새 여자친구의 가장 특별한 대목인 것 같다고 말했어.

"고전적인 사랑이로군."

한 친구가 말했지.

"야천 형은 정말 옛정을 소중하게 생각하는 사람이야."

또 다른 사람이 이렇게 말하자 모두 일제히 고개를 끄덕이더군.

알코올에는 마력이 있어서 모든 얘기가 아주 진솔하게 들리게 하고 무료한순간조차 반짝반짝 빛나게 하지. 모든 것이 이 밤에만 존재하는 것 같아. 이 밤이 대단히 중요해지는 거지. 말 한마디 한마디가 더할 수 없이 감동적이어서 하나도 빠짐없이 영원히 기억되어야 할 것만 같아. 그 묵직한 존재감이 사람들로 하여금 활력에 넘치게 하고 지칠 줄 모르게 만들지. 쉬야천은 술이 얼큰해지면 한껏 퇴폐적인 표정으로 비실비실 웃으며 고개를 절레절레 흔들곤 했어. 기억 속 아빠의 모습과 많이 닮아 있었지. 어쩌면 나도 술을 많이 마셔서 그런 환각을 느낀 건지도 몰라. 그런 환각의 이미지에 호응하기 위해 술을 즐겼지. 처음부터 피 속에 그런 유전자가 잠재되어 갑자기 깨어난 것 같았어. 그와 함께 식사를 할 때마다 나는 늘 거나하게 취해서 돌아오곤 했으니까.

나는 집으로 돌아오는 길 위에서의 시간이 너무 좋았어. 밤공기 속에서 여흥이 불타올랐거든. 쉬야천과 나는 차 뒷좌석에 앉아 서로의 몸에 팔을 감고 격렬하지만 소리 없는 키스를 나눴어. 좁고 밀폐된 공간 속에 금기의 냄새를 내뿜었지. 침묵하는 기사의 뒤통수를 바라보며 은밀하게 정을 통하는 희열을 느꼈어. 혀는 알코올 속에서 뱀으로 변신했어. 널따란 창안가를 달리는 차 위로 목련을 비롯해서 열 두 송이 꽃의 빛이 뿌려지고 있었지. 그건 우리를 지켜보는 눈들인 셈이었어.

하지만 나는 줄곧 완전히 취해버리지 않으려고 절제했어. 완전히 취하면 어떻게 되는지 알 수 없었지만 내 직감이 그런 시험은 하지 않는 게 좋다고 말하고 있었지. 하지만 세상의 모든 금기는 사람을 유혹하기 위해 존재하는 게 아니겠어. 결국 나는 완전히 취해버렸어. 쉬야천의 대학 동창 모임에서 인사불성이 되도록 취해버렸지.

내 등장이 그로 하여금 대학 시절의 기억을 소환하게 했고, 그래서 모두 한번 모이기로 했던 거야. 물론 나는 기대가 아주 컸지. 아빠의 제자들을 한꺼번에 그렇게 많이 만나볼 수 있었으니까. 쉬야천은 내가 누군지 처음부터 소개하진 않았어. 다들 술기운이 한창 달아오를 때까지 기다렸다가 내 손을 잡고 무대 위로 올라가 내가 사매라는 사실을 밝힐 작정이었던 거지. 하지만 그가 그런 말을 하기도 전에 나는 이미 잔뜩 취해 있었어. 그가 내 손을 잡으러 올 때까지 기다리지 않고 혼자서 무대 위로 뛰어 올라가서는 말하고 있던 사람의 손에서 마이크를 빼앗았지.

내게 취하도록 술을 권한 사람은 아무도 없었어. 전부 나 스스로 마신 거였지. 나는 단지 얼른 술 속으로 숨어 자신을 남들로부터 격리시키고 싶었을 뿐이야. 그날의 분위기가 내가 생각했던 것과 너무나 달랐기 때문이지. 다들 집값이 지나치게 비싸다고 투덜거리고 있었고, 서로 좋은 투자 방법을 얘기하면서 이민 가기에 적당한 나라들을 비교하고 있더군. 여자 동창 몇몇은 아이들 교육 문제와 미용에 관해 얘기하고 있었어. 사람들은 끊임없이 쉬야천에게 다가와 술을 권했고, 그의 어깨를 감싸 안으며 아첨하는 말투로 함께 얘기를 주고받았어. 그런 얘기들에 그는 미소를 지으며 잔뜩 도취된 얼굴로 귀를 기울였지. 정말 편하고 자연스런 디너파티인 것 같았어. 평소에 그가 매일 밤 여는 파티와 전혀 다르지 않았지. 아무도 지난 일을 회상하지 않았고, 아무도 아빠 얘기를 꺼내지 않았어. 아빠 얘기를 꺼내는 사람은 하나도 없었지. 나는 한 잔 또 한 잔 계속 술을 들이키면서 주위 사람들이 쉬야천이 거둔 대단한 성공에 대해 침이 마르도록 칭찬하는 소리를 듣고 있었어. 그래도 무대 위까지 뛰어 올라갈 생각은 없었어. 정말 맹세할 수 있어. 내 기억으로는 실내가 더워서 잠시 밖에 나가 바람을 좀 쐬고 싶다고 생각했던 것 같아. 문 앞에 이르러서야 나는 너무 많이 마셨다는 사실을 깨달았지. 얼른 자리를 떠나겠다고 생각했어. 그래서 가방을 가지러 자리로 돌아갔지. 무대 앞을 지나는 순간, 누군가 마이크를 들고 말을 하고 있더군. 이런 자리를 마련해준 쉬야천에게 감사하고 그의 사업이 나날이 번창하기를 바라며, 매년 이런 모임을 가질 수 있기를 희망한다면서 다음 모임은 싼야三亜(중국 하이난섬의 대도시)로 가서 하는 게 좋겠다고…… 하더라고. 말을 하는 그 사람의 얼굴이 기울어져 보였어. 아니면 바닥이 기울어져 있었던 건지도 모르지. 어쨌든 모든 게 이상해 보였어. 멈춰야 했어. 나는 재빨리 무대 위로 올라가 마이크를 빼앗았지. 그리고 바로 여기서부터 기억이 끊기고 말았어. 그 뒤에 내가 무대 위에서 무슨 말을 했는지는 하나도 기억나지 않았어. 물론 모임이 언제 끝났는지, 또 내가 어떻게 돌아갔는지도 기억나지 않았지. 깨어나보니 나는 쉬야천의 집 게스트룸에 누워 있더군. 커튼은 걷혀 있지 않았어. 아직 날이 새기 전이었던 것 같았어. 어둠이 밀랍처럼 창문을 굳게 틀어막고 있었어. 나는 쉬야천의 침실로 들어가 침대 가에 앉았지. 그는 내게 등을 돌리고 있더군. 나는 그가 잠든 게 아니라는 걸 알고 있었어.

"내가 좀 취했어요."

나는 뭐라고 말을 보탤까 한참을 생각하다 말을 이었어.

"미안해요."

그는 몸을 돌리더니 고개를 들어 천장을 바라보더군.

"나 같은 사람과 함께 지내느라 정말 힘들 것 같아."

"정말 너무 취했었어요. 하지 말아야 할 말을 했는지도 모르겠어요⋯⋯."

"너무 지나쳤어!"

그가 버럭 소리를 질렀어.

"그렇게 많은 사람 앞에서 내가 참을 수 없이 저속한 속물인 데다 말 그대로 벼락부자에 불과하고 영혼 없이 공허한 껍데기라고 말하다니⋯⋯."

"내가 그렇게 말했어요?"

"교양이라고는 찾아볼 수도 없더군! 부모님이 최소한의 예의도 안 가르쳐주시던가?"

그는 말을 멈추지 않더군.

"그래, 맞아. 틀림없이 배우지 못했을 거야. 사매 아버지가 너무 일찍 돌아가셨다는 걸 내가 잠시 잊고 있었군."

그는 내 쪽으로 몸을 돌려 나를 똑바로 쳐다보며 말했지.

"아버님이 사매의 이런 모습을 보셨다면 아마 고개도 못 드셨을 거야. 사매가 아버님 얼굴에 먹칠을 했다고."

"사실은 내가 쥐뿔도 없는 사람이라고 하더군. 하하."

그는 계속해서 말했어.

"쥐뿔도 없는 건 바로 사매야. 이런 말까지 하면 불쾌하겠지만, 내가 사매를 거둔 건 정말이지 사매가 불쌍해서였다고."

나는 그를 쳐다보며 말했어.

"사람들에게 자선을 베푸는 것처럼 그렇게 말이에요?"

"맞아. 내가 산골 어린이들을 후원하는 것과 마찬가지지. 하지만 이제껏 그렇게 말도 안 듣고 은혜도 모르는 산골 아이는 본 적이 없다고."

우리는 어둠 속에서 서로를 노려봤어. 그러다가 그가 먼저 피곤한 듯 눈을 감으며 애원하는 어투로 말했지.

"내일 나가줘."

나는 정오가 다 되어서야 일어났어. 떠나야 할지 말아야 할지도 모르면서 뜻밖에 아주 단잠을 잤어. 꿈도 전혀 안 꾸었지. 짐을 정리하고 나서 나는 열쇠로 소장품들이 보관된 3층 방문을 열었어. 포장을 뜯지도 않은 조각품 앞으로 다가가 미술용 칼로 바깥쪽에 묶여 있던 테이프를 잘랐지. 바로 그때 쾅— 하는 소리와 함께 샤오후이가 들어왔어.

"역시 여기 있었군요."

그녀가 날카로운 목소리로 소리쳤어.

"나한테 다 들켰어요!"

"무슨 뜻이에요?"

"본인이 더 잘 알잖아요? 어차피 떠날 바에 뭐라도 들고 가고 싶은 거겠죠······."

나는 그녀를 한번 힐끗 쳐다보고는 계속해서 칼로 테이프를 잘랐어.

"뭐 하는 거예요?"

샤오후이가 묻더군.

나는 테이프를 전부 다 잘라낸 다음 비닐을 벗겨냈어. 조각품이 어슴푸레한 공기 중에 모습을 드러냈지. 여자아이는 여전히 앞으로 몸을 숙이고 얼굴을 쳐든 채 눈을 감고 있었어. 뭔가에 심취한 듯 미소를 짓고 있었지. 이 낯선 곳의 냄새를 맡고 있는 것 같았어. 나는 칼을 내려놓고 방을 나왔어.

청 궁

나는 술이 그리 세지 않아. 하지만 실은 주량이 얼마인지와는 별개로 일단 마시기 시작하면 늘 적정선을 넘어 취하는 상태에 이르지. 그건 일종의 금기야. 금기의 존재는 깨지는 게 의미가 있지. 취한 상태의 한없는 환락과 비애는 사실 아주 귀한 경험이잖아. 기회가 되면 너와 함께 그런 경험을 해보고 싶군.

술이 조금 들어가면 결국 할아버지 얘기를 할 수 있을 것 같아. 나이를 먹으면서 할아버지에 관한 일들이 점점 까마득해지고, 점점 말하고 싶은 생각이 없어지더군. 기억 속 한가운데 외딴 섬이 있어서 할아버지와 관련된 모든 일을 그곳에 부려둔 것 같아. 눈에는 가장 잘 띄지만 격리되어 있는 곳인 셈이지. 생각이 그 일들에 가닿으려면 차가운 물속에 뛰어들어 숨을 멈추고 헤엄쳐 가야만 해.

나는 여섯 살 되던 해에야 이 세상에 할아버지라는 사람이 있다는 것을 처음 알게 되었어. 어느 날 부속 병원에 다니던 고모가 출근하면서 나를 데리고 갔어. 정문을 들어설 때 고모가 묻더군. 여기 왔던 거 기억하니? 그러면서 내가 이 병원에서 태어났다고 말해줬어. 나는 잠시 생각하다가 이내 고개를 가로저으며 출생 당시의 일은 정말 기억이 안 난다고 아주 미안한 어투로 말했어. 내 대답에 고모는 피식 웃으며 그 이후에도 내가 여기 왔었고, 할아버지를 만났다고 하더군. 나는 기억이 나지 않지만 아주 궁금하다고, 어서 할아버지가 있는 곳으로 데려가달라고 졸랐지.

우리는 입원병동 3층에 도착했어. 아주 긴 복도를 지나는데 병실 문들이 하나같이 활짝 열려 있기에 고개를 들이밀고 들여다보기도 했지. 깁스를 한 다리를 천장을 향해 치켜들고 있는 사람도 있고 몸이 비쩍 마른 남자도 있었어. 머리에 두꺼운 붕대를 친친 감고 있어서 전체적으로 보면 거대한 면봉처럼 보이는 사람도 있었지. 병실마다 네 명, 많게는 여섯 명이 입원해 있었고, 그중에는 큰 소리로 울어대는 아이나 골골거리며 신음하는 노인이 한 명씩은 꼭 있었지. 게다가 목청이 터져라 간호사들과 싸우고 있는 환자 가족들도 있었어.

할아버지 병실은 복도 끝이라 다른 병실들과는 약간 떨어져 있었어. 문미門楣(정문 위쪽 문틀에 가로 댄 나무판)에 '317'이라는 진홍색 페인트의 어설픈 손글씨로 쓰여 있었지. 글자 크기도 다른 병실 것보다 작아서 한눈에 보기에도 나중에 덧붙인 것임을 알 수 있었어. 나중에 알게 된 사실이지만 이 병실은 이전에는 간호사들의 당직실이었다더군. 할아버지를 위해 방을 비워 병실로 새로 꾸민 거였어.

그 병실 문은 굳게 닫혀 있었고 안은 신기할 정도로 조용했어. 고모가 나를 병실로 데리고 들어갔어. 작은 방이었는데도 안에 침대 하나만 덜렁 놓여 있으니 여전히 휑해 보이더군. 침대에 누워 있는 사람은 할아버지가 분명했어. 나는 가까이 다가가 할아버지를 찬찬히 살펴봤지. 아주 하얗고 둥글넓적한 얼굴에 건포도처럼 작은 눈이 반짝거리고 있었어. 시선을 천장의 한쪽 구석에서 다른 쪽 구석으로 왔다 갔다 옮기며 눈동자를 이리저리 굴리면서도 우리 쪽으로는 전혀 눈길을 주지 않으시더군.

"할아버지."

내가 아주 예의 바른 어투로 할아버지를 불렀어. 이 네 글자가 치아 사이로 튀어나오는 순간, 나는 그 글자들이 너무 가볍다고 느꼈어. 바짝 말라 바삭해진 콩 꼬투리처럼 가운데가 비어 있는 느낌이었지.

이전에 이 호칭을 사용했던 때를 따지자면 내가 막 입을 떼고 겨우 말을 하기 시작했던 시절까지 거슬러 올라가야 해. 고모는 어린 나를 이곳에 한번 데리고 왔었다더군. 그때 엄마가 나를 침대 맡으로 데려가 침대에 누워 있는 사람을 가리키며 "이분이 할아버지야" 하고 가르쳐주었고, 나는 마치 새 장난감을 받은 것처럼 신이 나서 "할—아버지" "할—아버지" 하고 연거푸 불러댔대.

"부르지 마! 네가 아무리 불러도 할아버지는 듣지 못하셔!"

그때 아빠가 내 말을 끊으며 이렇게 말했고, 나는 아빠를 한번 쳐다봤다가 다시 침대 위에 누운 사람을 바라보고는 얌전히 입을 다물었다더군.

고모가 할아버지는 식물인간이라고 말해주었지.

"식물인간은 말도 할 수 없고, 움직일 수도 없는, 계속 한곳에만 있는 사람이야."

고모는 창문턱에 놓인 다 말라 죽어가는 난초 화분을 가리키며 말했어.

"봐라, 저거랑 마찬가지지."

이튿날 나는 혼자서 몰래 병원에 찾아갔어. 물 주전자를 들고 침대 위로 기어 올라가 할아버지에게 머리부터 발끝까지 물을 뿌려주었지. 그런 다음 침대 옆에 서서 할아버지를 뚫어지게 쳐다봤어. 할아버지가 어떤 색깔의 꽃을 피울지 당장 알고 싶었거든. 나중에 간호사가 들어와서 그런 광경을 보고는 몹시 화가 나서 씩씩거리며 축축하게 젖은 이불과 요를 갈아주었지.

그런 다음 간호사는 기다란 관을 할아버지 입속에 집어넣더니 진한 갈색의 진액을 흘려넣었어. 나는 그 옆에 서서 신기해하는 표정으로 그 과정을 지켜봤지. 알고 보니 할아버지는 이런 식으로 영양분을 섭취하고 있었어.

그 이후 한동안 나는 거의 매일 할아버지를 보러 병원에 갔어. 침대 옆에 서서 할아버지를 바라봤고 할아버지도 나를 바라봤지. 내가 눈을 깜박이면 할아버지도 눈을 깜박였어. 나는 왼쪽 눈을 찡긋한 다음 할아버지도 찡긋하기를 바라면서 한참을 기다렸어. 할아버지는 여전히 눈을 깜박이기만 했어. 내가 오른쪽 눈을 찡긋하자 이번에는 할아버지가 나를 노려보면서 아무런 반응도 보이지 않았어. 내가 거듭해서 가르쳐주었지만 결국 할아버지에게 내 동작을 따라하게 하는 데는 성공하지 못했어. 오후 3시가 되자 간호사가 시간 맞춰 들어오더군. 할아버지는 매일 한번만 음식을 먹여드리면 됐어. 간호사는 나를 내보내고는 문에 빗장을 걸었지. 나중에야 안 사실이지만 그녀는 자신이 할아버지의 배설을 돕는 장면을 내게 보여주고 싶지 않았던 거야. 대체 어떻게 하는 걸까? 이것이 어린 시절 내내 내가 품었던 수수께끼 중 하나였지.

나한테 할아버지는 남의 집에서 기르는 식물이나 다름없었어. 나는 내게 할아버지를 보러 갈 책임이 있다고 생각했어. 그리고 내가 열심히 훈련을 시켜 할아버지가 눈을 찡긋하거나 나를 보고 웃어주는 등 뭔가를 할 수 있게 되기를 간절히 바랐어. 하지만 2주 정도 훈련을 진행했는데도 진전의 기미가 전혀 보이지 않아 그만 포기해버렸지.

그러고는 고슴도치 한 마리에게 마음을 온통 빼앗겨버렸어. 어느 날 할머니 대신 만터우를 사러 가다가 길가에서 고슴도치 한 마리를 발견했지. 사뿐사뿐 다가가 만터우를 담은 자루로 그놈을 확 덮쳤어. 그런 다음 자루를 오므려 고슴도치를 감싸 들고는 냅다 집으로 뛰어왔지. 할머니가 그놈을 집 안으로 들이게 하지 못하는 바람에 하는 수 없이 뒷마당에서 키웠어. 금이 가서 버려진 장아찌 항아리 하나를 주워다 그 위를 석판으로 덮어 녀석의 집을 만들어주었지. 나는 매일 토마토 껍질과 오이 꼭지를 가져다 먹이고, 손에 장갑을 끼고 조심스럽게 등을 쓰다듬어주었어. 녀석이 생긴 뒤로 나는 금세 할아버지를 잊었지. 그러던 어느 일요일이었어. 고모를 따라 고모 동료의 집에 가는데 도중에 폭우가 쏟아졌어. 불현듯 고슴도치 생각이 나서 집으로 돌아와 보니 항아리에는 이미 찰랑찰랑 넘칠 정도로 물이 차 있고, 배가 빵빵히 부푼 고슴도치가 물 위에 둥둥 떠 있더군. 몸에 난 가시들도 물에 불어 흐물흐물해져 있었지.

나는 며칠을 괴로워하다가 서서히 기운을 차렸어. 그러다가 문득 할아버지가 다시 생각났지. 나는 가족 모두 평소에 할아버지를 잘 찾아가지도 않고, 할아버지 얘기를 꺼내지도 않는다는 것을 알았어. 다들 할아버지라는 존재가 있다는 사실을 거의 잊고 지내는 것 같더군. 식물의 가장 큰 비애는 아마도 사람들에게 곧잘 잊히는 것일 거야. 간호사조차 할아버지를 잊은 건 아닐까 하는 생각이 들자 갑자기 불안이 엄습하면서 부끄럽다는 생각이 들었어. 어쩌면 아무도 모르게 조용히 세상을 떠나시는 건 아닐까? 고슴도치가 죽은 뒤로 나는 생명이 무상하다는 것을 깨달았어. 어느 날, 나는 마침내 내 근심을 할머니와 고모에게 털어놓았지.

"죽으라고 해. 남은 일이라곤 죽는 것 하나뿐이니 혼자서 잘해낼 거야."

할머니가 눈을 희번덕거리며 말했어.

"간호사가 있잖아. 간호사가 매일같이 꼬박꼬박 먹여줄 텐데, 뭘 그래."

고모도 맞장구를 쳤어.

나중에 나는 고모를 설득해서 점심식사 후에 병원에 찾아가도 좋다는 허락을 받아냈어. 그리고 할머니에게는 매일 오전 할머니가 시킨 일을 다 마무리하겠다는 약속도 했지. 그렇게 나는 할아버지를 찾아가는 습관을 회복했어. 고모는 내가 안 보이면 할아버지 병실에 갔나보다 생각하게 됐지.

"너 제법 효자로구나. 앞으로 나한테도 그렇게 할 거지?"

고모가 말했어. 나는 잠시 생각해보고는 이내 고개를 끄덕였지.

고모가 담요를 하나 가져다 병실 바닥에 깔아줬어. 그때부터 나는 거기서 낮잠을 잤지. 병실에 하나밖에 없는 아주 좁은 창문이 여름만 되면 무성하게 자란 담쟁이넝쿨에 파묻히는 바람에 병실 안은 늘 어두웠어. 오랫동안 습기가 가시지 않다보니 벽에는 군데군데 칠이 일어나 마치 시퍼렇게 차가운 벽에 납작 엎드려 있는 거대한 나방 같아 보였어. 철제 침대도 허물을 벗고 있었어. 표면의 흰 칠이 다 갈라지고 일어나 있었지.

그 길고 긴 오후에 나는 창문 아래 깔아놓은 담요 위에 앉아서 고모와 할머니가 사준 유일한 장난감인 색 바랜 블록 쌓기 장난감을 가지고 놀았어. 그러다가 지겨워지면 수채 색연필로 『서유기西遊記』 그림 책에 있는 사람 도안에 색칠을 하거나 담요 위에 뭉쳐진 갈색 보푸라기를 뜯어냈지. 벽 밑을 따라 빵 부스러기를 이고 황급히 이동하는 개미들을 관찰하기도 하고 고모 집에서 가져온 거즈 한 뭉치를 사인펜으로 빨갛게 칠한 다음 머리에 두르고 간호사가 올 때까지 기다렸다가 놀래주기도 했어. 그러다가 또 너무 심심해지면 창문턱 위로 올라가 아래를 내려다보면서 병원 정문으로 들어서는 새카만 사람들의 머리를 세기도 했어. 그렇게 세고 또 세다가 졸리면 쓰러져 잠들었지.

그렇게 여기저기 보푸라기투성이에 땀과 침과 오줌 자국에 전 빨간 담요 위에서 나는 기괴한 꿈을 굉장히 많이 꾸었어. 그때마다 나는 자신을 연필처럼 아주 가늘게 변신시켜야 했지. 그래야 꿈의 입구로 파고 들어갈 수 있었으니까. 그런 다음 좁고 긴 관을 통과해야 했지. 그 관은 간호사가 할아버지에게 영양액을 먹일 때 사용하는 고무호스처럼 부드럽고 탱탱해서 내 몸을 꼭 조이고 있었기 때문에 나는 마찰력을 이용해서 조금씩 앞으로 나아가야 했어. 그렇게 겨우 다른 한쪽 끝에 도달하고 나면 그때마다 새로 태어난 듯 다시는 되돌아가고 싶지 않다는 느낌이 들었지.

그 꿈들 속의 장면은 늘 똑같았어. 내가 한번도 가보지 않은 장소였지. 드넓게 펼쳐진 밭과 하나같이 다 쓰러져가는 낡고 작은 집들 주위로 사방이 온통 흙길이었지. 내 주위로 시커멓게 인파가 몰려 있고 높이 뜬 뜨거운 태양 때문에 피부는 거의 보라색이 될 지경으로 타서 반지르르했어. 누군가가 높은 곳에 서서 확성기에 대고 왕왕대면서 말을 하고 있고, 나는 그들을 따라 큰 소리로 복창하며 호응했지. 그런 다음 모두 흩어져서 하늘을 찌를 듯한 열기로 일을 하기 시작했지.

나는 밭에서 거대한 보리 이삭이 솟아나와 쉬지 않고 자라더니 마침내 구름을 뚫고 올라가는 것을 직접 목격했어. 또 구리 자물쇠와 쇠톱 등을 분질러 커다란 솥에 한데 넣고 끓이는 사람도 봤지. 끓이고 또 끓이면 그것들이 하나로 뭉쳐지면서 번쩍거리는 은색 강철이 되었지. 나는 꿈속에서 생각했어. '나도 저런 보리를 심어서 보리가 자라면 그걸 타고 하늘로 올라가고 싶다.'

하지만 내겐 그보다 더 중요하게 할 일이 있었어. 꿈속에서 누군가가 내게 총 쏘는 법을 가르쳐줬지. 그 사람은 우리 할아버지였어. 하지만 이 할아버지는 병상에 누워 있는 사람과는 전혀 다른 모습이었어. 아주 젊었지. 아빠와 비슷한 나이로 보였어. 까무잡잡한 피부에 깡마른 체구, 아주 반짝이는 눈을 가졌지. 걷는 폼은 자로 잰 듯이 절도가 있고 위엄이 넘쳤어. 나는 사람들 틈에 끼어 저 멀리 높다란 단상에 선 사람의 말을 듣고 있었어. 그런데 갑자기 그가 다가와서는 나를 번쩍 들어올려 데리고 가는 거야. 내가 본 할아버지와는 안 닮았지만, 나는 그가 할아버지라는 것을 알았지. 이유 같은 건 없었어. 그냥 알았지. 게다가 그 둘을 구분하기 위해 나는 속으로 그를 꿈속 할아버지라고 불렀어. 꿈속 할아버지는 무척 과묵해서 이제껏 한번도 말을 한 적이 없어. 그가 나를 밭으로 데려가더니 내게 총 한 자루를 던져주며 한가운데 서 있는 허수아비를 맞춰보라고 하더군. 그는 내가 배울 필요도 없이 태어날 때부터 할 수 있다고 믿는 것 같았어. 하지만 내가 총을 들지도 못한다는 것을 금세 알게 되었지. 할아버지는 우선 총을 드는 연습부터 시키더군. 수많은 꿈속에서 나는 한여름 오후의 쏟아지는 햇볕 아래 그렇게 총을 들고 서 있었어. 번쩍거리는 햇빛 때문에 눈을 뜰 수조차 없고, 머리카락이 불타는 듯해 금방이라도 쓰러질 것만 같았지. 이렇게 열흘 남짓 지나자 마침내 총을 안정적으로 들 수 있게 됐어. 정말 미세한 흔들림도 없이 아주 안정적이었지. 할아버지가 내게 총 쏘는 시범을 보여주었어. 어깨를 바짝 낮추고 안정감 있게 총을 받쳐 든 다음, 목표물을 조준하고 방아쇠를 당기는 거였어. 총알이 슝— 하고 날아가 밭 한가운데 선 허수아비 머리 정중앙에 그대로 박혔지. 또 한 발을 쏘자 이번에는 심장에 가 박혔어. 총알은 백발백중이었고 동작은 간결하고 예리했지. 나는 귀를 막은 채 넋을 잃고 바라봤어. 하지만 내가 쏠 때는 총소리가 무서워서 손을 덜덜 떨었지. 할아버지는 내게 손에 못이 박혀 더 이상 떨지 않게 될 때까지 쉬지 않고 총 쏘는 연습을 하라고 했어.

마침내 내가 허수아비를 맞출 수 있게 되자 할아버지는 나를 데리고 새와 야생 오리를 잡으러 다녔어. 이번에도 역시 아무 말 없이 조용히 내게 시범을 보여주셨지. 우리는 풀숲이나 연못가에 숨어 있었어. 할아버지는 눈 한번 깜박이지 않고 전방을 주시했지. 호흡도 아주 고르고 안정적이었어. 모기 한 마리가 할아버지 얼굴에 내려앉아 피를 빨아먹고 날아갔지. 나중에 기억해보니 그 화면들은 마치 한 편의 흑백 무성영화처럼 색깔이 없었어. 나는 졸려서 눈꺼풀이 내려앉으려 했는데 그때 갑자기 총성이 울렸어. 묵직한 새 한 마리가 하늘에서 핏빛 포물선을 그리며 풀숲으로 툭 떨어지자 하얀 깃털이 사방으로 흩날렸지. 나는 박수를 치고 환호하면서 바닥에서 벌떡 일어나 풀숲 쪽으로 나는 듯이 내달렸어. 내 차례가 되었을 때야 비로소 나는 그것이 얼마나 어려운 일인지 알게 되었지. 나는 늘 감정을 억누르지 못했어. 조급할수록 자꾸만 몸을 움직이고, 결국 새는 놀라서 날아가버렸지. 몹시 화가 난 할아버지가 손바닥으로 내 얼굴을 한 대 후려쳤어. 나는 화끈화끈 달아오르는 뺨을 문지르면서 엎드린 채로 계속 조준을 했지. 꿈속에서는 억울한 것도 모르고 원망할 줄도 모르는 것 같았어. 마음속에 일말의 잡념도 없이 오로지 총 쏘는 연습을 잘해야겠다는 생각뿐이었지. 나는 끝도 없는 지루한 훈련 속에 푹 빠져 충만감을 느끼며 스스로 강한 남자로 성장할 수 있을 거라고 믿었어.

그 시절 나는 꿈속에서 전심전력으로 훈련에 임했고, 그에 따라 낮잠 시간도 계속 늘어났어. 낮잠은 종종 오후 3시에 할아버지 식사를 챙기러 온 간호사가 나를 담요에서 일으킬 때까지 이어지곤 했지.

"어째서 창문을 또 닫은 거니?"

간호사가 힐난하듯 말했어.

"내가 몇 번이나 말했잖니. 통풍이 안 되면 욕창이 생긴다고!"

나는 입술을 오므리고 눈을 깜박거렸어. 창문은 내가 닫은 게 아니었거든. 한번도 그런 적이 없었어. 확실히 이상한 일이긴 했지. 하지만 꿈속에서의 그 이상한 일들에 비하면 별것 아니었어. 간호사가 나가자 나는 다시 꿈속으로 돌아가고 싶었어. 하지만 한참을 누워 있어도 잠이 오지 않더군. 하는 수 없이 혼자 연습을 했어. 창문턱 앞에 서서 총 대신 손으로 바깥에 있는 비둘기를 겨냥했지. 탕— 탕— 탕— 그러고는 혼자 중얼거렸어. 흥, 너희들 다 죽었어!

퇴근할 때는 고모가 병실로 와서 나를 데리고 집으로 돌아갔어. 가는 길에 고모는 내게 오늘은 무얼 하며 놀았냐고 물었지. 나는 꿈 얘기를 무척 하고 싶었어. 특히 내가 총을 쏠 수 있게 됐다는 말을 하고 싶었지. 하지만 잠시 생각해보고는 꾹 참았어. 꿈속 할아버지가 다른 사람에게 말해선 안 된다는 말은 안 했지만, 왠지 우리 둘만의 비밀로 간직해야 할 것 같았거든. 저녁식사를 할 때 고모와 할머니는 내 식사량이 놀랄 만큼 늘었다는 것을 알아차렸어.

여름방학 마지막 날까지도 나는 새 한 마리 잡지 못하고 있었어. 그날 꿈속에서 할아버지는 화가 나서 또 나를 때리려고 했지. 나는 할아버지한테 내일부터 개학이라 앞으로는 만나러 올 수 없을 것 같다고 말했어. 할아버지는 몹시 슬픈 표정으로 혼자 밭두렁으로 가더니 조용히 담배를 꺼내 물더군. 나 역시 몹시 괴로웠어. 꿈속 할아버지에게는 다른 가족이 없기 때문에 내가 가버리면 할아버지 혼자 남게 되거든. 그래서 주말에는 꼭 찾아오겠다고 할아버지를 위로했지. 할아버지가 여전히 고개를 한쪽으로 돌린 채 꼼짝도 않고 있는 것을 보면서 나는 할아버지 손을 들어 새끼손가락을 걸며 약속했어.

9월. 나는 부속초등학교에 진학했어. 이때부터 마침내 소속된 집단이 생겼고, 더 이상 혼자가 아니었지. 하지만 겨우 이틀 만에 한가지 사실을 깨달았어. 학교가 내게 맞지 않는 곳이라는 것이었지. 한 시간 수업이 정말이지 너무 길었어. 선생님이 등을 돌리고 흑판에 판서할 때 교실 안은 무서울 정도로 조용했고, 나는 크게 소리 지르고 싶은 충동을 참을 수가 없었어. 오후 체육 시간에 다들 어둡고 흐릿한 햇빛 아래서 흐느적 흐느적 방송 체조를 하고 있었지. 나는 꿈속에서 내리쬐던 뜨거운 햇살이 그리웠고, 꿈속 할아버지가 무척 그리웠어.

간신히 주말이 되자 나는 병원으로 달려가 신이 나서 병실 문을 활짝 열었어. 그런데 뜻밖에도 어떤 남자가 내 담요 위에 양반다리를 하고 앉아 도시락에서 밥을 푹 떠서 입으로 가져가고 있는 거야. 아빠였어. 아빠는 사람이 들어오는 것을 보고는 후다닥 일어섰다가 나인 것을 확인하고는 혈색을 되찾았지.

"이 못된 녀석, 나를 놀라게 하다니!"

아빠가 다가와서는 내 뒤통수를 두어 번 쿡쿡 쥐어박으며 말하더군.

"너 이 녀석, 제법 효잔데. 내가 여기 있다는 얘길 듣고 바로 날 보러 달려왔구나."

나는 활짝 웃었어.

아빠는 고리대금을 빌려 썼어. 빚쟁이들을 피해 사방팔방으로 도망다니며 몸을 숨겼다가 며칠 지나면 또 장소를 옮겨야 했지. 너무 힘들어 기진맥진했을 때 아빠의 뇌리에 번뜩 스치는 생각이 있었겠지. 할아버지의 병실이었어! 빚쟁이들은 아빠가 거기 숨어 있으리라고는 절대 상상도 못할 것이고, 할머니 집에서도 가까운 데다 고모가 밥을 갖다줄 수도 있으니까 더없이 좋은 은신처였지.

"중요한순간에 노인네가 또 나를 이렇게 도와주네."

아빠는 침대에 누워 있는 할아버지를 가리키며 말했어.

"아버지가 있는 게 없는 것보다는 훨씬 낫군!"

나는 눈을 깜박거렸어. 나는 그렇게 생각하지 않았거든.

내 기억에 아빠는 아주 오랫동안 빚쟁이들을 피해 도망다녔어. 도망다니는 게 아빠의 일이나 다름없었지. 나는 두세 살 때 이미 빚쟁이들이 얼마나 무서운지 알았어. 한번은 기골이 장대한 사내 둘이 문을 부수고 들어와서는 안팎으로 샅샅이 뒤졌지. 그들은 아빠도 찾지 못하고 돈이 될 만한 물건도 찾지 못하자 의자를 집어던져 텔레비전을 부숴버렸어. 텔레비전에서는 마침 「두더지 이야기」가 방송되고 있었는데 화면이 갑자기 어두워지면서 가운데가 커다랗게 뻥 뚫려버렸어. 두 남자가 문을 쾅 닫고 나가자 집 안은 다시 조용해졌지. 나는 스크린에 생긴 시커먼 구멍을 한참 동안 바라봤어. 하지만 그 안에서 두더지가 기어나오진 않더군.

아빠는 317호 병실을 완전히 차지해버렸어. 집에서 가져온 라디오를 하루 종일 틀어놓고는 바닥에 깔아놓은 자리에 누워 평서評書(설창 문예의 일종)나 야구 중계를 들었고, 때로 견딜 수 없이 쓸쓸해지면 어두워질 때를 기다려 밖으로 나가서는 다른 사람들의 노름판에 끼어 마작 몇 판을 하고 들어오기도 했어. 병원 규정상 환자 가족들이 병실에서 유숙하는 것은 불가능했기 때문에 간호사가 몇 번이나 와서 얘기했지만, 아빠는 안 들리는 척하거나 심지어는 폭행을 행사할 것 같은 몸짓을 해 보이기까지 했지. 이후 우리 가족사에 대해 알게 된 간호사는 그냥 눈감아주면서 더 이상 관여하지 않았어.

나는 매일 저녁 아빠에게 밥을 가져다줘야 했어. 아빠는 내 손에서 도시락을 낚아채서는 벽 쪽에 펴놓은 자리에 앉아 후루룩후루룩 소리를 내며 먹기 시작했지. 나는 그 옆에 서서 아빠가 밥을 다 먹을 때까지 기다렸다가 남은 국물을 따라버리고 지저분한 도시락 뚜껑을 닫아 자루에 도로 담았어. 아빠는 밥을 아주 빨리 먹어서 보통 10분 남짓이면 충분했지만, 그럼에도 불구하고 내게는 너무나 긴 시간이었지. 나는 아빠가 깔고 앉은 담요에서 시선을 거둘 수가 없었어. 내게 수많은 신비한 꿈을 꾸게 해준 마법의 담요가 지금은 국물과 기름으로 잔뜩 얼룩져버렸고, 한쪽 귀퉁이는 담뱃재에 타버려 구멍까지 나 있었어. 담요는 그렇게 훼손되어버렸지.

꿈속 할아버지는 지금쯤 아마 밭두렁을 왔다 갔다 하면서 답답한 마음에 담배만 뻑뻑 피워대고 있을 거야. 그리고 내 총은 그 옆 땅바닥에 누워 있겠지. 어쩌면 벌써 녹이 슬었는지도 몰라.

나는 병원에 가는 게 싫어졌어. 한번은 도시락 자루를 휘휘 흔들며 밥을 갖다주러 가는데 너무 세게 흔드는 바람에 자루가 찢어지면서 도시락이 떨어졌고, 바오쯔 두 개가 병원 복도 바닥에 굴렀어. 바닥은 이제 막 소독약을 뿌려 얇은 물이 한층 입혀진 상태였지. 나는 바오쯔를 주워 킁킁 냄새를 맡아봤어. 희미하게 화학약품 냄새가 나더군. 나는 그것을 도로 도시락에 담았어. 그날 밤에 꿈을 꾸었지. 꿈속에서 아빠가 그 바오쯔 두 개를 먹고 나서 몸에 있는 일곱 개 구멍에서 피를 줄줄 흘리더니 그 자리에서 숨을 거두는 거야. 나는 그 옆에 서서 시신을 어떻게 처리해야 할지 침착하게 생각했지.

겨울이 되자 아빠는 마침내 빚을 다 갚았어. 하지만 그 돈은 아빠가 어느 식당 사장에게 공갈을 쳐서 받아낸 거였지. 나중에 그 사람이 아빠를 고소했고, 법원은 6년 징역형을 판결했어. 아빠는 파출소를 수도 없이 들락날락했던 터라 우리 모두 언젠가는 아빠가 제대로 수감될 거라고 예감하고 있었어. 이제 마침내 교도소에 들어가게 되자, 온 가족이 안도의 한숨을 내쉬었지. 살인이나 방화 같은 대형 사고를 칠 사람이 없어졌으니 천만다행이었던 거야.

그해 들어 가장 추웠던 겨울날, 나와 할머니와 고모는 변두리에 있는 교도소에 아빠를 면회하러 갔어. 하늘에는 눈발이 날리고 있었지. 우리는 고모가 아빠를 위해 짠 스웨터 두 벌을 들고 갔어. 변형 고무뜨기로 짠 짙은 남색 스웨터였지. 아빠는 수염을 아주 깔끔하게 밀었고 머리도 이제까지 본 것 중 가장 짧아서 고개를 숙이면 파르스름한 두피가 보일 정도였어. 또 한 뼘 길이의 베인 자국도 있었지. 아빠는 의외로 아주 차분한 모습이었고 정서적으로도 그런대로 괜찮아 보였어. 할머니도 아빠에게 전에 없이 상냥한 어투로 말을 건넸지. 그 안에서 편히 지내도록 해라. 청궁은 네 대신 내가 잘 돌보마. 생활비도 잘 기억해둘 테니 나오거든 그때 한꺼번에 주도록 하고. 6년 금방 지나간다. 아빠는 '6년'이라는 말을 듣더니 몹시 괴로운 듯 입을 실룩거렸어. 고모가 황급히 덧붙였지. 6년까지 안 갈 거예요. 감형될 수 있을 거라고요. 아빠가 침울한 어투로 말했어. 야쥐안雅娟이 한번도 보러 오지 않았어요. 내 대신 가서 나 좀 기다려달라고 전해줘요. 야쥐안은 이전에 아빠와 서로 좋아하던 과부야. 듣기로는 전혀 예쁘지 않은 데다 뻐드렁니까지 났다는데 대체 뭣 때문에 아빠가 그렇게 홀딱 빠졌는지 알 수가 없었어. 하지만 진심으로 그녀를 사랑했던 아빠는 교도소에서 나오자마자 그녀를 찾으러 항저우로 갔지. 그녀는 그곳에서 친구와 옷가게를 하고 있었고, 조그만 자기 공장도 하나 가지고 있었어. 아빠는 그녀들을 도와 창고 관리를 맡았지. 그녀는 아빠 가족을 별로 좋아하지 않아서 되도록이면 아빠가 우리와 연락하지 못하게 했어. 그래서 나중에는 명절 때 돈을 좀 부치거나 집으로 전화하는 것을 제외하면 우리와는 거의 왕래를 하지 않았지. 내 생활비를 계속 받지 못하자 할머니도 불만이 쌓였지만, 아빠로 인해 더 이상 노심초사하지 않아도 된다는 생각에 그냥 넘기고 말았어.

아빠가 가고 나자 317호 병실은 안정을 되찾았어. 나도 다시 병실에 갈 수 있게 되었지. 하지만 그때 나는 또 바둑에 푹 빠져서 매일 난위안 옆 작은 골목에서 벌어지는 기국棋局을 구경하러 가곤 했어. 어떤 노인이 있었는데, 얼마나 바둑을 잘 두던지 아무도 그의 적수가 되지 못했어. 나는 그 노인에게 아양을 떨면서 접이식 의자도 갖다주고 차도 따라주며 내심 꿈속 할아버지처럼 그가 내게 비법을 가르쳐주기를 간절히 바랐지. 하지만 그는 늘 나를 본체만체하며 반나절이나 지나야 겨우 한마디 해줄 뿐이었어. 그것도 죄다 뜬구름 잡는 인생 얘기라서 바둑과는 하등 상관이 없었어. 그래도 나는 득도한 도인 같은 그의 모습에 반할 수밖에 없었지. 나는 더욱 고집스럽게 그의 제자가 되겠다고 결심하고는 그가 하는 말 한마디 한마디를 죄다 기록했다가 집에 돌아와서 자세히 곱씹어보곤 했어. 주말이 되면 바둑을 두는 사람이 훨씬 많았어. 나는 점심을 먹자마자 그곳으로 달려가곤 했지. 317호 병실과 할아버지는 완전히 잊고 말았어. 겨울이 되자 골목에서 벌어지던 기국이 어느 식당으로 옮겨졌지만 그 열기는 여전했어. 그러던 어느 날부터 갑자기 그 노인이 오지 않는 거야. 한참 후에 그가 사는 곳을 알던 한 사람이 그가 암에 걸려 병원에 입원했다고 얘기해주더군. 또다시 며칠이 지나자 그가 죽은 것 같다고, 그의 딸이 팔에 검은 상장을 차고 있는 것을 봤다고 말했어. 그러고 나서도 여전히 많은 사람이 식당에서 바둑을 두었지. 하지만 수준이 한참 떨어졌어. 수준도 안 되는 사람들이 바둑판을 장악하고는 물러날 생각도 않은 채 주위 사람들에게 돈을 걸라고 했어. 나는 몹시 실망스러워 그곳을 나와 다시는 가지 않았지.

그즈음 겨울은 이미 끝나가고 있었어. 나는 결국 다시 꿈속 할아버지를 생각해냈지. '할아버지는 틀림없이 내게 굉장히 실망했을 거야.' 나 스스로 더 이상 할아버지를 볼 낯이 없다는 생각이 들었어. 그래서 아주 오랫동안 317호 병실을 찾아가지 않았지. 하지만 그렇다고 해서 '할아버지'가 쭉 적막하게 지내리라고 걱정할 필요는 없었어. 몇 년에 한번씩 할아버지가 스스로 '부활'해서 우리 삶 속으로 돌아올 방법을 고심하고 있다는 것을 나중에 알게 됐거든.

그의 부활에 관한 것이라면 내 학교생활 얘기부터 시작해야 해. 부속초등학교에 처음 왔을 때 너는 아마 학교가 너무 초라해서 깜짝 놀랐을 거야. 2층짜리 건물 한 동과 단층 교실 한 열이 교사校舍의 전부였고, 농구 골대 하나도 제대로 설치할 수 없을 정도로 운동장이 작아서 건물 측벽에 골대를 박아놓고 그걸 운동 시설이라고 했을 정도였으니까. 학생들은 모두 의과대학 직원의 자녀였고 선생님은 대부분 병원 직원 가족들로 여성이 더 많은 편이었지. 당시 우리 반 담임이었던 양楊 선생님은 가족이 두 곳에 나뉘어 따로 사는 문제를 해결하기 위해 대학 쪽으로 배속되었고, 다른 곳에 자리가 없어서 초등학교로 오게 되었어. 어떤 선생님은 고향에서 올라온 지 얼마 안 되어 고향 사투리가 무척 심했지. 우리는 그런 선생님의 말투를 흉내 내며 교과서를 읽었고 '외국어'를 하나 더 알게 됐다며 아주 좋아했지. 또 어떤 선생님은 한 학생의 어머니였어. 이런 상황은 그 학생 입장에서는 마치 황제가 하사한 보검을 쥔 것과 같아서 모두에게서 온갖 양보를 얻어낼 수 있었지.

학교가 몹시 초라하긴 했지만 그곳은 내가 처음 갖게 된 집단이었어. 이로써 혼자 다니는 생활을 끝내고 매일같이 그 많은 친구와 함께 지낼 수 있다는 사실에 나는 몹시 흥분했지. 하지만 그 친구들은 아주 거만하게 굴면서 나를 시큰둥하게 대했어. 게다가 벽에 붙은 도마뱀붙이만 봐도 꽥꽥 소리를 질러대는 등 별것 아닌 일에도 크게 놀라곤 했지. 그럼에도 나는 그 아이들이 나를 좋아해주기를 몹시 바랐어. 하지만 얼마 지나지 않아 내가 뭘 어떻게 해도 그렇게 될 수 없다는 것을 깨달았지. 친구들은 모두 부모님이 이 대학이나 병원에서 일하면서 한 건물에서 같이 살고 있었기 때문에 서로의 가정 형편에 대해 아주 잘 알고 있었어. 물론 그들은 우리 아빠에 대해서도 잘 알고 있었지. 우리 반에는 전에 할머니 집 바로 옆에 살았던 남학생도 있었어. 그 아이 아빠가 우리 아빠에게 돈을 빌려준 적도 있었던 모양이야. 나중에 아빠가 안 보이자 차마 우리 할머니에게 달라고는 못하고 그냥 흐지부지 넘어가버리고 말았다나봐. 그 남학생은 쉬는 시간에 복도에서 나와 마주칠 때마다 내게 돈을 내놓으라고 고함을 질러 댔어. 또 한 여학생의 엄마는 우리 할머니에게 호되게 당한 적이 있었어. 그녀는 의과대학의 기초건설처에서 일하고 있었어. 당시 할머니는 마당에 한 층 반 높이의 집을 증축하고 있었고, 위층에 살던 그녀 집은 그 건물에 가려 빛이 전혀 들지 않을 정도였지. 그 아이 엄마가 학교 측을 대표해 할머니 집을 방문해서 건축 중지를 요청했어. 할머니는 이때부터 그녀에게 앙심을 품고 수시로 그녀를 괴롭혔지. 남은 음식 찌꺼기를 건물 아래 세워놓은 그녀 자전거의 짐바구니에 쏟아버리는가 하면 사이다 병을 그녀 집 정원에 버려 사방에 깨진 유리 조각이 나뒹굴게 하기도 했어. 그 아이 엄마는 하루 종일 조마조마하며 지내야 했고, 그 때문에 울기도 아주 여러 번 울었다나봐. 일 년 조금 넘게 버티다가 그녀는 결국 집을 옮겼고 할머니도 그제야 해코지를 멈췄지. 수업이 끝나면 그 여학생은 종종 몇몇 친구와 빙 둘러서서는 은밀하게 뭔가를 속닥거리다가 내가 다가가면 갑자기 말을 멈추곤 했어. 얼마 지나지 않아 반 아이들 전부가 나를 피해다니더군. 내가 아이들에게 말을 걸면 아이들은 아주 짧게 몇 마디 대꾸하고는 서둘러 가버렸어. 선생님도 나를 보는 눈빛이 좀 달랐지. 내가 무슨 큰 사고라도 치지 않을까 걱정하며 특별히 주시하고 있는 것 같았어.

나는 철저하게 고립됐지. 특별활동 수업 때는 혼자서 놀아야 했고 방과 후에도 혼자서 집으로 돌아와야 했어. 봄 소풍 때 아이들이 빙 둘러앉아 게임을 할 때, 나는 옆에서 혼자 빵을 뜯어 먹고 있었지. 단체사진을 찍을 때도 나는 뒷줄 맨 가장자리에 섰어. 옆에 선 친구는 몸을 비틀고 고개를 한껏 돌려 가능한 한 내게서 멀리 떨어지려고 애썼지. 나는 학교 가는 것이 싫어졌고 단체 활동만 있으면 배가 아프다고 거짓말을 하며 고모에게 결석계를 내달라고 졸라댔지. 고모는 그게 거짓말이라는 걸 금세 눈치 챘고, 왜 그러는지도 간파한 것 같았어. 고모는 내게 자신의 어린 시절 경험을 들려주었어. 고모가 어릴 적 알았던 어떤 사람이 집안 사정 때문에 주위 사람들에게 따돌림을 당했다는 거야. 그때 나는 왕루한江露寒이라는 이름을 처음 들었어. 고모는 아버지가 살인자였기 때문에 모든 사람이 자신을 혐오했고 자신과 친구가 되려고 하는 사람이 아무도 없었다고 했어. 그러면서 고모는 어떻게서든 또래들과 어울릴 방법을 생각하고 말했지. 따돌림을 당하는 사람들은 정말 비참하다는 거였어. 주변에서 그런 사람을 아주 많이 봤다더군. 그런 사람들은 점점 더 열등감에 시달리고 평생 거기서 헤어나오지 못한다는 거야. 나는 입으로는 알았다고 말했지만 아무것도 하지 않았지.

나중에 이런 내 처지를 완전히 바꿔놓은 것은 작문 한 편이었어. 그때 선생님은 아이들에게 가족 구성원에 관한 글을 쓰라고 했어. 나는 할아버지에 대해 썼지. 그 작문이 우수 작품으로 뽑혔고 선생님은 내게 반 친구들 앞에서 낭독하라고 했어.

"제 할아버지는 식물인간입니다."

이게 내 글의 첫 문장이었어. 반 친구들이 일제히 고개를 쳐들더군. 그 글 속에서 나는 할아버지를 열사로 그렸어. 할아버지는 한국전쟁 최전선에서 필사적으로 싸웠고 그때 전우를 지키려다가 적군에 의해 다쳐서 식물인간이 되었으며, 전우들은 그런 할아버지를 버려두고 가지 않았고 계속 보호하면서 전장을 벗어나 집으로 돌려보내주었다는 것이 내 글의 내용이었지.

글을 다 읽고 나자 반 전체에 침묵이 흘렀어. 수업이 끝나고 여학생 둘이 다가와 내게 아주 잘 썼다고 말해주더군. 자습 시간에는 짝꿍이 팔꿈치를 툭툭 건드리며 적군이 무슨 총으로 할아버지를 식물인간으로 만든 거냐고 물어왔어.

"아주 긴 총이었어."

나는 손으로 그려 보이며 말했지.

"할아버지 머리에서 총알을 꺼냈어. 지금도 있다니까. 할머니가 그걸 작은 함에 넣어서 잠가놓고 절대 건드리지 못하게 하셔. 안 그러면 내가 그걸 꺼내다가 너희한테 보여줄 수 있을 텐데 말이야."

짝꿍의 눈시울이 붉어지더군.

그로부터 며칠간은 수업이 끝나면 늘 친구 몇 명이 다가와 할아버지 얘기를 다시 들려달라고 조르곤 했어. 나는 똑같은 얘기를 되풀이하는 게 싫어서 즉흥적으로 다른 얘기를 지어냈어. 할 때마다 얘기는 조금씩 달라졌어. 그런 미세한 편차들은 주로 할아버지가 어떻게 식물인간이 되었는가 하는 데 관한 것이었어. 어떤 때는 총에 맞아서 그렇게 됐다고도 하고 어떤 때는 칼에 베었다고 했지. 또 어떤 때는 적군의 차에 치였다고 했고 적군이 높은 데서 밀어 떨어져서 그렇게 된 거라고도 했어. 그렇게 서로 다른 버전의 이야기 속에서 '할아버지'는 다양한 페이소스로 나쁜 놈들에 의해 한 차례 또 한 차례 거듭 식물인간이 되었지. 이야기를 할 때마다 나 스스로도 무척 감동을 받았고, 그것을 진짜로 믿게 되어 실제로 그렇다는 생각이 들기까지 했어.

비가 부슬부슬 내리는 황혼 무렵, 나는 친구 일고여덟 명을 데리고 할아버지를 '참관'하러 병원에 갔어. 병실은 관계자 외에 일반인의 출입이 금지되어 있었지만, 매일 저녁 아주 짧은 시간 동안 간호사와 건물 경비원들이 전부 저녁을 먹으러 나갔기 때문에 우리는 그 틈을 타서 병실로 들어갔어. 분위기를 무르익게 하기 위해 나는 미리 당기黨旗를 하나 사다가 할아버지 몸 위에 덮어두었어. 다들 영도자를 참배한다는 표정으로 할아버지 주위를 에워싸고 섰지. 할아버지는 태연자약하게 친구들의 시선을 받으면서 계속 머리 위의 천장만 바라봤어. 도마뱀 한 마리가 천천히 그의 시선 속을 기어서 지나갔어.

친구들은 갑자기 내게 잘해주기 시작했어. 아마도 할아버지 일로 인해 할머니와 아빠의 잘못을 용서해준 것 같았지. 쉬는 시간에 함께 나가 놀자고 하는 친구도 있었고 체육 시간에는 배구공을 선뜻 내게 패스해주기도 했어.

하지만 그런 좋은 날도 그리 오래가지는 못했어. 거짓말이 금세 들통나버렸거든. 어느 날 이른 아침 내가 교실로 들어서자 한 여학생이 내 앞으로 뛰어와서는 야릇한 미소를 지으며 말했어.

"우리 할아버지가 그러시는데, 너희 할아버지는 한국전쟁에 아예 참전하지도 않았다던데? 너희 할아버지는 '문화대혁명' 시기에 자아비판 조리돌림을 당하면서 사람들한테 맞아 쓰러진 후에 식물인간이 된 거라던데?"

"누가 그래!"

"우리 할아버지가 그러시는데, 그때 너희 할아버지가 조리돌림 당한 건 큰 잘못을 저질렀기 때문이래."

"헛소리 마!"

나는 두 손으로 귀를 틀어막고는 교실을 뛰쳐나갔어.

학교가 파하자 남학생 둘이 쫓아와서는 내 앞을 막아서더군. 그러더니 손가락으로 눈가의 살을 아래로 살짝 잡아당기고는 혀를 쏙 내밀며 흉내를 냈어.

"우리 할아버지는 식물인간이에요."

그 아이들은 내가 작문을 낭독했을 때의 말투를 따라하며 정색을 하고 말했지.

"하지만 그분은 열사예요. 그분은 한국전쟁에서 용감하게 싸워 적군을 무찔렀고……"

여기까지 얘기하면서 아이들은 허리가 끊어질 듯 웃어댔어.

그 이후 식물인간인 할아버지는 친구들 사이에서 웃음거리가 돼버렸지. 나는 스스로 이 일을 다시는 떠올리지 않으려고 한동안 병원으로 고모를 찾아갈 때 입원병동을 빙 돌아가곤 했지. 317호 병실만큼은 다시는 가지 않으리라고 다짐하기도 했어. 마음속에 확실히 할아버지에 대한 원망이 있었던 것 같아. 왜 전장에서 용감하게 싸우다가 다쳐 식물인간이 되지 않았느냐고 할아버지를 탓했지. 나는 할아버지가 무슨 '문화대혁명'이란 데서 대체 어쩌다가 저 지경까지 된 건지 고모에게 묻지도 않았어. 그런 건 이미 중요하지 않았거든. 어쨌든 할아버지는 영웅이 아니니까. 나는 심지어 할아버지가 아주 무능하고 나약한 데다 별 볼일 없는 사람이기 때문에 다른 사람한테 저렇게 존엄 따위는 털끝만큼도 찾아볼 수 없는 지경까지 당한 것이라고 생각했어.

리 자 치

방금 네가 모든 사람에게는 운이 좋아지는 시기가 있다고, 인생은 갑자기 고삐가 쥐여지는 것과 같다고 했지. 내게는 여덟 살 시절이 바로 그때였던 것 같아. 그해 가을, 아빠는 지난을 떠나 혼자 베이징으로 가셨어. 그때 이후로 내게는 집이 없었지.

사실 우리 아빠는 장사에 대해 아는 게 별로 없었어. 그저 별로 잘 알지도 못하는 사촌형에게 가서 몸을 의탁한 거지. 우리 할머니한테 여동생이 한 분 있는데 아주 일찍 베이징으로 갔어. 나중에 그곳에서 결혼을 하고 아이를 낳았지. 이 사촌형이 바로 할머니 여동생의 큰아들이야. 가족을 통틀어 줄곧 유일하게 특이한 존재였지. 공부도 못했고 정식 직업을 찾지도 못했어. 하루 종일 이상한 친구들이랑 어울려 다니면서 이런저런 장사를 했지. 우리 할아버지에게는 불법 '투기 장사'는 '사기 행위'의 동의어였어. 그래서 우리 아빠도 이런 일을 한다는 사실을 알았을 때 그 놀라움과 충격이 얼마나 컸을지 충분히 상상할 수 있지. 할아버지에게는 이것이 절대로 용서할 수 없는 타락이었어.

나는 사람들이 '사기 행위'나 '장사' '투기' 같은 단어로 우리 아빠를 설명하는 게 싫었어. 이런 소리를 들을 때마다 마음속으로 아빠는 상인일 뿐이라고 스스로 고쳐서 받아들였지. 1990년까지만 해도 '상인'이라는 단어는 책에서나 찾아볼 수 있는 있는 아주 엄숙한 단어였어. 아주 고상하게 들리는 단어였지. 사실 나는 상인을 본 적이 없어. 학교 입구에서 찹쌀 막대과자나 만화 스티커를 파는 사람들을 상인이라고 할 수는 없겠지. 그들은 그냥 노점상일 뿐이야. 내가 아는 상인이라는 단어는 동화 속에 종종 등장하곤 했지. 수많은 동화의 주인공들이 상인의 딸로서 아주 존엄하고 우아한 생활을 하곤 해. 공주랑 별 차이가 없지. 그들의 아름다움과 천진함이 약간의 골칫거리를 불러일으키지만 결국에는 잘생기고 용감한 남자가 나타나 그녀를 위험에서 구해주지. 그녀들은 영원히 변질되지 않는 좋은 운명을 지니고 있어. 마치 아버지들이 일찌감치 돈으로 신들의 마음을 매수해놓은 것처럼 말이야. 그래서 그때는 나도 '상인의 딸'이 된다는 사실에 무척 기뻤어. 내 운명도 좋은 운명으로 바뀔 것이라고 믿었지.

베이징으로 간 뒤로 아빠는 매주 한번씩 전화를 걸어왔어. 일요일 저녁 무렵이면 엄마랑 나는 집 근처 작은 매점에 가서 전화를 기다렸지. 아빠가 사용하는 전화는 공중전화였기 때문에 미리 6시에 통화를 하기로 약속해두었어. 하지만 전화가 걸려오는 시간이 그렇게 정확하진 않았어. 항상 조금씩 늦었지. 우리는 아무것도 사지 않고 전화만 기다리기가 미안해 산사편山楂片이나 과단피果丹皮 같은 사소한 물건들을 사곤 했지. 이런 음식은 두고두고 먹을 수 있었거든. 작은 종이로 포장된 산사편은 5편짜리 동전 같았어. 조심스럽게 혀로 밀면서 달콤한 색소를 핥아먹는 거지. 조금 부드러워지면 작은 조각으로 깨서 목구멍으로 넘길 수 있었어. 우리는 안달하면서 동전을 하나하나 써버리듯이 최대한 천천히 먹었어. 매번 마음속으로 몇 번째 동전을 쓸 때쯤 전화벨이 울릴지 추측해보곤 했지. 한번은 '동전'을 다 써버렸는데도 전화벨이 울리지 않았어. 나랑 엄마는 매점이 문을 닫을 때까지 계속 기다리다가 터덜터덜 아픈 다리를 끌고서 집으로 돌아왔지. 사실 아빠의 전화를 받는다 해도 항상 반복되는 그 말을 한번 더 하는 것에 불과했어.

"아빠 잘 지내시죠? 저도 잘 지내요. 엄마 말 잘 들을 테니 걱정하지 마세요."

우리는 차가운 바람 속에서 천천히 집으로 돌아갔어. 내 혀는 이미 단맛에 마비될 지경이었고 맨 안쪽에 있는 어금니 두 개가 은은하게 아려왔어. 아빠에게 하지 못한 그 한마디는 내 몸 속에서 갈수록 커져 심장을 잔뜩 부풀려놓았지. 건너편에서 술에 취해 비틀비틀 걸어오던 취객 한 명이 우리 엄마를 게슴츠레한 눈으로 쳐다보더니 손을 뻗어 앞을 가로막았어. 엄마는 좌우로 몸을 피하면서 간신히 그를 뿌리치고는 내 손을 잡고 앞을 향해 부리나케 달렸지. 한참을 달리고서야 엄마와 나는 걸음을 멈추고 가로등 아래서 가쁜 숨을 몰아쉬었어. 나는 엄마가 아빠를 배반하는 무슨 짓을 하기라도 한 것처럼 원망 어린 눈빛으로 엄마를 쳐다봤지.

다 큰 뒤로는 그 산사편을 거의 볼 수가 없었어. 나도 한동안 그해 겨울 산사편을 입에 물고 전화를 기다리던 일을 잊고 있었지. 그 일을 다시 기억나게 만든 건 낯선 여인이었어. 지난해 여름 어느 저녁 나는 친구와 만나기로 약속했는데 그가 아무리 기다려도 나타나지 않는 거야. 휴대전화 배터리가 다 떨어져 길가의 공중전화 부스로 갔지. 그 여인은 공중전화 플라스틱 덮개 아래 서 있었어. 여러 해 전에 유행하던 어깨가 높이 솟은 주리珠麗꽃 무늬 원피스 차림에 회백색 머리칼이 마구 엉클어져 있는 데다 눈빛도 풀려 있었어. 나는 그 여자가 수화기를 들고 손바닥을 펴는 것을 봤지. 분홍색 종이로 포장을 조심스럽게 펼쳐 산사편을 한 조각 꺼내더니 동전 투입구에 넣고는 손가락으로 119를 누르더군.

"불이 났어요."

여인은 작은 목소리로 말하고는 수화기를 제자리에 걸어놓고서 그 산사편 봉투를 챙겨 어둠 속으로 사라져버렸어.

겨울을 보내고 나서는 일요일 전화 약속이 취소되었어. 아빠가 러시아로 사업을 하러 갔기 때문이지. 기차가 일주일을 꼬박 달려야 모스크바에 도착할 수 있었어. 아빠가 베이징으로 돌아올 때만 한번씩 통화를 할 수 있었지. 봄이 되자 엄마가 베이징으로 갔어. 아빠에게 도와줄 사람이 필요했기 때문이지. 나는 할아버지 댁으로 보내졌어. 이건 할머니 생각이었어. 할머니는 이런 기회를 이용해 아빠와 할아버지 사이의 안 좋은 관계를 회복시켜보려 했던 거지. 게다가 페이쉬 안도 할아버지 댁에 있기 때문에 나에게 좋은 영향을 미칠 수 있으리라 생각한 거였어. 아빠의 타락을 목도한 뒤로 할머니는 내게 훌륭한 모범이 시급하다고 생각했어. 아빠는 두 분에게 감정의 빚을 지고 싶지 않았지만 달리 방법이 없었지. 모스크바에 보름 동안 가 있을 때마다 나를 데리고 갈 수는 없었으니까. 결국 매달 할머니께 약간의 생활비를 드리기로 하고 결국 그런 결정을 받아들인 거야.

나는 할아버지 댁으로 가고 싶지 않았어. 엄마 아빠와 함께 베이징으로 가고 싶었지. 설사 한 달의 절반을 기숙 초등학교에서 보내다 돌아온다 해도 괜찮을 것 같았어. 하지만 내가 어떻게 생각하는지는 아무도 묻지 않았어. 나도 반대 의사를 밝힌 기억이 없지. 나는 내게 그렇게 할 권한이 있다는 걸 확실히 알지 못했어. 내가 항의를 했다 해도 엄마는 그렇게 하는 게 내 장래를 위해 더 좋지 않겠느냐고 말했을 거야. 아주 이상한 논리지. 나는 그저 어른들이 나를 좀 잘 지내게 해줬으면 좋겠다는 생각만 했어. 내가 그분들과 긴밀히 연결되어 있는 부분은 유년 시절뿐이었어. 유년 시절은 내가 주재할 수 있는 것이 아니라 반드시 어른들의 통제를 받아야 하는 것이었지. 어른들이 나를 통제할 수 있는 단계에서 나를 잘 지내게 해줄 수 없다면 이른바 미래라는 것을 어떻게 허락할 수 있겠어?

전학 수속을 마치던 그날, 엄마는 캐리어를 끌고 나를 데리고 할아버지 댁으로 왔어. 엄마는 내게 이것이 잠시일 뿐이라고 보장했지. 두 분이 베이징에 잘 정착하면 나를 꼭 데려가겠다고 했어.

네 말이 맞아. 나는 애당초 새로운 환경에 적응하지 못했지. 잠정적인 상태라 나는 모든 것에 대해 기대를 가질 수가 없었어. 요구 사항도 없었지. 심지어 나는 친구를 사귈 생각도 하지 못했어. 너희와 함께 논 것도 사실은 페이쉬안이나 할아버지의 상대가 되어주기 위해서였어. 때로는 정말 즐겁게 놀 때도 있었지. 갑자기 너희 얼굴을 보면서 이상하다고 느끼기도 했어. 내가 어떻게 너희와 친구가 될 수 있었는지 알 수 없었어. 나는 항상 아무런 징조도 없이 날카로운 비명을 지르곤 했어. 긴 음을 아주 길게 끌면서 멈추지 않았지. 어쩌면 너희로부터 나를 격리시키고 싶었던 것인지도 몰라. 한 사람이 그 목소리 속에 갇혀 조용히 기다리고 있는 거지. 그 2년 동안 나는 구속 없이 마음껏 자유롭게 웃자랐어. 지금 돌이켜 생각해보면 아마도 내 일생에서 가장 즐거웠던 시절인 것 같아. 하지만 그 즐거운 느낌이 어떤 것이었는지는 전혀 생각나지 않아. 기억이 자신의 기호에 따라 일부 시간을 잘라냈는지, 내 기억은 이런 고통을 받고 있어.

그들은 우리 아빠가 아주 큰돈을 벌었다고 말했어. 나는 그저 아빠가 자주 모스크바에 가서 많은 물건을 가져온다는 것만 알았어. 아빠는 기차를 타고 바이칼호와 에세니강을 지나 6일 밤낮을 달려야 모스크바에 도착할 수 있었지.

"걔는 이미 연락이 안 돼."

식사를 하면서 할아버지가 말씀하셨어.

"좌절을 겪고 나면 고개를 돌릴 줄 알겠지요."

할머니가 맞장구를 쳤어.

"그 애가 겪은 좌절이 부족하단 말이야? 아무 소용 없어."

할아버지가 말씀하셨어.

내 기억으로는 그 기간 아빠가 돌아온 것은 한번뿐이었어. 사업이 갈수록 커지면서 좀더 많은 자금 조달이 필요했지. 아빠는 우리가 전에 살던 집을 팔기로 결정했어. 아빠는 혼자 돌아왔어. 수속을 다 마치고 집 안에 있던 물건을 전부 친구의 창고로 옮겨놨어. 우리 가족의 사진첩과 아빠의 시가 발표된 잡지, 그리고 내 옛날 일기장과 인형 등이 전부 그 창고로 들어갔어. 2년 뒤 겨울에 창고에 큰불이 나는 바람에 모든 게 타버렸지. 아빠와 함께 생활했던 모든 물증이 불쏘시개가 되어 하나도 남지 않았어.

아빠는 돌아오면서 아는 사람에게 부탁해 외국에서 산 비디오 플레이어를 가지고 오셨어. 할아버지 할머니가 한동안 나를 보살펴주신 데 대한 감사의 뜻이었지. 이렇게 오랜 세월이 지났지만 아빠가 처음으로 선물하는 물건이었어. 하지만 아빠는 여전이 냉담했어. 비디오 플레이어를 바닥에 내려놓으면서 두 분께 드리는 거라고 말하고는 곧장 방으로 들어가버렸어. 할아버지도 아빠를 거들떠보지 않고 안쪽에 있는 방으로 들어가셨어. 얼마 앉아 있지 않다가 아빠가 일어서 가려고 하자 할머니가 저녁식사를 하고 가라고 붙잡으셨지. 아빠는 친구와 약속이 있다면서 아무리 해도 할머니 말을 듣지 않았어. 하지만 나는 아빠에게 약속이 없다는 걸 알고 있었어. 저녁을 먹으면서 줄곧 아빠가 지금 어느 거리의 작은 음식점에서 혼자 국수를 한 그릇 먹고 있을 거라고 생각했지.

그날 저녁, 그 기계를 시험해보고 싶어서 나와 페이쉬안은 난생처음으로 비디오를 봤어. 비디오테이프는 아빠가 가져온 거였지. 제목은 「파리인간」이었어. 비디오에 나오는 남자는 치아가 다 빠지고 몸에 긴 털이 돋아나면서 하루하루 파리로 변해갔어. 그는 매일 거울 앞에 서서 조용히 자기 몸에 일어나고 있는 변화를 살펴봤지. 눈빛에는 고독한 웃음이 번졌어. 웬일인지 세계 전체와 결별하고 있는 그의 몸의 변화가 내게 아빠를 생각나게 했어.

오히려 엄마는 일정한 간격을 두고 나를 만나러 돌아왔어. 올 때마다 우의상점(외국인 전용 기념품점)에서 산 희귀한 식품들을 가져다주었지. 초콜릿과 스위스 과일사탕, 그리고 마링 햄도 있었어. 엄마는 조금 야윈 데다 머리는 파마를 하고 발에는 짧은 부츠를 신고 있었지. 말할 때는 간간이 혀를 말아 발음하는 소리가 튀어나오곤 했어. 나는 엄마에게 기차 얘기를 해달라고 졸랐지. 엄마는 항상 기차 안은 아주 위험하고 나쁜 사람도 많다고 했어. 보아하니 엄마는 여행을 전혀 즐기지 않는 듯했어. 모스크바에 관해 언급할 때는 춥다, 춥다, 춥다가 전부였지. 나는 엄마가 몰래 이모를 원망하는 얘기를 들었어. 우리 아빠가 매일 밖에서 술 마시고 취해서 집으로 가는 길을 찾지 못할 때면 계단에 앉아 이모가 찾으러 오기를 기다린다는 거야. 그러면서 매일 모스크바에 갈 때마다 도박장에 가고, 방금 번 돈을 전부 잃는 때도 있다고 했어. 이모는 연신 한숨을 내쉬면서 돈이 사람을 변질시킨다고 말했지.

나는 애당초 엄마와 이모의 말을 믿지 않았어. 아빠가 어떻게 변하든 마음에 두지도 않았지. 그때, 내게는 이 세상에서 가장 행복한 일이 아마도 아빠와 함께 러시아에 가는 일이었을 거야. K3 열차를 타보지 못한 모든 사람 가운데 나는 이 기차에 대해 가장 잘 아는 사람이었어. 나는 이 열차가 수요일 아침에 베이징을 출발해서 다음 주 화요일에 모스크바에 도착한다는 걸 알고 있었지. 나는 연도의 모든 역에 관해서도 알고 있었어. 목요일 황혼 무렵에 열차가 모허漢河의 변경을 지나고 토요일에는 열차 창밖으로 바이칼호를 볼 수 있으며 일요일에는 에세니강에 도달한다는 것도 알고 있었지. 철도의 궤적을 손바닥 위의 손금 보듯이 훤히 꿰뚫고 있었어. 가게에 펼쳐져 있는 지도 앞에 쪼그리고 앉아 컬러 수성 펜으로 표시하기도 했지. 바이칼호의 윤곽은 홀쭉한 초승달 같았어. 나는 파란 펜으로 윤곽 안을 전부 파랗게 칠하면서 드넓은 호수 수면 위에 두꺼운 얼음이 가득하고 눈이 수북하게 쌓인 한밤중에 차갑게 빛나는 풍경을 상상했지.

그 철도에 먼 곳에 대한 나의 모든 상상이 실려 있었어. 나는 아빠가 나사 외투를 입고 가죽 구두를 신고서 가죽 트렁크를 들고 플랫폼 위에 서 있는 모습을 상상했어. 흔들거리며 달리는 열차 안에서 모자의 챙을 낮게 내려 쓰고서 열차 식당칸 한구석에 앉아 담배를 피우고 있는 사내의 모습을 상상했어. 그는 경험이 많고 노련한 소매치기였지. 초록색 눈동자를 가진 창녀 하나가 굽 높은 하이힐을 신고서 붉은 양탄자가 깔린 통로 위를 똑똑 걸어갔어. 모스크바의 여관방에서 아빠는 외투를 벗고 유리잔에 보드카를 따랐어. 그리고 유명한 '크라운' 카지노에서 칩을 높이 쌓아놓고 웨이브가 심한 금발의 아가씨가 민첩한 동작으로 카드를 가르는 것을 보고 있었지.

물론 좀도둑과 창녀, 독주와 카지노 같은 것이 내 상상력을 크게 자극하는 소재가 된 것은 엄마 때문이었어. 엄마는 가끔씩 이런 것들에 관해 언급하곤 했지. 창녀들에 관해 말할 때는 얘기가 끝나자마자 후회하기도 했어. 내 앞에서 그런 얘기를 한 게 적절치 않다고 생각한 거지. 요컨대 엄마가 말하고 싶었던 것은 위험으로 가득한 생활이었어. 우리 아빠의 말로 하자면 대단히 타락했다고 할 수 있지. 하지만 위험과 타락이란 것은 얼마나 매혹적인 이국정서야. 이런 정서는 양귀비 향기처럼 아이들의 마음을 자극했지.

나는 줄곧 그 열차를 타지 않았고 모스크바에 가지도 않았어. 그러니 그런 상상은 완강하게 생존하면서 나와 함께 성장할 수 있었지. 어쩌면 너는 상상하기 어려울지도 몰라. '시베리아'라는 단어를 들을 때마다 내 눈두덩이 붉게 물들었다는 걸 말이야. 이 단어는 항상 내게 끝이나 종점을 떠올리게 했지. 아빠가 나중에 그곳에서 돌아가시지는 않았지만 나는 항상 아빠의 죽음을 생각할 때마다 눈앞이 온통 흰빛으로 물들었어. 아주 가볍게 이명耳鳴이 생기면서 열차가 철로를 내리누르는 듯한 쿵쿵 소리가 들리는 것만 같았어.

모스크바와 베이징 사이를 오가는 그 K3 열차에는 우리 아빠의 마지막 몇 년의 생명이 실려 있었어. 러시아라는 그 추운 나라에서 열차는 운명의 은유인 셈이었지. 안나 카레니나의 혼백이 줄곧 플랫폼을 맴돌고 있었어. 처음 그 소설을 읽었을 때, 만일 그 시절에 아빠가 러시아에 갔다면 어쩌면 안나 카레니나를 만날 수 있었을지도 모른다는 상상을 하기도 했지. 애석하게도 당시 나는 그녀를 알지 못했고 만났다 해도 알아보지 못했을 거야. 하지만 만일 그녀를 만날 수 있었다면 틀림없이 영혼이라는 게 도대체 뭐냐고 물어봤을 거야.

아빠가 마지막으로 러시아에 간 것은 1993년 11월이었어. 그 나라의 거대한 몸뚱어리가 이미 광음을 내면서 무너지기 시작했을 때였지. 내려진 국기는 보이지 않는 구석에 처박혔고 그 위에 그려진 망치와 낫은 녹슬기 시작했어. 하지만 한 달이 지나서야 비잔티움 시대의 쌍두독수리가 국휘國徽 위를 날아다닐 수 있었지. 이 마지막 한 달 동안 사람들은 옛 국가의 폐허 위에 누워 저질 보드카가 만들어내는 환각에 빠져 긴 밤을 보내면서 볼셰비키에 작별을 고했어. 생명이 끝을 향해 가고 있을 때, 아빠는 그곳에 갔지. 아빠는 틀림없이 그들의 고통과 막막함을 함께 누리려 했을 거야. 아빠도 그들과 마찬가지로 아무것도 믿지 않는 사람이었거든.

이 모든 것은 내 상상에 지나지 않았어. 너무 웃기는 일인가? 내가 이렇게 묻는 것은 예전에 탕후이에게 같은 얘기를 했을 때, 그가 "아주 감동적이야, 하지만 너무 웃겨"라고 말했기 때문이야.

"한 가지 문제를 발견했어."

그가 말했지.

"너는 항상 네 아빠의 인생 궤적을 광대한 역사와 한데 엮곤 했어. 그래야만 네 아빠의 인생이 의미가 있는 것처럼 느끼는 것 같더군. 중국 역사에서 적당한 소재를 찾지 못하면 세계사에서 찾았지. 너는 네 아빠를 한순간이라도 역사에서 분리시킨 적이 있니? 아빠에게 자유를 좀 주면 안 되는 거야?"

그러고 나서 그는 내게 우리 아빠가 모스크바에 간 것은 러시아 인민의 고통이나 미망과 함께하기 위한 것이 아니라는 사실을 일깨워줬어. 아빠가 함께하고 싶었던 것은 그들의 돈이었다는 거야. 당시 아빠는 물건을 내리고 파느라 정신없이 바빴고, 이를 통해 커다란 루블화 다발을 러시아 인민의 주머니에서 편취해낸 것이라고 하더군. 나는 그가 '편취'라는 단어를 사용한 데 대해 곧바로 항의했어. 하지만 그는 그 단어를 거둬들이길 거부했지. "사기임에 틀림없어. 그들이 러시아 인민에게 파는 것은 아주 질 낮은 가짜 물건들이었으니까."

탕후이는 베이징 사람이었어. 그의 친척 하나가 1990년대에 '야바오로雅寶路'에서 도매업을 했지. 물건을 우리 아빠 같은 사람에게 파는 거였어. 이 물건들이 다시 그들 손을 거쳐 러시아로 넘어가는 거지. 그래서 탕후이는 당시 상황에 대해 아주 잘 알고 있었어. 내가 그에게 이런 이야기를 해준 것은 정말로 총구를 찾아간 격이었지.

"러시아 사람들에게 판 다운 의류 안에 들어 있는 것은 지저분한 닭털이었어. 역병에 걸린 닭을 비롯해서 별의별 것이 다 들어 있었지……. 오리털은 하나도 들어 있지 않았어. 가죽재킷은 더 웃겼지. 서류봉투를 만드는 두껍고 누런 종이로 만든 다음 표층에 번쩍거리는 칠을 바른 거였으니까. 생각해봐. 네가 묘사하는 그 오래된 나라의 폐허에서 고통받고 무력감에 빠진 러시아인들이 이런 가죽 재킷을 입고 눈 위에서 벌벌 떠는 모습을 말이야. 그들은 추위를 자신들이 몸에 걸치고 있는 옷 탓으로 돌리지 않고 그저 몸이 더 허약해진 것이라 생각했겠지. 간신히 따스한 방으로 들어가 몸 위에 내려앉은 눈이 녹아 물이 되면 재킷 안으로 스며들지. 이른바 소가죽 재킷에 금세 금이 가고 이내 조각조각 떨어지는 거야. 네가 그들한테 무슨 말을 해도 믿지 않을 거야. 맞아. 가죽 재킷이 눈 깜짝할 사이에 종이가 되어 찢어지는 상황을 바라보면서 그들은 정말 아무것도 믿을 수 없었을 거라고."

"장사꾼이 다 그런 건 아니야."

내가 아주 자신감에 넘쳐서 이렇게 말한 것은 아니었어.

"나중에 모스크바에서 러시아인들이 중국인을 살해하는 사건이 왜 그렇게 많이 일어났는지 알아? 그 양심 없는 중국 상인들을 철저히 증오했기 때문이지. 물론 네 아빠는 다른 사람들과 생각이 완전히 달랐을지도 모르지. 하지만 어찌 됐든 간에 네 아빠가 그들을 상대로 한 장사는 불난 집에 들어가 도둑질을 하는 식의 일이었어."

당시는 내가 탕후이와 연애를 시작한 지 얼마 되지 않았을 때야. 우리는 학교 근처 카페에서 만났지. 나는 고개를 들어 빨대를 이로 깨문 채 그를 쳐다봤어. 그는 처음에 우리가 서로 잘 어울리지 않는다고 생각했을 거야. 그는 내가 영원히 가질 수 없는 정의감을 지니고 있었거든. 그리고 아마 탕후이는 내가 아빠를 진실을 상실한 우상으로 조소하고 있다는 사실을 의식하고 있었을 거야. 이런 우상의 존재가 눈에 보이지 않게 우리 관계에 위협이 되었지. 그래서 그는 반드시 그 우상을 쓰러뜨려야만 했어. 그는 자신이 충분히 이 우상을 제거할 수 있다고 생각했지. 그저 시간문제일 뿐이라고 믿었어. 그는 아주 낙관적인 사람이었지. 아마 이것이 우리 사이의 근본적인 차이였을 거야.

나중에 엄마는 과거에 아빠랑 모스크바에 가서 장사를 했던 일을 입에 올리지 않았어. 기억상실을 앓아 그 몇 년 사이의 일을 다 잊어버린 듯했어. 모스크바는 말할 것도 없고 때로는 자신이 베이징에서 한 해를 보냈다는 사실마저 잊었지. 몇 년 전부터 나는 과거 러시아에 가서 장사했던 사람들과 계속 접촉했어. 링이玲姨도 그 가운데 한 명이었지. 그녀는 우리 아빠와도 잘 아는 사이였어. 다른 사람들과 마찬가지로 링이도 과거에 그녀 남편과 함께 아주 큰돈을 벌었지. 나중에 항공운수가 발전하면서 사업이 몰락하고 말았지만 말이야. 그들은 더 이상 그렇게 쉽게 돈 벌 수 있는 방법을 찾지 못했어. 결국 앉은 자리에서 모아놓은 재산을 다 허비할 뿐이었지. 나중에 링이의 남편은 젊은 아가씨한테 반해 그녀에게 적지 않은 돈을 썼어. 이런 식으로 남아 있던 가산을 전부 탕진하고 말았지. 링이는 이를 악물고 이혼하면서 그와 재산을 분할했어. 그녀는 분할받은 집을 임대해 받는 임대료를 주 수입원으로 삼아 생활했지. 그 뒤로 자신은 교외로 이주해서 살았어. 최근에 베이징은 갈수록 커져서 그가 먼저 살던 근교가 개발되면서 집값이 끊임없이 상승했지. 그녀는 다시 좀더 편벽한 곳으로 이사하는 수밖에 없었어. 나는 지하철을 타고 맨 마지막 역에서 내려 다시 무면허 택시를 타고 한참을 더 가서야 그녀가 사는 곳에 이를 수 있었어. 그녀는 내게 베이징이 완전히 외지인들에게 점령당해 더 이상 예전의 베이징이 아니라고 불평을 늘어놓더군. 그녀는 특히 1990년대 초의 베이징을 그리워했어. 고급 노래방과 술집, 우의상점과 외환권外匯券(외화의 분산을 막기 위해 외국인들만 사용할 수 있게 만든 화폐) 그리고 모스크바로 향하던 열차를 그리워했지. 베이징이 메갈로폴리스로 성장하기 시작하던 때의 성취가 그녀의 일생에서 가장 빛나고 번창했던 시기였어. 근교의 오후는 유난히 조용했어. 공기도 아주 청량했지. 그녀는 작은 객청의 창문 아래 앉아 과거 일을 얘기했어. 흰머리의 궁녀가 성벽 근처에서 지난날의 분위기를 추억하는 것 같았지.

"당시에는 기차가 흘러다니는 상점이었어. 우리는 어디로 가든 물건을 팔았지. 중국 변경을 벗어나 곧 기차역이 나타날 때면 큰 덩어리로 포장한 다운 의류와 가죽 재킷을 창문 밑으로 끌어냈어. 플랫폼에는 러시아인들이 잔뜩 올라와 있다가 열차가 완전히 멈추기도 전에 몰려왔지. 역마다 길어야 10분 정도밖에 머물지 않았기 때문에 애당초 기차에서 내릴 엄두도 내지 못했어. 우리는 모두 창문으로 직접 물건을 내렸지. 몇 마디 간단한 러시아어만 할 줄 알면 됐어. 그림을 그려가며 소통하기도 했지. 동작이 아주 민첩하지 않으면 안 됐어. 돈을 받아들고서 셀 틈도 없었으니까. 말밑에 놓은 편직물 자루에 돈을 쑤셔넣은 다음 가방에서 옷을 꺼내 얼른 아래로 내던지기만 하면 됐어.

가끔씩 나쁜 놈을 만나 돈자루를 통째로 들고 도망치기라도 하면 눈 똑바로 뜨고 당하는 수밖에 없었어. 기차에서 내려 쫓아갈 수가 없었으니까. 너희 아빠도 이런 일을 한번 당하셨어. 가방 안에 들어 있던 물건을 전부 날치기 당한 거지. 너희 아빠는 정말로 열차에서 내려 그 놈을 쫓아갔어. 플랫폼 위에서 한참을 쫓아가다가 결국 포기하고 말았지. 기차가 출발하려고 하자 되돌아와 간신히 난간을 잡고 열차 위로 기어올랐어. 정말 위험했지……."

기억이 링이의 누렇고 혼탁했던 눈을 맑게 닦아주었어. 한순간에 그녀는 K3 열차 연도의 어떤 작은 역으로 돌아간 듯했지. 분쟁과 다툼의 몸부림이 있는 곳이었어. 나는 눈길을 그녀의 얼굴에서 거둬들여 머리 너머 창문을 바라봤어. 그녀의 얘기를 끊고 싶은 충동을 이기기 위해 나는 쉴 새 없이 담배를 피워댔어. 소리 없이 떨어지는 담뱃재를 바라보면서 멍하니 앉아 있었어. 그녀의 얘기는 무척 진실하게 들렸어. 내 자존심이 상할 정도로 진실했지. 나는 정말로 아빠가 다운 의류를 팔았고, 플랫폼에서 가방을 빼앗아간 사람을 쫓아갔다가 간신히 다시 열차에 기어올랐다는 것을 상상할 수 없었어. 아빠가 이런 도매업을 했다는 것을 잘 알았다고 해도 구체적으로 물건을 어떻게 팔았는지는 알고 싶지 않아.

링이의 눈에는 우리 아빠가 아주 외롭고 괴팍한 사람으로 보였어. 사람들은 모스크바에 갈 때마다 기차 안에서 한 주일을 지내야 했어. 장사하는 사람들은 그렇게 하루 종일 뒤섞여 있으면서 작은 울타리를 형성했지. 우리 아빠는 무리와 쉽게 어울리지 못하는 사람이었어. 그들은 매일 밤 맥주를 마시고 카드놀이를 하면서 지루한 시간을 달랬어. 우리 아빠는 그들과 함께 어울리는 일이 아주 적었지. 아빠는 카드놀이도 좋아하지 않았고 그들의 저열한 농담에 귀를 기울이려 하지도 않았어. 맥주를 아주 좋아하긴 했지만 아빠는 열차 객실 안에서 혼자 마셨지. 이 때문에 일부는 아빠를 무시하거나 등 뒤에서 고상한 척한다고 욕을 하기도 했어. 대학에서 강의를 한 적이 있기 때문에 어느 정도 교양을 갖추고 있어 그들을 무시한다고 생각했던 거지. 아빠의 장사가 잘되는 것을 질투하기도 했어. 그래서 나중에는 여럿이 연합해서 아빠를 배제하기 위해 물건 공급상을 매수하기도 하고, 아빠가 주문한 물건을 몰래 가로채기도 했어. 대신 형편없는 물건들을 아빠 몫으로 돌렸지. 이 때문에 아빠는 많은 돈을 배상해야 했어. 게다가 술을 많이 마시게 되었고 점점 매사에 의기소침해졌지. 장사도 갈수록 내리막길을 걸었어.

아마도 우리 아빠는 아주 훌륭한 선생님이었던 것 같아. 하지만 절대로 훌륭한 상인은 아니었지. 원래 아빠가 속해 있던 울타리가 아빠를 배척하자 아빠는 스스로 자신을 추방하여 자신이 속하지 않은 다른 울타리로 들어갔지만 거기서도 배척되고 말았던 거야. 아빠는 시종 어디에도 잘 어울리지 못하는 인물이었지. 실망감을 느낄 때마다 아빠는 떠나는 것을 택했어. 그러니 평생을 떠나는 일로 일관했던 거지. 때로는 아빠가 원래의 자리에 남는 것을 선택했다면, 혹은 어떤 선택도 하지 않는 것을 선택했다면, 일생이 순조롭지 않았을까 하는 생각이 들곤 했지.

K3 열차는 지금도 운행되고 있어. 여전히 매주 수요일에 출발해 다음 주 화요일에 모스크바에 도착하지. 둘째 날에 모허를 지나 토요일 저녁이면 바이칼호를 볼 수 있어. 그다음 날이면 에세니강에 도착해. 모든 풍경이 원래의 시간에 그대로 맞춰져 있어. 승객들은 완만한 서정의 방식으로 조금씩 모스크바에 접근하고 있었지. 하지만 이런 데 흥미를 느끼는 승객들은 갈수록 줄어들었어. 6일 밤낮의 시간을 길

위에서 보내려 하는 사람이 얼마 없게 된 거지. 이 노선은 이미 아주 여유가 있어졌어.

나는 차를 타고 기차역을 지나칠 때마다 마음속으로 자신에게 말하지. 음, 언젠가는 나도 K3를 타는 날이 오겠지. 하지만 사실은 열차 시각표에서 이 열차가 완전히 사라지기를 기다리고 있다는 걸 잘 알아. 이 열차의 존재는 항상 머릿속의 그 아름다운 상상에 대한 위협이 되고 있지.

「인심인술—리지성 원사에게 다가가다」

22' 13"

화면에 흑백사진이 한 장 나타난다. 남자와 여자가 의자에 나란히 앉아 있다. 남자는 장삼을 입고 있고 여자는 흰색 치파오를 입고 있다.

자막이 나온다. 1953년, 리이성과 쉬후이윈徐繪雲은 결혼했다. 쉬후이윈은 치루대학 교무처 주임 쉬청팡徐成方의 장녀다. 이듬해 그녀는 남편을 따라 허베이 쉬안화宣化로 가서 현지의 한 병원에서 일한다. 1954년 장남 리무위안李牧原이 그곳에서 출생한다.

또 다른 흑백사진. 여자가 사진 한가운데에 여자아이를 품에 안고 앉아 있다. 남자는 그녀 왼쪽에 앉아 있고 오른쪽에는 남자아이 둘이 앉아 있다. 화면 아래쪽에 자막이 나온다. 왼쪽에서부터 리지성과 쉬후이윈, 막내딸 리무팅李牧亭, 장남 리무위안, 차남 리무린李牧林. 다섯 살이 되던 해에 리무팅은 병으로 세상을 떠났다. 리지성은 이 어린 딸을 편애했다. 그는 일찍이 고향의 사촌 여동생에게 보내는 편지에서 무팅의 눈매가 엄마를 꼭 빼닮아 그윽한 분위기가 있다고 말한 바 있다.

청궁

나는 네가 부속초등학교로 전학 왔을 때의 상황을 선명하게 기억하고 있어. 봄이었지. 학교 앞 노점에서는 이미 누에를 팔고 있었어.

오전 2교시 수업이 끝나고 나서 선생님이 너를 교실로 데리고 들어오셨어. 너는 호리호리한 몸매로 문가에 서 있었지. 가느다란 햇빛이 왼쪽 뺨을 쪼아대고 있었어. 몸 전체가 강렬한 햇빛 속에 갇혀 있는 것 같았지. 햇빛이 눈을 찌르는 바람에 선명하게 볼 수 없었던 눈매에 장엄하고 신비한 분위기가 감돌았지.

너의 자기소개는 아주 간단했어. 네가 말을 마치자 모두 멍한 표정으로 너를 바라봤지. 아주 짧은 시간이 지나서야 박수 소리가 울렸어.

반에는 빈자리가 하나밖에 없었어. 맨 뒷줄, 바로 내 옆자리였지. 선생님은 네게 우선 그 자리에 앉으라고 하셨어. 잠시만이라고 너를 위로하듯이 말씀하셨지. 네 자리 주변의 환경이 열악하다는 것을 암시하는 듯했어. 너는 아무렇지 않다는 표정을 지어 보였지. 옆에 누가 앉든지 전혀 개의치 않는 것 같았어.

수업 도중에 나는 고개를 돌려 너를 쳐다봤어. 비스듬히 늘어진 네 머리칼이 얼굴을 가리고 있어 오뚝 솟은 코밖에 보이지 않았어. 콧날이 미세하게 흔들리면서 부드럽게 주위 공기를 흔들고 있었지. 너는 줄곧 손에 쥔 파란색 샤프펜슬을 눌러댔어. 긴 연필심이 나와 종이를 누르자마자 부러져버렸지. 너는 필통을 열어 샤프심 두 개를 꺼내 샤프에 채워넣었어. 그런 다음 계속 눌러댔지. 네 책상 위에는 부러진 샤프심이 가득했어. 개미굴 같았지. 오전 내내 너는 교과서를 펴지 않았어.

학교가 파할 때면 페이쉬안이 교실 입구에서 널 기다리고 있었어. 너는 눈을 아래로 깔고서 책상 위의 샤프심을 하나하나 치운 다음 필통을 책가방에 넣고는 그 애를 따라 떠났지. 페이쉬안이 우리보다 한 학년 위이지만 우리는 모두 그 애를 알고 있었어. 그 애는 우리 학교 유일의 시급市級 삼호三好(도덕·학습·체력이 두루 우수한 상태를 칭함) 학생이었거든.

우리는 금세 그 애가 너의 사촌언니라는 걸 알게 되었어. 너희 할아버지는 유명한 리지성 교수였으니까. 이 의과대학에 그를 모르는 사람은 없었지. 같은 반 여학생들은 재빨리 다가와 너와 친해지려 애쓰면서 너를 고무줄놀이에 초대하기도 하고, 주말의 답청踏靑 활동에 참가할 생각이 없는지 묻기도 했지. 하지만 네 반응은 냉담하기만 했어. 모든 일에 아무런 흥미가 없는 것 같았지.

그때, 나는 이미 반에서 더 이상 외톨이가 아니었어. 작은 그룹을 이끌고 있었어. 우리 그룹의 다른 성원으로는 다빈과 즈펑, 천샤샤가 있었어. 막 학교를 다니기 시작했을 때 우리 여선생님은 반은 하나의 작은 사회라고 말씀하셨지. 여선생님의 말씀은 틀리지 않았어. 그리고 계급도 있었어. 우리는 모두 가장 낮은 계급에 속했지. 계급은 주로 가장의 직업에 의해 결정됐어. 우리 아빠는 전에 대학의 수송부에서 몇 달 일한 적이 있었어. 즈펑의 아빠와 동료였고. 나중에는 너무 힘들어서 일을 안 하셨지만 누구도 감히 아빠를 자르지 못했어. 그래서 그 이후에도 아빠는 줄곧 대학의 직원인 셈이었지. 즈펑의 아빠는 줄곧 수송부에서 일했어. 처음에는 구급차를 몰다가 나중에는 화물차를 몰게 되었지. 저녁에 당직을 서지 않아도 되니까 그나마 발전한 셈이었어. 다빈의 아빠는 음식점에서 주방장으로 일하셨지. 매일 세 숫대야만큼이나 큰 솥 앞에서 음식 볶는 주걱을 춤추듯 휘둘러야 했어. 천샤샤의 아빠는 보일러실에서 일했어. 학교의 온수와 난방을 책임졌지. 한마디로 말해서 이분들 모두 노동자 계급에 속했어. 하는 일이 전부 육체노동이었으니까. 이 의과대학에서 존경받는 사람들은 대부분 두뇌노동자들이었어. 따라서 우리 반에서 상층 계급은 대학의 간부나 교수들의 자녀였고 중간 계층은 보통 교사의 자제들이었으며 그다음이 우리였어. 이런 구조는 아무도 의식하지 못하는 사이에 자연스럽게 이루어졌지. 상층 계급은 작은 집단을 형성했고 중간 계급은 그들의 비위를 맞추느라 여념없었어. 동시에 우리와는 분명한 경계선을 그으려 노력했지. 나는 재빨리 이런 형세를 알아채고 하층 계급의 모든 아이를 단결시키기로 마음먹었어. 사실 나를 빼면 즈펑과 다빈밖에 없었어. 천샤샤는 애당초 끼워주지도 않았지. 그 애 엄마는 남녀 쌍둥이를 낳았지만 출혈과다로 사망하고 말았어. 그러고 나서 며칠 지나지 않아 오빠마저 병으로 세상을 떠났지. 그 애는 주로 할머니 손에서 자라다보니 세 살이 되어서야 간신히 말을 할 수 있었고, 다섯 살이 되어서도 말을 더듬었어. 이에 대해 사람들 모두 엄마가 없기 때문이라고 생각했어. 하지만 일곱 살이 되어 학교에 들어가서는 숫자를 전혀 알지 못했지. 사람들은 그 애의 지능을 의심하기 시작했지만 선생님도 확신하진 못했어. 그저 주의력이 산만한 데다 자기이름을 들어도 민감하게 반응하지 못한다고만 생각했지. 게다가 매 순간 먹는 것만 생각했어. 음식물에 대해 광적인 집착을 보였지. 새우 조각이나 고구마튀김, 과일 껍질 등 손에 항상 먹을 것이 들려 있었어. 수업 시간에도 예외가 아니었지. 맨 처음에 선생님은 이런 습관을 고쳐주려고 시도했어. 주전부리를 완전히 없애려 했지. 하지만 먹을 것이 없으면 그 애는 마구 소리를 질러댔어. 귀신이 빙의한 것 같았지. 결국 선생님도 포기하는 수밖에 없었어. 그래서 수업할 때 우리는 항상 그 애가 바스락거리는 요란한 소리를 들어야 했어. 이상하게도 그 애는 아무것도 알아듣지 못하는 것 같았지만 시험을 보면 어느 정도 점수를 받곤 했어. 간신히 합격권 안에 드는 점수였지. 하지만 대부분의 경우 꼴등이었어. 다빈은 넉넉한 성격의 소유자라 항상 그 애가 너무 외롭고 불쌍하다고 여겼어. 무슨 일을 하든지 그 애를 참여시키려 했지. 물론 다빈에게도 그만의 문제가 있었어. 그는 담이 작은 아이가 아니었지만 들리는 바에 의하면 8월에 쥐한테 코를 물린 뒤로 모든 걸 두려워한다더군. 쥐를 가장 두려워했고, 각종 벌레나 곤충도 무서워했지. 심지어 누에도 무서워했어. 그 애는 또 피를 몹시 무서워했지. 같은 테이블에서 누군가 피를 흘리기라도 하면 그 애는 남들보다 훨씬 격렬한 반응을 보였어. 심할 때는 기절하기도 했지. 가장 심각한 문제는 그가 걱정이 너무 많고 지나치게 착하다는 거야. 반에서 단체로 영화 「엄마 한번만 더 사랑해주세요媽媽再愛我一次」를 관람했을 때, 그 애가 가장 심하게 울었지. 며칠이 지나도 울음을 그치지 않았어. 영화 「류후란劉胡蘭」을 볼 때도 그 애는 심하게 울면서 쉼 없이 내게 왜 사람들이 류후란 한 사람을 먹여 살리지 못한 거냐고 물어댔어. 이론적으로 말하자면 나는 그렇게 유약한 아이를 친구로 둔 적이 없었지만, 이 역시 추세에 의한 것이라 달리 방법이 없었어. 하지만 그 애는 아주 화끈한 면도 있었어. 고무지우개 한 조각도 반으로 나눠 다른 친구에게 주는 그런 아이였지. 즈펑은 다빈과 정반대였어. 어떤 영화를 보든지 아무런 느낌이 없었지. 남들이 소리 내어 우는 걸 봐도 아무런 반응을 나타내지 않았어. 들리는 바로 그는 가장 다정했던 외할머니가 돌아가셨을 때도 눈물 한 방울 흘리지 않았대. 엄마, 아빠도 그를 냉혈한이라고 생각할 정도였지. 나는 냉혈한이 아니야. 그는 내게 여러 차례 이렇게 말했어. 그럴 때면 나는 놀라움을 금치 못했지. 울어야 할지 웃어야 할지 알 수 없었어. 그들이 내게 어떤 때에 울어야 하는지 가르쳐줄 수 있었을까? 내가 "너희 엄마가 갑자기 돌아가시면 언제 울어야 하는 건지 알게 될 거야"라고 말했더니 그는 "우리 엄마는 떠나지 않아. 아빠가 아무리 때려도 떠나지 않았으니까"라고 말하더군. 그럼 언제 울어야 하는지 배울 기회가 없겠네. 내가 차갑게 말을 받았지. 즈펑은 상심한 듯 한숨을 내쉬더군.

솔직히 말해서 이 아이들은 내 이상 속의 친구들이 아니었어. 하지만 애당초 선택의 여지가 없었지. 아무래도 친구가 있는 게 없는 것보다 나으니까. 특히 우리 반 같은 상황에서는 단결할 수 있는 모든 사람과 단결하는 게 바람직했어.

내가 왔을 때 우리의 이 작은 집단은 대단히 친밀해져 있었고 자주 모이곤 했어. 때로는 수업 시간 사이의 휴식 시간에 이 친구들이 날 찾아와 내 옆자리에 앉아서는 태연하게 나를 상대로 별로 중요하지도 않은 문제들을 토론하곤 했어. 너는 옆에서 차가운 눈길로 그런 모습을 바라보고 있었지. 나는 다른 친구가 이미 우리에 관한 세세한 정보를 너에게 알려줬을 거라고 짐작했어. 아마도 그 친구는 우리를 멀리하라고 충고했을 거야.

그래서 첫째 주에 너는 내게 한마디 말을 하지 않았는데도 나는 조금도 의아해하지 않았어. 게다가 이런 상황이 한동안 지속될 것에 대비하고 있었지. 하지만 둘째 주에 뜻밖에도 네가 내게 말을 걸더군. 오후 수업 시간이었어. 다빈이 나를 찾아와서는 방과 후에 자기 집에 놀러 가자고 하더군. 방금 태어난 강아지를 보러 가자는 거였어. 그 애가 가고 나자 네가 갑자기 입을 열어 묻더군.

"어떤 개니?"

"셰퍼드야."

나는 네가 겁을 먹을까봐 얼른 설명을 덧붙였지.

"하지만 방금 태어난 어린 강아지야. 아주 귀엽지."

너는 고개를 끄덕이더니 더 이상 말을 하지 않았어. 그러더니 마지막 수업 준비를 하면서 고개를 돌려 내게 묻더군. 자기도 함께 데려가면 안 되냐고 말이야. 나는 누군가로부터 과분한 총애와 우대를 받고 기뻐 놀라워하면서도 마음 한구석이 불안해지는 그런 느낌이 들었어. 하지만 너는 여전히 차가운 얼굴로 다시 고개를 돌리더니 더 이상 내게 말을 하지 않더군. 난 방금 내가 들었던 게 환청이었나 하고 귀를 의심했지.

그날 저녁 무렵, 너는 다빈네 마당에서 그다지 우호적이지 않은 개를 어루만지고 있었어. 작은 개를 품에 안고 입을 맞추려 했지. 그런 다음 우리와 마찬가지로 검게 더럽혀진 손으로 팝콘을 한 움큼 쥐어 입에 넣었어.

다빈과 즈펑은 갑자기 너를 좋아하게 됐어. 네가 우리와 어울릴 수 있다고 생각한 거지. 하지만 나는 너의 친절함이 약간은 억지로 연출한 것이라는 걸 느꼈어. 일종의 연기였지. 나중에 알게 된 사실이지만 그날 너는 집에 좀 늦게 돌아가고 싶었던 것뿐이었어. 그때부터 너는 학교가 파하면 항상 우리와 함께 놀았지. 네가 우리와 어울리기로 선택한 것은 우리가 학교가 파해도 급하게 집으로 돌아가지 않아도 되는 아이들이기 때문이었어.

나는 모래주머니 던지기나 숨바꼭질을 비롯해서 미친 듯이 달리는 모든 놀이를 좋아했어. 담벼락에 올라가거나 나무를 타는 것도 좋아했지. 너는 땀을 흘리고 싶어했어. 자신을 지저분하게 만들려고 했지.

그래야만 신나게 놀 수 있다고 생각하는 듯했어. 너는 소리 지르는 것을 좋아했어. 신나게 떠들며 놀다가 갑자기 아무런 예비 징후도 없이 갑자기 귀를 찌르는 듯이 크고 날카로운 소리를 지르곤 했지. 그러고 나서야 만족스러운 듯이 입을 다물었어. 하늘을 구멍 속에 가두기라도 한 것처럼 만족스런 눈빛으로 우리를 바라보곤 했지. 나중에는 네가 날카로운 소리를 지를 것 같은 징조가 보이기만 하면 내가 재빨리 등 뒤로 가서 네 입을 막았어. 그럴 때면 네 치아가 내 손바닥에 붙어 축축하고 간지러웠어.

너는 금세 우리의 게임 규칙을 정하는 사람이 되었어. 너는 규칙이 변하지 않고 고정되어 있는 게 싫은지 끊임없이 게임 규칙을 바꿨지. 모래주머니 던지기만 놓고 봐도 그래. 우리는 아주 다양한 방법으로 이 놀이를 즐겼어. 때로는 한 손으로만 받을 수 있게 했고 때로는 던지는 사람이 반드시 등을 뒤로 돌려야 하기도 했지. 너는 새로운 방법을 생각해낼 때마다 먼저 나와 그래도 되는지 연구를 했어. 그리고 방법이 타당하다는 데에 의견이 일치하면 다른 아이들에게 이걸 설명했지. 천샤샤의 지능에 한계가 있기 때문에 규칙을 지나치게 복잡하게 만들 수는 없었어. 그래도 게임을 하면서 끊임없이 그 애에게 이미 규칙이 바뀌었다는 서실을 일깨워줘야 했지. 즈펑은 게임을 계속하다보면 태도가 진지하지 못하고 갖가지 방식으로 소란을 피우기 시작했어. 그러니 끊임없이 야단을 쳐야 했지. 때로는 너와 내가 엄마 아빠고, 나머지는 우리가 낳은 세 아이 같다는 이상한 느낌이 들기도 했어.

나는 아주 빨리 나와 너 사이에 신기한 묵계가 있다는 걸 깨달았어. 예컨대 술래잡기를 할 때면 우리는 항상 어디에 함께 숨어야 할지 몰라 했지. 한번은 가위바위보를 해서 다빈이 졌어. 그 애는 등을 돌린 채 수를 세기 시작했고 나머지 사람들은 재빨리 달아나 몸을 숨기기 시작했지. 도서관 뒤쪽 담장 아래에는 대나무가 심어져 있었어. 나는 발뒤꿈치를 들고 옆으로 살금살금 몸을 옮겨 천천히 그 안으로 들어갔지. 초여름의 햇빛에 대나무는 비췻빛으로 무성하게 자라나 있어 내 몸을 완전히 가려주기에 충분했어. 내가 이렇게 자기 몸을 완벽하게 숨길 수 있는 곳을 찾아낸 것에 즐거워하는 순간, 대나무 잎이 바삭거리는 소리가 들렸어. 이어서 네 모습이 나타나더군. 네가 반대쪽에서 비집고 들어온 거였어. 네가 천천히 다가오면서 우리는 나란히 붙어 서게 되었지. 담벼락에 몸을 꼭 붙인 채로 말이야. 그래야 대나무를 상하지 않게 할 수 있었으니까. 마침 그 전날에는 비가 내려서 그 좁고 긴 틈이 채 마르지 않은 물기로 가득했어. 축축한 꿈을 꾸고 있는 것 같았지. 네 얼굴 위에서 대나무 잎 그림자가 가볍게 흔들렸지. 이때, 네가 갑자기 손을 뻗더니 집게손가락으로 내 이마를 들쳤어. 나는 어깨를 움직이며 몸부림을 쳤고, 대나무 잎이 계속 사삭 소리를 냈지. 네가 깔깔거리며 웃자 내가 얼른 손바닥으로 네 입을 틀어막았어. 우리가 소리 없이 장난을 주고받는 사이에 발걸음 소리가 점점 가까이 다가오더군. 뜻밖에도 다빈이 우리를 찾으러 온 거였어. 우리는 입을 앙다물고 숨조차 쉬지 않았지. 긴 나뭇가지 하나가 뻗어 오더니 대나무 숲을 마구 흔들어대더군. 이미 도망칠 희망은 없는 상황이었어. 우리는 눈을 감고 대나무가 들쳐지기를 기다렸어. 어둠 속에서 네가 내 손을 꼭 잡고 있는 것이 느껴지더군. 네 손바닥은 몹시 부드럽고 촉촉했어. 비가 지나간 숲속의 버섯 같았지.

"그때 내가 어떤 느낌을 받았는지 알아?"

여러 해가 지나 다빈은 대나무를 들추고 우리가 손을 잡고 서 있는 장면을 봤을 때의 느낌을 회상하며 이렇게 말하더군.

"꼭 간통하다 들킨 사람들 같았다니까."

그는 중얼거리듯 말했어. 그것이 그의 일생에서 첫 번째 '간통'이었지. 애석하게도 이것이 마지막은 아니었어. 나중에 그는 한 여자 아나운서를 아내로 맞았어. 여러 번의 심각한 일들을 겪으면서 그는 점점 사냥개의 후각이 발달하게 되었지. 아주 미세한 감정의 단서도 포착할 수 있었어.

"나는 그때 네가 이미 리자시를 좋아하고 있다고 생각했어."

그가 말하더군.

나는 고개를 가로저으며 잘 모르겠다고 대답했지. 아주 복잡한 감정이었던 것만은 확실해. 어떤 때는 네 얼굴에 나타난 표정만 봐도 유혹을 느끼곤 했지. 그건 어른의 심리였어. 너는 권태와 처세의 원리 등이 뒤섞인 초조한 표정으로 주위의 모든 것을 훑어봤지. 너의 조숙함이 항상 나를 불안하게 했어. 두 사람이 함께 달리고 있는데 너는 언제나 나보다 멀리 앞서 달리고 있고, 게다가 수시로 속도를 올려 내 시야에서 사라지는 것 같았어. 나는 긴장된 방어 상태에서 수시로 힘을 내 너를 따라잡을 준비를 하고 있었어. 나는 드러나지 않게 너와 나 사이에 일종의 미묘한 경쟁이 존재하면서 우리의 감정을 벌려놓으려 한다는 것을 느꼈어. 몇 년 더 지나 욕정이 싹텄다면 어쩌면 이런 경쟁의 심리가 정복욕으로 바뀌었을지도 몰라. 그러면 나는 어쩔 수 없이 너를 사랑하게 됐겠지. 하지만 당시의 나에게는 그것이 일종의 출구를 찾지 못하는 경쟁심이었을 뿐이야. 어떻게 해야 좋을지 몰랐지.

한 달 뒤에 선생님이 너를 내게서 떼어내 자리를 옮기게 하셨지. 하지만 안타깝게도 때가 너무 늦어버렸어. 너는 이미 나랑 더없이 가까워져 있었으니까. 반 친구들은 네가 타락했다고 생각했어. 네 눈빛에

측은하고 애틋함이 가득했지. 마음 착한 여학생들은 너를 밖으로 불러내 이리저리 에둘러서 너를 타이르기도 했어. 하지만 너는 후회하거나 뉘우치는 마음이 전혀 없이 전과 똑같이 나와 단짝이 되었지.

그 당시 우리는 네가 나와 함께 어울려 노는 것이 다른 애들과 노는 것보다 훨씬 더 재미있기 때문이라고 믿었어. 사실, 재미있는 건 우리가 아니라 너와 우리 사이의 차이였지. 유명한 교수의 손녀와 가정환경이 열악한 불량소년의 차이였어. 너는 이런 차이가 가져다주는 드라마틱한 분위기에 빠져 있었던 거야.

너의 마음속, 네 존재가 너의 가정과 대비를 이루고 있다는 사실을 누가 알아차릴 수 있겠어. 한번도 그렇다고 말한 적은 없지만 너는 할아버지와 할머니를 무척 싫어했어. 너는 한번도 그분들에 대해 언급하지 않았지. 그리고 네가 페이쉬안을 싫어하는 것도 그 애가 그분들의 의지를 그대로 집행하기 때문이었지. 너는 그 애와 전혀 다른 아이로 성장해서 그분들을 철저히 실망시켜주고 싶어했어. 이것이 네가 그분들에게 상해를 가할 수 있는 유일한 방법이었으니까.

페이쉬안은 네가 우리와 사이좋게 지내고 있다는 사실을 금방 알아챘어. 그 애는 너를 바른길로 돌아오게 하는 것이 자신의 책임이라고 생각했지. 매일 학교가 파해 우리가 교정을 빠져나올 때면 그 애가 이미 교문 입구에서 너를 기다리고 있는 것이 보였어. 직장에 다니는 학부모가 자기 아이를 기다리는 것 같았지. 너는 내키지 않는 마음으로 두세 번 그 애를 따라 집으로 돌아간 뒤로는 빠져나올 온갖 방법을 생각해내기 시작했어. 그래서 우리는 마지막 수업이 다 끝나기 전에 학교를 나와 최대한구석진 곳에 가서 놀았지. 하지만 대학 캠퍼스라 그런지 구석진 곳마다 전부 대학생들이 차지한 채 키스를 즐기고 있더군. 우리가 나타나자 그들은 화들짝 놀라며 혀와 손을 거두고 뒤로 물러섰어. 얼굴에 붉은 여드름이 뒤덮은 남학생은 거칠게 화를 내며 우리를 쫓아냈지.

"이 녀석들아, 다른 데 가서 놀아!"

이렇게 비좁은 교정에서는 '다른 데'를 찾는 게 그리 쉽지 않았어. 그러던 어느 날, 우리는 사인탑을 생각해냈어.

이 의과대학에서는 사인탑을 모르는 사람이 없었어. 전에는 원래 수탑水塔으로 쓰였지. 독일이 지난을 점령했을 때 건설된 탑인데 아주 오랫동안 방치됐다가 나중에 대학의 해부 수업이나 실험연구소에서 쓸 시신을 보관하는 장소로 사용됐어. 시신의 여러 국부도 보관되었지. 이 의과대학뿐만 아니라 근처에 있는 의학전문학교 두 곳도 이곳에 시신을 의존해야 했다더군.

즈펑의 아빠가 거주하는 후근차대後勤車隊가 가끔씩 시신 운반에 동원되어 형장에서 싱싱한 망자를 싣고 오곤 했대. 배번 차량이 동원될 때마다 즈펑도 우리에게 그런 사실을 알려주었지. 걔 말이 전부가 사형수였대. 알고 보니 이 세상에 사형수가 그렇게 많았던 거야. 우리는 마침내 법을 어기면 정말로 총에 맞아 죽어서 이리로 실려올 수 있다는 걸 깨달았지. 몸이 여러 조각으로 잘리는 것으로도 모자라 병바닥처럼 두꺼운 안경을 쓴 의대생들이 강의실에서 이를 더 잘게 분해하는 거야. 사인탑은 절대적으로 영혼을 정화시키는 곳이었어. 그곳에 한번 가본 사람은 누구나 범죄를 두려워하게 되고, 특별히 사형에 처해질 죄를 무서워하게 되지. 당시 나는 흐릿하게나마 평생 나쁜 짓을 하면서 이 세상에 가치 있는 어떤 것도 남기지 않는 것 또한 결코 쉽지 않은 일이라는 이치를 알고 있었어. 그들이 우리 시신에서 그 혼적을 찾아낼 수 있을지도 모르기 때문이지.

사실, 우리는 이 사인탑을 오래전부터 알고 있었어. 사인탑에 대한 기담과 전설이 줄곧 우리 초등학교 안을 맴돌고 있었기 때문이지. 고학년 학생 하나가 밤에 그곳을 탐색하러 갔다가 돌아오자마자 이상한 병에 걸렸다는 소문도 있었어.

사인탑은 교정의 서북쪽 구석에 자리 잡고 있었지. 사방이 전부 벽돌로 높이 쌓은 담으로 둘러싸여 있었어. 서쪽 한구석에만 아주 작은 철문이 하나 열려 있을 뿐이었지. 철문은 아주 작아서 건장한 성인 남자들은 허리를 숙여야 들어갈 수 있었어. 아마도 문을 만들 때부터 어차피 이곳에 들어오는 사람들이 옆으로 누운 채 드나들 것이라는 점을 염두에 둔 것인지도 모르지. 칠이 다 벗겨진 그 철문만이 눈을 크게 뜨고서 망자들이 드나들 때마다 볼 수 있었을 거야. 근처에는 수목이 없고 풀도 거의 자라지 않았어. 이건 정말 이상한 일이었지. 교정 전체에 초목이 무성한데 그곳만 덩그러니 빈터로 남아 마치누군가 머리 한 군데를 박박 밀어 작은 두피를 드러낸 것 같았으니까. 고모는 식목일이 되면 대학생들이 특별히 그곳에 나무를 많이 심었지만 얼마 지나지 않아 다 죽었다고 했어. 일설에는 시신을 담고 있는 포르말린이 증발해서 그렇다고 하더군. 사인탑 가까이 거주하는 사람들이 아이를 낳으면 장애인이 될 가능성이 높다는 소문도 있었어. 천샤샤가 예증이라고 할 수 있지. 예전에 그 애는 서쪽에서 멀지 않은 단층 가옥에서 살았거든. 어떤 사람들은 그 애의 쌍둥이 오빠가 요절하고 그 애가 경미한 지적장애를 갖게 된 것도 전부 사인탑과 무관하다고 할 수 없다고 하더군.

저녁 무렵, 우리가 그곳에 도착했을 때는 주위가 아주 조용했어. 철문 가까이 높은 담장에 단층 건물이 바짝 붙어 있었지. 단층 건물은 여러 차례 폐가가 되었던 탓인지 너무나 누추했어. 아주 높은 창틀이 달려 있고 작은 창문이 하나 나 있더군. 창문에는 깨진 유리가 그대로 남아 비스듬히 기울어져 흔들리고 있었어. 바람이 불면 금방이라도 떨어져나갈 것 같았지. 우리 남자애들은 돌과 기와 조각을 건물 앞에 모아놓고 그걸 밟고서 창틀 위로 올라갔어. 그런 다음 기와를 밟고 단층 건물 지붕 위에 올라섰지. 너랑 천샤샤도 따라 올라왔어.

우리는 탑 꼭대기에 앉아 마침내 높은 담장 안의 모습이 어떤지 확실하게 볼 수 있었어. 탑 앞에는 작은 공터가 하나 있었지. 한쪽에는 아주 많은 시신이 쌓여 있었어. 정확하게 말하자면 시신의 지체가 많았지. 머리에서 아래쪽으로 파헤쳐진 반쪽짜리 사람 얼굴도 있었고 눈이 감긴 머리도 있었어. 여자의 상반신도 있었지. 나는 그녀의 젖가슴을 볼 수 있었어. 초록색 유방이었지. 반대쪽에는 큰 연못이 하나 있어 탁하고 누런 포르말린 용액이 그 안으로 흘러들고 있었어. 짙은 초록빛 시신들의 피부 위에는 청동기처럼 신비로운 무늬가 나 있었지. 너는 눈을 휘둥그레 뜨고 그 시신들을 바라보다가 갑자기 날카로운 비명을 질렀어. 절대로 무서워서 그런 게 아니었어. 흥분해서 그랬던 거지. 나는 다빈의 반응을 조용히 지켜봤어. 그가 혼절하지 않을까 몹시 걱정했지. 하지만 몇 분 동안 얼굴이 창백해지더니 이내 정상을 회복하는 것 같더군. 나는 그 모습이 무척이나 대견했어. 그 애가 과감하게 아주 중요한 구덩이로 들어섰다는 생각이 들었지. 하지만 오래지 않아 그가 여전히 꿈틀대는 벌레조차 무서워하는 아이라는 사실을 깨달았지. 나중에 그는 죽은 사람은 살아 있는 존재가 아니기 때문에 두려움을 유발하는 범주를 벗어나 있다고 설명하더군. 게다가 우리가 곁에 있었던 거지. 아마도 사람들은 집단을 이루면 아주 쉽게 개체의 한계를 넘어서는 것 같아.

물론 우리의 탐험은 탑 꼭대기에서 멈출 수 없었어. 하지만 담장 위에는 발을 디딜 만한 공간이 없었기 때문에 마당 안으로 들어가려면 곧장 아래로 뛰어내리는 수밖에 없었어. 즈펑은 다리가 길었기 때문에 우리는 그를 먼저 담장 아래로 밀어 떨어뜨렸지. 그는 다리가 아팠는지 약간 절룩거리며 탑 옆의 커다란 나무상자를 던져 높이를 낮춰주었어. 덕분에 우리는 아주 쉽게 담장 아래로 내려올 수 있었지. 나무상자를 옮길 때는 그 안에서 데굴데굴 뭔가 구르는 소리가 들렸어. 그가 상자 뚜껑을 열어보니 안에는 두개골이 가득했지. 그 가운데는 어린아이의 두개골도 있었어. 아주 정교한 모습이었지. 아마도 우리보다 어린아이의 두개골인 듯했어. 세상에 이렇게 어린 나이에 사형을 당하는 사람도 있단 말인가? 우리는 서로의 얼굴을 쳐다보면서 차가운 냉기를 들이마셨지.

탑 옆에는 나무로 된 문이 하나 있고, 그 위에는 철제 자물쇠가 하나 달려 있었어. 우리는 들어갈 수가 없었지. 탐험활동을 여기서 끝내는 수밖에 없었어. 하지만 나중에는 문이 헐거워지고 자물쇠가 바로 옆 땅 위에 떨어져 있었던 적이 있지. 문에 귀를 대고 한참 동안 기다린 우리는 안에 아무도 없다는 것을 확신했어. 그 안에 들어가 뭔가를 꺼내 나오던 사람이 급한 나머지 자물쇠 채우는 것을 잊고 가버린 것 같더군. 문을 밀고 안으로 들어간 우리는 좁은 나무 계단을 따라 위로 올라갈 수 있었어. 모퉁이를 도는 지점에는 유골이 잔뜩 쌓여 있었지. 2층에는 나무 선반이 하나 설치되어 있고, 그 위에 크고 작은 갈색 병들이 진열되어 있었어. 병에 든 약물 속에는 갖가지 인체 기관의 표본이 들어 있었지. 우리는 기관의 부위들을 하나하나 분별해봤어. 그것들이 전부 우리처럼 뜨거운 인체에서 적출된 것이라는 사실을 믿을 수가 없더군.

진한 갈색 병 하나에는 아주 작은 아이가 들어 있었어. 너무나 작았어. 세상에 나오기 전에 이미 태내에서 사망한 것 같더군. 몸을 구부리고 있는 모습이 마치 스스로 자신을 끌어안고 있는 것 같았어. 너무나 적막한 광경이었지. 머리는 상대적으로 아주 큰 반면 아주 작은 손과 발가락은 무척이나 정교했어.

"영아인 것 같아."

네가 중얼거리듯이 말했어.

"태아야."

내가 곧장 바로잡아주었지.

"어떤 차이가 있는 거지?"

"태아는 물속에서 살지만 영아는 이미 물 밖으로 기어나온 상태야. 올챙이와 개구리의 차이라고 할 수 있지."

너는 또 다른 병에 담겨 있는 머리에 대해 큰 관심을 보이기 시작했어. 정확히 말하자면 반으로 자른 뇌의 일부였지. 원숭이버섯 통조림처럼 창백한 모습이었어. 아주 딱딱해 보이더군. 너는 그 병을 품에 안고 창가로 가져가 자세히 살펴보더군.

"심하게 손상된 것 같아."

너는 눈썹을 치켜올렸어. 마치 법의라도 된 것 같더군. 너는 손가락으로 그 위의 갈라진 무늬와 벌레 다리 같은 직경이 연필심 정도 되는 검은 구멍을 가리켰어. 나는 정말 사람들이 왜 이렇게 손상된 뇌를 이곳에 보관하고 있는 건지 알 수 없었어.

"그건 그 사람의 기억이 아직 그 안에 남아 있기 때문이야."

너는 쉴 새 없이 병을 이리저리 돌리면서 관찰의 각도를 바꾸더군.

"그럼 미래의 언젠가는 사람들이 이 뇌 속에서 이 사람이 어렸을 때 있었던 일들을 읽어낼 수 있다는 말이야?"

네가 고개를 약간 갸우뚱하면서 내게 묻더군.

"가능한 일이지."

너는 가볍게 고개를 끄덕이더니 진지한 표정으로 말했어.

"그렇다면 나는 내가 죽은 뒤에 사람들이 내 뇌를 해부하는 데 동의하겠어. 그러면 내 기억을 고스란히 세상에 남길 수 있겠지."

그러면서 너는 계속해서 고개를 끄덕였어. 이미 누군가와 어떤 협의에 도달한 것 같더군.

세상에 기억을 남긴다. 나는 네가 왜 그렇게 하려는 건지 알지 못하면서도 마음속으로 어렴풋이 아주 훌륭한 생각이라는 느낌이 들었어. 뜻밖에도 나는 네가 말하기 전에는 그런 생각을 해보지도 못했거든. 너는 또 내 앞에서 달리고 있었던 거야. 그런 생각이 들자 또 온몸에 맥이 빠지더군. 그래서 아주 차갑게 말했지.

"미래의 사람들이 네 기억을 읽고 싶어할지 어떻게 알아? 사람들이 네 기억에 관심을 가질 이유가 없어."

"상관없어. 남길 수만 있으면 돼. 미래의 미래에 누군가는 내 기억을 읽고 싶어하겠지."

네가 말했어. 나는 더 이상 말을 받지 않았지. 혼자 옆에서 씩씩거리고 있었어.

창밖으로 구름이 지나가고 해는 하늘 꼭대기에 걸려 있었어. 햇빛이 녹색 짙은 유리를 뚫고 들어와 그 창백한 뇌를 비췄어. 어느 순간에 뇌는 투명하게 변해 있더군. 나는 그걸 뚫어지게 바라봤어. 두꺼운 표피 아래에서 뭔가가 숨을 쉬듯이 기복하고 있는 것 같았어.

그 밀봉된 기억은 빛을 비추자 입을 조금씩 삐죽이더니 몸 전체를 뒤집고 계속 잠에 빠져들었어.

나중에 다시 가보니 탑의 문은 또 자물쇠로 잠겨 있더군. 우리는 그냥 마당에서 뛰어놀았어. 장님 놀이 같은 걸 하고 놀았지. 이처럼 기묘하면서도 재기 넘치는 생각은 네 머리에서만 나올 수 있었어. 우리는 빨간 두건으로 한 사람의 눈을 가리고 그에게 손으로 더듬어서 다른 사람을 찾게 했지. 모두 무릎을 꿇고 주저앉았거나 심지어 바닥에 엎드렸어. 술래는 잘린 손이나 절단된 하반신을 만지기 십상이었지. 솔직히 말해서 시신의 피부에 손이 닿는 느낌은 생각만 해도 무서운 것이었어. 다행히 나는 운이 좋아서 제비뽑기를 할 때마다 이긴 덕분에 술래가 되는 걸 면할 수 있었지. 이 놀이는 천샤샤가 위험하게 포르말린 통에 빠지면서 아주 빨리 끝나고 말았어.

그 마당은 너무 작은 데다 장애물이 아주 많았어. 뭔가 놀이를 할 만한 공간이 없었지. 차라리 시야가 확 트인 옥상이 더 좋았어. 우리는 나중에 사인탑에 갈 때마다 옥상에 올라가 주변 풍경만 바라보곤 했어. 다빈과 즈펑, 천샤샤, 너와 나 이렇게 다섯이서 처마에 나란히 올라가 앉아 발을 흔들었지. 주위에는 나무도 없어서 눈에 들어오는 거라곤 탑뿐이었어. 탑은 날렵하고 가냘픈 모습으로 우리 앞에 서 있었지. 회색 두루마기를 입은 승려 같았어. 눈앞의 세상이 갑자기 확 늙어버린 듯한 느낌이었지.

지는 해가 빨갛게 달궈진 쇠처럼 서쪽 하늘을 온통 물들였어. 어둠이 서서히 내리면서 우리를 에워쌌지. 천샤샤는 배가 고팠던 모양이야. 그래서 간취면乾脆面(라면을 말린 과자 이름)을 한 봉지 뜯어 먹기 시작했어. 우리는 그 애가 간취면을 씹는 경쾌한 소리를 들으면서 구불구불한 간취면 부스러기가 담장 안으로 떨어지는 광경을 바라보고 있었지.

"저 사람들은 아무것도 먹을 수가 없네."

네가 시신들을 바라보며 말했어.

"좋은 쪽으로 생각해. 그들은 더 이상 배고프지도 않을 것 아냐."

다빈이 말을 받았지.

비교적 높은 곳에 앉아 있게 되면 사람들은 미래에 관해 얘기하고 싶어지는 모양이야. 내 기억으로는 그 당시 우리 모두 옥상에 앉아 있을 때, 자신도 모르게 미래에 대한 구상을 갖게 되었던 것 같아. 다빈은 경찰이 되고 싶다고 했지. 총을 차고 다니는 그런 경찰 말이야. 즈펑은 작가가 돼서 인간의 풍부한 내면세계를 통찰하고 싶다고 했어. 천샤샤는 과학자가 되겠다고 했고 나는 남들보다 뛰어나 사랑과 존경을 받는 사람이 되고 싶다고 했지. 그리고 너는 입을 크게 벌리고는 큰 소리로 말했어.

"나는 무지무지 사랑이 하고 싶어."

우리는 이런 미래의 모습을 약속하다시피 했어. 하지만 왜 거기서 약속을 해야 했던 걸까? 혹시 사자들에게 속세를 초월하는 능력이 있다고 믿었던 걸까? 그들은 자신들의 죽은 몸조차 온전하게 보전하지 못하는데 말이야.

이유는 알 순 없지만 우리는 나중에 그 옥상에 앉아 있던 장면을 생각할 때마다 「오즈의 마법사」라는 영화를 떠올리게 됐어. 우리는 아주 먼 길을 가는 사람들 같았어. 아주 멀리 있는 나라로 자신에게 없는 그 무언가를 찾으러 가는 것 같았지. 다빈은 용기와 담량이 부족한 사자였고 즈펑은 느끼는 마음이 부족한 양철인간이었어. 천샤샤는 두뇌가 부족한 허수아비였고. 그리고 너는, 너는 사랑이 결핍되어 있었지. 그럼 나는 어땠을까? 나는 자신에게 뭐가 부족한지 알 수 없었어. 한가지는 인정할 수 있었을지 몰라. 다름 아니라 내가 줄곧 남들과 같지 않다고 느꼈다는 거지. 나는 이 점을 증명해야 했어.

기말고사가 가까운 어느 날 우리가 단층 건물 옥상에서 놀고 있을 때, 리페이쉬안이 나타났어. 우리를 보더니 깜짝 놀라더군. 그 애는 사방으로 우리를 찾아다닌 게 분명했어. 그러다가 이렇게 후미진 길까지 오게 되었지만 우리가 사인탑 담장 위에 있으리라고는 생각지도 못했을 거야. 그 애는 천천히 다가오더니 탑에서 몇 미터 떨어진 지점에서 걸음을 멈추더군.

"집에 가서 복습이나 좀 하지그래."

그 애가 고개를 들고 네게 말했어.

"네가 유급하는 걸 보고 싶지 않단 말이야."

너는 그 애를 옥상으로 올라오라고 초대했지. 그러면서 마당에 재미있는 게 아주 많다고 말했어. 눈을 크게 뜨고 죽인 사람의 머리와 떨어진 팔다리, 어린아이의 혀 등등을 볼 수 있다고 말했지. 너는 무척 흥미진진한 어투로 이런 것들을 하나하나 열거했어. 리페이쉬안의 얼굴이 일그러지기 시작하더군.

"알았어. 소란 피우지 않을게!"

그 애가 낮은 목소리로 말했어.

"그러지 말고 올라와. 와서 구경 좀 하라고."

너는 신이 나서 다리를 떨어댔어.

"어서 나랑 같이 집에 돌아가자!"

"저것 봐, 저 애는 아예 올라올 용기도 없다니까!"

네가 말했어.

"알고 보니 기수가 겁쟁이였구나, 하하하……"

나도 한마디 거들었지.

우리는 깔깔대며 웃었어. 길게 늘어지는 웃음소리가 마치 더러운 물을 한 대야 뿌리는 것 같았지. 그 애는 미동도 않고 그 자리에 서 있었어. 몸이 계속해서 축소되는 것 같더군. 번쩍거리던 위엄도 녹이 슨 것 같았어. 내 마음속에 약간의 놀라움이 스쳐 지나갔어. 아주 예쁜 도자기가 땅바닥에 떨어져 깨지는 것 같기도 하고 깨끗한 강물에

침 거품이 떠 있는 것 같기도 했어.

리페이쉬안은 몸을 돌려 멀리 가버렸지.

"야!"

네가 그 애 등 뒤에 대고 소리쳤어.

"삼호 학생은 무엇보다 인품이 좋아야 해. 집에 가서 이르는 건 네가 해서는 안 될 일이라는 걸 잊지 마!"

리페이쉬안이 걸음을 멈추더니 몸을 돌려 네게 말했어.

"리자치, 네 인생은 틀림없이 비극일 거야."

"네 인생이야말로 아주 끔찍한 비극이지."

너는 아주 매섭게 되받아치더군.

"쟤한테 이러면 안 돼……."

다빈이 작은 소리로 말했어.

"너 쟤 좋아하니?"

네가 물었지.

"헛소리 하지 마!"

다빈이 말했어.

그날 저녁이 돼서야 넌 집에 돌아갔고, 모든 것은 평소와 다르지 않았어. 과연 리페이쉬안은 할아버지 할머니에게 아무것도 이르지 않던 거야.

하지만 좋은 시절은 오래가지 못했지. 기말고사가 끝나고 학교에서 학부모 회의를 열었어. 회의가 끝나고 나서 담임 선생님은 학부모 몇 명을 남게 했지.

친구들은 건물 밖 마당에서 부모님들이 나오길 기다리고 있었어. 부모님과 함께 집에 돌아갈 생각이었지. 나중에 모두 다 돌아가고 다빈과 즈펑, 너와 나만 남았어. 천샤샤는 없었지. 선생님은 이미 그 애를 완전히 포기하고 있었던 거야.

우리 부모님들이 나오기 시작했어. 한 노부인이 맨 앞에서 걷고 있었지. 걸음이 무척 빨랐어. 서둘러 다른 학부모들에게서 멀어지고 싶어하는 모습이더군. 그녀는 우리 쪽으로 다가와 우리를 이리저리 훑어보는 것 같더니 이내 내 앞에서 멈춰 섰어. 알고 보니 내가 아는 사람이었지. 내가 막 난위안에 왔을 때, 교회에서 우연히 마주쳤던 노부인, 은발을 뒤로 묶고 있던 바로 그 노부인이었어. 그녀가 내게 주었던 사탕으로 인해 나는 처음으로 낯선 선의를 경험했었어. 영원히 잊지 못할 일이었지. 그런데 그때는 그녀가 다른 사람으로 변한 것 같았어. 차가운 눈빛이 작살처럼 나를 찌르며 다가오고 있었거든. 그녀가 너를 부르더니 데리고 가버리더라고.

밤에 너는 이미 한 차례 긴 대화를 가졌겠지. 네 할머니는 네가 열등생들이랑 사귀는 걸 반대하지 않으셨어. 네가 친구들을 도울 수 있다면 아주 좋은 일이라고 생각하셨지. 그런데 '그 청궁이란 아이'는 더 이상 가까이하지 말라고 하셨어. 네가 왜냐고 물었지만 너희 할머니는 대답하지 않으셨어. 그러다가 네가 계속 따져 묻자 그제야 그런 집안에서 자란 아이는 마음속에 많은 걸 감추고 있는 법이라고 하셨지. 너를 해칠 수도 있다면서 말이야.

다음 날, 너는 너희 할머니의 얘기를 내게 그대로 전했어.

"할머니 말이 맞아."

내가 애써 너를 밀어내며 말했지.

"그러니 나를 멀리하는 게 좋을 거야."

너는 다시 내게 가까이 다가와서는 탄식하듯 말하더군.

"곧 여름방학이야. 어른들은 틀림없이 나를 집 안에 가둬둘 거야."

우리는 둘 다 더 이상 말을 하지 않았어.

여름방학이 시작되기 전날, 나는 너를 너희 집 아래층까지 바래다 주었어. 우리는 서로에게 편지를 쓰기로 약속했어. 다 쓴 편지를 건물 동쪽 관목 숲에 있는 폐기된 시멘트 관 안에 놓아두기로 했지. 그해 여름방학에 나는 여러 통의 편지를 썼어. 비가 아주 많이 내린 여름이었어. 나는 여러 차례 시멘트 관에서 흠뻑 젖은 종이 두 장을 가져와야 했어. 만년필로 쓴 글씨는 빗물에 번져 온통 흐릿해져 있었어. 알아볼 수 없었지. 너의 마음이 알 수 없는 수수께끼로 변해버린 거였어.

7월 말의 어느 날, 나는 캉캉 매점에서 우연히 너희 할머니와 마주쳤어. 소금 한 봉지와 빵 두 개를 들고 나오다가 너희 할머니가 빈 도자기 요거트 병 세 개를 들고 가게 안으로 들어서는 것을 보게 됐지. 할머니는 나를 보시더니 얼른 눈을 내리까시더군. 가게 문을 나서면서 나는 일부러 할머니에게 몸을 스쳤어. 할머니는 황급히 피하시더군. 땀에 젖은 상의가 할머니의 팔에 닿는 순간 나는 마음속으로 짜릿한 쾌감을 느꼈어.

하지만 그날 밤, 나는 아주 무서운 꿈을 꾸었지. 꿈속에서 내가 흰 두루마기 차림의 세 사람에게 붙잡혔어. 그들은 나를 실험실에 가둬넣고 심장을 적출한 다음에 어떤 약물에 담아야 할지 상의하더군.

"왜 이래요? 내게 왜 이러는 거예요?"

내가 그들을 향해 소리를 질러댔어.

흰 두루마기 차림의 사람 한 명이 마스크를 쓴 채 말했지.

"네 마음속에 뭔가가 잔뜩 감춰져 있어서 그래."

리 자 치

수많은 편지에 썼던 여름방학이 생각나. 하지만 왜 나는 편지를 시멘트 관에 둔 것이 아니라 나무 밑둥의 구멍에 둔 것으로 기억하고 있는 걸까? 할아버지 집 건물 동쪽에 커다란 무화과나무 한 그루가 있었지. 이 나무의 구멍은 뿌리 근처에 위치해 있는 데다 벽 쪽을 향해나 있어서 자세히 보지 않으면 알아차릴 수 없었지. 안쪽에서 꺼낸 편지는 이미 푸르스름하게 변색되어 푸른 풀 냄새가 났어. 매번 나무 위에 올라가서 편지를 읽었던 것이 생각나. 나중에 며칠 동안 폭우가 쏟아졌지만 편지를 깊이 집어넣어서 그런지 조금도 젖지 않았더라고. 어쩌면 그 자리에 몇 년을 더 놓아두어도 전혀 손상되지 않았을지도 몰라. 난위안을 떠난 후에 나는 몇 번이고 내가 다시 이곳으로 와서 항상 그 나무 구멍을 확인하러 가는 꿈을 꾸었어. 꿈에서는 그 안에 편지봉투가 있어도 가져가지 않고 그냥 가버렸지. 오늘 오후에 나는 아무런 목적도 없이 난위안에 갔어. 아마 그 나무를 찾으러 갔던 것 같아. 물론 건물 전체가 철거되면서 그 나무도 남아 있지 않았지. 다시는 편지봉투를 가져갈 수 없게 됐다는 생각에 속으로 몹시 낙담했어. 하지만 방금 네가 한 말을 듣고 나니 어쩌면 처음부터 그 나무 구멍이 없었던 것이 아닌가 하는 생각이 들더군.

바로 그해 여름 네게 편지를 쓰면서 갑자기 너에 대한 깊은 감정을 갖게 되었어. 심지어 계속 난위안에서 살게 되기를 바라기까지 했지. 하지만 이런 생각은 그냥 스쳐 지나가버렸어. 아주 빨리 사라졌지. 그런 생각이 베이징에 대한 내 갈망을 흔들어놓지는 못했어.

막 가을이 됐을 때 나는 어서 겨울방학이 오기를 기다리기 시작했어. 그때 아빠는 나를 베이징으로 데려가 온 가족이 함께 설을 쇠게 하겠다고 말했지. 나는 너희에게 우의상점에 가서 초콜릿과 속에 뭔가가 들어 있는 사탕을 사다주겠다고 약속했어. 내 상상 속에서 우의상점은 뭔가 새롭고 재미있는 것들로 가득하고 끝없이 넓은 상품 진열대가 초등학교 운동장보다 더 넓은 그런 곳이었지. 나는 그 유명한 맥심 레스토랑에 가서 어두침침한 샹들리에 조명 아래서 핏기가 남아 있는 스테이크도 먹고 싶었어. 나는 줄곧 간절히 기다렸고, 내가 기다리는 것은 점점 더 가까워졌어. 금방이라도 내 앞으로 다가올 것 같았지. 방학이 시작되기까지 일주일쯤 남았을 때 갑자기 엄마가 돌아왔어.

누구라도 엄마가 울었다는 것을 알아볼 수 있었을 거야. 눈이 떠지지 않을 정도로 퉁퉁 부어 있었거든. 엄마는 문 앞에 서서 홀쭉해진 여행가방 손잡이를 두 손으로 꼭 쥐고 있었어. 이번에는 우의상점에서 사온 선물이 하나도 없었지.

아빠에게 다른 여자가 생겼던 거야.

아빠는 연이어 이틀을 집에 돌아오지 않았어. 엄마는 긴 거리를 따라 한참이나 아빠를 찾아다녔지만 한겨울의 거리는 텅 비어 있었어. 길가에 쪼그리고 앉아 엄마가 지나가다가 일으켜 세워주기를 기다리는 주정뱅이조차 없었지. 아빠는 창고에도 없었고 다른 사람들과 공동으로 빌린 상점에도 없었어. 엄마는 아빠를 잘 아는 친구들을 찾아가 물어봤지만 아빠가 어디에 있는지 아는 사람은 아무도 없었어. 셋째 날 새벽에 엄마가 경찰에 실종 신고를 하려던 차에 아빠가 돌아왔어. 엄마가 아빠에게 이틀 동안 도대체 어디에 갔냐고 묻자 아빠는 그 여자와 함께 있었다고 말했지.

"줄곧 둘이 함께 있었단 말이에요?"

"그래, 줄곧."

아빠의 솔직한 고백에 엄마는 어떻게 반응해야 할지 몰랐어. 당황한 엄마는 허둥대며 도망치듯 침실로 들어가 문을 닫아버렸지. 그 몇년 사이에 엄마와 아빠의 관계가 별로 좋지 않다는 것은 알았지만 이런 날이 오리라고는 전혀 생각지 못했어. 침대에 누운 엄마의 눈에서쉴 새 없이 눈물이 흘러내렸지. 아빠가 들어와주기를 기대하면서도두려워하던 엄마는 밖에서 쾅 하고 문이 닫히는 소리를 들었어. 아빠가 떠난 거였지. 그 뒤로 아빠는 오랫동안 집에 돌아오지 않았고 장사도 엉망이 되고 말았어. 창고 안에는 팔지 못한 물건이 가득했고 누군가 엄마를 찾아와 외상으로 들여놓은 물건 값을 요구하곤 했지. 엄마는 누가 문을 두드리면 나가서 열어주고 싶은 마음이 없었지만, 혹시 아빠가 돌아온 게 아닐까, 아빠가 열쇠를 잃어버린 것은 아닐까 걱정이 되기도 했어. 이런 상황에서 베이징에 친구도 없고 달리 갈 만한곳도 없었던 엄마는 그저 방 안에 틀어박혀 있는 수밖에 없었지. 낮에도 엄마는 옷을 입은 채 침대에 누워 있었고, 이런저런 생각을 하다가 또 울기 시작했어. 울다가 지치면 이내 혼미한 상태로 잠이 들었지. 이렇게 기나긴 일주일이 지나고서야 마침내 아빠가 얼굴을 내비쳤어. 아빠는 어색한 표정으로 소파에 앉았어. 마치 손님 같았지. 엄마는 아무것도 묻지 않았어. 그저 아빠가 배가 고픈지, 저녁을 준비해야하는지만 알고 싶었을 뿐이야. 엄마는 모든 일이 다 정리되었기를 바라는 실낱같은 요행을 마음에 품고 서둘러 부엌으로 들어갔어. 엄마가 텅 빈 냉장고 문을 여는 순간, 등 뒤에서 아빠가 이혼하자고 말하는 소리가 들려왔지.

엄마는 어찌해야 좋을지 몰라 그 자리에 선 채 연신 고개를 좌우로흔들다가 또다시 침실로 뛰어 들어가 문을 잠가버렸어. 아빠는 밖에서라도 엄마를 부르면서 엄마에게 이야기 좀 나눌 수 없겠느냐고 물었지. 이튿날 새벽 엄마는 옷을 몇 벌 챙겨서는 지난으로 도망쳐왔어.

할아버지 집에서 이 일을 얘기하면서 너무 속이 상한 엄마는 우느라 몇 번이고 말을 멈춰야 했어. 할아버지는 줄곧 눈살을 찌푸리고 있었어. 가엾이 여기는 듯한 애틋한 눈길이 아니었지. 엄마는 얘기를 계속했고 할머니는 그 여자가 어떻게 한 건지 알고 싶어했지만 엄마는 대답을 하지 못했어. 엄마는 상대 여자에 대해 아는 바가 전혀 없었지.

"저는 알고 싶지 않아요. 알고 싶지 않다고요."

엄마가 중얼거리듯이 말했어.

"그 애가 주변의 나쁜 친구들로부터 영향을 받았나보다."

할머니는 스스로도 믿지 못하는 이유를 댔어.

"그래요, 그래."

우리 엄마가 연거푸 말했어. 망망대해에 떠다니는 나무 조각을 하나 잡은 것 같았지. 엄마는 아빠가 항상 친구들과 술을 마시고 노름판을 찾곤 했다고 얘기했어. 또 모스크바로 가는 기차에는 매춘부가 많다는 얘기도 했지. 누가 아빠의 어떤 친구와 장사를 한다는 얘기도 했어. 엄마가 할머니에게 이런 엉망진창이 되어버린 일을 다 얘기하는 것은 이런 일들이 아빠를 변하게 만들었다고 믿기 때문이었어. 그런 다음 엄마는 할아버지가 나서서 아빠를 잘 좀 설득해달라고 간곡하게 부탁했지.

"그 녀석은 한번도 내 말을 들은 적이 없어."

할아버지가 차가운 어투로 말했어.

할머니와 할아버지는 아빠의 무선호출기에 전화를 달라는 메시지를 남겼지. 하지만 아빠는 전화를 걸지 않았어. 엄마는 할아버지 할머니 집에 잠시 머물면서 거실 소파에서 잤어. 새벽에 내가 방에서 나와 보면 엄마는 이미 탁자 옆에 앉아 전화기를 지키고 있었지. 내가 엄마에게 아침식사를 가져다드리자 엄마는 막막한 표정으로 내 손을 잡아끌더군.

"말해봐, 아빠가 우리한테 왜 이러는 거니?"

나는 가볍게 손을 빼서 솜옷 안으로 집어넣었어. 나는 엄마와 한데 묶여 엄마가 말하는 '우리'가 되는 게 싫었어. 엄마가 몹시 힘들어한 다는 건 잘 알았지만 엄마에 대해 전혀 동정심이 생기지 않았어. 다른 사람들도 마찬가지였지. 다들 이 모든 게 엄마 잘못이고, 엄마가 무능해서 아빠를 잃어버린 것이라 여기는 듯했어.

엄마가 온 뒤로 할아버지 집의 평온한 생활이 깨져버렸어. 그 조용함이 할아버지에게는 대단히 중요했지. 당시 할아버지는 의학 관련 책을 쓰고 계셨지만 밖에서 엄마가 할머니에게 하소연하면서 한 얘기를 또 하고, 그러다가 또 울기 시작하는 소리를 빠짐없이 다 듣고 있어야 했어. 결국 할아버지는 더 참지 못하고 밖으로 나와 엄마에게 베이징으로 돌아가 야무지게 문제를 풀어야지 이렇게 도망치고 숨기만 해서는 되는 일이 없다고 말했지.

"하지만 어머니 아버지께서 공평하게 일을 바로잡아주셔야지요."

엄마가 말했어.

"누구나 자기 일만 해결할 수 있을 뿐이다."

할아버지가 말했어.

"누구도 남을 돕지 못해. 그러니 내일 곧장 베이징으로 돌아가도록 해라."

격분한 엄마는 큰 소리로 할아버지가 너무 냉혹하고 무정하다고 비난하더니 케케묵은 지난 일을 꺼냈어. 지난 몇 년 동안 할아버지 할머니가 엄마를 지독히 미워했는데도 엄마는 줄곧 속으로 참으면서 아무 말 안 했는데 결국 이렇게 내팽개쳐지는 지경에 이르렀다고 말했지.

할아버지는 더 이상 엄마를 상대하지 않았어. 할아버지는 책상 위에 쌓여 있는 원고 뭉치를 서류가방에 집어넣고는 사무실로 가려고 했어.

"자치, 가서 네 물건 정리해서 싸."

엄마가 큰 소리로 말했어.

"우린 이제 떠난다!"

나는 책상 위의 펜들을 전부 필통에 집어넣었어. 페이쉬안이 옆에서 동정 어린 눈빛으로 나를 바라봤지. 내 생각을 묻는 사람은 아무도 없었어. 한 사람, 단 한 사람도 없었지. 나는 그저 화분처럼 사람들에 의해 이리 옮겨졌다가 다시 저리 옮겨지곤 했을 뿐이야.

"내 대신 청궁이랑 아이들에게 말해줄 수 있겠니?"

내가 책가방을 들고 고개를 돌려 페이쉬안에게 말했지.

엄마를 따라 이모네 집으로 간 나는 그곳에서 아주 음울한 설을 보냈어. 섣달그믐날 밤에는 이모부에게 이끌려 불꽃놀이를 하러 갔지. 저장실의 지붕이 새는 바람에 눈 녹은 물이 폭죽을 전부 적셔버렸어. 이모부는 성냥을 하나하나 그어 폭죽과 벤파오에 불을 붙였지. 침침하고 가느다란 불꽃은 소리도 없이 잠깐 타다가 꺼져버렸어. 나는 갑자기 치솟는 불길이 어두운 밤을 찢어버리기를 기다렸지만 눈앞에는 그저 적막함과 어둠만이 있을 뿐이었지. 땅거미는 철로 주조한 가면 같았어. 나는 귀에 대고 있던 손을 내려버렸지.

섣달그믐날 밤은 이렇게 싱겁게 끝났어. 그제야 나는 예전에 할머니 집에서 설을 쇨 때의 그 위선적인 기쁨이 아주 어렵게 이루어진 것이고, 모든 사람이 함께 노력한 결과였다는 사실을 깨달았지. 하지만 이제 할아버지와 할머니는 완전히 포기했어.

그해의 겨울방학은 유난히도 짧았어. 설을 쇠자마자 곧바로 개학이었지. 나는 할머니 집으로 돌려보내졌어. 엄마는 마침내 이모를 대동하고 베이징으로 갔어. 아빠와 마지막으로 담판을 짓겠다고 하더군. 마지막이라는 것은 불길한 단어였어. 나는 거의 헛수고일 거라는 사실을 알고 있었지. 그냥 유일하게 아주 작은 희망을 아빠에게 걸었을 뿐이야. 아빠에게 갑자기 동정심이 생겨 마음을 돌리기를 바랐던 거지.

나는 또다시 너희에게 돌아왔어. 겨울방학을 보내고 나니 많은 일을 놓친 것만 같았지. 너와 즈펑은 자전거 타는 법을 배웠고 다빈네 암캐는 또다시 새끼를 뱄더군.

"이번에도 지난번 그 수캐야?"

내 질문이 좀 이상하게 들렸나봐.

"아니, 이번에는 순백의 긴 털을 가진 개야. 잡다한 색이 뒤섞인 지난번 그 개보다 훨씬 예쁘지."

그런 말을 들으니 개들조차 좀더 나은 배우자를 선택할 줄 아는 것 같았어.

너희는 재빨리 내가 별로 즐거운 표정이 아니고 줄곧 활기를 보이지 않는다는 걸 알아차렸어. 나는 한가지 소식을 기다리고 있었거든. 며칠 후에 드디어 그 소식이 왔어. 그날 저녁식사 후에 할머니가 나더러 거실에 남으라고 하더군. 할머니는 엄마가 이혼에 동의했다고 말해줬어.

"원래는 지금 말하고 싶지 않았지만 네 할아버지가 말해두라고 고집을 부리시지 뭐니."

할머니가 말했어.

"그럼 저는요?"

내가 곧바로 물었지.

"저는 누구를 따라가야 하나요?"

할머니는 고개를 들어 나를 쳐다봤어. 내가 뭔가 이상한 질문을 하기라도 한 것처럼.

"엄마를 따라가야지. 네 아빠는— 네 아빠는 아무래도 한동안 지난에 돌아오지 않을 것 같구나."

나는 연신 고개를 내저었어.

"네 엄마에게 얘기를 해두었다. 우선 당분간은 널 여기 머물게 하기로 말이야."

할머니가 말했어.

"저는 동의할 수 없어요!"

나는 몸을 돌려 방 안으로 뛰어 들어갔어.

엄마가 울면서 돌아오던 그날, 나는 결과가 이렇게 되리라는 걸 알았어야 했어. 하지만 난 줄곧 어떤 거대한 힘이 나와 아빠 사이를 튼튼하게 연결해주고 있기 때문에 절대로 우리가 헤어지는 일은 없을 거라고 굳게 믿고 있었지. 아빠가 어떻게 내 삶에서 이렇게 사라질 수 있단 말이야?

3월이 되자 엄마와 아빠는 이혼 수속을 밟았어. 아빠는 이 일 때문에 지난으로 돌아왔지만 겨우 반나절밖에 머물지 않고 그날 저녁에 곧바로 베이징으로 돌아갔지. 떠나기 전에 잠깐 할아버지 집에 들렀지만 아무도 내게 알려주지 않았어. 그래서 학교가 파했는데도 예전처럼 밖에서 놀았지. 일찍 집에 돌아가고 싶지 않았으니까. 다행히 페이쉬안이 나를 찾으러 나와서는 아빠가 왔다는 걸 알려주었어. 그게 그 애가 내게 한 유일하게 맘에 드는 일이었지. 나는 너희에게 설명할 틈도 없이 두 다리가 떨어져나갈 정도로 전속력으로 집을 향해 뛰어왔어.

문을 밀고 열어 들어와보니 거실에는 아무도 없더군. 가족들은 모두 서재에 있었던 거야. 내가 잠기지 않고 그냥 닫혀만 있는 문 가까이 다가가는 순간 할아버지의 성난 목소리가 들리더군.

"안 돼. 왕루한과 결혼하는 건 절대 안 된다!"

아빠는 결혼을 하려고 했던 거였어. 내 마음이 무겁게 가라앉았지.

"제가 아버지 의견을 물어봤나요?"

아빠가 말했어.

"저는 그저 알려드리는 것뿐이라고요."

"네가 누구를 맞아들여도 다 괜찮지만 그 애는 안 돼!"

할아버지가 호통을 치셨어.

나는 방으로 뛰어 들어가 아빠의 손을 잡고 아빠를 밖으로 끌어내고 싶었어. 모두가 마지막으로 함께 있는 이 시간은 내 차지인데 어떻게 할아버지랑 말다툼을 하면서 낭비해버릴 수 있단 말이야? 하지만 아빠는 고개를 숙여 나를 한번 쳐다보지도 않고 그냥 갑자기 손을 뿌리치면서 앞으로 두 걸음을 걸어가서는 눈을 부릅뜨고 할아버지를 쳐다보면서 말했어.

"아버지가 무슨 얼굴로 나와 그 여자가 같이 있는 걸 막겠다는 건가요? 아버지 자신이 무슨 짓을 했는지 생각 좀 해보시라고요! 설마 모든 걸 다 잊어버리신 건 아니겠지요?"

할아버지는 몸을 부들부들 떨더군. 그러고는 경련이 이는 입술로 낮고 미세한 목소리를 내면서 말했어.

"네 일에 대해서는 일찌감치 상관하지 않기로 마음먹었다. 하지만 이 일만큼은 내 말을 들어야 한다."

할머니는 창백해진 얼굴로 나를 끌어당겨 방을 나왔어. 문이 닫혔지만 아빠가 크게 웃는 소리가 밖으로 흘러나왔지. 이윽고 모골이 송연해지는 웃음소리가 뚝 그치더니 아빠가 쉰 목소리로 한 글자 한 글자 분명하게 내뱉었어.

"어떻게 그렇게 편하게 사실 수 있어요?"

할머니가 말했어.

"페이쉬안, 자치를 데리고 아래층에 가서 놀렴."

내가 반응을 보이기도 전에 페이쉬안은 이미 내 손을 꽉 쥐고 있었어. 할머니는 현관문을 열고 우리를 밖으로 밀어냈지.

나는 있는 힘껏 문을 두들겼어. 페이쉬안이 내 어깨를 꽉 잡고서 나를 아래층으로 끌고 가려 했어.

"우리 아래층에 가서 기다리자. 괜찮지?"

페이쉬안이 낮은 목소리로 내게 말했어.

"싫어!"

내가 그 애에게 소리를 질렀지.

"너는 아무것도 몰라!"

페이쉬안은 부드러운 얼굴로 나를 쳐다보면서 천천히 입을 열었어.

"난 어른들이 우리에게 알게 하고 싶지 않은 일이라는 것밖에 몰라. 우리는 아직 모르는 게 나을 거야."

"나는 아빠가 누굴 새 아내로 맞아들이는지 알고 싶지 않아. 나는 그저 잠시만이라도 아빠랑 함께 있고 싶을 뿐이라고. 아빠는 곧 떠날 거야. 네가 알기나 해? 나는 더 이상 아빠를 볼 수 없게 된단 말이야……."

나는 애써 감정을 억누르면서 울지 않으려고 몸부림쳤어. 그 눈물은 남겨두었다가 아빠와 헤어질 때 사용해야 했거든.

"우리 아래층에 내려가서 기다리자. 알았지?"

페이쉬안은 기계처럼 같은 말을 반복했어. 검게 칠해진 건물 입구에서 페이쉬안은 종이로 만든 꼭두각시처럼 보였지.

우리는 건물 입구 계단에 앉아 있었어. 땅거미가 조금씩 주위의 공기를 검게 칠하고 있었지. 멀리서 자전거 한 대가 다가오더니 우리 앞에서 멈춰 섰어. 엄마였지. 엄마는 자전거에서 뛰어내리더니 나를 데리고 이모네 집으로 가려고 했어. 엄마는 아빠에게 나를 보여주고 싶지 않았던 거야. 그것이 엄마가 아빠에게 할 수 있는 유일한 복수의 방식이었지.

"내일 학교에 가야 하는데⋯⋯."

페이쉬안이 옆에서 내 대신 대답했어. 내게 아빠를 한번 더 만나게 해주고 싶어서 그랬는지 아니면 정말로 내 공부가 걱정돼서 그랬던 건지는 알 수 없었지.

엄마는 아빠가 가고 난 다음에 다시 나를 데려다주겠다고 말했어. 그러고는 아무런 감정도 없이 나를 쳐다보면서 이모가 내가 좋아하는 새콤달콤한 잉어 요리를 해놓았다고 말했지. 이모부가 크고 예쁜 연을 사놓고 나를 데리고 가서 날리려 한다고도 했어.

"나는 어디도 안 갈 거야."

내가 말했어.

"여기서 아빠를 기다릴 거라고."

우리가 그렇게 대치하고 있는 사이 뒤에서 발걸음 소리가 들려왔지. 고개를 돌려보니 아빠가 위층에서 걸어 내려오고 있었어. 엄마는 재빨리 나를 자기 쪽으로 끌어당겼지.

아빠는 안색이 영 좋지 않았어. 아직도 조금 전의 말다툼에 사로잡혀 있는 것 같았지. 아빠의 눈길이 엄마의 적의로 가득 찬 얼굴에서 마침내 내게로 옮겨왔어. 이어서 아빠가 나를 향해 다가왔지. 엄마의 손이 내 어깨를 꽉 누르고 있었어.

"잘 있거라, 자치."

아빠가 미간을 펴면서 나를 향해 쓴 미소를 보였어.

"잘 지내야 해."

"안녕히 가세요, 아빠."

나는 아주 작은 목소리로 말했어.

아빠가 황급히 손을 뻗어 내 머리를 쓰다듬어주었어. 나는 그 손이 그대로 멈춰 있기를 갈망했지만 손은 나는 듯이 등 뒤로 스쳐가더니 내게서 멀어졌어. 모든 게 정지되어 있었어. 단 2초 동안. 아빠는 발걸음을 옮기면서 멀어져갔지. 나는 쫓아가고 싶었지만 엄마에게 잡혀 꼼짝할 수 없었어.

"아빠가 우리를 원하지 않은 거야."

엄마는 몸을 낮춰 나를 품에 끌어안았어.

"너도 봤잖아? 반드시 기억해야 해."

이것이 진실이 아니라는 것을 나는 알고 있었어. 나는 준비했던 눈물을 이런 거짓말에 낭비하고 싶지 않았지. 하지만 결국 울고 말았어. 커다란 눈물방울이 떨어져 황혼 속에 점점 작아져가는 아빠의 뒷모습을 향했지.

청궁

나는 아직까지 그해 겨울이 아주 길어서 4월이 절반이나 지나가도록 개나리가 피지 않았던 것을 기억해. 부모님이 이혼한 일로 너는 기분이 몹시 가라앉아 있었지. 우리는 오랫동안 새로운 어떤 놀이도 하지 않고 저녁이 될 때까지 무척 따분하게 사인탑의 옥상에 앉아 있곤 했어. 마당에 널려 있는 신체의 일부분 가운데 팔 몇 개가 또 늘어져 있었지. 우리는 갈고리로 팔들을 한데 모아서 천수관음을 만들었어.

모두 흥미를 잃었지. 사인탑도 이제 예전의 매력을 잃었어. 우리에 게는 새로운 곳이 절실히 필요했어.

어느 날 정오가 지나고 나서 비가 많이 내렸는데 하교 시간이 다가오는데도 멈추질 않았어. 사인탑에 가는 것도 불가능해서 모두 낙심한 채 각자 집으로 돌아가기로 했지. 나는 너하고 같이 우산을 쓰고 천천히 집으로 돌아가고 있었어. 나는 정말이지 일찍 집에 가고 싶지 않아서 어디 갈 데가 없는지 죽을힘을 다해 궁리를 했지. 바람이 세게 불어와 갑자기 우산을 잡아끌더니 길가로 내동댕이쳤어. 우리 둘은 비에 젖은 채로 우산을 쫓으며 뛰었지. 내 머릿속에 갑자기 번쩍하고 드는 생각이 있었어. 옛날에 아빠가 빚쟁이들에게 쫓기면서 더 이상 피할 곳이 없어 방황하며 길바닥에 서 있었을 때처럼, 갑자기 영혼이 부르는 것처럼 할아버지 병실이 생각났어.

"내가 널 어디로 데려가줄게!"

내가 말했지.

우리는 한달음에 병동에 다다랐어. 내가 317호 병실 문을 열면서 주인처럼 안으로 들어오라는 손짓을 해 보였지.

너는 천천히 병상으로 다가와 식물인간이 된 우리 할아버지를 봤어. 눈살을 찌푸린 채 눈 한번 깜빡이지 않았지. 할아버지의 얼굴이 정월대보름날의 연등회 등처럼 그 위에 널 골치 아프게 만드는 수수께끼라도 쓰여 있는 것처럼 말이야.

"야! 왜 그래?"

내가 널 몇 번 불렀지만 너는 대답도 하지 않았어.

내가 다가가 몸을 흔들고서야 넌 정신을 차리더군.

"할아버지가 간지럼을 탈까?"

네가 물었어.

"모르겠어. 네가 직접 시험해봐."

나는 네가 식물인간이 된 할아버지에게 그토록 큰 관심을 갖는 것이 아주 마음에 들었어.

너는 손을 할아버지 겨드랑이에 집어넣고 간지럼을 태웠어. 할아버지는 전혀 반응이 없었지.

"할아버지가 통증을 느낄까?"

네가 또 물어봤어.

"또 한번 해봐."

내가 너를 격려해줬지.

너는 필통에서 뾰족하게 깎은 연필을 하나 꺼내 할아버지 손을 받쳐 들고 손바닥을 찔러봤어. 이어서 할아버지의 볼도 찔러봤지.

"할아버지는 꿈을 꿀까?

네가 또 물었어.

"그건……"

나는 아무런 생각도 나지 않았어. 게다가 어떻게 해볼 수도 없었지. 할아버지 머릿속에 들어가서 결과를 볼 수도 없고 말이야.

너는 입을 약간 오므리면서 한참을 진지하게 생각하는 것 같더군.

"할아버지는 아무래도 좀 일찍 돌아가시는 게 낫겠어."

"맞아. 모두 그렇게 말하지. 하지만 방법이 없어. 할아버지는 꽉 끼어 있거든."

"끼어 있다고?"

"비디오테이프가 낀 것처럼 뒤로 갈 수도 없고 앞으로 갈 수도 없는 상태지."

"어째서 끼게 된 건데?"

"몰라. 염라대왕 쪽에서 아직 할아버지의 침상을 정해놓지 않은 것 같아."

"하지만 사실 낀 것도 나쁘지 않은 것 같아. 죽은 뒤에 환생해서 새로 말을 배우고 글씨를 배우려면 또다시 초등학교를 다녀야 하잖아. 생각만 해도 피곤해지는 것 같네."

"할아버지는 초등학교를 안 다니셨어……."

내가 말했지.

"할아버지는 이전에 시골에서 농사를 짓다가 나중에야 군에 입대하셨거든."

"다시 한번 살게 된다면 학교에 가셔야겠네."

"맞아."

나는 고개를 끄덕였어.

"할아버지가 학교에 다니기 싫어서 여기에 끼어 있는 건지도 몰라."

우리 둘은 깔깔대며 웃었어.

이때부터 317호 병실은 학교가 파한 뒤 우리가 가는 새로운 장소가 되었어. 이유는 모르겠지만 처음 한동안은 약속이라도 한 듯이 둘 다 다빈과 즈펑에게 이 일에 관해 얘기하지 않았어. 그것이 거대한 보물이라도 되는 양 우리는 다른 아이들과 나누기가 싫었지. 그래서 방과 후면 항상 각자 집으로 돌아가는 척하면서 그들의 시선에서 벗어난 뒤에야 병동을 향해 달려가곤 했지.

그 병실에서 우리는 새로운 놀이를 발명했어. 식물인간인 할아버지는 없어서는 안 될 도구였지.

네가 식물인간인 할아버지 몸에 통째로 붕대를 칭칭 감아 미라처럼 쌌던 것 기억나니? 우리는 토요일 오후 내내 걸작을 만드느라 바빴어. 아쉽게도 네가 집에서 몰래 가져온 붕대가 부족했지. 할아버지의 발을 감쌀 때는 하는 수 없이 할머니가 옷을 만들다 남긴 천 조각을 사용해야 했어. 덕분에 할아버지는 화려한 색깔의 앵무새 같았지. 너랑 나는 멀리 이집트로 향하는 도굴꾼 역할을 맡아 묘혈에서 이 이상한 미라를 발견했던 거야.

또 다른 어느 날 오후에는 나무 걸상으로 할아버지의 상반신을 떠받치고서 할아버지 등에다 빼곡하게 글자를 쓰기도 했어. 변방과 부수를 새롭게 조합한 그 글씨들은 이 세상에서 누구도 알아볼 수 없었지. 우리는 그 글자들을 오랫동안 실전된 무공의 비법으로 삼았어. 우리는 강호를 떠도는 협객이었던 거야. 어쩌다 신비한 길로 잘못 들어서 사람의 피부에서 무공의 비법을 발견한 거지.

할아버지를 외계인으로 분장시킨 것은 실패에 가까웠어. 과자 깡통 입구를 가위로 최대한 넓게 잘랐지만 할아버지의 머리를 완전히 집어넣을 수 없었고 얇은 철판이 할아버지 목을 긁는 바람에 피가 나고 말았지. 다행히 피가 알아서 금세 멈췄고 상처도 옷깃에 감춰져 간호사에게 발견되지는 않았어.

우리는 또 할아버지를 잠자는 미녀로 분장시킨 적도 있어. 나는 집에서 고모가 한번도 쓴 적 없는 립스틱을 몰래 가지고 나왔고, 너는 그 립스틱으로 할아버지의 입술과 뺨을 붉게 칠했지. 투명테이프로 할아버지의 눈꺼풀에 붙이는 바람에 할아버지는 한동안 눈을 감고 있어야 했지. 하지만 우리 둘 다 할아버지에게 입을 맞춰 잠에서 깨워줄 왕자 역할을 하려고 나서진 않았어. 결국 우리의 동화 판본에서는 왕자가 도중에 큰 어려움을 만나는 바람에 잠자는 미녀가 영원히 깨어나지 못했지.

지금 와서 생각해보면 당시 317호 병실은 우리가 스스로 즐길 수 있는 작은 극장인 셈이었어. 우리는 감독인 동시에 배우였지. 식물인간인 할아버지는 도구이면서 동시에 유일한 관객이었어. 동그랗게 뜨고 있는 할아버지의 작은 두 눈은 우리가 이리저리 뛰어다니면서 바삐 돌아치는 것을 계속 지켜보고 있었으니까.

"넌 할아버지의 눈빛이 갓난아이처럼 느껴지지 않니?"

언젠가 네가 갑자기 물었어.

"깨끗하잖아. 더러운 게 조금도 없어."

나는 식물인간인 할아버지처럼 그렇게 큰 갓난아이가 존재한다는 상상을 할 수 없었어. 하지만 할아버지는 확실히 할아버지 같지 않았어. 하얗고 통통한 데다 크림 케이크처럼 커다랗고 둥근 얼굴에는 주름살 하나 없었지. 사실 결코 웃고 있는 것은 아니었지만 얼굴에 항상 즐거워하는 표정이 넘쳐흘러 할아버지의 볼을 꼬집어보고 싶은 생각이 들게 만들었어. 게다가 매번 할아버지를 한참 동안 바라보고 있으면 마음이 차분해지고 모든 걱정거리가 사라지는 것만 같았지.

할아버지 몸의 어떤 것이 네게 모성애를 불러일으켰는지는 분명하게 말할 수 없지만 너로 하여금 가장 원시적인 소꿉장난을 하게 만들었던 건 분명해. 너는 엄마 역할을 맡으면서 나더러 아빠 역할을 하라고 했지. 식물인간인 할아버지는 우리의 '귀염둥이'였고 말이야.

너는 앞치마를 '귀염둥이'의 목에 묶어 턱받이로 삼았어. 우유를 가득 담은 주사기가 젖병이었지. 할아버지는 장난이 심해 항상 우유를 토해냈어. 너는 그런 할아버지의 머리를 두 팔로 안고서 자장가를 불러줬지. 나는 그 옆에 서서 아무런 도움도 주지 못하고 항상 큰 소리로 말했다가 너한테 혼이 나곤 했어.

"쉬—"

너는 미간을 찌푸리면서 목소리를 낮춰 말했지.

"아기를 겨우 재워놨더니!"

사실 '귀염둥이'는 잠잘 기색은 보이지 않고 눈을 동그랗게 뜬 채 우리를 쳐다보고 있었어. 그 텅 빈 눈빛에는 아무런 목적도 없고 어떤 욕망도 담겨 있지 않아 무척 깨끗했어. 할아버지가 그런 눈빛으로 쳐다보는 바람에 나는 갑자기 세상 풍파를 다 겪은 기분이 들었어. 뜻밖에도 정말로 아버지가 된 기분이었지. 뭔가 아주 무거운 기분이었지만 신기하기도 했어. 전혀 거부감이 들지도 않았지. 여러 해가 지나서 잠깐 사귀었던 여자친구의 낙태 때문에 찾아간 병원의 긴 복도에 앉아서 기다리고 있을 때는 가슴이 저려 아무것도 느껴지지 않았어. 이유는 모르겠지만 갑자기 병실에서 아빠 역을 맡았던 장면이 떠오르더군. 어쩌면 이번 생에서는 유년 시절의 소꿉장난에서만 기꺼이 아빠가 되고 싶었나봐.

봄부터 가을까지 우리의 모든 상상력을 동원해 생각할 수 있는 모든 극본을 이 무대로 가져왔지. 그런 뒤에는 마침내 이 공연에 대한 열광도 식어버려 그만두게 되었어.

하지만 317호 병실은 여전히 방과 후의 시간을 보낼 수 있는 가장 이상적인 장소였지. 우리는 나란히 앉아서 침대에 엎드려 숙제를 하거나 교과서 본문을 외웠어. 때로는 다빈과 즈펑이 나를 찾아와 장기를 두기도 했지. 너는 곁에서 라디오 방송을 듣거나 혼자서 실뜨기를 했고 말이야. 식물인간인 할아버지는 더 이상 중요한 도구가 아니었어. 그냥 사용하지 않는 가구로 변해버렸지. 그래도 가끔씩 유용하게 쓰일 때가 있었어. 추위가 완전히 가시지 않은 계절인데도 난방이 끊겨 방 안이 몹시 추울 때면 너는 침대로 가서 할아버지 몸에 기대어 온기를 나누곤 했지. 할아버지는 몸집이 크고 부드러워 호흡의 리듬에 맞춰 충분한 열량을 내뿜었거든.

"깜빡 잠이 들 뻔했네."

네가 기지개를 켜면서 말했지.

10평방미터도 채 안 되는 방 안에는 철제 침대 하나와 침대 위의 환자가 유일한 가구였어. 철제 침대는 흰색 페인트로 칠해져 있고 환자는 흰색 환자복을 입고 있었지. 커튼과 물 마시는 그릇 역시 흰색이었어. 모든 것이 아주 오래되다보니 누런빛이 날 정도여서 약간의 인간미가 느껴졌지. 병실에서는 오래된 눅눅함도 사라지지 않았어. 우리가 벽을 기대고 바닥에 앉으면 탈모증이 있기라도 한 것처럼 벽의 껍질이 커다랗게 벗겨졌지. 그리고 병과 약 냄새가 났어. 창밖에는 오동나무가 있었어. 한데 붙어 있는 듯한 나뭇잎이 바람에 흔들리면 잘게 부서진 햇빛이 그 틈새로 들어왔지.

3층 창가에서 내려다보면 병원 밖의 그 거리를 볼 수 있었어. 그 거리 건너편에는 담장을 사이에 두고 과일가게와 꽃집이 몇 군데 있었어. 문밖에 꽃다발과 과일 바구니가 가득 놓여 있었지. 옆에는 수의壽衣를 파는 가게도 있었어. 가게 간판 아래에는 작은 화환이 하나 걸려 있었지. 멀리서 바라보면 그 가게들이 전부 산뜻하고 화려한 색이라 매일 명절을 경축하는 것처럼 보였어. 구급차가 길게 소리를 내고 다가와 문 앞에 멈추면 사람들은 흰 침대를 들고 나가 새로 온 사람을 맞이했지. 매일같이 새로 들어오는 사람이 있고 나가는 사람도 있었어. 한번 와서는 다시 돌아가지 않는 사람도 있었지. 병원은 마치 커다란 체로 생명을 걸러 낡고 불필요한 생명을 남겨두는 것 같았어. 신은 이곳에 와서 생명을 수거해가고 다시 새로운 생명을 보충했지. 마치 우유를 배달하는 사람이 매일 신선한 우유를 가져오면서 빈병을 가져가는 것과 똑같았어.

어떤 사람은 죽어가고 있고 어떤 사람은 태어나고 있었어. 우리는 삶과 죽음을 벽 하나 사이에 두고 놀고 있었어. 침대에 누워 있는 사람은 삶에 속하지도 않고 죽음에 속하지도 않았어. 삶과 죽음 바깥에서 우리를 쳐다보고 있었어. 어린아이의 치기가 가득한 할아버지의 눈빛은 뭔가 영원한 사물처럼 삶과 죽음의 무상함을 뚫고 비춰왔지. 그 눈빛이 에워싸고 있는 우리는 인간 세상과 단절되기 시작했어. 아주 미세한 시간조차 우리에게로 들어오지 못했지.

하지만 그것은 착각임에 틀림없었어. 시간이 들어오지 못하는 틈이란 것은 없었고 영원한 것 역시 그저 가상일 뿐이지. 우리는 가상이라는 공간에서 놀이를 한 거였어. 언젠가는 눈을 가리고 있는 천이 갑자기 벗겨지는 날이 올 테고, 햇빛이 밝고 광활하게 눈을 비집고 들어오면 놀이도 끝나는 수밖에 없었어.

9월의 어느 월요일이었어. 부슬부슬 비가 내리고 있었지. 닫혀 있지 않은 창문으로 가랑비가 흩날려 들어오면서 나뭇잎과 흙먼지 냄새를 실어다주었어. 나와 다빈은 창가에서 장기를 두고 있었고 너는 침상에서 라디오를 듣고 있었지. 너는 방송국의 소설 연재 방송에 푹 빠져서 매일 시간에 맞춰 청취하곤 했지.

아주 슬픈 이야기였어. 백발의 궁녀가 담장이 아주 높은 궁전 깊숙한 곳에서 소녀 시절에 이유 없이 중단되어버린 사랑을 회상하는 내용이었지. 장기를 두 판 두고 난 다빈은 서둘러 일어나 「세인트 세이야」를 보러 가려고 했어. 그 당시 이 애니메이션은 주문을 걸기라도 한 듯이 아이들의 마음을 사로잡았지. 매일 황혼 무렵이면 어디에 있든지 모든 아이가 그의 부름에 이끌리듯 집 쪽으로 내달렸어. 나는 이 세상의 모든 아이 가운데 오로지 너와 나만이 「세인트 세이야」를 보지 않을 거라고 생각했지. 우리는 애니메이션도 좋아하지 않았고 텔레비전도 좋아하지 않았어. 가장 중요한 건 우리가 집에 돌아가는 걸 좋아하지 않았다는 사실이지.

"집에 가서 너의 아테네 여신이나 찾아봐!"

나는 복도에 서서 멀어져가는 다빈의 뒷모습을 향해 소리쳤지.

병실로 돌아온 나는 장기판을 치웠어. 장기 알을 상자에 부을 때 후두둑— 소리가 나더군. 그리고 나서 방 안 전체가 깊은 침묵 속에 빠져 들어갔어. 그제야 나는 라디오가 이미 꺼져 있고 빗소리도 멈춰 있는 것을 깨달았지. 그 자리에 네가 없는 것처럼 고요하기만 했어.

물론 너는 그 자리에 있었어. 바로 네 존재가 그곳을 그렇게 조용하게 만들었지. 나는 고개를 들어 널 바라봤어. 너는 침대 옆에 앉아 눈 하나 깜빡하지 않고 누워 있는 할아버지를 쳐다보고 있더군. 네 눈빛이 할아버지 가슴에 떨어지고 있었어. 나는 네가 할아버지의 상의 단추를 몇 개 풀어 가슴을 드러내게 하려는 것을 알아차렸지. 처음에는 네가 또 뭔가 새로운 놀이를 생각해낸 줄 알았어. 하지만 곧바로 네 안색이 좀 이상한 것을 알아차렸지. 너는 그 어느 때보다 엄숙한 모습이었어.

너는 천천히 몸을 숙였어. 나는 너를 부르고 싶었지만 소리가 나오지 않았어. 곧이어 네가 몸을 일으켜 집게손가락으로 할아버지의 가슴을 가볍게 두드리는 것을 봤지. 통— 통— 통— 문을 두드리는 듯한 작은 소리였어. 너는 얼굴을 옆으로 기울이고 귀로 기다리고 있는 것 같았어.

"왜 그러는 거야?"

내가 더는 참지 못하고 물었지.

너는 대답도 하지 않고 또 몇 번을 계속 두드렸어. 통— 통— 통—

오랫동안 기다리는 네 얼굴에 심오한 표정이 어리더군.

"도대체 뭐 하는 거야?"

나는 조금 무서워지기 시작했어.

마침내 너는 고개를 들었지만 시선을 돌리진 않았지. 네가 혼잣말처럼 중얼거리는 한마디가 들렸어.

"난 영혼의 소리를…… 들었어."

나는 너를 멍하니 쳐다봤지. 영혼, 물론 나도 이 말을 알아. 하지만 그것은 우리 삶과는 거리가 있는 것이었지. 태양계 밖의 행성보다 더 먼 그런 것이었어.

"응, 맞아. 할아버지의 영혼은 몸 안에 묶여 있으니까."

네가 말했지.

창밖에서는 까마귀가 까악— 까악— 까악— 뭔가에 맞은 것처럼 몇 번이고 울어댔어.

지구가 뚝 하고 몇 초간 자전을 멈췄어. 누군가 자신이 낸 수수께끼를 맞히는 바람에 자신도 모르게 멍해진 사람처럼 말이야.

그런 말을 한 너도 그 자리에 멍하니 서 있었어. 너는 수수께끼의 답을 맞히고도 아직 수수께끼의 문제가 무엇인지 모르고 있는 것 같더군.

눅눅한 땅거미가 살그머니 들어와 우리 주위를 닫아버렸어. 주위에 담장이 하나씩 서 있는 것 같았지. 방 안은 점점 좁아졌고 공기는 점점 걸쭉해졌어. 나는 영혼이 겹겹이 포위된 느낌에 몸부림치는 것을 함께 느끼는 양 몸서리를 쳤지.

우리는 서로를 바라보면서 말할 수 없는 슬픔에 빠졌어.

창밖에는 또 비가 내리기 시작했지. 우리는 커다란 빗방울이 나뭇잎 위로 뚝뚝 떨어지는 소리를 조용히 듣고 있었어. 휘어지면서 아래로 처지는 나뭇잎은 어떤 것도 잡을 수 없는 손처럼 보였어.

그날, 우리는 아주 늦게 병원을 떠났어. 비는 여전히 내리고 있었지. 내가 너를 집까지 데려다줬어. 둘이 아래층 입구에 서 있을 때 네가 물었지.

"말해봐, 영혼이라는 게 대체 어떤 거지?"

"그걸 누가 알겠어."

나는 땅바닥으로 빗방울이 떨어져 내 발치에 맑은 소용돌이를 만들고 있는 것을 내려다보고 있었어.

너는 뭔가 생각에 잠긴 듯이 고개를 끄덕이며 말했지.

"나는 줄곧 영혼이 도대체 어떤 건지 확실하게 알고 싶었는데 생각할수록 점점 더 모르겠어."

"줄곧 그런 생각을 했다고?"

나는 네가 한번도 그런 말을 한 적이 없다는 데 화가 났어.

"어떻게 이런 생각을 할 수 있지?"

"예전에 사인탑에서 반쪽짜리 머리를 봤던 거 기억나? 약물 병 안에 담겨 있던 것 말이야. 집에 돌아와서 그런 문제를 생각하지 않을 수 없었어. 그 반쪽짜리 머리의 영혼은 지금 어디에 있는 걸까 하는 생각을 했지…… 오늘 네 할아버지를 보면서 그런 생각이 다시 떠오르더라고. 할아버지의 영혼이 몸 안에서 뭘 하고 있는지 알고 싶었어."

나는 아무 말도 하지 않았어.

너는 고개를 숙인 채 들고 있는 우산을 폈다가 접었다했지. 그리고 얼마 있다가 다시 입을 열었어.

"됐어. 너는 알 수 없을 거야. 하지만 나중엔 너도 알게 될 거야. 이 세상은 네가 생각한 것과 전혀 다르다는 걸 말이야."

너는 어른이 아이한테 하는 어투로 세상의 온갖 풍파와 일을 얼버

무렸지. 그 때문에 나는 기분이 역겨워졌고 심지어 마음에 상처를 입기도 했어.

나는 아무 말도 하지 않고 빗물이 만드는 소용돌이만 뚫어져라 바라봤지. 한참을 바라보니 환각이 일면서 작은 소용돌이가 동굴처럼 생겼더군. 빗물이 시멘트를 파내는 것 같았지. 나는 다리를 들어 발로 그 소용돌이를 뭉개버렸어.

나 혼자 빗속을 뚫고 돌아왔어. 너무 일찍 집에 돌아가고 싶지 않아서 아주 먼 길을 돌아서 왔지. 비가 그치자 공기가 무겁게 내려앉았어. 얼마나 더 걸었는지 모르겠지만 갑자기 눈앞에 사인탑이 있는 걸 발견했지. 속으로 옥상까지 올라가 숨 좀 돌리는 것도 나쁘지 않겠다는 생각을 했어.

달도 모습을 드러냈어. 내가 멀리서 사인탑을 바라봤을 때는 달이 보였어. 아주 둥글고 큰 달은 탑 가까이 얹혀 있었어. 마치 작두에 머리가 낀 것 같더라고. 나는 몸서리를 쳤어. 마음을 진정시키고 다시 바라보니 빠른 속도로 구름과 안개가 퍼지더니 달빛을 대부분 가려버리더군. 달빛은 아무 생각 없이 새어나오는 비밀 같았어.

나는 처음으로 이 탑에 올라가는 게 무섭게 느껴졌어. 하지만 어떻게 그럴 수 있어? 그때는 매일 탑에 올라가 놀면서도 한번도 무섭다고 느낀 적이 없는데 말이야.

어쩌면 내가 무서워한 것은 탑이 아니라 달빛이었는지 몰라. 하지만 진짜 사람 머리도 봤는데 어째서 사람 머리 모양의 달빛에 놀랄 수 있는 것일까? 내가 무서워한 것은 어쩌면 달빛이 아니라 내 머릿속에서 번쩍하고 지나간 생각이었을 거야. 생각 자체가 아니라 갑자기 떠오른 느낌이겠지. 하지만 그런 느낌은 도대체 왜 무서운 건지 역시 말로 표현할 수가 없었어.

나는 그저 익숙한 것이 갑자기 다른 모습으로 변하면 몰라보게 되는 거라고 생각했을 뿐이야.

　나는 탑 가까이 가지 않고 집으로 내달렸어. 고개를 들고 달빛을 쳐다보지도 않았지. 하지만 곁눈질로 본 잔광 속에 달은 여전히 있었어. 하늘이 미간에 닿을 것처럼 낮았지. 세상이 아주 무겁게 변해 있었어. 멀리서 나를 향해 압도해오는 것 같았어.

제
3
장

리 자 치

엄마에게 재혼할 마음이 있으리라고는 한번도 생각해보지 않았어. 아마 잠재의식 속에서 난 아빠가 떠나버리면 엄마도 나처럼 줄곧 괴로워하며 살아가야 한다고 생각했나봐. 게다가 엄마에게는 행복을 찾을 능력이 부족하다고 생각했지. 실제로도 정말 그랬던 것 같아. 하지만 행복에게는 엄마를 찾는 능력이 있었어. 안 그래? 미인은 그렇게 힘들게 살 이유가 전혀 없었던 거야. 엄마는 아무것도 할 필요가 없었어. 그냥 제자리에 서 있기만 하면 됐지.

　이혼하고 나서 엄마는 다시 유치원 보모로 일하기 시작했어. 그 유치원은 종일반으로 운영되기 때문에 주말이 되어야 부모들이 아이들을 데려갔지. 그러다보니 평상시에는 보모가 항상 유치원에 상주해야 했어. 엄마가 중요하게 여기는 부분도 바로 그 점이었지. 엄마는 이 도시에 거처를 확보해야 했거든. 이혼하면서 아빠는 전에 우리가 살던 집을 엄마에게 다시 사주기로 약속했어. 하지만 아빠가 가진 돈 전부를 물건 매입에 쏟아붓는 바람에 돈이 묶여 있었고, 그 물건들을 다

팔 때까지 기다려야만 했지. 아빠는 2년이면 된다고 장담했고, 엄마는 내게 아빠의 약속을 거듭 강조하면서 2년 안에 반드시 나를 데리러 오겠다고 했어. 집이 없으니 나는 어쩔 수 없이 잠시 할아버지 집에서 살아야 했지. 그 때문에 엄마는 늘 내게 미안해했어. 빚을 진 듯한 마음이었지.

"그때가 되면 다 좋아질 거야."

엄마가 나를 안아주면서 말했어. 하지만 나는 그런 말을 조금도 마음에 담아두지 않았지. 엄마의 말에 전혀 기대를 걸지 않았거든. 하지만 엄마에게 그런 말은 하지 않았어. 난 이미 엄마의 슬픔에 몹시 지쳐 있었어. 엄마에게 더 이상의 상처를 줄 힘조차 없었지. 그저 그 자리에서 끊임없이 계속되는 엄마의 얘기를 잠자코 듣고 있는 수밖에. 내 목에 팔을 두른 상태에서 엄마의 눈물이 내 뺨을 타고 흘러내리도록 몸을 맡기고 있었지. 이런 장면을 생각할 때면 내가 바비인형을 안고 얘기하는 모습이 떠오르곤 했어. 나에 대한 엄마의 사랑은 바비인형에 대한 내 사랑과 크게 다르지 않았지. 일방적인 사랑이었어. 중간에 가로막고 있는 매질을 통과하지 못해 상대방의 마음에 가닿지 못하는 사랑이었지. 나는 아빠에 대한 나의 사랑 역시 그와 같지 않을까 하는 의구심이 들었어. 이 세상 대부분의 사랑은 골대를 비껴간 농구공처럼 실패작이라는 것을 깨닫기 시작했지.

물론 성공할 때도 있었어. 가령 엄마에 대한 린林 아저씨의 사랑이 그랬지. 아저씨가 엄마를 처음 봤을 때 엄마는 노래를 부르고 있었어. 유치원이 조용해진 오후였고, 엄마는 침대 맡에 앉아 나직막한 목소리로 자장가를 부르며 아이들을 재우고 있었지. 그날 엄마는 일부러 화장도 하고 예쁜 원피스를 차려입었어. 머리는 한 올도 흐트러지지 않게 가지런하게 묶었지. 여름날의 작열하는 햇빛 때문에 엄마 얼굴에 서린 고통의 흔적도, 어깨를 짓누르는 중압감도 흐릿해졌어. 그런 엄마는 그야말로 순결한 소녀 같은 모습이었지.

엄마는 부를 줄 아는 노래가 그리 많지 않아서 한가지 노래만 몇 번이고 반복해서 불렀어. 아이들이 진즉에 잠들었는데도 엄마는 이 노래를 계속해서 불러댔지. 교육위원회에서 점검하러 나온 사람이 멀어지고 나서야 엄마는 노래를 그치고 한숨을 내쉬면서 벽에 기댄 채 아픈 목을 어루만졌어. 그때 갑자기 교육위원회 사람 한 명이 되돌아와 문 앞에 선 거야. 엄마는 너무 놀라 황급히 자리에서 일어섰지. 머릿속에 가장 먼저 떠오른 생각은 노래를 다시 불러야 하나 말아야 하나 하는 것이었어. 그 사람은 자신이 엄마를 놀라게 한 데 대해 오히려 미안해하면서 엄마에게 어서 앉으라는 손짓과 함께 창틀에 놓인 서류가방을 가리켰어. 방을 나가면서 그는 또다시 고개를 돌려 엄마를 바라봤지. 잔뜩 긴장한 엄마는 여전히 그 문제를 생각하던 중이었어. 노래를 계속 불러야 하나 말아야 하나?

며칠 후 서류가방을 가지러 왔던 그 사람이 다시 찾아왔어. 엄마는 그가 마당에 서 있는 모습을 창문 너머로 바라보면서 또 뭔가를 두고 가서 가지러 온 게 아닌가 하는 생각을 했지. 원장이 엄마에게 밖으로 좀 나오라고 소리치자 그제야 엄마는 그가 자신을 찾아왔다는 걸 알게 되었어. 그는 엄마에게 함께 영화를 보러 가자고 했고, 엄마가 거절할 겨를도 없이 웃으면서 다가와서는 휴가를 낼 수 있도록 자기가 도와주겠다고 말했지.

갑자기 찾아온 사랑이 엄마에게는 눈앞에 들이닥친 커다란 적처럼 느껴졌어. 엄마는 본능적으로 도망쳐야 한다는 생각이 들었지. 그래서 영화를 함께 본 뒤로 줄곧 린 아저씨를 피해다녔어. 그가 오는 것이 보이면 얼른 다용도실에 들어가 몸을 숨기면서 동료에게 혹시 자기를 찾으면 자리에 없다고 말해달라고 부탁하곤 했지. 하지만 그는 계속해서 엄마를 찾아왔어. 오고 또 왔지. 엄마가 유치원을 그만둘 생각을 하자 주위 사람들은 그렇게 괜찮은 남자는 꼭 붙잡아야 한다고 충고했어. 하지만 엄마는 두렵기만 했지. 사랑을 시작할 때는 잔뜩 마음을 어지럽혀놓고 결국에는 버리고 가는 것이 남자들의 천성이라 상처만 남을 거라고 생각했어. 어느 주말 저녁이었어. 린 아저씨가 아이들을 데리러 온 부모들 사이에 섞여 있다가 갑자기 엄마 앞에 나타나는 바람에 엄마는 피할 겨를이 없었지. 마침내 엄마는 그에게 약간의 시간을 허락했어. 마지막 한 아이를 부모가 와서 데려가자 두 사람은 텅 빈 유치원에 앉아 얘기를 나누기 시작했지. 처음부터 끝까지 린 아저씨 혼자서 얘기했고 엄마는 아무 말도 하지 않았어. 하지만 그날의 대화는 상당히 효과적이었지. 린 아저씨는 지금까지의 자기 삶에 관해 얘기했어. 그는 한번 이혼한 경력이 있고 아이는 없었어. 전처는 분수를 전혀 모르는 사람이었던 것 같아. 늘 외국에 나가고 싶어하더니 3년 전에 결국 출장을 핑계로 미국에 가서 아예 눌러앉아버렸다나봐. 아저씨는 원래 곧바로 공직을 그만두고 뒤따라가서 아내를 찾을 생각이었지. 그런데 뜻밖에도 그녀가 너무 빨리 변심해버린 거야. 아마 그린카드 때문이었던 것 같아. 그녀는 자기보다 스무 살이나 더 많은 미국인 남자와 동거를 시작하면서 아저씨에게 이혼을 요구했지. 처음에는 아저씨도 어떻게 대응해야 할지 몰라 아내의 전화를 받지 않고 아무런 대응도 하지 않았어. 그렇게 한동안 그녀를 피하기만 하다가 결국 용기를 내서 문제를 해결하기로 마음먹은 거지.

그건 동시에 엄마의 얘기이기도 했어. 엄마는 고개를 돌려 속눈썹이 길고 커다란 두 눈을 가진 실의에 빠진 그 남자를 바라봤지. 행복한 사람들에게는 제각기 다른 행복이 있지만 불행한 사람들의 불행은 다 똑같은가봐. 그 똑같은 불행이 엄마에게 안도감을 주었던 건지도 모르지. 엄마의 심경에 약간의 변화가 생기기 시작했어. 하지만 그 뒤로도 아저씨를 만나면 여전히 두려워하면서 여느 때처럼 황망히 자리를 피하곤 했지. 그래도 린 아저씨는 포기하지 않았어. 내 생각에 아저씨는 엄마의 그런 겁약한 모습이 마치 서툴고 허둥대는 처녀처럼 느껴져서 좋아했던 것 같아. 사회 분위기가 갈수록 천박해지던 1990년대에 아저씨는 지나치게 개방적인 여성으로 인해 너무 많은 고통을 당했고, 그 때문에 엄마의 어수룩하고 보수적인 기질에 오히려 더 매료됐던 거지.

쫓고 쫓기는 두 사람의 숨바꼭질 놀이는 봄에 시작돼서 여름까지 계속됐어. 폭우가 쏟아지던 어느 여름날이었지. 정오부터 내리기 시작한 비가 저녁까지 쉬지 않고 내렸어. 엄마를 만나러 온 린 아저씨를 포함해서 모두가 유치원에 발이 묶여버렸어. 엄마는 잠깐 동안이라면 어떻게든 아저씨를 피해 숨을 수 있었겠지만, 시간이 길어지면서 결국은 모습을 드러낼 수밖에 없었어. 엄마가 그날 식사 당번이었기 때문이지. 린 아저씨는 남아서 식사를 함께 한 다음, 엄마를 도와 그릇을 정리하고 주방을 청소했어. 빗물이 떨어지는 처마 밑에서, 천둥이 치고 번개가 번쩍이는 가운데 마침내 린 아저씨는 자신의 깊어진 마음을 고백했지. 하지만 엄마는 전혀 듣고 있지 않은 것처럼 시종 고개를 숙인 채 두 사람이 직면하고 있는 어려움만 거듭 강조했어.

"저한테는 열한 살짜리 딸이 있어요. 열한 살짜리 딸이 있다고요."

엄마는 중얼중얼 이 말만 여러 번 반복했어. 린 아저씨가 자신의 손을 엄마 손등에 살며시 가져다 얹으며 말했지.

"알아요. 알고 있어요. 우리 함께 헤쳐나갑시다. 네?"

가을이 되어 두 사람은 결국 정식으로 교제하기 시작했어. 어느 일요일엔가, 엄마가 린 아저씨를 데리고 나를 만나러 왔어. 아저씨는 날 만나러 오기 전에 철저한 준비를 한 듯했어. 내가 뭘 좋아하는지도 잘 알고 있더라고. 음식점에 가서 주문한 음식들도 전부 내가 좋아하는 것이었어. 나를 위해 아주 참을성 있게 새우 껍질을 벗겨주기도 했지. 하지만 나는 아저씨가 나를 별로 좋아하지 않는다는 것을 알 수 있었어. 그건 아저씨에 대한 내 태도와는 무관한 것이었지. 내가 아주 활발하고 적극적인 태도를 보였어도 소용없었을 거야. 내 존재 자체가 엄마의 정갈하고 수줍어하는 이미지를 훼손시키기 때문이었지. 게다가 엄마는 내게 지나치게 신경을 썼거든. 우리 세 사람이 함께 있을 때면, 엄마는 신경을 온통 내게 집중하느라 아저씨를 완전히 홀대했어. 물론 나도 아저씨를 좋아하지 않았지. 아저씨는 아버지와는 정반대의 사람이었거든. 말이 아주 많았어. 말을 할 때 손동작도 과했지. 게다가 잘 웃기까지 했어. 그렇게 단순한 사람이다보니 가늠하기 어려워 계속 알아가고 싶게 만드는 신비감은 전혀 찾아볼 수 없었지. 더 중요한 사실은 아저씨가 유쾌하고 열정적인 사람인 데다 삶에 대해 아주 적극적인 태도를 가졌는데도 그 모든 게 내 눈에는 왠지 모르게 천박해 보였다는 거야.

점심식사를 마치고 린 아저씨가 우리를 데리고 교외의 저수지로 놀러 가겠다고 했어. 차를 타고 30여 분 달려 저수지에 도착했지. 그런데 드라마 제작팀이 저수지 근처 공터 전체를 점거하고 드라마 촬영을 하느라 우리를 접근하지 못하게 막는 거야. 마침 저수지 옆에 산이 있어서 린 아저씨는 산에 올라가자고 제안했지. 산을 오르는 내내 아저씨는 옆에서 쉴 새 없이 얘기를 했어. 전원 스위치가 고장 난 라디오 같았지. 절반쯤 올라갔을 때 엄마 발이 접질렸어. 아저씨는 얼른 쪼그리고 앉아 엄마의 발을 주물러주더니 다시 멀리까지 달려가 지팡이로 쓸 만한 나뭇가지를 구해왔지. 도중에 멈춰서 쉴 때는 아저씨와 엄마가 사과 하나를 가지고 서로 양보하겠다며 실랑이를 벌였어. 나는 그 옆 바위 위에 앉아서 껍질을 깎은 사과가 대기 속에서 조금씩 누렇게 변색되는 것을 지켜보고 있었지. 나는 몹시 피곤해서 집에 가고 싶은 생각뿐이었어. 하지만 린 아저씨는 그냥 돌아가면 안 된다면서 정상까지 올라가야 한다고 우겼지. 아저씨는 이런 것도 의지를 단련시키고 나를 성장시킬 수 있는 방법이라고 생각했어. 아저씨는 정상을 향해 올라가는 동안 내내 옆에서 나를 격려하며 산 정상의 풍경이 얼마나 아름다운지, 대자연을 정복하는 것이 얼마나 성취감을 주는 행동인지 힘주어 얘기했어. 대자연을 정복한다고? 아니, 대자연을 정복했다는 공상에 빠진다고 해야겠지. 정말 유치한 얘기였어. 우리는 결국 산 정상까지 올라갔지. 그곳에는 짜증날 정도로 거센 바람 말고는 아무것도 없었어. 그런데도 아저씨는 똑똑한 척하며 자기가 말하는 그런 희열이 느껴지냐고 묻더군. 나는 냉동 돼지껍데기처럼 번들번들한 그의 얼굴을 쳐다보면서 엄마가 아주 어리석은 남자친구를 사귀고 있다는 사실을 눈앞에서 분명하게 확인했어. 하지만 그의 어리석음보다 더 참을 수 없는 것은 사랑에 빠진 엄마의 모습이었어. 엄마는 갑자기 아주 연약하고 아름다운 사람이 되어 있었어. 말할 때의 목소리도 가늘어졌고, 별것 아닌 일에도 깜짝깜짝 놀라곤 했지. 게다가 마치 방금 이 세상에 온 사람처럼 뭐든지 린 아저씨에게 가르쳐달라고 했어.

아마도 방금 이 세상에 왔다는 것은 이런 걸 두고 하는 말일 거야. 엄마는 중생重生을 얻기라도 한 것처럼 눈앞의 이 덜떨어진 남자를 따라 이 세상을 새롭게 인식하려 했어. 다시 말해서 아빠가 남긴 흔적들은 말끔히 지워져버렸다는 거지. 그래, 엄마는 완전히 회복되었어.

더 이상 아프지 않았지. 하지만 어쩌면 이렇게 쉬울 수 있을까?

사실 난 일찌감치 알고 있었어. 아빠가 떠나버린 뒤로 엄마와 난 함께 힘들어하며 울었지만, 엄마의 고통이 내 고통과 같지 않다는 걸 아주 잘 알고 있었지. 엄마는 평생을 살아도 그런 사랑을 이해하지 못할 거야. 고귀한 사랑. 나 역시 엄마의 천박하고 일천한 즐거움이 전혀 부럽지 않았어. 조금도 부럽지 않았지. 회복되고 싶은 생각도 없었어. 난 그냥 엄마가 이 멍청한 남자를 데리고 들어와 내 세상을 새롭게 칠하려는 시도를 하지 않기를 기도할 뿐이었지. 하지만 안타깝게도 나의 그런 기도는 헛수고가 될 테고, 내가 가장 우려했던 일은 끝내 일어나고 말 것이었어.

산에 올랐다가 내려오는 길에 엄마는 마침내 내가 무척 답답하고 울적해한다는 것을 감지했지. 하지만 엄마는 내가 할아버지 집에 가고 싶지 않아서 그러는 거라고 생각했어. 내 기분을 좋게 해주려는 생각에 엄마는 '좋은 소식'을 미리 알려주기로 마음먹었지. 좋은 소식이란 린 아저씨가 아는 사람에게 부탁해서 나를 징우로經五路 초등학교에 전학시키려고 애쓰고 있다는 거였어. 엄마는 그곳이 최고의 초등학교이고, 이 일을 위해 린 아저씨가 적잖이 신경 쓰고 있다고 말했지. 두 사람은 환하게 웃는 얼굴로 나를 바라봤어. 그 기대에 찬 눈빛은 감사하다는 대답을 요구하고 있었지.

내가 아무 말도 안 하는 것을 보고 린 아저씨가 약간 무안한 듯 웃었어.

"이제 시작이야. 약간 어색할 수도 있겠지. 두 학교의 교학 방법이나 학습 진도, 학생들의 자질이 전부 다를 테니까 말이야. 사실은 어색한 게 정상이지."

린 아저씨는 짐짓 교육계 종사자의 모습을 보이며 말했어.

"수업을 못 따라간다고 해서 걱정할 건 없어. 벌써 너를 위해 과외 선생님도 구해두었으니까 말이야. 국어든 수학이든 잘 안 되는 과목이 있으면 곧바로 보충해줄 수 있지."

"저는 또다시 전학 가고 싶지 않아요."

"그래, 알아."

린 아저씨가 고개를 끄덕였어.

"거기 가면 친구가 없을까봐 걱정돼서 그러지? 내 동창 두 친구의 아이들이 너랑 같은 학년이야. 둘 다 아주 우수한 학생이지. 서로 잘 지낼 수 있도록 아저씨가 소개해줄게."

음, 아저씨는 나를 위해 새 친구들까지 준비해두었더라고.

"징우로 초등학교는 린 아저씨네 집에서 겨우 두 블록밖에 떨어져 있지 않아. 우리가 이사를 하게 되면……"

엄마가 재빨리 나를 힐끗 쳐다보고 나서 말했지.

"학교까지 5분만 걸어가면 돼."

엄마의 얼굴이 금세 빨개지더군. 린 아저씨와 함께 산다고 말하려니 약간 쑥스러웠던 모양이야.

"전 이사 가고 싶지 않아요. 엄마 혼자 가세요."

나는 고개를 돌려 창밖을 바라봤어.

잠시 후, 아주 긴 잠시 후에 엄마가 훌쩍이는 소리가 들렸어. 엄마는 울음소리마저 예전보다 훨씬 가냘프고 고와진 듯했어.

"내 말 좀 들어봐요."

엄마는 흐느껴 울기 시작했어.

"할아버지 집에서 너무 오래 지내면 이 아이 성격이 괴팍해질지도 몰라요……"

린 아저씨가 엄마의 어깨를 감싸 안았어. 엄마는 더 격하게 흐느졌지.

"어느 엄마가 아무렇지도 않게 아이가 자기를 떠나도록 놔두겠어요. 난 정말 저 애가 그 집에서 시달리도록 내버려둘 수 없어요. 아무도 아껴주고 사랑해주지 않을 거라고요……."

"다 지나가요. 다 지나갈 거예요."

린 아저씨가 엄마 손을 꽉 잡아주었어.

"시간이 지나면 다 괜찮아질 거라고요."

차는 이미 시내로 들어섰어. 차창 밖은 온통 회색 빌딩 숲이었지. 비둘기 한 마리가 날개를 퍼덕이며 창살이 쳐진 창문 앞을 선회하고 있더군. 해질녘 햇살은 털이 보송보송한 이끼처럼 촉촉했어. 물안개가 눈앞에 자욱하더니 점점 짙어졌지. 그러다 문득 내가 울고 있다는 걸 깨달았어. 어떻게 지금 울 수가 있지? 지금 이 순간 눈물을 흘리면 엄마가 한 말을 인정하는 셈이 되잖아. 두 분은 정말로 내가 아무도 자신을 아껴주고 사랑해주지 않아서 힘들어하는 줄 알 것 아니야. 하지만 내 아픔은 엄마가 말하는 것과는 근본적으로 달랐어. 내가 왜 우는지는 하늘만이 알고 있을 거야. 눈물은 늘 그렇게 가장 흘리지 말아야 할 때 흐르고 말지. 얼마나 미성숙한지 다 드러나고 말아. 나는 자신이 어린아이의 몸뚱이 안으로, 그 작은 눈물방울 안으로 쪼그라들어 갈 데도 없다는 느낌이 들었어. 두 방울의 눈물이 눈 안에서 핑그르르 맴돌았지. 안 돼, 눈물이 그대로 흐르게 놔둬선 안 돼. 꾹 참고 숨을 깊이 들이마시라고. 나는 점점 흐려지는 창밖을 바라보며 마음속으로 자신에게 소리쳤어.

그해 입동은 몹시 추웠지. 사람들에게 이제 곧 혹한의 겨울이 닥칠 거라고 예고하는 것만 같았어. 그 엄동설한에 엄마는 자신의 두 번째 혼례를 치를 예정이었지. 정확히 말하면 첫 번째인 셈이야. 당시 할아버지와 할머니가 극렬히 반대하는 바람에 엄마랑 아빠는 결혼은 했지만 혼례 따위는 아예 생각도 못했거든. 그냥 몇몇 가까운 친구만 초대해서 식사를 함께 했지. 예복조차 입지 않고 말이야. 엄마는 그렇게 오랜 세월 속으로 원망과 아쉬움을 품고 있었던 것 같아. 이제야 보상을 받게 된 거지. 그래서 이번에는 엄마도 모든 걸 아주 그럴듯하게 갖춰서 시집을 가겠다고 마음먹은 거야. 서른여섯의 나이에 아이까지 데리고 말이야. 정말이지 아름다운 역전 드라마인 셈이지. 린 아저씨에게도 이번 혼례는 설욕의 기회인 셈이었어. 그때 린 아저씨를 버리고 미국으로 가버린 아내가 그곳에서 치아를 전부 새로 해넣은 늙다리를 잡아 눌러앉아버리자 그 소식은 아주 떠들썩하게 사람들 입에 오르내렸지. 아저씨는 친구들 사이에서 고개도 들지 못할 지경이었어. 그래서 아저씨도 이번 혼례에서 체면을 회복해야 했지. 게다가 그렇게 아름다운 엄마를 사람들에게 실컷 보여주지 못한다면 얼마나 애석한 일이겠어.

그래서 아주 절박한 마음으로 지금 자신들이 얼마나 행복하게 살고 있는지 사람들에게 알리고 싶어하는 이 두 분에게는 이번 혼례가 무척이나 중요했던 거야. 이번 혼례를 위해 린 아저씨는 기꺼이 거금을 들여 최고급 음식점을 예약했고, 몇 날 며칠을 고심해 초대해야 할 사람의 명단을 추려 빠짐없이 다 초대했지.

물론 엄마가 가장 초대하고 싶었던 사람은 시골에 사는 가난한 친척들이 아니라 할아버지와 할머니였어. 린 아저씨 가족들이 자기에게 얼마나 잘해주는지를 할아버지 할머니에게 보여주고 싶었거든. 물론 할아버지와 할머니는 올 수 없었어. 대신 엄마는 내 입을 빌려 혼례에 관한 모든 것을 두 분께 전해주고 싶어했지. 사실 혼례를 준비하는 단계부터 엄마는 이미 그렇게 하고 있었어. 매일 유치원에서 일찍 퇴근하면서도 군이 주말까지 기다렸다가 나를 데리고 예복을 보러 갔지. 엄마는 내가 당연히 혼례복 입은 자신의 모습을 그 자리에서 보고 싶어할 거라고 생각했나봐. 애석하게도 난 엄마의 예복에는 조금도 관심이 없었어. 내가 보기에는 가장자리에 금테가 둘러진 그 붉은 치파오는 누가 입어도 똑같을 것 같았지. 엄마는 내게 린 아저씨의 어머니가 보내준 반지도 보여줬어. 조상 대대로 내려왔다는 그 금도금 반지는 커다랗고 둔하게 생긴 것이 손가락에 끼워도 하나도 예쁘지 않았어. 그냥 집 안에 보관하면서 가끔 한번씩 꺼내 무게를 달아볼 뿐이었지. 그래서 린 아저씨는 엄마에게 결혼반지를 따로 하나 사줬어. 보석 주위에 섬세한 무늬가 촘촘히 새겨져 있는 최신 디자인의 반지였지. 하지만 나는 좋은 줄 모르겠더라고. 내 눈에는 모든 금붙이가 별반 차이도 없고 몹시 저속해 보였어. 나는 속으로 저런 건 평생 손가락에 끼지 않겠다고 맹세했지.

그다음 주말이 되자 엄마는 나를 데리고 '우리의 새 집'을 보러 갔어. 린 아저씨가 전에 살던 곳이었지. 이혼한 뒤에 아저씨가 부모님 집으로 들어갔기 때문에 수년 동안 비어 있던 터라 이번에 결혼하면서 특별히 실내장식을 새로 했다더군. 내가 갔을 때는 새로 칠한 벽이 채 마르지 않은 상태였고, 방금 들여놓은 냉장고도 전기가 연결되어 있지 않았어. 남향으로 난 그 방이 내 몫이었어. 방에는 작은 창문이 하나 있었지. 창문에 새로 걸어둔 망사 커튼을 통해 햇살이 쏟아져 들어와 연보라색 침대 시트를 비추면서 저속하면서도 아름다운 분위기를 연출했지. 나는 그 침대에 누워 잠자는 모습을 상상해봤어. 하루하루 그 침대에서 자면서 아주 많은 평범한 꿈을 꿀 것이고, 그렇게 무미건조한 소녀로 자랄 거라는 생각이 들었어. 이때 엄마가 기다리지 못하고 나를 얼른 방 뒤에 있는 작은 마당으로 데려갔어. 엄마가 정말 놀랍고 기쁜 장소라고 부르던 곳이었지. 시골에서 오래 살아서 그런지 엄마에게는 늘 땅에 대해 떨쳐버리지 못하는 집착이 있었어. 그래서 항상 작은 마당이라도 있는 1층으로 이사 갈 수 있기를 고대해왔지. 아마 엄마는 몇 평방미터 안 되는 손바닥만 한 마당이라도 수세미나 청대콩을 심어놓고 여름철 창밖으로 무성한 넝쿨을 내다볼 수만 있다면 무척 행복할 거라고 생각했을 거야. 나는 엄마한테는 행복이 이렇게 구체적일 수 있다는 것이 정말 부러웠어. 하나하나 목록에 올릴 수 있을 만큼 구체적이었지. 이제 엄마는 그 목록에 올릴 수 있는 모든 것을 다 얻었으니 완벽하게 행복해진 셈이었어.

"여기에 네가 좋아하는 장미를 심을 거야. 연분홍색을 띠는 품종으로 말이야."

엄마는 내 소매를 잡아끌며 담벼락 아래 쪽 땅을 가리켰어. 하지만 난 장미를 전혀 좋아하지 않았지. 향기 나는 꽃은 죄다 싫었거든.

린 아저씨 집에서 나왔을 때는 이미 저녁이 다 되어 있었어. 오가는 사람이 많아 거리가 아주 번잡했지. 내 또래로 보이는 여자아이 셋이 매점에서 나오는 게 보였어. 손에 사기 병에 든 요구르트와 비스킷 따위의 주전부리가 들려 있었지.

"쟤들도 틀림없이 징우로 초등학교에 다니는 아이들일 거야."

린 아저씨가 내게 나직하게 속삭였어.

"가운데 아이가 입은 옷이 학교 교복인 것 같구나."

"그래요?"

엄마가 물었어.

"내가 가서 물어볼게요."

린 아저씨가 말했어.

"물어볼 필요 없어요……."

나는 황급히 아저씨 소매를 붙잡으며 말렸어. 하지만 이미 때가 늦었지. 아저씨는 벌써 그 애들에게 다가가 눈웃음을 치며 말을 걸고 있었어. 게다가 내 쪽을 가리키더라고. 내가 전학 올 아이라고 얘기했겠지. 그 애들이 일제히 내 쪽을 바라보더니 아주 생경한 눈빛으로 나를 훑어봤어. 순간 몹시 난처해진 나는 귀까지 화끈거렸어. 쥐구멍이라도 있으면 기어들고 싶은 심정이었지. 하필 그때 린 아저씨가 큰 소리로 나를 불렀어.

"이리 와. 어서 이리 와봐. 얘들하고 인사하자."

아저씨는 득의만면하여 나를 향해 손짓을 하더군. 자기가 내게 큰 도움을 줬다고 생각하는 듯했어.

"어서 가봐."

엄마가 나를 떠밀었어. 나는 갑자기 몸을 돌려 길 반대편으로 뛰었지.

어찌나 빨리 뛰었던지 귓가에 쉭쉭 바람 스치는 소리가 들릴 정도였다니까. 그렇게 계속 뛰고 싶었어. 하지만 안타깝게도 갈 데가 없더군. 결국 두 블록 정도 달리다가 멈춰 서서 길가 보도블록에 주저앉았어. 얼마 안 돼서 두 분이 쫓아왔지. 엄마는 잔뜩 굳은 표정으로 다가와 나를 거칠게 잡아끌며 린 아저씨에게 사과하라고 했어. 나는 입을 굳게 다물고 내 손을 꽉 잡고 있는 엄마를 뿌리치려고 안간힘을 썼지. 순간 그 손이 번쩍 들리더니 짝 하고 내 뺨을 후려쳤어. 엄마는 자신도 놀랐는지 그 자리에 서서 꼼짝도 않더라고. 한참이 지나서야 허공에 높이 들려 있던 손이 다시 내려왔어. 엄마는 지금까지 한번도 날 때린 적이 없었어. 자신이 정말 그런 짓을 했는지 믿을 수 없다는 표정이더군.

"말로 해요. 말로 잘 타일러요. 손찌검하지 말고요."

린 아저씨가 말했어.

엄마는 내 시선을 피하면서 멀리 아스팔트 길만 바라봤지.

"애가 너무하잖아요. 어떻게 혼을 안 낼 수 있어요?"

난 울지 않았어. 엄마한테 물었지. 이제 됐냐고. 후련하냐고. 그러면서 빨리 할아버지 집에 가고 싶다고 말했어.

원래는 린 아저씨 부모님 댁에 가서 저녁을 먹기로 되어 있었어. 그분들은 아직 나를 보지 못했기 때문에 처음 만나는 자리였지. 하지만 계획을 변경하지 않을 수 없었어. 린 아저씨도 우선 나를 할아버지 집으로 보내자는 데 찬성했어. 아저씨는 내가 그렇게 잔뜩 화가 난 상태로는 부모님 집에 데리고 가봤자 일을 망칠 게 분명하다고 생각했던 것 같아. 그분들이 나를 이해하고 받아줄 수 있도록 설득하려면 적잖이 애를 써야 할 거야.

"조급해하지 말아요. 천천히 합시다. 이사한 다음에 잘 가르치면 돼요."

린 아저씨가 엄마의 어깨를 감싸 안으며 부드럽게 말했지.

난 너한테 전학하는 일에 관해 얘기하지 않았어. 네가 몹시 화를 낼 거고, 그 일로 인해 너랑 멀어질 것 같았기 때문이지. 난 우리 사이에 벽이 생기는 걸 원치 않았어. 하지만 이미 벽이 생겨버린 것 같았지. 언제부터인지는 모르겠지만 넌 말이 없어졌어. 마음속에 무슨 걱정거리라도 있는 것 같더군. 하지만 난 묻지 않았어. 그냥 우리 둘 다 각자의 비밀을 가질 만한 나이가 됐나보다 생각했지. 모든 비밀을 공유할 수는 없는 법이니까. 난 페이쉬안과 얘기해보기로 했어. 엄마와 린 아저씨가 전학 수속을 밟기 전에 항의투쟁을 해야 할 것 같았거든. 내가 페이쉬안과 대화를 해야겠다고 생각한 것은 그때가 처음이었어. 그 전에는 늘 페이쉬안이 내 뒤를 쫓아다니며 엄숙한 얼굴로 내게 말하곤 했지.

"자치, 우리 얘기 좀 하자."

페이쉬안은 사람들과 얘기하는 데 아주 열정적이었어. 반에서 학습위원을 맡으면서 열등생들을 설득하고 감화시키는 것이 그 애가 가장 잘하는 일이었지. 높은 곳에서 중생들을 내려다보는 듯한 그 애의 눈빛만 생각해도 난 뒷골이 뻐근했어. 하지만 그때는 그 애에게 도움을 청하는 수밖에 다른 도리가 없었어. 나는 페이쉬안과 할아버지에게 나를 이곳에 계속 남게 해달라고 사정해볼 작정이었어. 할아버지가 나를 좋아한다고 할 수는 없지만, 그렇다고 나를 싫어하는 것도 아니었으니까. 게다가 내가 여기에 남아 있다 해도 식사할 때 그릇이랑 수저를 더 놓아야 하는 것 외에 할아버지에게 크게 방해될 일도 없다고 생각했어. 페이쉬안이 내 입장에서 사정해주기만 한다면, 예컨대 내 성적이 막 오르기 시작했는데 이런 상황에 전학을 시킨다는 건 다 된 밥에 재를 빠트리는 격이라고 둘러대기라도 해준다면 할아버지가 허락할지도 모른다고 생각했지. 그런데 할아버지가 내 학업 성적에 신경을 쓰시긴 할까? 난 확신할 수가 없었어. 문득 생각해보니 이곳에서 지낸 지 벌써 2년이나 지났는데도 나는 할아버지에 관해 아는 게 거의 없었어. 할아버지가 자신의 일을 아주 사랑한다는 것만 확실히 알고 있었지.

그럼 페이쉬안은? 그 애는 기꺼이 날 도와주려 할까? 이곳에 온 뒤로 나는 확실히 페이쉬안에게 적잖은 골칫거리를 안겨주었어. 그 애에게 쓸데없는 책임감을 더해주었지. 그 애는 늘 내 학업을 걱정했고, 내가 나쁜 짓을 배우지나 않을까 조바심쳤어. 내가 가버리면 아마 페이쉬안은 긴 안도의 한숨을 내쉴 거야. 하지만 페이쉬안은 항상 가족

간의 정이 얼마나 소중한 건지 강조하곤 했잖아. 우리는 서로 의지가 될 수 있다고, 함께 성장한다는 게 얼마나 좋은 일인데 그러냐고 했지. 당시에는 그런 말이 전부 가식으로 느껴졌지만 아마 페이쉬안은 진심으로 그렇게 생각했을 거야. 나는 일말의 희망을 품고 저녁 내내 말할 기회를 엿보고 있었어. 그런데 페이쉬안은 그 빌어먹을 수학경시대회 준비로 아주 바빴지. 책상 앞에 앉아 줄곧 수학 문제와 씨름하느라 물 한 모금 마실 틈도 없었거든. 난 페이쉬안에게 물을 한 잔 따라주고 그 옆에서 그 애를 바라보면서 서 있었어. 페이쉬안은 정신없이 종이쪽지 위에 문제를 쓰고 푸느라 내 존재는 전혀 인식하지 못하는 것 같더군. 처음에는 그 애가 일부러 못 본 척하는 줄 알았어. 그런데 나중에 내가 도저히 참을 수 없어서 헛기침을 몇 번 했더니 그제야 깜짝 놀라면서 고개를 쳐들더군. 내가 얘기 좀 할 수 있느냐고 물었지. 그 애도 좋다고 그러더라고. 하지만 다음주 토요일 수학경시대회가 끝날 때까지 기다려야 한다는 거야. 페이쉬안은 그 대회를 아주 중요하게 생각하는 듯했어. 저녁 먹으면서 페이쉬안이 할머니에게 내일부터는 방과 후에 학교에 몇 시간 더 남아 있어야 한다고 얘기하는 걸 들었어. 선생님이 자기를 포함해서 경시대회에 참가하는 학생들에게 따로 특별지도를 해준다는 거였어.

"우리 학교는 아직 1등상을 한번도 탄 적이 없거든요."

페이쉬안은 학교의 명예를 위해 싸워야겠다는 투지가 넘쳤어. 난 그 애의 그런 강렬한 집단 명예의식이 우습게 느껴졌지. 내게는 학교나 가족 같은 단어는 공허하기 짝이 없고 아무런 의미도 없는 것이었으니까. 내게 의미 있는 것은 학교나 가족에 속해 있는 각각의 개인이거든. 하지만 이런 얘기는 해봤자 통할 리가 없었어. 그런 얘기가 통한다면 페이쉬안이 아니지. 할아버지 가족들은 성격이 제각각이지만 하나같이 고집이 아주 세다는 점은 너무나 닮아 있었어.

나는 하는 수 없다고 생각했어. 다음주 토요일까지 기다리는 수밖에 없었지. 그런데 며칠 지나지 않아 할머니에게 일이 터진 거야.

목요일 오후, 우체국이 문을 닫을 무렵이었지. 할머니는 서둘러 삼촌에게 편지를 부치러 갔다가 계단을 내려가면서 발을 헛디디는 바람에 아래로 굴러떨어졌어. 마지막 자습 시간에 페이쉬안이 교실로 나를 찾아왔더라고. 눈두덩이 빨갛게 부어가지고는 할머니가 낙상해서 다쳤으니 빨리 가방을 챙겨 자기랑 같이 병원에 가보자는 거야. 할아버지가 베이징으로 협진을 가시는 바람에 병원 사람들이 할아버지를 대신해 학교로 페이쉬안을 찾아왔던 거야. 병원 측에서는 할머니의 부상이 극심하다고 하더군. 뇌진탕에 대퇴부 골절이 있는 데다 아직 혼수상태라는 거였어.

병원으로 가는 길에 페이쉬안은 줄곧 울어댔어. 병원에 거의 도착하고서야 페이쉬안은 갑자기 걸음을 멈추더니 호흡을 가다듬고 얼굴의 눈물을 닦아내더군. 그러고는 내 손을 잡으며 너무 걱정하지 말라고, 자기가 옆에 있으니 괜찮을 거라고 말하는 거야. 문득 자신이 언니라는 사실을 깨닫고서 기운을 내야 한다고 스스로를 독려하는 것 같았어. 그렇게 엄청난 책임감은 어디서 나오는 걸까? 나는 정말 믿기 어려웠어.

하지만 그 애의 예쁘고 천진난만한 얼굴을 보는 순간 나는 약간 감동하기도 했어.

우리가 병원에 도착했을 때는 할머니의 의식이 이미 돌아와 있었고 오른쪽 다리는 깁스를 한 채 허공에 매달려 있었어. 할머니는 그 자리에 누워 꼼짝도 못하면서 우리가 저녁을 어떻게 해결해야 할지 걱정하고 있었지. 우리는 병원 도시락을 먹고 나서 병실에 할머니와 함께 남아 있었어. 할머니는 우리더러 빨리 집에 가라고 했지만 페이쉬안은 아무리 얘기해도 들으려 하지 않았지. 그 애는 얼른 교재를 꺼내고 땅바닥에 쪼그리고 앉더니 침대 옆에 엎드려 숙제를 하기 시작했어. 그러면서 침대 건너편을 가리키며 말했지.

"넌 저기서 해."

나도 숙제 노트를 꺼냈어. 솔직히 말해서 난 이제까지 그렇게 빨리 숙제를 끝낸 적이 없었던 것 같아. 우린 계속 병실에 있다가 회진하는 간호사가 우릴 내보내고서야 황급히 병실을 나왔어.

바람이 거세게 불더군. 나뭇잎이 아주 많이 떨어졌어. 나와 페이쉬안은 스산한 거리를 걸어 집으로 갔지. 주변은 더없이 적막해서 우리 발에 밟히는 나뭇잎 부스럭거리는 소리만 들렸어.

"나, 수학경시대회에 나가지 않을 생각이야."

페이쉬안이 갑자기 입을 열었어.

나는 뜻밖의 선언에 약간 놀랐지.

"할머니 때문에?"

"응, 경시대회에 참가하려면 방과 후에 학교에 남아서 과외 수업을 받아야 해. 그러면 할머니를 보러 올 수가 없잖아."

"내가 오면 되잖아."

"넌 병원에서 할머니랑 같이 있어. 난 집에 가서 곰국을 끓일게. 의사가 곰국을 먹으면 뼈가 붙는 데 도움이 될 거라고 했거든."

"며칠 있으면 할아버지가 돌아오실 거야."

"하지만 할아버지는 너무 바쁘시잖아. 할머니가 그러는데 할아버지는 다음주에 큰 수술이 여러 건 잡혀 있대."

"수술은 전부 오전에 잡혀 있어. 오후에는 할아버지가 오실 수……"

"하지만 할아버지까지 신경 쓰시게 하고 싶지 않아. 알겠니?"

페이쉬안이 걱정스러운 듯이 말했어.

"할아버지가 할머니를 돌보는 일에 신경을 쓰시면 일에 전념하실 수가 없어. 할아버지 일에 비하면 내 수학경시대회는 정말 하찮은 일이지."

나는 페이쉬안을 바라봤어. 나보다 겨우 6개월 위인 이 언니는 항상 너무나 고결해서 사람을 숨 막히게 하는 것 같아.

페이쉬안은 정말로 경시대회를 포기했어. 다들 여러 면으로 설득해 봤지만 소용없었지. 며칠 후에 할머니는 퇴원해서 집으로 돌아왔고 페이쉬안은 자청해서 장을 봐다가 음식을 하기로 했어. 그 애는 채소를 씻고 마늘을 까면서 교과서 본문을 외웠고, 네모난 걸상 하나를 부엌에 가져다놓고는 책상 삼아 그 위에서 숙제를 하면서 불에 올려놓은 곰국을 지켜봤어. 나도 그 애를 도와주려고 매일 학교가 파하면 곧장 집으로 돌아갔지. 완전히 자발적인 행동이었던 건 아니야. 내가 시간을 포기하기로 결심하는 것은 항상 페이쉬안이 경시대회를 포기하는 것보다 어려웠지. 하지만 내게도 뭔가를 보여줄 수 있는 아주 좋은 기회였어. 나도 이 집을 위해 뭔가 기여를 해야 했거든. 그래야 할아버지 할머니가 내가 집에 남아야 한다고 생각할 수 있으니까 말이야. 이런 복잡한 심사를 너한테는 말하지 않았어. 그냥 할머니가 넘어져서 다치셨기 때문에 집에 가서 할머니를 돌봐드려야 한다고, 그래서 당분간 방과 후에 밖에서 놀 수 없다고만 말했지. 네 반응은 아주 담담했어. 아무 말도 하지 않았지. 사실 그때는 너도 뭐가 그렇게 바쁜지 학교가 파하면 곧장 흔적도 없이 사라지곤 했어. 다빈과 즈펑조차 네가 어디 가는지 몰랐지. 물론 너의 그런 동태를 전혀 알아채지 못했어. 그때는 남에게 신경 쓸 겨를이 없었거든.

그즈음에 나는 할아버지에 관해 새로운 사실을 알게 됐어. 정확히 말하자면, 그제야 조금이나마 할아버지를 알게 된 거지. 그날 밤, 출장에서 돌아오신 할아버지가 방에 들어가서 침대에 누운 할머니를 처음 봤을 때의 표정을 난 아직도 기억하고 있어. 그 순간, 할아버지 성격에 감춰져 있던 은밀한 부분이 갑자기 드러났던 것 같아. 할아버지의 얼굴에는 미움의 표정이 가득했어. 연민이나 동정 같은 건 찾아볼 수 없었지. 눈앞의 모든 것으로부터 얼른 벗어나고 싶다는 표정이었어. 다행히 그런 표정은 아주 짧은 순간 머물다가 금세 사라졌어. 할아버지는 곧바로 표정이 부드러워지더니 할머니에게 다가가 침대 옆 의자에 앉으면서 좀 어떠냐고 묻더군. 이치대로 하자면 할아버지야말로 의사니까 환자를 어떻게 대해야 하는지 가장 잘 알아야 했지만, 할머니 앞에서는 어찌할 바를 몰라 허둥대는 것 같았어. 처음에는 화장실에 가는 할머니를 부축해주다가 하마터면 할머니를 넘어뜨릴 뻔했고, 그다음에는 할머니에게 몸 닦을 수건과 갈아입을 옷을 아주 어렵게 준비해주고는 그제야 불 위에 올려놓았던 물이 끓다 못해 다 졸아버린 걸 알았지. 그런데도 할머니는 과분한 대접을 받는다는 표정으로 할아버지에게 계속 신경 쓰지 말라는 말을 반복하면서 페이쉬안을 불렀어. 나는 문득 할아버지가 이제껏 할머니를 위해 뭔가를 해본 적이 없었을 거라는 사실을 깨달았지. 할머니뿐만이 아니라 이 집을 위해서도 한 일이 없었을 거야. 심지어 할아버지는 두루마리 휴지가 어디 있는지조차 몰랐으니까.

할아버지는 이불 홑청 귀퉁이를 붙잡고서 페이쉬안이 하늘하늘한 이불을 그 홑청 안에 집어넣는 것을 지켜볼 때는 얼굴에 초조한 기색이 역력했어. 맞아. 할아버지는 일상생활에 대해 인내심이 전혀 없었어. 그 모든 일이 할아버지에게는 고통이나 다름없었지. 사실 할아버지는 출장 갔다 돌아오던 날 밤에만 아주 약간의 일을 했을 뿐이지만, 할아버지 마음은 이미 엉망이 되어버렸고 벌써부터 앞으로의 생활을 걱정하고 있다는 걸 우리 모두가 알 수 있었어. 다행히 페이쉬안이 얼른 할아버지를 위로하고 나섰지. 집안일은 우리가 다 할 수 있으니 마음 놓고 일만 하시라고 했어. 이튿날 새벽, 할아버지는 여느 때와 같은 시각에 자리에서 일어나 페이쉬안이 차린 아침식사를 한 다음 곧바로 출근하셨어. 할아버지의 생활은 예전과 똑같았어. 건물 아래로 내려가 직접 우편함을 열고 신문과 우편물들을 가져오는 것을 제외하면 일상에 아무런 변화가 없었지. 할아버지는 여전히 늦게 들어오셨고, 때로는 집에 돌아와서도 계속 일을 하셨어. 얼마 지나지 않아 할아버지는 또다시 출장을 가셨지.

나중에 돌이켜 생각해보니 그때는 어른이 없는 것이나 마찬가지였어. 나와 페이쉬안 둘만이 그 번다한 집안일 한가운데 놓여 있었던 거야.

"가지는 껍질을 벗겨야 하는 거야?"

"너 생선 제대로 푹 익힌 거 맞아?"

"전구 갈아 끼울 때 스위치를 내려야 하는 거야?"

"너 수도계량기 어디 있는 줄 알아?"

……

나와 페이쉬안은 무를 몇 개 삶는 데도 야단법석을 떨어야 했어. 페이쉬안은 소금을 넣을 때 작은 숟가락으로 뜬 다음 표면을 평평하게 만들었어. 단 한 톨도 더 들어가면 안 된다고 생각했지. 나처럼 손으로 아무렇게나 두어 번 집어서 냄비에 넣는 꼴을 보면 그냥 넘기질 못했어. 반면에 나는 그렇게 병적일 정도로 엄격한 그 애의 태도가 참기 힘들었지. 하지만 냉정하게 말하자면 나는 그 애가 예전처럼 그렇게 싫지는 않았어. 페이쉬안이 감자 한 냄비를 곤죽이 되도록 쪄놓는다든가 앞치마를 태워 커다랗게 구멍을 내놓은 걸 보고는 약간 귀엽다는 생각까지 들었지. 적어도 페이쉬안의 그 지나치게 정확하고 고상한 성품이 가식이 아니었다는 걸 알게 됐어. 좀 우습긴 하지만 그 애는 그냥 그런 사람이라고 인정할 수밖에 없었지. 심지어 앞으로는 그 애를 골려먹지 않겠다고 남몰래 속으로 다짐하기까지 했어.

2주를 기다려서야 나는 페이쉬안에게 할아버지를 설득할 수 있도록 도와달라는 얘기를 했어. 그때는 이미 페이쉬안이 거절하지 못하게 할 자신이 있었지. 그동안 몇 날 며칠을 고생하면서 내가 정말로 쓸모 있는 사람이라는 걸 충분히 증명했기 때문에 그 애도 내가 필요하다고 생각했을 거야. 내가 남으면 많은 걸 도와줄 수 있을 테니까.

"넌 너무 이기적이야."

내 말을 끝까지 다 듣고 나서 페이쉬안은 고개를 가로저었어.

"자기밖에 몰라."

내가 해명하려고 했지만 그 애는 틈을 주지 않고 얘기를 계속하더군.

"넌 지금까지 전혀 인식하지 못했겠지만, 우리가 여기 사는 게 할아버지 할머니한테는 얼마나 힘든 일인지 몰라. 할머니 다리가 다 나아서 걸을 수 있게 되면 틀림없이 모든 게 정상으로 돌아올 거야. 할머니는 예전처럼 이 많은 사람의 식사를 준비하실 테고, 이 많은 사람의 빨래도 도맡아 하시겠지. 네가 정말로 철든 애라면 더 이상 할머니를 그렇게 힘들게 해선 안 돼. 이제 할머니는 푹 쉬셔야 해. 할아버지도 주변이 조용해져야 일에 집중하실 수 있다고."

"우리가 할아버지 일에 방해가 된다는 거야?"

"물론이지. 할아버지는 이렇게 여러 사람이 눈앞에서 왔다 갔다 하는 걸 좋아하시지 않아."

"하, 할아버지를 정말 잘 알고 있구나. 할아버지 자신보다 더 잘 아는 것 같아."

난 침대 위에 앉아서 씩씩거렸어.

"더 이상 핑계 대지 마. 내가 가버리길 바란다는 거 다 알아. 속으로는 정말로 날 싫어하고 있잖아. 진작부터 이런 날이 오길 기다렸겠지. 톡 까놓고 솔직하게 말하지 뭣 때문에 그런 구차한 변명을 하는 거야? 두 분이 그렇게 조용히 지내시는 걸 원했다면 넌 왜 안 떠나고 있는 거야?"

"그래. 나도 정말 떠날 거야."

페이쉬안이 얘길 계속했어.

"아빠와 상의해서 미국 가는 시일을 좀 앞당기기로 했어. 아빠가 이미 수속도 다 마친 상태야. 겨울방학이 끝나면 할머니 다리도 좋아지겠지. 그럼 곧바로 떠날 거야."

"거짓말이지?"

나는 너무 놀라서 말도 제대로 안 나왔어.

페이쉬안이 다가와 내 옆에 앉았어.

"자치, 우리 둘 다 떠나야 해. 난위안에서의 아름다운 시절은 이걸로 끝이야."

페이쉬안은 이듬해 봄이 다 지나서야 얼굴에 새로 생긴 상처를 갖고 떠났지. 높은 곳에서 떨어지면서 얼굴을 다쳤다더군. 상처가 나는 바람에 일정을 좀 미룬 거였어.

사실 상처는 일찌감치 아물었지만 페이쉬안도 자신의 새 얼굴에 적응할 시간이 필요했을 거야. 그 애는 새로운 학교 친구들 앞에서 자신의 얼굴에 난 흉측한 상처를 어떻게 설명해야 할지, 자신의 생존 기반인 자존감을 어떻게 회복해야 할지 알 수 없었던 거지. 그 모든 게 너무나 어려운 일이었을 거야. 가엾은 페이쉬안. 나중에 그런 생각을 하니 복받치는 서글픔을 금할 길이 없었어. 순간, 내가 처음으로 그 애의 이름 앞에 '가엾다'는 단어를 쓰고 있다는 사실을 깨달았어. 믿을 수 없었고, 한편으로는…… 약간의 쾌감 같은 것도 있었지. 웅장한 건축물이 눈앞에서 우르르 무너져 내리는 걸 목도하는 느낌이었어.

미국에 간 지 2주째 되던 날, 페이쉬안으로부터 편지가 한 통 도착했어. 새 학교에 대한 이런저런 얘기를 썼더군. 친구들이 하는 말을 제대로 다 알아들을 수는 없지만 다들 다정하고 사이가 좋다고 했어. 편지 끝부분에서는 집 뒤 공터에 관한 얘기를 했어. 저녁 무렵에 그곳에 가면 사슴을 볼 수 있다는 거야. 살구씨 같은 눈을 가진 아름다운 사슴이 꼼짝도 하지 않고 자기를 바라보다가 이내 몸을 돌려 짙게 우거진 숲속으로 사라졌대. 내겐 그 부분이 무척 인상적이었어. 그 부분에서 페이쉬안이 이제까지 한번도 드러낸 적 없던 어떤 상처 같은 걸 느낄 수 있었지. 하지만 그때는 그런 느낌이 그저 내 착각이길 간절히 바랐어.

여러 해가 지나 그 애의 상처를 보면 그때 그 편지를 쓰던 때가 다시 떠오르겠지. 이국 타향의 황혼녘에 그 애 혼자 집 뒤 공터에 서 있는 광경이 내 눈앞에 펼쳐지겠지. 그 애가 편지를 보내온 건 어쩌면 나에게서 일말의 위로를 얻고 싶어서였는지도 몰라. 그저 따뜻한 말 몇 마디가 듣고 싶었는지도 모르지. 그 애는 내게 자신의 가장 약한 면을 보여준 거였어. 동시에 그건 나에 대한 커다란 신뢰를 의미했지. 어쩌면 그 애의 마음속에서는 우리가 정말 친했던 것인지도 몰라.

난 답장을 하지 않았어. 그때는 나 역시 엄청난 고통 속에 있었고, 누구에게도 하소연할 수 없었기 때문이야. 난 조리 있게 말하는 능력을 상실했고, 세상과의 모든 관계를 끊어버렸지. 이제 와서 이 모든 것을 핏줄과 연결시켜 생각하고 싶지는 않지만, 나와 페이쉬안 둘 다 난위안을 떠난 뒤로 각자 유년 시절에서 가장 고통스러운 시간을 보냈다는 것만은 분명해.

그 고통스러운 시절을 회상할 때마다 내 마음은 늘 나를 페이쉬안 이 내게 곧 미국으로 떠날 거라고 말하던 그날 오후로 데려가곤 하지. 우리는 침대 옆에 나란히 앉아 있었어. 일주일 내내 한번도 열지 않은 창문으로 햇살이 비쳐 들어와 우리 앞의 마룻바닥을 비추고 있었지. 네모반듯한 작은 빛 조각이 거대한 그림자에 둘러싸여 있었어. 페이쉬안이 "난위안에서의 아름다운 시절은 끝났어"라고 말했을 때, 나는 스웨터에 달린 단추를 만지작거리고 있었어. 갑자기 단추가 단단히 묶고 있던 실에서 떨어져나가 땅바닥에 떨어졌어.

탁, 따르륵. 단추는 그 네모난 빛 속에서 몇 번 튀어오르더니 그늘 속으로 몸을 던져 숨어버렸어. 정신을 차리고 찾아봤지만 단추는 이미 어둠 속에 녹아 없어졌는지 보이지 않더군. 난 눈길을 돌리면서 잠시 후에 다시 찾아보기로 마음먹었어. 왠지 모르게 가슴 깊은 곳에서 콰르릉 하고 굉음이 울렸어. 뭔가를 잃어버린 듯했지. 그 순간 어떤 일의 서막이 열렸어. 그런데 그게 대체 뭔지를 알 수 없었지. 하지만 오래지 않아 알게 됐어. 그건 끝이었어. 유년 시절이 끝난 거였어.

청궁

나 담배 한 대 피워도 돼? 창문 좀 열어도 되지? 아직도 춥니? 술은 확실히 몸을 따뜻하게 해주는 것 같아.

처음에 얘기했던 그곳으로 돌아왔어. 할아버지의 영혼이 아직 몸 안에 갇혀 있다는 걸 안 그날부터 내 인생은 갑자기 엄숙해졌어.

이튿날 오후에 난 수업을 빼먹고 책을 빌리러 의과대학 도서관으로 뛰어갔어. 영혼에 관련된 책은 서가에서 모조리 꺼냈지.

"꼬마야, 너 이런 책을 읽으면 무슨 뜻인지 다 알겠니?"

도서관 사서가 목록을 적다가 궁금증을 참지 못한 채 고개를 들어 묻더군.

난 그 책들을 안고 317호 병실로 갔어. 간호사가 막 나가고 난 뒤라 방 안에는 짙은 소독약 냄새가 가득했지. 책을 내려놓은 나는 침대 옆으로 갔어. 예전에만 해도 식물인간인 할아버지는 거의 사물에 가까웠어. 게임 도구가 되기도 하고 네 소파의 등받이가 되어주기도 했지. 하지만 이제는 달라졌어. 할아버지는 영혼이 있는 사람이었어. 침대 맡에 서서 다시 할아버지를 바라보는 순간, 이 사람이 내 할아버지라는 사실을 처음 깨달은 것 같았어. 할아버지가 이렇게 되지 않았다면 아주 좋은 할아버지였을 거라는 생각이 들더군. 선량하고 자상하고, 특히 나를 무척 사랑했을 거야. 저수지에 나를 데리고 가서 낚시도 하고 동물원에 데리고 가서 코끼리를 보여주기도 했겠지. 그리고 새 운동화와 트랜스포머 장난감도 사주셨겠지. 할아버지가 멀쩡하셨다면 절대로 할머니가 나를 그렇게 괴롭히도록 놔두지도 않았을 거야.

난 할아버지 가슴에 손을 얹었어. 건강한 심장이 나무처럼 딱딱한 몸 안에서 뛰고 있는 걸 느낄 수 있었어. 그런 다음 네가 했던 대로 검지를 구부려 가볍게 두드려봤어. 문을 두드리듯이 그렇게 말이야. 똑똑— 똑똑—

"제 얘기 들리세요? 들리시죠?"

할아버지가 들린다고 대답하는 어떤 징후도 없었지만, 나는 스스로 이미 대답을 들었다고 믿었어. 들린다고, 분명 들린다는 대답이었지.

'할아버지의 영혼이 이 안에 갇혀 있어. 할아버지의 영혼이 이 안에 갇혀 있어.' 나는 속으로 이 말을 몇 번이고 되뇌었어. 가슴 깊은 곳에서 예전에는 없었던 사명감 같은 게 샘솟는 것 같더군. 내가 그 영혼을 해방시켜줘야 한다는 사명감 말이야.

오후 내내 나는 빌려온 책들을 뒤적였어. 이해할 수 있는 대목은 얼마 없었지만 그래도 그 심오한 말들 속에서 뭔가 엄숙하고 경건한 만족감을 느꼈어. 모든 게 그렇게 쉬울 수는 없는 법이지. 영혼을 해방시키는 것은 아주 어려운 임무가 될 거야.

방과 후에는 너도 병실로 왔어. 내가 분명 여기 있으리라는 걸 알았던 거지. 넌 내게 왜 수업을 빼먹었냐고 물었어. 난 별다른 이유는 없고 그냥 학교에 가기 싫었을 뿐이라고 대답했어. 넌 내 옆에 쌓여 있던 한 무더기의 책을 보고도 아무 말 하지 않았어. 그냥 여느 때처럼 창가로 걸어가 라디오를 틀고는 앉아서 못다 그린 너의 작은 그림을 그리기 시작했지. 나는 고개를 숙이고 손에 들고 있던 책을 계속 읽어내려갔어.

우리는 둘 다 그날 오후를 종전의 질서대로 이뤄나가려고 노력하는 듯 보였어. 하지만 그럴 수 없을 것 같았지. 병실 안 분위기가 이미 예전과 달랐거든. 소독약 냄새조차 유난히 더 자극적이었어. 나는 책을 한 줄도 읽어나갈 수 없었어. 곁눈질로 자꾸만 방 안에 있는 병상을 쳐다보고 있었지. 철제 틀 너머로 침대 끝에 있는 할아버지의 두 발이 보였어. 두 발이 가볍게 흔들리고 있는 것 같았어. 결국 참지 못하고 고개를 들어 보니 너 역시 그 침대를 멍하니 바라보고 있더군. 순간 우리 둘의 시선이 서로 부딪쳤다가 곧바로 바닥에 떨어졌어. 우리는 다시 각자 고개를 숙였어. 이제 방 안에는 세 사람이 있는 셈이었지. 우리는 더 이상 할아버지의 존재를 무시할 수 없었어.

모든 것이 변형되고 비틀리기 시작했어. 창틀 위에 놓인 라디오조차 우리에게 과거와 달라진 자신의 존재를 상기시키려고 애쓰는 것 같았어. 그때 텔레비전에서 차이친蔡琴(타이완의 유명 여성 가수)의 노래가 흘러나오고 있었어. 나는 차이친을 무척 좋아했어. 그녀의 목소리가 엄마의 목소리를 닮았기 때문이지. 난 완전히 넋을 잃고 노래에 귀를 기울이고 있었어. 그런데 갑자기 노랫소리가 가볍게 떨리더니 점점 멀어지다가 이내 사라지면서 치지직 하는 소음으로 바뀌어버렸어. 잠시 후 소리가 다시 서서히 가까워지긴 했지만, 이미 차이친의 노래가 아니었어. 다른 채널로 바뀌어 있었지. 무겁고 우울한 중년 남자의 목소리가 졸린 듯한 어조로 뉴스를 전하고 있었어. 잠시 후에는 그 남자의 목소리도 이내 멀어져 치지직 소리로 바뀌더군. 네가 다가가서 이리저리 주파수를 맞추더니 원래의 채널을 찾아냈어. 차이친이 노래의 한 절을 부르고 나자 목소리가 다시 사라졌어. 네가 다시 이리저리 돌려봤지만 소용없었지. 라디오는 마치 귀신이 들린 듯 제멋대로 주파수를 찾는 상태가 되어버렸어. 그러더니 쉴 새 없이 여러 채널을 넘나들며 온갖 소리를 조각조각 파편으로 만들어버리더군.

어떤 강렬한 주파수의 간섭이 방 안에 가득 차 있는 듯했어. 문득 오후에 어느 책에서 읽은 "영혼은 일종의 전자기파다"라는 문구가 생각났어.

넌 더 이상 그 라디오에 신경을 쓰지 않기로 했지. 라디오가 계속 경련을 일으키듯 그렇게 채널을 넘나들게 내버려두고는 창문을 열었어. 뭔가를 쫓아내려는 생각이었지. 휘익 세찬 바람이 불어 들어와 차르륵 책장을 넘겼어. 바람이 우리에게 자신의 존재를 일깨워주는 것 같았지. 생명이 없는 사물에 갑자기 활기가 넘쳤어. 병실은 우리가 서로를 피하지 못할 정도로 혼잡해졌지. 네가 몸을 돌리는 순간, 또다시 우리의 시선이 충돌했어. 하지만 이번에는 네가 기어이 우리 사이에 흐르는 심상치 않은 침묵을 깨고 말았지. 네가 다가와서 손 가는 대로 책장을 뒤적이며 물었어.

"좋아, 넌 대체 뭘 하려는 거니?"

"할아버지의 영혼을 해방시켜주고 싶어."

넌 어깨를 으쓱해 보이면서 어른처럼 별일 아니라는 듯한 표정을 지었지.

"네가 울트라맨이라도 되는 줄 알아?"

"아니니까 이런 책을 보는 거지."

"내가 보기엔 그만두는 게 나을 것 같다."

"그러니까 네 말은 내 시도가 절대 실현될 수 없을 거라는 거지, 그렇지?"

내가 물었어.

"잘 모르겠어."

너는 고개를 갸우뚱거렸어. 네 일이 아니라 별로 관심이 없다는 듯한 그 모습은 정말 얄미웠지.

"그래, 영혼을 해방시켰다고 치자. 그런 네가 그 영혼을 살릴 수 있겠어?"

"그럴지도 모르지."

내가 고집스럽게 말했어.

"좋아, 네가 그럴 수 있다고 치자. 그러면 네 할머니랑 고모가 정말 할아버지가 살아나시길 바란다고 확신할 수 있어?"

너는 재빨리 내 표정을 훑었지.

"글쎄, 내 생각에는 너희 할아버지가 지금 살아나신다면 오히려 많은 사람이 더 힘들어질 것 같아."

난 네 손에서 거칠게 책을 빼앗었어. 전에는 네가 그저 좀 무심하고 냉정하다고만 생각했지. 하지만 이제 보니 넌 지나치게 냉혹한 아이였어. 앞으로 다시는 너한테 할아버지 영혼을 해방시키는 얘기를 꺼내지 않기로 마음먹었지. 큰일을 이뤄내는 영웅들은 일이 이루어질 때까지 사람들로부터 공감을 얻지 못하는 경우가 대부분이니까. 그 순간 갑자기 그런 사람들의 고통이 이해되더군.

"이 일은 그냥 잊기로 하자."

너는 누가 듣기라도 하면 큰일난다는 듯이 목소리를 낮췄어.

"어쩌면 우리가 처음부터 알면 안 되는 일이 있는 건지도 몰라……."

우리는 더 이상 아무 말도 하지 않았어. 방 안에는 정적이 흘렀지. 그 라디오만 여전히 지칠 줄 모른 채 주파수를 넘나들고 있었어. 하지만 사람의 목소리는 이미 사라지고 치지직 치지직 하는 성가신 소음만 남아 혼자서 칠흑 같은 터널로 걸어 들어가는 것 같았지.

그게 처음이었어. 날은 아직 완전히 어두워지지 않았고, 우리는 각자의 집으로 돌아갔지.

현관문을 밀어 열자 할머니가 창가에 앉아 찌걱찌걱 재봉틀을 밟고 있었어. 윙 하고 재봉틀 돌아가는 소리가 헬기가 머리 위로 날아가는 것처럼 요란하더군. 할머니는 내가 들어서는 걸 보고는 재봉틀 발판 위에 올려놓았던 작은 발을 살짝 들었어.

"오늘은 일찍 오는구나."

나는 할머니가 옷을 따뜻한 겨울옷으로 바꿔 입은 걸 발견했어. 진한 대추색 털실로 짠 조끼는 털이 이미 다 빠져버리고 실로 촘촘하게 짠 두 판의 두툼한 펠트 조직만 남아 마치 딱딱한 갑옷 같았어. 나프

탈렌 냄새가 진하게 나는 걸 보고 상자에서 이제 막 꺼냈다는 걸 금세 알았지. 할머니가 결국 그 상자를 열었던 거야. 올해는 작년에 비해 좀 이른 듯했어.

매년 가을 할머니는 난방이 시작될 때까지 기다렸다가 식구들이 겨울을 날 옷들을 꺼내곤 했어. 그건 아주 중요하고 큰일이라 단단히 마음먹어야 결행할 수 있는 일이었지.

"올겨울에는 정말 반쯤 죽어나겠구나."

할머니는 늘 이렇게 말했어.

집에 장롱도 없고 캐비닛도 없다보니 모든 물건을 상자에 넣어두었어. 현실적인 상황에서 공간을 절약할 수 있는 조치인 것은 분명하지. 하지만 설사 대저택이 주어진다 해도 할머니가 장롱을 사용하길 기대할 수는 없을 거야. 할머니는 주저 없이 큰 상자 몇 개를 더 들여놓을 테니까. 할머니의 논리로는 물건을 장롱에 넣어두는 것은 진정한 소유라 할 수 없고, 상자에 보관해야만 온전히 자기 것이라고 할 수 있으니까. 할머니는 늘 누군가 와서 재산을 몰수해갈까봐 걱정하며 값나가는 물건들은 언제든지 들고 갈 수 있도록 전부 상자에 넣어두었어. 안쪽과 바깥쪽 방 두 칸에는 식탁과 침대, 그리고 필수적으로 남겨야 하는 복도를 제외하면 다른 공간은 전부 상자들로 가득 차 있었어. 상자 위에 상자를 올려 천장에 닿도록 쌓아두고 자주 사용하는 물건을 위쪽에 놓았지. 겨울옷들은 반년 넘게 입지 않아 이미 맨 아래쪽에 깔려 있었어. 옷을 꺼내려면 위에 올려놓은 상자들을 하나하나 다 내려야 했지.

쌀쌀한 가을밤을 할머니는 얇은 홑겹 스웨터 하나만 입고 덜덜 떨면서 보냈어.

"내일 상자를 옮겨야겠어."

할머니는 이를 부득부득 갈면서 말했지.

하지만 날이 밝고 해가 뜨면 할머니는 또다시 며칠 더 버텨볼 수 있을 것 같다고 생각했어.

"할머니 한고조寒苦鳥(인도 히말라야산맥에 산다는 상상의 새) 얘기 들어보셨어요?"

한번은 내가 할머니에게 물었어.

할머니는 눈을 희번덕거리며 쏘아붙이시더군.

"그 얘기는 내가 너한테 해준 거잖아."

"아니에요. 고모가 해줬어요."

할머니는 발을 바꿔 계속 재봉틀 발판을 굴렸어. 할머니처럼 게으른 사람이 몇 주나 걸려 방한 효과 하나 없는 누비이불을 박고 있다는 건 정말 상상하기 어려운 일이었어. 누군가 할머니에게 재봉틀을 열심히 구르면 치매 예방에 좋다는 얘기를 해줬기 때문이었지. 할머니는 치매에 걸리면 우리한테 무시당할까봐 두려워 죽어라고 발판을 밟고 또 밟았어.

실이 다 떨어지자 할머니는 발을 멈추더군. 나는 정성을 다해 할머니에게 반짇고리를 갖다드렸어.

"할머니."

내가 옆에 서서 반짇고리를 내밀며 아무 일도 없다는 듯이 슬쩍 물었어.

"할머니도 당연히 할아버지가 깨어나시길 늘 바라셨겠죠?"

"난 늘 네 할아버지가 얼른 돌아가시기를 바랐어."

할머니는 고개도 들지 않고 말했어.

"이 노인네는 뼈가 어찌나 튼튼한지 그렇게 오래 누워 있었는데도 몸이 흐트러지지 않았어. 몇 년 전에 죽었다면 병원에서 보상을 많이

해줬을 텐데, 지금은 원장이 몇 번이나 바뀌었으니 보상 문제를 누가 알겠어."

"할머니는 정말 할아버지가 깨어나시길 조금도 바라지 않는단 말이에요? 할아버지만 깨어나시면 우린……"

난 머릿속으로 열심히 뒤에 이를 적당한 말을 찾았지.

"온 가족이 다 모이는 거잖아요."

"다 모인다고? 헤헤헤……"

할머니의 자고새 목소리가 다시 발작했어.

"할아버지는 어디서 살고? 병원에서 위로금도 안 줄 텐데 우린 뭘 먹고 살아? 설마 네가 우릴 먹여 살리려고?"

할머니는 작은 눈을 부릅뜨며 내게 독하게 쏘아붙였어. 나는 얼른 안쪽 방으로 뛰어 들어가 사방을 둘러봤지. 도처에 상자가 놓여 있어서 정말이지 침대 하나 더 들여놓을 자리가 없더군.

잠시 후 고모가 돌아왔어. 나는 얼른 나가서 고모가 들고 온 야채를 받아들고는 고모를 따라 부엌으로 들어갔지.

"고모, 할아버지가 깨어나시면 좋을 것 같아요?"

내가 오이 하나를 문질러 씻으면서 슬쩍 떠봤지.

"불가능한 일이다."

고모가 단호하게 말했어.

"뇌를 다 잘라냈잖아."

"뇌를 잘라냈다고요?"

나는 줄곧 할아버지가 무거운 물체에 부딪혀서 그렇게 된 줄로만 알았지, 뇌를 잘라낸 사실은 전혀 몰랐어.

"다 잘라낸 건 아니고, 절반 조금 넘게 잘라냈지."

"전 그냥 만약을 얘기해본 거예요. 만약에 할아버지가 깨어나신다면 어떨지 한번 생각해보세요……."

"글쎄다."

고모는 화로에 불을 붙이며 그릇에 담긴 계란을 빠른 속도로 휘저었어.

"그럼 난 직장을 잃겠지. 나는 원래 네 할아버지 대신 병원에 들어간 거였으니까. 요즘 새로 들어오는 사람이 아주 많아. 나이는 나보다 적지만 학벌은 나보다 좋지. 모두 나를 밀어내고 싶어 안달이야. 아버지가 깨어나신다면 그 사람들에게는 날 집으로 돌려보낼 수 있는 명분이 생기는 셈이지."

잘 풀어진 계란이 뜨거운 기름 속에서 황금빛 기포를 뿜어내는 모습이 마치 불타는 태양 같았어. 고모는 뒤집개를 든 채 멍하니 서 있었지. 눌어붙는 냄새가 화로 위로 퍼지자 고모는 갑자기 몸서리를 쳤어.

"안 돼, 안 돼."

고모는 같은 말을 되풀이하더군.

"뇌를 절반이나 잘라냈어. 그러니 깨어나실 리가 없어. 내가 겁이 많다는 건 너도 잘 알지. 다시는 날 놀라게 하지 마."

나는 눌어붙은 계란을 조금 떼어 먹고는 황급히 방으로 돌아왔어. 빌려온 책이 책상 위에 놓여 있었지만 다시 들춰볼 힘이 없었지. 나는 뇌를 절반 넘게 잘라낸 사람은 다시 깨어날 수 없다는 사실을 받아들이려 노력했어. 동시에 아무도 할아버지가 깨어나길 바라지 않는다던 네 말이 옳았다는 것도 인정해야 했지. 너는 이번에도 내가 생각지도 못했던 걸 먼저 생각했고 나를 앞질러 뛰어가고 있었던 거야. 그런 사실이 나는 정말 싫었어.

이 집에, 그리고 이 세상에 이미 할아버지의 자리는 없었어. 그런 생각을 하니 좀 서글퍼지더군. 예전에 만화책을 보면 늘 어린이들이 각종 요괴나 신선, 또는 외계인에게 납치되어 선계나 외계에 갔다가 갖가지 모험을 하고 돌아오는 얘기가 나오기 마련이었지. 난 항상 그런 아이들이 부러웠어. 거리를 걸으면서도 혹시 그런 수상하고 괴상한 사람들이 없는지 늘 신경을 곤두세웠지. 그들이 날 완전히 낯선 곳으로 데려가주길 바라면서 말이야. 이제는 다 알아. 그렇게 아무렇게나 납치될 수는 없다는 걸 말이야. 다시 돌아오면 이 세상에는 이미 내 자리가 없어졌을 수도 있으니까. 게다가 갑자기 침대에 누운 채 꼼짝도 못하는 할아버지가 우리를 먹여 살리고 있다는 사실도 깨달았어. 할아버지가 식물인간이 되지 않았다면, 할머니는 위로금을 받지 못했을 테고, 고모도 일자리가 없었겠지. 나도 학비가 없어서 학교에 다니지 못했을 거야. 이 모든 게 할아버지의 잘라낸 절반의 뇌와 바꾼 것이었어. 그 절반의 뇌가 없었다면 눈앞의 이런 생활도 없는 거였지. 잠깐, 혹시 잘라낸 절반의 뇌가…… 나는 불현듯 사인탑에서 봤던 그 창백한 뇌가 생각났어. 그게 혹시 할아버지 것이 아닐까? 난 진저리를 쳤어. 할아버지는 대체 어떻게 식물인간이 되신 걸까? 우선 이 일부터 확실히 알아야 했어.

잠들기 전에 난 고모한테 매달려 할아버지가 어떻게 식물인간이 되셨는지 캐물었어.

"못."

고모는 중얼거리듯이 이 한마디만 던지고는 금세 잠들었어.

그날부터 나는 매일 잠들기 전에 고모를 찾아가 끈질기게 캐물었어. 그렇게 피곤하지 않은 날이면 고모가 약간의 얘기를 들려주긴 했지만 그나마도 몹시 힘들어했어. 고모의 기억은 마치 탱크에 깔리기라도 한 것처럼 조각조각 부서져 있었어. 나는 뒤죽박죽으로 뒤엉킨 고모의 얘기에 서서히 적응해갔고, 이야기 사이사이의 긴 침묵과 마음의 준비를 할 새도 없이 갑작스레 터져나오는 코고는 소리에도 익숙해져갔어.

게다가 어떤 단어들의 의미를 설명하기 위해 고모는 아주 많은 시간을 할애해야 했어. 예컨대 '문화대혁명'이나 '외양간牛棚(문화대혁명 시기에 비판투쟁 대상자들을 가두기 위해 건물 계단 밑이나 창고 등 일반적인 공간들을 임시 감옥으로 사용하던 곳)' 같은 단어가 그랬지. 후자는 마침내 이해할 수 있었지만 전자는 고모의 설명이 더해질수록 점점 더 모호해졌어. 설명할수록 '대자보'라든가 '조반파' '홍위병' 등 생소한 단어가 끊임없이 등장했거든. 나는 쉴 새 없이 고모의 말을 끊고 그런 단어들이 무슨 뜻인지 물었어. 그럼에도 결국 제대로 이해할 수 없었지. '문혁'이 무엇인지는 제대로 파악하지 못했지만 다행히 할아버지 일은 대체로 이해할 수 있었어.

할아버지에게 일이 터진 건 1967년이었어. '문혁'이 이미 시작됐을 때였지. 병원 사람들은 두 세력으로 나뉘었어. 당시 할아버지는 병원 임원이었기 때문에 '보황파保皇派(문화대혁명 시기 마오쩌둥을 옹호하는 세력)'에 속했지. 일부 '조반파'로 불리는 사람들도 있었어. 나한테는 '보황파'나 '조반파'가 그리 생소한 단어가 아니야. 예전에 아빠가 다른 사람들과 포커를 할 때도 보황파와 조반파로 나뉘었던 것 같아. 이 두 세력이 완전히 같은 것인지는 알 수 없었지만, 어쨌든 물과 불처럼 병존할 수 없는 관계인 건 분명했어. 결국 '조반파' 사람들은 '보황파'에 대한 비판투쟁을 시작했지. '비판투쟁' 역시 이해하는 데 꽤 힘든 단어였어. 고모는 이 단어가 사람들을 육체적으로뿐만 아니라 정신적으로도 괴롭히는 것이라고 설명했어. 할아버지는 바로 그런 고통을 당하고 나서 외양간에 갇힌 거지. '외양간'이라고 하기에 처음에는 정말로 소를 기르는 축사를 말하는 줄 알았어. 하지만 그게 아니었지. 어느 것이든 '외양간'이 될 수 있었어. 예컨대 사인탑도 '외양간'이 될 수 있었지. 당시에 할아버지가 갇혀 있던 외양간은 놀랍게도 우리가 매일 가서 놀았던 사인탑이었어. 하지만 당시에는 사인탑도 그다지 특별할 게 없는 평범한 급수탑이었지. 시신도 없었고 포르말린 용액이 가득 담긴 수조도 없었어. 어느 비판투쟁에서 할아버지는 흠씬 두들겨 맞았고, 몸 여기저기에 상처를 입었어. 그런 다음 탑 안에 갇힌 거야. 이튿날 할머니가 데리고 왔을 때, 할아버지는 정신이 가물가물했고 말도 제대로 하지 못했어. 심지어 빛을 보는 것도 몹시 두려워했고 끊임없이 구토를 했지. 할머니는 할아버지가 너무 놀라서 그런 것이라 생각하고 며칠 안정을 취하면 좋아질 거라고 믿었어. 하지만 할아버지의 상태는 점점 더 나빠졌고, 결국 한쪽 팔의 감각을 완전히 잃으면서 팔을 들어올리지 못하게 됐지. 두 다리도 마비되기 시작하면서 걸을 수 없게 되었어. 며칠 더 지나자 할아버지는 대소변을 가리지 못했고 간신히 웅얼웅얼 알아들을 수 없는 소리만 냈지.

할아버지는 의대 부속병원으로 실려갔지만 의사도 병의 원인이 뭔지 찾아내지 못했어. 상태는 날이 갈수록 나빠졌어. 얼마 지나지 않아 할아버지는 눈을 깜박거리는 것과 심장이 뛰는 것을 제외하고는 온몸의 감각을 잃었어. 죽은 사람과 다를 바 없었지.

병원은 여러 분과의 전문의들을 다 모아 협진을 통해 할아버지에 대한 전면적인 검사를 진행했어. 결국 엑스레이 사진에서 할아버지의 두개골 내에 박힌 두 치 길이의 쇠못을 발견했지. 태양혈 근처에서 들어간 것이 분명해 보였어. 그 자리에 조그맣게 찢어진 자리가 있었거든. 가족들은 그저 피부의 외상인 줄로만 알고 주의 깊게 살펴보지 않았었지. 그런데 쇠에 녹이 슬면서 뇌 조직이 세균에 감염되고 염증으로 짓무른 데다 환부가 점점 확산되고 있어서 당장 머리를 열어 못을 꺼내야만 했지. 수술에 위험이 따를 것이 분명했지만 병원에서는 여러 차례 검증을 거쳐 반드시 수술을 해야 하되 빠를수록 좋다는 결론을 내렸어. 하지만 할머니는 아무리 설득해도 수술을 허락할 수 없다고 고집을 부렸지.

"지금은 적어도 살아 있기는 하잖아. 만에 하나 수술이 잘못돼서 목숨을 잃기라도 하면 어떡해?"

할머니는 쉴 새 없이 이 말만 반복했어.

당시 할머니는 '산송장'에 대해 충분히 이해하지 못했던 것 같아. 할머니는 오로지 과부가 되고 싶지 않다는 생각뿐이었지. 할머니가 남은 반생의 고통이 남편이 죽지 않았기 때문이리라는 것을 예견할 수 있었다면, 수술을 방해할 리도 없었을 뿐만 아니라 오히려 수술이 실패해서 할아버지의 그 무의미한 심박동이 어서 멈추기를 속으로 기도했을 거야.

나중에 병원에서는 할아버지의 동료를 보내 할머니를 설득했어. 수술이 실패하면 병원에서 일정한 위로금을 지급하고 할머니와 두 아이의 생계도 돕겠다고 약속했지. 할머니는 너무 지친 터라 더 이상 따질 기운도 없어서 결국 수술 동의서에 서명하고 말았어.

수술은 아주 성공적이었지. 머리에 박힌 못을 빼냈어. 그놈의 못은 교반기攪拌機처럼 할아버지의 뇌수를 마구 휘저어 녹과 세균에 혼합되게 만든 다음, 전혀 다른 물질로 발효시켰어. 문드러진 뇌는 이미 악취를 풍기기 시작했지. 의사는 절제 부위를 최소화하여 뇌의 3분의 1을 남기려고 혼신의 노력을 다했어. 하지만 할아버지의 상태는 수술 전과 전혀 차이가 없었지. 죽지도 않고 깨어나지도 않은 거야.

고모는 의학적으로 환자가 뇌의 일부를 절제한 다음에는 그 빈 공간이 뇌 조직액으로 채워지고, 남아 있는 뇌가 잃어버린 부분의 뇌

기능을 담당하는 사례가 적지 않다고 했어. 그런 경우 여전히 신체운동 능력과 언어사유 능력을 갖추고 있기 때문에 겉으로는 정상인과 똑같아 보인다는 거야. 하지만 그런 환자들은 대부분 대뇌가 완전히 발달하지 않은 어린아이이고, 절제된 부분이 담당하던 기능도 상대적으로 덜 중요한 경우가 많지. 할아버지한테는 이런 기적이 일어날 수 없는 게 분명했어. 그래서 의사도 할아버지가 영원히 깨어나지 못하리라고 생각했던 거지.

수술을 마치고 며칠이 더 지나서야 경찰이 병원에 와서 조사를 했어. 범행 발생 시간은 분명 비판투쟁이 끝난 뒤였을 거야. 그 흉악범은 사람들이 흩어지고 나서 사인탑으로 가서 할아버지 머리에 못을 박았겠지. 그 전에 이미 흠씬 두들겨 맞은 할아버지는 땅바닥에 널브러져 몸을 움직이지 못하는 상태였을 것이고, 정신도 몹시 혼미한 상태였을 거야. 그래서 반항도 하지 못했던 거지. 범행을 저지른 사람은 분명 해부학을 잘 알고 있고 그분야의 일을 많이 해본 사람일 거야. 그래서 중요한 혈관을 피해 못을 박을 위치를 정확하게 찾아냄으로써 할아버지가 현장에서 즉사하는 일을 피할 수 있었겠지. 그리고 상처도 적절하게 처치되어 겉으로는 아주 빨리 아물 수 있었던 거야. 나중에 누군가 농담 삼아 이는 의대 부속병원 역사상 가장 정밀하고 뛰어난 수술일 거라고 말하더군. 단지 집도의가 누군지 몰라 아쉬울 따름이라고 말이야. 경찰은 그날 비판투쟁에 참가했던 사람들 모두에게 혐의가 있다고 봤지만, 그들 가운데 범인이 없을 가능성도 배제하지 않았어. 그들은 할머니에게 할아버지에 대해 원한을 품은 사람이 있는지 기억을 더듬어보라고 했어. 할머니는 아주 길게 사람들 이름을 열거했지. 하지만 사실 그 사람들뿐만이 아니었어. 부속병원 의사 대부분이 할아버지를 몹시 싫어했다고 하는 편이 더 정확할 거야. 고모는 할아버지가 싸움은 아주 잘하시지만 의학 공부를 정식으로 해본 적이 없기 때문에 의술로는 안 된다고 말했어. 그런 할아버지가 부원장으로서 의술이 자기보다 훨씬 뛰어난 수많은 의사를 거느리고 있었으니 그들이 할아버지에게 승복하지 않는 것은 당연한 일이었지. 할아버지도 그들이 의술을 좀 안다고 거만하게 으스대면서 부원장인 자신을 우습게 여긴다고 싫어했어. 그래서 그들에게 본때를 보여줘야 한다고 생각했지. 의술이 좋을수록 메스를 잡을 기회를 안 줌으로써 그들에게 아무리 뛰어난 능력이 있어도 펼칠 수 없게 했던 거야. 그러니 그들은 마음속으로 할아버지에 대해 원한을 품고서 반격의 기회를 노리고 있었겠지.

경찰은 할머니가 준 명단을 바탕으로 심문 범위를 확대했어. 그로부터 며칠이 지난 어느 밤이었지. 그중 한 사람이 집에서 수액 호스로 목을 매 자살했어. 왕량청汪良成이라는 내과 의사였지. 누구도 그 사람이 한 짓이라 믿지 않았어. 평상시에 늘 잘 웃고 사람들한테 아주 친절했거든. 게다가 문화예술을 사랑해서 그림 그리는 것도 좋아하고 바이올린도 연주할 줄 아는 선비 같은 사람이었지. 나중에 누군가 그날 오후에 비판투쟁이 끝나고 그가 사인탑 쪽으로 가는 걸 분명히 봤다고 했다더군. 그때 비가 와서 우산을 들고 있었다는 거야. 옆에 한 사람이 더 있었지만 비옷을 입고 있어서 누군지 얼굴을 제대로 보진 못했다더군. 그 사람은 분명 왕량청과 한패일 것이고, 그가 주범일 가능성이 아주 높지. 왕량청의 아내는 남편이 자신은 아무 짓도 안 했다고 말했노라고 거듭 주장했어. 그녀의 말을 믿기는 어려웠지만 왕량청이 내과의라서 수술 경험이 없었던 것은 분명한 사실이었지. 그런데 경찰은 심문할 사람을 죄다 심문했는데도 아무런 혐의점을 발견하지 못했고 새로운 단서도 찾아내지 못했어. 결국 수사는 그렇게 흐지

부지되고 말았지. 그들의 논리는 죄가 드러날 게 두려워 자살했다는 것은 죄를 인정하는 것에 다름 아니고, 그렇다면 이대로 사건을 종결해도 된다는 거였어. 아빠는 그런 결과를 받아들일 수 없다면서 경찰에게 공범을 잡을 때까지 조사를 계속해줄 것을 요구했지. 아빠는 혼자 공안국으로 달려가 입구에 버티고 앉아 꼼짝도 하지 않았어. 어느 날 퇴근 시간이 다 되어 그들이 아빠를 쫓아내자 아빠가 주먹을 휘둘러 경찰의 얼굴을 때리고 배에도 수차례 발길질을 했지. 또 다른 경찰이 아빠를 잡아당겨 떼어내면서 손을 비틀자 아빠는 몸부림을 쳐 빠져나와서는 그 경찰에게 달려들어 발로 걷어찼어. 아빠의 폭행은 미친개처럼 도무지 멈출 줄을 몰랐지.

그때 아빠는 겨우 열세 살이었어. 포악한 기운이 아빠의 마음속에서 솟구쳐 요동쳤지만 출구를 찾을 수 없었던 거지. 아마 그때부터였던 것 같아. 아빠는 불같은 성격에 쉽게 화를 냈고 걸핏하면 주먹을 휘둘러 사람들을 때리곤 했지. 고모는 예전에 집안 식구들이 전부 할아버지를 두려워했던 것도 다 그런 불같은 성질이 언제 갑자기 발동할지 알 수 없었기 때문이라고 말했어. 할아버지가 식물인간이 되고 난 뒤로 그 성질이 아빠한테 그대로 옮겨간 거야. 나중에 생각해보니 어쩌면 아버지라는 보호막이 없어지고 나니 외부로부터 닥쳐오는 상해와 공격을 막기 위해 자신을 아버지와 같은 사람으로 변모시킴으로써 거대한 공백으로 인한 공포에 대응한 것이 아닌가 싶더라고. 그로부터 얼마 지나지 않아 아빠는 '홍위병'에 합류했어. 마침내 자신의 분노를 발산할 출구를 찾은 거지. 그 붉은 완장은 아빠가 마음껏 폭력을 행사할 수 있는 허가증이 되었어. 심지어 아빠는 남의 집 가산을 몰수하는 일에 중독이 되어버렸어. 누군가 가산을 몰수하러 간다는 얘기를 들었다 하면 아빠도 즉시 집 밖으로 뛰쳐나갔지. 한동안 가산 몰수하는 일을 하지 못하면 좌불안석이 되었고, 심지어 그런 불안감을 견디지 못해 자기 집 물건들을 집어던지기도 했어. '문혁'이 끝나고 다른 '홍위병'들은 전부 정상인의 자리로 돌아왔지만 아빠는 광기의 질주를 멈추지 못하고 여전히 때리고 부수며 약탈하는 상태를 유지했어. 이런 사정을 알게 된 뒤로 아빠에 대한 내 시각이 약간 바뀌었어. 완전히 이해할 수는 없지만 약간의 동정심이 생긴 건 사실이야. 적어도 아빠가 태어날 때부터 그렇지는 않았다는 걸 알았으니까.

아빠가 끊임없이 파출소를 들락거리며 시비를 가리는 동안 할머니는 하루 종일 원장 사무실 문밖에 앉아 있었어. 할머니에게도 나름대로의 주장이 있었던 거지. 할머니의 주장이 훨씬 더 현실적이었어. 예컨대 가족으로서 일정한 배상을 받아야 한다는 거였지. 할아버지는 부속병원의 직원이고, 사건이 발생한 곳도 병원이니 병원에서 책임을 지는 것이 마땅하다는 주장이었어. 할머니는 작은 의자를 하나 들고 가서 아침부터 저녁까지 사무동 복도에 앉아 있었지. 아빠처럼 힘센 두 주먹은 없었지만 할머니도 할머니 나름대로의 무기가 있었어. 다름 아니라 우는 거였지. 할머니는 히스테릭하게 세상이 떠나갈 듯 울부짖으며 할아버지 이름을 부르고 또 불렀어. 어서 깨어나 고아가 되고 과부가 된 자신들을 사람들이 얼마나 멸시하고 괴롭히는지 보라고 외쳐댔지. 할머니는 쉴 새 없이 울고 또 울었어. 울고 또 울다보면 모골을 송연하게 만드는 그 자고새 목소리가 울음에 섞여 나왔지. 결국 할머니의 주장이 관철됐어.

병원 측에서 전문가를 보내 할아버지를 숨이 끊어질 때까지 보살피기로 약속했어. 아울러 매달 일정한 위로금을 지급하기로 했지. 할머니는 잠시 조용해졌어. 하지만 그때부터 뜻대로 안 되는 일이 생겼다 하면 의자를 들고 병원에 가서 울어댔지. 우리 식구가 사는 이 방 두 칸도 할머니가 울어서 얻어낸 거야. 고모의 일자리도 할머니가 울어서 생긴 것이고 할머니 입안에 있는 금니 두 개도 울어서 얻어낸 거였지.

어쨌든 할아버지 일은 그렇게 지나갔어. 시간은 성큼성큼 앞으로 나아갔고 사람들은 몸에 박인 굳은살을 벗겨내듯 매일 한 장씩 달력을 뜯어냈지. 처음에는 온 가족이 매일 할아버지를 보러 갔어. 한동안 병실에 서서 간호사가 할아버지의 몸을 닦아주는 모습을 지켜보며 그녀가 게으름을 피우지 않는다는 것을 확인했지. 그러던 것이 나중에는 일주일에 한번씩 가게 되고, 시간이 더 지나자 아예 가지 않게 되었어. 가지 않아도 아무런 거리낌이 없게 되었지. 어쨌든 모든 것을 병원 측에서 책임져야 했기 때문에 혹시 찜찜하고 불편한 마음을 갖게 되면 그게 오히려 손해인 것 같았지.

할아버지가 돌아가셨다면 더 좋았을지도 몰라. 화장해버리면 볼 수도 없고 만질 수도 없을 테니까 말이야. 할아버지를 철저히 잃어버렸다는 느낌이 슬픔을 훨씬 오래가게 했을 거야. 하지만 할아버지는 아직도 그 자리에 근심걱정 하나 없는 커다란 눈을 뜨고서 고약하기 그지없는 똥 냄새를 풍기면서 누워 있었어. 게다가 집안에 아무리 큰일이 터져도 당신과는 아무런 상관이 없었지. 그런 생각을 하다보면 너무 화가 났어. 그래서 가족들도 더 이상은 힘들어하지 않기로 했지. 식물인간이 되었다는 것은 삶과 죽음 사이에 있는 도랑에 떨어진 것이나 다름없었어. 살아 있는 사람은 생일을 지내고 죽은 사람은 기일을 지내지만, 식물인간에게는 생일도 없고 기일도 없지. 할아버지에게는 아무 기념일도 없었어.

하지만 할아버지는 분명히 존재하고 있었어. 견고하고 뛰어넘을 수 없는 존재였지. 할머니는 개가하고 싶어졌을 때에야 비로소 그런 사실을 제대로 인식했어. 말하자면 할머니는 평생을 '생과부'라는 운명과 싸워온 거지. 할머니는 산둥성 차오■현에서 태어났어. 집안이 너무 가난해서 열여섯 살 되던 해에 부친이 혼처를 정해주었지. 할머니를 이웃 마을 지주의 아들에게 시집보내려고 했던 거야. 소아마비를 앓았던 그 사람은 두 다리가 심하게 쪼그라들어 아주 오랫동안 침대에 누워 지냈지. 그런 사람에게 시집을 간다는 것은 곧 생과부가 된다는 것이나 마찬가지였어. 하지만 빙례聘禮가 아주 풍부했기 때문에 할머니의 아버지는 그 돈으로 집을 지을 생각에 이것저것 따질 수가 없었어. 하지만 할머니가 죽음을 두려워하지 않는 여자일 줄은 꿈에도 생각지 못했지. 목사를 맞이하려는 행렬이 요란하게 집 문 앞에 당도하자, 할머니는 지붕으로 올라갔어. 손에는 수류탄이 하나 들려 있었지. 수류탄은 팔로군이 일본군을 공격할 때 사용하던 것으로, 뒷산에 묻혀 있던 걸 할머니가 발견해 파낸 다음 잘 보관하고 있던 거였어. 할머니는 목사를 맞으러 온 사람들에게 당장 꺼지라고, 그러지 않으면 수류탄을 던져버리겠다고 소리를 질렀지. 목사를 맞으러 온 사람들이 정신을 차리기도 전에 할머니는 이미 입으로 안전핀을 뽑은 터였고, 수류탄은 허공에 포물선을 그리며 정확히 빈 가마 위로 떨어졌어. 순식간에 가마가 산산조각 났어. 뿌연 먼지가 하늘을 뒤덮었고 갈기갈기 찢긴 붉은 비단은 허공에 흩어져버렸지. 할머니는 그 높은 곳에 한참을 서 있으면서 문득 자신의 몸에 숨겨진 한가지 선천적인 재능을 깨달았어. 하늘이 온통 노을에 붉게 물든 황혼 무렵, 할머니는 유황 냄새가 진동하는 흙먼지를 밟으며 지친 자유의 몸을 이끌고 마을을 빠져나왔지. 그 뒤로 한동안 할머니는 목적지도 없이 떠돌이 생활을 하면서 사방을 헤매고 돌아다녔어. 구걸로 연명하다가 먹을 것을 구하지 못할 때는 나무껍질을 벗겨 먹거나 풀을 꺾어 먹기도 했지. 극도로 힘든 상황에서 팔로군 부대를 만난 할머니는 그들을 따라갔어.

"그때 수류탄을 아주 정확하게 던졌다면서요?"

이것이 할아버지가 할머니에게 처음 건넨 말이었어. 할아버지도 입대한 지 얼마 지나지 않았을 때였고, 남들과 마찬가지로 먹고살기 위해 혁명을 하는 처지였어. 할머니는 할아버지의 작은 다리 위에 돌출된 힘줄을 멍하니 바라봤지. 눈앞에 있는 이 건장한 남자를 바라보면서 할머니는 일순간에 만감이 교차했어.

나중에 총까지 갖추고 나니 할아버지의 천부적인 재능이 그대로 드러났어. 단 한 발도 놓치지 않는 백발백중의 명사수로 부대 안에 명성이 자자해졌지. 이처럼 천부적인 재능을 가진 두 사람은 난세를 함께 헤쳐가며 피바람이 부는 참혹한 전쟁을 치렀어. 두 분이 죽인 일본 놈은 수십 명이 넘었어. 할아버지가 전투 도중 왼쪽 다리에 부상을 입는 바람에 하는 수 없이 후방에 머물다가 나중에 의료부대에 들어가는 일만 아니었더라면, 할아버지는 해방 후에 적어도 소교小校(우리의 소령에 해당되는 계급)까지는 올라갔을 거야. 하지만 할머니도 할아버지 곁에 남게 되면서 결국 전방에 나가 계속 공을 세우는 것이 불가능해졌지.

할아버지가 식물인간이 되고 얼마 지나지 않아 할머니는 영광스러웠던 혁명 시절을 자주 회상했어. 탁자를 두드리면서 할아버지를 해친 사람을 인간의 종자가 아니라고 욕을 해대기도 했지. 진짜 총칼로 제대로 손을 봐주면 그놈들은 세상 구경도 못했을 거라고, 일본 놈들을 부지기수로 죽였는데 그까짓 일쯤 두려워할 줄 아느냐며 큰소리를 치셨어. 아주 치졸한 방식이었지. 수류탄 하나로 적들을 산산조각 내던 세월은 다시 돌아올 수 없었어. 그리고 할머니는 이런 평화의 시대에 훨씬 더 우회적이고 은밀한 살인의 방식에는 적응하지 못했지. 일본인과도 싸워봤고 국민당과도 싸워봤지만 이제 마지막으로 할머니는 자신의 운명과 싸워야 했던 거야. 반평생을 멀리 우회하여 할머니는 다시 열여섯의 원점으로 돌아와 생과부가 된 셈이지.

고모가 조금 자라자 사람들이 뒤에서 수군거리며 험담하는 소리가 들리기 시작했어. 할머니가 남자들과 어울리는 걸 좋아하고 품행이 별로 방정하지 못하다는 얘기였지. 약국에 가서 약을 지을 때나 양곡 가게에 가서 밀가루를 살 때도 얼른 자리를 뜨지 않고 늘 계산대 앞에서 서성거리며 남자들과 수다를 떨고 깔깔대며 노닥거린다고 흉을 보기도 했어. 그런 꼴을 도저히 봐줄 수 없어서 휙 밀치고 지나가기도 했다더군. 건물 아래로 칼 가는 사람이 지나가는 소리라도 들리면 얼른 집으로 불러들여 반나절이나 수다를 떨었대. 할머니가 외롭다는 건 누구나 아는 사실이지만 이렇게 거리낌 없는 행동은 사람들의 비웃음을 사기에 충분했지. 한번은 할머니가 계산대 앞에 달라붙어 양곡 가게 남자와 얘기를 나누는 모습을 그의 마누라가 보고는 할머니한테 앞으로 남의 남편들에게 가까이 다가가지 말라며 이렇게 말했대.

"보아하니 당신은 남자가 미치도록 그리운 모양이군요."

이런 말을 들은 할머니는 다짜고짜 달려들어 그 여자의 얼굴을 할퀴었지. 그때 이후로 모든 남자가 할머니를 피해다녔대.

할머니는 또다시 오랫동안 이주 깊은 외로움 속에서 살아야 했어. 그러다가 마침내 남의 남편이 아닌 남자를 만났지. 다름 아닌 철강 공장 인부였어. 마누라가 폐병을 앓다가 고모보다 한 살 많은 뚱뚱한 아들 하나를 남겨놓고 세상을 떠났지. 고모의 기억에 따르면 그 남자가 한동안 자주 집에 들러 밥을 먹었고, 음식점에서 밥과 반찬을 싸오기도 했다더군. 그가 올 때마다 할머니는 아주 따뜻하고 부드러운 태도를 보였대. 가끔은 그 남자가 밤이 되어도 가지 않고 피둥피둥 살이 찐 아들까지 함께 남아 고모의 침대에서 끼어 자느라 뚱뚱한 팔이 자꾸만 고모를 건드렸대. 캄캄한 어둠 속에서 그가 입을 쩍 벌리고 무겁게 숨을 쉬는 모습은 고모를 한입에 삼켜버릴 수 있는 거대한 물고기 같았다나. 고모는 그 거대한 존재가 두렵기도 했지만 한편으로는 그 덕분에 아주 안전하다고 느끼기도 했대. 할머니는 그들 부자가 더러운 옷을 두고 가면 빨아주었고 그들의 머리를 깎아주기도 했대. 그 남자는 할머니를 위해 밀가루를 구해왔고, 석탄 공장에 가서 구멍탄도 실어왔대. 이렇게 양쪽 집안 사람들이 금세 한가족처럼 지내게 되었지. 하지만 애석하게도 끝내 한가족이 되지는 못했대. 할아버지가 아직 살아 있었고, 할아버지와 이혼할 방법이 없었기 때문이지. 이는 할아버지가 죽는 날까지 기다려야만 할머니가 비로소 자유로워질 수 있다는 것을 의미했어. 하지만 할아버지는 죽을 생각이 전혀 없어 보였지. 간호사의 정성어린 간호 덕분에 오히려 몸에 살도 꽤 붙었고 턱이 두 겹이 되었어. 얼굴이 넓적해지고 혈색이 돌아 윤기가 흐르는 것이 꼭 미륵불 같았지.

그 남자도 조금씩 흔들리기 시작했어.

"난 우리 샤오팡小胖(뚱보라는 뜻의 애칭)에게 정식으로 엄마를 구해주고 싶어요."

그가 주저하며 말했지. 할머니는 울면서 그의 팔을 붙잡고 떠나지 말아달라고 애원했어. 마음이 약해진 그는 또다시 할머니 곁에서 며칠을 더 허비했지. 하지만 할머니도 그렇게 의미 없이 세월을 허비해봐야 그가 떠나는 건 시간문제라는 걸 잘 알고 있었어. 그를 붙잡으려면 그것 말고는 달리 방법이…… 열여섯 살 때 지붕 위에서 던졌던 그 수류탄은 할머니에게 폭력으로만 문제를 해결할 수 있다는 소중한 깨우침을 남겼지. 열여섯 살에 이미 수류탄으로 자유를 쟁취할 수 있었던 할머니에게는 이제 과도로 속박을 끊어내지 못할 이유가 없었어. 할머니는 집을 나설 때마다 항상 칼을 손가방에 넣고 다녔지. 간장을 사러 잠깐 밖에 나갈 때도 예외가 아니었어. 병원이 길 건너편에 있어서 조금만 돌아가면 병실에 금방 도착할 수 있기 때문에 아무도 없는 틈에 재빨리 심장에 칼을 찔러넣은 다음, 얼른 집으로 돌아가 밥을 지어도 늦지 않을 수 있었어. 아마 할머니는 정말로 이런 생각을 행동에 옮기려 했던 것 같아. 하지만 공교롭게도 간호사와 마주치고 말았지. 때는 여름이라 욕창이 날까봐 간호사들이 할아버지 몸을 아주 열심히 닦아주고 있었던 모양이야.

　그런 일이 있고 난 어느 날이었어. 고모의 기억에 고모와 할머니가 천을 사러 갔다가 돌아오는 길에 비가 왔다더군. 버스가 난위안 입구에 멈추자 두 사람은 버스에서 내렸어. 할머니는 고개를 들어 흐릿한 하늘을 올려다보더니 갑자기 병실에 가보고 싶다고 말했지. 입원병동에 도착하자 할머니는 우산을 고모에게 건네주며 그 자리에서 기다리라고 말하고는 혼자 병실로 올라갔어. 고모는 건물 처마 밑에 서서 후두둑― 후두둑― 빗방울이 낡은 우산을 때리는 소리를 듣고 있었어. 그 소리는 마치 고모의 두피를 잡아당기는 것만 같았지. 고모는 희미한 이명 속에서 낮게 깔리는 날카로운 비명을 들은 것 같았어. 비명은 부서지는 빗방울 속에서 튀어나와 바늘처럼 고모를 찔렀지. 고모는 몇 초 동안 멍하니 서 있다가 갑자기 위층으로 내달렸어. 문을 밀어 열었을 때 할머니는 침대 곁에 서 있었고 손에는 그 칼이 들려 있었지. 고모를 본 할머니는 순식간에 낯빛이 창백해졌어. 그러고는 부르르 몸을 떨면서 손에 든 칼을 툭 떨어뜨렸지.

"네 아버지를 도와줄 생각이었다."

할머니가 울음을 터뜨렸어.

"빨리 죽어야 그만큼 빨리 환생하지……."

이렇게 고모는 귀신이 시킨 것처럼 할아버지의 목숨을 구하게 됐어. 하지만 진짜 할아버지를 위험으로부터 완전히 벗어나게 해준 사람은 할머니의 애인이었지. 그가 마침내 어린 샤오팡에게 제대로 된 엄마를 찾아줬거든. 할머니보다 몇 살 더 많았고 외모도 아주 평범했지만 과부라는 점이 할머니보다 유리했지. 과부지만 생과부가 아닌, 남편이 깔끔하게 죽은 진짜 과부였거든. 과부는 버스 매표원이었어. 철강 공장이 서쪽 교외에 있어서 매일 새벽 샤오팡 부자는 주로 그 버스를 타고 성으로 와야 했지. 두 사람은 정류장 표지판 아래 서서 차가 멀리서 달려올 때 여자 매표원이 창밖으로 몸을 반쯤 내밀며 정류장에 서 있는 사람들을 향해 손을 흔드는 모습을 바라봤어. 햇살 아래 반짝이는 그녀의 미소는 무척이나 감동적이었지. 버스 노선에는 의과대학 입구 정류장도 포함되어 있었고, 할머니 집에 가려면 거기서 내려야 했어. 그들 부자는 서서히 그 정류장에서 내리지 않고 지나치게 되었어. 어느 정류장에서도 내리지 않았지. 그 버스 자체가 부자의 목적지가 되어버렸어. 과부는 어린 샤오팡에게 알록달록한 회수권 한 묶음이 딱 붙어 있는 플라스틱 버스표 케이스를 선물했지. 샤오팡은 그 회수권 케이스를 안고 배를 쭉 내밀고 다녔어. 아주 돈 많은 부자처럼 아무 때고 몇 장 쭉 찢어 다른 사람에게 나눠주곤 했지. 샤오팡과 그 애 아빠가 마지막으로 할머니 집에 왔을 때, 그 매표원은 이미 샤오팡의 엄마가 되어 있었고 할머니는 그 애 아빠를 끌어안고 울면서 가지 말라고 붙잡는 헛수고를 해야 했어. 그러다가 기진맥진해진 할머니는 결국 스스로 손을 놓았지. 샤오팡 부자는 황급히 작별 인사를 했고, 고모는 문밖까지 말없이 그들을 배웅했어. 샤오팡은 고개를 돌려 고모를 바라보더니 이를 앙다물고 회수권 케이스에서 버스표를 두툼하게 떼어내 고모에게 건넸어.

그 일이 있은 이후로 할머니는 운명을 인정했어. 더 이상 할아버지가 죽기를 바라지 않았지. 할아버지가 죽어버리면 할머니는 달리 갈 데가 없었거든. 할머니한테 자유는 이미 아무런 소용이 없었어. 더 이상 누군가를 사랑하는 것도 불가능했고, 남은 건 증오뿐이었지. 그 뒤로 몇십 년 동안 할머니는 거의 그 증오에 의지해서 살아왔어. 증오는 사랑보다 견고하고 강렬했지. 아주 가끔이긴 하지만 사랑보다 훨씬 맹목적일 때도 있었어. 할머니도 그 증오를 누구에게 풀어야 할지 몰라 아예 모든 사람을 증오하기 시작했지. 그 매표원을 증오해서 1번 버스는 한번도 타지 않았고, 철강 공장 남자를 증오해서 샤오팡까지 싸잡아 증오했어. 그래서 늘 배가 터져 죽으라고 저주를 퍼부었지. 또 이웃 사람 모두를 증오해서 그들이 늘 자신을 웃음거리로 삼는다는 생각에 사람들 집 뒷마당에 돌을 던지거나 유리창을 깼어. 사고만 치고 다니는 아들을 증오했고, 겁 많고 유약한 딸도 증오했지. 물론 가장 증오했던 사람은 역시 할아버지였어. 걸핏하면 할아버지에게 욕을 퍼부으면서 빨리 죽으라고 저주했지. 마음에 거슬리는 일이 생기면 죄다 할아버지 탓으로 돌렸고, 때로는 조증躁症이 발작해 칼을 집어들고 할아버지를 죽여버리겠다면서 펄쩍펄쩍 날뛰다가 결국에는 고모한테 저지당하기도 했어. 이는 일정한 시간을 두고 주기적으로 벌어지는 게임 같았어. 일종의 살인 연습인 셈이었지. 할머니는 그런 식으로 가슴 가득 쌓인 증오를 덜어냈던 거야. 이렇게 이 사람 저 사람 증오하면서 할머니는 살인범을 증오해야 한다는 사실을 잊어버렸지. 할머니뿐만이 아니었어. 시간이 지나면서 모든 사람이 아직 잡지 못한 또 다른 범인이 있다는 사실을 잊어가는 것 같았어.

"그 또 다른 살인범은요?"

내가 침대에서 몸을 돌려 누우며 나직한 목소리로 고모에게 물었어.

"아직 난위안에 살고 있겠군요, 그렇죠?"

고모는 대답이 없었어. 이미 잠들어 있었거든. 나 혼자 캄캄한 어둠과 산적한 문제들 위에 누워 있었지.

그는 아직 난위안에 살고 있는 것이 분명해. 이곳에 사는 사람이라면 나도 그를 봤을 것이고, 그도 나를 봤을 거야. 어쩌면 꽤 자주 마주치는 사람일 수도 있겠지. 음식점에 가서 줄을 서서 만터우를 살 때나 요구르트 병을 바꾸러 매점에 갈 때, 폐품매입소에 가서 종이 상자를 팔 때, 어쩌면 그가 그리 멀지 않은 곳에 서서 싸늘한 눈빛으로 나를 바라보고 있었을지도 몰라. 낡은 책가방을 메고 더러운 교복 소매로 콧물을 훔치는 내 모습을 바라보고 있었을지도 모르지. 또 내가 다른 사람이 떨어뜨린 동전을 재빨리 주워 바지 호주머니에 집어넣는 모습을 봤을지도 몰라. 그는 분명 내게 아빠도 없고 엄마도 없다는 걸 알고 있을 테고, 내가 학교에서 선생님한테 괴롭힘을 당하고 친구들의 놀림감이 되고 있다는 것도 알 거야. 내가 열한 살이나 됐는데도 고모와 한 침대에서 잔다는 것도 알고 있을지 몰라. 그런 나를 보면서 이 모든 것이 자기 때문에 생긴 일이라며 속으로 적잖이 성취감을 느끼고 있지는 않을까? 우리가 이렇게 살게 된 건 순전히 그 작자 때문이야. 그 작자 때문에 우리가 개미처럼 비루하고 하찮아서 아무나 마음대로 밟아도 되는 존재가 됐고, 쓰레기 더미처럼 역겨워서 모두가 최대한 멀어지고 싶어 하는 존재가 된 거라고.

난 이불을 걷어차고 침대에서 뛰어내려 맨발로 창가로 갔어. 창문은 어둠 속에 무방비로 노출되어 있고, 달빛은 제멋대로 낡은 나무

상자 위를 이리저리 배회하고 있었어. 마치 넝마주이가 폐허 위를 헤집고 다니며 뭔가 값나가는 물건이 없나 뒤져보다가 결국은 실망해서 돌아가는 것 같았지. 이곳에는 달빛이 찾는 물건이 없어. 한여름의 폭풍우가 커튼을 너덜너덜하게 찢어버린 뒤로 이 창문에는 커튼이 없었지. 우리에겐 커튼이 필요 없었어. 비밀이 없었으니까. 우리 삶이 궁금해 창밖에서 집 안을 들여다보는 사람도 없었어. 비밀이란 잘사는 사람들한테나 있는 거였지. 그런 사람들은 비밀을 가질 만해. 그들의 비밀이 사람들의 호기심을 불러일으키니 어떻게든 이를 통제해야 하겠지. 우리에게 그 짓을 저지른 범인처럼 말이야. 그는 틀림없이 커튼 뒤에 조용히 숨어서 수수께끼 같은 삶을 살고 있을 거야.

난 벽에 몸을 기대고 앉았어. 두 줄로 높이 쌓아둔 상자들 사이에 앉아 있었지. 그 작은 공간은 벽과 상자에 둘러싸여 있어서 달빛이 제대로 비쳐 들어오지 않았어. 아주 깊은 우물 같았지. 예전에도 힘들 때면 나는 그곳에 앉아 있곤 했어. 하지만 자신의 처지를 인식하게 된 것은 이번이 처음이었지. 나는 정말 좁아터진 우물 속에서 살고 있었던 거야. 가진 게 아무것도 없었지. 너희 같은 몇 안 되는 친구가 있고 즐거운 때도 있겠지만, 이는 아주 잠시뿐일 거야. 언젠가는 너희도 나를 떠나 더 나은 삶 속으로 들어가겠지. 나 혼자만 여기 이 낡은 상자들이 쌓여 있고 커튼도 없는 방 안에 남게 될 거야. 그리고 아빠처럼 술주정을 부리고 사람들을 패기 시작하겠지. 그렇게 쓸데없이 왕성한 정력을 발산하게 될 거야. 자기연민의 감정으로 무너지기 전에 다시 기운을 차려 미친 듯이 분노할지도 모르지.

난 지금까지 누군가를 제대로 미워해본 적이 없었어. 날 버리고 간 엄마와 거칠고 난폭한 아빠, 이루 말할 수 없이 사나운 할머니, 나를 괴롭히는 선생님들, 나를 비웃고 놀림감으로만 여기는 친구들……

돌이켜보면 늘 상처만 주는 사람들뿐이었지만, 난 한번도 그들을 증오하지 않았어. 그런 상처들은 언제든지 받아들일 수 있었지. 게다가 이런 상처에 적응했고, 심지어 모든 것이 애당초 그랬어야 한다고 생각하기도 했어. 어쩌면 아주 어렸을 때부터 불행에 대해 깊이 분석하는 것을 포기하고 운명을 그대로 받아들일 줄 알았던 것 같아. 기왕에 하느님이 내게 썩은 패를 쥐여준 거라면 그 패를 가지고 살아가는 수밖에 없다고 생각했지.

하지만 난 갑자기 이 썩은 패가 하느님이 쥐여준 것이 아니라는 걸 깨달았어.

"그런 피해를 당하지만 않았더라면 네 할아버지는 지금쯤 벌써 의대 총장이 되고도 남았을 거야."

고모의 말이 끊임없이 귓가를 맴돌았어. 나는 영원히 검증할 수 없는 이 가설을 붙들고 놓지 못했지. 그 가설이 현실이 됐을 때의 또 다른 삶을 상상했어. 눈부신 업적과 경력, 행복한 가정, 넉넉하고 여유로운 생활…… 이런 것들이야말로 원래 내가 가졌어야 할 패였는데, 나중에 누군가 바꿔치기한 것이라고 믿었지. 모든 불행이 하나의 근원을 가리키고 있었어. 그 쇠못, 그 범인이 바로 모든 불행의 근원이었지. 우리 가족 모두의 생명의 궤도를 비틀어버린 건 바로 그 작자였어.

나는 그 스산한 구석에 앉아 있었어. 원한과 증오가 점점 더 맹렬하게 타오르는 화롯불 같았지. 나는 그 감정들을 품은 채 온몸이 불덩이처럼 달아올랐어. 혈관이 팽팽하게 조여진 밧줄처럼 떨렸어. 아주 오랫동안 깊이 잠들어 있던 피가 깨어나기 시작했지. 그 피가 마구 역류하여 머리 꼭대기로 솟구쳐 올라왔어. 내 몸속에서 요동치는 파도 소리를 들으며 어떤 거대한 힘이 가슴을 세차게 때리는 것을 느꼈지. 짙푸른 불꽃이 위아래로 마구 혀를 내밀었어. 흔들리는 시선 속에서 나는 화롯불 주위를 에워싼 많은 사람을 봤어. 창백하고 빈약하고 거의 투명에 가까운 그림자들이었어. 이제까지 한번도 본 적 없었지만, 왠지 모르게 알아볼 수 있을 것 같았어. 그들은 할아버지 집안의 조상들이었지. 활활 타오르는 눈빛으로 나를 뚫어지게 바라보고 있었어. 그들은 떠나면서 눈빛을 남겨두었어. 그 눈빛은 마치 장명등長明燈(밤새 꺼지지 않고 켜져 있는 등불)처럼 계속 남아 있었어. 떠나기 전에 그들은 하나둘 내게 작별 인사를 건넬 것처럼 다가와서는 아무 말도 하지 않고 그냥 내 어깨 위에 가만히 손만 얹더군. 어떤 힘을 전달해주는 것 같았지. 나는 어깨가 짓눌려 아프다는 느낌이 들었어. 그런 아픔이 온몸에 조금씩 퍼지더니 갑자기 서글픈 깨달음이 와락 밀려왔어. 자신이 성장했다는 자각이었지. 나는 더 이상 어린애가 아니었어. 새벽에 잠에서 깬 나는 그 상자들 사이 좁은 구석에 쪼그리고 누워 있는 나를 발견했지. 아주 오래 잔 것 같았어. 하지만 몸에서 희미한 재 냄새를 맡을 수 있었고, 어깨에는 여전히 묵직한 힘에 눌린 듯한 중압감이 남아 있었어. 이 모든 정황으로 보아 나는 그들이 왔었던 게 틀림없다고 믿었지.

가족. 그 이후의 그 기나긴 낮 시간 동안 이 단어가 계속 내 뇌리를 맴돌았어. 나한테는 그 단어가 무척 낯설고 요원하며 마음을 뒤흔드는 서류상의 용어였어. 나는 집 한 채, 그러니까 조그만 방 두 칸에 할머니, 고모로 이루어진 낡아빠진 집이 있다는 것만 알았지, 나한테도 가족이 있다고는 한번도 생각해보지 못했거든.

고모는 할아버지한테 형님이 두 분 계셨다고 했어. 한 분은 세 살 때 일찍 돌아가셨고, 다른 한 분은 열두 살 때 전염병으로 돌아가셨다고 하더군. 할아버지는 집안에서 유일하게 살아서 어른으로 성장한 아이였지. 마을이 온통 기근으로 허덕일 때 할아버지는 끼니를 해결하기 위해 혁명에 참가했고, 그때 고향을 떠났어. 해방이 되자 할아버지는 의과대학에 배정되어 도시에 남게 됐지. 다시 고향으로 돌아왔을 때는 할아버지의 부모님은 이미 모두 돌아가시고 집안에는 아무도 없었어. 할아버지는 며칠 고향에 머물며 사람들을 시켜 선산을 정리했지. 가족관이 아주 투철했던 할아버지는 항상 아이를 많이 낳아 청程씨 집안을 번창시키리라는 꿈을 꿔왔어. 전투 중에 할머니는 두 번이나 임신을 했지만 모두 유산됐어. 나중에는 습관성 유산이 고질병이 되어 아주 어렵게 아빠를 낳은 후에도 잇달아 아이 둘을 더 잃었지. 그런데 정작 산아제한에 부응하려고 마음먹었을 때 다시 고모가 들어서자 생명의 위험을 무릅쓰고 낳기로 결정했어. 할머니는 몇 달 동안 누워 지내면서 유산을 방지하는 안태제安胎劑를 얼마나 먹었는지 몰라. 그렇게 겨우 태아를 지킬 수 있었지. 할아버지는 또 아들이기를 바랐지만 결과는 딸이었어. 할아버지는 모든 희망을 유일한 아들에게 거는 수밖에 없었지. 전해지는 바로 할아버지는 줄곧 부대의 오랜 전우에게서 총을 한 자루 빌려 백발백중 명사수의 솜씨를 아빠에게 전수해주고 싶어하셨대. 언젠가는 쓸데가 있을 거라고 굳게 믿으면서 말이야. 할아버지는 아빠가 크면 군인이 되거나 경찰이 되길 바라셨어. 그래야 총을 가질 수 있을 테니까. 아빠가 총을 갖지 못했을 뿐만 아니라 총을 가진 사람들에 의해 갇혀버린 사실을 할아버지가 아시면 어떻게 생각하실까? 내 생각에는 할아버지는 분명히 알고 계실 것 같아. 할아버지 몸속에 갇힌 영혼은 화가 나서 펄펄 뛰고 있을 게 분명해. 극도로 실망한 할아버지는 이렇게 글러먹은 아들을 철저히 포기해버리고 나서 내게로 시선을 돌리게 되었지.

할아버지는 줄곧 나를 보고 계셨던 거야. 안 그래?

초등학교에 들어가기 전 여름이 생각났어. 317호 병실에서 잠들었던 오후였지. 나는 기다란 관을 타고 기어서 타원형의 꿈속에 들어가 총 쏘는 연습을 했어. 형광 녹색의 햇볕 아래서 몇 날 며칠을 지루하게 계속된 야외 훈련으로 등이 흠뻑 젖도록 땀이 흘렀고 온몸이 기진맥진했지만, 자신이 건장한 남자로 성장했다는 느낌이 들었지. 꿈속에서 할아버지의 준엄한 얼굴이 눈앞에 떠올랐어. 말없이 굳은 얼굴로 갑자기 손을 들어 내 뺨을 후려치시더군. 마지막으로 만나서 내가 앞으로는 매일 보러 오지 못할 거라고 말하자, 할아버지 얼굴에는 서글퍼하는 기색이 역력했어. 나는 주말에 보러 가겠다고 말하면서 새끼손가락을 걸었지. 할아버지는 그제야 기분이 조금 좋아진 듯했어. 내가 아주 멀어질 때까지 할아버지는 그 자리에 그대로 서서 나를 바라봤어. 해가 땅 위에 그림자를 길게 드리우고 있었지. 마치 나를 쫓아오는 것 같았어. 나는 문득 자신이 할아버지의 희망의 전부이자 이집안의 유일한 희망이라는 것을 깨달았어. 그것이 내게는 너무나 무겁게 느껴졌지. 동시에 알 수 없는 묘한 흥분도 느껴졌어.

"청궁은 여느 아이들과는 달라."

엄마의 말이 생각났어. 엄마는 늘 의심의 여지 없이 단호한 어조로 그렇게 말했지.

이제 나는 마침내 엄마가 말한 다른 점을 찾아낸 것 같아. 나에게 지워진 가족의 사명 같은 거지. 이 가난하고 쇠락한 가족은 지금 내가 나서서 구제해주기를 기다리고 있어. 나는 반드시 또 다른 범인을 잡아낼 거야. 난 자신에게 반드시 복수해야 한다고 말했어. 어떤 식으로 복수를 해야 하는지는 잘 몰랐지만, '복수'라는 두 글자를 떠올리자 통쾌한 기분이 들더군.

할아버지를 제외하고 또 다른 범인이 누구인지 아는 사람은 없어.

당시에 할아버지는 몸을 움직일 수 없었기 때문에 반항하지는 못했다 하더라도 누가 자신의 머리에 못을 박았는지는 분명히 알고 있을 거야. 그 장면이 할아버지의 뇌리 깊숙이 박혔을 테니까 말이야. 하지만 할아버지는 그걸 우리에게 알려줄 수가 없어. 할아버지의 영혼이 감각이 전혀 없는 몸 안에 갇혀 있기 때문이지. 할아버지의 영혼과 대화할 수만 있다면 범인이 누군지 당장 알 수 있지 않을까? 이렇게 위대한 계획이 서서히 모습을 드러냈지. 나는 할아버지의 영혼과 대화할 수 있는 기계를 발명할 생각이야.

나는 그 기계에 영혼무전기라는 아주 기가 막힌 이름을 붙였어.

영혼무전기의 제작과정을 기록한 일기장을 잃어버리긴 했지만, 그런 구상을 시작한 시점은 아주 뚜렷하게 기억할 수 있지. 바로 1993년 11월이었어. 하지만 나는 다르게 부르는 걸 더 좋아했지. 1993년 무월霧月. 이러면 훨씬 더 그럴듯해 보이지. 마치 내 운명의 항로가 보나파르트 나폴레옹과 만난 적이 있는 것 같잖아. 사실 당시 나는 이 키 작은 위인에 대해 아는 바가 거의 없었어. 하지만 신문에서 글 한 편을 읽고 나서는 그를 우상으로 떠받들게 되었지. 어린 시절에 나폴레옹은 키가 작고 가난한 데다 시골 사투리가 심해 학교 친구들의 놀림감이 되곤 했어. 하지만 하늘은 그에게 위대한 사명을 부여했고, 그는 원대한 야심을 품고 마침내 유럽 전체를 정복했지. 그 글은 그렇게 용속한 얘기를 기술하고 있었지만, 나는 그걸 읽으면서 피가 끓는 것을 느꼈어. 가난과 학교 친구들의 비웃음, 위대한 사명, 원대한 야심, 이 모든 요소가 사람의 마음을 흥분시킨다는 공통점이 있었지.

지금 넌 내 얘기를 들으면서 틀림없이 가소롭다고 생각할 거야. 하지만 그때의 나에게는 영혼무전기를 발명하는 위대한 과정이 나폴레

옹의 유럽 정복에 결코 뒤지지 않는 일이었지.

그때부터 나는 광적인 발명의 열정에 휩싸여 있었어. 매일 오후에 집에 돌아가면 서둘러 식사를 마치고 곧장 도서관으로 달려가 책을 빌렸지. 인체해부학과 기계 원리, 불교, 고대 연금술 등, 내가 섭렵한 다양한 분야에 도서관 직원은 감탄을 금치 못했어. 도서관 직원은 서른이 넘은 남자였어. 코끝이 아주 새빨간 것이 즐거움으로 충만해 보이는 얼굴이었지만 코끝이 기뻐 보였던 것을 제외하면 나머지 부분은 전부 애수에 젖어 있었지. 그의 손 가까이에는 언제나 『신개념영어(제1권)』라는 책이 놓여 있었어. 아무도 책을 빌리지 않을 때면 그는 자리에 앉아 그 책을 펼쳐보면서 남몰래 혀를 치아 사이에 끼우고서 발음 연습을 하곤 했지. 그는 내가 기이한 책들을 그렇게 많이 빌리는 것이 신기했던지, 내게 몇 번이나 묻더군. 하지만 나는 아무 말도 하지 않았어.

"어쨌든 책을 많이 읽는 건 좋은 일이지."

그는 내게 격려의 말을 건넸어.

"어떻게서든 외국에 나가게 되면 틀림없이 요긴하게 쓰일 거야."

"왜 출국하려고 하세요?"

내가 물었지.

"외국에 나가면 더 잘 살 수 있으니까."

그는 자신의 딸기코를 세게 몇 번 문지르더니 입김을 훅 불었어. 만성비염이라는 고질병을 앓고 있어서 분진에 아주 민감했기 때문에, 매일매일 오래된 책 더미에 파묻혀 지내는 것이 그에게는 정말 지독한 고역이었지.

나는 고개를 절레절레 흔들었어.

"전 그냥 여기서 잘 살고 싶어요."

"여기서는 잘 살 수 없어. 넌 아직 너무 어려서 잘 모르겠지만 크면 다 알게 될 거다."

그는 눈을 내리깔고서 그 『신개념영어』의 파손된 표지를 가볍게 쓰다듬었어.

나는 원래 그를 좀 가엾게 생각했지만 그는 내가 가장 싫어하는 말을 했어. "넌 아직 너무 어려서 잘 모르겠지만 크면 다 알게 될 거다"라는 말이었지. 고모한테 물어본다 해도 고모 역시 제대로 대답하지 않고 얼버무리고 넘어갔을 게 뻔했어. 어린아이의 세계에서는 곳곳이 '입장할 수 없는' 금지구역이거든. 나이야말로 그 어떤 해석도 필요로 하지 않는 최선의 이유였지.

나는 그 심오한 책들을 전부 한번씩 읽어봤지만 소득은 거의 없었어. 영혼과 관련된 내용은 아주 적은 부분에 불과했고 그나마도 전부 허황된 환상 얘기뿐이었어. 붙잡힌 영혼을 어떻게 구제하는지에 대해서는 단 한 글자도 언급된 것이 없었지. '원신元神(신화에서 육체보다 높은 지위에 있는 물질이자 인간 생명의 성수로서, 수행인의 수련을 통해 점차 통제와 장악이 가능한 물질로 변화한다)'에 관해 언급한 책이 있긴 했지만, 그것이 영혼과 같은 것인지는 확실히 알 수 없었어. 그 책에서는 부적과 주문 등으로 영혼을 구해낼 수 있다고 말했지. 하지만 난 그런 얘기가 충분히 과학적이지 않다는 생각이 들었어. 믿을 수 없었지. 내 상상 속의 영혼무전기는 반드시 볼 수도 있고 만질 수도 있는 기기이고, 가장 정밀해야 했어. 아주 먼 길을 돌아 원점으로 온 나는 '영혼은 일종의 전자기파'라는 말을 다시 파고들기 시작했어. 전자기파가 뭔지는 몰랐지만, 이해할 수 있는 일부 자료에 따르면 음파와 별 차이가 없는 것이 분명했어. 317호 병실에서 걸핏하면 채널이 마구 움직이던 라디오가 나에게 중요한 계시를 주었지. 하지만 나는 영혼이 과핵

果核 형태의 이글이글 타오르는 소행성처럼 유형의 존재라는 사실을 더 믿고 싶었어. 영혼이 말을 할 때는 끊임없이 바깥으로 음파를 발사해서 공기를 진동시키는 거지. 우리가 그 음파를 들을 수 없는 것은 그 주파수를 감지해낼 수 없기 때문이야. 그 진동의 주파수는 우리 귀가 잡아낼 수 없는 영역에 있기 때문이지. 전자기파에 관한 책들을 통해 나는 우리 주변의 공기 중에 우리가 감지할 수 없는 수많은 파장이 존재한다는 사실을 알게 되었어. 요컨대 내가 만들어야 하는 기계는 그런 파장을 잡아낼 수 있는 것이어야 했지.

나는 노트에 밑그림을 그리기 시작했어. 영혼무전기 1호, 영혼무전기 2호, 영혼무전기 3호…… 그림을 망치면 종이를 찢어버렸지. 그렇게 노트 한 권을 다 찢어버리면 새 노트에 그리기 시작했어. 이렇게 해서 최종적으로 영혼무전기의 구조를 확정했지. 전자기파 수신기를 장착한 검은 상자의 측벽에 작은 구멍을 아주 많이 뚫어 그 구멍을 통해 전선을 뽑아 무전기와 몸에 부착하는 전극판을 서로 연결하는 형태였어.

밑그림은 아주 완벽하게 그려졌지만, 이를 실체로 구체화하는 데까지는 여전히 약간의 낙차가 있었어. 예컨대 검은 상자는 최종적으로 폐품을 수집하는 사람에게서 얻은 양철 쿠키 통을 사용하기로 했어. 외국에서 들여온 쿠키라 통 표면에는 온통 영어가 쓰여 있었지. 도서관 직원이 의기양양하게 그 단어를 알아보고는 원산지가 덴마크라고 알려주었어. 덴마크, 너무나 멀고 먼 곳이지. 나는 그곳이 인어공주의 고향이라는 것밖에 알지 못했어. 이 철통이 드넓은 바다를 건너 아주 먼 곳에서 이곳까지 왔다면 어떤 중요한 사명을 부여받은 것이 분명하다는 생각이 들었어. 맞아. 쿠키 통은 영혼무전기를 위해 이곳에 온 것이 틀림없어. 구두 수선하는 분이 밑그림에 따라 양철통 위에 수

많은 구멍을 뚫는 작업을 도와줬지.

소형 무전기 역시 폐품을 수집하는 사람에게서 얻었어. 그 사람한테는 정말 없는 게 없었지. 보석 상자까지 있을 정도였으니까. 그 무전기는 경찰이 분실한 것이었는지 위에 일련번호가 적혀 있더군. 나는 그걸 왜 경찰서에 전해주지 않았느냐고 물었지. 폐품 수집하는 사람의 말로는 그런 공공 비품을 분실하면 기관에서 새것으로 발급해준대. 하지만 무전기를 분실하는 것은 아주 드문 일이라 그렇게 오랫동안 폐품을 수집해왔지만 무전기를 손에 넣은 것은 그것 단 하나뿐이었대. 그것이 그 사람에게 굴러들어간 것도 어쩌면 영혼무전기를 완성하려는 위대한 계획을 위한 것이었는지 모르지. 나는 이런 추론이 의심의 여지가 없다고 굳게 믿었어. 그래서인지 폐품을 수집하는 사람도 공짜로 줄 수는 없다며 돈을 내고 사라더라고. 나는 여러 해 동안 저금해온 곰돌이 저금통을 깨야 했지.

하지만 사기 전에 시험을 통해 제대로 작동하는지 확인해야 했어. 아주 추웠던 어느 날 밤에 나는 폐품 수집하는 사람과 함께 대학의 저녁 자습 시간이 끝나기를 기다렸어. 학생들이 다 나간 뒤에 우리는 각자 계단식 강의실 맨 앞줄과 맨 뒷줄에 서서 무전기에 대고 작은 소리로 대화를 시도했지. 우리가 주고받는 소리는 또렷하게 들리지 않고 소음만 잔뜩 잡혀 온통 웅웅— 소리뿐이었어. 마치 바닥에 잔뜩 널려 있는 톱밥 같았지. 폐품 수집하는 사람은 낙심해서 계속 "여보세요! 여보세요!"를 외쳐댔어. 그게 바로 내가 원하던 것이었다는 사실을 그는 알지 못했지. 맞아. 그 소음 하나하나가 다 내가 수집하려는 소리였어. 영혼의 소리는 그 소음 속에 감춰져 있는 것이 틀림없었으니까 말이야.

전극판도 필요했어. 심전도 검사할 때 사람의 몸에 부착하는 것과 같은 전극판 말이야. 그건 어렵지 않았어. 고모한테 부탁하면 간단히 얻을 수 있었지. 고모가 병원에서 기계를 관리하지는 않지만 이렇게 일상적인 검사에 사용하는 물건은 쉽게 구할 수 있었거든. 나는 생물 시간에 토끼의 심박 소리를 듣는 데 쓸 거라고 거짓말로 둘러댔어. 고모는 약간 의심하는 듯했지만 더 이상 추궁하진 않더라고. 어쨌든 그걸로 사람을 다치게 하지는 못할 테니까 말이야. 며칠 후에 고모는 집에 올 때 전극판을 한 벌 가져왔어. 하지만 다 쓰고 나면 돌려달라고 일렀지. 상자 속에서 전자기파를 수신하는 기계는 물론 317호 병실의 그 라디오였어.

모든 것이 비밀리에 진행됐어. 너한테까지 한마디도 하지 않았지. 영혼에 관한 일이라면 너도 이미 오래전부터 생각해왔으면서 나한테 얘기한 적이 없잖아? 너도 너만의 비밀을 갖고 있는 것처럼 나도 나만의 비밀이 있는 거야. 더 크고 육중한 비밀이지. 게다가 너한테 얘기했다면 넌 틀림없이 비웃든가 찬물이나 끼얹었겠지. 이번에는 나도 계획이 성공한 뒤에 너에게 얘기해주기로 마음먹었어. 아, 이건 아주 위대한 계획이었어. 네가 너무 놀라 입을 다물지 못하는 광경을 상상하면서 나는 속으로 쾌감을 느꼈지. 이건 네가 오만한 태도를 버리고 내게 탄복하게 만들 수 있는 절호의 기회였어.

2주가 지난 어느 날이었어. 나는 날이 어두워질 때까지 기다렸다가 커다란 비닐포대를 들고 집을 나서서 빠른 걸음으로 병원 쪽으로 달려갔지.

병원 복도는 아주 조용했어. 난 317호 병실로 들어가 조용히 문을 닫은 다음, 비닐포대에서 조심스럽게 그 위대한 기계를 꺼냈어. 먼저 할아버지 얼굴의 표정 변화를 세심하게 관찰했지. 할아버지는 나를 보고 있는 것 같았어. 작고 동그란 눈을 빠르게 한번 깜박이더군. 이

미미한 동작이 그 순간에는 예삿일이 아니었지.

"제가 할아버지를 구해드리려고 왔다는 거 아시죠, 그렇죠?"

갑자기 눈두덩이 뜨거워지면서 눈물이 쏟아질 뻔했어.

나는 그 기계를 침대 맡 선반 위에 올려놓았어. 청회색 둥그런 양철 통 위에 수많은 전선이 촉수처럼 뻗어나와 있는 것이 마치 심해에 사는 갑오징어 같았지. 정말 신비하고 기이한 모습이었어.

나는 주머니에서 책에서 찢어온 인체의 혈자리 그림을 꺼내 옆에 펼쳐놓고 그림에 동그라미가 쳐진 자리에 맞춰 전극판을 할아버지 몸에 붙였어. 그런 다음 들고 있던 무전기를 켰지. 모든 준비가 끝났어. 나는 손을 뻗어 쿠키 통에 집어넣고 엄숙하게 라디오 스위치를 눌렀지.

라디오가 치지직 소리를 냈어. 무전기에서도 웅웅— 하는 소리가 흘러나왔지. 방 안은 소음으로 가득 차 있는데도 무서울 정도로 조용했어. 몸을 돌린 나는 앞에 꼿꼿이 서서 침대에 누워 있는 사람에게 말했어.

"할아버지, 우리 시작해요."

나는 무전기를 꼭 쥔 채 호흡을 멈추고 소리를 세심하게 판별했어. 방 안에 먼지가 떠다니는 소리마저 들을 수 있을 것만 같았지.

「인심인술 — 리지성 원사에게 다가가다」

28´40˝

'문화대혁명' 기간의 대자보 한 장이 점점 흐려지고 화면이 바뀐다. 머리가 온통 백발인 노년의 남자가 흰 라운드넥 티셔츠 차림으로 등장한다. 자막에 장훙선江宏森이라는 이름이 선명하게 나타난다. 그는 생각에 잠긴 듯한 자세로 전방을 응시한다. 그러다가 입을 열어 얘기를 시작한다. 모니터 아래 자막에 이런 문구가 올라온다. "당시 병원에서 일하던 원로 간부 쑤신차오蘇新橋는 자신의 '반당反黨' 행위 사실을 인정하지 않았다. 공작조工作組의 고압 정책과 크고 작은 비판이 이어지고 석 달 내내 비판이 계속되자 쑤신차오는 심신이 피폐해지고 말았다. 그러다가 어느 비판대회가 끝나고 심하게 피를 토했다. 당시 리지셩이 쑤신차오가 토한 피를 받은 타구를 들고 비판투쟁에 앞장선 사람들에게 보여주었다가 '반당분자를 동정하는 걸 보니 사상이 불온하다'는 누명을 쓰게 되었다. 그리고 함께 비판투쟁을 당했다. 그는 과거에 원정군에도 참여한 바가 있는데, 이것도 꼬투리가 되어 사람들은 그를 붙잡고 놓아주지 않았다. 다행히 그때 그는 군인이 아니라 치루대학의 학생 신분이었다. 진짜 군인이었다면 문제가 훨씬 커졌을 것이다. 하지만 리지셩은 태도가 좋은 편이라 비판투쟁이 끝나고 나서 혼자 여유 있게 음식점에 앉아 생선볶음을 한 접시 주문해놓고 천천히 먹을 수 있었다."

리 자 치

1993년 겨울, 내게 가장 중요한 일은 아빠가 돌아온 거였어. 엄마가 결혼하기 1주일 전의 일이었어. 12월의 어느 오후, 아빠가 학교로 날 찾아왔어. 나는 교문 쪽으로 정신없이 뛰어가 철제 난간을 사이에 두고 밖에서 담배를 피우고 있는 아빠를 멀리서 바라봤어. 검정 트렌치 코트 차림에 깃을 바짝 세워 얼굴을 가리고 있더군. 왠지 모르지만 모습을 제대로 보지 않고서도 잘 지내지 못했다는 것을 알 수 있었어. 갑자기 서글픈 마음이 들면서 눈물이 쏟아지더라고.

아빠는 내가 우는 걸 보더니 얼른 고개를 숙이고 땅바닥에 버린 담배를 발로 비벼 껐어. 내 눈물이 아빠를 난처하게 만든 모양이야. 우리의 관계에서는 어떤 감정도 강렬하게 표현하는 것은 금기였거든.

아빠는 많이 야위었고 얼굴도 검게 변해 있었어. 머리칼은 길고 얼굴에는 마저 깎지 못한 수염도 남아 있었지. 몹시 피곤해 보였어. 담배도 많이 피웠지. 방금 한 대를 비벼 끄고는 이내 또 한 대를 꺼내 입에 무는 거야. 그런 다음 온몸을 위아래로 뒤지며 라이터를 찾더군. 불을 붙인 다음에는 자신의 떨리는 손을 쳐다보더라고.

"오늘 오후는 전부 자습이에요."

나는 거짓말을 했어. 아빠를 따라갈 수 있다는 뜻이었지.

"그거 잘됐구나."

아빠는 정말로 날 데리고 갔어.

하지만 우리에게는 갈 만한 곳이 없었지. 목적지도 없이 거리를 몇 블록이나 걷다가 호수가 있는 공원을 발견하고는 곧장 표를 사서 들어갔어. 겨울의 공원은 무척이나 쓸쓸했어. 호숫가의 버드나무는 스케치북에 연필로 어지럽게 마구 그어놓은 줄 같았지. 호수 건너편에는 정자가 하나 있었어. 낮은 처마가 물속에 비친 자기 그림자를 찾고 있는 것 같았어. 하지만 찾지 못했을 거야. 호수는 이미 두꺼운 얼음으로 변해 있었거든. 그림자조차 멋이 되어주지 못하니 얼마나 외로웠을까.

아빠는 담배를 사러 작은 매점으로 갔어. 돌아올 때는 내게 군고구마도 가져다주시더군. 나는 얼어서 딱딱해진 손을 고구마의 온기에 녹이면서 천천히 먹었지. 바람이 세서 우리는 회랑 안으로 들어가 앉앉어. 옆에 있던 네모난 기둥에 말라비틀어진 등나무 줄기가 엉켜 있더군. 나는 여름에 그 위에 가득 매달렸던 푸른 잎들을 떠올렸어. 그때 우리가 이곳에 와서 보트를 탔던 일도 회상했지.

"예전에 우리가 이곳에 왔던 것 기억하니?"

아빠가 내게 물었어.

"온 적 없는 것 같아요."

"왔어. 네가 아주 어렸을 때였지."

아빠가 말했어.

나는 그때가 여름이 아니었냐고 묻고 싶었지만 기억 속에 깊이 빠져 있는 아빠를 차마 끌어낼 수가 없었지. 아빠의 눈빛이 따스하고 부드러워졌어. 나는 아빠가 우리가 함께했던 지난날들에 대한 그리움에 빠져 있다는 생각이 들었지. 정말 그랬을까? 나는 그 모든 것에 대해 조금도 확신하는 게 없었어. 사실 나는 아빠가 뜻밖에 학교로 나를 찾아왔다는 사실조차 믿지 않았어. 이것이 내가 한때 꾸었던 꿈이란 걸 알아야 했지. 우선 아빠가 교문 입구에 서 있는 모습이 꿈속에서와 똑같았어. 하지만 꿈에서 아빠는 커피색 스웨터 차림에 머리가 아주 짧았지. 아빠는 얼굴을 철제 난간 사이에 두고 나를 향해 손을 흔들었어. 가자. 아빠가 말했지. 우리 떠나야 해. 물론 아빠가 나를 데려갈 리는 없었어. 과거였다면 나는 아직 이런 환상을 품고 있었을 거야. 하지만 그때는 이미 희망의 불씨가 다 꺼져버린 뒤였지. 그렇더라도 아빠가 학교로 나를 찾아왔다는 것은 적어도 아빠가 나를 보고 싶어한다는 뜻이었어. 이건 충분히 강렬한 감정의 표현이었지. 과분한 사랑과 혜택을 받아 기쁘고 놀라우면서도 마음 한편으로는 불안감을 느끼기에 충분했어. 아빠와 함께 공원으로 가면서 나는 뭔가 말하고 싶었어. 하지만 마음속의 반가움이 그대로 드러나 아빠가 한심하다고 생각할까봐 두렵기도 했지. 나는 항상 아빠 앞에서 자신이 한심해 보일까봐 걱정했어. 어린아이 티가 나는 것은 전부 한심한 것이라 최대한 감춰야 했어. 나는 아빠 앞에서는 어른처럼 성숙한 모습을 보여야 한다고 항상 자신을 일깨우곤 했지.

나는 아빠가 돌아오신 게 할머니의 부상 때문일 거라고 생각했어. 하지만 이 일을 말하고 나서야 아빠가 전혀 모르고 있었다는 것을 알게 되었지. 아무도 아빠에게 그런 사실을 알려주지 않았던 거야. 아빠는 애당초 할아버지 댁을 찾아갈 계획이 없었던 거지.

"할머니를 한번 찾아뵈어야겠다. 그게 낫겠지?"

아빠가 중얼거리듯이 말했어. 내게서 격려를 받으려는 것 같았지. 내가 저녁때쯤 함께 돌아가자고 제안했더니 아빠는 흔쾌히 그러자고 했어. 이어서 나는 언제쯤 베이징으로 돌아가시냐고 물었지.

"며칠 있다가 갈 거야."

아빠는 대충 대답했어. 아직 표를 사지 않은 것 같더군. 문득 할머니의 부상이 조금만 더 심했더라면 아빠가 좀더 오래 머물 수 있지 않았을까 하는 못된 생각이 뇌리를 스쳤지.

"엄마가 다음주에 결혼해요."

나는 아무렇지도 않은 듯이 이런 화제를 꺼내면서 슬쩍 아빠의 표정을 훔쳐봤어. 아빠도 알고 있는지 떠보고 싶었지. 어쩌면 아빠가 결혼식에 참석하기 위해 돌아온 건지도 모른다는 생각이 들었거든. 내가 남몰래 마음속으로 이런 추측을 하고 있었지만 가족들은 아빠를 반기지 않는 듯했어.

"그래?"

아빠가 고개를 끄덕였어.

"그 남자는 어떻더냐?"

"그냥 평범해요."

"맘에 안 드는 모양이구나?"

나는 고개를 가로저으면서 붉은 고구마 껍질을 벗겼어.

"두 분은 저를 할아버지 댁에서 데려가 함께 살려는 것 같아요. 그래서 다음 학기에 전학을 가요."

나는 다급한 마음으로 아빠에게 이런 소식을 전했어. 다음에 또 나를 찾아왔다가 헛걸음할까봐 걱정됐기 때문이지.

"새로 갈 학교는 정해진 거니?"

"네, 린 아저씨 집 바로 옆에 있는 학교예요."

린 아저씨가 누군지는 굳이 설명할 필요가 없을 것 같더군.

"참 잘됐구나."

아빠는 잠시 멈췄다 다시 말을 이었어. 조금 얼떨떨한 표정이었지. 우리 엄마의 결혼식과 이 린 아저씨 둘 다 별로 아빠의 관심을 끌지 못한 듯했어. 결혼식에 참석하기 위해 온 것도 아닌 것 같았고. 그렇다면 왜 온 걸까?

"아빠는요?"

내가 물었어.

"아빠는 결혼하셨어요?"

"응."

아빠가 담뱃재를 떨자 불꽃이 함께 땅바닥에 떨어졌어. 그러고는 잠시 몸부림을 치면서 꺼져가더군.

"베이징에서 지내는 게 즐거우세요?"

내가 물었어.

"그저 그런 편이야."

대답하는 아빠의 입가에 가벼운 미소가 걸리더군. 아주 쓴 약을 마신 뒤의 모습이었어.

창백해진 눈가 때문인지 옆얼굴이 조금 이상해 보였어. 나는 그런 아빠를 바라보면서 새로 발견한 이런 특징을 머릿속에 깊숙이 새겨넣으려고 애썼지. 아빠는 별로 재미없게 살고 있는 게 틀림없었어. 이 점은 확실히 알 수 있었지. 하지만 그런 사실이 위안의 근거가 되지는 않았어. 우리는 아빠를 기쁘게 할 방법이 없었어. 그 왕루한이라는 여자도 마찬가지였지. 어쩌면 누구에게도 그런 방법은 없었을 거야. 아빠는 천성적으로 즐거울 수 없는 사람이거든. 그리고 이런 천성은 내게도 유전되었을 가능성이 아주 커. 이런 생각만 하면 몹시 슬퍼지지.

차가운 바람이 불어왔어. 야윈 두 손이 아빠의 머리털 사이를 비집고 들어가 위로 들어올리는 것 같았어. 나는 줄곧 귀밑까지 내려온 아빠의 수염을 쳐다보고 있었지. 거친 들판에 마구 돋아난 풀 같았어. 하늘 끝 아주 먼 곳으로 망명한 듯한 분위기였지. 도망 중인 범죄자 같기도 했어. 심지어 내 옆에 앉아 있는 이 사람이 우리 아빠가 아니라 낯선 남자 같다는 이상한 생각이 들기도 했지. 이 사람이 나를 위협해서 어디론가 데려가는 상황을 상상해보기도 했어.

이곳을 떠날 수만 있다면 어디로 가든 상관없다는 생각이 들었어.

"관람차 타러 갈래?"

아빠가 물었어.

"저쪽에 있어. 아빠는 여기서 기다릴게."

나는 싫다고 말하고는 고개를 숙인 채 쪼글쪼글해진 고구마 껍질을 주물렀어. 다 먹어버린 고구마가 위 속에서 부대끼고 있었어. 불공처럼 뱃속을 돌아다니고 있었지. 아빠는 갑자기 자신의 눈앞에 벌어지고 있는 이런 침묵의 상황에 대해 회피할 수 없는 책임을 느꼈는지 이내 또 입을 열었어.

"춥니? 우리 호숫가를 좀 걸을까?"

나는 몹시 추웠지만 춥지 않다고 대답했어. 우리는 호숫가를 따라 앞을 향해 걷기 시작했지. 그러면서 슬그머니 손을 소매 안쪽으로 집어넣었어. 하늘은 창백해 보일 정도로 흐렸어. 상처 입은 무릎 같더군. 공원에 다른 사람들은 없었어. 내 기억으로는 오후 내내 사람을 하나도 보지 못했던 것 같아. 그날이 우리 두 사람만을 위해 준비된 오후라고 믿을 만한 충분한 이유가 있었던 거지. 하늘이 점점 어두워지자 아빠의 걸음이 조금씩 빨라지기 시작했어. 나중에는 조금씩 뛰어야 간신히 아빠를 따라잡을 수 있었지. 나는 아빠에게 목적지가 있다는 것을 의식했어. 아빠는 그곳에 몹시 가고 싶은 듯했어. 나는 그런 바람이 아주 간절하다는 것을 느낄 수 있었지. 아빠는 서둘러 이런 행동으로 뭔가를 증명하려는 것 같았어. 아마 자신과의 힘겨루기를 하고 있었던 것 같아.

우리는 호수 서쪽에서 북쪽까지 계속 걸었어. 마침내 하늘가에 남아 있던 한 줄기 빛마저 사라지기 시작하더군. 그러자 아빠가 갑자기 걸음을 멈췄어.

"그만 됐다. 이러다가 걷는 게 끝이 없을 것 같구나."

아빠가 나를 향해 말했어.

"예전에 보트를 탈 때는 저 정자가 그렇게 멀게 느껴지지 않았는데 말이야."

아빠는 가쁜 숨을 몰아쉬면서도 주머니에서 담배를 꺼내 들고는 먼 곳을 바라봤어. 눈빛이 조금 서글퍼 보이더군. 난 갑자기 마음이 몹시 괴로웠어. 아빠는 그렇게 패배했고, 그 패배를 인정한 거야.

"우리 계속 가요. 금방 도달할 수 있을 거예요."

내가 말했어.

"안 가련다."

아빠가 고개를 가로저었어.

"우린 틀림없이 그곳에 도달할 수 있을 거예요. 어서 가요."

나는 애걸하듯 말하면서 갑자기 울음을 터뜨렸어.

기분이 좋지 않다는 그런 단순한 문제가 아니었어. 아빠의 몸에는 퇴폐의 분위기가 가득했지. 어떤 것들이 이미 사라지고 없었어. 열정과 신념, 투지 같은 것이 죽어버린 거지. 되돌릴 수 없게 죽어버린 거야. 이 점은 아빠 자신도 정확히 인식하고 있는 것 같았어. 하지만 방금 전까지도 포기하지 않고 또 한번의 시험을 했던 거지. 나는 그 정자에 도달하면 뭐가 달라지는지 알 수 없었지만 아빠에게는 아주 중요한 일이라는 것을 알았어. 이처럼 입에 올리기도 부끄러울 정도로 미미한 성공이 아빠를 위로하고 견디게 해주는 힘이 될 것 같았지.

나는 아빠에게 지금 그 정자에 가고 싶어하는 사람은 나라고 말했어. 내가 아빠에게 가보자고 부탁한 거라고 했지. 나는 울면서 아빠의 트렌치코트를 잡아당겼어. 하지만 아빠는 미동도 않고 서 있었지.

"그만해. 그렇게 멋대로 굴지 않았으면 좋겠구나."

결국 아빠는 짜증을 내더군.

"이제 다 컸으니 너도 철이 좀 들어야지."

나는 멍한 표정으로 그 자리에 몸이 굳은 채 서 있었어. 이건 내가 너무나 두려워하는 말이었기 때문이야! 나는 아빠의 눈에 내가 성숙하고 철이 든 아이이기를 바랐어. 그래야 아빠가 좋아하실 테니까. 하지만 나는 모든 걸 망가뜨리고 말았지.

나는 울면서 아빠를 따라 공원을 나왔어. 아빠는 도로 건너편에 불이 환하게 켜진 음식점을 하나 발견하고는 그쪽으로 걸어갔지. 나는 할아버지 댁으로 돌아가는 것 아니냐고 물었어. 돌아가지 않을 생각이면 먼저 전화를 드려야 한다고 했지. 하지만 아빠는 아예 듣지도 못한 것처럼 서둘러 그 음식점 안으로 들어갔어.

음식점은 아주 작았어. 테이블이 겨우 네 개밖에 없었고 별도의 주방도 없었어. 중년 여자 하나가 문가에서 음식을 고르고 있더군. 젊은 종업원이 수조에서 활어를 한 마리 꺼내 판자 위에 올려놓더니 칼로 머리를 야무지게 몇 번 내리쳤어. 생선 꼬리가 아주 맹렬하게 요동치면서 사방으로 물방울이 튀었어. 자리를 잡고 앉자마자 아빠는 다급하게 작은 병에 든 백주를 주문했어. 주문을 받는 종업원은 생선을 수습하느라 우리를 거들떠볼 틈도 없었지. 아빠는 바늘방석에 앉은 것처럼 사방을 두리번거리더니 손으로 쉴 새 없이 라이터를 만지작거렸어. 종업원이 술을 내오자 아빠는 연달아 몇 모금 마시고서야 간신히 편안해진 표정이더군. 눈빛도 밝아지고 오후 내내 얼굴에 드리워졌던 흐린 안개도 사라지는 것 같았어. 아빠는 점점 즐거운 모습을 보이더니 가볍게 몸을 흔들기도 했어.

"너도 좀 마셔볼래?"

아빠가 잔을 흔들며 말했어.

"이걸 마시면 몸이 아주 따뜻해질 거야."

아빠는 내 대답을 기다리지도 않고 종업원에게 잔을 하나 더 달라고 했지. 술을 아주 조심스럽게 따랐는데도 결국 밖으로 조금 흘리고 말았어. 또다시 아빠가 손을 떨고 있는 것을 의식하게 되었지.

"이 정도면 될까? 음, 충분한 것 같아."

아빠는 잔을 바라보면서 자문자답하듯이 말했어. 그러고는 잔을 내게 밀었지.

한 모금 마셨더니 혀끝에 불이 붙은 것 같더군. 아빠가 주문한 음식이 연이어 올라와 테이블을 가득 채웠어. 하지만 우리 둘 다 많이 먹지 않았어. 아빠는 음식에 별 흥미가 없는 게 분명했어. 나도 조금 전에 먹은 군고구마가 아직도 배 속에서 계속 불고 있었지. 게다가 나는 접시가 비는 걸 보고 싶지 않았어. 식탁이 지저분하고 어지러워지는 건 몹시 괴로운 일이었지. 이건 식사가 끝났다는 걸 의미하는 동시에 우리가 곧 헤어져야 한다는 걸 의미했으니까.

나는 몹시 우울하고 수심이 가득했지만 아빠는 반대로 마음이 가벼운 듯했어. 두 뺨이 발갛게 상기되어 있고 눈빛도 무척 부드러웠지.

"기분이 좀 좋아졌니?"

아빠가 내게 말했어.

"네 엄마가 어떤 남자를 만나든지 나보다는 나을 거라는 사실을 믿어야 해."

말을 마친 아빠는 약간 감상에 젖는 듯하더니 얼른 미소를 지어 보이더군.

"엄마가 어떤 남자를 만나든 전 상관 안 해요. 관심 없어요."

나는 잔을 들어 술을 아주 조금 마셨어.

"그 남자가 저를 좋아하든 안 하든 상관없어요. 좋아하지 않아도 괜찮아요."

아빠는 정신이 나간 표정이었어. 눈 한번 깜빡이지 않고 술잔만 바라봤지. 내가 뭐라고 하는지 전혀 듣지 못한 것 같았어.

"하지만 저는 전학하지 않을 거예요."

내가 중얼거리듯이 말했어.

"친구들과 정말 헤어지고 싶지 않아요."

"친구라!"

아빠는 갑자기 정신이 돌아온 것 같더군.

"친구는 중요하지 않아. 정말 하나도 안 중요해."

아빠는 연신 고개를 가로저었어.

술병이 거의 비어갈 때쯤 아빠는 또 좌불안석이더라고.

"한 병 더 시켜야 할 것 같은데? 응, 한 병만 더 줘요."

아빠는 예전과 달리 자문자답을 무척 좋아하는 것 같았어. 내가 말릴까봐 걱정이 되는지 얼른 한마디 보태시더군.

"이 정도면 그렇게 많은 편이 아니겠지? 음, 맞아. 오늘 낮에는 한 모금도 안 마셨으니까."

나는 종업원이 술을 한 병 더 가져오는 것을 바라만 보고 있었어. 술이 아빠에게 좋지 않다는 걸 알았지만 적어도 아빠는 무척 즐거워 보였어. 하지만 이렇게 좋은 기분은 살얼음판과 같아서 뭔가에 부딪혔다 하면 가차 없이 깨져버리곤 하지.

몸에 지니고 있는 무선호출기가 울렸지만 아빠는 버튼을 눌러 꺼버리고는 술을 크게 한 잔 들이켰어. 잔을 내려놓기도 전에 또다시 호출기가 울렸지. 아빠는 아예 팍— 하고 호출기를 꺼서 테이블 위에 던져놓았어. 호출기는 한번 또 한번 계속 울려댔지. 하지만 아빠는 더 이상 거들떠보지 않고 술에 집중했어. 나는 아빠가 이미 잔뜩 짜증이 나 있다는 것을 알았지. 좋았던 기분을 완전히 잡쳐버린 거였어.

"방금 우리가 무슨 얘길 하고 있었지?"

나는 고개를 들어 아빠를 바라봤어.

"아, 맞다. 전학 얘길 했지. 괜찮아. 걱정하지 마라. 때가 되면 어디든지 마찬가지라는 걸 알게 될 거야. 별 차이가 없다고. 그때가 되면 넌 정말 모든 걸 확실히 알게 될 거다."

윙윙 진동 모드로 전환된 호출기가 계속 울려댔어. 빈사 상태에 처한 동물처럼 온 힘을 다해 테이블 위의 짧은 거리를 미끄러지고 있었지.

"정말 끝이 없군!"

아빠가 무겁게 한마디 던지고는 천천히 자리에서 일어나 밖으로 나가면서 전화를 걸고 와야겠다고 말했어. 아빠는 몇 걸음 가다가 다시 돌아와서는 방금 딴 술병을 집어들고 나갔지.

아빠가 나가고 나서도 나는 그 자리에 그대로 앉아 종업원이 닭 잡는 모습을 구경했어. 닭을 잡는 광경을 가까이에서 직접 본 건 그때가 처음이었지. 길고 뻣뻣하던 닭의 목이 한순간에 부드러워지더니 피가 콸콸 솟아나왔어. 닭이 물고기보다 똑똑한 것 같다는 생각이 들었어. 자신이 죽는다는 걸 알고 눈을 감을 줄 아니까 말이야. 나는 닭이 털이 다 뽑히고 머리와 엉덩이가 작은 토막으로 잘려 솥 안으로 들어가는 광경을 바라보고 있었어. 물은 아주 빨리 끓기 시작했지. 종업원은 솥으로 다가가 물 위에 뜬 핏물을 건어냈어.

우리 아빠는 폭음을 하시는 편이야. 이건 더없이 명백한 사실이지. 난 술을 좋아하는 게 어떤 건지 잘 모르지만 흐릿하게나마 의식하고 있지. 폭음은 한 개인을 철저하게 망가뜨리는 행위야. 우리 아빠는 이미 술 때문에 다 망가졌어. 예전의 그 명철하고 지혜로우며 야심으로 가득했던 남자는 이제 더 이상 존재하지 않아. 지금의 아빠는 눈과 귀가 어둡고 몸과 정신이 마비된 데다 의기소침하기까지 하지. 내가 인간이 가진 모든 것이 연약하고 불안정하며, 태어나면서 갖춰진 천성도 바위처럼 그렇게 견고하지 않고 모든 천부적 재능이 사라질 수 있으며 모든 미덕이 훼손될 수 있다는 사실을 처음 의식하게 된 것도 다 아빠 때문이었어. 아주 잘 아는 사람이 갑자기 낯선 모습으로 변한 거야. 이런 생각에 두려운 마음이 들기도 했지만 이상하면서도 따뜻한 사실은 내가 이로 인해 아빠를 사랑하는 것을 그만두지 않았다는 거야. 지금의 아빠가 내가 좋아하던 모습이 아니라 완전히 다른 모습이라 해도 아빠에 대한 사랑이 소실되지 않은 거지. 심지어 전혀 줄어들지도 않았어. 사랑은 바위처럼 견고한 거였어. 이런 사랑 때문에 나는 아주 자랑스러웠지. 그렇게 항구적인 사랑은 아무 쓸모도 없는 것일 리가 없어. 그래서 난 내가 언젠가는 아빠를 위해 뭔가 할 수 있을 거라고 믿었지.

아빠가 떠나 있던 시간 동안 나는 아주 많은 것을 생각했어. 갑자기 자신이 많이 성장한 듯한 느낌이 들었지. 이런 성장이 조금 일찍 일어나지 않은 게 아쉬울 뿐이야. 그랬다면 아빠랑 어떻게 잘 지낼지 알 수 있었을지도 모르지. 그리고 이런 오후를 전혀 다르게 보낼 수 있었을 거야.

날이 추워서 그런지 음식점은 일찍 문을 닫았어. 하지만 아빠는 줄곧 돌아오지 않았지. 종업원이 여러 번 다가와서 아빠가 어디 갔느냐고 묻더군. 나는 약간 불안했어. 나 혼자 여기 남겨두고 가버린 게 아닐까 걱정되기도 했지. 나는 용기를 내서 종업원에게 나가서 아빠를 좀 찾아보면 안 되겠느냐고 물었어. 종업원은 의심 가득한 눈빛으로 나를 바라보더니 결국 나와 함께 나가보기로 결정했지.

음식점 문을 나서자마자 아빠가 한쪽 땅바닥에 주저앉아 있는 모습이 보였어. 차가운 벽에 등을 대고 있었지. 머리를 두 무릎 사이에 묻고 있었어. 옆에 놓인 술병은 이미 비어 있더군. 내가 여러 번 흔들고 나서야 아빠는 간신히 고개를 들었어.

"잠깐 잠이 든 모양이구나."

아빠가 말했어.

종업원이 돈을 받아가면서 중얼거리듯 한마디 던지더군.

"이런 아빠가 있으면 세상에 아무 걱정도 없겠다."

아빠는 비틀거리며 간신히 몸을 일으켰어. 내가 아빠를 부축하려 했지만 아빠는 나를 뿌리치더군. 우리는 왔던 길을 따라 천천히 돌아갔어. 할아버지 댁 건물 아래 다 와서도 아빠는 올라가지 않겠다고 하더군. 다음에 다시 오겠다는 거야. 나쁘지 않았어. 나도 할아버지 할머니가 아빠의 그런 모습을 보는 것을 원치 않았거든.

나는 혼자 어두침침한 문 안으로 들어가서는 다시 몸을 돌려 아빠를 바라봤어. 아빠는 그 자리에 희미한 모습으로 서 있었지. 트렌치코트 자락이 바람에 날려 요란하게 펄럭이더군.

"이틀 있다 또 보러 올게, 어때?"

아빠가 말했어. 어투는 내게 사정하기라도 하는 것처럼 부드러웠어.

나는 이 말을 종이쪽지에 적어 아빠의 코트 주머니에 넣어주고 싶었어. 술이 깨면 잊어버릴까봐 두려웠거든.

청 궁

"여보세요, 여보세요, 할아버지."

"여보세요, 할아버지, 저예요. 청궁이에요."

"제 말 들리시면 뭐라고 대답 좀 하세요……."

그날 저녁, 나는 병실에서 밤중까지 기다렸어. 무전기 안의 배터리가 다 닳도록 반응이 없더군. 아니, 대답을 하셨을 거야. 틀림없이 반응이 있었을 거야. 단지 내가 들을 수 없었던 것뿐일 거야.

실험은 실패했어. 결국 나는 이 사실을 인정하지 않을 수 없었지. 하지만 이게 정상이야. 안 그래? 겨우 첫 번째 실험이잖아. 세계의 모든 위대한 발명은 전부 수천수만 번의 실험을 거쳐 성공한 거잖아. 나는 이런 식으로 나를 위로했지만 약간 슬펐어.

문제는 라디오에 있었어. 나는 라디오가 충분히 좋지 않았기 때문에 할아버지의 대답을 들을 수 없었다고 확신해. 라디오가 너무 낡아서 간신히 몇 가지 현지 채널밖에 들을 수 없었거든. 인근 도시의 방송도 들을 수 없는데 하물며 영혼의 소리를 어떻게 듣겠어? 내게는 성능이 더 좋은 고급 라디오가 한 대 필요했어. 그래야 아주 미세한 전자기파도 잡아낼 수 있을 테니까 말이야.

나는 며칠 동안 의기소침해 있다가 다시 정신을 가다듬고 라디오를 구하러 나갔어. 폐품을 모으는 사람이 요즘은 전부 오디오를 사용하기 때문에 라디오를 듣는 사람이 거의 없다고 하더군. 원래 집에 라디오가 있던 사람들도 전부 내다 팔거나 버렸다는 거야. 그러면서 중고 시장에 가서 찾아보라더라고.

일요일 아침, 나는 11번 버스를 타고 종점에서 내렸어. 그곳은 도시의 맨 서쪽이라 거대한 농산물 시장이 있었지. 그리고 그 동북쪽 맨 구석에 중고 시장이 몸을 웅크리고 있었어. 아주 작은 시장이었지. 나는 모든 가게를 샅샅이 훑은 결과 정말로 라디오 몇 대를 찾을 수 있었어. 하지만 전부 317호 병실에 있는 것과 별 차이가 없었지. 하나같이 단순하고 낡은 데다 오래된 물건 특유의 냄새를 풍겼어. 습기가 찬 시간의 냄새였지. 내게 지독한 혐오감을 주는 냄새였어. 엄마가 생각나게 하고 아름답지만 지저분한 옷이 생각나게 하는 냄새였지.

하지만 그 독일산 중고 라디오를 집어드는 순간에는 그 고약한 냄새가 전혀 나지 않았어. 멀리서 그 라디오를 보자마자 나는 다른 라디오와의 차별성을 직감했지. 나는 시선으로 그 라디오를 놓치지 않으면서 모퉁이 쪽에 있는 그 가게로 다가갔어. 혹시라도 그 라디오가 시야에서 사라질까봐 한순간도 눈을 떼지 않았지. 역시 오래됐지만

316

존엄을 간직한 채 낡은 라디오였어. 몸에 꼭 맞는 양복을 입는 노신사처럼 정신이 멀쩡한 라디오였지. 약간 길쭉한 외형에 작고 가는 나사 구멍, 그리고 소리가 나오는 그물망 모양의 스피커 덮개에서도 먼지 한 가닥 찾아볼 수 없었어. 신호를 받는 접이식 철제 안테나에도 전혀 녹이 슬지 않았고 짙은 갈색의 플라스틱 외피에도 부드러운 유약이 발라져 있었어. 라디오 위와 양 측면에는 용도를 알 수 없는 버튼과 다이얼이 잔뜩 달려 있었지. 오른쪽 아랫부분에는 가늘고 작은 글씨로 흰색 자모字母가 새겨져 있었지만 이미 선명하게 볼 수 없을 정도로 마모되어 있었어. 독일어를 아는 사람도 읽을 수 없었을 거야. 하지만 이런 점들이 오히려 그 라디오에 신비감을 더해주었지. 어떤 사람이 남긴 비밀 암호인 것 같았어. 바로 이거야! 강렬한 직감이 내게 말했어. 노점 주인은 회로에 약간의 고장이 있지만 수리만 잘하면 북한 방송까지 들을 수 있다고 보장하더군. 그는 이 라디오가 20여 년 전에 어느 자본가 집에서 압수한 거라면서 자기 가게에서 가장 값나가는 물건이라 줄곧 아까워서 안 팔고 있었다고 했어.

나는 시장을 이리저리 돌아다니며 구경하다가 다시 그 노점으로 가서 그 독일제 라디오를 집어들고는 자세히 살펴봤어. 노점 주인이 누런 담배꽁초를 입에 문 채 눈을 가늘게 뜨고 나를 쳐다보더군.

"400위안이에요. 400위안만 내면 그 라디오는 손님 차지가 됩니다."

나는 입가에 웃음을 흘리면서 돌아섰어. 상가에 가면 새 라디오를 200위안이면 살 수 있었거든. 국산이긴 하지만 괜찮은 물건들이지. 하지만 실제로 그 독일제 라디오와는 비교가 되지 않아. 기능이나 품질을 말하는 게 아니라, 국산 라디오는 너무 흔해서 어디서나 볼 수 있기 때문에 전혀 힘 안 들이고도 구할 수 있다는 거야. 그렇게 위대한 영혼을 가진 무전기의 내부가 어떻게 아무데서나 쉽게 구할 수 있는 라디오와 같겠어?

이때부터 그 독일제 라디오는 내 마음속 귀신이 되었어. 매일 아침 일찍 눈을 뜰 때마다 그 라디오가 눈앞에 아른거렸지. 어려서부터 어른이 될 때까지 나는 어떤 물건에 대해 그처럼 강렬한 갈망을 가진 적이 없었어. 하지만 어디 가서 400위안을 구한단 말이야? 할머니와 고모에게서 약간의 돈을 구할 수는 있겠지만, 이 액수를 채우려면 아마 몇 년은 걸릴 거야. 다른 사람에게 빌려볼까 하는 생각도 했지. 내 친구들은 전부 나와 마찬가지로 가난했어. 그나마 네가 가장 부유한 편일 거야. 평소에는 다들 똑같아 보이지만 너희 아빠가 베이징에서 외국 돈을 많이 번다는 사실은 누구나 다 알고 있었지. 들리는 소문에 돈으로 트럭 한 대를 다 채우고도 남을 거라더군. 아빠가 너를 그토록 사랑한다니 네게도 돈을 많이 주시겠지. 하지만 나는 네 앞에서 입을 열 수가 없었어. 네게서 돈을 빌릴 수 있었다면 나중에 발명이 성공했을 때 너도 무척이나 뿌듯했겠지. 이 일이 전적으로 너의 공로가 될 테니까 말이야.

그럼 누구에게서 돈을 빌릴까? 나는 코가 빨간 그 도서관 직원을 생각했어.

"그렇다면, 네가 발명을 하고 있다는 거야?"

적막한 오후의 도서관에서 그가 큰 소리로 물었어. 당황한 내가 얼른 좌우를 둘러봤지만 다행히 주위에는 아무도 없었지. 그는 몹시 흥분하는 듯했어. 그 커다란 코가 더욱 빨개질 정도로 말이야.

"이렇게 하는 게 맞지?"

그가 말했어.

"스스로 깨우쳐야지 선생님에게 물어선 안 돼. 책에 나오는 것들은 애당초 전부 소용이 없거든."

"네……."

내가 고개를 끄덕였어.

"나는 널 돕고 싶어. 하지만 출국 때문에 나도 이미 큰 빚을 진 상태라서……"

그는 마음 아픈 일을 생각하고는 잠시 머뭇거리다가 갑자기 신이 난 목소리로 말했어.

"그래, 국가전매국! 그곳에 편지를 한 통 써서 네 계획을 잘 말해 봐. 그들이 관심을 가질지도 모르잖아."

"저는 그렇게 오래 기다릴 수가 없어요."

"그럼 정말 방법이 없을 것 같구나, 친구."

그가 말했어.

"자네가 정말 내 말을 듣겠다면 지금 하고 있는 발명을 내려놓고 우선 해외로 나가는 문제를 생각해봐. 이 나라에서는 무얼 발명해도 별 소용이 없어. 이미 희망이 없는 나라라고."

"저는 이 나라를 떠나고 싶지 않아요."

내가 말했어.

"저는 아무데도 안 가요."

도서관에서 나오니 이미 석양이 땅 가까이 내려와 있었어. 바람이 불면서 하늘에 누렇게 마른 나뭇잎들이 떠다녔지. 해는 아직 지평선에 걸려 느리게 움직이고 있었어. 남은 목숨을 겨우 부지하고 있는 독재자가 이미 아무 힘도 쓰지 못하는 햇빛을 지휘하고 있는 것 같았지.

운동장에는 온통 사람 천지였어. 무슨 시합이 있었는지 멀리서 농구공이 땅을 때리는 소리가 들려오더군. 팡― 팡― 팡― 몇 초 후에는 환호성이 들려왔어. 굉장히 환희에 찬 목소리들이었어. 경기에서 승리한 것 같기도 하고, 단지 멋진 3점 슛 때문인 것 같기도 했어. 아주 단순한 즐거움 속에서 살고 있는 그들이 몹시 부럽더군. 다빈과 즈펑이 텔레비전 모니터를 마주하고 앉아 게임기 핸들을 꽉 쥐고서 코가 큰 난쟁이를 움직여 버섯을 맞춰 금화를 따먹는 것과 다를 바 없었어. 다빈네 집에서 '소패왕小霸王' 게임기를 한 대 산 뒤로 그 애들은 슈퍼 마릴리에서 헤어나올 줄 몰랐어. 나는 그 애들의 초대를 여러 번 거절했어. 그런 식으로 시간을 낭비하는 것이 몹시 수치스럽게 느껴졌거든. 다시는 다빈과 즈펑에게도 돌아갈 수 없을 것 같았어. 우리 인생은 이미 서로 다른 길로 들어서고 있었지. 이런 느낌은 몹시 아프고 고통스러웠지만, 동시에 무척 자랑스럽기도 했어.

물론 너는 그 애들과 달랐어. 마음속으로 소리를 내고 있었지.

돈을 빌리지 못하면 훔쳐야 하는 걸까? 나는 이 문제를 심각하게 고민하기 시작했어. 예전에 채소 시장에서 지갑을 훔치던 남자아이가 들켜서 붙잡히는 광경을 본 적이 있거든. 그 애는 사람들에 의해 팔이 뒤로 꺾이고 머리에 쓰고 있던 털실로 뜬 모자도 벗겨졌지. 옆에는 아주 많은 사람이 몰려들어 그 애를 향해 손가락질하고 있었어. 노부인 한 명이 말했지. 정말 창피하구나. 네 엄마, 아빠가 어떻게 고개를 들고 다니겠니! 그녀의 악의적인 눈빛이 내 뇌리에 깊게 각인되었어. 그때부터 내 가족을 구해야 한다는 결심을 하게 되었지. 절대로 그런 치욕을 당하지 않게 하겠다고 생각했어.

마지막 한가지 길도 막혀버리고 말았어. 나는 마음속으로 몹시 절망했어. 보아하니 기적이 일어나거나 하나님이 나타나지 않는 한, 그 위대한 발명은 한낱 공상으로 추락하고 말 것 같았어……. 하나님이라고? 나는 잠 못 이루고 이리저리 뒤척이다가 갑자기 침대 위에서 벌떡 일어났어. 난위안 옆에 있는 교회…… 내가 왜 그걸 까맣게 잊고 있었지?

하늘의 빛이 새어 들어오는 스테인드글라스 창문 아래서 목사는 부드러운 눈빛으로 우리를 바라보고 있었어.

"무슨 일이 생기면 날 찾아와라. 알겠지? 언제든지 말이야."

이 몇 년 동안 그는 줄곧 자신의 약속을 실행으로 옮기고 있었어. 매년 생일이 되면 내가 갖고 싶어하는 물건을 보내왔지. 올해 생일은 이미 지나갔어. 선물은 비행기 모형이었지. 하지만 나는 내년의 선물을 미리 받을 수도 있었어.

내가 교회당에 갔을 때, 목사는 강대상에 서서 감동적인 목소리로 성경의 한 단락을 읽고 있었어. 그러더니 모든 사람에게 눈을 감으라고 하더군. 기도할 시간이라는 거야. 어떤 사람은 울고 있고, 또 어떤 사람은 몸을 부들부들 떨고 있었어. 무릎을 꿇고 앉아 자신의 몸을 꼭 껴안고 있는 사람도 있었지. 그들 모두 중얼중얼 하나님과 대화를 하기 시작했어. 모두 몹시 조급해하는 모습이더군. 말하는 속도도 무척 빨랐고 숨까지 헐떡였지. 멈추거나 쉬지도 않았어. 조금만 더 늦었다가는 강림하신 하나님이 날아가버리기라도 할 것 같더군. 목사의 귀는 배의 기관실 문처럼 닫혔다 열리기를 반복했지. 나도 재빨리 눈을 감고 마음속으로 내 바람을 외웠어. 아마 목사는 들을 수 있었을 거야. 나는 내 자신이 그 누구보다 더 간절했다고 믿었으니까.

예배가 끝나자 신도들은 줄줄이 둥근 아치형 문을 걸어나왔어. 눈가에는 마르지 않은 눈물이 남아 있었지. 신부는 마당 중간쯤 와서 사람들에게 둘러싸였어. 여자 신도 몇몇이 질세라 앞다투어 자신의 고민을 털어놓기 시작했지.

"저는 열흘 내내 불면에 시달리고 있어요."

"최근에 저는 밤마다 꿈에서 돌아가신 엄마를 만나요."

"제 아들이 내년 여름에 대학시험을 치르는데 제가 하루에 몇 번 기도를 하면 될까요?"

……

나는 여신도들로부터 멀지 않은 거리에 떨어져 선 채 목사가 인내심 있게 그녀들에게 설명하는 모습을 지켜봤어. 만족스런 답변을 들었는지 여신도들은 하나하나 집으로 돌아갔지. 목사는 마침내 긴 한숨을 내쉬고는 예배당으로 돌아가려다가 담장 아래 서 있는 나를 발견했어.

"잘 지냈어, 꼬마 형제?"

목사가 말했어. 그들은 모든 사람을 형제 아니면 자매로 부르더군.

"그 모형 비행기는 정말 대단했어요. 그걸 가지고 모의비행대회에 나가 상을 받았거든요."

나는 거짓말을 하는 데 전혀 힘이 들지 않았어.

"그랬어? 한동안 오지 않더군."

"숙제하느라 바빴어요……."

나는 아무 생각 없이 대답했어. 지난번에 모형비행기를 받을 때, 공부도 열심히 하고 매주 빠지지 않고 교회에 오겠다고 약속했지. 하지만 나는 그 두 가지 일 가운데 어느 것도 실행에 옮기지 않았어.

"나중에 시간이 나면 자주 와, 알겠지?"

그는 피곤한 미소를 거둬들이면서 나를 향해 손을 흔들어주고는 예배당 안으로 들어가려 했어.

"잠깐만요……."

내가 그를 불러 세웠어.

그는 걸음을 멈추고 또다시 훈련된 미소를 보이더군.

"제게 400위안만 주실 수 없나요?"

나는 애써 아무렇지도 않은 듯이 가볍게 말했어.

"내년 생일 선물로 치시면 되잖아요."

그가 눈을 가늘게 뜨고 나를 바라보더군.

"그렇게 많은 돈을 어디에 쓰려고?"

나는 입을 굳게 다문 채 대답하지 않았어.

"어서 말해봐."

그가 엄숙한 표정으로 말했어.

"아주 중요한 일을 하려고 해요."

"어떤 일인데?"

"거짓말을 하고 싶진 않아요. 하나님께서는 우리를 진실하게 이끌어주신다고 하셨잖아요. 맞죠?"

나는 스스로 제때 하나님 얘기를 꺼낸 걸 다행이라고 생각했어.

"그랬지. 언제 어디서든지 우리는 진실해야 하지."

그가 고개를 끄덕이며 말을 이었어.

"하지만 성실한 것도 아주 중요해. 그 돈을 가지고 뭘 하려고 하는지 말해봐."

"그, 그건…… 비밀이에요. 누구에게나 비밀은 있는 법이잖아요……"

"맞아. 하지만 안심하고 말해도 돼. 많은 어린이가 그렇게 하거든. 이곳에 오면 마음속에 감춰두었던 비밀을 내게 다 말한다니까. 어린이들은 나를 전적으로 믿어. 내가 다른 사람에게 말하지 않으리라는 걸 잘 아니까. 자, 어서 말해봐. 무슨 잘못을 저지른 건 아니지?"

이렇게 말하면서 목사는 내 머리를 어루만졌어.

"잘못을 저지른 건 아니에요."

"그럼 누구를 때려서 상처를 입힌 거니? 아니면…… 귀중한 물건을 망가뜨린 거야?"

그가 떠보려는 듯이 계속 묻더군.

"아니면 물건을 훔쳤나? 아무래도 괜찮으니까 어서 말해봐."

그의 눈에서 탐욕스런 빛이 반짝였어. 내 죄가 반드시 손에 넣어야 하는 금괴 상자라도 되는 것처럼.

"말할 수 없어요."

나는 고개를 가로저었어.

"하지만 제가 이 돈을 받아가는 것이 좋은 일을 위해서라는 것은 보증할 수 있어요."

"좋은 일에 쓴다고?"

"네. 맹세할 수 있어요. 절대로 잘못을 저지르려는 게 아니에요."

내가 대답했지.

목사는 내 얼굴을 뚫어지게 쳐다보더니 마침내 내가 진실을 말하고 있다는 것을 믿었어. 한순간에 실망을 했는지 눈가에 반짝이던 빛이 사라지고 없더군. 나는 갑자기 목사가 의사랑 별 차이가 없는 직업이라는 점을 의식했어. 환자가 한 명도 남지 않고 전부 죽어버리면 의사가 실직하게 되는 것과 마찬가지로 죄인을 찾지 못하면 목사도 공황 상태에 빠지고 말 거야. 실직의 압력을 해소하기 위해 그들은 끊임없이 이 세상 모든 사람에게 죄가 있다고 강조하지. 우리가 병원에 가면 의사들이 언제나 몇 가지 문제를 발견하고 처방전을 써주는 것과 마찬가지야. 하지만 하나님은 무슨 생각을 갖고 있는 걸까? 자신이 인간을 창조해놓고 모든 사람에게 죄가 있다고 하는 것이 설마 목사들에게 할 일을 남겨주기 위해서일까?

"그래 좋아."

목사는 걸음을 한발 옮기면서 당장이라도 가버릴 듯한 자세를 취하더군. 나는 정말 그럴 거라고 믿었어. 하지만 그가 말했지.

"지금은 약속할 수 없을 것 같구나. 생각을 좀 해봐야 할 것 같다."

"고맙습니다."

나는 황급히 인사를 건넸어.

"그럼 며칠 있다가 다시 오면 될까요?"

"그럴 필요 없다. 생각이 정해지면 내가 널 찾아갈게. 네가 몇 학년 몇 반인지 잘 아니까 말이다."

목사는 내가 다시 입을 열기도 전에 몸을 돌려 가버렸어. 나도 더 이상 쫓아가지 않고 등이 약간 굽은 그의 뒷모습이 예배당 대문 안으로 사라지는 것을 바라보고 있었지. 목사는 진짜 신 같았어. 내가 몇 반인지도 다 알고 있으니까 말이야. 나를 무시하는 걸까? 그런 것 같지도 않았어. 뭔가 해결하기 어려운 문제라도 있는 것처럼 무거운 표정이었거든. 하지만 그 정도 돈이라면 그에게는 아무 문제도 되지 않을 거야. 예배를 드릴 때마다 교회에는 헌금이 들어오니까 말이야. 파란 비로드 천으로 만든 자루가 신도들의 손에서 손으로 전달되는 사이에 금세 불룩해졌거든. 목사는 그 가운데 일부를 마음대로 가져갈 수 있을 거야. 그리고 그게 이상한 일도 아니지. 그 돈으로 예배당 문에 페인트칠을 더 하거나 마당을 청소하는 사람들에게 빗자루를 갈아주느니 내게 그 라디오를 살 수 있게 해주는 것이 훨씬 더 의미 있는 일이 될 거라고. 설마 영혼무전기 프로젝트가 위대한 일이 아니란 말이야? 사람들이 그 정도 대가도 지불하지 못할 일이란 말이야?

나는 잔뜩 기대를 갖고 일주일을 기다렸지만 목사는 오지 않았어. 나는 그가 내가 몇 반인지 잊은 건 아닌지 걱정하기 시작했지. 그때 다시 한번 말해주지 않은 걸 후회했어. 하지만 학교에 와서 물어보기만 하면 선생님들이 다 알려주지 않을까? 일요일 아침 일찍 나는 또 교회를 찾아갔어. 시편을 낭송할 때 목사의 눈빛이 불안하게 신도들을 훑더군. 맨 마지막 줄에서 구석에 앉아 있는 나를 발견하는 순간 눈빛이 잠시 멈추더니 이내 튕겨져 지나가버렸어. 예배가 끝나자 목사는 늘 그렇듯이 많은 사람에 둘러싸였어. 나는 한쪽에서 그를 기다렸지. 교회 담장 위의 까치 한 마리가 내 관심을 독차지하고 있었어. 까치를 만나면 행운이 온다는 말에 나는 더 큰 자신감을 가졌지. 고개를 돌려보니 목사는 보이지 않았어. 정확하게 말하자면 도망친 거였어. 사람들이 마당에서 그를 찾고 있었거든.

목사는 나를 피하고 있는 것이 틀림없었어. 그가 그렇게 약해빠진 사람일 거라고는 생각지 못했지. 나는 남아서 그를 기다리기로 했어. 그가 나를 만나러 나오지 않으면 나는 절대로 자리를 뜨지 않을 작정이었지. 다른 사람들은 그다지 집착하지 않는 것 같았어. 차가운 바람 속에서 잠시 기다리다가 하나둘씩 가버리더군. 마당 안은 금세 아주 조용해졌어. 까치도 일찌감치 날아가버리고 없었지. 뚱뚱한 여자한 명이 예배당 안에서 몸을 흔들며 나오더니 나를 내쫓으려 했어. 교회당 문을 잠가야 한다나. 나는 목사가 나를 만나러 나오지 않는 한 절대로 가지 않을 거라고 말했지. 그녀는 나를 번쩍 들어서 내쫓으려 했지만 나는 요리조리 몸을 피했어. 내 동작이 아주 빨랐기 때문에 그녀는 나를 잡을 수 없었지. 나를 쫓아서 마당을 서너 바퀴 돌고 나서야 그녀는 쫓는 걸 멈추고 숨을 헐떡이며 말했지.

"상관 안 할 테니까 여기서 굶어 죽을 때까지 기다리든지 말든지 네 맘대로 해."

"목사님한테 전하세요. 나와서 나를 만나주지 않으면 절대 가지 않을 거라고 말이에요!"

내가 말했어.

그 여자가 대문 밖으로 나가더니 자물쇠를 채우는 소리가 들리더군.

나는 땅바닥에 떨어진 나뭇잎들을 주워 두 개의 줄기를 교차시켜 건 다음 어느 것이 센지 겨루는 '뿌리 뽑기' 놀이를 하면서 시간을 보냈어. 그러다가 깨진 벽돌을 한데 모아놓고 한 층 한 층 쌓은 다음 손바닥으로 바람을 일으켜 넘어뜨렸지. 자신이 절세의 무공을 갖추고 있는 것을 상상하면서 말이야. 하지만 이런 놀이에 금세 싫증이 나고 말았어. 곧이어 담장에 몸을 기대고 앉아 두 손을 모아 담장에 비치는 그림자로 하늘을 나는 새를 만들기도 하고 굳게 다문 오리주둥이를 만들기도 했지.

"잘 있었니, 청궁?"

오리주둥이가 웅얼웅얼 야릇한 목소리로 말했어.

"그래 안녕."

내가 대답했지.

"우리가 여기서 얼마나 더 기다려야 하지?"

오리주둥이가 물었어.

"나도 모르겠어."

"배고프다."

오리주둥이가 말했어.

"나도 배고파."

나도 힘없이 대답했어.

"강에 가서 살이 잔뜩 오른 물고기를 잡아먹고 싶다."

"가장 좋은 건 구워 먹는 거지. 소금을 약간 뿌려서 말이야."

나는 끊임없이 침을 삼켰어.

"그래? 그렇게 먹으면 더 맛있어?"

"응, 물고기 껍질이 아주 바삭하게 구워지면 젓가락으로 조금만 눌러도 기름이 쭉 흘러나오거든."

"이렇게 줄곧 아무도 나오지 않으면 우린 여기서 굶어 죽을까?"

오리주둥이가 물었어.

"그럴 리 없어. 감히 그렇게 하지 못할 거야. 전부 하나님을 믿는 사람들이라 징벌을 두려워하거든."

나는 놀이를 멈추고 두 손을 내렸어. 자신을 상대로 말을 한다는 건 정말 재미없었거든. 나는 바닥에 누워 잠시 잠을 좀 자려고 했어. 하지만 눈앞에서 자꾸 금빛 찬란한 물고기가 반짝이는 데다 배에서는 꼬르륵 소리가 그치지 않았지. 정말 여기서 굶어 죽는 건 아닐까…… 조금씩 두려워지지 시작했어. 어쩌면 그들이 나를 까맣게 잊고 일주일 내내 아무도 나오지 않을지도 모르잖아. 나는 비장하게 다음주에 사람들이 예배를 드리러 왔을 때 담장 구석에서 내 시신을 발견하는 장면을 상상했어. 시신에서는 이미 악취가 나고 있을 테고, 구더기 몇 마리가 정신없이 내려앉은 내 눈두덩을 파고들고 있겠지. 또 몇 마리는 미처 다물지 못한 입술 위로 기어오르고 있을 거야. 그들은 나를 어떻게 처치할까? 사인탑에 가져다 버릴까? 그것도 나쁘지 않을 듯했어. 너희가 그곳에 놀러 오면 나를 만날 수 있을 테니까 말이야.

안녕, 리자치. 나는 마음속으로 너에게 이별을 고하는 연습을 했어. 이런 말을 하는 순간 뜻밖에도 무척 익숙한 느낌이 들더군. 마음속 곳곳에 걸려 있던 말 같았어. 담벼락에 걸어둔 것처럼 가볍게 건드려도 떨어져내릴 수밖에 없었지. 정말 이상하면서도 불길한 느낌이었어. 너와의 이별이 필연적인 일인 것 같았어. 하나님이 일찍이 이런 대본을 써서 어느 서랍에 넣어둔 것 같았어. 그리고 내가 조심스럽지 못하게 그 서랍을 열었던 거지⋯⋯. 나는 진저리를 치면서 땅바닥에 일어나 앉아 머리를 세차게 흔들었어. 머릿속에 든 두려운 생각들을 다 떨쳐버리려 했지. 그제야 머리 위에 있던 해가 일찌감치 사라져버린 것을 발견했어. 눈 깜짝할 사이에 저녁이 되면서 하늘이 급속도로 어두워졌어. 바람도 아주 거세지더니 나뭇가지들을 격렬하게 흔들었지. 나는 그물처럼 구멍이 숭숭 뚫린 교복을 입고 담장 아래 웅크리고 앉아 몸을 벌벌 떨고 있었어.

안녕, 자치. 이 한마디가 뇌리를 맴돌면서 아무리 해도 떨쳐지지 않았어. 어떤 상황에서 이런 말을 하게 되는 걸까? 상상이 되지 않았어. 죽음 외에 또 어떤 것이 우리를 갈라놓을 수 있을까. 너도 이렇게 생각할까? 이 부분에 대해서도 별로 자신이 없었어. 이미 아주 오랫동안 너를 보지 못한 듯한 기분이었어. 영혼무전기에 관한 연구를 시작한 뒤로 너와 소원해진 것 같더군. 너뿐만이 아니라 이 세상 전체와 멀어져 있었지. 그 거대한 비밀이 우리를 격리시키기 시작했어. 나는 가문을 일으켜야 한다는 무거운 짐을 어깨에 짊어지고서 혼자 칠흑 같은 터널 속을 걸어가고 있었던 거야. 이렇게 얼마나 더 가야 하는지, 이 터널에 끝이 있기나 한지도 알 수 없었지. 영원히 어둠 속에 남겨진 것 같았어. 두려움이 일기 시작했지. 어쩌면 이 세상의 어떤 일들은 우리가 알아선 안 되는 거라는 네 말이 맞는지도 몰라. 예컨대 영혼 같은 것⋯⋯. 이 두 글자를 떠올리는 순간 등줄기에 식은땀이 흐르더군. 사방이 완전히 어두워진 마당에 서 있자니 갑자기 네가 몹시 보고 싶어졌어. 당장이라도 널 보러 가고 싶었지. 너는 조금도 변하지 않았을 거라는 확신이 들었어. 이렇게 생각하다보니 그 집요하던 의지가 완전히 사라져버리더군. 귀신이 나올 것 같은 그곳을 얼른 벗어나고 싶은 생각밖에 없었어.

거리로 향한 몇 군데 담장은 전부 너무 높았어. 돌을 옮겨다놓고
발을 디뎌야 간신히 올라갈 수 있었지. 담장 밖으로 뛰어내리다가 발
을 삐지나 않을까 두렵기도 했어. 아직 남아 있는 희미한 잔광에 의지
해 나는 아주 비좁고 마른 풀이 가득한 길을 따라 예배당 뒤쪽으로
갈 수 있었어. 그곳의 담장은 비교적 낮은 편이었어. 하지만 담장 너머
가 어떤 곳인지는 전혀 알 수가 없었어. 다행히 아주 희미하게 파와
마늘 향기가 뒤섞인 밥 짓는 연기 냄새를 맡을 수 있었지. 텅 빈 위장
이 갑자기 확 쪼그라드는 것 같았어. 몸이 다 떨릴 정도로 배가 고팠
지. 담장 밖에 인가가 있는 것이 분명했어. 나는 우선 담장을 넘은 다
음에 다시 생각하기로 마음먹었지. 나는 비틀비틀 높이 쌓은 돌무더
기를 밟고 담장 언저리에 간신히 몸을 얹어놓을 수 있었어. 담장 밖은
사합원四合院이더군. 창문 몇 개에는 전부 커튼이 쳐져 있어 안이 보이
지 않았어. 등불이 켜져 있는 것으로 미루어 사람이 거주하고 있다는
것을 알 수 있을 뿐이었지. 나는 깨진 벽돌과 기와를 밟으면서 조심스
럽게 처마 쪽으로 다가간 다음, 몸을 세운 채 뛰어내렸어. 마당 안으
로 들어섰지. 발을 약간 삐긴 했지만 그리 심하진 않았어. 하지만 땅
에 몸이 닿는 동작과 소리가 요란하다보니 집 안에 있는 사람들이 들
었을 것만 같더군. 나는 그 자리에 쪼그리고 앉아 잠시 기다렸지만 뜻
밖에도 밖으로 나오는 사람은 아무도 없었어. 나는 불이 켜져 있는
동쪽 창문으로 다가가 완전히 밀폐되지 않아 남아 있는 틈새로 안을
들여다봤지. 교회 마당에서 나를 내쫓으려 했던 뚱뚱한 여자가 탁자
에 엎드려 자고 있었어. 옆에는 하드커버 수첩과 아무렇게나 펼쳐놓
은 성경 한 권이 놓여 있더군. 그녀의 입에서 뿜어져나오는 열기에 책
장이 나풀거리고 있었어. 방은 아주 작았고, 구석에 1인용 침대가 하

나 놓여 있었어. 그녀 혼자 그 방에 묵고 있는 것 같더군. 나는 문가로 다가가 문을 한번 밀어봤어. 자물쇠가 잠겨 있지 않은 문이 삐거덕하고 열리더군. 나는 발뒤꿈치를 세우고 살금살금 뚱보 여인에게 다가갔어. 그녀가 코를 골 때마다 거대한 몸이 함께 기복하면서 엄청난 에너지를 발산해 주위 공기를 따스하게 데우는 것 같았어. 나는 노트 옆에 놓인 만년필을 집어 성경의 펼쳐진 페이지에 커다랗게 엑스 자를 그려놓았지.

다시 마당으로 나온 나는 담장 아랫부분을 따라 반 바퀴 더 돌았어. 구석에 열려 있는 나무 쪽문이 있더군. 그 문을 통해 얼른 빠져나왔지. 나는 거칠고 무거운 문의 빗장을 밀고서 조금씩 밖으로 빠져나오면서 아무 소리도 내지 않으려 무척 조심했어. 이때, 뒤쪽에 있는 집에서 어떤 여자가 거칠게 고함치는 소리가 들리더군.

"미쳤어요!"

그 여자가 소리쳤어.

"당신 머리에 병이 있는지 좀 살펴봐야겠네요!"

남쪽에 있는 집이었지. 나는 얼른 다가가 안을 살펴봤어. 커튼이 단단히 드리워져 있어 아무것도 보이지 않더라고.

"나는 그저 후이원 대신 그 물건들을 건넸을 뿐이야⋯⋯. 지금 그녀가 병을 치료하고 있는데 가서 돈을 달라고 하는 게 적절한 행동일까?"

그 목사의 목소리였어.

"그럼 그 아이에게 그녀가 병을 다 치료하고 난 다음에 다시 오라고 하면 되잖아요."

"그건 당신이 몰라서 하는 소리야. 빨리 돈을 주지 않으면 그 애는 도둑질이나 강도짓을 저지를지도 모른다고⋯⋯."

목사가 말했어.

"그 아이는 범죄에 한 발짝 아주 가까이 다가가 있단 말이야."

"그럼 그 아이에게 사실대로 말해요. 선물도 전부 쉬후이원이 사준 것이고, 지금 그녀가 병을 앓고 있어서 더 이상 아무것도 주지 못한다고 말이에요."

"그건 안 돼. 후이원에게 약속했단 말이야. 절대로 그 아이가 알게 해선 안 돼."

"도대체 무슨 일인데 그렇게 비밀로 처리하려는 거예요?"

"전에 얘기했잖아. 후이원과 그 아이 집 사이에 약간의…… 여러 해 동안 내려놓지 못한 일이야. 후이원은 그 아이가 힘들게 지내는 걸 볼 때마다 항상 자신과 관련이 있는 것처럼 느끼곤 했지. 이 일 때문에 고해성사를 하러 찾아오기도 했다니까."

목사는 목소리를 낮추기 시작했어.

"사람 하나를 식물인간으로 만들어버렸대……. 에이, '문혁' 시기에 일어난 일인데 누가 분명하게 말할 수 있겠어? 게다가 그녀의 남편이 한 짓인데 말이야."

"리지성이요?"

여자가 물었지.

너의 할아버지 이름을 듣는 순간, 나는 몸서리를 쳤어.

"그럼 리지성을 찾아가요. 그 양반에게 돈을 좀 내라고 하면 되잖아요."

"안 돼. 그 양반은 쉬후이원이 그 아이에게 선물을 사준 일을 모른단 말이야."

"왜 그래야 하지요? 그 양반이 저지른 일이 아닌가요?"

……

"그 양반은 죄를 인정하지 않아. 자신이 주님을 믿지 않기 때문에 쉬후이원에게도 믿지 못하게 한다고. 지금 쉬후이원을 찾아간다면 그 자리에서 쫓겨날 게 뻔하단 말이야."

나는 곧장 집으로 달려가 책가방을 내려놓을 틈도 없이 부엌으로 뛰어들어가 남아 있던 식은 볶음밥 한 그릇을 재빨리 입안에 쏟아넣었어. 그런 다음 소시지 두 개와 말라서 딱딱해진 계란 케이크를 몇 개 집어먹었어. 그리고 얼마나 오래됐는지 모르지만 누군가 고모에게 선물한 혼례사탕을 집어먹었어. 냉장고 안에 있는 음식은 거의 다 먹어치웠지. 나는 계속 먹어댔어. 아주 빨리 먹었지. 자신에게 벌어지고 있는 일을 생각하고 싶지 않았어. 그런 다음 화장실 문을 잠그고 목욕을 시작했지. 샤워기 노즐을 계속 틀어놓고 쏴쏴— 하는 물소리로 생각을 억누르려 했어. 곧장 침대에 누운 나는 베개로 얼굴을 덮고는 잠들 때까지 내리지 않고 그대로 두었어. 뭔가로 머리를 꼭 누르고 있어야 아무 생각도 하지 않을 수 있을 것 같았지.

그해 겨울은 내내 안개가 짙었어. 이른 아침 창문을 밀어 열면 눈 앞이 온통 짙은 안개였지. 세상이 송두리째 고장 난 텔레비전 같았어. 안개가 모든 것을 회색으로 만들었지. 지붕과 거리, 전선, 날아가는 비둘기까지 전부 누군가의 장례를 치르고 있는 것 같았어. 안개는 뭔가 특별했어. 나는 항상 안개가 하늘에서 내려와 아주 요원한 향기와 정결함을 가져다주는 비나 눈과는 다르다고 느꼈어. 안개는 일종의 도시의 분비물이자 인간세계의 먼지 덩어리였어. 1993년, 이 산업도시는 이미 병이 고황에 들어 있었어. 샘물은 전부 고갈되었고 후청하護城河에서는 악취가 심했지. 거대한 발전소 굴뚝에서는 짙은 연기가 쉴 새 없이 뿜어져 나왔어. 도처에 고층빌딩이 세워지고 크레인이 돌과 모래를 하늘 위로 나를 때면 주위에 온통 흙먼지가 가득 날렸지. 지구의 종말이 다가오는 건가 싶을 정도였어.

교회에서 돌아온 다음 날, 목사가 학교로 날 찾아왔어. 그는 나를 건물 한쪽 구석으로 데려가서는 엄숙한 표정으로 내 손에 봉투 하나를 쥐여주려 하더군. 봉투 안에는 400위안이 들어 있었어. 그가 아내를 어떻게 설득했는지 알 수 없었어. 어쩌면 다른 데서 빌린 돈일지도 모르지. 이런 것은 더 이상 중요하지 않았어.

"미안하구나. 그날 내가 너무 늦었어."

목사가 말했어.

너무 일렀다고 말하는 것이 맞겠지. 진상이 너무 일찍, 너무나 쉽게 밝혀졌으니까 말이야. 심지어 나는 이 돈을 얻기 위해 어떤 노력도 하지 않았어. 이 돈은 격정으로 부풀어 올랐던 나의 모든 구상을 끝내 버렸어. 갑옷을 입고 병기를 손에 들고서 격렬한 전투를 준비하고 있는 병사가 전장에 나가기 직전에 전쟁이 끝났다는 통보를 받은 것 같은 기분이었지. 너무나 잔인한 행운이었어. 하지만 나는 차라리 '전사'를 택하고 싶었지. 수천수백 번의 실험을 거치면서 '영혼무전기'를 위해 마음과 힘을 다 쏟았는데 결국 아무런 소득도 없이 영원히 진실을 알 방법이 없어지는 거야. 그렇게 됐다면 얼마나 좋았을까.

"앞으로 매주 교회에 와서 예배를 드리도록 해. 알겠지?"

목사가 조건을 제시했어.

자비로운 표정으로 가득한 그의 얼굴이 좀 우습게 느껴지더군. 설마 그가 정말로 자신이 나를 구제할 수 있다고 생각한 걸까? 나는 그를 바라보면서 입을 열어 뭔가를 말하고 싶었어. 그가 두려움을 느낄 수 있는 말이나 그에게 무례를 범하는 말을 하고 싶었지. 혹은 그의 하나님에게 무례를 범하는 말도 괜찮을 것 같았어. 그런 다음 손을 뿌리쳐 그가 건넨 봉투를 땅바닥에 내동댕이치고 몸을 돌려 가버리는 거지. 하지만 나는 아무 말도 하지 않고 그 봉투를 받았어. 이건 은혜가 아니라 범죄의 증거였지. 이걸로 그들의 죄를 증명하지 못한다 하더라도 나는 어떻게든 그들을 내 손에 장악하고 싶었어. 그가 돌아가고 나서 나는 잠시 복도에 서 있다가 수업 시작을 알리는 종이 두 번 울리고 나서야 교실로 들어갔어. 자리로 돌아와 앉은 나는 너를 힐끗 쳐다봤지. 놀라운 비밀이었어. 너는 사정을 전혀 모른 채 따분한 듯이 만화책을 뒤적이고 있더군.

그날 오후, 나는 그 편지봉투에 자꾸 손이 갔어. 뭔가가 내 손바닥 한가운데를 탁탁― 자극하는 것 같더군. 비밀이 봉투 안에 갇힌 맹수처럼 마구 날뛰며 출구를 찾고 있었어. 나만이 봉투 안에 커다란 비밀이 담겨 있다는 사실을 알고 있었지. 나만이 그 비밀의 살상력을 알고 있었던 거야. 가슴이 몹시 거칠게 뛰었어. 금방이라도 터질 것만 같았지. 1초만 지나면, 또 1초만 지나면 그 안에 들어 있는 게 밖으로 튀어나올 것만 같았어. 손이 떨리기 시작했어. 거대한 재난이 닥쳐올 것 같은 느낌이었지. 나는 혼란한 감정을 억누르면서 몰래 대각선 방향에 앉아 있는 너를 훔쳐봤어. 너는 책을 보다가 좀 졸기도 하다가 약간 풀어진 머리를 다시 묶더군. 그러더니 스웨터 소매에 뭉친 털을 하나하나 뜯어내기 시작했어. 나는 네 옆에 다가가 앉아 팔꿈치로 네 팔꿈치를 문지르면서 네가 내뱉은 공기를 들이마셨지. 갑자기 몹시 고독하다는 느낌이 들었어. 세상이 뒤집힌 것 같았지. 예전에는 네가 있는 한 고독을 느끼는 일이 없었거든. 하지만 이제는 너 때문에 전에 느끼지 못했던 고독감을 느끼게 된 거야. 이런 고독은 전에 친구들에게 놀림을 당하고 엄마에게 버림받았을 때 느꼈던 것과는 다른 고독이었어. 과거의 그런 고독은 '외로움'이라고 하는 게 더 정확할 거야. 하지만 지금 이 고독은 바닥이 보이지 않을 정도로 깊고 숨도 쉴 수 없을 정도로 치밀한 고독이야. 마음속에서 고함을 치고 있지만 소리를 낼 수 없었지. 모든 표현이 허공에서 사라졌어. 거대한 얼음 덩어리 안에 언 채로 갇혀 있는 것처럼 철저하게 격리되어 있었지. 하지만 나는 몸부림치지도 않았고, 도망치려고 시도하지도 않았어. 나는 고독 속에 있어야 했어. 어디도 갈 수 없었지. 이런 고독에서 벗어나려면 반드시 너와 헤어져야 했기 때문이야. 내가 너를 미워하기 시작했어야 하는 걸까? 이 거대한 가족의 원한이 거대하고 치밀한 그물처럼 우리 두 가족을 완전히 뒤덮고 있었어. 누구도 도망칠 생각을 할 수 없었지.

너희 할아버지. 내 머릿속에 계속 그 모습이 떠올랐어. 길을 걷는 그 강직된 상반신이 떠올랐어. 수척한 얼굴에 가득한 깊은 주름과 깊은 연못처럼 차갑고 한번도 미소를 지은 적이 없는 눈동자가 떠올랐어. 최근 몇 년 동안 이 두 눈동자는 줄곧 어두운 곳에서 우리 가족을 지켜보고 있었지. 자신이 하사한 더없이 비천하고 어려운 삶을 우리가 얼마나 처절하고 힘들게 견디고 있는지 확인하고 있었던 거야. 너희 할아버지는 엄숙한 얼굴 뒤에 숨어서 깔깔대며 그치지 않고 웃고 있었을 거야. 나는 왜 너희 할아버지가 우리 할아버지를 직접 죽이지 않고 머리에 못만 하나 박았는지 이해할 수 없었어. 생명이 너무 일찍 끝나면 재미가 없다고 생각해서 특별히 이런 방식을 고안해내 게임의 시간을 연장했던 걸까? 이 거대한 코미디를 30년 가까이 지켜보면서도 충분하지 않았던 걸까? 무엇이 그에게 일말의 양심의 가책도 느끼지 않고 그토록 태평할 수 있게 한 걸까? 아무리 생각해도 알 수가 없었어. 하지만 너희 할머니는 모든 걸 알고 있었지. 너희 할머니가 겉으로 드러내는 선량함은 남편의 죄과를 덮기 위한 가식에 지나지 않았어. 맞아, 너희 할머니는 양심의 가책을 느꼈을 거야. 그래서 목사를 찾아가 참회했던 거지. 하지만 이건 하나님에게 보여주기 위한 것에 지나지 않았어. 나를 만났을 때는 아무런 양심의 가책이 없었고 연민이나 동정도 전혀 보이지 않았어. 어쩌다 역병 환자를 만나기라도 한 듯이 번개처럼 지나갔지. 나는 너희 할머니가 나를 쳐다보던 그 혐오스런 눈빛을 지금까지도 생생하게 기억하고 있어. 너희 할머니는 내 마음속에 뭔가 숨겨져 있다고 하면서 네게 나랑 놀지 못하게 했지. 내가 너를 망칠까봐 두려웠던 거야. 최근 몇 년 동안 너희 할머니는 남몰래 내게 선물을 보내오고 있어. 그저 내가 너무 비참하게 살지 않게 하기 위해서지. 그래야 내가 남의 물건을 훔치거나 범죄를 저지르는 일이 없을 테니까 말이야. 너희 할머니가 두려워하는 건 아마도 내가 범죄를 저지르는 것이 아니라 내가 보복에 나서는 걸 거야.

그 진한 국물 같은 꿈을 나는 아직 기억하고 있어. 파란 횃불, 투명한 사람. 내 어깨 위에 겹겹이 얹혀 있던 손들. 나는 잊을 수가 없어. 단지 맨 처음의 원한은 너무 추상적이라 구체적인 방향을 갖춘 힘이 되지 못했지. 나중에는 그 원한이 영혼무전기를 발명하려는 열정으로 바뀌면서 아주 낭만적으로 날아올라 한 아이의 모든 것이 몰입된 게임이 되었지만 말이야. 심지어 나는 이런 원한을 약간 즐기기도 했어. 원한이 내 삶을 더 이상 무료하고 무의미하지 않게 해주었으니까 말이야. 줄곧 이럴 수 있었으면 좋겠다는 생각이 들었어. 하지만 범인이 누군지 알게 된 그 순간부터는 모든 것이 달라졌지. 원한은 피의 냄새를 발산하면서 날카로운 이빨을 드러내기 시작했어. 원한이 끊임없이 내 신경을 잡아당기고 있었지.

"이제, 나는 이미 범인이 누구인지 알고 있어. 보복을 할 수 있게 된 셈이지."

연이어 여러 날 동안 나는 잠을 이룰 수 없었어. 침대에 누워 이리저리 몸을 뒤척였지. 온몸이 불타는 것처럼 뜨거워서 하는 수 없이 벽에 달라붙어 여름에 때려죽인 모기의 핏자국을 바라봐야 했어. 고모는 침대 아래층에서 몸을 뒤척이면서 이를 갈기도 하고 코를 골기도 했어. 그렇게 사소한 안락의 소리들이 나를 괴롭혔지. 나는 고모를 깨워서 다른 범인이 누구인지 알면 어떻게 하겠냐고 물어보고 싶었어. 하지만 묻지 않았지. 고모는 틀림없이 내가 뭔가를 알고 있다고 의심할 게 뻔하니까 말이야. 나는 비밀을 고모에게 알릴 수 없었어. 이미 온몸과 마음이 피폐해질 정도로 괴로움을 당하고 있긴 했지만 나는 마음속으로 그 비밀을 손에 꼭 붙잡고 절대 손을 놓지 않을 생각이었어. 이 비밀을 점유하고 있다는 것이 무얼 의미할까? 나도 알 수 없었어. 하지만 희미하게나마 이 원한이 나 혼자만의 일이고, 어떤 일들이 내가 나서서 처리해주길 기다리고 있다는 것을 의식했지. 나는 행동을 해야 했어. 하지만 어떻게 행동을 시작해야 하는지 도무지 갈피를 잡을 수 없었지. 어쨌든 나는 뭔가를 해야 했어. 이런 생각이 끊임없이 나를 괴롭혔지만 나는 곧 사실은 자신이 있는 힘을 다해 어떤 표면적인 안정을 유지하려 애쓰고 있다는 것을 깨달았지. 너에게 말을 할 때도 이런 이상한 감정이 노출될까봐 항상 조심스러웠어. 매일 저녁 너와 헤어져 혼자 집으로 걸어갈 때면 이날도 결국 평담함 속에 안정되게 휘장을 치고 있었다는 사실을 생각하며 속으로 안도의 한숨을 내쉬었지. 아무것도 일어나지 않았어. 나는 마음속으로 자신을 향해 탐욕스럽게 이런 조용함을 누리자고 말했지.

　사실 내가 이상한 모습을 보였다 해도 너는 알아채지 못했을 거야. 너는 너 자신의 일에 깊이 파묻혀 있었으니까. 하루 종일 미간을 찌푸리며 입술을 깨물면서 아무 말도 하지 않았어. 감각이 둔한 다빈도 너의 그런 모습을 알아채고는 너희 엄마가 재혼했기 때문이라고 확신에 찬 진단을 내렸지. 지난번에 너희 엄마가 결혼할 남자와 함께 놀러 나간 뒤로 너는 계속 얼굴에 수심이 가득한 모습이더군. 그 남자도 네가 자신을 좋아하지 않는다는 것을 알고 있을 거야. 네가 그 남자를 좋아하지 않는 것은 당연하지. 네 마음속에서 어떻게 다른 사람이 너희 아빠를 대신할 수 있겠어? 하지만 너도 이런 사실을 받아들여야 해. 결혼식이 다음 달로 정해져 있잖아. 너는 화려하게 치장을 하고 신랑 신부 앞에서 가족사진을 찍어야 할 거야. 어쩌면 두 사람의 강요에 의해 굴욕적으로 그 남자를 '아빠'라고 불러야 할지도 모르지. 이런 일로 인해 고민이 많지 않니? 그렇다면 왜 우리한테 얘기하지 않는 거야? 어쩌면 너에게 다른 비밀이 있는지도 모르지. 그 비밀은 아주 오래전에 생긴 건지도 몰라. 네가 영혼에 관해 얘기하기 시작할 때부터 그 비밀을 갖고 있었던 건지도 모르지. 어쩌면 더 일찍 생긴 비밀일 수도 있을 거야. 잘 기억나진 않지만 어쨌든 내가 이 문제를 의식하기 시작할 때부터 너는 이미 예전과 다른 모습이었어. 더 이상 그처럼 걱정근심 없는 소녀의 모습이 아니었지. 너를 곤혹스럽게 만든 일이 대체 무엇인지 나는 애써 탐구해보지도 않았어. 나는 내 비밀 속에 완전히 빠져 있었고, 갈수록 더 깊이 빠져들어 이미 주변의 소리가 들리지 않았거든.

겉으로는 모든 게 확실히 예전과 같았어. 잿빛으로 희미한 아침마다 나는 도로 입구에서 널 기다렸지. 네가 모습을 드러내 내가 있는 곳으로 말없이 다가오면 우린 함께 학교를 향해 걸었어. 그때서야 나는 갑자기 짙은 안개의 존재를 의식하기 시작한 것 같았어. 세상 전체가 창백한 결핵 환자 같았지. 우리는 자기 발도 제대로 볼 수 없었어. 전부 발 없는 귀신이 되어 반은 허공에 떠 있었지. 시야 안에는 온통 거대하고 흰 천막이 쳐져 있는 것 같았어. 아주 가까워져야 집이나 나무들이 유령처럼 불쑥 눈앞에 나타나 우리를 놀라게 했지. 공기 중에는 나뭇잎을 태우는 냄새가 가득 떠다녔어. 거리를 청소하는 여자들이 마른 나뭇잎들을 한데 모아놓으면 바스락― 바스락― 소리가 났지. 우리는 어깨를 나란히 하고 그 옆을 조용히 지나쳤어. 아무도 말을 하지 않았지. 말을 한다 해도 상대방이 듣지 못할 것 같았어. 그렇게 거대한 안개가 사이를 막고 있어 마치 모든 사람이 유리 덮개에 덮인 채 길을 걷는 것 같았어. 우리는 각자의 덮개 아래서 각자의 고민을 음미하고 있었지. 생각들이 꺼져가는 불씨처럼 희박한 산소 속에서 타고 있었어.

비밀이, 우리의 존재보다 앞선 비밀이 우리의 감정을 이간시키고 있었어. 어떤 짐승을 포획하듯 우리는 비밀의 포획에 의지해 삶을 유지하고 있는 셈이었지. 어느 날엔가 우리는 사냥물로 인해 서로 반목하면서 원수가 되어 각기 다른 길을 가게 되겠지. 이런 날은 기어이 오고 말았어. 여러 해가 지나 그 겨울날을 기억할 때마다 눈앞에 우리가 나란히 안개 속을 걷던 장면이 떠올랐지. 무겁고 상실의 분위기가 가득한 잿빛 안개가 끝도 없이 펼쳐졌어. 어쩌면 그것이 가장 진실한 유년의 기록이었는지도 몰라. 비밀로 직조된 거대한 안개 속을 걸으면서 우리의 두 발은 막막하게 앞을 향해 움직였어. 길은 전혀 보이지 않았고 어디로 가야 하는지도 몰랐지. 여러 해가 지나 성인이 되어서야 우리는 마침내 그 안개에서 벗어난 듯했어. 눈앞의 세계가 선명하게 보이는 것 같았지. 하지만 사실은 그게 아니었어. 안개가 우리 몸을 뚫고 들어와 하나하나 고치를 만들었던 거지.

일요일 아침 일찍 나는 다시 그 중고 시장을 찾았어. 모퉁이에 있던 노점은 다른 곳으로 이사를 갔는지 텅 비어 있더군. 물건을 진열하는 매대도 보이지 않았어. 주위에 있는 노점상들에게 물어봤더니 내가 찾아왔던 그날 오후 거액의 채무를 갚지 못해 도망쳤다고 하더군. 어디로 갔느냐고 물었더니 상인은 눈알을 이리저리 굴리다가 그를 찾을 수 있다면 도망쳤다고 할 수 있겠냐고 반문하더군.

나는 400위안을 그대로 손에 쥔 채 시장을 떠났어. 보아하니 영혼 무전기를 발명하지 못할 것 같더군. 어쩌면 이런 미친 상상이 존재하는 유일한 의미가 내게 또 다른 범인이 누구인지를 알게 하는 것인지도 몰라. 정말로 할아버지와 대화를 할 수 있다면 할아버지가 내게 가장 알려주고 싶은 것이 바로 이런 진상일 거야. 돌이켜보면 여러 해 전에 그 뜨거운 몽경 속에서 할아버지가 한번, 또 한번 내게 총 쏘는 법을 가르쳐준 것도 어쩌면 내게 당신의 원수를 갚게 하려는 거였다는 생각이 들더군. 하지만 애석하게도 나는 줄곧 할아버지의 그런 의도를 알지 못한 채 헛된 시간만 보냈지. 사실 할아버지의 그런 의도를 알았다 해도 소용이 없었을 거야. 복수하는 일만 생각하면 나는 마음이 무거워져.

월요일이 되어 오후 수업이 시작되기 전에 수발실受發室 아저씨가 교실로 널 찾아왔어. 너는 서둘러 그 아저씨를 따라가더군. 그러고는 학교가 파할 때까지 돌아오지 않았어. 그 전에는 이런 일이 한번도 없었지. 우리는 학교에서 항상 몸과 그림자처럼 붙어다녔으니까 말이야. 그렇게 오래 내 시선에서 사라진 적도 없었어. 수업을 하면서 나는 자꾸 다른 쪽으로 고개를 돌리면서 네 자리가 비어 있다는 사실을 잊으려고 애썼지. 오후 내내 난 거의 제정신이 아니었어. 쇠로 된 자로 애먼 고무지우개만 두 개나 가루로 만들어버렸지. 학교가 파한 뒤에도 나는 그 자리에서 어두워질 때까지 기다리다가 네 책상 위의 필통과 교과서를 네 가방에 넣어가지고 교실을 나왔어. 수발실을 지나는 순간, 아저씨에게 물어봐야겠다는 생각이 들었지만 당직을 서는 사람이 이미 다른 사람으로 바뀌어 있더군.

너희 아빠가 돌아오신 거였어. 네가 다음 날 내게 말해주었지. 너는 아주 신비하고 매력 넘치는 남자가 널 데리고 공원으로 가서 호숫가에 있는 음식점에서 저녁을 사주었다고 말했어.

"우리가 얼마나 즐거운 시간을 보냈는지 넌 모를 거야."

너의 그 득의양양한 모습이 나를 분노하게 만들었지. 내가 이렇게 지독한 어려움에 시달리고 있을 때, 너는 무슨 자격으로 그렇게 즐거울 수 있는 거지? 나는 그렇게 많은 짐을 짊어지고 있는데 너는 너무나 가볍고 자유로웠어. 이게 얼마나 불공평한 일이야! 그 비밀을 발견한 사람은 너였어야 했어. 그 비밀 때문에 벌벌 떨면서 불안해하고 이리저리 뒤척이며 잠 못 이루는 사람은 너여야 했지. 너는 죽도록 부끄러웠을 테고 내 앞에서 얼굴을 들 수도 없었겠지. 너는 아주 정중히 내 앞에 와서 나를 향해 미안하다고 말했어야 했을 거야. 하지만 너는 이 모든 것과 무관한 것 같잖아. 어떤 신이 중간에서 너를 남몰래 보호하면서 너를 이 모든 더러운 일로부터 격리시키고 있는 것 같단 말이야.

"우리는 테이블이 넘치도록 음식을 시켰어. 함께 술도 마셨고."

너는 얼굴 한가득 심취한 표정으로 네 아빠와 함께 보낸 저녁을 회상하면서 전혀 거리낄 것 없는 화려한 말재주로 내가 한번도 받아보지 못한 총애가 어떤 맛인지 말해주려는 듯했어. 내가 너와 달리 아무도 사랑해주지 않은 버림받은 아이라는 사실을 일깨워주었지. 이전에는 네가 이런 모습을 보인 적이 없었어. 뜻밖에도 너는 이처럼 마음대로, 거침없이 내게 상처를 주고 있었지. 누가 너에게 이처럼 높은 곳에 앉을 권리를 준 거지? 설마 우리 집 사람들은 영원히 너희 일가에 의해 능욕을 당해야 하는 건가? 너희 아빠가 떠나기 전에 자기를 데리고 놀러 갔던 얘기를 할 때, 나는 결국 참지 못하고 말을 끊어버렸어.

"그럼 왜 아빠를 따라가지 않은 거니?"

"아빠는 사업 때문에 모스크바에 가실 거래. 얼마쯤 시간이 지나서 그리 바쁘지 않게 되면 와서 나를 데려간다고 하셨어."

"그럴 리 없어."

내가 고개를 가로저었지.

"무슨 말을 하는 거야?"

"네가 거짓말을 하고 있잖아."

나는 고개를 들어 너를 쳐다봤어.

"너희 아빠는 너를 데려갈 수가 없어."

순간 네 얼굴에 경련이 일더군. 즐거움으로 가득 찼던 두 눈빛도 어두워졌지.

"너희 아빠는 너를 원하지 않아."

나는 자신을 북돋우면서 힘들게 이런 말을 했어.

"자신을 속이지 않는 게 좋을 거야."

네 몸에서 고통스런 신음이 흘러나왔어. 얼굴 표정도 일그러졌지.

"아빠가 거짓말을 할 리가 없어."

너는 한 자 한 자 또박또박 말하더군.

"청궁, 네 마음속에 뭔가 더러운 것이 들어 있는 게 분명해."

나는 입을 삐죽거리며 웃기 시작했지. 웃음은 갈수록 격렬해지면서 나중에는 배를 움켜쥐고 허리를 굽혀가면서 웃어댔어. 네가 멀리 가버린 뒤에도 나는 웃음을 멈출 수 없었지.

리자치

1993년 12월 16일, 나는 오후 5시 반에 집을 나섰어. 짙은 녹색 재킷 차림에 흰 털실로 짠 모자를 쓰고 있었지. 등에는 학교 갈 때 매던 책가방을 맸어. 48시간 뒤에 페이쉬안은 파출소 의자에 앉아 흥분을 감추지 못한 표정으로 경찰에게 나를 마지막으로 본 정황을 설명했지. 그 애는 그날 밤 내가 가족들과 말다툼을 하지 않았고 이상한 일도 전혀 일어나지 않았다고 재삼 강조했어. 가속원家屬院 문밖의 신문 파는 사람 외에는 내가 어디로 갔는지 아무도 몰랐어. 그는 7시가 넘어서야 내가 매대 앞을 지나가는 걸 봤다고 말했지. 하지만 그가 잘못 본 게 분명해. 그때는 내가 이미 베이징으로 가는 기차에 올라 9호차 침대칸에서 안개가 가득한 창문을 통해 밖으로 날듯이 지나가는 밤 풍경을 바라보고 있었으니까 말이야.

나는 지금도 무엇 때문에 내가 밤에 집을 나서 기차를 타야 했는지 확실히 모르겠어. 우리 엄마는 모든 것을 전에 자기가 내 따귀를 때린 탓으로 돌렸어. 내가 떠난 것이 엄마와 린씨 아저씨의 결혼에 대한 항의의 표현이라고 생각한 거지. 내가 엄마의 생각을 바꿔 강렬한 후회에서 구해주려는 시도를 해보진 않았지만 마음속으로는 내 가출이 엄마와는 아무런 관련도 없다는 것을 분명하게 알고 있었어. 집을 나오던 그날 저녁, 나는 한번도 엄마를 생각하지 않았어. 심지어 사흘 뒤에 있을 결혼식도 생각하지 않았지. 그들은 이미 나를 위해 산 새 옷을 보내왔어. 화려한 체크무늬 재킷과 연꽃잎 레이스에 작은 구슬이 달린 원피스였지. 내가 혼례에 대해 조금이라도 기대하는 마음이 있었다 해도 그 치마를 한번 입어보는 것으로 그쳤을 거야. 하지만 내가 집을 떠날 때는 이미 그 치마에 대한 미련이 완전히 내 머릿속에서 지워져 있었지. 물론 전학과 아무런 관계가 없다고는 말할 수 없을 거야. 페이쉬안에게 거절당한 뒤로 나는 모든 생각이 다 부서져버리고 앞길이 완전히 칠흑 같은 어둠이었어. 하지만 아무리 그렇다 해도 도망을 생각하진 않았었지. 갈 만한 곳이 없었거든. 나는 항상 우리 아빠가 날 데리러 올 거라고 말했지. 하지만 그런 일은 애당초 일어나지 않을 거라는 네 말이 맞았어. 하지만 나는 거짓말을 하진 않았지. 단지…… 줄곧 자신이 이런 사실을 보지 못하도록 회피했을 뿐이야. 나는 영원히 자신에게 우리 아빠가 나를 원하지 않는다고 했던 네 말을 인정할 수 없었어. 너는 너의 그 한마디가 얼마나 잔인한 말이었는지 알아야 해. 비수가 직접 내 몸을 찔러 들어왔는데, 손을 뺀 사람은 뜻밖에도 너였어. 너를 다시는 만나지 않았으면 좋겠다는 바람을 안고 떠나려 할 때, 머릿속에 가장 먼저 든 생각이 베이징에 가서 아빠를 찾아야겠다는 거였어. 전에 이런 생각이 들었다면 즉시 그럼 청궁은, 청궁은 어떻게 하지 하는 생각을 했을 거야. 하지만 그때는 네가 내게 준 상처 때문에 너의 그런 견인력이 아주 멀게 느껴졌지.

당시에는 우리 아빠와 함께 가리라고는 생각지도 못했어. 그렇게는 할 수 없었을 테고, 아무도 그러기로 약속하지도 않았어. 내 계획은 아빠를 설득해서 겨울방학 때 베이징으로 아빠를 만나러 가는 내 계획에 동의를 얻어내는 것이었어. 이런 짧은 만남도 내가 보기에는 충분히 아름다운 것이었거든. 동시에 네가 전에 했던 말이 사실에서 아주 많이 벗어난 착오였다는 것을 분명히 알게 해줄 수 있었지. 하지만 아빠를 설득할 가능성은 매우 낮았어. 그러니 나로서는 예비용 방안을 구상해두지 않을 수 없었어. 어떻게든 아빠의 베이징 주소를 알아내는 것이었어. 그러면 필요할 때 아빠를 찾아갈 수 있으니까 말이야. 어떻게 아빠의 주소지를 알아낼 수 있을까? 아빠한테 편지를 쓰거나 연하장을 보내려 한다고 할까? 아빠 앞에서는 그렇게 오글거리는 말은 꺼내지도 못할 것 같았어.

하지만 이것보다 더 걱정스러운 일은 애당초 아빠가 약속대로 떠나기 전에 나를 만나러 올 가능성이 희박하다는 거였어. 내가 애타게 기다리는 동안 힘든 날들이 지나갔지만 아빠는 학교에도 오지 않았고 할머니를 만나러 오지도 않았지. 나는 내게 남아 있던 무선호출기 번호로 전화를 건 다음 공중전화 옆에서 한 시간을 기다렸어. 하지만 아빠는 끝내 전화를 걸어오지 않았지. 나는 아빠가 이미 베이징으로 돌아갔을 거라고 믿기 시작했어. 그런데 다음 날 오후에 뜻밖에도 아빠가 찾아왔지.

아빠는 검정 트렌치코트 차림에 손에는 실을 엮어 만든 쇼핑백을 하나 들고 있더군. 수염도 깎지 않은 데다 습관적으로 담배를 찾고 있었지. 이번에는 전에 피우던 것과 다른 담배였어. 담뱃갑에는 담배가 두 개비밖에 남아 있지 않더군.

"내가 전화를 걸었더니 가게 주인이 네가 벌써 가버렸다고 그러더구나."

아빠가 말했어. 아빠 몸에서는 가볍게 술 냄새가 풍겼어.

"요즘 어떠세요?"

내가 어른들의 말투로 물었어.

"괜찮아. 오랜 친구 몇몇을 만났어."

"옛날 동료분들이요?"

"아니야, 옛날에 함께 시골로 내려갔던 친구들인데 지금은 사업을 아주 크게 하고 있더구나."

아빠는 피우던 담배를 땅바닥에 던지고는 손을 주머니에 집어넣었어.

"나는 곧 가야 해. 그 친구들을 다시 만나기로 했거든. 네가 내 대신 할머니께 이 보양식품을 좀 가져다드리도록 해라."

"할머니 만나러 안 가실 거예요?"

"다음에 갈게. 오늘밤에는 그만 가봐야 할 것 같아."

나는 고개를 숙였어.

"몇 시 기차인데요?"

"8시 25분."

아빠가 말했어.

"아빠 말 잘 들어. 전학한 뒤에는 특별히 더 분발해야 해. 그래야 수업에 뒤처지지 않지. 알겠니?"

아빠는 내게 말할 틈을 주지 않고 말을 이었어.

"아빠 호출기 번호 갖고 있지? 무슨 일 있으면 호출기로 연락해."

말을 마친 아빠는 곧장 가버렸어.

나는 아빠 손에서 쇼핑백을 건네받고는 아무 말도 하지 않았지. 아빠를 좀더 있게 하려고 붙잡지도 않았어. 심지어 작별 인사도 하지 않았지. 그냥 미동도 않고 그 자리에 서 있었어. 머릿속이 8시 25분이라는 숫자에 완전히 점거되어버렸거든. 나는 속으로 여러 번 이 숫자를 되뇌었어. 그러자 그 숫자들이 점점 낯설어지더니 나중에는 아빠가 말한 시간이 이게 맞았던가 하는 의심마저 들더라고.

그 순간부터 나는 이미 너와 내기를 하는 일도 잊었고 전학 따위의 골치 아픈 일도 잊었어. 나는 몸 안에 있는 강렬한 감정에 통제되고 있었지. 이교도가 순교를 당하게 된 것과 같은 아주 고결하고 열광적인 감정이었어. 그런 감정이 나로 하여금 학교가 파하자마자 곧장 집으로 달려가 그 보양식품이 든 쇼핑백을 던져놓고 숨도 돌리지 않은 채 기차역을 향해 달려가게 했던 거야.

언젠가는 아빠에 대한 내 감정을 알게 할 수 있는 날이 오겠지. 나는 자신에게 이렇게 말했어. 이제 그날이 왔어. 아무런 징조도 없고 뭔가 준비되지도 않았지만 나는 그날이 왔다는 걸 알 수 있었지. 이상할 정도로 초췌한 아빠의 모습이 내게 자신감을 주었어. 아빠가 나를 원한다는 것을 믿을 수 있었지. 지금, 아빠는 어느 때보다 나를 원하고 있어. 아니면 비교적 자의적인 시각에서 볼 때, 지금이 아빠에게 다가갈 가능성이 가장 큰 시점이자 아빠로 하여금 내 감정을 알게 할 수 있는 최적의 시점이라는 생각이 들었어. 이런 기회를 내가 어떻게 놓칠 수 있겠어?

일이 잘못되면 질책을 당하거나 처벌을 받거나 집으로 돌려보내지겠지. 뒷일을 생각할 시간이 없었어. 내 머리는 그보다 더 중요한 것들이 점거하고 있었지. 예컨대 아빠가 나를 보면 어떤 반응을 나타내실까, 우리는 이 여행에서의 밤을 어떻게 보내게 될까, 베이징에 있는 아빠의 집은 어떤 모습일까, 지금 아빠와 살고 있는 새 아내를 보면 무슨 말을 해야 할까 하는 것이었지.

난위안을 나온 나는 도로를 가로질러 건너편에 있는 버스 정류장으로 갔어. 거기서 8번 버스를 타고 종점까지 갔지. 정거장을 벗어나 모퉁이를 돌자 기차역이 나왔어. 모든 게 불가사의할 정도로 순조로웠지. 이곳에 어떻게 오는지 사전에 예행연습이라도 한 것 같았어. 드넓은 플랫폼 위로 차가운 바람이 불어왔지. 트렁크를 끄는 사람들이 몸을 웅크리고 앞으로 나아가고 있었어. 기차에 오른 나는 사람이 없는 객실로 들어갔지. 창문에는 하얀 서리가 가득 맺혀 있더군. 나는 손을 뻗어 서리를 문질러버린 다음 창밖을 내다봤어. 아주 많은 사람이 이쪽을 향해 다가오고 있었지만 아빠는 보이지 않았어. 객실 안은 몹시 더웠어. 두 볼이 뜨거워지고 손이 땀에 젖어 축축해질 정도였지.

남자 둘이 트렁크를 끌고 들어와서는 의아한 듯이 나를 쳐다보더군.

"가족들은 어디 있니?"

머리털이 많이 빠진 남자가 물었어.

"확실히 이 객실 맞니?"

그의 동료가 물었지. 나는 입을 오므리고는 내 신발만 내려다봤어.

"아무 말도 하지 않으면 승무원을 부를 테다."

머리가 벗겨진 남자가 말했어.

나는 두 사람 사이를 헤치고 나와 문을 당겨 열고는 도망쳐 나왔어. 마침 승무원 한 명이 복도 반대쪽에서 걸어오고 있었어. 나는 재빨리 옆에 있는 화장실로 들어가 안에서 문을 걸어 잠갔어. 전등 스위치가 밖에 있어 어둠 속에서 변기통 하수구에서 넘친 물에 비친 빛줄기가 보였지. 누군가 밖에서 문 손잡이를 당겼어. 여러 번 당겨도 열리지 않자 그냥 가버리더군. 마침내 기차는 기적을 울리면서 천천히 움직이기 시작했어. 사람 둘이 줄곧 문밖에서 얘기를 나누고 있었어. 나는 그들이 가버릴 때까지 한참을 기다렸지. 밖이 조용해지고 나서야 화장실 문을 열었어.

나는 차례로 객실의 문을 열고서 사람들의 놀란 눈빛 속에서 재빨리 위아래로 네 개의 침대칸을 훑었어. 복도는 갈수록 짧아지고 내가 열어봐야 하는 문도 점차 줄어들었지. 두근거리는 심장 박동이 마치 질주하는 말발굽 같았어. 눈앞의 세계가 갈수록 더 심하게 흔들리더군. 나는 이미 머리가 혼미해지고 눈이 흐려졌던 게 분명해. 아무것도 보이지 않았으니까 말이야. 그렇지 않고서야 끝에서 두 번째 문을 닫아버렸을까? 문을 닫은 뒤에 나는 멍하니 문밖에 서 있었어. 족히 10초는 되었을 거야. 안에 있던 사람이 후다닥 문을 다시 열더군.

내가 고개를 들고 문을 연 사람을 향해 말했어.

"아빠."

진한 담배 냄새가 밀려왔지. 눈물이 날 정도고 좋은 냄새였어. 그래서 난 울음을 터뜨리고 말았어.

"내가 표를 바꾸지 않아 이 열차를 타지 않았다면 어땠을지 생각해봤니?"

노기가 거의 가라앉은 뒤에야 아빠가 나를 쳐다보며 물었어.

"저는 그냥 모험을 하는 수밖에 없었어요."

"모험을 한다고?"

아빠가 빙긋이 웃으셨지. 나의 이런 생각을 칭찬하는 것 같았어.

"맞아요, 저금통도 가져오지 않았잖아요. 저는……"

내가 말했지.

"아빠가 틀림없이 계실 거라고 생각했어요."

"사람이 너무 낙관적이어선 안 돼. 모든 일은 가장 안 좋은 상황에서부터 생각해야 하는 법이지. 앞으로 이 점을 명심하도록 해라."

아빠가 말했어.

"에이, 아이한테 그런 얘길 뭐 하러 해요. 벌써 놀라서 정신 못 차리는 모습 안 보여요?"

건너편 자리에 앉아 있던 여자가 웃으면서 말했어. 그녀는 옆에 있던 비닐봉지에서 사과를 하나 꺼내 내게 건네더군.

빨간색 모직 외투 차림의 이 여자가 아빠와 나를 빼면 그 객실의 유일한 승객이었어. 그녀는 우리 대화에 귀를 기울일 뿐만 아니라 끊임없이 끼어들더군. 내가 오기 전부터 그녀는 이미 우리 아빠와 얘기를 나누고 있었던 것 같아. 그리고 금세 두 사람이 친구라는 사실을 알아차렸지. 그녀는 아빠보다 두 학년 아래였고 당시에 이미 아빠의 명성을 들었다고 했어. 아빠의 시를 읽기도 했더군. 이처럼 공허한 사모의 정이 우리 아빠를 움직인 듯했어. 아빠는 사온 맥주를 따서 그녀에게 함께 마시자고 권하더군. 그녀도 자연스럽게 침대 윗칸에서 잠시 주인이 없는 침대 아랫칸으로 내려왔어. 그녀는 사람을 초조하게 만들 정도로 친절하고 열정적인 여자였어. 하지만 얼굴은 못생겼더군. 몸에서는 진한 샴푸 냄새가 풍겼어. 아빠가 그녀에게 어떤 태도를 보이고 있는 건지 확실하게 알 수가 없었어. 나는 맨 처음에는 확실히 그녀를 고맙게 생각했어. 이런 숭배자가 있었기 때문에 아빠는 자신의 언행을 자제하면서 크게 화를 내지 않았으니까 말이야. 게다가 그녀는 옆에서 끊임없이 내 편을 들면서 내가 이러는 데는 틀림없이 나 자신만의 이유가 있을 거라고 말했어. 하지만 나는 금세 그녀의 존재가 이 밤을 망치게 되리라는 사실을 의식했지. 나와 아빠만의 밤, 유일하게 우리 둘만이 함께하는 시간을 말이야. 나는 아빠에게 많은 얘기를 해야 했어. 그 뜨거운 말들이 가슴속에서 부글부글 끓고 있었지. 하지만 이제는 전부 시의적절하지 못한 말들이 되고 만 거야.

그때 아빠의 가장 큰 바람이 내가 어서 지난으로 돌아가는 것이라는 사실을 알게 된 여자는 스스로 용기를 내서 자기도 베이징으로 출장을 가는 길이라고 말하더군. 사흘 뒤에 지난으로 돌아올 예정인데 그때 나를 데리고 오겠다는 거였어. 아빠는 이런 생각이 나쁘지 않다고 여기는 기색이 역력하더군. 그러면서도 그 여자에게 너무 번거롭지 않겠느냐고 재삼 확인하는 거야. 여자는 조금도 번거롭지 않다고 말하면서 자신이 묵고 있는 여관이 아빠 집에서 지하철로 한 정거장밖에 안 된다고 하더군.

"좋아요, 이 문제는 이렇게 정리하기로 해요."

여자가 말했어. 그러더니 아빠에게 주소를 달라고 하면서 사흘 뒤 저녁 7시에 아빠 집으로 날 데리러 오겠다고 약속했지.

처음부터 끝까지 아무도 내 의견은 묻지 않았어. 나는 그저 물건처럼 한 사람의 손에서 다른 사람의 손으로 넘겨졌지. 더더욱 내 가슴을 찢어놓은 것은 큰 짐을 벗은 듯한 아빠의 표정이었어. 마침내 나라는 골칫거리를 내려놓아 기뻐하는 것 같았지. 문제가 해결됐는데도 아빠는 나를 용서하려 하지 않았어. 여전히 내게 무겁고 음침한 얼굴을 하고는 내 기차표를 구해다주었어. 오면서 컵라면도 하나 들고 와 위가 좋지 않은 나는 억지로 조금 입에 넣었어. 아빠는 먹으라고 권하지도 않고 말없이 손에 들고 있던 담배만 끝까지 다 피우더군.

"다 먹으면 침대 윗칸에 올라가 자도록 해라."

이 세상에 아빠의 냉혹함보다 더 잔인한 징벌은 없을 것 같아. 아마 아빠도 이 점을 알고 있을 거야. 그러니까 내게 그렇게 차가운 목소리로 말하는 거겠지.

나는 책가방과 그 여자가 준 사과를 들고 침대 윗칸으로 올라갔어. 그 순간부터 존재하지 않는 사람으로 바뀌었지. 두 사람은 작은 테이블 옆에 앉아 술을 마시면서 얘기를 나눴어. 처음에는 조심하는 듯 목소리를 낮추더니 아주 빨리 정상을 회복하더군. 그 뒤부터는 알코올이 힘을 발휘하기 시작했는지 목소리가 점점 커졌지. 두 사람은 당시의 대학 식당과 공중목욕탕을 추억했어. 아울러 중문과의 이지적이고 박학하지만 성질이 까칠했던 몇몇 원로 교수를 회상하기도 했지. 아빠는 한때 화려했던 시 모임에 관해서도 얘기했어. 그 여자는 때를 놓치지 않고 아빠에 대한 숭배의 정을 토로했지. 내가 침대 매트리스와 칸막이 사이의 틈으로 내려다보니 아빠는 눈을 지그시 감은 채 달콤한 미소를 지으며 몸을 흔들고 있더군. 아빠는 이미 취해 즐거운 과거 속으로 빠져들고 있었어. 갑자기 등장한 여자가 아빠와 의기투합하는 점이 나보다 훨씬 많은 것 같았어. 아빠에게는 그 여자와 그 구태의연한 얘기를 주고받을지언정 천신만고 끝에 자신을 찾아온 딸을 위로할 생각은 추호도 없었지. 이제 나는 많은 것이 아빠를 즐겁게 한다는 사실을 알게 됐어. 알코올과 추억, 가소로운 숭배의 정 같은 것이 아빠를 즐겁게 하지만 유독 나만은 아빠를 즐겁게 하지 못했던 거야. 애초에 가졌던 내 자신감은 철저히 무너졌지. 아빠는 절대로 나를 원하지 않았어. 나는 자신을 지독한 냄새를 풍기는 이불 속에 가둬두고 작은 소리로 잠시 울었어. 그런 다음 나도 모르게 스르르 잠이 들었지. 하지만 아주 빨리 다시 깨어났어. 온몸에 불같이 열이 나는 걸 깨달았지. 등 뒤가 뻐근해서 몸을 움츠리고 얼굴을 객실 벽에 가져다 댔어. 몸에 열이 나는 것을 의식했지. 아주 좋은 일이었어. 열이 나려면 최대한 심하게 나주기를 바랐지. 아빠가 그런 나를 발견하면 마음이 몹시 아플 테니까 말이야. 그러면 조금 전에 내게 거칠게 대했던 것을 후회하겠지. 가장 좋은 건 사흘 계속 열이 나면서 인사불성이 될 정도로 앓아눕는 거야. 그러면 나를 지난으로 돌려보낼 수 없게 될 테니까 말이야. 나는 이처럼 비정한 상상에 빠져 있었고 두 사람의 목소리는 갈수록 멀게만 느껴졌어.

곧 날이 밝을 때가 되어서야 나는 사르륵 사르륵— 하는 소리를 들었어. 두 사람이 테이블 위의 과즈瓜子(수박씨나 해바라기씨, 호박씨 등을 조미하여 볶은 주전부리)와 땅콩 껍질을 쓰레기통에 담는 소리였어. 아빠는 객실 안에 가득한 담배 연기를 빼내기 위해 창문을 조금 열었어. 이른 아침의 창백한 바람이 커튼을 말면서 밀려들어와 내 이마를 가볍게 스쳐갔지. 내가 손을 들어 이마를 만져봤더니 조금도 뜨겁지 않았어. 열이 났던 건 단지 내가 꿈을 꾸고 있었던 거였어. 하지만 몸이 뻐근한 건 진짜였지. 곧 베이징에 도착할 때가 되자 속으로 조금 긴장이 되기도 했어. 심지어 조금 늦게 베이징에 도착했으면 하는 바람도 있었지. 문득 결국에는 내 자신이 실망할 거라는 생각이 들었어. 기차는 아주 빨리 달렸지. 매순간 창밖의 하늘색이 더 밝아지면서 나를 압박해왔어. 나는 몸을 뒤척이며 눈을 감고서 이미 희미해진 잠 속으로 돌아가고 싶었어. 비몽사몽간에 아빠가 말하는 소리가 들려오더군.

"이상하네. 최근에는 친구를 자주 만나게 된단 말이야. 과거에 지나간 일들을 한번 더 겪는 것 같아."

우리는 기차역을 나와 택시를 탔어. 나는 얼굴을 유리창에 붙이고 꿈속에 여러 번 나타났던 도시를 가늠해봤지. 회색 안개 속에서 이 도시는 무척이나 평온하면서도 공허해 보이더군. 모든 건물의 키가 지난보다 두 배는 더 크고 거리도 너무 넓어서 건너편이 보이질 않았어. 아빠는 내 옆에 앉아서 차창을 열고 담배를 피웠지. 입담이 좋은 기사가 아빠에게 이런저런 화제로 말을 걸더군. 아빠는 그냥 되는대로 몇 마디 대꾸할 뿐이었어. 미간을 찌푸리며 계속 손을 들어올려 창밖으로 담뱃재를 털었지.

차는 아주 짙은 빨간색 건물 앞에 멈춰 섰어. 아빠는 나를 데리고 맨 뒤쪽에 있는 건물 입구로 들어섰지. 아빠는 아주 천천히 걸었어. 건물 입구에 이르자 걸음을 멈추고 담배 한 개비를 더 꺼내더군.

"집에 들어가면 할머니와 엄마한테 전화하도록 해라."

이렇게 말하면서 아빠는 고개를 가로저었어.

"넌 너무 제멋대로야. 모든 일에 자기 기분대로만 행동하지. 다른 사람 생각은 조금도 할 줄 몰라."

"죄송해요……."

내가 말했어.

"하지만 아빠가 절 베이징으로 데려오신다고 했잖아요."

"지금은 아니야. 아직은 나 혼자 생활하는 것만으로도 버겁단 말이다."

아빠는 쓴웃음을 짓더니 담배를 던져버리고 건물 안으로 들어섰어.

3층 입구에서 아빠는 오랫동안 열쇠를 찾더군. 온몸을 뒤지더니 마침내 여행 트렁크의 다른 칸에서 간신히 찾았지.

집 안은 커튼이 쳐져 있어 아주 어두웠어. 바닥에는 온갖 물건이 가득했지. 한 무더기 한 무더기 잔뜩 쌓여 있는 것이 마치 작은 산과 구릉들이 이어져 있는 것 같았어. 나는 감히 마음대로 걸음을 옮길 수 없어서 그 자리에 서서 아빠가 전등을 켤 때까지 기다렸지. 하지만 아빠는 전등을 켜지 않았어. 아빠는 바닥에 놓인 자루들을 가로질러 창가로 갔어. 그제야 나는 창가 소파 위에 사람이 한 명 앉아 있는 것을 발견했지. 여자였어. 몸을 잔뜩 웅크린 채 머리를 무릎 사이에 묻고 있더군.

"가서 자."

아빠가 다가가 여자를 잡아끌었어. 그녀는 그 자리에서 몸을 몇 번 흔들더니 아빠를 힘껏 밀어내고는 다시 소파 위에 털썩 주저앉더군. 아빠가 다시 다가가 여자를 잡아끌면서 두 손으로 어깨를 감싸 안았어. 나무를 뽑듯이 그녀를 번쩍 들어올리려 했지. 그녀는 몸을 비틀면서 손과 팔을 들어 허공에 마구 휘두르며 몸부림을 쳤어. 두 사람은 그렇게 어둠 속에서 서로 맞섰지. 격렬했지만 소리는 나지 않았어. 그녀는 아빠를 주먹으로 힘껏 때리면서 발을 들어올려 발길질을 하기도 했어. 아빠가 폭력을 다 받아주자 여자는 이내 조용해지더군. 그녀의 목소리에서 울음소리가 섞여 나왔어. 그러더니 서서히 멎더라고. 아빠는 그녀를 꼭 껴안았어. 두 사람이 그렇게 미동도 하지 않고 그 자리에 오래 서 있었지.

나는 고개를 한쪽으로 돌려야 했어. 아니면 눈을 감아야 했지. 하지만 나는 눈 하나 깜빡하지 않고 두 사람을 바라봤어. 마치 금세 사라질 일식을 관측하기라도 하는 것 같았지. 나는 아빠가 누군가를 껴안는 모습을 본 적이 없었어. 이처럼 격렬한 포옹은 더 말할 것도 없었지. 나는 놀라움에 몸이 떨렸어. 집 전체에서 유일하게 들리는 소리가 내 심장 박동 소리뿐인 것 같더군. 어쩌면 두 사람도 들었는지 몰라. 하지만 두 사람에게 내 존재를 의식하게 할 필요는 없었지.

"왜 돌아온 거예요?"

여자가 아빠의 품에서 몸을 빼내며 말했어.

"다시는 돌아오지 않겠다고 하지 않았나요?"

그녀의 목소리는 좀 쉬어 있었어. 아주 오랫동안 말을 하지 않은 것 같더군.

아빠는 아무 대답도 하지 않았어. 그저 되묻기만 했지.

"어머니는 아직 주무시지?"

나는 집 안에 또 다른 사람이 있다는 사실을 의식했어.

"왜 다시 돌아온 거냐고요?"

여자는 아까 했던 질문을 되풀이했어.

"당신 입으로 모든 게 다 끝났다고 말했잖아요."

"그건 화가 나서 한 말이었지. 당신도 맞받아쳤잖아. 안 그래? 됐으니 그만해. 이렇게 다시 돌아왔잖아?"

"너무 늦었어요."

여자가 울기 시작했어.

"정말 늦었어요. 저는 약을 먹었고 아이를 뗐단 말이에요……."

"됐어, 더 이상 문제 일으키지 말아요!"

"흥, 내가 당신을 놀라게 하려는 건 줄 알아요?"

여자는 달려들어 거칠게 아빠의 어깨를 흔들었어.

"잘 들어요. 이제 우리에겐 아이가 없다고요! 그 애는 내 몸에서 떨어져나와 하수도로 빨려 들어가버렸단 말이에요."

아빠가 여자의 얼굴을 뚫어지게 쳐다보다가 거칠게 소리쳤어.

"넌 미친년이야. 네 엄마랑 다를 게 없어."

"당신이 아이를 원치 않는다고 했잖아요. 당신이 모든 게 끝이라고 했잖아요!"

여자가 소리를 지르기 시작했어.

"당신이 나처럼 일주일 동안 문밖에 나가지 않고 매일 전화기만 지키고 있었다면 모든 생각과 기대가 물거품처럼 무너지는 느낌이 어떤 건지 알았을 거예요."

"그만해. 영원히 질책만 하네. 항상 모든 게 내 탓이군."

아빠가 말했어.

"내가 이렇게 돌아오는 데 얼마나 큰 용기가 필요했는지 알아? 그런데 이게 뭐야. 또 끝없는 눈물과 잔소리뿐이잖아. 이런 세월은 정말 이걸로 충분하다고."

아빠는 고개를 돌려 나를 쳐다봤어. 봤지? 이게 지금 이 아빠의 생활이란다 하고 말하는 것 같았지.

그 여자의 눈길도 내 몸 위로 떨어졌어.

"저 애는 누구예요?"

여자가 물었어.

"내 딸이야."

아빠가 말했지.

"이틀 있다 갈 거야. 우선 잠자리 좀 봐주고 올게. 알았지?"

몹시 피곤한 듯한 말투였어. 거의 애원에 가까운 설명이었지.

"딸이라고요?······ 그래요, 당신에게 아이가 있었지. 당신은 애당초 우리······"

여자가 혼자 중얼거리듯이 말했어.

아빠는 내 손을 잡아끌고 방으로 들어갔어. 물건을 쌓아두는 방이라 바닥에는 비닐로 직조된 둥그런 마대자루가 가득 쌓여 있었어. 어떤 것은 지퍼도 잠겨 있지 않아 다운웨어 소매가 밖으로 삐져나와 있었어. 벽에 기대서 늘어놓은 자루에는 장난감 판다 머리가 나오더군. 아빠는 이 자루들을 문밖으로 내놓았어. 벽을 떠난 자루들은 똑바로 서지 못하고 한쪽으로 비스듬히 쳐졌지. 자루에서 수많은 판다 머리가 쏟아져 바닥에 나뒹굴었어. 판다 장난감들은 전부 똑같은 모양이었지. 팔을 쳐들고 사람과 포옹하려는 듯한 자세였어. 아빠는 마대자루들을 하나하나 방 밖으로 옮긴 다음, 문 뒤쪽에서 접이식 철제 침대를 가져다 빈자리에 억지로 펼쳤어. 그런 다음 옷장에서 이부자리를 가져다 그 위에 깔았지.

"조금 있다가 저녁 차표가 있나 가보마."

아빠가 말했어.

"오늘 가도록 해. 내가 열차 승무원들에게 잘 보살펴주라고 얘기해놓을 테니까. 지난에 도착하면 버스를 타고 집으로 돌아가면 될 거야."

나는 아무 말도 하지 않았어.

"다음에 다시 오자. 내가 물건을 다 팔아치우고 돈이 들어오면 큰집으로 옮겨 널 데리고 오도록 하마. 약속할게."

아빠가 말했어.

"손해를 보신 거예요?"

"장사란 이런 거야. 한동안 일이 잘 풀리지 않는 게 정상이지."

아빠는 그다지 초조하지 않은 듯했어.

"어린애는 어른들이 하는 일에 모르는 척하는 게 가장 바람직하단다, 알겠니?"

"아빠가 말하는 다음이 언제인데요? 내년 여름방학 때면 될까요?"

"그때쯤이면 충분히 가능할 거야. 봄이 오면 모스크바로 갈 예정이거든. 그곳에서는 도저히 겨울을 날 수가 없어."

아빠가 말했어.

"그럼 우리 그렇게 하기로 정한 거예요?"

"그래, 좋다. 그 물건들은 빨리 처리할 수 있을 거야. 음, 아주 빨리."

아빠는 자신을 설득시키기라도 하듯이 고개를 끄덕였어.

"좀더 자도록 해라."

아빠가 말했어.

"나는 좀 늦게 돌아올 거야. 알아서 몸 좀 잘 챙기고."

아빠가 나가자 나는 방문을 꼭 닫았어. 그런 다음 침대 위에 앉았지. 요가 아주 얇아 철제 침대의 차가운 냉기가 다 느껴졌어. 하지만 나는 애당초 잠을 잘 생각이 없었어. 나는 귀를 쫑긋 세우고 바깥의 동정을 들으려 애썼어. 희미하게 그 여자의 울음소리가 들리는 것 같더군. 아빠의 낮고 무거운 목소리도 들렸어. 그리고 이어서 쾅하고 현관문 닫히는 소리가 들렸어. 아빠가 가고 나자 나는 마음이 몹시 무거워졌어. 재빨리 뛰어나가 문을 걸어 잠갔지. 바깥은 아주 조용해졌어. 아무런 소리도 들리지 않았지. 몇 번 문을 열고 내다보고 싶었지만 꾹 참았어. 방금 봤던 그 여자를 생각하면 두려운 마음을 떨쳐버릴 수 없었지. 그 여자가 바로 왕루한이었어. 내가 상상했던 것과는 전혀 다른 모습이었지. 그녀는 젊지도 않았고 엄마처럼 예쁘지도 않았어.

게다가 부드러운 구석은 한 군데도 없고 히스테릭한 태도로 나를 놀라게 했지. 아빠는 도대체 그 여자의 어디가 그렇게 좋았던 걸까? 나는 정말 이해가 되지 않았어. 아빠도 후회하고 있을 거야. 애당초 다시 돌아오고 싶지 않았는지도 모르지.

하지만 나중에 아빠와 그 여자가 사로 껴안고 있던 모습을 생각하면 확신이 서지 않았어. 그 포옹에는 강렬한 감정이 가득 담겨 있었거든. 어떤 힘이 두 사람을 단단히 하나로 묶어 도저히 떼어놓을 방법이 없는 것 같았어. 그래서 아빠가 그토록 고통스러운 건지도 모르지. 내가 어떻게 해야 아빠를 도울 수 있을까? 밤이 되면 내가 여길 떠나야 하고 아빠의 생활과 베이징의 모든 것이 더 이상 나와 관련이 없게 된다는 걸 생각하니 갑자기 마음이 아파왔어. 그 작고 어지러운 방을 이리저리 훑어보니 한결 친근하게 느껴지더군. 나는 마대자루가 놓여 있는 쪽으로 가서 무릎을 꿇고 그 안에서 머리를 내밀고 있는 판다들을 내려다봤어. 한때는 판다가 아주 유명했던 적이 있지. 아마 아시안게임 때였을 거야. 당시에 우리 반 친구 하나가 판다 인형을 학교로 가져온 적이 있어. 쉬는 시간에 이 인형은 이 손에서 저 손으로 계속 돌고 돌았지. 이상한 자존심 때문에 나는 그 인형을 거들떠보지도 않았어. 사실 마음속으로는 나도 그런 인형이 하나 있었으면 했지. 지금 내 눈앞에 판다 인형이 100개 넘게 있다는 걸 반 친구들이 알면 틀림없이 나를 부러워하겠지. 나는 판다를 자루에서 하나하나 꺼내 바닥에 나란히 줄을 맞춰 세워놓았어. 그런 다음 하나하나 자세히 쳐다보면서 얼굴의 세밀한 차이점을 찾아봤지. 두 눈 사이가 너무 가깝다거나 입이 약간 작다든가 하는 걸 찾아내고 싶었어. 그 가운데 왠지 모르지만 약간 우울해 보이는 판다도 있었어. 나는 녀석을 손바닥 위에 올려놓고 재빨리 타타塔塔라는 이름을 하나 지어주었지. 지금까지 나는 잠잘 때 껴안고 자는 봉제완구를 가져본 적이 없었어. 하지만 이제 타타와 나는 어려움 속에서 만난 친구가 되었지. 나는 타타를 지난으로 데리고 가서 영원히 내 옆에 두기로 마음먹었어.

나는 타타를 안고 창가로 가서 밖을 내다봤어. 여기가 베이징이구나. 나 스스로에게 이렇게 말하면서 베이징이 지난과 다름 점을 기억하게 해주려 애썼어. 하지만 내가 본 것은 신기한 것 하나 없이 평범하기만 한 북방의 도시였지. 잿빛 흐릿한 하늘 아래로 전기선이 도시를 여러 작은 구역으로 분할하고 있었어. 판에 박은 듯한 벽돌 건물들 사이로 비둘기들이 한가롭게 앉아 있는 건물 옥상이 내려다보였지. 다른 점이 있다면 도로가 더 넓고 아무도 지나다니지 않는다는 거였어. 보기에는 그냥 황무지 같았지. 나는 채소 시장이 어디에 있는지도 몰랐고 우체국이나 작은 음식점도 보지 못했어. 이곳 사람들에게는 먹고사는 일상이 없는 듯했어. 작은 음식점을 생각하다보니 갑자기 위가 쪼그라드는 것 같더군. 너무 배가 고파서 머리가 조금 어지러울 지경이었어. 집에는 보온병조차 없었어. 물을 한 모금 마시고 싶었지만 그나마도 불가능했지.

구석에는 책도 한 무더기 있었어. 거대한 마대자루 뒤에 숨어 있었지. 코팅이 된 하얀 책 표지에서는 빛이 반사되고 있었어. 나는 아무 생각 없이 책장을 넘겨봤어. 표지 위에 먼지가 가득 앉아 있어 벽에다 몇 번 탁탁 부딪혀 털어내야 했어. 그러자 『중국현대소설대계大系』 제2권이라는 책 제목이 드러나더군. 그 밑에는 제5권이 있고, 또 그 밑에는 제7권이 있었어. 전집으로 다 합치면 13권이나 됐어. 나는 책을 펼치자마자 속표지의 편집위원 명단에서 '리무위안李牧原'이라는 이름을 발견했어. 알고 보니 이 책은 아빠가 편집한 책이었어. 갑자기 흥미가 느껴지기 시작하더군. 아빠가 지난에서 가져온 책일까? 하지만 전에는 한번도 본 적 없는 책이었어. 출판일을 살펴보니 작년이더라고. 아빠는 이 책을 위해 아주 많은 일을 했을 거야. 하지만 이 책이 세상에 나오기도 전에 시간에 쫓겨 사직해야 했지. 나는 이 책들을 제1권부터 제13권까지 차례로 다시 배열해봤어. 그런 다음 제1권을 집어들었지. 목차를 뒤적이다가 가장 듣기 좋은 제목을 발견했어. 『경성지련 傾城之戀』(장아이링의 대표작)이라는 제목이었지. 제목만 보면 대단히 감동적인 사랑 이야기일 것 같았어. 뜻밖에도 처음부터 여주인공은 이미 이혼한 상태더군. 나는 너무 빨리 실망하고 말았어. 알고 보니 이미 이혼한 여자가 다시 사랑에 빠지는 이야기였어.(문득 엄마가 생각나더라고.) 게다가 아름다움과는 거리가 멀고 철저한 계산과 치밀한 암투가 이어지는 이야기였지. 억지로 다 읽긴 했지만 나는 이런 이야기를 별로 좋아하지 않아. 작가의 이름을 확인하면서 마음속으로 맹세했지. 다시는 이 사람이 쓴 작품은 읽지 않겠다고 말이야.

창밖의 하늘은 시종 흐리고 음침했어. 집 안에는 시계도 없어서 이미 정오가 지난 걸 모르고 있었어. 나는 정말 숨이 막혀 미칠 것만 같아서 문을 열고 화장실로 뛰어들어가 문을 잠가버렸어. 화장실 안은 칠흑같이 어두웠어. 벽을 한참이나 더듬었지만 전등을 켜는 스위치를 찾을 수 없었어. 변기 양쪽으로 다리를 벌리고 막 주저앉으려고 하는 순간, 갑자기 피투성이가 된 살덩어리가 보였어.

하얀 자기로 된 변기는 차가운 빛을 발했어. 얼음처럼 차가운 수술대 같았지. 살덩어리는 그곳에 남아 있었어. 사람의 몸에서 적출한 이물이었지.

나는 전혀 모르는 척할 수도 있었어. 사람이 식별할 수 있는 물체가 아니었거든. 몸체도 없고 이름도 없었어. 아직 이름이나 형체 같은 것들을 얻지 못한 상태인 것 같더군. 그 물체가 이 세상으로 오고 있는

데 그들은 이 물체에 대해 올 필요가 없다고 선언해버린 거야.

그 물체는 이유를 알지 못했어. 그냥 변기 하수구 옆에 바짝 달라붙어 있을 뿐이었지. 자신을 뭉쳐 축축한 주먹이 되어 이 무정한 세상의 한 귀퉁이를 붙들고 있었어. 죽어도 손을 놓으려 하지 않았어.

물체가 고개를 들었어. 오관이 없는 얼굴이 나와 서로 안면을 익힐 것을 강요했지. 아직 형성되지 않은 그 물체의 혈관에는 나와 동일한 피가 흐르고 있었어. 이런 혈연은 이미 맺어질 수 없었지만 영원히 부인할 수도 없을 것 같았어. 그 물체는 내게 기억을 요구했던 거야.

물체는 나를 직시하고 있었어. 나는 포도씨만 한 작은 두 눈도 본 것 같았어. 그 흥건한 핏물 속에서 원망스런 눈빛으로 나를 보고 있었지.

나는 벌떡 몸을 일으켜 벽 아래로 숨었어. 등이 벽에 막혀버렸지. 어둠 속에서 무언가가 내 머리를 두드렸어. 나는 거칠게 소리를 질렀지. 정신을 차리고 보니 변기 물을 내리는 줄이었어. 짙은 초록색 플라스틱 손잡이가 공중에서 가볍게 흔들리고 있었지. 나는 용기를 내서 그 줄을 잡았어. 그런 다음 힘차게 당겼지.

거센 물줄기가 솟아올라 사방팔방에서 합류하더니 천천히 그 물체의 머리를 지나 손가락을 훑어 붙잡고 있던 손을 놓게 했어.

그 물체는 여동생이었어. 직관이 내게 말해주었지.

물줄기가 소용돌이치면서 하얀 변기에 달라붙어 있던 마지막 한 가닥 핏자국을 씻어내주었어. 분등하던 수면이 점차 가라앉고 남은 건 깊고 검은 구멍뿐이었지. 그 위로 몇 가닥 빛이 어른거렸어. 그 살덩어리가 갑자기 구멍에서 다시 솟구쳐 올라올 것만 같았어. 나는 감히 변기에 앉아 소변을 볼 수 없어서 후다닥 화장실을 나왔어.

거실로 나온 나는 발코니로 향하는 문 앞에서 한참을 왔다 갔다

하다가 마침내 문을 열고 밖으로 나갔어. 보호난간까지 나가 쪼그리고 앉았지. 그곳에는 하수구가 하나 있더군. 차갑고 거센 바람 속에서 나는 요란하게 쏟아져 나오는 오줌 소리를 들었어. 두 다리 주위로 수증기가 올라오는 것을 보면서 비장한 생명의 숨결을 느꼈지. 다시 일어선 나는 축축하게 젖은 신발 바닥을 문질러 닦았어. 집 안으로 다시 들어와 보니 반쯤 가려진 문 안으로 희고 창백한 사람 그림자가 하나 서서 나를 정면으로 바라보고 있더군. 나는 "악—" 하고 소리를 질렀어.

"두려워할 것 없어."

그 사람이 내게 말했어. 하지만 오히려 그 사람이 나를 두려워하는 것 같더군. 몸을 심하게 떨고 있었거든. 나는 문 뒤로 숨어 고개를 내밀었어. 여자였어. 아주 늙은 여자였지. 시간이 흘러 수분이 빠진 채소 같았어.

"두려워하지 마. 아무 일 없을 테니까 두려워하지 말라고."

그녀는 주문을 외우듯이 같은 말을 반복하면서 뒤로 몇 걸음 물러섰어.

"두려워하지 마. 두려워하지 말라고……"

그녀는 뒤로 물러서면서 죽어라고 고개를 가로저었어. 머리칼에 달려 있던 머리핀들이 하나하나 바닥에 떨어져 이리저리 흩어졌어. 그녀는 그 소리에 놀라 고개를 숙이고는 바닥에서 머리핀을 찾더군. 그러고는 미친 듯이 발을 구르기 시작했어. 눈에 보이지 않는 벌레들을 죽이려는 것 같았어. 한참이나 발을 구르다가 멈추고는 나를 향해 홱 고개를 들더니 놀라서 고개를 숙이고는 후다닥 뛰어서 거실을 빠져나가더군. 탕— 하는 소리가 들렸어. 문이 닫히는 소리였지.

여러 해가 지나 나는 탕후이에게 이 일에 관해 얘기했어. 그는 믿지 못하겠다면서 왕루한이 그 물체를 그곳에 방치했을 리가 없다고 하더군. 그 모든 게 내 억측이라는 거였어. 하지만 그 물체를 보지 않았다면 내가 왜 놀라서 발코니에 나가 소변을 봤겠어? 발코니에 나가 소변을 보지 않았다면 내가 또 어떻게 문가에서 친秦 노파를 볼 수 있었겠어? 이런 기억들은 긴밀하게 맞물려서 하나의 지퍼가 되고 있었어. 그리고, 내가 나중에 변기통의 하수구멍을 두려워하면서 불이 켜져 있어도 감히 내려다보지 못하게 된 이유를 어떻게 설명할 수 있겠어? 세면할 때도 나는 고개를 숙인 적이 없어. 그러니 항상 소매가 물에 젖곤 하지.

하지만 탕후이는 허상의 기억이 일단 머릿속에 뿌리를 내리면 다른 기억의 잘못된 뿌리와 뒤엉켜 진실의 기억처럼 갖가지 습관과 금기를 만들어낸다고 하더라고.

"자치의 잠재의식 속에 태어날 때부터 가지고 있는 야릇한 죄책감이 있는 건지도 몰라."

나와 함께 지내게 된 뒤로 탕후이는 뛰어난 정신분석가가 되더군.

"자치는 어른들이 저지른 죄에 자신도 참여했다고 믿는 것 같아. 그래서 기억이 서서히 바뀐 거지. 자치는 스스로 변기에 쏠려내려간 태아를 봤을 뿐만 아니라 자신이 처치했다고 생각하게 된 거야."

죄책감. 그래, 내게는 죄책감이 있어. 하지만 그게 태어나면서 갖게 된 걸까? 한 차례 또 한 차례 이어지는 기억들에 의해 생겨난 것은 아닐까? 나는 정말 알 수가 없었어. 하지만 내게 강렬한 갈망이 있었던 것은 분명해. 어른들의 세계로 들어가 그들의 죄와 함께하려는 갈망이었지. 어쩌면 생활이 너무 공허했기 때문인지도 몰라. 나의 세계가 아닌 다른 세계로 들어가야만 존재의 의미를 찾을 수 있을 것 같았지.

그날 아빠는 아주 늦게 돌아왔어. 나는 놀라서 다시 그 작은 방으로 돌아가 타타를 품에 안고 누웠지. 배가 몹시 고픈 데다 차가운 철제 침대에서 울퉁불퉁한 마대자루를 베고 누웠는데 뜻밖에도 쉽게 잠이 들고 말았어. 미몽 중에 누군가 노래를 부르는 소리가 들렸어. 꿈속인 줄 알았더니 눈을 떴는데도 노랫소리가 계속되고 있었어. 구슬프고 애절한 여인의 목소리가 따스하게 귀를 자극했어. 나는 그 노랫소리를 베고 좀더 자고 싶었지. 하지만 노랫소리는 갈수록 더 선명해졌어.

"하늘에는 별이 가득하고, 달빛은 수정처럼 맑네……."

이 두 구절만 계속되고 있었어. 한번 또 한번 반복되면서 은은하게 듣는 사람을 불안하게 했지.

나는 침대에서 일어나 잠시 고민하다가 결국 용기를 내서 문을 열고 나갔어. 거실로 나와 보니 왕루한이 아까 나를 놀라게 했던 노파의 머리를 빗겨주고 있더군. 노파는 창가의 네모난 의자에 얌전히 앉아 한 손을 들어올리고 있었어. 손바닥에는 검정 머리핀이 놓여 있었지. 그녀는 그 머리핀을 뚫어지게 쳐다보고 있었어. 누가 빼앗아 갈까봐 걱정하는 듯한 표정이더군. 곧이어 그녀의 입술이 움직이는 것을 봤어. 노래를 한 사람은 그녀였어. 그 부드럽고 달콤한 목소리가 쪼글쪼글해진 두 입술 사이에서 나온 것이었어. 직접 눈으로 보지 않았다면 믿기 어려웠을 거야.

노랫소리는 눈물처럼 줄줄 흘러나왔어. 그녀의 몸 깊은 곳에서 나오는 소리였어. 그곳에는 늙지도 않고 미치지도 않은 또 다른 그녀가 갇혀 있는 듯했어. 왕루한은 그녀의 등 뒤에 서 있었지. 그녀의 손에 들린 반달처럼 구부러진 소뿔 빗은 투명한 갈색에 가까웠어. 그 위로 꿀처럼 햇빛이 반짝였지. 꿀방울이 거칠고 메마른 백발 사이로 들어갔어.

"하늘에는 별이 가득하고, 달빛은 수정처럼 맑네……."

몇 번이나 같은 대목을 반복했는지 모르지만 노파는 갑자기 그다음 가사가 생각난 듯했어.

"생산대에서 회의를 열자 모두 억울함을 토로하네. 만악萬惡의 구사회, 가난한 자들의 피눈물 맺힌 원한. 천 갈래 만 갈래의 감정이 내 가슴속에서 솟아나오네. 억제하지 못하는 고통과 눈물이 가슴에 걸리네……."

온몸이 떨렸어. 너무나 무서운 노래였어. 다행히 노파는 노래를 이어가다가 다시 가사를 까먹었는지 노랫소리가 점점 작아지더니 금세 "하늘에는 별이 가득하고, 달빛은 수정처럼 맑네"로 되돌아오더군. 그러고는 또다시 같은 구절을 끝없이 반복하기 시작했어. 왕루한은 초점이 흐려진 눈으로 정수리에서 아래로 한번 또 한번 노파의 머리를 빗겨주었어.

노파는 왕루한의 어머니로, 성이 친秦이었어. 여러 해가 지나 나는 셰톈청謝天成의 입을 통해 그녀의 얘기를 들을 수 있었지. 들리는 바로는 맨 처음 왕루한이 그녀의 정신에 이상이 있다는 것을 발견한 것은 밤새 잠을 자지 않기 시작하면서였대. 저녁 무렵 하늘이 어두워져오면 그녀는 창가에 앉아 하늘을 바라보며 하염없이 이 노래를 불렀다고 하더군.

얼마나 지났는지 모르지만 마침내 노랫소리가 멈췄어. 왕루한은 손에 들고 있던 빗을 내려놓고 친 노파의 손바닥에서 머리핀을 집어 그녀의 귀밑머리에 꽂기 시작했지. 머리빗에 그녀의 어지러운 머리칼이 하나하나 수습되면서 주름이 가득한 얼굴이 드러났어. 완전히 말라버린 오래된 우물 같았어.

왕루한은 창틀에 놓여 있던 손거울을 집어 그녀에게 건넸어. 친 노파는 거울을 들고 한참을 자세히 들여다보더니 새끼손가락으로 왼쪽 귀 밑으로 흘러내린 머리카락 한 가닥을 가리키며 왕루한에게 말했지.

"한 가닥이 빠졌잖아."

왕루한은 그녀의 머리칼에서 머리핀 두 개를 뽑아 다시 꽂아주었어.

"됐어요."

왕루한이 말했어.

"됐어요."

친 노파는 딸의 말을 되풀이하더군. 왕루한의 말을 자신에게 전달하는 것 같았어. 그러고는 거울을 들고 좌우, 위아래로 비춰봤어.

왕루한은 빗을 던져놓고는 소파로 가서 앉았어. 그녀는 아이보리색 얇은 실크 가운을 입고 있었지. 옷깃이 가슴까지 젖혀져 있어 평평하고 곧은 쇄골이 다 드러났어. 쇄골의 깊이 파인 부분이 마치 비어 있는 저울 같았어. 너무 말라서 녹슬고 차가운 계측기 같다는 느낌이 들었어. 태양혈에는 갈색 반점도 나 있더군. 오후가 되자 방 안으로 햇빛이 강하게 밀려들어왔어. 촘촘한 햇빛을 받은 그녀는 조금 힘이 들었는지 이리저리 몸을 비틀더니 소파 맨 끝으로 자리를 옮기더군. 하지만 여전히 햇빛을 피할 수는 없었지. 그녀는 햇빛과의 씨름을 포기하고 소파에 등을 기댄 채 얼굴을 들고 두 눈을 감았어. 햇빛이 떠돌아다니는 비둘기처럼 그녀의 얼굴을 마구 쪼아댔지.

친 노파는 여전히 거울을 가지고 놀고 있었어. 한참을 문질러보고 나서야 그녀는 자신의 얼굴에 있는 작은 점이 거울에 묻은 얼룩이라는 것을 알아차렸지. 그래서 옷소매를 들어 진지하게 거울을 닦기 시작했어.

잠시 후에 왕루한은 눈을 뜨고는 손을 뻗어 담뱃갑을 더듬어 한 개비를 입에 물더군. 환한 빛과 함께 성냥을 그은 그녀는 얼굴 가까이 불꽃을 기져다 댄 다음 깊이 한 모금 빨이들였어. 그러고는 가볍게 고개를 들더니 하얀 연기를 내뿜었지.

여자가 담배 피우는 모습을 본 것은 텔레비전에서 본 것 말고는 그때가 처음이었어. 갑자기 옆 반의 장라이라이蔣來來라는 여학생이 생각났어. 그 애는 나와 거의 같은 시기에 우리 초등학교로 전학해왔지. 이전에 일어났던 집안의 변고가 공부에 영향을 미처 1년 유급을 했다더군. 하지만 1년으로 그치지 않았는지도 몰라. 그 애의 몸매는 완전히 발육이 끝난 소녀의 몸매였거든. 가슴이 블라우스를 뚫고 나올 것 같았어. 그 애에게는 중학생 남자친구가 있었어. 둘이 당구장이나 비디오방 같은 곳을 드나들었지. 둘 다 어린 건달들의 우두머리였어. 학교가 파하면 많은 사람의 시선이 집중되는 가운데 장라이라이는 그 남자애의 허리에 팔을 휘감고 오토바이 뒷자리에 올라탔어. 나중에 네가 그랬지. 비 오는 날 두 사람이 당구장 문밖 처마 밑에 서 있었고, 장라이라이가 남자애의 손에서 담배를 건네받아 불을 붙이는 걸 봤다고 말이야. 애석하게도 너는 감히 오래 쳐다보지 못했지. 그 남자애한테 얻어맞을까봐 두려워 우산을 든 채 얼른 지나가버렸다고 했어. 장라이라이가 담배를 피우는 건 정말 타락한 모습이었다고 네가 이를 앙다물면서 말했지. 하지만 그 말이 내게는 지고의 찬사로 들렸어. 왕루한이 담배를 피우는 모습을 바라보면서 그녀와 장라이라이를 하나로 연결시키니 장라이라이가 그녀의 소녀 시대인 듯한 착각에 빠지게 되더군.

왕루한은 얼굴을 돌려 나를 바라봤어. 아주 오래 날 쳐다보더니 바닥에 재를 한번 털더군.

"넌 아빠랑 조금도 닮지 않은 것 같구나."

그녀가 말했어.

이 한마디가 그녀의 속마음을 솔직히 전하고 있었는지도 몰라. 말투가 마치 우리 아빠의 지금 모습을 기준으로 삼고 있는 것 같았어.

그녀의 말이 약간 무례하다고 느낀 나는 곧장 말을 받았지.

"우리 아빠가 저만 했을 때의 사진을 못 보셨나보군요. 그때는 저랑 아주 똑같았어요."

"그래?"

그녀가 빙긋이 웃더군.

"네, 그때 사진을 보시면 금방 알 수 있을 거예요."

"그렇지 않은 것 같은데."

그녀가 나를 쳐다보며 말했어. 얼굴의 미소는 어느새 사라지고 없더군.

"네 아빠가 너만 했을 때 나는 이미 네 아빠를 알고 있었어."

나는 속으로 놀라움을 금할 수 없었어. 너무 놀라 입도 다물어지지 않더군. 두 사람은 어렸을 적부터 아는 사이였어. 한순간, 내 머릿속에 장라이라이와 그의 남자친구가 당구장 입구에서 번갈아가며 담배를 피우는 장면이 떠오르더군. 물방울이 떨어지는 처마 밑의 공기에는 축축한 욕정의 숨결이 가득했지. 소년 시절의 우리 아빠도 그 남자애 같았을까? 나는 정말로 두 사람을 한데 묶어 상상할 수가 없었어. 하지만 두 사람이 어렸을 적부터 사랑을 했는지도 모르지. 그렇게 어린 나이에 이미 아빠의 마음속을 차지한 사람이 있었다는 사실에 몹시 질투가 났어.

친 노파가 탕— 하고 거울을 창문틀에 던져놓고는 나를 가리키며 말했어.

"저 애는 누구니?"

"엄마, 걱정 마세요. 친척 집 아이예요."

왕루한이 말했어.

"저 애 머리는 왜 저렇게 엉클어져 있는 거니?"

친 노파가 두려워하는 듯한 눈빛으로 나를 쳐다보면서 왕루한에게 말했어.

"네가 얼른 머리를 좀 빗겨주려무나."

"됐어요, 엄마. 신경 쓰지 마세요."

왕루한이 담배꽁초를 비벼 끄면서 차갑게 말했어.

친 노파가 곧장 일어나 내게 다가오더군.

"머리가 이렇게 엉클어져 있으면 안 돼. 안 되고말고."

노파는 내 팔을 잡아끌고 창가로 가서 애원하듯 말했어.

"어서, 어서 이 애 머리를 좀 빗겨줘."

그녀는 몸을 떨고 있었어. 심하게 튀어나온 두 눈은 밖으로 쏟아질 것만 같았지. 나는 노파의 손에서 벗어나려 발버둥을 쳤지만 그녀의 손이 내 어깨를 꽉 움켜쥐고 놓지 않았어.

"제발 그만두시면 안 되겠어요?"

왕루한이 사나운 목소리로 말했어.

"모든 사람을 미치게 만들어야 만족하시겠냐고요?"

친 노파는 그녀의 말을 듣지 못한 것 같았어. 그저 안 된다는 말만 혼잣말로 되뇌더군. 그런 다음 내 어깨에서 한 손을 풀어 테이블 위에 있는 빗을 집어들고는 내 어깨 쪽으로 돌아와 머리끄덩이의 고무줄을 풀고 울퉁불퉁한 내 좌배기 머리를 한마디 한마디 헤쳐 빗으로 잘 빗어 머리칼 속으로 집어넣었어. 나는 빗질을 못하도록 머리를 좌우로 흔들었지.

"말 들어."

노파가 말했어.

"머리가 이렇게 어지러우면 사람들이 널 미치광이로 여기고 널 잡아다가……"

나는 고개를 돌려 노파를 쳐다봤어. 노파의 눈빛에는 진실된 우수가 가득했지. 나를 놀라게 하려는 의도는 전혀 찾아볼 수 없었어. 바로 이런 이유로 더 놀랐지. 나는 손톱으로 내 손을 잡고 있는 그녀의 손을 아주 깊이 찔렀어. 하지만 그녀는 아무런 반응도 보이지 않더군. 통증을 전혀 느끼지 못하는 듯했어.

"머릿결이 이렇게 좋은데, 좀 빗고 다니면 얼마나 좋아……."

노파가 내 머리를 빗기면서 중얼거리듯이 말했어.

머리가 당겨지면서 아파오기 시작했지만 왕루한도 아무런 반응을 보이지 않더군. 나는 그녀가 우리를 보고 있다는 걸 알았어. 갑자기 그녀를 화나게 만들고 싶더라고. 그래서 손톱을 구부려 매섭게 친 노파의 손을 몇 번 할퀴었어. 노파의 손등에 금세 네 개의 붉은 줄이 생기더군. 살갗도 몇 군데 벗겨졌어. 흰 피부 위로 붉은 핏방울이 새어나오기 시작했지. 하지만 그 손은 꿈쩍도 하지 않고 내 팔을 잡고 있었어. 죽은 새 같았지.

왕루한은 소파 위에 앉아 조용히 우리를 바라보고 있었어. 얼굴에는 보기 싫다는 표정이 역력했지. 그녀는 엄마가 미친 것에 진저리가 난 듯했어. 그래서 자기 방식대로 엄마를 징벌하는 것 같았어. 여러 해에 걸쳐 엄마의 정신병이 두 사람 사이의 친속 관계를 파괴한 것 같더군. 가장 부드럽고 민감한 부분이 마모되면서 그녀는 열악한 공기 속에서 끊임없이 자신의 사랑에 대해 산화되어 차갑고 단단하게 굳어진 모습을 보이게 된 거지. 물론 이런 사실은 내가 나중에 알게 된 것이야. 하지만 당시에도 약간 흐릿하게나마 느끼는 바가 있었어. 뭐라고 딱 꼬집어 말할 수는 없지만 한순간에만 느낄 수 있는 슬픔 같은 거였지. 그래서 울기 시작했어.

"무서워하지 마라. 우리가 머리를 빗겨주면 아무 일 없을 테니까 말이야……."

친 노파는 내 뒷머리에 아래로 직선을 하나 그으면서 머리칼을 양쪽으로 갈라 꽈배기 머리로 땋아주었어. 그녀의 동작은 대단히 여유 있고 질서도 있었지. 아마 왕루한이 어렸을 때 친 노파가 항상 이렇게 등 뒤에 서서 그녀의 머리를 땋아주었을 거야. 다 땋은 다음에는 저고리 주머니에서 검정 핀을 한 판 꺼내 하나하나 뽑아 입으로 가져가 이빨로 벌린 다음 내 앞머리와 양쪽 귀밑머리에 꽂아주었어. 한 판을 다 꽂고 나자 반대쪽 주머니를 뒤져 또 한 판을 꺼내더군. 나는 그녀가 미친 여자로 여겨지지 않기 위해 핀을 얼마나 준비해두었는지 알 수 없었어. 결국 그녀는 내 머리를 자신과 똑같이 반지르르하게 만들어놓았어. 밖으로 삐져나온 머리카락이 한 가닥도 없었지.

머리를 다 빗고 나자 오후가 다 지나가버렸어. 해는 이미 기울기 시작해 햇빛이 창가에 떨어지고 있었지. 나는 의자에 몸을 기대어 있었어. 머리핀들이 두피를 꽉 당기고 있어 머리가 더 크고 무거워진 것 같았지. 친 노파는 지쳤는지 왕루한 옆에 가서 앉았어. 한순간 집안이 무척 조용해졌지.

"루한, 나 배고파."

친 노파가 입을 열면서 원망 어린 눈빛으로 왕루한을 쳐다봤어. 왕루한은 몸을 일으켜 침실로 들어가더군. 다시 나올 때는 흑녹색과 주홍색이 뒤섞인 체크무늬 재킷을 입고 있었어. 아래는 검정 털실로 짠 치마를 입고 있었지. 가장 이상한 것은 립스틱을 바르고 나왔다는 거였어. 아래층에 물건을 사러 가는데도 립스틱을 바른 거야. 그녀는 빨간색을 발라야 에너지를 흡수해 온몸에 기력을 회복할 수 있고 더 이상 차가워 보이지 않는 것 같았어.

화장에 대한 내 최초의 인식은 그 순간에 시작되었어. 화장은 사람들에게 삶의 재미를 얻게 해주는 일종의 의식인 듯했어. 친 노파에게는 머리를 빗는 것이 이런 의식이었지. 자신이 미치지 않았다는 것을 확인할 수 있는 의식이었어.

왕루한은 굽이 낮은 구두로 갈아 신은 다음 보온병을 들고 아래층으로 내려갔어.

나는 그해 겨울 오후, 거울 앞에서 립스틱을 바르고 재킷 차림으로 먹을 걸 사러 나간 왕루한이 삶에 대해 아직 희망을 품고 있다고 줄곧 믿었어. 그녀는 15분쯤 지나 돌아왔지. 몸에 바깥의 한기를 잔뜩 묻혀 왔더군. 코가 얼어서 온통 빨개져 있었어. 나는 그런 차림의 그녀가 아주 아름답다는 걸 인정할 수밖에 없었어. 엄마의 천진무구한 아름다움과는 다른 일종의 피로하고 지친 아름다움이었지.

그녀는 보온병을 테이블 위에 내려놓고는 부엌으로 가서 그릇 세 개를 가져왔어.

"이리 와서 먹어."

그녀는 눈을 내리깔면서 내게 말했어.

"너희 아빠가 돌아오실 때까진 굶어 죽으면 안 되지."

그래도 나는 주저했어. 하지만 정말로 배가 고팠지. 두 발이 이미 테이블로 다가가는 것을 멈출 수 없었어.

사각 테이블은 한쪽이 벽에 붙어 있었어. 우리 세 사람은 나머지 삼면을 각각 하나씩 차지했지. 주둥이가 넓은 그릇에 담겨 있는 훈툰餛飩(고기와 야채를 섞은 속을 얇은 피로 싸서 끓여낸 음식으로 고기나 새우로 소를 만든다. 한국의 물만두와 만드는 방법은 비슷하지만 크기가 아주 작고 피가 얇은 것이 특징이다) 위에는 비취색 고수 이파리가 뿌려져 있었어. 하루 종일 굶은 터라 피어오르는 김 냄새만 맡아도 속이 쓰리고 괴로웠지. 나는 아주 빨리 먹었어. 그릇에 남은 국물도 깡그리 먹어치웠지. 친 노파는 작은 입으로 훈툰피를 씹고 있었어. 훈툰 하나를 여러 입에 걸쳐 나눠 먹고 있더군. 그녀는 음식을 먹는 모습이 무척 우아했어. 전혀 미친 여자 같지 않았지. 왕루한의 그릇에는 훈툰이 없었어. 그녀는 그저 뜨거운 국물이 마시고 싶었다고 하더군. 하지만 뜨거운 국물이 식어버리자 아예 마시지 않았어. 그저 두 손으로 그릇만 붙잡고 있었지. 뜨거운 온기를 쐬려는 것 같았어. 식사를 마치자 친 노파는 표정이 훨씬 부드러워졌어. 심지어 약간 인자한 모습까지 보이더군.

"정말 잘생겼어. 사람 같아."

그녀가 미간을 찌푸리며 잠시 뭔가를 생각하는 것 같더니 미안한 듯 빙긋이 웃더군.

"생각이 안 나네."

그녀는 손을 뻗어 내 뺨을 어루만졌어. 내가 뭔가 특수한 재질로 만들어진 물건이기라도 한 것처럼 말이야. 뜻밖에 나도 피하지 않았어. 마음껏 만지라고 가만히 있었지.

"엄마, 가서 좀 누우세요."

왕루한이 침울한 얼굴로 말했어.

"말 좀 들어요. 저랑 약속했잖아요?"

친 노파는 잠시 몸을 부들부들 떨면서 몸을 뒤로 움츠렸어.

"알았어. 갈게, 간다고."

노파가 말했어.

"제발 부탁이야, 제발 약 좀 주지 마."

"빨리 가요."

왕루한이 말했어.

친 노파는 천천히 몸을 일으켜 방으로 들어갔지.

거실은 이미 완전히 어두워져 있었어. 왕루한은 담배를 한 대 입에 물더군. 그녀의 얼굴이 어둠 속에 깊이 묻혀버려 표정을 구별할 수 없었어. 두 개의 요염하고 아름다운 입술이 진실을 잃어버린 조화 같더군. 그녀가 나를 바라봤어. 담배 불빛에 얼굴 주위가 밝아졌다 어두워졌다 하더군. 어둠 속에 있는 세 번째 눈 같았어.

"너는 정말 운이 좋구나."

그녀의 목소리는 비를 맞아 녹이 슨 것 같았어.

"네 이름이 뭐니?"

"리자치요."

"리자치, 넌 정말 운이 좋은 아이야."

그녀가 나를 쳐다보며 말했어.

"그래도 너는 세상이 태어날 수 있었으니까 말이야. 내 아이는 그럴 수 없었지."

그녀가 신비한 표정으로 웃었어.

"왜 그런 줄 아니? 사생아이기 때문이야."

나는 그 핏덩이가 생각났어. 등골이 오싹했지.

"사생아였어. 네 아빠가 그렇게 말했지."

그녀는 담배꽁초를 야무지게 재떨이에 비볐어. 꽁초의 약간 파인 부분에 심장 모양이 새겨져 있어 촉촉한 립스틱 안에서 요염한 아름다움을 발산했어. 나는 참지 못하고 여러 번 힐끗거렸지.

"너희 아빠가 그 아이를 원치 않았던 거야. 처음부터 끝까지 전부 너희 아빠가 요구해서 아이를 떼어버리게 된 거라고. 내가 그렇게 하고 나니까 너희 아빠는 또 나를 원망하고 있어. 내게 미친 여자라고 욕하면서 말이야."

그녀가 거칠게 고개를 가로저었어.

"나는 미친 여자야. 너희 아빠가 억지로 그렇게 만들었어."

"너는 정말 운이 좋은 아이야, 정말로."

그녀가 말했어.

"너희 아빠랑 같이 살 필요 없어. 너희 아빠는 내면이 어두운 사람이야. 너희 할아버지와 똑같지."

"그럼 왜 아줌마는 우리 아빠 곁을 떠나지 않는 거예요?"

내가 물었어.

그녀가 고개를 돌려 나를 바라봤어. 길고 긴 침묵이 흘렀지. 나는 그녀의 폭발을 기다리고 있었어. 하지만 그녀는 오히려 고개를 끄덕이더군.

"그래, 네 말이 맞아. 나는 일찌감치 너희 아빠 곁을 떠났어야 했어. 진즉에 떠났어야 했지."

그녀가 입술을 씰룩거렸어. 뭔가 결정을 내리는 것 같더군. 그러더니 전방을 똑바로 바라보면서 미동도 하지 않았어.

나는 그 자리에 잠시 서 있다가 몸을 돌려 작은 방으로 돌아왔어.

방 안은 온통 칠흑 같은 어둠이었어. 나는 벽을 더듬으며 철제 침대까지 가서 누웠어. 방금 땋은 머리가 생각났지. 다시 엉클어지면 친노파가 또 빗어준다고 할 것만 같아 얼굴을 바닥 쪽으로 해 엎드렸어. 또다시 몸에 열이 나는 것 같은 느낌이 엄습해왔어. 얼굴이 약간 뜨거워지면서 심장이 심하게 뛰었어. 하지만 마침내 왕루한과 소통할 수 있게 되었다는 생각에 조금은 위안이 되더군. 아빠는 이제 그녀에게서 벗어날 수 있게 되었어. 그렇다고 내게로 돌아올 거라고 장담할 수는 없었지만 말이야. 아빠는 어디로 가게 될까? 혼자 어떻게 살아

갈까? 머리가 갈수록 더 무거워지는 것 같았어. 어지러운 생각의 단서들과 함께 나는 그리 편하지 않은 잠을 잤지.

희미한 잿빛 수면 속에서 나는 어렴풋이 검은 두루마기를 입은 사람을 봤어. 긴 옷소매를 늘어뜨리고 침대 옆에 서서 몸을 구부린 채 나를 내려다보고 있더군. 애써 그 사람의 얼굴을 기억하진 않았어. 그 사람이 내게 손을 뻗었어. 나를 데리고 가려는 것 같더군. 그 손은 아주 희었어. 수백 번 허물을 벗은 것처럼 그렇게 희었지. 선회하는 새가 천천히 하강해 내 이마 위에 내려앉는 것 같았어. 그런 다음 내 목과 어깨를 따라 만져 내려갔어. 뭔가를 확인하려는 것처럼. 다시 손을 들어올렸을 때는 손가락이 빨갛게 변해 있었어. 검정 두루마기를 입은 사람은 손을 자기 얼굴 앞으로 가져가 잠시 살펴보더니 몸을 돌려 방을 나가더군.

나는 잠에서 깼어. 문밖에서 싸우는 소리가 들려왔어. 아빠가 돌아온 거였어. 나는 일어나 앉았어. 등과 어깨가 몹시 결렸어. 몸이 금방이라도 무너져 내릴 것만 같았지. 나는 무거운 두 다리를 끌고서 살금살금 거실 쪽으로 갔어.

"나는 그렇게 말한 적 없어!"

아빠가 나더러 일어나라고 했어.

"내가 지금은 아이를 키우는 게 적합하지 않다고 했잖아, 그게 사실 아니야?"

아빠는 이미 적잖은 술을 마신 것이 분명했어. 얼굴이 시뻘겋고 손에 쥔 유리잔이 떨리고 있었거든. 술이 하마터면 밖으로 쏟아질 뻔했어.

"사실은 당신이 이 아이를 원치 않았다는 거예요. 당신 인생에 방해가 되는 짐으로 여긴 거지."

왕루한은 소파 위에 앉아 담배를 문 채 차갑게 말했어.

"그럼 당신은 아이를 낳아서 언제 발작을 일으킬지 모르는 정신병자와 함께 살게 하는 게 적절하다고 생각해?"

"정신병자라고, 하하, 이제는 엄마 탓을 하는군요. 엄마를 데려올 때는 뭐라고 했어요? 엄마에게 보상을 해야 한다고, 편안한 세월을 보내실 수 있게 해드려야 한다고 했잖아요. 그런데 당신은 최대한 멀리 떨어져 피하면서 엄마에게 눈길 한번 주지 않았잖아요. 엄마는 병이 생기자마자 절 데리고 가려고 했고요! 하, 엄마가 정신병자라서 싫다는 거로군요. 그럼 내가 불어볼게요. 엄마가 왜 저렇게 됐죠?"

"또 시작이군. 정말 끝이 없네! 그럼 내가 매일 당신 앞에 머리를 숙이고 사죄를 해야 한단 말인가? 그래야 만족하겠어?"

아빠는 성큼성큼 옷장 쪽으로 가더니 병을 들어 술잔에 술을 가득 따랐어. 술을 따르면서 고개를 가로저었지.

"정말 아무 의미도 없잖아."

귀에 무척 익은 말이었어. 전에도 여러 번 들었던 말이지.

아빠는 술을 크게 한 모금 들이켰어. 왕루한은 무표정하게 아빠를 바라봤지. 나는 달려들어 술잔을 빼앗아야 할지 말아야 할지 망설이면서 바라봤어.

왕루한은 마음을 좀 가라앉히고 몸을 곧게 펴서 앉더니 낮은 목소리로 말했어.

"우리 차라리 헤어져요."

"깊이 생각하고 하는 말이야?"

"네."

"그래 좋아."

"같이 있어선 안 된다는 것을 뻔히 알면서도 계속 이러는 건 서로를 패자로 만들 뿐이에요. 매번 말다툼을 하고 나면 당신은 문을 박차고 나가버리지요. 나는 이 집에 남아 곧 죽을 거라는 예감에 사로잡혀 있고요."

그녀는 목이 메이는지 몇 초간 말을 멈췄어.

"그런 절망의 느낌을 당신은 영원히 모를 거예요. 계속 이렇게 살다가는 정말 죽을 것 같아요. 그러니 헤어지자고요. 우리 서로를 해방시키는 거예요."

나는 숨을 죽이고 이 말을 듣고 나서 마음속으로 감동을 받았어. 방금 전까지만 해도 그녀가 결심을 내리지 못할까봐 걱정했기 때문이지.

"그래, 오늘은 정신이 아주 말짱하군."

아빠가 유리잔을 흔드는 바람에 술이 조금 쏟아졌어.

"저는 항상 말짱했어요. 매일 술에 취한 건 당신이었고요."

"갑자기 깨달았다 이거지? 좋아. 음, 다른 이유가 있는 건 아니지?"

왕루한이 고개를 들었어.

"다른 이유라니요?"

"솔직히 말해. 내가 보기에는 누군가 당신을 기다리고 있는 것 같은데 말이야."

아빠가 웃기 시작했어.

"무슨 얘길 하는 거예요?"

아빠의 몸이 몇 번 휘청거리더니 의자에 간신히 기댔어.

"어떻게 단번에 깨달은 거지? 내가 아이를 떼라고 한 게 원망스러워서? 더 참고 기다리지 못한 채 다른 남자에게 가겠다는 거로군?"

왕루한이 테이블 위에 놓여 있던 재떨이를 집어던졌어. 재떨이는 탕— 하고 아빠 뒤쪽에 있는 장식장에 부딪히면서 산산조각이 났지.

장식장도 움푹 파여 깊은 상처가 났어.

"리무위안, 당신 정말 못된 사람이군요."

그녀는 아주 분명하게 또박또박 말했어.

"당신이 나와 함께 있었던 것은 나를 파멸시키기 위한 거였어. 이제 만족하겠지?"

"도대체 누가 누구를 파멸시킨다는 거예요? 누가 우리 집을 이렇게 망쳐놨는데?"

이때 등 뒤에서 문을 여는 소리가 들렸어. 친 노파가 내가 있는 쪽을 가로질러 거실로 달려 나와서는 왕루한을 끌어안았어.

"왜 그래, 루한아, 무서워하지 마, 아무 일 없을 거야……."

"왕루한, 당신은 자신이 뭐라고 생각해? 당신 역시 범죄를 저지른 여자라고!"

왕루한이 친 노파를 밀쳐내고 아빠에게 다가가 옷자락을 부여잡으며 말했어.

"하늘이 보고 있어요. 그렇게 뻔뻔하게 굴지 말라고요! 그런 말을 하고도 천벌 받을 일이 두렵지 않나요?"

친 노파가 울기 시작하더니 두 손으로 귀를 막고 말했어.

"아무 일 없어. 무서워하지 마……."

"당신과 함께 있었던 것이 가장 큰 벌이었지. 이보다 더 망가질 수는 없을 테니까!"

아빠는 그녀를 밀쳐내고 몇 번 비틀거리더니 밖으로 나가버렸어. 내가 문가에 서 있는 걸 보더니 잠시 주저하더군. 그제야 내가 있다는 사실을 의식한 것 같았어.

"자치야, 우리 가자!"

나는 외투를 가지러 얼른 작은 방으로 돌아갔어. 친 노파가 따라

들어와 나를 붙잡더군.

"얘야, 착하지, 무서워하지 마. 아무 일 없을 거야. 나쁜 사람들은 우리를 찾아내지 못할 거야!"

"할머니가 나쁜 사람이에요! 미친 할망구 같으니라고……."

나는 힘껏 노파의 손을 밀쳐냈어. 그녀는 뒤로 몇 걸음 물러서더니 문을 막더군. 나는 그녀의 팔을 당겨 옆으로 밀어내려 했어.

"위험해, 위험해. 착한 아이야, 내 말 들어……."

그녀는 죽어라고 문을 막았어. 나는 주먹을 들어 그녀를 때리고 발로 걷어차기도 했지.

"나가게 해주세요, 제발 부탁이에요. 우리 아빠가 기다린단 말이에요!"

내가 울면서 말했어.

"위험해, 위험하단 말이야……."

친 노파는 기계적으로 같은 말을 반복하면서 극도로 몸을 떨었어. 견갑골이 내 뒤에 있는 문에 부딪히자 악마 같은 표정을 지으면서 눈이 허공의 한 지점에 고정되어버리더군. 튀어나온 눈동자는 아예 눈두덩 밖으로 쏟아져 나올 것만 같았어. 허공의 어느 지점에 고정되어 있던 눈빛으로 자신이 말하는 그 위험을 볼 수 있는 것 같았어. 나는 그런 모습에 놀라 멍하니 그녀를 바라봤지. 그러다가 쾅— 하고 문 닫히는 소리에 정신이 들더군.

"아빠가 가잖아요…… 내보내주세요. 저도 가야 해요!"

나는 그녀의 다리를 잡아당기고 배를 걷어찼어. 펄쩍 뛰어올라 얼굴을 할퀴기도 했지. 여러 차례 공격을 가했어. 하지만 그녀는 지각을 잃었는지 조금도 움직이지 않고 그 자리에 버티고 서 있더군. 조각상으로 변해버린 것 같았어. 얼굴에 내가 할퀸 자국에는 핏방울이 맺히기 시작했지. 너무나 무서운 모습이었어.

기진맥진해 바닥에 쓰러진 나는 큰 소리로 울음을 터뜨렸어. 얼마나 지났는지 모르지만 그녀가 마침내 문에서 비키면서 몸을 숙여 내 머리를 어루만지더군. 나는 재빨리 그녀를 밀쳐내고 밖으로 뛰어나왔어.

나는 문을 밀어 열고 바깥의 복도로 뛰어갔어.

"아빠, 아빠!"

대답이 없더군. 아빠는 이미 아주 멀리 갔던 거야. 복도는 온통 적막뿐이었지. 계단 모퉁이를 도는 곳에 유리가 깨진 창문이 있었어. 창틀에는 날카로운 유리 조각이 박혀 있어 아주 깊이 하늘을 찌르고 있었지. 바람이 불어와 내 뒤에 있는 문을 열어젖히더군.

나는 거의 마비되다시피 한 두 다리를 이끌고 거실로 돌아갔어. 바닥에 설치된 희미한 등불은 더 어두워진 것 같았어. 타버린 필라멘트에서 미약한 신음 소리가 나더라고. 왕루한은 소파에 기대어 앉아 얼굴을 들고 눈을 감고 있었어. 두 손으로 가슴을 누르면서 힘겹게 숨을 쉬고 있었지. 열렸다 닫혔다 하는 두 입술 위에서 마지막으로 바른 립스틱이 퇴색하고 있었어. 그러다가 눈 깜짝할 사이에 무언가에 의해 삼켜진 듯 립스틱 자국은 흔적도 없이 사라졌어.

15분쯤 지나 사거리 밖에서 우리 아빠가 몰던 산타나가 대형 트럭과 충돌했어. 산타나는 아주 멀리 튕겨 날아가 떨어졌지. 네 바퀴가 하늘을 향하고 있었어. 아빠는 두개골이 파열됐고 유리가 이마에 박히면서 커다란 구멍이 생겼지. 피가 솟구쳐 나왔어. 고농도 알코올을 함유한 피가 아빠의 얼굴을 타고 흘렀지. 아빠를 한번 더 취하게 하려는 것 같았어.

차가운 자색 등을 켠 구급차가 아빠를 병원 앞으로 데려갔을 때는 하늘에서 가볍게 눈이 내리고 있었어. 아빠는 호흡을 멈춘 상태였어. 아빠 옆의 조수석은 텅 비어 있었지. 원래 그 자리는 죽음의 신이 나를 위해 남겨둔 자리였어.

트럭 기사는 이마에 찰과상을 입는 것으로 그쳤어. 그의 기억에 따르면 당시에는 아빠가 음주운전을 한다는 걸 감지할 수 없었대. 사거리에서 신호등이 바뀌기를 기다리고 있다가 아빠의 산타나 차가 도로 건너편 흰 선에 정지하고 있는 것을 발견했다더군. 신호등이 바뀌어 차량들이 움직이기 시작하고 자신도 앞으로 진행한 데다 속도도 그다지 빠르지 않았대. 게다가 중간에 차도가 하나 더 있었다더군. 두 차가 교차해 지나가는 순간 산타나가 갑자기 속도를 높여 트럭을 향해 돌진하더니 가속을 이기지 못하고 충돌했다는 거야.

여러 해가 지나 이때의 사고를 생각하면 나는 항상 새로 겪는 듯한 환각이 느껴져. 내가 당시의 산타나 안에 타고 있고 차가 아래로 곤두박질치고 있지만 조수석에 갇혀 있어 몸을 꼼짝도 할 수가 없었어. 시커먼 아스팔트길이 박살난 유리창 밖으로 흔들리는 게 보일 뿐이었지.

주변의 기온이 크게 낮아져 나는 눈 내린 뒤의 축축한 공기의 냄새를 맡을 수 있었어. 피 냄새가 섞여 있었지. 내 손가락이 어디에 있는지 알 수 없었지만 손가락 끝에 만져지는 건 틀림없는 피였어. 피는 차가워졌고 그렇게 끈적끈적하지도 않았어. 이어서 작은 두 발이 아스팔트길 위로 들어서는 걸 봤어. 이쪽으로 다가오고 있었지만 시종 내 시야 속에서 더는 커지지 않았지. 오히려 갈수록 멀어졌어. 나는 마음속으로 이상하다고 생각하지도 않았어. 꿈을 꾸는 것처럼 그냥 받아들일 수 있는 비정상적인 일들 가운데 하나일 뿐이었지.

물론 이 모든 게 환각이었지만 그렇다고 전부 상상에서 나온 건 아니었어. 상상해낼 수 있는 일들은 여러 차례의 환상 사이에 필연적으로 차이가 있고 디테일이 치밀하지 않은 부분에는 수정이나 윤색이 있기 마련이지. 하지만 내가 이 사고를 아무리 자주 상상해도 눈앞에 나타나는 장면은 변함없었어. 그래서 나는 자신이 정말로 한번 죽었다고 믿기 시작했지. 바로 그 교통사고에서 죽었던 거라고 말이야.

내가 아빠의 발걸음을 좇아 천 리나 떨어진 베이징으로 온 것은 아마 아빠와 함께 죽기 위한 것이었나봐. 여러 해 동안 나는 줄곧 그때의 도망의 의미를 생각했어. 너의 종용 때문도 아니었고 나의 일시적인 방종 때문도 아니었어. 어둠 속에서 들리는 어떤 소리의 소환에 따라 혼자 기차역으로 달려가서 지난으로 가는 기차에 몸을 실었던 거야. 이 즉흥적인 여행의 종점은 그 산타나 승용차였지.

친 노파가 나를 구했어. 그녀가 나를 죽으려고 막고 못 가게 하는 동안 그 쏘아보는 듯한 눈빛은 무얼 보고 있었던 걸까?

하지만 나중에 그 사고를 생각할 때면 혼자만 살아남았다는 부담감을 피할 수 없었어. 탕후이는 내가 이런 부담감 때문에 항상 자신을 그 사고의 한가운데 있는 것으로 상상하는 거라고 하더군. 그래서 자신이 그 자리에 있었던 것 같은 환각을 느낀다는 거지. 정말 그런 건지도 몰라. 최근 몇 년 동안은 줄곧 아빠의 사고에서 벗어날 수도 없고 벗어나고 싶지도 않았어. 항상 나 자신이 그 죽음의 일부분이었어야 한다고 생각했지. 죽음은 내게서 그렇게 가까이 있었던 거야. 그저 어깨를 스치고 휙 지나간 거지.

다음 날 정오에 나는 작은 방에 있다가 밖에서 문 두드리는 소리를 들었어. 하지만 나가지 않았지. 심지어 문 쪽으로 다가가지도 않았어.

그냥 침대 곁에 앉아 찾아온 사람들과 왕루한이 주고받는 얘기만 들었지. 아빠의 이름이 나오더니 이어서 도로 이름과 병원, 영안실……같은 단어들이 나오더군. 물류 라인의 화물들이 컨베이어벨트를 타고 이동하는 것 같았어. 잠시 후에 쾅— 하고 문이 닫혔어. 왕루한이 그 사람과 함께 나가는 것 같았어. 집은 아주 조용해졌지.

나는 침대에 누워 미동도 하지 않았어. 부모가 죽었다는 흉보가 새로 내리는 눈처럼 내 주위로 떨어졌어. 흐트러지지도 않고 짙은 한기를 내뿜지도 않았지. 나는 조금이라도 몸을 움직여 눈을 건드렸다가 눈이 더 커질까봐 두려웠어.

나는 두 눈을 꼭 감았어. 어둠 속에서 서서히 어떤 장면이 나타나더군. 초등학교에 들어가던 그해 여름의 광경이었어. 어느 날 저녁 무렵 아빠가 날 데리고 앞으로 등교할 때 이용해야 하는 길을 알려주러 나왔어. 우리는 함께 패방牌坊(중국 특유의 문짝이 없는 대문 모양의 건축물로 궁전이나 능陵을 비롯해 사원 앞에 세운다. 도시의 십자로 등에도 장식 또는 기념물로 세운다. 기둥은 2~6개이며 지붕을 여러 층으로 얹기도 한다)을 지나 높은 계단을 만나 모퉁이를 돌았지. 그러자 양쪽으로 오동나무가 쭉 늘어선 대로가 나오더군. 십자로를 지나 다시 모퉁이를 도니 오른쪽에 학교가 있었어. 우리는 학교 앞에 서서 안을 바라봤지. 학생들이 대청소를 하고 있었어. 여학생 하나가 빗자루를 들고 남학생을 쫓아가더군. 아이들은 웃으면서 학교를 이리저리 뛰어다녔어. 집으로 돌아오는 길에 아빠가 말했어. 더 가까운 길이 있으니 굳이 대로를 통과할 필요 없어. 자, 나를 따라오도록 해라. 아빠는 날 데리고 굽이굽이 골목길을 돌다가 어느 골목 입구에서 걸음을 멈추더니 내게 고개를 들어 벽에 적힌 거리 이름을 적으라고 했어. 막 퇴근하는 여자가 자전거를 타고 우리 옆을 지나갔어. 자전거 앞에 달린 바구니에는 푸른 미나리가 비스듬히 담겨 있었지. 노인 둘이 담장 아래서 장기를 두고 있더군. 공기 중에 냄비에 볶고 있는 마늘 냄새가 실려왔어.

　이어서 우리는 이름 없는 작은 골목으로 들어섰어. 이 골목은 높은 담장과 벽돌색 낮은 건물 사이에 끼어 있었어. 긴 건물이 골목 끝까지 이어져 있었지. 창문은 하나도 없고 나무로 된 문만 골목 끝에 나 있었어. 나와 아빠 말고는 사람 그림자를 찾아볼 수 없었지. 우리는 나란히 앞을 향해 걸었어. 골목이 좁아서 서로 가까이 붙어서 걸은 것 같지만 어쩌면 나의 착각이었는지도 몰라. 해는 이미 완전히 기울어 잿빛과 주홍빛이 뒤섞인 하늘에 구름 몇 점이 떠 있었지. 골목 안은 유난히 춥고 이상하리만치 조용했어. 한 줄기 바람이 저공비행하는 제비처럼 머리 위로 낮게 지나갔어. 마음이 허전한 것이, 여름이 다 가버린 듯한 서글픔이 밀려왔어. 그 나무 문 가까이 가보니 문이 담장 안에 깊이 박혀 있고, 굳게 잠겨 있었어. 암녹색 페인트칠이 약간 벗겨져 있었지. 나는 그것이 틀림없이 창고로 쓰이는 건물일 거라고 추측했어. 내가 정리한 상식에 의하면 사람이 사는 집은 문에 반드시 문틀과 문지방이 있지만 물건을 쌓아두는 건물의 문에는 그런 게 없거든. 건물을 지나치고 나서 아빠가 말했어. 저기는 영안실이야. 죽은 사람들의 시신을 보관하는 곳이지. 어때, 무섭? 나는 고개를 가로저었어. 마음속으로 사람이 죽으면 물건으로 변해 하나하나 창고에 쌓인다고 생각했지. 우리는 골목을 빠져나와 모퉁이를 돈 다음, 길이 갈라지는 곳에서 또다시 모퉁이를 돌았어. 그랬더니 눈에 익은 우리 집 앞의 대로가 보이더군. 아빠가 걸음을 멈췄어. 나는 아빠를 따라 몸을 돌려 먼저 걸었던 길을 바라봤지. 아빠가 내게 말했어.

　"길을 다 알겠지? 앞으로는 너 혼자 다녀야 해."

청궁

네가 집을 나가던 그 시간에 나는 작은 규모의 복수를 마무리했어. 여러 해가 지나 돌이켜보니, 사실 그 복수의 후유증도 적지 않았지. 하지만 당시의 나로서는 그것만으로는 모든 것을 상쇄하고 이 일을 마음에서 내려놓는 게 불가능했어. 사실은 정반대였지. 그건 하나의 시작에 더 가까웠어. 보이지 않는 곳에서 문 하나가 슬그머니 열린 거지.

네가 실종된 다음 날 정오쯤 학교를 파하고 리페이쉬안이 학교 입구에서 날 가로막더니 네가 밤새 집에 돌아오지 않았다고 말해주더군. 그러면서 네가 어디로 갔는지 아느냐고 묻는 거야. 그게 페이쉬안이 내게 처음 말을 건 거였어. 그 애는 내 눈을 쳐다보지 못했고 말투도 무척 차가웠어. 뭔가 더러운 것이 묻을까봐 경계하는 혐오의 태도였지. 너희 할머니와 다를 바가 없었어. 순간 나는 몹시 격분했지.

"알아."

내가 말했어.

"하지만 너에게 말해줄 수 없어."

그 애가 몇 걸음 따라와서 나를 가로막고는 가족 전부가 몹시 초조해하면서 사방으로 널 찾아다니고 있으니 제발 네가 있는 곳을 좀 알려달라고 애원하더군. 나는 거들떠보지도 않고 그 애를 우회해서 큰 걸음으로 앞으로 걸어갔어.

작은 숲의 깊은 곳에 이른 나는 돌로 된 탁자 옆에 잠시 앉아 있었지. 여러 날 동안 햇빛이 없어서 그런지 잿빛 나무들은 돌비석처럼 차가웠어. 나는 적어도 네가 도망친 게 네 아빠와 연관이 있다는 사실은 확신하고 있었지. 이틀만 지나면 네 아빠가 널 찾아올 거라고 네가 말했잖아. 하지만 아빠가 널 데리고 가리라는 건 미처 생각지 못했어. 네가 어떻게 아빠를 설득했는지 모르지만 나는 속으로 어렴풋이 네가 이렇게 한 게 내게 시위하기 위한 것이라고 느꼈어. 너는 여전히 지칠 줄 모르고 나를 향해 우리 사이의 거대한 차이를 증명하려 애썼으니까. 이를 위해 넌 심지어 조금도 주저하지 않고 나를 버렸던 거야. 나는 버려진 듯한 느낌을 강하게 받았지. 아주 오래전에 엄마가 나를 떠났을 때와 다르지 않았어. 그날 아침 나는 텅 빈 방에서 큰 소리로 엄마를 불렀던 기억이 지금도 생생해. 영원히 깰 수 없는 꿈같았지. 지금도 나는 그 꿈을 꾸고 있는 듯한 느낌이야. 물론 너에 대한 감정은 엄마에 대한 감정과 다르지. 원한도 있고, 영원히 해소되지 않을 경쟁의식도 있지만 아마 네가 있어야 엄마가 떠났던 그날처럼 강렬하게 자신이 이 세상에 혼자 남은 외톨이라는 사실을 의식하게 되는 것 같아.

점심시간은 이미 지나가버렸지만 나는 여전히 그곳에 앉아 있었어. 엉덩이 밑에 있는 돌 의자에서 계속 한기가 올라왔지. 나는 나뭇가지를 하나 집어 딱딱한 진흙 위에 힘껏 금을 긋고 땅을 가르면서 그걸 상처로 가득한 얼굴에 피가 흐르는 것이라 상상했어. 맞아, 약간의 피가 흘러야 했지. 바로 며칠 전에 나는 복수하는 일 때문에 고민하면서 너를 어떻게 처리해야 좋을지 확실한 방법이 생각나지 않았어. 하지만 이제는 이 모든 게 아무 의미도 없게 되었지. 네가 나보다 먼저 행동에 나섰기 때문에 내가 뭘 하든 아무 소용없게 되어버렸어. 처음에는 할아버지를 해친 범인을 찾아내면 한번 또 한번 있는 힘을 다해 뭔가 행동을 취할 작정이었는데 지금은 수동적으로 이 모든 것을 받아들이는 것 외에 나 스스로 할 수 있는 일이 아무것도 없다는 것을 깨달았어. 지금 나는 힘이 잔뜩 들어간 주먹을 들어올리고도 어디를 향해 휘둘러야 하는지 모르는 상태야.

나는 나뭇가지가 부러질 때까지 땅 위에 마구 금을 그었어. 그러다가 내가 울고 있다는 걸 발견했지. 고개를 들어 야무지게 코로 숨을 들이쉬었어. 하지만 눈물이 밖으로 흐르는 걸 막을 수는 없었어. 이때 천샤샤가 작은 숲을 지나가다가 나를 발견하고는 내 쪽으로 다가왔어. 3미터쯤 떨어졌을 때 걸음을 멈추고 서서 눈 한번 깜빡이지 않고는 나를 뚫어져라 쳐다보더군.

"꺼져!"

내가 버럭 소리를 질렀어.

천샤샤는 그 자리에 서서 뭔가 알고 싶은 욕구가 가득한 눈길로 내 얼굴을 쳐다봤어. 내 얼굴에 드러난 표정이 무슨 의미인지 확인하려는 것 같았어.

"꺼지라고, 내 말 안 들려!"

"너 우는구나."

천샤샤가 조심스럽게 자신의 관찰 결과를 말하더군.

"제발 좀 꺼져달라고!"

나는 돌 의자에서 벌떡 일어나 천샤샤의 손등을 뒤로 꺾었어. 뜻밖에도 그 애는 예전에 하던 술래잡기를 하자는 줄 알았는지 큭큭 야릇한 소리를 내며 웃더군. 나는 천샤샤의 얼굴에서 웃음이 완전히 사라질 때까지 아주 세게 힘을 가했어. 마침내 천샤샤는 고통스러웠는지 킁킁대기 시작하면서 표정이 일그러지더라고. 나는 그 애를 풀어주고 나서 땅바닥에 던져놓았던 책가방을 집어들고 와버렸어.

사흘째 되던 날 정오에 학교가 파하자 리페이쉬안이 또 날 찾아왔어. 경찰이 날 좀 보자고 하니까 파출소에 한번 가보라는 거야. 지금 당장 가봐. 그 애가 말했어. 빨리 집에 돌아가 할머니를 보살펴야 하잖아. 나는 그 애가 날 잡아갈 수도 있다고 믿었어.

파출소에 들어서자마자 너희 할아버지가 보이더군. 너희 할아버지에게 그렇게 가까이 다가간 건 그때가 처음이었어. 나는 몸을 돌려 재빨리 문을 닫으면서 호흡을 가다듬었어. 그곳에서는 방금 식초를 끓였는지 공기에 역한 냄새가 가득했어. 연기 냄새도 섞여 있었지. 구토가 날 정도로 맡기 힘든 냄새였어. 나는 손을 주머니에 쑤셔넣었지만 눈길은 어디에 두어야 할지 몰랐어. 바닥에 굴러다니는 땅콩 껍질에 두어야 좋을지 벽에 걸린 페넌트에 두어야 좋을지, 아니면 경찰이 손에 들고 있는 찻잔에 두어야 좋을지 알 수 없었어. 결국 내 눈길은 파출소 안을 한 바퀴 돌아 너희 할아버지에게서 멈췄지. 너희 할아버지는 벽 쪽에 있는 의자에 앉아 있었어. 안경을 벗고 고개를 숙인 채 눈을 비비고 있었지.

안경다리를 잡고 있던 손은 신체의 다른 부분에 비해 꽤 하얀 편인데다 상대적으로 아주 작았어. 여자 손 같아서 아주 특이한 인상을 주었지. 육체노동과는 전혀 관련이 없는 사람 같았어. 너희 할아버지의 외모에 관해 좀더 많은 디테일을 수집하려고 시도하던 차에 할아버지가 갑자기 고개를 들었어. 나는 갑자기 긴장되면서 얼른 눈길을 다른 곳으로 돌렸지. 짧은 순간이긴 했지만 내 눈빛이 너희 할아버지의 얼굴에 닿았어. 안경을 빼면 얼굴 전체가 무척 기괴하더군. 오관이 눈에 띄게 돌출되어 있었어. 두 눈이 전혀 가리는 것 없이 그대로 드러나는 것 같았지. 뭔가 비밀을 누설하고 있는 듯해 보는 이를 불안하게 했어. 나는 너희 할아버지 눈이 어떻게 이상한지 말로 표현할 수가 없었어. 그저 많이 늙어 보인다는 게 전부였지. 사람 자체보다 더 늙어 보였어. 할아버지 본인보다 훨씬 오래전부터 이 세상에 존재한 것 같았어.

너희 할아버지가 안경을 쓰고서야 내 머릿속 모습이 회복됐어.

"나는 정말 무슨 원수 같은 건 생각지도 못했어요."

너희 할아버지가 지친 어투로 말했어.

책상 앞에 앉은 뚱뚱한 경찰이 고개를 끄덕이며 말했어.

"납치되었을 가능성은 아주 낮습니다. 하지만 완전히 마음을 놓아서는 안 되겠지요. 혹시 의심 가는 사람이 있거든 언제든지 저희한데 말씀해주세요."

경찰이 손짓을 하면서 나를 불렀어. 손에 든 서류를 펼치면서 뭔가 물으려는 차에 밖에서 누군가 그 경찰을 부르더군. 그는 내게 잠시 기다리라고 하고는 얼른 담배를 비벼 끄고 밖으로 나갔어.

실내에는 나와 너희 할아버지 두 사람만 남게 되었지. 나는 손발이 차갑게 굳어 있었어. 머리 꼭대기에만 피가 끓고 있는 듯했어. 부글부글 끓고 있는 화산의 분화구 같았지. 실내는 무서울 정도로 고요했어. 문밖에 윙윙거리는 북풍과 벽에 걸린 콤파스Compas 시계만이 우리의 호흡 소리를 빨아들이고 있었지. 하지만 나는 여전히 기복하면서 너희 할아버지 몸에서 새어나오는 소리를 들을 수 있었어. 내 몸의 솜털을 곤두서게 하는 소리였지. 특히 네 할아버지는 내 등 뒤에 있어서 나는 그의 얼굴을 전혀 볼 수 없었어.

잠시 후 아무런 예정도 없이 너희 할아버지가 자리에서 일어섰어. 순간 나는 피가 응고되는 것 같았지. 뭘 하려는 거지? 주머니 속에 들어가 있던 내 두 손은 어느새 주먹을 쥐고 있었어. 언제든지 밖으로 튀어나올 수 있었지. 하지만 너희 할아버지는 나를 에돌아 경찰의 책상 앞으로 가서는 아직 다 타지 않은 담배를 집어 재떨이에 두 번 문질러 완전히 꺼버리더군. 나는 잠시 재떨이를 쳐다보다가 꽁초가 완전히 꺼진 걸 확인하고 나서야 다시 고개를 들었어. 이때 너희 할아버지가 내 앞에 서 있는 걸 알았어. 게다가 나를 쳐다보고 있다는 것도 알았지. 내가 취해야 할 행동은 그의 시선에 대항하는 것이었어. 가장 날카로운 눈빛, 그가 이리저리 뒤척이면서 잠을 이루지 못하게 하고 앞으로 이 순간을 생각할 때마다 간담이 서늘해질 그런 눈빛으로 노려보아야 했지. 하지만 왠지 모르게 그렇게 하지 못했어. 뭔가가 내 눈꺼풀을 누르기라도 하는 것처럼 도무지 눈을 크게 뜰 수가 없었어. 하는 수 없이 나는 책상 위의 담뱃갑만 계속 바라봤지. 너무 오래 바라봐서 이상하게 보이고 잘 알아보지도 못하게 된 '모란牡丹'이라는 두 글자만 뚫어지게 바라봤어. 너희 할아버지가 원래 앉아 있던 의자로 돌아가고 나서야 밖으로 나갔던 경찰이 들어왔어. 나는 안도의 한숨을 내쉬면서 주먹을 너무 꽉 쥐고 있어서 손바닥에 땀이 났다는 걸 의식했지. 하지만 그가 나를 감히 정면으로 쳐다보지 못했던 게 분명할까? 사실은 뜻밖에도 내가 오히려 그를 제대로 쳐다보지도 못하고 피하는 듯한 눈빛을 보이고 말았어. 나의 이런 모습이 틀림없이 그에게 자신감을 갖게 했을 거야.

나는 마음속으로 맥이 완전히 빠졌어. 그래서 너의 행방을 그들에게 알려주지 않기로 마음먹었지. 내가 말하면 그들이 너를 아주 빨리 찾아 데리고 오리라고는 장담할 순 없겠지만, 이때 나는 또 배반과 분노의 감정에 빠져 있어 너를 그렇게 빨리 다시 만나고 싶지도 않았어. 그들에게 네 행방을 말하지 않은 것은 너를 감춰주기 위한 것이 아니었지. 내게는 그런 고상함이 없었어. 나는 그저 너희 할아버지의 생각에 절대로 순응해선 안 된다고 생각했을 뿐이야. 그들이 네가 어디에 있는지 너무 알고 싶어했기 때문에 악착같이 말해주지 않았던 거야. 그들이 걱정하고 초조해하면서 먹지도 못하고 자지도 못하게 할 작정이었지. 너희 할아버지를 고통스럽게 할 수 있는 어떤 기회도 놓치고 싫지 않았어. 특히 방금 그렇게 연약한 모습을 보인 터라 더욱 그랬지. 하지만 내가 관찰한 바에 따르면 너의 실종이 너희 할아버지에게 가져다준 고통에는 한계가 있었어. 적어도 겉으로 보기에는 그랬어. 너희 할아버지는 조금도 당혹스러워하지 않았고 인내심 있게 경찰이 따라준 차를 마시면서 여유 있게 잔 위에 뜬 찻잎을 걷어내더군.

"저 애가 리자치가 어디로 갔는지 알고 있다는 남학생인가요?"

너희 할아버지가 경찰에게 물었어.

뜻밖에도 네 할아버지는 내가 청궁이라는 걸 모르는 듯했어. 나는 너무 놀랐지. 그렇게 오랫동안 한 울타리 안에서 살았고 서로 무수히 마주쳤으며 내가 너와 함께 학교에 가는 모습을 본 것도 한두 번이 아닌데 어떻게 내가 누구인지 모를 수 있단 말이야? 설마 너희 할머니와 리페이쉬안이 줄곧 너와 내가 왕래하는 걸 막아왔다는 사실도 몰랐단 말이야? 그럴 리가 없어. 너희 할아버지는 나와 정면으로 마주하는 것이 두려워 짐짓 모르는 척하고 있는 게 분명했어.

경찰은 그렇다고 말하면서 내 이름까지 알려주었지.

나는 슬그머니 뒤로 고개를 돌려 곁눈질로 내 이름을 듣는 순간 그의 표정이 어떻게 변하는지 포착하려 했어. 그가 정말로 나를 알아보지 못했다 하더라도 청궁이 누구인지 모른다는 것은 절대로 불가능한 일이었지. 내 이름은 그를 불안하게 만드는 몇몇 이름 가운데 하나였으니까 말이야. 하지만 나는 아무렇지도 않은 듯 태연자약한 그의 모습에 실망하고 말았어.

"청궁이라."

심지어 그는 내 이름을 되뇌기도 했지.

"너도 의대 직원 자녀니?"

너희 할아버지가 아주 자상한 어투로 내게 묻더군.

아주 그럴듯하게 가장하고 있거나 정말로 내가 누구인지 모르거나 둘 중 하나겠지만 나는 정말 알 수 없었어. 이것이 내가 그렇게 서툰 반응을 보인 이유일 수는 없을 거야. 뜻밖에도 나는 가볍게 고개를 끄덕이면서 그렇다고 대답했어. 그의 눈을 노려보면서 우리 할아버지가 청서우이程守義라고 말했어야 하는 게 아닐까? 내가 왜 그렇게 하지 못한 걸까? 도대체 나는 뭘 두려워했던 걸까?

"청궁!"

경찰이 책상을 두드리며 말했어.

"내가 지금 너에게 묻고 있잖아."

나는 땀에 젖어 끈적끈적해진 손바닥을 비비면서 멍하니 그를 바라봤어. 그들의 눈에는 틀림없이 내가 아주 겁 많은 사내아이로 보였을 거야. 나는 나 스스로에게 완전히 실망해버렸어.

나는 경찰에게 네가 방과 후에 틀림없이 난위안 밖 그 거리에 있는 작은 서점에 갔을 거라고 말했어. 며칠 전부터 네가 새로 나온 『도라에몽』 만화책을 사러 갈 거라고 노래를 불렀으니까 말이야. 이전에는 매달 말이면 우리 둘이 돈을 모아 그 서점에 가서 새로 나온 『도라에몽』 만화책을 사곤 했지. 경찰은 내게 실제로 네가 서점에 가는 걸 본 건지 아니면 단순한 추측에 불과한 건지 따져 묻더군. 나는 추측이라고 말했어. 경찰은 그럼 왜 리페이쉬안에게는 이런 사실을 알려주지 않았느냐고 되묻더군. 나는 어차피 직접 본 것이 아니기 때문에 확실치 않아서 말을 안 한 것뿐이라고 대답했어.

"묻고 싶은 게 한가지 더 있다."

경찰이 말했어.

"네가 리자치랑 친한 사이라고 하던데, 최근에 그 애의 감정에 좀 이상한 점 같은 건 못 느꼈니?"

나는 이상한 점을 전혀 발견하지 못했다고 말했어. 경찰은 너희 할아버지에게 더 묻고 싶은 게 있냐고 하더군. 그가 없다고 말하자 경찰은 서류철을 닫었어. 그러고는 내게 그만 가도 좋다고 말하고 나서 금방 다시 불러 세우더라고.

"꼬마야. 우리한테 거짓말한 게 밝혀지면 너를 감옥에 잡아넣을 수도 있어. 무슨 일이든 우릴 속일 생각은 하지 않는 게 좋을 거다. 알겠지?"

경찰이 20여 년 동안 법 밖에서 유유자적 노닐고 있는 범죄자 앞에서 이런 말을 할 때, 나는 처음으로 '부조리'라는 두 글자를 의식하게 되었지.

"알겠습니다."

내가 말했어.

내가 파출소를 나설 때 한 여인이 나와 마주쳐 옷깃을 스치며 들어왔어. 그 여자의 동작이 무척 빨라서 얼굴조차 제대로 볼 수 없었지.

"자치를 찾았나요?"

내가 반쯤 닫힌 파출소 문밖에서 안쪽을 바라보니 그 여자는 감정이 몹시 격앙되어 있는 것 같았어. 너희 할아버지 앞으로 다가간 여자가 그의 스웨터 자락을 움켜쥐면서 묻더군.

"우리 딸 어디 있어요? 그 애가 대체 어디로 간 거예요?"

너희 할아버지는 정색을 하면서 그녀의 손을 뿌리치고는 자기 스웨터 자락을 가다듬었어. 경찰이 너희 엄마를 떼어놓으면서 이미 사방으로 사람들을 보내 찾고 있으니 너무 초조해하지 말라고 하더군. 너희 엄마는 네가 실종된 지 이미 이틀이 지났다는 얘기를 듣더니 또다시 흥분하기 시작하면서 네 할아버지 앞으로 달려가 소매를 부여잡고 말했어.

"마음먹고 절 속이셨군요? 어제 저녁에 제가 전화했을 때 왜 얘기하지 않았어요? 왜 친구 집에 갔다고 거짓말하셨어요. 대체 무슨 속셈으로 그러신 거냐고요?"

너희 할아버지가 얼굴이 새빨개져서 말을 받더군.

"너에게 얘기한들 무슨 소용이 있겠니? 어제 그렇게 늦은 시간에 네가 달려온다고 해서 문제를 해결할 수 있겠어? 네 꼴이 어떤지 봐라! 여기서 망신스럽게 이러지 말고 소란을 피우려면 집에 가서 피워!"

너희 엄마는 할아버지가 무서워 몇 초 동안 진정되는 듯했어. 하지만 이내 차갑게 웃으면서 말을 받더군.

"저는 이미 그 댁 사람이 아닙니다. 체면을 잃는다 해도 댁의 체면이 아닌데 뭘 두려워하시는 건가요?"

너희 할아버지는 고개를 가로저었어.

"구제할 약이 없는 아이로군."

그러고는 의자에 걸쳐져 있던 외투를 집어들고 밖으로 나갔어. 너희 엄마는 그 뒤를 쫓아가다가 경찰들에게 저지당했지.

"잠깐만요, 저희가 어머님을 부른 건 진술을 받기 위해섭니다."

경찰은 너희 할아버지를 배웅하다가 내가 아직 남아 있는 것을 보고는 눈을 크게 뜨면서 말했어.

"빨리 집에 가서 밥이나 먹도록 해라!"

경찰이 문을 닫았어. 하지만 난 그 자리에 그대로 서서 너희 할아버지가 낡은 '2·8' 자전거에 올라 난위안 쪽으로 달려가는 모습을 바라보고 있었어. 전에는 너희 엄마가 주도권을 잡고 있는 듯 보였던 너희 할아버지와의 싸움에서 나는 희미하게나마 너희 할아버지의 위엄을 느꼈어. 사실 너희 엄마는 할아버지가 두려웠던 거야. 적어도 두려워한 적이 있지. 너희 엄마가 겉으로 드러내는 대담함은 눌린 다음에 튀어오르는 용수철 같은 것이었어. 너희 할아버지에게는 범접할 수 없이 아주 높은 곳에 자리하면서 사람들에게 자괴감을 느끼게 하는 무언가가 있었지. 방금 약간 겁먹은 듯한 표정은 인생에서 지울 수 없는 오점이 될 거야. 나중에 돌이켜 생각하면 부끄러움을 느끼게 되겠지.

문 안에서 너희 엄마의 울음소리가 새어나왔어. 너무나 가슴 아프게 우는 바람에 나는 한순간 너의 행방을 알려줘야 하는 게 아닌가 하고 망설이기도 했지. 하지만 너희 엄마가 그렇게 심하게 우는 바람에 또 바로 그다음 순간에 그런 생각이 사라지고 말았어. 너희 엄마는 너를 그토록 사랑했던 거야. 너는 한번도 이런 사실을 내게 말하지 않았지. 이 점을 그다지 중시하지 않는 듯했어. 하지만 내게는 그것이 얼마나 사치스러운 일인지 몰라. 너랑 내가 누구의 엄마가 더 예쁜가 하는 문제를 놓고 끊임없이 다퉜던 게 기억나는군. 그러다가 결국 모두 우리 엄마가 더 예쁘다고 인정하고 나서야 나는 이런 다툼을 그만뒀어. 정말 우스운 허영심이었지. 그 가장 아름답다던 엄마는 지금 어디에 있을까? 나는 한번도 이런 사랑을 받아본 적이 없어. 그리고 이런 사랑을 보고 싶지도 않았지. 그래서 몸을 돌려 뒤도 돌아보지 않고 가버렸어.

네가 실종되고 나흘째 되던 날이었어. 오후에 학교가 파하고 나서 페이쉬안이 학교 앞에 서 있는 걸 봤지. 곁을 지나가는 순간 그 애가 또 나를 뚫어지게 쳐다보더군. 몇백 미터쯤 가서 그 애가 내 뒤를 따라오고 있다는 것을 알았지. 한동안 걸음을 빨리하다가 멈추면서 걷다가 신발 끈을 매는 척 쭈그리고 앉아 아무 생각 없는 듯이 뒤를 돌아봤더니 그 애가 여전히 따라오고 있더군. 나는 작은 숲을 반 바퀴 에돌아 사인탑 쪽으로 향했어.

　무척 흐린 날이었지. 이른 아침의 짙은 안개가 그때까지도 완전히 흩어지지 않았지만 하늘은 이미 어두워지기 시작했어. 모두 눈이 내리기를 기다렸지. 하지만 일기예보는 또다시 식언을 하고 말았어.

　대로는 점점 좁아지고 나무들도 갈수록 적어졌어. 옅은 회색 탑루는 맨 끝에 우뚝 솟아 있었어. 핏빛을 잃어버린 붉은 담장과 담벼락에 바짝 붙어 지어진 낮은 단층 건물, 깨진 유리 조각들이 그대로 박혀 있는 컴컴한 유리창, 이 모든 게 여름에 우리가 헤어졌을 때와 다르지 않은 모습이었어. 이 캠퍼스의 가장 깊은 구석은 식물도 생장하지 못하고 계절의 변화와도 무관한 듯했어. 시간이 캠퍼스 밖에 막혀 들어오지 못하는 것 같았지. 하지만 시간은 과거에 우리가 누렸던 즐거움을 저장하기 위해 존재하는 것이 아니었어. 그 담벼락 위에서 시끄럽게 장난치고 놀면서 냈던 소리가 아직 허공에 메아리치고 있지만 우리에겐 이곳이 영원히 밀봉된 범죄 현장이라는 것 외에 더 이상 특별한 의미를 갖지 못했지.

　나는 책가방을 옆에 던져놓고 담벼락에 몸을 기댄 채 페이쉬안이 다가오는 것을 바라보고 있었어. 하얀 재킷에 깔끔한 말총머리를 한 그 애의 아름다움은 정말로 세상에서 가장 무미건조한 것이었지.

　"너 사실대로 말하지 않았던데."

　그 애는 내게서 5미터 정도 떨어진 지점에서 걸음을 멈췄어.

　"그게 또 어쨌다는 거야?"

　"수발실 아저씨 말로는 어떤 남자가 학교에 와서 그 애를 찾았었대. 혹시 그 사람이 어떻게 생겼는지 봤니? 그 애 아빠였지?"

　"그건 그 애 아빠한테 가서 물어보지그래?"

　"연락이 안 돼. 여러 번 전화를 걸어봤지만 연결이 안 됐어. 그 애 아빠가 베이징 어디에 있는지 아는 사람도 없어."

페이쉬안이 나를 힐끗 쳐다보더군.

"자치가 아빠를 따라간 거 맞지?"

나는 대꾸하지 않고 담장 구석으로 가서 벽돌을 들어 건물 창문 아래로 옮겼어.

"만에 하나 두 사람이 어떤 위험에 처한 건 아닐까? 그런 생각 해 봤니?"

그 애가 진지한 표정으로 내게 두 걸음 더 다가왔어.

"너는 그 애랑 친하면서 조금도 걱정이 안 돼? 그러지 말고 어서 네가 알고 있는 걸 다 말해줘."

나는 쌓아놓은 벽돌을 밟고 창틀로 기어 올라갔어. 그런 다음 두 손을 담장 위로 올렸지.

"네가 올라오면 말해줄게."

나는 창틀 아래를 향해 발을 흔들었어. 정말 나쁘지 않은 느낌이더군.

그 애의 얼굴이 일순간 창백해졌어.

"넌 그런 행동이 아주 유치하다고 생각하지 않니?"

"죽은 사람들이 안에서 기어 올라올 리는 없어. 뭐가 무서워서 그래?"

그 애가 진저리를 치면서 매서운 목소리로 말했어.

"사람들이 얼마나 초조해하고 있는지 알아? 자치의 엄마는 곧 미쳐 버릴 지경이란 말이야. 그렇게 유치한 장난을 그만두지 못하는 걸 보니 정말 동정심이라고는 눈곱만큼도 없는 애로구나!"

말을 마친 페이쉬안은 몸을 돌려 가버리려 했어.

"그래. 내 마음속에 들어 있는 것은 온통 더러운 것뿐이라서 그렇다."

나는 큰 소리로 웃었어.

이미 하늘빛이 다 사라진 뒤였지. 희미한 달이 허공에 떠오르고 있었어. 아주 간교한 호랑이 이빨 같았어. 담장 안의 그 포르말린 용액이 검게 빛나면서 맑고 깨끗한 수면 위로 한기가 한 겹 한 겹 올라오고 있었지. 리페이쉬안, 거짓말처럼 희고 깨끗한 리페이쉬안이 먼 곳을 향해 걸어가고 있었어. 내가 그 애의 등 뒤에 대고 외쳤지.

"나는 한 가지 비밀을 알고 있어. 너희 할아버지에 관한 비밀이지. 너희……"

나는 잠시 멈췄다가 목소리를 높여 말했어.

"너희 할아버지는 이전에 사람들에게 아주 부끄러운 일을 저질렀어……."

리페이쉬안이 걸음을 멈추더군. 그러고는 고개를 돌려 말했어.

"청궁, 경고하겠는데, 함부로 허튼소리 지껄이지 말아줘!"

"넌 너희 할머니가 무엇 때문에 하루 종일 교회에 간다고 생각하니? 너희 할머니는 참회하러 가는 거야. 바로 그 일 때문이지. 여러 해가 지나도 양심이 불안하기 때문에 교회에 가는 거라고."

리페이쉬안이 몸을 완전히 돌렸어.

"이봐, 그렇게 커다란 비밀을 너만 모르고 있어."

내가 말했지.

그 애는 잠시 머뭇거리더니 다시 내가 있는 곳으로 다가오더군.

"리자치가 말해줬어? 그 애가 그 일 때문에 집을 나간 거야?"

"그렇게 고개를 쳐들고 있으면 목이 안 아프니? 그러지 말고 올라와. 여기서 편하게 얘기하자고."

내가 말했지.

"내가 뭔가 악의를 품고 있는 건 아니야. 네가 너무 고상한 것 같아서 그러지."

그 애는 천천히 담장 바로 밑까지 다가와서는 몹시 난처한 표정을 짓더군.

"무서워할 것 없어. 넌 정말 이 안에 죽은 사람이 있다고 생각하니? 그건 다 우리가 널 속인 거야."

"도대체 자치가 너한테 뭐라고 한 거야?"

그 애가 묻더군.

"네 책가방을 내 책가방 위에 놓아도 돼. 올라와. 내가 손을 잡아줄게."

나는 한쪽 다리를 담장 반대쪽에 내려놓고 말을 타는 자세로 담장 위에 앉은 다음, 아래를 향해 손을 뻗었어.

그 애가 내 두 눈을 뚫어져라 쳐다봤어. 내 눈빛을 통해 내가 거짓말을 하는 건지 아닌지 판단하려는 것 같더군. 그런 다음 어깨를 축 늘어뜨리더니 그 벽돌 위로 올라서서 조심스럽게 유리 파편을 피하면서 창문 손잡이를 잡고 창틀로 기어 올라왔어. 내가 내민 손을 잡을까 말까 하는 문제를 놓고 마음속으로 한 차례 사상투쟁을 겪는 것 같더군. 거무튀튀하고 손톱 사이에 때가 잔뜩 낀 데다 손등에는 볼펜으로 낙서한 흔적까지 있는 더러운 손이었거든. 아마 그 애는 이 손과 자신 사이에 어떤 관계가 발생한다는 것은 상상도 하지 못했을 거야. 하지만 그 순간 그 애에게는 그 손을 잡는 것 외에 다른 방법이 없었던 것 같아. 결국 크게 심호흡을 한번 하고는 의사 가정 출신이라 세균이 거의 살 수 없을 것 같은 자신의 손을 내게 내밀더군. 그 애가 담장 위로 올라왔을 때 두려움 때문에 그 애의 목구멍에서 쉰 목소리가 나는 것을 들었어. 그 애는 담장 안의 광경을 보지 않기 위해 이미 고개를 돌리고 있었지.

"자, 됐어. 올라왔으니까 이제 어서 말해봐."

그 애는 자신의 지혜와는 어울리지 않는 천진난만한 눈빛으로 나를 쳐다보며 말했어.

"뭐라고?"

"네가 방금 한 말이 전부 큰아버지가 자치에게 한 말이야? 큰아버지가 자치를 데리고 간 거야?"

"너희 할아버지가 무슨 일을 저질렀는지는 알고 싶지 않니?"

"알고 싶지 않아. 네가 말해도 난 믿지 않을 거야. 우리 큰아버지는 할아버지와 사이가 좋지 않아. 두 사람 사이에는 아주 많은 오해가 있지."

하지만 그 애는 나를 바라보고 있었어. 마치 내가 답안을 들려주기를 기다리는 것 같았지.

"사람들은 너희 할아버지가……"

나는 목소리를 낮추며 말했어.

그 애는 입과 입술이 단단히 굳어져 있었어. 무척 긴장한 것 같더군.

"너희 할아버지가…… 사람을 죽였대."

나는 아주 천천히 이 한마디를 내뱉었어.

단번에 그 애 얼굴이 일그러지더니 갑자기 창백해지더군. 그 애 얼굴에 나타난 표정으로 볼 때, 그런 사실이 받아들이긴 어렵지만 완전히 상상 밖의 답안은 아니었던 것 같아.

"흥!"

한참이 지나서야 그 애가 날 무시하듯이 콧방귀를 뀌면서 말하더군.

"웃기고 있네."

"우리 할아버지는 매주 최소한 세 차례씩 수술을 하셨어. 전부 사람의 목숨이 달린 큰 수술이었지. 이렇게 거의 50년을 계속해오셨어. 할아버지가 얼마나 많은 생명을 구했는지 계산해낼 수 있겠니? 우리 할아버지보다 인명을 더 중시하는 사람은 없다고, 알겠어? 큰아버지가 왜 그런 말을 했는지는 모르겠지만 그건 절대로 사실이 아니야. 자치는 할아버지 집에서 그렇게 오래 살았으니 할아버지를 잘 이해하고 있을 거야. 그 애가 어떻게 그런 말을 믿을 수 있는지 정말 모르겠어. 의과대학 직원 아무나 찾아가서 물어봐. 누구든지 너한테 우리 할아버지가 어떤 사람인지 잘 말해줄 테니까 말이야. 할아버지는 일밖에 모르는 분이야. 모든 시간을 환자들에게 바친 분이라고. 우리 할아버지는 내가 본 무수한 사람 중에 가장 대단한 분이야. 앞으로 그런 말도 안 되는 소리를 더 이상 다른 사람들에게 옮기지 않았으면 좋겠어."

그 애는 얼굴을 앞으로 향한 채 단번에 할아버지 예찬을 한 무더기 쏟아놓고는 고개를 돌려 아주 엄숙한 표정으로 나를 쳐다봤어.

담장 위는 바람이 아주 셌지. 그 애 머리칼이 약간 엉클어졌어. 소매도 담 위로 오르느라 몹시 더러워졌어. 그런 게 오히려 그 애에게 약간의 인간미를 더해주는 것 같더군. 그러면서도 그 애의 고귀함에는 전혀 손상을 입히지 않았어. 같은 높이에 앉아 있는데도 나는 줄곧 그 애가 나를 내려다보고 있는 느낌을 받았어. 그런 압박감 때문에 전날 오후 너희 할아버지를 만났을 때의 표정이 생각났지. 아주 강렬한 치욕감이 솟구쳐 올라왔어.

그리고 그 순간, 그 애의 그 미세하게 흔들리는 가슴속에 너희 할아버지에 대한 열광적인 애정이 가득했어. 그런 모습이 조금 따스하고 안정감 있게 느껴지더군. 하지만 그게 얼마나 맹목적이고 어리석인 감정인지 난 잘 모르겠어. 이런 감정을 품고 있는데도 왜 그 애가 그렇게 높은 곳에 있는 것처럼 보이는 걸까. 나는 내가 정말 그 애를 불쌍하게 느낄 수 있기를 바랐어. 그래야 내 마음이 좀 편할 것 같았지. 하지만 그 애에게 있는 그 알 수 없는 오만함이 내 감정을 방해하고 말았어. 그 애를 불쌍히 여길 수 없었지. 그래서 정말로 내가 물러설 이유를 찾기 힘들었어.

"네 연설은 아주 훌륭했어. 학교를 대표해서 웅변대회에 나가도 될 것 같다."

내가 말했지.

"난 집에 가야겠다. 그런 얘기는 여기 남아서 담장 안에 있는 죽은 사람들과 실컷 나누도록 해."

나는 몸을 뒤집어 담을 타고 창틀을 거쳐 그 쌓아놓은 벽돌 위로 뛰어내린 다음, 벽돌을 하나하나 다른 데로 옮겨버렸어. 담장에서 아주 멀리 떨어진 데다 던져버렸지.

"너 지금 뭐하는 거야?"

그 애가 사태를 알아차렸을 때는 이미 때가 늦은 뒤였지.

"빨리 벽돌을 도로 가져다놔. 내 말 안 들려?"

두려움 때문인지 그 애의 목소리는 몹시 날카로웠어. 그 애가 그런 목소리로 월요일 국기 게양 때 '국기 아래서의 맹세'를 읽었다면 정말 웃겼을 거야.

"들리는 소문에…… 이곳에서……"

내가 목소리를 낮춰서 말했어.

"너희 할아버지가 사람을 죽였대. 시신은 지금도 담장 안에 있는 연못 속에 있대. 못 믿겠으면 네가 직접 확인해봐."

그 애가 날카로운 비명을 질렀지만 나는 귀를 틀어막고 몸 전체를 말아 움츠렸어. 그러고는 몸에 묻은 흙을 털면서 그 애의 책가방 밑에 깔려 있는 내 책가방을 집어들고 그곳을 벗어났지.

"가지 마!"

그 애가 뒤에서 큰 소리로 외쳤어.

"돌아와! 어서 돌아오라고! 나를 내려달란 말이야. 내 말 안 들려?"

나는 휘파람을 불면서 내 그림자를 따라 가로등이 있는 곳으로 갔어. 등 뒤로 들리던 그 애의 애절한 목소리는 점점 작아졌지. 실망스럽게도 그 소리가 완전히 사라지기 전까지 용서를 구하는 말은 한마디도 듣지 못했어. 그 애가 용서를 구했다면, 심지어 내 맘에 드는 말을 한마디만이라도 했다면 그 애를 놓아주지 않았을까? 틀림없이 고민을 했겠지. 하지만 고귀한 리페어쉬안이 어떻게 그렇게 쉽게 고개를 숙이겠어?

집으로 돌아오고 얼마 지나지 않아 눈이 내렸어. 마침내 눈이 내렸지. 창틀에 기대 밖을 바라보고 있자니 커다란 눈송이가 천천히 춤추듯 휘날리기 시작하면서 사람들의 마음을 황량하게 만들더군. 내 등 뒤에선 고모가 트렁크와 옷장을 헤집으면서 신발을 찾고 있었어. 인조가죽으로 만든 신발이었어. 신발 코의 가죽 부분이 이미 다 닳아 없어지고 발이 들어가는 부분을 따라 달려 있던 털도 다 떨어져나간 낡은 신발이었어. 하지만 눈만 내렸다 하면 고모는 미친 듯이 그 신발을 찾았어. 고모는 그 신발을 신고 나가야 미끄러져 넘어지는 일이 없다고 믿었어. 이전에 한번 넘어진 적이 있거든. 그 신발을 사기 전이었어. 미끄러져 넘어지면서 앞니 두 개가 깨졌지. 그때 이후로 매번 눈이 내릴 때마다 고모는 큰 적을 만나기라도 한 것처럼 긴장하곤 했어.

"다행히 오늘은 야간 근무가 없네."

고모는 혼자 중얼거리면서 맨 안쪽에 있는 상자를 끌어당겨 꺼냈어. 쌓여 있던 먼지가 날리는 바람에 기침을 몇 번 해야 했지. 고모는 가슴을 두드리면서 고개를 돌려 물었어.

"할머니 주무시니?"

"안 주무실걸요."

"이따가 또 발광하면서 너한테 나가서 군밤을 좀 사오라고 하시면 방금 집에 돌아오는 길에 봤더니 노점이 이미 좌판을 걷어 들어가버 렸다고 말해. 알았지?"

"네."

아주 드물게 할머니는 나이와 성격에 어울리지 않는 소녀 기질을 드러내곤 했어. 예컨대 눈이 내릴 때면 창문 앞에 앉아 김이 모락모락 나는 군밤을 요구하곤 했지.

"땅이 아직 젖어 있으니 넘어지지 않는 게 이상하지."

고모가 말했어.

"지금은 누구든 밖에 나가 길을 걷는 게 정말 재수없는 일이야."

나는 아무런 대꾸도 없이 창문을 열어 손을 내밀어봤어. 순간, 바 늘처럼 차가운 냉기가 귀와 목을 엄습하면서 스웨터 깃 사이로 스며 들더군. 땅 위는 이미 완전히 흰색으로 변해 있었어. 가로등에 비친 눈꽃이 하얗게 빛났지. 마치 불을 붙여놓은 것 같았어. 눈송이는 아 주 빠르게 빙글빙글 돌면서 떨어졌어. 미친 흰 나방들 같았지.

페이쉬안은 아직 담장 위에 있을까? 나는 줄곧 이런 생각을 떨칠 수 없었어. 자비심은 유약함의 또 다른 표현이었지. 하지만 맨 처음의 흥분과 자신감이 물러가고 나자 슬금슬금 걱정이 밀려왔어. 물론 그 애가 어떻게 담에서 내려와야 하는지 내가 생각하지 않았을 리가 없었지. 가장 운이 좋은 방법은 누군가 그 곁을 지나다가 그 애를 구해주는 거야. 하지만 그렇게 추운 밤에 누가 거길 가겠어? 눈이 내린다는 것은 이런 가능성이 더욱 희박해진다는 것을 의미했지. 지붕을 잡고 창문에 디딘 다음 아래로 뛰어내릴 수 있었을 거야. 사실 그렇게 높은 편도 아니었으니까. 단지 그 애는 겁이 많아서 그렇게 못한다는 거야. 하지만 결국 정말로 추위와 배고픔을 참을 수 없게 되면 어금니를 앙다물고 눈을 질끈 감은 채 담장에서 뛰어내리겠지. 어쨌든 멍청하게 줄곧 담장 위에 앉아 있다가 얼어 죽진 않을 거야.

"뭐 하는 거야? 추워 죽겠다!"

고모가 등 뒤에서 소리를 질렀어.

"빨리 가서 할머니 침대 밑에 있는 상자나 좀 가져다줘."

나는 기꺼이 이런 임무를 받아들였어. 내 마음속에는 은근한 기대가 있었지. 할머니가 군밤을 먹고 싶다고 요구해주기를 바랐어. 그러면 내게 문밖에 나갈 이유가 생기거든. 나는 스스로에게 그저 그 애가 아직 거기에 있는지 확인만 하면 된다고, 절대로 그 애를 구해줘선 안 된다고 말했어. 하지만 유감스럽게도 할머니는 일찌감치 주무시고 계셨지.

"할머니, 할머니, 밖에 눈이 오는 것 좀 보세요."

나는 할머니의 이불을 잡아당겼어.

할머니는 두 번 쿵쿵 소리를 내더니 다리를 들어올려 내 발을 한번 차시고는 몸을 돌려 다시 깊은 잠에 빠지셨어.

고모는 신발만 찾은 게 아니라 수많은 겨울옷을 꺼내놓았어. 고모는 그 옷들을 하나하나 개켜서 의자 위에 쌓아놓았지. 내가 침대 위층으로 올라가 자려고 할 때까지 고모는 상자에 들어 있던 것들을 밖으로 꺼내놓고 있었어. 옷이 이미 너무 많아 침대 절반을 차지하고 있었지.

나는 원래 한밤중에 일어나 눈이 계속 내리는지 확인하려 했어. 하지만 일단 잠이 들자 다음 날 아침까지 내리 자게 될 줄 누가 알았겠어. 커튼을 걷어보니 눈은 이미 멎어 있더군. 하지만 땅 위에 쌓인 눈은 두께가 한 자가 넘었어. 얼른 옷을 주워 입은 나는 화권花卷(꽃 모양으로 돌돌 말아서 찐 찐빵)을 하나 들고 문을 나섰지. 물론 리페이쉬안은 이미 그 자리에 없었어. 땅 위의 눈도 완벽했지. 발자국 하나 없었어. 나무 막대기로 눈을 헤쳐 내가 던져놓은 벽돌이 그 자리에 그대로 있는지 살펴봤어. 창틀 아래에도 벽돌이 없더군. 아무도 그 애를 구해주지 않았다는 증거였어. 나는 더 이상 그 일을 생각하고 싶지 않았어. 어차피 그 애가 이미 순조롭게 이곳을 벗어났으니까.

하지만 그래도 약간 마음이 놓이지 않았어. 그래서 쉬는 시간에 리페이쉬안의 교실 입구로 가서 그 애가 있는지 확인해보고 싶었지. 아무 일 없는 척하며 이리저리 한참을 왔다 갔다 했지만 그 애는 끝내 보이지 않았어. 그러다가 수업 시작을 알리는 종이 울리고 그 애의 담임 선생님이 수업을 위해 교실로 들어왔지. 은근히 맘이 불안해서 수업 중에도 내 눈은 계속 교실 앞문 쪽을 향하고 있었어. 금방이라도 누군가 문을 밀고 들어와 큰 소리로 내 이름을 부르면서 나오라고 할 것 같았어. 어쩌면 그 뚱뚱한 경찰이 찾아와 나를 가리키면서 꼬마야, 너 아주 큰 사고를 쳤더구나 하고 비아냥거릴지도 몰랐지. 하지만 한 시간 또 한 시간이 지나는 동안 수업 중에 그 문을 밀고 들어오는 사람은 하나도 없었어.

그날은 토요일이라 오후에는 수업이 없었어. 점심을 먹고 다빈과 즈펑이 눈싸움을 하자고 나를 부르더군. 한동안 눈싸움을 하고 놀다가 내가 눈사람을 만들자고 제안했어. 아이들 모두 찬성했지만 어디에다 만들 것인가 하는 문제를 놓고 의견이 갈렸지. 즈펑은 작은 숲에다 만들자고 했지만 나는 공간이 충분히 크지 않다며 반대했어. 다빈은 운동장이 넓으니까 거기에다 만들자고 하더군. 나는 지나다니는 사람이 많아 눈사람이 쉽게 망가질 거라며 또 반대했어. 마지막으로 나는 주차장 울타리 뒤의 공터에다 만들자고 제안했지. 그곳은 아이들 집에서 그리 멀지 않아 눈이 녹지만 않으면 매일 눈사람을 볼 수 있다면서 말이야. 다빈이 웃으면서 자기도 그곳에 가보자고 말할 생각이었다고 하더군. 함께 주차장으로 가는 길에 즈펑이 말했어.

"칭궁, 난 네가 왜 그런 생각을 했는지 알아. 리자치가 돌아오면 볼 수 있게 하려는 거겠지."

나는 허튼소리 하지 말라고 나무랐어. 다빈이 갑자기 서글픈 표정을 짓더군.

"에이, 왜 그 애들 자매가 둘 다 보이지 않는 거지?"

내가 짐짓 시치미를 떼면서 페이쉬안도 보이지 않더냐고 물었지.

다빈은 그렇다면서 그 애가 오전 수업에 나오지 않았고 담임 선생님 대신 책을 가져다놓으러 교실에 갔을 때도 그 애 자리가 비어 있었다고 말해주더군.

우리는 우리와 키가 비슷한 눈사람을 만들었어. 다빈은 이를 악물고 자신의 파란 고무공 두 개를 헌납해서 눈사람의 눈을 만들었지.

"야광이라 밤이 되면 빛날 거야."

다빈이 말했어.

"이렇게 하면 자치 자매가 밤중에 지나갈 때도 눈사람을 볼 수 있겠지."

"우리 눈사람을 좀 단단하게 보강하자."

즈펑이 말했어.

"바람이 불면 쓰러질 수도 있으니까 말이야. 리자치가 밤중에 돌아오면 보지 못하게 될지도 모르잖아."

월요일 아침 국기게양식 때 국기를 게양하는 사람이 바뀐 걸 보고 모두 놀라움을 금치 못했어. 키가 작고 비쩍 마른 여자아이로 바뀌었지. 긴장한 탓인지 아니면 멍청해서 그런지 국기가 달린 줄이 몇 바퀴 꼬여 국기가 그 안에 갇히는 바람에 하는 수 없이 다시 올려야 했어. 국가도 다시 연주됐지. 나는 기계적으로 입을 움직였어. 음, 일이 터진 게 분명해. 속으로 스스로에게 이렇게 말했지. 이상한 것은 갑자기 마음속이 조용해지면서 그 안에 갇혀 있는 미친 쥐 한 마리가 마침내 동작을 멈춘 것 같았다는 거야.

내가 리페이쉬안을 다시 만난 건 이미 한 해가 지난 3월이었어. 사실 그 애가 학교에 오지 않은 것은 단 일주일뿐이었지. 그 뒤로는 평소처럼 국기 게양을 맡았고, 전과 다름없이 전교 1등을 차지했어. 단지 이 기간 국기게양식을 멀리서 바라보고 있었기 때문에 내가 그 애와 마주치지 않았던 것뿐이야. 아마도 이건 우리가 서로 노력한 결과일 거야. 나도 그 애랑 마주치기 싫었고 그 애도 더 이상 나와 마주치기 싫었을 거야. 두 사람이 서로를 피하려고 노력했던 거지. 사실 우리가 다시 마주친 것도 학교를 멀리 에돌아가는 길에서였어. 그날은 한파가 몰려와 스웨터를 너무 일찍 벗은 걸 후회하고 있었어. 오후에 체육 수업이 있다는 게 생각나 집으로 돌아가 옷을 갈아입고 와야겠다고 마음먹었지. 막 고개를 돌리는 순간 그 애가 맞은편에서 걸어오더군.

좁은 길에서 마주친 터라 서로 피할 곳이 없었어.

나는 리페이쉬안이 학교로 돌아오던 그날을 아직 기억해. 다빈이 그 애 반 교실 앞까지 가서 확인했지. 그 전에 이미 그 애가 얼굴에 부상을 입었다는 소식이 전해졌어. 다빈이 금세 돌아와 그 애가 얼굴에 마스크를 하고 있다고 말해주더군. 눈만 내놓고 있어서 아무것도 보이지 않는다고 하더라고. 오후가 되자 그 애도 체육 수업에 참가했어. 다빈이 설사가 났다고 핑계를 대고 나가서 봤더니 그 애가 여전히 마스크를 하고 있더래. 그 애와 같은 반인 친구에게 물어봤더니 하루 종일 마스크를 벗지 않는대. 즈펑은 계속 마스크를 하고 있더냐고 물으면서 월요일 국기게양식 때 마스크를 하면 이상할 거라고 말했지. 다빈은 고개를 가로저으며 그 애가 다시는 국기 게양을 맡지 못하게 될 거라고 하더군.

하지만 월요일 국기게양식 때가 되자 그 애는 어김없이 원래의 자리에 나타났어. 마스크도 하지 않았지. 예전과 달라진 게 없었어. 국기를 받쳐 들고 조용히 깃대 쪽으로 가서 꼿꼿한 자세로 국기가 깃대 꼭대기로 올라갈 때까지 올려다보고 있었지. 모두 까치발을 하고 그 애를 보려고 애썼지만 거리가 너무 멀어서 애당초 제대로 보이질 않았어. 그리하여 나는 다행이라고 생각하며 마침내 마음을 놓을 수 있었어. 그 애에게 애당초 아무 일도 없었던 거라고 생각했지. 해산한 뒤에 다빈은 다시 교실로 뛰어갔대. 교실 앞에는 그 애가 무사한지 보려고 다른 반 아이들까지 잔뜩 몰려와 있었다더군. 그 애한테 과일 젤리와 판다 인형을 가져다주는 아이도 있었대. 나중에는 리페이쉬안이 큰 걸음으로 걸어 나와 모두의 관심에 감사의 뜻을 표하면서 선물을 다 받아주었다고 하더군. 다빈의 말에 따르면 당시 그 애 얼굴을 보면서 모두 한동안 멍한 표정을 지었대. 다빈은 손짓을 해가면서 그 애 얼굴의 흉터가 얼마나 큰지 말하더군. 상처 부위가 빨갛게 변한 데다 아직 많이 부어 있었다고 하더라고. 피를 빨아먹은 도마뱀 같더래.

그 애는 아이들이 미처 감추지 못한 놀란 눈길 속에서도 아무 일 없었다는 듯이 태연하게 웃어 보이더래. 다빈이 말했지.

"왜 그 애가 그렇게 빨리 마스크를 벗었는지 모르겠어. 설마 계속 국기게양을 맡기 위해서일까? 국기를 게양하는 일이 그렇게 중요할까? 핏자국이 다 없어지고 사람들이 놀라지 않을 정도로 상처가 가라앉을 때까지 기다리지 못할 만큼 중요한 일이냐고? 너희 일야? 얼굴에 이렇게 긴 상처가 있었다니까……."

이렇게 말하면서 그 애는 어느새 울고 있었어. 즈펑이 긴 한숨을 내쉬면서 말을 받더군.

"너 알고 보니 리페이쉬안을 좋아했었구나."

다빈이 말했어.

"그래 좋아한다, 그게 뭐 어쨌다고? 그 애의 그렇게 강인한 모습은 모두가 본받아야 해."

즈펑이 말했지.

"하지만 그 애는 우등생이잖아."

다빈이 말을 받았어.

"그게 어떻다는 거야? 나도 지금부터 열심히 공부하면 되잖아."

"걱정할 것 없어. 이제 그 애 얼굴에 큰 흉터가 생겼으니 그 애랑 결혼하고 싶어하는 사람도 크게 줄었을 거야. 네 순위도 많이 앞당겨졌을 거라고."

"나도 그 애랑 결혼하고 싶은 건 아니야. 매일 그 흉터를 보고 있으면 몹시 슬플 테니까 말이야."

"그 애가 어떻게 부상을 당한 거래?"

내가 물었어.

"담장 위에서 미끄러져 떨어졌대. 얼굴이 유리에 긁힌 모양이야."

다빈이 말했어.

"하지만 그 말을 누가 믿겠어? 리페이쉬안이 담장에 올라갈 리가 없잖아."

다빈은 잠시 입을 다물었다가 말을 잇더군.

"틀림없이 길을 가다가 불량배들을 만났을 거야. 그놈들이 그 애 얼굴에 상처를 남긴 게 분명해. 어떤 놈인지 나한테 말해주면 내가 그 놈 얼굴을 박살을 내버릴 텐데 말이야!"

지난 일주일 동안 내 마음은 줄곧 허공에 걸린 것처럼 불안하기만 했어. 언제든지 고약한 싸움을 맞을 준비를 하고 있었지. 나를 찾아올 사람이 선생님일지 경찰일지 단정할 수가 없었어. 경찰일 가능성이 컸지. 대단히 심각한 일이었으니까. 처음 며칠 동안은 리페이쉬안에 관한 소식을 전혀 들을 수 없었기 때문에 심지어 그 애가 죽었을지도 모른다는 생각까지 했어. 그래서 넘어져 부상을 당했을 뿐이라는 소식을 듣고는 안도의 한숨을 내쉬었지. 하지만 이 사건은 그렇게 간단한 게 아니었어. 나는 다시 파출소로 끌려가 심문을 받아야 할 몸이거든. 파출소에 가면 경찰이 그러겠지. "말해봐, 도대체 왜 그랬던 거야?" 너희 할아버지도 다시 나타나겠지. 자신의 또 다른 손녀를 위해서. 설마 이번에도 너희 할아버지가 아주 교양 있는 어투로 물을까? "네가 페이쉬안을 다치게 한 그 학생이냐?" 인내심을 가지고 계속 나를 모르는 척할까? 나는 화가 나서 사악한 기질을 드러내는 너희 할아버지의 모습을 상상했어. 나는 그 양반이 내가 그렇게 한 이유를 내 대신 말해주기를 기대했어. 우리 사이의 원한을 말해버리기를 기대했지. 이런 생각이 좀 우습지? 하지만 나는 반드시 그 양반의 존귀한 얼굴 한구석이 일그러지는 순간을 기다려야만 출격할 수 있을 것 같았어.

물론 나는 다빈과 반목해서 원수가 될 준비도 되어 있었지. 우리의 우정은 한 차례 거대한 시련을 맞게 될 터였어. 나는 그가 자신의 여신 편에 설 거라고 거의 확신하고 있었지. 우리 사이의 감정에 대해 나는 그다지 소중하다는 느낌이 없었거든. 그저 지난 몇 년 동안 그의 어정쩡한 존재에 익숙해져 있었을 뿐이지. 하지만 나는 또 온 세상이 내 적이 되는 상황을 기대하기도 했어. 그런 비장함이야말로 영웅에 대한 나의 환상에 부합하는 것이었지.

선생님과 경찰은 줄곧 나타나지 않았어. 내 마음은 갈수록 더 불안했지. 어쩌면 너희 집 사람들이 복수의 행동을 준비하고 있을 거라는 생각도 해봤어. 너희 할아버지가 우리 할아버지에게 했던 일을 생각하면 두피가 뻣뻣해지곤 했지. 나는 주머니 속에 연필 깎는 작은 칼을 하나 넣어가지고 다녔어. 언제든지 써먹을 수 있도록 말이야. 하지만 하루 또 하루가 지나가도 나를 찾아오는 사람은 아무도 없었어. 결국 리페이쉬안은 학교로 돌아왔고 모든 것이 예전과 같아졌지. 아무 일도 일어나지 않은 것 같았어. 나는 이 일이 그냥 이렇게 지나간다는 사실을 믿을 수가 없었어. 나는 자신이 이 세상을 커다란 구멍으로 만들었다고 생각했는데 실제로는 거대한 바다에 작은 돌 하나 던진 것에 불과했어. 아주 작은 소리조차 내지 못했지.

나는 리페이쉬안이 왜 그날 밤에 있었던 일을 감추는 쪽으로 결정을 내렸는지 영원히 이해할 수 없었어. 결국 그 애의 침묵을 속죄로 받아들여야 할지 관용으로 여겨야 할지도 알 수 없었지. 우리 두 집안의 원한에 관해 그 애는 전혀 모르는 걸까? 혹시 알고 있다면 어느 정도 알고 있는 걸까? 이 모든 게 수수께끼였어. 리페이쉬안 자체가 수수께끼였지. 그 애의 생각을 아는 사람이 하나도 없었으니까 말이야. 그 블랙박스 같은 몸에 그 애에게 주어진 모든 고통을 산산조각

낼 수 있을 정도로 거대한 에너지가 숙성되고 있는지도 모르지. 그 애를 망가뜨릴 수 있는 건 아무것도 없었어. 3월의 그 오후에 그 애가 맞은편에서 걸어올 때 나는 이 점을 강렬하게 의식할 수 있었지.

몹시 추운 오후였어. 하늘은 잔뜩 흐렸었지. 풀들은 아직 녹색으로 물들지 않았고 공기 중에는 꽃향기도 떠돌지 않았어. 그 애가 몸에 걸친 연노랑 스웨터에 개나리 같은 달콤한 숨결이 가득 넘쳤던 걸 제외하면 모든 게 겨울이 계속되고 있는 것 같았지. 맨 처음에는 그 애가 리페어쉬안이라는 걸 알아보지 못했어. 그 애는 그렇게 밝은 색깔의 옷을 입은 적이 없거든. 게다가 그사이에 키가 많이 자란 듯했어. 몸집도 커지고 말이야. 이미 완전히 성숙한 소녀 같았지. 조금 지나서야 나는 그 애를 알아봤어. 국기를 게양할 때의 그 단정한 걸음걸이로 다가왔기 때문이지. 예전과 마찬가지로 자세가 아주 곧고 단정했어. 봄날의 작은 나무 같았지. 그 애도 나를 봤지만 피하지도 않았고, 심지어 전혀 주저하지도 않았어. 곧장 앞으로 걸어왔지. 눈길은 태연하게 나를 주시하고 있었어.

거리가 너무 멀었기 때문에 그 애의 얼굴이 선명하게 보이진 않았어. 내게는 또다시 아무 일도 일어나지 않은 듯한 환각이 생기기 시작했지. 하지만 거리가 조금씩 가까워질수록 그 애의 얼굴이 급격히 변형되기 시작했어. 내 걸작인 그 상처 자국이 선명하게 눈에 들어왔지. 상처는 어떤 각도에서 보든지 너무 커서 그 작은 턱으로는 다 수용할 수 없을 것 같았어. 게다가 상처가 돌출되어 얼굴 아랫부분이 함몰되어 있는 것 같았지. 운석에 의해 파인 커다란 구덩이 같았어. 나는 그 상처 자국을 보는 순간 마음속으로 아무리 큰 원한도 다 소멸되는 것 같은 느낌이 들었다는 점을 인정해. 하지만 그런 느낌은 언제든지 한 순간에 사라질 수 있었지. 그때까지도 나는 자신이 그 애를 불쌍하게 여길 수 없다고 생각했거든. 그 애는 아주 편안한 표정이었어. 상처 자국이 가득 채운 아래턱을 가볍게 쳐들고는 예전처럼 눈을 내리깔며 지나갔지. 그런 모습이 슬퍼 보이기도 하고 가증스럽기도 했어.

나랑 어깨를 스치고 지나가면서 그 애는 웃는 듯 마는 듯한 표정으로 나를 쳐다보더군. 이어서 상처 자국이 움직였어. 1~2초 정도 가볍게 멈추더니 그 애의 입에서 목소리가 흘러나왔어. 아래턱에 약간 힘을 주어 움직여야 목소리가 나오는 것 같았어.

봐, 아무것도 나를 패배시키지 못해. 나는 그 애가 이렇게 말할 줄 알았어. 하지만 내가 들은 건 작은 목소리긴 하지만 아주 단호한 한마디였어.

"우리 할아버지는 사람을 죽이지 않았어. 그러니 앞으로는 함부로 그런 말 하지 마."

「인심인술 — 리지성 원사에게 다가가다」

53'18"

화면에 중년 남자가 하나 등장한다. 머리가 벗겨지고 작고 동그란 안경을 썼다. 왼쪽 자막에 구전하이顧鎮海라는 이름이 뜬다. 자막에는 이런 멘트가 올라온다.

"저는 리지성 원사 밑에서 6년 동안 조수로 일했어요. 수술을 할 때마다 제가 그분 옆에 있었지요. 제 기억으로는 겨울이었던 것 같아요. 큰 눈이 내렸으니까요. 한번은 그분이 아침 7시도 안 됐는데 병원에 와서는 혼자 수술을 준비하기 시작했어요. 그분의 두 눈에 가는 실핏줄이 가득한 걸 보고 제가 잘 쉬시지 못한 것 아닌지 물었지요. 그분은 걱정하지 말라면서 이번 수술은 난이

도가 아주 높아 시간을 초과할 수 있으니 저더러 바로 뒤로 잡혀 있는 수술의 마취사와 가족들에게 미리 알려달라고 부탁했어요. 8시에 수술이 시작되었지요. 그분은 동작이 몹시 민첩했고 수술의 모든 절차가 아주 부드럽게 이어졌어요. 한순간도 멈추지 않았지요. 마침내 수술을 마치고 보니 예상 시간보다 몇 분 일찍 끝났더군요. 제가 신기록을 깬 것을 축하한다고 인사를 건넸지요. 그분은 아무런 대꾸도 없이 수술용 장갑을 벗어놓고 몸을 돌려 가버리시더군요.

휴식 시간에 저는 다음 날 수술 일정을 상의하기 위해 그분을 찾아갔습니다. 그분은 사무실 창문 앞에 서서 멍하니 창밖의 눈을 바라보고 계시더군요. 그러다가 저를 보시더니 베이징에 한번 다녀와야겠다고 하시면서 저더러 모레 급히 해야 할 수술들을 전부 내일로 당겨서 하자고 하시는 겁니다. 제가 회의 때문에 가시는 거냐고 물었더니 회의가 아니라 개인적인 일로 가신다고 하더군요. 제가 웃으면서 "선생님도 개인적인 일이 있으십니까?" 하고 물었지요. 이어서 저는 다음 날 수술 기록을 살펴보고 나서 정 어려우면 다녀와서 하자고 했습니다. 내일로 무리해서 당기면 밤 9시나 10시가 되어서야 다 끝날 거라고 했지요. 그분은 상관없으니 내일 다 하자고 하셨습니다. 나중에야 우리는 그분의 아들이 교통사고를 당했다는 사실을 알게 되었지요. 그분은 아들의 추도회에 참석하러 베이징에 가신 것이었습니다. 우리는 놀라움을 금할 수 없었지요. 그분은 정말 대단했습니다. 보통 사람들은 정말로 이런 심리적 자질을 갖추기 힘들 겁니다……"

리자치

아빠가 교통사고를 당한 다음 날, 오후가 되자 나는 정말로 몸에 열이 나기 시작했어. 기억 속으로 침몰해버린 의식이 과도한 열기에 끊어진 필라멘트처럼 하나하나 다 꺼져버렸지. 혼미한 상태로 잠이 든나는 땀을 연신 흘리면서 많은 꿈을 꾸었어. 아주 옅은 꿈이었지. 솜저고리 밖으로 터져나온 솜 같은 꿈이었어. 몸이 갈수록 더 뜨거워졌어. 마침내 너무 뜨거워 잠에서 깼지. 얼떨떨한 기분으로 몸을 일으켜반짝반짝 빛나는 창문을 봤어. 얼음인 줄 알고 맨발로 뛰어나가 얼굴을 그 위에 대봤지. 얼마 동안 그렇게 있었는지 모르지만 마침내 얼굴이 더 이상 뜨겁지 않았어. 정신도 점차 맑아졌지. 밖은 이미 어두운밤이었어. 하늘에서는 눈발이 날리기 시작했지.

작고 캄캄한 방에는 바닥에 마대자루가 가득했어. 줄줄이 늘어선무덤 같았지. 마대자루에서 삐져나온 옷소매들이 마치 흙 속에서 삐져나온 손 같았어. 나는 너무 놀라서 문 손잡이를 비틀어 열고 밖으로 나왔지. 밖은 칠흑 같은 어둠이더군. 벽을 더듬어 거실로 가서 전등을 켰어. 붉은 소파 위에는 주름이 몇 줄 나 있더라고. 다탁 위의유리 항아리에는 담배꽁초가 가득했어. 흰 두루마기를 입은 사람들이 비밀스런 의식을 거행하는 것 같았어. 나는 다시 아빠와 왕루한의침실로 뛰어 들어갔지. 역시 온통 캄캄한가운데 더블침대 한쪽에 말려 있는 창백한 이불만 보이더군. 다시 밖으로 나갔더니 친 노파 방의바닥 쪽에 한 줄기 빛이 보였지만 감히 문을 열고 들어갈 생각은 할수도 없었어.

친 노파는 혼자 침대 곁에 앉아서 끊임없이 뭔가 말을 하고 있었어. 내가 과감하게 문을 열고 들어갔는데도 노파는 알아차리지 못하고 여전히 뭔가 열심히 말을 하더군. 그러다가 갑자기 고개를 돌리더니 바닥에다가 매섭게 침을 뱉었어. 그러고는 몸을 웅크리고 몹시 겁먹은 표정으로 눈을 크게 떴지. 침은 다른 사람이 뱉고 자신은 그 광경을 보고 놀란 것 같았어.

"라오왕(왕량청汪良成을 편하게 부르는 호칭)은 착실해 보이지만 손쓰는 건 너무 매서워……."

"그런 헛소리 계속하면 네 입을 찢어버릴 테다!"

"일을 저지르고 나서 남들이 뭐라고 할까 두려워하는 거야? 사전에 알았을 것 아냐?"

"나가, 제발 꺼져달란 말이야!"

노파는 몸을 일으켜 성큼성큼 걸어가더니 빗자루로 사람을 때리려는 동작을 취했어.

혼자 두 사람 배역을 맡아 자신을 상대로 말다툼을 하고 있었던 거지. 예전 같았으면 나는 이미 몸을 돌려 도망쳤을 거야. 하지만 그때는 그 자리에 서서 노파를 빤히 쳐다보고 있었어. 노파의 얼굴 표정은 너무나 빨리 변했어. 분노했다가 용서했다가 의기양양했다가 풀이 죽었다가 하면서 대단히 생동감 넘치는 모습을 보였지. 뭔가 비정상적이고 과장된 행동으로 자신이 살아 있다는 것을 증명하려는 듯했어. 그런 모습에 나는 왕성한 생명의 의지를 느끼면서 천천히 다가가 노파의 발 옆에 앉았지.

노파는 다시 침대 위로 가 앉았어. 입으로는 연신 뭔가를 중얼거렸지. 입에서 열기가 내 얼굴 위로 뿜어져 나왔어. 따스함이 느껴질 정도였지. 나는 머리를 노파의 다리에 기댔어. 노파의 몸은 아주 뜨겁더군.

"전 정말 무섭단 말이에요……."

내가 울기 시작했어.

"두려워하지 마. 아무 일 없을 거야."

친 노파가 손을 내 머리에 얹고는 가볍게 머리칼을 쓰다듬었어.

"전 몸이 정말 안 좋은데도 잠을 잘 수가 없어요."

내가 말했어.

"눈을 감으면 자꾸 그 무서운 일이 생각나요. 죽은 사람들의 손이 흙 속에서 뻗어나온단 말이에요……".

"경찰이 물으면 아무것도 모른다고 해야 돼."

노파가 말했어.

"꿈에서 엄마가 결혼하는 모습도 봤어요. 누군가 제게 금종이로 싼 초콜릿 공을 내밀었어요. 금종이를 펼쳐보니 안에는 죽은 참새 머리가 들어 있었어요."

"네가 그곳에 간다 한들 또 뭘 설명할 수 있겠니!"

노파가 내 손을 잡으면서 말했어.

"넌 아무 짓도 안 했는데 뭘 그렇게 두려워하는 거니?"

"꿈속에서 귀신도 봤어요. 다리가 없는 귀신이었어요."

"조사해보라고 하지 뭐."

노파가 말했어.

"못이 네 거라고 하면 또 어쨌다는 거야? 너는 아무 짓도 하지 않았어!"

"세상에 영혼이란 게 있나요?"

내가 물었어.

"아세요? 우리 아빠가 죽었어요…… 아빠가 죽었다고요…….."

친 노파의 몸이 잠시 떨리더군.

"아빠가 죽었다고, 아빠가 죽었어…….."

노파는 이 한마디를 되뇌었어. 머릿속으로 이 말의 함의를 탐색하는 것 같았지.

"아니야. 그럴 리 없어. 너희 아빠가 죽었을 리 없어."

노파는 나를 밀쳐내더니 눈앞의 천장을 가리키면서 말했어.

"빨리, 어서! 가위, 가위를 가져와, 가위를 가져다가 목에 있는 관을 잘라!"

노파가 고개를 들고 소리쳤어.

"의자! 의자 어디 있지? 빨리 의자를 가져와. 아무 일 없을 거야. 너희 아빠에게 무슨 일이 생겼을 리 없어."

노파는 뒤로 두 걸음 물러서더니 나를 붙잡았어.

"루한아, 무서워하지 마, 착하지. 무서워하지 말라고. 우리가 너희 아빠를 안아줄게. 너희 아빠는 죽지 않아. 죽을 리가 없어."

나는 연이어 '죽음'이라는 단어를 들으면서 너무 상심해서 더 크게 울었어.

"울지 마. 너희 아빠는 아무 일 없다니까."

노파는 몸을 구부려 거칠게 내 뺨 위의 눈물을 닦아주었어. 그러고는 나를 물끄러미 바라봤지. 주름으로 뒤덮인 얼굴이 원소절元宵節 등불축제가 끝나고 사람들의 발에 짓밟힌 등롱 같았어. 그런 다음 노파는 한쪽에 비스듬히 앉아 나를 껴안고 울었어.

우리 두 사람은 이렇게 방 안에서 서로를 끌어안고 울었어. 노파가 입고 있는 스웨터 털실 사이에서 아주 오래된 장뇌樟腦 냄새가 났어. 그녀의 몸에서 발산되는 썩은 냄새도 코를 자극했지. 불타버린 폐허에서 무너진 잔해들이 아직 차갑게 식지도 않았는데 떨어진 별똥별에서 불꽃이 파닥거리는 것 같았어.

그 순간 그녀의 애절한 울음소리를 따라 나는 그녀의 마음 맨 밑바닥에 닿을 것 같았어. 맑은 거울 같은 마음의 바닥이었지. 뭐든지 다 기억하고 뭐든지 다 이해할 수 있을 것 같았어. 사실은 그녀가 미치지 않았다는 느낌이 들었지. '미쳤다'는 판단은 외부 사람들이 그녀에게 씌운 가정에 불과했어. 그녀가 머리에 꽂고 있는 검정 핀은 여전히 가지런하게 그녀의 머리칼을 붙들고 있었어. 그녀에게 채운 족쇄 같았지.

나는 점점 우리가 함께 울고 있는 것이 서로 다른 사람, 서로 다른 '아버지' 때문이라는 걸 잊었어. 두 사람의 '죽음'이 시간의 거리를 뛰어넘어 같은 울음소리 안으로 모이는 듯했어.

1993년 12월의 그날 저녁 무렵, 내가 친 노파와 서로를 끌어안고 울고 있을 때, 우리 아빠의 죽음과 왕루한 아버지의 죽음은 기묘하게 하나로 중첩되어 있었어. 나는 방금 세상을 떠난 아빠를 애도하는 현장에서 그보다 훨씬 오래된 1967년의 그 죽음의 현장을 동시에 애도하고 있었던 거지.

1967년의 그 심문이 있기 전날 밤에는 큰비가 내리고 있었어. 번개가 창문을 스치고 지나갔지. 왕량청은 잠을 이루지 못한 채 방 안을 이리저리 왔다 갔다 하고 있었어. 아내가 그의 옆을 지키면서 쉴 새 없이 그를 위로했어. 날이 밝아올 무렵이 되자 비가 가늘어졌어. 그는 마침내 아내의 말을 따라 침대에 올라가 잠깐 눈을 붙였지. 얼마 후 그는 벌떡 몸을 일으켜 앉았어. 아내가 혼미한 눈빛으로 왜 그러냐고 묻자 그는 서랍 안에 못이 두 개 있는 게 생각났다고 말했어. 경찰이 집을 수색하러 올 테니 적당한 곳에 숨겨야 한다고 했지. 그는 밖으로 나가 서랍이라는 서랍은 전부 헤집었지만 그 두 개의 못은 찾지 못했어. 그는 서랍을 뒤집어 안에 든 것들을 전부 바닥에 쏟아놓고 샅

살이 찾아왔지. 이마를 타고 땀이 흘러내렸어. 초조한 표정으로 물건들을 뒤적거리는 그의 호흡은 갈수록 거칠어졌지. 그러다가 잡동사니 속에서 고무관 하나가 손에 닿았어. 갈색 고무관이었지. 탄성이 풍부한 살과 피부 같은 고무관에서는 심지어 체온까지 느껴지면서 그의 손바닥을 톡톡 자극했어. 창밖의 빗소리는 사라지고 그의 마음도 편안하게 가라앉았어.

화장실에는 작은 창문이 하나 있었어. 천장과 같은 높이였지. 그는 고무관을 창틀에 묶어 목에 걸었어. 그런 다음 발밑의 의자를 차버렸지.

그의 딸이 먼저 그를 발견했어. 딸은 아침에 일어나 화장실에 갔다가 문을 밀어 여는 순간 아빠가 창틀에 목을 맨 것을 발견하게 된 거지. 청회색 얼굴이 빗물에 약간 젖어 있었어. 딸은 비명을 지르며 화장실을 뛰쳐나왔지.

이 모든 것은 여러 해가 지나 셰톈청謝天成이 내게 말해준 거야. 그는 아주 간결하게 얘기했어. 어차피 이야기이다보니 몇 사람을 거친데다 시간의 추이가 더해져 골격만 남았던 거야. 하지만 나는 그가 얘기하는 걸 들으면서 눈앞에서 벌어지고 있는 일처럼 생생하게 느꼈어. 이야기의 살과 피가 전부 원래의 모습으로 환원되는 것 같았지. 모든 게 내 눈으로 직접 본 것처럼 생생했어.

셰톈청이 온 건 그날 깊은 밤이었어. 여러 해가 지났는데도 그는 전등을 켜고 우리를 보는 순간 얼마나 놀랐는지 생생하게 기억하고 있더군. 그는 이 방이 이미 난장판이 되어 있을 거라고 생각했어. 친 노파는 발광해 욕을 하고 소리 지르고 물건을 내던지고 있고, 나는 두려움과 배고픔 때문에 큰 소리로 울고 있을 거라고 추측했지…… 하지만 그가 본 것은 우리가 친 노파 침대 위에 누워서 서로를 꼭 껴안고 있는 모습이었어. 친 노파는 다리를 꼬아 내 발이 그녀의 발등에 닿게 했지. 그는 문가에 선 채 우리를 바라보면서 잠시 무얼 해야 할지 잊었어.

나는 자고 있지 않았지만 감히 몸을 움직일 수 없었어. 잠시 후에 친 노파가 갑자기 큰 소리로 왕루한을 불렀어. 나는 황급히 대답했어. 내가 왕루한이 아니라는 걸 발견하더라도 나를 방 안으로 데려갈 거라고 생각했거든. 나는 모든 사람이 나를 잊었다고 의심했어. 방문이 거꾸로 잠겨 있어 나와 친 노파는 차가운 방 안에 갇혀 있다가 결국 아무 소리 없이 죽어갈 것만 같았어. 조금씩 조금씩, 먼저 눈이 죽고, 이어서 치아와 발뒤꿈치가 죽겠지……. 나는 점점 내 몸에 달라붙어 있는 노파의 팔을 느끼지 못했어. 단지 얇은 옷을 사이에 두고 그녀 몸의 가장 부드러운 부분인 쭈그러져 늘어진 유방만 무덤 속의 푸석푸석한 흙처럼 내 얼굴에 붙어 있는 것을 느낄 수 있었지.

팍— 하고 전등이 켜지면서 갑자기 방 안이 환해졌어. 키 크고 건장한 남자가 문 앞에 서 있더군.

"겁내지 마라. 나는 네 아빠 친구야."

그가 내게 말했어.

"왔군요."

친 노파가 일어나 앉았어. 그를 잘 아는 것 같더라고.

"밖이 아주 추운가보네요?"

"제가 가서 먹을 걸 좀 가져올게요."

그가 말했어.

"루한은 잠시 후에 돌아올 겁니다."

나는 부엌으로 가서 문가에 몸을 기댄 채 그가 배추를 가늘게 써는 모습을 바라봤어. 그가 고개를 돌려 내게 말했지.

"우리 창과면燴鍋麵(배추와 콩나물 같은 야채를 듬뿍 넣어 만드는 탕면)을 만들어 먹는 게 어떻겠니?"

잘게 썬 파가 냄비에 들어가고 뜨거운 기름이 흰 연기를 피워올렸어. 그는 몸에 걸치고 있는 외투도 벗지 않아 이마에 땀방울이 맺히더군.

그는 국수 한 그릇을 테이블에 놓고 나를 끌어당겨 자리에 앉혔어. 그리고 또 한 그릇을 친 노파 방으로 가지고 들어갔지. 희미하게 그가 정월 보름에 그녀를 데리고 등롱축제에 갔었다는 얘기가 들리더군. 국수를 다 먹자 그녀에게 약도 먹였어. 친 노파는 아무런 저항 없이 그의 말을 잘 듣는 것 같았어. 나는 알약이 약병에서 굴러나오는 소리도 들을 수 있었어. 그는 약이 어디에 있는지도 알았고 복용하는 방법과 조제량도 잘 알고 있었지.

그가 방에서 나왔을 때 나는 빈 그릇을 마주하고 멍하니 앉아 있었어.

"좀더 먹을래? 냄비에 아직 많이 남아 있거든."

그가 말했어.

나는 당당하게 고개를 가로저었어. 그는 그릇을 가져가더니 부엌에서 다시 국수 두 그릇을 받쳐 들고 나왔어. 조금 적게 든 그릇을 내게 건네면서 말했지.

"나도 한 그릇 먹어야겠다."

나는 국수를 한 젓가락 집어올려 후룩후룩 소리를 내면서 입에 넣었어. 아주 시원하고 유쾌한 소리였지. 이때만큼은 무척이나 감동적인 소리였어. 평범한 국수가 아주 맛있는 음식으로 변했지. 나는 남은 국수를 마파람에 게 눈 감추듯 순식간에 다 먹어치웠어.

"왕루한은 어디 갔어요?"

내가 물었어.

그가 젓가락을 그릇 위에 옆으로 걸쳐놓고는 몸을 곧게 펴고 앉아 나를 쳐다보며 말했어.

"자, 내 얘기 잘 들어……."

"우리 아빠가 죽었어요."

내가 말했어.

그는 잠시 멍한 표정을 보이더니 아주 어렵게 고개를 끄덕이더군.

잠시 침묵하던 그가 다시 입을 열었어.

"루한은 쓰러졌어. 며칠 동안 아무것도 먹지 못했거든. 루한은 친구가 병원에서 잘 돌보고 있고 나만 먼저 온 거야."

그가 나를 자기 앞으로 끌어당겨 내 이마 위의 머리칼을 쓸어올리면서 묻더군.

"네 이름이 뭐니?"

"리자치요."

"자치야, 내 말 잘 들어. 모든 게 다 지나간 일이야. 내 말 믿어. 세상에 지나가지 않는 일은 없단다……."

그의 손은 내 이마 위에 멈춰 있었어.

"너 열나니?"

오두궤五斗櫃(서랍이 다섯 개 달린 낮은 옷장) 앞으로 다가간 그는 두번째 서랍을 열어 체온계를 꺼냈어. 그러고는 나를 쳐다보며 체온계를 내 겨드랑이 사이에 끼워넣었지. 그런 다음 부엌으로 가서 물을 데웠어. 나는 이때처럼 자기 몸에 열이 나기를 간절히 바란 적이 없었어. 병이 나야 슬픔과 고통을 표현할 수 있을 것 같았지. 그래야 왕루한이 혼절한 것과 평형을 맞출 수 있을 것 같았어. 그녀보다 더 고통스럽다는 것은 그녀보다 아빠를 더 사랑한다는 것을 의미했거든. 애석하게도 열은 나지 않았어. 36도 8분. 그가 말했어. 그러고는 물을 한 잔 따라주면서 마시고 가서 자라고 하더군.

"가실 건가요?"

내가 물었어.

"안 갈 테니까 안심하고 가서 자."

그가 말했어.

"여기서 자도 돼요?"

소파 위에 앉으면서 내가 물었지.

그가 작은 방에서 요와 이불, 베개를 들고 나와 잠시 멈춰 서서는 내게 보여주더군. 그러다가 요를 펴던 손이 갑자기 멈췄어.

"너 생리 때라서 이리로 나온 거니?"

그가 아주 낮고 가벼운 목소리로 묻더군.

그의 눈길을 따라 가보니 소파 위에 종려색 핏자국이 남아 있었어.

그가 내 표정을 관찰하면서 묻더군.

"처음이니?"

나는 입술을 깨물면서 아무 말도 하지 않았어.

그는 무거운 표정으로 중얼거리더라고.

"아래층 매점이 아직 문을 닫지 않았는지 모르겠군. 일단 가봐야겠다."

내가 그를 붙잡았어.

"저 혼자 기다리게 하지 마세요."

"알았어…… 옷은 갈아입어야 하지 않겠니?"

혼자 화장실이나 작은 방으로 가야 한다는 생각에 나는 고개를 가로저었어. 그는 나를 어떻게 할 방법이 없자 침실로 가서 목욕 타월을 하나 가져다가 두 겹으로 접은 다음 요 위에 깔아주더라고. 내가 눕자 그는 이불을 두 번 접어 내 배를 덮어주었어.

그는 통로에 있는 것만 남겨놓고 전등을 다 껐어. 그런 다음 의자를 소파 옆에 가져다놓았어.

"자라, 내가 여기 있을 테니까."

내가 아직 눈을 뜨고 있는 것을 보더니 그가 말했어.

"이제 다 컸으니 이야기를 들려줘야 잠을 자는 건 아니겠지?"

"사람에게 정말 영혼이란 게 있나요?"

내가 물었어.

"제가 우리 아빠의 영혼을 만날 수 있을까요?"

그는 담배에 불을 붙여 한 모금 빨았어.

"내가 어렸을 때가 생각나는구나. 매년 할아버지 기일이 되면 할머니는 등받이 없는 의자에 올라가 벽에 박힌 못을 전부 뽑았지."

"못이요?"

"응. 뽑지 못한 못은 전부 붉은 종이로 감쌌어. 할머니 말로는 우리가 잠들면 작은 귀신이 할아버지를 끌고 돌아와 할아버지로 하여금 집에 잠시 머물면서 못을 봤다 하면 쇠사슬을 그 못에 걸게 한다는 거야. 못이 없어야 할아버지 목이 벽에 걸리는 일이 없기 때문에 집 안 여기저기를 마음대로 돌아다닐 수 있다는 거지. 테이블에는 또 먹을 것을 차려놓아 귀신들을 위로해야 한다면서 할머니는 작은 생선을 한 쟁반이나 쪘어. 그 생선은 가시가 아주 많았지. 그래야 귀신이 생선을 천천히 먹게 되고, 할아버지는 좀더 오래 머물다 갈 수 있다는 거지."

그가 담배를 계속 피워대자 우리 둘 사이에 흰 연기가 가득 피어올랐어.

"어느 해인가는 내가 한밤중에 몰래 일어나 문 뒤에 숨어 있었어."

"그럼 할아버지를 볼 수 있었겠네요?"

"안타깝게도 얼마 버티지 못하고 바닥에 앉은 채로 잠이 들어버렸지."

"저는 잠들지 않을 거예요."

"괜찮아. 잠들어도 볼 수 있으니까. 할아버지와 귀신은 꿈속으로 찾아올 거야. 꼭 그날 하루뿐만 아니라 언제든지 찾아올 수 있지. 그러니 어서 자라. 잠시 후에 네 아빠를 만날 수 있을지도 모르니까 말이야."

나는 눈을 감았어. 하지만 꿈을 꾸지는 못했지. 어둠 속에서 나는 이 남자가 숨 쉬는 소리를 선명하게 들을 수 있었어. 높아졌다 낮아졌다 하는 호흡이 공기를 흔들었지. 약간 따스한 열기의 물결이 나를 에워싸서 안전한 느낌이 들게 해주었어. 그 전에 나는 줄곧 언젠가는 밤에 아빠가 이처럼 나를 에워싸고 함께 자는 날이 오기를 기대했었지. 하지만 그날 내 옆에서 잔 사람은 한 낯선 남자에 지나지 않았어. 이름조차 알지 못했지. 이런 사실을 생각하니 부끄러움이 밀려오더군. 아빠를 배반한 듯한 느낌이 들었어. 작은 배 속에서 뭔가 뜨거운 것이 솟아나오더니 바지가 이미 축축하게 젖어버렸어. 물론 내가 월경이 무엇인지 모를 리는 없었지. 하지만 항상 나에게는 요원한 일이라고 생각했었어. 내가 좀더 자란 뒤에야 사내아이랑 연애를 할 수 있을 거라고 생각했거든. 그런데 지금, 이런 밤중에 그게 찾아온 거야. 월경은 처음부터 두려움과 슬픔에 연결되어 있었어. 피는 아주 깊은 곳에서 멀어졌다 가까워졌다 하는 고통과 함께 흘러나왔지. 아빠와 그 살덩이가 생각났어. 나는 피가 끊임없이 흘러나오는 걸 상상했어. 쉬지도 않고 멈추지도 않고 전부 빠져나오면 아빠를 만날 수 있겠지. 그래서 이날 밤의 유혈은 아빠에게 가까이 다가가는 하나의 방식이었어.

초인종 소리가 울렸어. 남자가 의자에서 용수철처럼 벌떡 일어나더군. 나도 얼른 일어나 앉았지. 왕루한이 밖에서 들어왔어. 여전히 흑녹색과 주홍색이 뒤섞인 그 체크무늬 모직 재킷을 입고 있었지. 단추는 채우지 않았고 스웨터의 앞가슴 부분에는 반짝거리는 눈송이가 맺혀 있었어. 그녀는 문가에 선 채 집 전체를 둘러보더군. 장식장과 창문, 소파 그리고 소파 위에 앉아 있는 나를 훑어봤어. 나를 쳐다보는 그녀의 눈빛은 마치 나를 집 안의 가구로 여기는 것 같았어.

"후이링惠玲이 데리고 오지 않았어?"

남자가 그녀를 맞으면서 물었어.

왕루한이 고개를 가로저으면서 재킷을 벗어 의자 등받이에 걸었어. 그가 그녀를 부축해 앉힌 다음 따뜻한 물을 한 컵 가져다주더군.

"나 좀 도와줘요."

왕루한이 말했어. 그러면서 재킷 주머니에서 뭔가를 찾으려는지 손을 뻗었어. 재킷이 미끄러져 바닥으로 떨어졌는데도 그걸 알아채지 못하고 여전히 손으로 허공을 더듬더군. 남자가 재킷을 집어 그녀에게 건네줬어. 그녀는 주머니를 뒤져 작은 종이 두 장을 꺼냈어.

"후이링이 사람을 시켜 표 두 장을 구했어요. 내일 아침 저 대신 재를 지난으로 좀 데려다줘요."

"하지만 루한은……"

"저는 움직일 수 있어요."

그녀가 말했어.

남자가 쭈그리고 앉아 손을 그녀의 무릎 위에 얹었어.

"내가 내일 저녁에 서둘러 돌아올게. 그 뒤의 일을 모두 루한과 함께 하도록 하겠어."

불빛이 너무 어두워 그의 얼굴을 제대로 볼 수 없었지만 그의 눈가에 어린 따스하고 부드러운 온기는 느낄 수 있었어. 나는 갑자기 두려 워졌어. 전에 아빠가 왕루한과 말다툼할 때 했던 말이 생각나더군. 누 군가 그녀를 기다리고 있었건 거야. 이 남자는 나와 친 노파를 보살펴 러 온 것이지 우리 아빠를 위해서 온 게 아니었어. 아빠를 대신해서 이곳의 남자 주인이 되기 위해 온 거였지. 나는 노기등등한 눈빛으로 그가 왕루한의 다리에 올려놓은 손을 노려봤어. 달려가서 그 손을 내 려치고 싶었지.

"너무 늦었어요. 어서 돌아가요."

왕루한 스스로 그 손을 밀어내더군.

남자는 외투를 다 입고도 그 자리에 선 채 움직이지 않았어. 내가 일어서 맨발로 다가가서는 그를 밀어 거실에서 문가로 쫓아냈어. 그는 말없이 걸어나가더군. 나는 쾅— 하고 문을 닫았어.

거실로 돌아오니 모든 등이 다 켜져 있었어. 눈이 부실 정도로 환 한 빛이 방 구석구석을 남김없이 비추고 있었어. 왕루한은 장식장 옆 에 서서 병을 들어 유리잔에 보드카를 따르고 있더군. 그 병은 누구 도 잊지 못할 거야. 병목에 아직 아빠의 체온이 남아 있었거든. 그녀 는 두 손으로 유리잔을 받쳐 들고 있었어. 장식장 위에서 반사되어 나 오는 날카로운 빛이 뱀의 혀처럼 술잔 속의 술을 핥았어. 술도 떨리고 담벼락에 비친 그림자도 떨렸지. 아주 큰 새가 놀라서 날개를 푸득거 리는 것 같았어. 그녀는 술을 크게 한 모금 들이키고는 나를 앞으로 오라고 하더니 내게 가장 간략한 방식으로 자동차 사고에 관해 얘기 해주었어. 그날 신문의 한 부분을 읽어주는 것 같았어. 네 아빠는 돌 아가셨어. 그녀가 미간을 좁히면서 엄숙한 어투로 말하더군. 내게 아 무도 울어선 안 된다고 약속하는 것 같았어. 그녀가 또 말했지. 넌 내 일 지난으로 돌아가야 해. 추도회에는 참석할 필요 없어. 때가 되면 너도 이렇게 하는 것이 좋았다는 걸 알게 될 거야.

나는 반항하지 않았어. 그녀의 어투에 진실함이 담겨 있었거든. 왠지 모르게 그녀의 말을 믿고 싶었어. 울지도 않았지. 그냥 조용히 그녀를 바라보기만 했어. 나는 그녀를 그렇게 가까이서 쳐다본 적이 없었어. 튀어나온 관골과 콧등이 왠지 낯선 느낌을 주더군. 아마 각도 때문이기도 하겠지만 정말로 그녀가 낯설어졌어. 얼마 전까지 그녀는 아빠의 아내였어. 하지만 이제 우리 사이에는 아무런 관계도 없어졌지. 태양계에 있는 두 행성처럼 태양이 없어지면서 원래의 궤도를 이탈하게 된 거야. 나는 그녀를 위아래로 훑어봤어. 이 불행한 여인은 아주 어렸을 때 아빠가 자살하고 엄마는 미치광이가 된 데다 이제는 남편이 죽었어. 이런 고통과 상처들이 그녀의 심장을 뚫어 바닥이 보이지 않는 우물로 만들어버렸지.

"자살하실 건가요?"

내가 물었어.

왕루한이 나를 쳐다보면서 되물었지.

"왜 그렇게 묻는 거니?"

"텔레비전에서는 다들 그러잖아요."

내가 말했어.

"두 사람이 서로 사랑하다가 한 사람이 죽으면 남은 사람은 자살을 하던데요."

그녀는 잠시 웃음을 보이더니 손에 든 술잔을 흔들었어.

"너는 내가 죽었으면 좋겠니?"

"저는 아줌마가 살았으면 좋겠어요."

"나는 살 거야."

그녀가 말했어. 내가 잠시 주저하다가 말을 받았지.

"살고 싶은 게 우리 아빠를 그렇게 사랑하지 않았기 때문인가요?"

"난 네 아빠를 사랑했어."

그녀가 말했어.

"하지만 두 분은 항상 싸웠잖아요."

"우리는 함께 있지 말았어야 했어."

"왜요?"

내가 물었지. 그녀는 대답이 없었어.

"아빠가 우리 엄마랑 결혼했기 때문인가요?"

내가 물었어.

"아니."

"우리 할아버지 할머니가 동의하지 않았기 때문인가요?"

그녀는 이번에도 고개를 가로저었어.

"그럼 그렇게 생각하는 이유가 뭔데요?"

"그만 물었으면 좋겠다!"

그녀는 고개를 들어 단번에 남은 술잔을 비우고는 다시 술병을 들어 남아 있던 술을 전부 잔에 따랐어. 술은 반잔 정도밖에 남아 있지 않았지. 그녀는 술병을 힘껏 흔들면서 투덜거렸어.

"젠장, 조금 더 남아 있어주면 안 되는 거야!"

혼자 중얼거리던 그녀는 갑자기 부드러워졌어. 뭔가를 회상하는지 눈동자가 조금씩 맑아지더군. 그러더니 그 맑은 것이 눈두덩을 이탈해 뺨을 타고 흘러내렸어.

"아마 빠져나갈 수 없었기 때문에 그렇게 사랑했을 거야."

술 때문에 사레가 들렸는지 기침을 마구 하더니 얼굴이 새빨개지면서 주먹으로 자기 가슴을 마구 쳤어. 그러다가 간신히 숨을 가라앉혔지만 어느새 목소리는 쉬어 있었지. 거대한 비밀을 누설하려는 것 같았어.

"나랑 네 아빠는 같은 종류의 사람들이었어. 비틀린 사람들이라 비틀린 사랑밖에 할 수 없었지."

그녀는 입가에 가볍게 힘을 주었어. 자신이 보통 사람들은 가질 수 없는 감정을 가진 것을 자랑스러워하는 듯했어.

"방금 나간 그 사람이랑 같이 사시나요?"

내가 물었어.

"누구? 세텐청?"

"그 아저씨가 아줌마를 좋아한다는 건 저도 알아요."

내가 말했지.

"내가 그 사람과 같이 살 리는 없어. 이제 안심이 되니?"

그녀가 손을 내 어깨 위에 얹으며 말했어.

"꼬마 아가씨, 걱정하는 게 너무 많으시군. 내가 죽을까봐 걱정하고, 또 내가 다른 남자와 살까봐 걱정하고. 그럼 네가 말해봐. 앞으로 내가 어떻게 하면 좋겠니?"

그러고는 자신이 먼저 대답을 내놓더군.

"혼자서 아주 외롭게 살아가는 거지, 그렇지?"

그녀는 잠시 웃더니 한 줄기 눈물을 흘렸어.

"그게 얼마나 어려운 일인데 그래."

그녀의 몸이 천천히 미끄러지더니 바닥으로 주저앉고 말았어. 머리는 장식장에 기대고 있었지. 바로 옆에 어제 그녀가 재떨이를 던져 움푹 파인 자국이 있었어. 그녀는 손가락으로 가볍게 그 파인 자국 언저리를 어루만지더군.

곧 날이 밝아올 무렵이 되자 나는 더 참지 못하고 소파 위에 누웠어. 몸을 옆으로 눕혀 그녀를 향하게 했지. 눈꺼풀이 갈수록 무거워졌지만 죽어라고 잠기운을 쫓으면서 여러 번 눈을 깜빡이며 그녀를 바라봤어. 나는 그녀가 아직 그 자리에 있는 것을 확인하고 싶었을 뿐이야. 그녀에게 내가 거기 있다는 사실을 알게 하고 싶기도 했지. 어쩌면 그녀에게는 그리 중요하지 않은 일이었는지도 몰라. 하지만 나는 일방적으로 우리가 함께 있으면 강력한 힘이 생겨 아빠가 우리 두 사람 사이로 오게 할 수 있을 거라고 믿었어.

하지만 아빠는 오지 않았고 나는 잠들고 말았지. 흐릿한 꿈결에 친 노파의 노랫소리가 들려와 후다닥 잠에서 깼어.

"하늘에는 별들이 가득하네요……."

노랫소리는 제법 달콤하고 감동적이었어. 친 노파의 세계에서는 아무 일도 일어나지 않았지.

친 노파가 방에서 걸어나와 나를 보더니 흠칫 놀라더군. 그러더니 내가 누군지 기억이 났는지 빙긋이 웃어 보였어. 친 노파는 또 나를 창가의 의자로 데려가서는 머리를 빗겨주었어. 이번에는 나도 몸부림치지 않고 순순히 응했어. 땋은 머리가 내가 베이징에서 가져온 유일한 물건이었어. 친 노파는 어제보다 더 진지하게 머리를 땋아주었어. 핀을 꽂을 때는 두피에 자극을 주지 않으려 조심하기도 했지. 그래서인지 이번에는 조금도 아프지 않았어.

왕루한이 밤새 켜져 있던 등을 전부 끄고는 침실로 들어갔어. 다시 나왔을 때는 온통 검은색 옷차림이더군. 깃이 높은 검정 스웨터에, 겉에는 검정 외투를 입고 있었어.

"검은색 차림이 보기 좋구나."

친 노파가 가다가 외투 옷깃을 털어주었어.

왕루한은 신발을 신고 문을 나섰어. 얼마 지나지 않아 다시 들어와 샤오룽바오小籠包를 한 봉지 탁자 위에 내려놓으면서 나와 친 노파에게 먹으라고 하더군. 비닐봉지를 여니 훅 하고 잘게 다진 고기 냄새와 함께 뜨거운 수증기가 올라왔어. 하지만 입안에서는 별 맛을 느낄 수 없었어. 목구멍에서만 느끼한 돼지기름 맛이 느껴져 하마터면 토할 뻔했지. 나는 하나를 집어 먹고 나서 더 이상 먹지 않았어. 왕루한도 먹지 않고 더운물을 한 컵 따라 손에 받쳐 들더군. 어제의 슬픔이 이미 그녀 얼굴에 응고되어 영원의 자세로 변해 있었어. 친 노파와 마찬가지로 즐거울 때는 그런 자세를 보이게 되지. 이것이 서로 닮지 않은 모녀에게 약간의 닮은 점이 되고 있었어. 무척 흐린 날이라 회색빛이 검은 비단처럼 두 과부의 얼굴을 덮고 있었어. 나는 내가 떠난 뒤의 두 사람의 생활을 생각해봤지. 매일 친 노파는 한밤중에 깨어나 열심히 머리를 빗으면서 노래를 하겠지. 이른 아침이 되면 왕루한이 힘들게 잠자리에서 일어나 아래층으로 내려가 아침거리를 사올 거야. 오후가 되면 그녀는 소파에 앉아 한 개비 또 한 개비 담배를 피워댈 거야. 그러다가 재떨이에 붉은 하트가 새겨진 꽁초가 가득해질 때면 하늘이 서서히 어두워지기 시작하겠지. 그런 다음 아주 긴 밤이 이어질 거야. 슬픔과 고통 속에 있는 사람들에게는 긴 밤을 보내는 것이 아주 긴 지하터널을 통과하는 것과 마찬가지야. 하늘이 환해져야 땅으로 올라오게 되지. 그런 다음 또 다른 아침이 시작되고 노랫소리도 다시 울리기 시작할 거야. 다람쥐 쳇바퀴 도는 것처럼 아무런 희망도 없는 세월이지. 이처럼 어둡고 썩은 닭털과 페인트 냄새로 가득한 집은 사람이 걸어다니는 무덤과 다를 바 없어. 지난으로 돌아간 뒤에도 자신이 계속 슬픔 속에 있을 거라는 사실을 잘 알지만 곧 이 집을 떠나야 한다는 생각을 하니 마음속으로 약간의 즐거움과 위안이 찾아왔어. 물론 나는 이곳이 몹시 그리워질 거야. 나는 사방을 둘러보면서 이 집의 모든 디테일을 기억하려 애썼어. 벽에 못이 박혀 있던 자리와 문틀에 페인트가 벗겨진 부분도 다 기억했지. 모든 게 아빠와 관련이 있으니까. 나중에 아빠를 생각할 때면 이곳이 떠오를 거야. 이런 그리움에는 그릇이 있는 것 같아.

"정말 기억이 나질 않네."

친 노파는 바오쯔包子(밀가루를 반죽한 것에 다진 고기와 버섯, 배추 등으로 된 소를 넣고 빚어 찐 음식)를 내려놓으면서 나를 쳐다보고 있었어.

"넌 정말 사람 같구나."

셰텐칭이 왔어. 친 노파가 그에게 앉아서 바오쯔를 먹으라고 권하더군. 그는 먹었다고 하면서 손에 들고 있던 비닐봉지를 흔들었어. 오는 길에 내게 주려고 팥 앙금이 든 바오쯔를 사왔다고 하더군.

"어린아이들은 단걸 좋아한다니까요."

그가 말했어.

"맞아."

친 노파가 말을 받았지.

"루한도 단걸 아주 좋아해."

나는 일어나 재킷을 입었어. 친 노파가 다가오더니 내 머리 양쪽에 핀을 꽂아주더군. 그러다가 갑자기 손을 멈췄어. 아주 중요한 일이 생각난 듯했어.

"네 이름이 뭐지?"

"리자치요."

"자치, 좀 일찍 돌아와."

친 노파가 말했어.

"저녁에는 우리 바오쯔를 먹도록 하자."

그러고는 고개를 돌려 왕루한에게 물었어.

"우리 저녁에 바오쯔를 먹는 게 어떻겠니?"

왕루한은 대답하지 않았어. 대신 문가까지 우리를 따라 나와서는 검정 비닐봉지 하나를 내 품에 넣어주더군. 안에는 생리대가 들어 있었어.

대문을 나선 나는 다시 몸을 돌려 그 작은 방으로 뛰어 들어갔어. 구석에 잔뜩 쌓여 있는 책 가운데 맨 위에 있는 책을 집어 외투 안쪽에 쑤셔넣었어. 총총히 방을 나서기 전에 내가 잤던 그 철제 침대를 힐끗 쳐다봤어. 타타라고 이름 지은 판다는 얼굴을 바닥 쪽으로 향하고 벽에 몸을 기대고 있더군.

지난으로 돌아가는 기차 안에서 셰톈청은 나의 냉담한 모습을 알아채고는 여러 차례 팥 앙금이 든 바오쯔를 먹지 않겠느냐고 물었어. 검은 깨죽도 한 그릇 사주더군. 나는 그가 왜 그렇게 살갑게 구는지 알 수 없었어. 나를 데려다주는 것은 한가지 임무를 완료하는 것일 뿐이라 이 기차에서 내리면 우리는 다시 대면할 기회도 없을 터였어. 그는 또 일일이 창밖의 풍경을 가리키면서 내게 열차가 지금 어디를 지나고 있는지, 그 일대에서 어떤 특산물이 나는지 알려주기도 했어. 내가 먹고 싶다면 뭐든지 사주겠다고도 했지. 나는 줄곧 고개를 가로 저었지만 그는 도중에 열차가 멈춰 몇 분간 정차하자 재빨리 뛰어나가 톈진天津 꽈배기를 한 통 사가지고 왔어. 김이 모락모락 나는 군고구마도 사왔더군.

그의 친절을 거부할 수 없었던 나는 군고구마를 하나 받아들었어. 원래는 먹지 않고 손으로 따스한 온기만 즐길 생각이었는데 나중에는 참지 못하고 두 입 베어 먹었지. 하지만 처음부터 끝까지 여정을 통틀어 말은 한마디도 하지 않았어. 그는 나를 할아버지 집 앞까지 데려다준 다음 내가 입구로 들어가는 걸 눈으로 배웅했지.

안녕, 자치. 그가 등 뒤에서 말했어. 하지만 나는 고개를 돌리지 않왔지. 나는 우리가 다시 만나는 일은 없을 거라고 생각했어.

청궁

1993년 겨울에는 확실히 아주 많은 일이 일어났어. 네가 작별 인사도 없이 떠나버린 것 외에 또 한 사람이 떠날 준비를 하고 있었지.

그날 저녁, 고모가 전례없이 처음으로 한꺼번에 네 가지 음식을 만들었어. 전부 내가 좋아하는 것들이었지. 그리고 특별히 맥주도 한 상자 사다가 할머니랑 함께 마셨어. 나도 한 잔 따라 마시고 싶었지만 고모의 젓가락에 손등을 맞고는 저지당하고 말았지. 고모는 끊임없이 할머니에게 맥주를 따라주면서 실컷 마시라고 권했어. 우리 할머니는 주량이 대단했어. 할머니보다 술을 더 잘 마시는 사람은 별로 많지 않았지. 하지만 할머니는 술을 마셨다 하면 졸음을 참지 못했어. 게다가 그날은 집 안의 난방이 유난히 셌어. 결국 할머니는 몇 병 마시지 못하고 곯아떨어져 주무시기 시작했지.

할머니가 주무시자 고모는 얼른 식탁을 정리하고 나서 내게 말했어.

"우리도 일찍 자자."

내가 위층 침대로 올라가 눕자마자 침대와 벽 사이의 틈새로 고모의 목소리가 들려왔지.

"청궁, 너한테 할 말이 있어."

고모가 말했어.

"샤오탕小唐이 떠나면서 나랑 같이 가자고 하는구나."

내가 샤오탕이 누구냐고 묻자 고모가 말했어.

"전에 말했잖아. 그 인턴 의사 말이야."

"아— 그 사람이요!"

나는 시간이 좀 지나서야 생각이 났어. 그 여름날, 하루는 아주 큰 비가 내렸어. 아주 늦은 시각에 고모는 혼자 약방에서 당직 근무를 하다가 한 젊은이가 바깥 처마 밑에서 비를 피하고 있는 모습을 발견했지. 사실 고모에게는 우산이 하나 있었지만 그에게 빌려줄 생각은 없었어. 이전에 몇 번 선심을 베풀었다가 매번 새 우산을 사야 했거든. 하지만 이 남자는 서슴없이 약방 문 앞까지 다가와서는 고모에게 말을 걸기 시작했어. 순식간에 우리 고모의 얼굴이 빨개졌지. 마치 가방 안에 우산이 하나 있다는 사실이 발각되기라도 한 것 같았어. 적당한 말을 찾지 못한 그는 고모에게 야간 당직이냐고, 아침이 되어야 퇴근할 수 있느냐고 물었어. 그러면서 자신이 아직 실험보고서를 제출하지 못해 아무래도 밤을 새워야 할 것 같다고 말했어. 고모는 입을 굳게 다물고 아무 말도 하지 않았어. 그러다가 갑자기 옆에 있던 가방을 들어 그 안에서 우산을 꺼냈지. 그 남자가 우산을 받쳐 들고 빗속으로 사라지는 모습을 눈으로 배웅하면서 고모의 마음속은 번뇌로 가득했어. 아무래도 속아서 우산을 빼앗긴 것 같다고 생각했지. 그러나 다음 날 아침 일찍 고모가 퇴근하려던 차에 그 남자가 다시 찾아와 우산을 돌려줬어. 게다가 우산 뼈대에 뚫려 있던 비닐을 반창고로 잘 고정시켜서 가져왔지. 두 사람은 함께 음식점으로 가서 아침식사를 했어. 그 남자가 샀지. 집으로 돌아와 고모가 내게 말했어. 이 샤오탕이란 남자는 정말 쉽지 않은 삶을 살았더구나. 농촌 출신으로 어려서 귀가 독소에 감염되는 바람에 거의 귀머거리가 되어 수업할 때도 3할 정도밖에 알아듣지 못했대. 하지만 의사가 되겠다는 굳은 의지로 3년을 더 공부해 대학에 합격했다고 하더라고. 수업에 뒤처지지 않기 위해 매일 도서관에서 12시까지 공부해 졸업을 앞

두고 있었지만 일자리를 찾기가 쉽지 않았고 부속병원에서도 그를 받아주지 않았대. 나중에 고모는 이 일을 다시 언급하면서 샤오탕이 정말 좋은 사람이라고, 고향인 후난에서 백고추를 가져다주었다고 말했어. 그 뒤로 고모는 무슨 음식을 하든지 꼭 백고추를 넣었지. 하지만 샤오탕에 관해선 더 이상 말하지 않았어. 나도 별 관심을 보이지 않았지. 기껏해야 고모가 샤오탕이라는 남자에게 약간의 호감을 갖고 있는 정도로만 알았어. 남자 의사에서 수발실 수위에 이르기까지 최근 몇 년 동안 우리 고모가 호감을 가진 남자는 적지 않았지. 하지만 그들은 모두 고모에게 약간의 호감을 가진 것에 불과했어. 가볍게 웃어주거나 고맙다는 인사만 해도 고모는 그 일을 두고두고 입에 올렸지.

그래서 나는 정말 고모의 말을 믿을 수가 없었어. 일방적인 생각으로 타인의 겸손을 진실로 받아들이는 듯 보였지. 내가 말했어.

"남방에는 뭐 하러 가는데요?"

고모가 대답했어.

"샤오탕이 개인병원을 열면서 내게 관리를 해달라고 했거든."

"아주 잘됐네요. 언제 가세요?"

"다음 주에 갈 생각이야. 표도 이미 다 사두었어."

나는 대꾸하지 않았어.

고모가 말을 잇더군.

"지금까지 너에게 말하지 않은 건 잘못해서 할머니 귀에 들어갔다간 내 다리를 분질러놓겠다고 덤비실까봐 그런 거야."

내가 말했지.

"지금 저한테 그런 얘길 하면 제가 할머니한테 이를 게 두렵지 않으세요?"

"원래는 떠나는 날 네게 편지를 한 장 남길 작정이었는데 잘 써지지 않더라고……."

내가 말을 받았어.

"그럼 편지를 썼다면 제게 말을 하진 않았겠네요?"

고모는 대답이 없었어. 잠시 후에 고모가 우는 소리가 들리더군.

"정말 어떻게 해야 할지 모르겠어."

고모가 말했어.

"이미 다 결정해놓고 뭘 어떻게 할지 모르겠다는 거예요?"

고모는 한참을 더 울다가 다시 입을 열었어.

"정말 너를 데려가고 싶었는데 할머니가 연세가 너무 많으셔서 옆에 누군가 있어야 할 것 같더라고."

"그래서 제가 남아야 한다는 거로군요."

고모가 말했어.

"그곳에 가면 우리가 매달 돈을 보내줄게. 집안일이 좀 많아져서 네가 힘들겠지만 나중에 적당한 때가 되면 우리가 널 데리러 올 거야."

나는 '우리'라는 말이 정말 싫었어. 그런데 고모에게도 고모의 '우리'가 있던 거야. 나는 손가락 끝으로 벽에 남아 있는 볼펜 자국을 문지르며 고모가 말한 나중이 도대체 언제쯤인지, 할머니가 돌아가신 뒤인지 생각해봤어. 고모는 잠시 조용하더니 다시 울기 시작했어. 그러면서 정말 어떻게 해야 좋을지 모르겠다고 하더군.

"우리 그만 자요. 저 피곤해요."

고모는 그 뒤로도 한참을 더 울어댔어. 도저히 졸음을 참지 못할 지경이 되어서야 고모가 말하더군.

"샤오궁아, 날 너무 원망하지 마."

비몽사몽간에 나는 엄마가 돌아온 거라는 착각을 일으켰어. 우리 엄마를 제외하고 나를 '샤오궁'이라고 부르는 사람은 없었거든.

다음 날, 날이 밝기도 전에 잠에서 깬 나는 침대에 누운 채 내 처지를 생각해봤어. 고모마저 떠나려 한다는 사실이 정말 믿어지지 않았어. 나는 모두가 다 떠나도 고모만은 떠나지 않을 거라고 생각했거든. 하지만 그동안 고모가 떠날 수 없었던 것은 나처럼 갈 곳이 없었기 때문이야. 이제 고모마저 내 곁을 떠나려 하고 있지. 고모는 줄곧 그림자 같고 공기 같아서 아주 어렸을 때부터 그 존재를 느낄 수 있었어. 앞으로 고모 없이 나 혼자 할머니를 보살펴야 하는 생활을 상상하니 엄청난 두려움이 밀려왔어. 하지만 내가 뭘 할 수 있을까? 할머니에게 이런 사실을 알려야 할까? 그런 짓은 할 수 없었어. 사실 나는 또 다른 가능성을 생각하고 있었지. 나도 데려가달라고 고모를 설득하는 거였어. 할머니는 혼자서 자신을 돌보는 게 완전히 가능했거든. 하지만 또 할아버지를 생각하고는 곧장 이런 생각을 포기했어. 아직 거대한 원한을 갚지 못했고 일이 마무리되지 않은 터라 나는 어디에도 갈 수가 없었어.

이어지는 며칠 동안 저녁식사가 아주 푸짐했어. 연근튀김炸藕盒과 부추오리볶음韭菜炒鳥賊, 탕수육糖醋排骨에 호박을 소로 넣은 바오쯔도 있었지. 고모는 내가 좋아하는 음식들을 전부 한번씩 만들어줬어. 내가 탕수육을 먹고 있을 때 고모는 참지 못하고 눈물을 흘리더군. 고모는 눈물을 들키지 않으려 재빨리 화장실로 뛰어갔어. 마침 할머니도 열심히 탕수육을 먹고 있었지. 할머니는 손에 묻은 탕수육 즙을 빨면서 고기가 좀 딱딱하다고 말했어. 잠자리에 들 무렵 나는 고모가 몰래 침대 밑에서 가죽 트렁크를 꺼내 그 안에 옷가지를 집어넣는 모습을 봤어. 우리는 아무 말도 하지 않았지. 고모도 줄곧 감히 나를 쳐다보지 못했어. 다음 날 오후 식당 옆의 공고판을 지나다가 저녁에 단지 안의 강당에서 영화 「작은 꽃」을 상영한다는 사실을 알았지만 이를 고모에게 알려줘야 할지 말아야 할지 고민했어. 고모가 가장 좋아하는 영화라 줄곧 한번 더 보고 싶어했거든. 하지만 잠시 생각하다가 그만두었어. 어차피 고모는 곧 떠날 예정이라 영화를 볼 시간도 없을 테니까 말이야.

닷새째 밤, 잠자리에 들기 전에 고모가 내게 말했어.

"나 내일 아침 일찍 떠나. 그곳에 도착하면 편지할게. 편지는 학교로 부칠 테니까 읽은 다음에 찢어버리도록 해. 할머니한테는 보여드리지 말고. 알았지?"

나는 아무 말도 하지 않았어. 고모가 다시 입을 열었지.

"좀 내려와봐. 얼굴 좀 보고 싶구나."

나는 싫다고 말했어.

"어서 내려와."

고모는 발뒤꿈치를 들고 내게 손을 뻗었지만 나는 몸을 말고 다리를 움츠렸어. 고모가 펄쩍 뛰어올라 이불 한 귀퉁이를 잡고는 내 옷인 줄 알았는지 아래로 당기고 머리까지 덮어주었어. 우리 두 사람은 웃었어. 전에는 매번 말다툼을 할 때마다 나는 위층 침대로 올라오고 고모도 이렇게 발뒤꿈치를 들고 펄쩍 뛰어 나를 잡아당기곤 했지. 발을 잡고 발바닥 한가운데를 마구 간질였어. 그러다가 자연스럽게 화해하곤 했지. 고모는 웃으면서 위층으로 올라와서는 내 옆에 앉았어. 방 안이 갑자기 아주 조용해졌어. 고모는 긴 한숨을 내쉬더니 입가를 실룩이며 어려서부터 다 클 때까지 자신이 어떤 결정을 내린 적이 한번도 없기 때문에 한번이라도 스스로 결정을 내려보고 싶었다고 말했어. 긴 한숨을 내쉰 고모는 두 손으로 자기 무릎을 감싸더군. 나는 정말이지 너무 두려웠어. 손을 뻗어 내 이마 위 머리를 어루만지던 고모가 말했지.

"머리를 좀 잘라야겠다. 앞으로 내가 없을 테니까 집 앞에 있는 이발소에 가서 머리를 깎도록 해."

고모는 눈물을 흘리면서 말을 이었어.

"잠시뿐이야. 공청, 너희 할머니는 방법이 없어. 현실을 받아들이는 수밖에 없어. 때가 되면 내가 너와 할머니를 데리러 올게."

내가 물었어.

"그럼 할아버지는요?"

"할아버지?"

고모는 잠시 멍한 표정을 짓더군. 할아버지를 잊고 있었던 게 분명했어.

"난 안 갈래요. 아직 끝나지 않은 일이 있거든요."

내가 말했어.

고모가 무슨 일이냐고 물었지만 나는 말하지 않았어. 고모가 내 손을 잡아끌더니 손등을 두 번 가볍게 두드리더군.

"할아버지는 간호사들이 돌볼 거야. 우리는 할아버지를 다른 곳으로 옮기지도 못해. 그리고 그렇게 해봐야 아무 소용도 없지……."

나는 입을 씰룩거리며 고개를 가로저었어. 방 안은 몹시 어두웠고 창살의 그림자가 벽에 흔들렸어. 오래 바라보고 있자니 하얀 벽이 파래졌어. 모닥불 가에서 춤추던 투명인간들이 다시 나타나더니 소리 없이 나를 향해 몰려들기 시작했지.

"고모가 떠난다고 하니까 내가 한가지 중요한 사실을 알려줄게요."

내가 고모를 쳐다보며 말했어.

"할아버지를 해친 또 한 사람이 누군지 난 알아요."

고모는 깜짝 놀라면서 입을 크게 벌리고 날 바라봤어. 내가 물었지.

"누군지 알고 싶어요?"

"누군데?"

고모가 눈을 커다랗게 뜨고 물었어.

"리지셩이요."

나는 이 이름을 내뱉은 동시에 내 손등에 얹은 고모의 손이 떨리는 걸 느꼈어.

"근거 없는 말을 함부로 떠벌리면 안 돼!"

고모가 나를 힐끗 쳐다보고는 눈을 내리깔며 물었어.

"그 사람이 범인이라는 걸 네가 어떻게 알았니?"

"그건 따지지 마세요. 내가 알아냈다는 게 중요하니까요."

고모가 말했어.

"아니야, 그럴 리 없어. 이런 일을 함부로 떠들어선 안 돼…… 다른 사람들한테는 얘기하지 않았지?"

"이 일을 이렇게 끝내버리면 안 돼요. 난 기필코 할아버지의 원수를 갚고 말 거예요."

"무슨 원수를 갚는다는 거야. 날 놀라게 하지 말고 무슨 짓을 하려는 건지 어서 말해봐."

내가 고모를 쳐다보며 물었어.

"고모도 그가 누군지 일찌감치 알고 있었던 거 아니에요?"

"나는 아무것도 몰라. 절대 멋대로 추측하면 안 돼. 이건 오래전에 이미 지나간 일이니까 함부로 문제를 만들면 안 된다고. 내 말 알아들어? 나는 내일 떠난단 말이야. 내가 마음 놓고 떠날 수 있게 해주면 안 되겠니?"

고모는 울기 시작했어.

"제 일은 신경 쓰지 말고 그냥 가세요."

내가 말했어.

"허튼짓 안 하겠다고 약속해."

고모는 나를 끌어안으려 했지만 나는 그런 고모를 애써 밀쳐냈어.

"내려가 주무세요."

내가 차가운 어투로 말했지.

그날 밤, 나는 아주 긴 시간 잠을 이룰 수 없었어. 고모도 아래층에서 잠 못 이루고 밤새 몸을 뒤척였지. 나는 당시 고모의 반응을 반복적으로 떠올렸어. 떨리던 손가락과 반짝이던 눈빛을 기억했지. 고모는 이자가 누구인지 이미 알고 있었던 게 분명해. 갑자기 나는 고모뿐만 아니라 모든 사람이 알고 있었을 거라는 생각이 들었어. 너랑 리페이 쉬안, 우리 고모…… 할 것 없이 모두가 알고 있었던 거지. 나만 유일하게 아무것도 모르고 있었던 거야. 줄곧 거대한 거짓말 속에 덮여 있었던 거지.

이른 아침에 고모가 떠나면서 나를 깨웠지만 나는 일어나지 않았어. 고모가 신발을 신는 소리에 이어 트렁크를 끌고 나가는 소리가 들리더군. 두 가지 동작 사이에 약간의 틈이 있었어. 그 순간 집 안은 고요하기만 했지. 고모는 무얼 하고 있는 걸까? 집 안을 둘러보면서 소리 없이 눈물을 흘리고 있을까? 고모가 뭘 하든 모든 게 내게 이별을 고하는 행동이라고 여겼어. 나도 고모를 향해 작별 인사를 건넸지. 마음속에 약간의 원망이 남아 있긴 했지만 말이야. 그런데 문득 다시는 고모를 만날 수 없을지도 모른다는 생각이 들더군. 나는 떠날 리가 없고 고모는 다시 돌아올 리가 없었지. 고모는 가능한 한 소리가 나지 않게 문을 닫았어. 하지만 내 마음속에서는 굉음이 들렸지. 일어나 학교에 가려고 하다가 식탁 위에 아침식사가 차려져 있는 것을 봤어. 모든 게 예전과 다르지 않았지.

그날 나는 수업에 들어가지 않았어. 이제 땡땡이를 치는 데 장애가 완전히 사라진 셈이었지. 학부형을 모셔오라고 하겠지만 내게는 이미 모셔갈 학부형이 없었어. 할머니가 기꺼이 차를 타고 학교에 가서 선생님의 훈계를 들으려 할 리도 없었지. 선생님이 집으로 찾아오면 할머니가 청소용 빗자루로 선생님을 쫓아낼지도 몰라. 학교에서 날 퇴학시켜버린다 해도 할머니는 그까짓 학교 안 다니면 그만이지 하실 거야. 이런 생각을 하다보니 내가 학교에서 쫓겨날 날도 머지않은 것 같다는 생각이 들더군. 어차피 네가 떠나버린 뒤로 난 이미 학교에 아무런 미련이 남아 있지 않았거든.

나는 난위안을 나와 아무 목적지도 없이 도로를 따라 동쪽으로 걸었어. 그렇게 나도 모르게 원후이文彙 중학교에 이르렀지. 내가 그 일대에 가는 일은 아주 드물었어. 채소 시장을 경계로 해서 반대쪽이 원후이 중학교 땅이었지. 원후이 중학교의 명성에 대해서는 할머니 집으로 이사한 지 며칠 지나지 않아 들었어. 물건 갈취와 사기, 낙태, 자살 등 온갖 유형의 사건이 다 일어나는 곳이었지. 학교 앞을 지나 시내 중심가로 가려면 상쯔커우嗓子口를 지나야 했어. 그 부근에 있는 영화관과 당구장은 보통 사람들이 갈 수 없는 곳이었지. 나는 교문 앞에 잠시 서 있다가 운동장에 몇 개 반이 체육 수업을 하고 있는 것을 봤어. 듬성듬성 선 학생들이 대열을 이루고 있고 그 옆 계단에는 여학생 몇몇이 앉아서 대열 가운데 있는 어떤 남학생을 가리키며 깔깔대고 있더군. 여학생들 중에는 바나나를 먹고 있는 아이도 있었어. 그렇게 자유로운 학생들의 모습을 바라보면서 나는 갑자기 원후이 중학교에 대해 적지 않은 호기심을 갖게 되었지. 예쁜 여학생들이 밖에 서 있는 나를 발견하고는 손을 흔들면서 휘파람을 불어대더군. 다른 여학생들도 내 쪽을 향해 "꼬마야 이리 와" 하고 소리를 질러댔어. 나는 놀라서 재빨리 지나쳐버렸지.

영화관 입구의 스피커에서는 곧 2층 상영관에서 상영될 영화에 관한 홍보가 흘러나오고 있었어. 이 상영관은 줄곧 몹시 신비스러운 공간이었지. 들리는 바로는 항상 3급 영화를 방영한대. 하지만 나는 도대체 어떤 영화가 3급 영화인지 알지 못했어. 제목에 '여女' 자가 들어가는 영화는 의심을 불러일으키기 십상이었지. 여러 비현실적인 상상을 하게 되는 제목이었어. 그래서 나도 주머니에서 돈을 꺼내 표를 사들고 어두컴컴한 계단을 올라가「천녀유혼倩女幽魂」이라는 제목의 영화를 봤어. 영화 속 사람들은 전부 옷을 입고 있었어. 단지 그 가운데 몇몇이 이미 귀신이 되어 있을 뿐이었지. 나는 오히려 영화에 나오는 그 여자 귀신이 마음에 들었어. 코밑에 아주 가늘게 솜털이 나 있는 귀신이었지. 영화를 보고 나온 내가 미처 바깥의 밝은 빛에 적응하지 못하고 있던 차에 검정 야구모자를 쓴 남자 하나가 내 앞을 가로막았어. 얼굴에 여드름이 가득한 데다 눈이 약간 사시인 친구였지. 키는 나와 비슷했지만 중학생임에 틀림없었어. 그는 나를 끌고 구석으로 가더니 갖고 있는 돈을 다 내놓으라고 하더군. 나는 거짓말 하지 않고 곧장 주머니에 있는 돈을 전부 꺼내주었어. 몇 미터 가다 말고 그가 고개를 돌려 당구를 칠 줄 아느냐고 묻더군. 내가 고개를 가로저었지만 그는 자기를 따라오라고 했어.

우리는 그날 오후 내내 당구장에서 시간을 보냈어. 그가 내게 당구 치는 방법을 가르쳐주었어. 하지만 대부분을 그가 쳤고 나는 옆에서 구경만 실컷 했어. 그가 약간 불쌍하게 여겨지더군. 그에게는 이렇다 할 친구가 없는 게 분명했거든. 돈을 갈취해도 그걸 가지고 함께 즐길 사람이 없었던 거야. 그리 나쁜 친구 같지도 않았어. 그는 내가 자신과 함께 있어주기를 바랐어. 헤어질 때는 내게 학교와 학년, 반을 물으면서 시간 있으면 언제든 자기를 찾아와 함께 놀자고 하더군.

집으로 돌아갈 때는 날이 이미 어두워져 있었어. 이날은 하루를 아주 알차게 보낸 셈이었지. 또 다른 생활의 가능성을 봤으니까 말이야. 채소 시장 쪽은 하나의 열려 있는 세계였어. 게다가 나를 열렬히 환영하는 듯했지. 나는 내일도 그곳에 놀러 가서 다른 영화를 볼까 망설였어. 하지만 집에 거의 도착할 때쯤 다시 마음이 불안해지기 시작하더군. 할머니는 고모가 보이지 않는 것을 금세 알아챘을 거야. 극도로 화가 나서 광기가 발작하면 또 나를 심문하겠지. 하지만 수중에 돈이 없어 음식을 사먹을 수 없었기 때문에 집으로 돌아가는 수밖에 없었어. 두피가 뻣뻣해진 채로 문을 열고 들어갔어. 훅 하고 자장면 냄새가 밀려왔어. 나는 멍한 표정으로 고모가 부엌에서 뛰어나오는 모습을 바라봤지. 내가 꿈을 꾸고 있는 게 아닌가 하는 순간, 고모는 어느새 다가와 번개처럼 나를 한번 안아주더군. 그러고는 내게 아주 환한 미소를 보였어.

"마침 잘 왔다. 밥 먹자."

고모가 말했지.

고모는 다행히 두 사람이 일찍 역에 도착했고, 기차를 타자마자 다시 생각이 바뀌어 돌아올 수 있었다고 말했어. 샤오탕과는 창문을 사이에 두고 작별 인사를 주고받았다더군. 아무 말도 하지 않고 그냥 울기만 하다가 아주 힘들게 한마디만 했대.

"전…… 정말 함께 갈 수 없을 것 같아요……."

뜻밖에도 샤오탕은 담담한 모습을 보이며 서글프게 웃었다더군.

"당신이 떠나지 못할 거라는 걸 일찌감치 알고 있었어요. 하지만 포기하는 건 아니에요. 다시 시도할 거예요."

그도 울면서 창밖으로 몸을 내밀어 고모를 꼭 안아주었대. 고모는 샤오탕이 그렇게 담담한 모습을 보이리라고는 생각지 못했다더군. 그가 한바탕 거친 욕을 퍼부을 줄 알았던 거지. 고모는 뭘 어떻게 해야 좋을지, 무슨 말을 해야 좋을지 몰랐대. 나중에 이 일을 회상하면서 고모는 항상 이렇게 말하곤 했지.

"세상에 샤오탕보다 더 좋은 사람은 없을 거야. 하지만 난 그에게 미안하다는 말 한마디 하지 못했어."

고모가 후회하는 게 고작 이것뿐이었을까? 하지만 물어보진 않았어.

저녁에 우리는 또 그 작은 방에서 각자 침대 위아래 층을 차지하고 누웠지. 아주 오래 못 본 사람들처럼 얘기를 시작했어. 내가 먼저 고모한테 왜 가지 않았느냐고 물었지.

"마음을 놓을 수가 없었어. 네가 정말 사람들을 놀라게 하는 일을 저지르기라도 하면 어떡하니? 너를 그렇게 마음대로 하도록 내버려둘 수가 없었어."

고모는 이렇게 대답하면서 손을 뻗어 내 귓바퀴를 어루만졌어. 예전에도 몸에 열이 날 때면 고모가 날 이렇게 어루만져주곤 했지. 갑자기 눈두덩이 뜨거워지면서 눈물이 흘러내리더군. 떠날 수 있을 때 남는 것을 선택한 사람은 고모가 처음이었어. 그것도 날 위해서였지. 내가 말했어.

"기억나요? 예전에 고모가 그랬잖아요. 점쟁이가 고모는 평생 멀리 가지 못할 운명이라고, 어디에도 가지 못한다고 했다면서요."

고모가 고개를 끄덕였어.

"오늘 기차역에서 집으로 돌아오는 길에 나도 문득 그 일이 생각났어. 정말 그런 것 같아. 그렇지 않다면 왜 기차만 보면 형장에 끌려가기라도 하는 것처럼 마음이 허전하고 다리에 힘이 풀리겠니. 슬픔은 어쩔 수 없지만 일단 가지 않기로 결정하고 나니 마음이 한결 가벼워지더구나. 하지만 버스를 타고 돌아오는 길에 차창 밖으로 난위안이 보이자 나는 큰 소리로 울음을 터뜨리고 말았어. 차 안에 있던 사람들이 전부 놀라 쳐다봤지. 줄줄 흘러내리는 눈물을 주체할 수가 없었어. 시장에 가면서도 눈물을 훔쳤지. 야채를 사러 나온 천陳씨 아저씨도 몹시 놀라면서 왜 우느냐고 묻더구나. 남들이 이날 아침에 내게 있었던 일을 어떻게 알겠니? 나는 남방까지 갔다가 다시 돌아온 기분이었어."

고모는 서글프게 웃었어.

"난 정말 쓸모없는 사람 같아. 아무래도 기차가 쉬저우徐州에 도착한 뒤에 지난으로 돌아올 생각을 했어야 하는데 말이야."

고모의 마음이 가라앉은 다음 내가 말했어.

"내가 무서운 일을 저지르게 하고 싶지 않다면 고모가 아는 걸 다 말해줘요."

고모는 아무 말도 하지 않고 고개를 숙인 채 손만 비벼대더군. 내가 말했어.

"고모가 말해주지 않아도 난 이미 다 알고 있어요."

고모는 길게 한숨을 내쉬더라고.

"말해주기 싫은 게 아니라 난 정말 아무것도 몰라……."

"고모는 범인들 가운데 또 한 사람이 리지성이라는 걸 일찌감치 알고 있었어요."

고모는 고개를 가로저으며 한사코 부인하더군.

"난 정말 몰라. 난 그저 그럴지도 모른다고 추측만 했을 뿐이야."

내가 어떻게 그런 추측을 하게 되었느냐고 묻자 고모는 또 잠시 망설이다가 마침내 입을 열었어.

왕량청이 자살한 직후에 리무위안이 자주 왕루한 집 건물 아래 모습을 드러냈대. 대부분 밤이 깊어진 뒤에 창문 아래 잠시 서 있다가 가곤 했다더군. 한번은 우리 고모가 지나가는 사람으로 가장하고 그 곁을 지나가자 고모를 본 그는 몹시 당황한 모습으로 몸을 돌려 가버리더래. 나중에 우리 고모는 또 왕루한이 문을 나설 때, 리무위안이 뒤따르는 것을 보게 되었지. 몰래 뒤를 밟는 것이 아니라 왕루한도 그가 뒤에 따라오고 있다는 걸 알았어. 두 사람은 그렇게 앞뒤로 함께 걸어서 채소 시장까지 갔다가 식료품점과 약방에도 들렀지. 그 모든 과정에서 두 사람 사이에는 아무런 접촉도 없었어. 한번은 조개탄 가게에 갔다가 왕루한이 수레에 조개탄을 싣고 오는 길에 수레가 전복되는 바람에 조개탄이 전부 길바닥 위에 흩어지자 리무위안이 달려가 함께 수습하려 했어. 하지만 그녀는 애써 그를 밀쳐냈지. 그는 뒤로 벌러덩 자빠졌지만 다시 일어나 조개탄을 주웠어. 그녀는 다시 그를 밀어버렸어. 이러기를 여러 번 반복하다가 결국에는 밀어내지 않고 옆에 서서 그가 조개탄 줍는 모습을 지켜봤지. 그런 다음 그에게 수레를 밀게해서 집으로 돌아왔어.

우리 고모 말로는 나중에 니희 아빠가 끊임없이 왕루한을 귀찮게 했다고 하더군. 리무위안이 갑자기 나타나 그녀를 빼내려다가 너희 아빠에게 맞아 부상을 당한 적도 있대. 사람들은 리무위안이 왕루한을 좋아한다고 소문을 퍼뜨리기 시작했지. 고모는 고개를 가로저었어. 하지만 나는 문제가 그리 간단치 않다는 걸 알았지. 내가 고모에게 왜 간단하지 않은지 물었어.

"그건 겉으로 다 드러낼 수 없는 감정이었거든."

고모는 아주 천천히 또박또박 말했어. 눈빛이 몹시 엄숙했지. 학생의 잘못을 발견한 여선생 같았어. 이는 확실히 내 이해능력 범위를 벗어나는 일이었어. 두 사람 사이의 미묘한 감정을 알 수 없었고, 왜 이

것만 가지고 리지성과 관계가 있다고 유추할 수 있는 건지 이해가 되지 않았어. 생각하다 못해 내가 다시 물었지.

"고모는 일찌감치 뭔가를 의심하고 있었던 거예요. 그래서 그의 뒤를 쫓은 것이고요."

고모는 금세 안색이 바뀌면서 누가 그들 뒤를 쫓았냐고 반문하더군. 나는 그냥 한번 찔러본 것에 불과했어⋯⋯. 나는 아무 말도 하지 않았지. 과거의 경험에 의하면 고모가 이처럼 긴장하는 모습은 거짓말을 하고 있다는 것을 의미했어. 그렇다면 고모는 왜 거짓말을 하는 걸까? 나는 한동안 그 이유가 생각나지 않았어. 일단 접어두는 수밖에 없었지. 그런 다음 가장 중요한 문제를 던졌어.

"그가 누군지 추측하고 있었다면 어째서 할머니와 우리 아빠에게 말해주지 않는 거예요?"

고모가 말했어.

"놀라서 죽는 줄 알았네. 사람 머리에 못을 박는 자라면 무슨 짓을 못하겠어? 내가 그자를 잡아낸다면 그가 우리에게 무슨 짓을 할지 누가 알겠니? 만에 하나 그가 감옥에 들어갔다가 더 많은 사람의 죄상을 털어놓게 되면 어떡해?"

"뭘 어떡해요. 다 잡아넣으면 되지."

고모는 고개를 절레절레 흔들었어.

"일이 갈수록 커지다가는 결국 수습하기 어려워질 거야."

"수습할 수 없게 된다는 게 무슨 뜻이에요?"

"너는 당시 상황이 어땠는지 보지 못했잖아? 걸핏하면 가두 비판투쟁이 벌어졌어. 오늘은 이 사람을 비판하고 내일은 저 사람을 비판하는 터라 언제 화살이 자신을 향하게 될지 알 수 없었지. 너희 할아버지도 비판투쟁 때문에 그렇게 되신 거잖아? 사태가 어떻게 돌변할지 누구도 통제할 수 없었다고, 알아? 자신이 타당하다고 주장하던 사람들이 결국 재수없는 상황에 직면하는 일이 비일비재했다고. 결국 가장 좋은 방법은 아무 말도 하지 않고 어떤 일에도 관여하지 않는 거였어."

내가 물었지.

"고모는 그들이 밉지 않나요? 그들이 할아버지를 저 모양으로 만들어놓았잖아요. 할머니 말로는 할아버지가 원래 원장이 될 수 있었다고 하던데요."

고모가 긴 한숨을 내쉬고 나서 말을 받았어.

"그건 불가능한 일이었어."

"왜요?"

"너희 할아버지 운명에는 병원 원장이란 게 존재하지 않았지. 너희 할아버지는 보통 사람이었어. 일본 놈들을 때려잡을 때 목숨을 잃지 않은 것만으로 충분히 운이 좋은 셈이었다고."

"그럼 누가 보통 사람이 아니었나요?"

"리지셩이 그런 사람이었어. 그의 얼굴을 자세히 살펴보면 범상치 않다는 것을 알 수 있었지. 정말 인물이었어."

"관상쟁이가 그렇게 말했나요?"

내가 물었어.

"아니, 내 느낌이 그랬어. 내 느낌은 아주 정확하거든. 문화대혁명이 막 시작되었을 때, 나는 우리 집에 큰 낭패가 닥칠 거라고 느꼈어. 그리고 정말로 그렇게 됐지. 너희 엄마가 막 시집왔을 때도 나는 오래 같이 살지 못할 거라는 예감이 들었어……."

고모는 잠시 말을 멈추고 나를 쳐다봤어. 줄곧 몹시 조심하는 눈치였지. 그 전까지는 고모가 우리 엄마를 거론한 적이 한번도 없었거든. 이런 화제는 철창에 갇혀 있는 사자 같아서 일단 밖으로 뛰어나오면 우리 전부를 물어뜯어 상처를 입힐 거야. 그러고 나서 고모는 나를 꼭 껴안으면서 이제 돌아왔으니 다시는 떠나지 않을 거라고 말했어. 그러면서 내게 다짐을 요구하더군.

"너도 약속해. 다시는 무슨 복수 같은 건 생각하지 않겠다고 말이야. 날 믿어. 우리는 절대로 그를 쓰러뜨리지 못해. 네가 정말로 복수하고 싶다면 공부나 잘하도록 해. 훌륭한 사람이 되어 그들 앞에 떳떳한 모습을 보여주란 말이야."

나는 멍한 표정으로 고모를 바라보며 물었어.

"고모, 고모의 말은 내가 보통 사람이라는 거예요?"

"그건 아니야."

고모가 딱 잘라 말했어.

"나는 앞으로 너만 바라보고 살아야 할 것 같아. 어서 가서 자라."

고모가 내 등을 가볍게 두드리며 말했어.

너무나 고맙게도 나는 다시 이 침대 위로 돌아와 편하게 잠을 잘 수 있었어. 침대 위층으로 기어올라온 나는 썰렁한 이불 속으로 파고들어갔지. 다음 날은 학교로 돌아가 수업을 해야 했어. 채소 시장 건너편에서의 아름다운 생활이 막 시작되었는데 이렇게 막을 내리고 만다는 것을 생각하니 마음속으로 허전한 느낌을 피할 수 없더군. 하지만 고모가 내가 보통 사람이 아니라고 말해준 걸 생각하니 한편으로 투지가 용솟음쳤어.

잠시 뒤 또 한가지 일이 생각나 고모에게 물었지.

"그 왕루한이라는 사람은 나중에 어떻게 됐나요?"

한참이 지나서야 고모의 대답을 들을 수 있었어. 잠이 막 들었다 깼거나 왕루한이 도대체 어디로 갔는지 기억이 잘 나지 않아서 그런 것 같았어.

"왕루한은 그녀 오빠가 데려갔어."

고모가 말했어.

"다시는 난위안으로 돌아오지 않았지."

잠들기 전에 나는 왜 고모가 거짓말을 했는지 생각해봤어. 리무위안과 왕루한을 따라가기로 하고서 이걸 인정하지 않았지. 며칠 지나지 않아 이 문제에 대한 해답이 수면 위로 떠올랐어. 그날 오후 내가 집으로 돌아가보니 할머니가 컵라면을 먹고 계셨어. 고모는 위가 아파 밥도 못하고 누워 있다고 하더군. 작은 방으로 가보니 고모가 침대에서 내려오면서 내게 리무위안이 죽었다고 했어. 대형 트럭에 치여 죽었대. 그걸 어떻게 알았냐고 물었더니 교회에서 그의 어머니를 위해 추도회를 마련했고, 거기에 참석했던 사람이 알려줬다더군. 고모는 손등을 비비면서 무척 초조한 모습을 보였어. 자신도 가서 뭔가를 해야 한다고 생각하는 것 같더군. 내가 잠이 들자 고모는 몰래 몸을 일으켜 방을 빠져나갔어. 잠시 후에 문 닫히는 소리가 들렸지. 고모기 밖으로 나간 거였어. 나는 침대 아래층으로 기어내려와 맨발로 창가에 다가갔어. 밖은 몹시 추웠지. 길에는 사람 그림자 하나 없었어. 고모는 가로등 아래 쪼그리고 앉아 성냥을 그어 불을 붙이더군.

바람이 아주 세서 불이 금세 꺼져버렸어. 고모는 성냥을 하나 더 켜서 손으로 감싸고는 품안에서 빨간색 일기장을 꺼내 한 장 한 장 찢어 불속에 던져넣기 시작했어. 그러는 과정에서 몇 번 동작을 멈추기도 했지. 찢어낸 종이 위에 쓰인 내용을 읽는 것 같았어. 마침내 고모가 빨간 일기장 겉장까지 전부 불 속에 던져넣자 갑자기 불꽃이 높게 치솟더군. 고모는 줄곧 그 자리에 쪼그리고 앉아 불꽃이 꺼지는 걸 바라보고 있었어. 불꽃은 점점 작아지다가 마침내 완전히 꺼져버렸지. 그러고 나서야 고모는 몸을 일으켜 얼굴을 한번 훔치고는 두 어깨를 감싸고 건물 안으로 들어왔어.

나는 문득 고모가 네 아빠에게 '겉으로 다 드러낼 수 없는' 감정을 갖고 있었다는 걸 의식했어. 당시에 네 아빠를 좋아했기 때문에 몰래 뒤를 따라다녔던 거지. 모두 악독한 살인범을 찾느라 바쁠 때, 고모는 오히려 자기 마음속으로 깊이 가라앉아버렸던 거야. 원래는 이런 감정을 억제하면서 외부의 분란을 피할 수 있을 줄 알았는데 곧이어 네 아빠와 왕루한의 은밀한 교제를 알게 되었던 거지. 그런 혼란은 물샐틈없이 촘촘한 그물과 같아서 도저히 피할 데가 없었어. 고모가 네 아빠를 좋아했기 때문에 비밀을 말하지 않았던 걸까? 그럴 수도 있겠지. 그랬다가는 네 아빠의 가정을 풍비박산시키고 네 아빠의 앞길까지 다 망칠 수 있었으니까 말이야. 하지만 사실은 두려움 때문이었을 거야. 일이 갈수록 커져서 시끄러워지는 게 두려웠던 거지. 결국 두려움과 사랑이 고모로 하여금 침묵을 지키게 했던 거야. 네 아빠는 고모의 사랑을 몰랐을 뿐만 아니라 고모의 두려움도 몰랐지. 네 아빠는 아무것도 몰랐어. 그리고 이제 죽었으니 더 이상 알 방법도 없어졌고 말이야. 아니, 어쩌면 고모는 그렇게 생각하지 않을지도 몰라. 네 아빠가 죽었으니 마침내 자신의 마음을 알릴 수 있다고 생각했을지도 모르지. 그래서 황급히 그 일기장을 태워버린 거야. 그 빨간 일기장은 나도 전에 어떤 상자에서 본 것 같아. 그런데 왜 펼쳐보지 않았을까? 아마 애당초 고모에게 어떤 비밀이 있을 거라고 믿지 않았기 때문이겠지.

나는 고모에게 묻고 싶은 게 아주 많았어. 고모는 진실을 알게 된 뒤에 리무위안을 어떻게 대했을까? 그를 계속 좋아했을까? 그가 여전히 변함없는 생활을 하고 있고 자신의 삶은 완전히 파괴되어버린 것을 알고서도 정말 그를 원망하거나 미워하지 않았을까? 그에게 진실을 말하고 싶은 충동을 느끼진 않았을까? 나는 자신의 처지와 당시 고모의 처지가 너무나 비슷하다는 걸 의식했어. 우리는 같은 이야기 속에 갇혀 있는 셈이었지. 다람쥐가 쳇바퀴를 도는 것 같았어. 다람쥐가 자신이 줄곧 같은 자리에 있다는 걸 알게 되면 어떤 태도를 보일까?

며칠 지나지 않아 네가 돌아왔어. 월요일이었지. 이른 아침부터 눈이 내리기 시작했어. 오후 국어 수업이 시작되기 전에 다빈이 황급히 내 앞으로 달려와 말하더군.

"리자치가 돌아왔어. 전학을 갈 거래. 걔네 엄마가 걔를 데리고 와서 전학 수속을 밟고 있어."

나는 마음이 약간 흔들리긴 했지만 그렇게 놀라지는 않았어. 네가 결국 어떤 방식으로든 떠나고 말 거라고 예감하고 있었거든. 너와 이곳에서 일어났던 모든 일이 아무런 상관도 없게 되는 것 같았어. 맞아, 너에겐 그런 자유가 있었지. 다빈이 빨개진 눈을 비비면서 말했어.

"자치가 짐을 정리하러 먼저 간다면서 너더러 학교가 파하면 그 애 할아버지 집에서 보자고 하더라."

그날 오후에는 눈발이 무척 셌어. 거센 바람이 교실 맨 뒤 창문을 마구 흔들어댔지. 유리창이 산산조각 나고 말았어. 선생님은 종회 시간이 안 됐지만 앞당겨 하교를 하라고 했지. 친구들은 책가방을 메고 삼삼오오 교실을 떠났어. 하지만 나는 내 자리에 그대로 앉아 있었지. 지난주에 자리를 바꿔 지금은 내 자리가 맨 안쪽 줄에 있었어. 라디에이터에 가까운 자리였지. 바람이 등 뒤의 그 유리 없는 창문을 통해 밀려들어오면서 차가운 공기와 더운 공기가 내 몸 위에서 줄다리기를 하고 있었어. 나는 공책을 꺼낸 다음 맨 뒤에 있는 한 장을 찢어 편지를 썼지. 단 한마디밖에 쓰지 않았지만 난 그걸 편지라고 규정했어.

리자치, 너희 할아버지가 우리 할아버지를 해친 또 한 명의 살인범이야. 하지만 난 너를 미워하지 않아. 우리는 변함없이 친구야.

나는 이 편지를 네모로 아주 작게 접어 손에 쥔 다음 재킷을 입고 교실을 나섰어. 소운동장은 완전히 눈에 덮여 한없이 넓고 공허해 보이더군. 커다란 눈송이가 하늘을 가득 메우면서 내 얼굴 위로 덮쳐오는 바람에 숨 쉬기조차 힘들었어. 나는 모자 끈을 바짝 당기고 접혀 있던 재킷 깃을 세워 목을 감싼 다음, 큰 걸음으로 앞을 향해 걸었어. 어쩌면 이게 너를 마지막으로 만나는 것일지도 모른다는 생각이 들더군. 너에게 하고 싶은 말이 아주 많았지만 기회가 없을 것 같았어. 너희 엄마는 네게 빨리 가자고 재촉할 테고, 너희 할머니는 옆에서 아주 차가운 눈빛으로 우리를 쳐다보겠지. 우리한테 시간이 얼마나 있을까? 10분? 아니면 30분? 내가 이 시간을 어떻게 분배해야 하는 걸까? 너를 위로하는 데 시간을 얼마나 쓰고 너에게 작별을 고하는 데 또 시간을 얼마나 할애해야 하는 걸까? 너를 안아주고 싶지만 작별을 고하는 시간에는 이런 바람조차 사치겠지? 나는 편지를 네 손에 쥐여주고 재빨리 몸을 돌려 달아났어. 얼마 지나지 않아 귓가에 "빨리, 더 빨리" 하는 소리가 들리더군. 하지만 내 걸음은 갈수록 느려졌어. 캉캉 잡화점 앞에 이르러서는 완전히 멈춰버렸지.

잉잉 구슬프게 우는 소리가 들리더군. 개가 우는 소리 같았지만 어디서 나는지는 알 수 없었어. 잡화점 안은 불이 켜져 있지 않아 무척 어두웠고 문에는 자물쇠가 채워져 있더군. 날씨가 좋지 않아 주인이 일찌감치 가게 문을 닫은 거였어. 나는 가게 문 앞 울타리 쪽으로 다가갔어. 그곳에는 긴 나무 탁자가 하나 있었지. 이전에는 떠돌이 개 한 마리가 종종 그곳을 찾곤 했어. 비쩍 마른 데다 한쪽 다리를 저는 개였지. 네가 그 개한테 여러 번 먹을 걸 준 적도 있잖아. 나는 탁자 아래 요구르트나 사이다 병을 놓아두는 바구니를 당겨봤어. 개는 그 안에도 없더군. 또다시 구슬피 우는 소리가 들려왔어. 자세히 방향을 가늠해보니 울타리 오른쪽이었어. 그쪽에는 배수로가 하나 있었지. 가까이 다가가 보니 배수로 안에 시커먼 물체 하나가 가볍게 몸을 떨고 있었어.

"너 여기 있었구나."

내가 나직한 목소리로 말했어.

떠돌이 개는 애절하게 몇 번 짓더니 천천히 고개를 들더군.

그 얼굴은 영원히 잊지 못할 것 같아. 눈과 코의 절반이 딱딱한 덮개 안에 가려져 있었거든. 철제 마스크를 쓰고 있는 것 같았어. 눈에서 흘러나온 고름이 진흙과 뒤섞여 아주 두꺼운 부스럼 딱지를 이뤄 얼굴의 절반을 뒤덮고 있었던 거야. 길이 완전히 보이지 않다보니 발을 헛디뎌 배수로에 떨어진 거지. 다리가 온전치 못해 위로 올라올 수도 없었던 거야.

나는 쪼그리고 앉아 이 개를 바라보고 있었어. 녀석은 내가 가까이 다가오고 있는 걸 감지하고는 흥분해서 계속 소리를 질러대더군. 최대한 몸을 지탱하려고 애쓰면서 여러 번 일어서려고 시도하기도 했어. 그러다가 목을 길게 빼고는 나를 보려고 발버둥쳤지. 내가 보이지 않다보니 녀석은 내가 자신이 그곳에 있다는 걸 알고 바라보게 하고 싶었던 거야. 그 두꺼운 가면 뒤에 기대에 가득 찬 두 눈이 있었던 거지.

"겁낼 것 없어."

나는 녀석을 쓰다듬으면서 털 위에 내려앉은 눈을 털어주었어. 녀석의 몸은 상상했던 것보다 훨씬 따스하더군. 녀석은 그 자리에 얌전히 엎드려 목으로 계속 서글픈 소리를 내고 있었어.

내가 갑자기 거칠게 손을 거둬들이자 녀석은 뭔가를 감지했는지 두려운 듯이 고개를 들어 목을 곧추세운 채 나를 찾더군. 나는 두 손을 배수로 옆에 쌓인 눈 속에 집어넣어 눈을 배수구 안으로 밀어넣었어. 눈덩이가 쏴르르 녀석의 등 위로 쏟아졌지. 녀석은 격렬하게 몸을 떨었어. 이어서 나는 배수로 반대쪽으로 한쪽 발을 뻗어 주위에 있는 눈을 전부 배수로 안으로 밀어넣었어. 눈이 녀석의 목까지 차오르면서 있는 힘을 다해 쳐들고 있는 녀석의 얼굴만 남았어. 녀석은 나를 바라보고 있었지. 어떻게든 자신이 나를 바라보고 있다는 걸 알리고 싶었던 거야. 목 깊은 곳에서 단속적으로 가느다란 소리가 흘러나왔어. 이미 추위에 지쳐 몹시 가늘어진 목소리였지. 나는 녀석의 그 시커먼 가면을 바라보면서 그 뒤에 있을 두려움으로 가득한 눈동자를 상상했어. 너무나 미천한 생명이었지! 나는 잡화점 울타리 쪽으로 걸어가 세숫대야를 꺼냈어. 그걸로 쌓인 눈을 담다가 배수로 안에 쏟아부었지. 푸석푸석한 눈이 얼굴에 덮인 무거운 진흙과 뒤섞이자 개는 머리를 털어 눈을 떨어내기 시작했어. 나는 계속해서 눈을 쏟아부어 녀석의 얼굴을 가려버렸지. 단단한 껍질로 응고되어 있던 고름이 흰 눈에 의해 조금씩 작아졌어. 머리를 흔들면 조금 작아지고, 또 머리를 흔들면 다시 작아지기를 반복했어. 다 사라지고 나자 녀석은 조용하게 몸짓을 멈췄어. 나는 손에 쥐고 있던 편지를 바닥에 내려놓고 눈을 몇 대야 쏟은 다음, 세숫대야로 단단하게 눌러두었어.

시간이 얼마나 지났는지 모르지만, 몸을 일으켜보니 이미 다리가 마비되어 있더군. 두 손은 얼어서 빨갛게 부어 있었지. 하늘은 완전히 어두워져 있고 눈은 여전히 멈추지 않고 내리고 있었어. 눈송이가 하늘에서 아주 빠른 속도로 떨어져내렸어. 모래시계 바닥으로 흘러내리는 한 알 한 알의 시간 같았지. 이미 사라져 더 이상 내게 속하지 않는 시간 같았어. 갑자기 가로등이 일제히 켜지면서 불빛이 땅 위를 환하게 밝히자 쌓인 눈의 더러운 모습이 그대로 드러났어. 나는 대야를 제자리에 도로 가져다놓고 손을 주머니에 넣은 채 집 쪽을 향해 걸었어.

집에 도착해 문을 열고 들어서니 할머니와 고모가 막 식사를 하더군.

"밖이 아주 춥지?"

고모가 물었어.

"네."

나는 짧게 대답하고는 손도 씻지 않은 채 식탁에 앉았어. 고모가 만터우를 하나 잘라 절반을 내게 건네더군. 나는 하얀 표면에 지문이 깊이 찍히도록 만터우를 손으로 꼭 눌렀어. 김이 모락모락 나는 눈을 쥐고 있는 것 같았지. 손가락이 서서히 녹으면서 깊게 새겨진 지문이 점점 사라지는 듯한 느낌이 들었어. 나는 아주 깊게 숨을 내쉬었어.

오랜 세월이 흐르면서 나는 이 일을 거의 기억하지 못했어. 그날 잡화점 문 앞까지 갔다가 그냥 집으로 돌아왔던 것만 기억났지. 이유는 모르겠어. 날씨 때문인지 아니면 너희 할아버지 집에 가기 싫어서였는지 잘 모르겠어. 기억의 한 단락이 사라져버렸어. 나는 그 떠돌이 개를 만나지 않았던 거야. 아니, 그 개는 애당초 이 세상에 존재하지도 않았던 거지. 지금 생각났어. 20여 년이 지나 처음으로 가면을 쓴 그 개의 얼굴이 뚜렷하게 떠오른 거지. 그 개는 그토록 비천하게, 아무 소리도 없이 조용히 살아 있었던 거야. 이런 생명은 아무 의미도 없지. 안 그래? 이런 생명에 종지부를 찍어주는 게 내 책임이라는 생각이 들었어. 그런 과정이 내게 만족감을 줄지 아니면 나를 더욱 공허하게 만들지는 알 수 없었지. 갑자기 너를 만나러 가고 싶지 않았어. 왠지 모르지만 어떤 원심력이 나를 떨어버리는 것 같았어. 나는 원래의 궤도에서 벗어나 잘 쓰인 이야기의 각본에서 이탈해버렸지.

챗바퀴를 도는 다람쥐가 자신이 계속 같은 자리 위를 달리고 있다는 사실을 알게 되어도 여전히 달릴까? 나는 편지를 배수로에 던져넣는 순간, 자신이 챗바퀴를 도는 그 다람쥐 같다는 생각이 들어 갑자기 걸음을 멈춰버렸어.

리 자 치

셰톈청을 다시 만난 건 지난해였어. 기차역 옆에 있는 카페에서였지. 구석에 있는 창문을 통해 밖을 바라보니 눈이 내린 뒤에 진흙탕으로 더럽혀진 육교가 보이더군. 그 위에서 도리우치 모자를 쓴 남자가 싸구려 장난감을 팔고 있었어. 눈동자에 불이 들어오는 화난 새가 날개를 퍼덕이며 공중을 한 바퀴 날았다가 다시 땅 위에 내려앉더군. 육교의 또 다른 쪽에서는 기차역 첨탑에 달린 종이 보였어. 그리고 '베이징 역'이라는 붉고 큰 글자가 눈에 들어왔지. 그가 오기를 기다리는 동안 나는 줄곧 역사를 바라보고 있었어. 새까만 인파의 모습도 희미하게 눈에 들어왔지. 그 새까만 인파 속으로 그가 열두 살의 나를 데리고 빠른 걸음으로 대합실로 들어서고 있었어. 문에 들어서는 구간에는 사람이 아주 많았기 때문에 그는 본능적으로 내 손을 잡아당겼지만 나는 금세 뿌리쳤어. 그는 고개를 돌려 나를 향해 가볍게 웃어주더군. 약간 어색한 웃음이었지만 괜찮으니까 걱정하지 말라고 말하는 듯했어. 왠지 모르지만 나는 줄곧 그 웃음을 잊을 수가 없었어. 어쩌면 너그러운 선의를 드러내는 웃음이었기 때문인지도 모르지. 불쌍한 블랑쉬(아서 밀러의 희곡 『욕망이라는 이름의 전차』의 주인공)는 자신이 의지하는 것이 낯선 사람들의 그런 약간의 선의라고 말했었지.

그가 나타났어. 나는 그가 내 쪽으로 다가오는 모습을 바라보면서 내가 열두 살 때 봤던 그와 키가 달라지지 않았다는 사실에 큰 위안을 얻었어. 하지만 사실 직관에 의지하지 않았다면 다가오고 있는 사람이 그라는 것을 알아채지 못했을 거야. 그는 아주 늙어 보였거든. 눈두덩이 푹 파인 데다 귀밑털 옆에는 커다랗게 검은 반점도 나 있더군. 손등에도 반점이 아주 많았어. 그가 자리에 앉아 주머니에서 담배를 꺼낼 때 손등을 유심히 쳐다봤지.

"우리 거의 20년 만이지요?"

그가 묻더군.

"18년이에요."

내가 말을 받았지.

"내 딸도 벌써 열여섯 살이에요."

그가 말했어.

"이미 남자친구도 있다니까요."

품이 넓은 그 갈색 스웨터가 몸 위에서 출렁이며 반짝거렸어. 안에 셔츠를 받쳐 입지 않아 거무튀튀한 목이 그대로 드러났지. 그는 내게 운연雲烟(윈난성 위시 지방에서 나는 특산 담배)을 한 개비 건네더군. 나는 입맛에 맞지 않는다고 말하고는 주머니에서 내 담배를 꺼냈어.

"자치씨도 이 담배를 피우는군요?"

그가 '520'(타이완 전매청이 제조한 담배로 필터 부분에 빨간 하트 모양이 양감되어 있다. 520이란 숫자는 '사랑해'라는 뜻의 중국어 '워아이니我愛你'와 발음이 비슷해 젊은이들 사이에서 SNS 용어로 자주 쓰인다) 담뱃갑을 집어들고 이리저리 살펴보며 말을 이었지.

"아주 여러 해 동안 보지 못했던 담배네요."

나는 담배를 한 모금 빨고는 고개를 숙여 필터 부분에 촉촉하게 젖은 빨간 하트 모양을 내려다봤어. 가끔씩 립스틱을 바른 직후에 이 담배를 피우기도 했지. 그저 립스틱 자국이 하트 주위에 찍히는 것을 보기 위해서였어.

그는 한동안 나를 멍하니 바라보더니 곧 정신을 차린 듯이 빙긋이 웃더군.

당시 셰텐청은 모스크바에서 사업을 하고 있었어. 링이玲姨와 마찬가지로 나중에는 별다른 일을 하지 않고 항상 규모가 큰 장사만 하고 싶어했지. 여러 차례 큰 사업에 도전했다가 실패한 뒤로 결국 최근에는 마음을 접은 모양이야. 다행히 일찌감치 러시아에서 번 돈으로 집을 몇 채 사놓은 덕분에 매달 임대료를 받을 수 있었지. 예전에 차도 몇 대 사놓았다더군. 지금은 번호판이 돈이 되는 터라 이것도 임대해서 돈을 벌고 있었어. 그 돈까지 합치면 가정을 부양하는 것은 문제없었지. 그는 아주 평온하고 한가로운 세월을 보내고 있었어. 시간도 아주 많았지. 평소에는 주식투자를 하거나 마작을 하다가 저녁에는 과거에 함께 러시아에 갔던 친구들과 술을 마셨어. 대부분 집에 돌아가기 싫어했지. 마누라들이 전부 갱년기에 들어섰거든.

날은 아주 빨리 어두워졌어. 창밖의 역사는 이미 보이지 않았지. 하지만 '베이징 역'이라는 글자는 여전히 선명하게 텅 빈 밤하늘 위에 걸려 있었어. 우리는 장사가 아주 잘되는 휘궈火鍋(얇게 썬 고기와 야채 등 갖가지 재료를 국물에 데쳐 양념장에 찍어 먹는 음식) 집을 찾아 들어갔어. 그가 내 근황을 묻기 시작했지. 패션 잡지 편집자라는 직업에 대해 관심이 꽤 많더군. 아주 신선한 직업이라고 생각하는 듯했어. 내가이미 사직했다는 사실을 알고는 무척 아쉬워하더라고. 내가 여전히그 잡지를 위해 인터뷰 같은 일을 하고 있다고 말했더니 누구를 인터뷰하느냐고 묻더군. 나는 대충 몇몇 사람의 이름을 늘어놓았어.

"나는 쉬치舒淇(타이완 출신 유명 여배우)가 참 좋더군요!"

그가 말했어.

"입이 좀 큰 편이던데, 그 여자가 정말 그렇게 섹시한가요?"

눈앞에서 훠궈가 끓기 시작했어. 아홉 칸으로 나뉜 냄비 안에서 서로 다른 식재료들이 국물 속에서 요란하게 몸을 뒤집고 있었지. 서로다른 사람들이 제각기 자기 인생을 살지만 결국 한가지 의미로 귀결되는 것처럼 보였지. 그는 담배를 손에 쥔 채로 아주 뜨거운 양고기한 점을 집어 입에 넣은 다음, 차가운 맥주를 한 모금 들이키더군. 이상하게도 맞은편에 앉아 있는 이 남자는 이미 완전히 과거의 모습이아니었는데도 몸에 1990년대의 분위기가 가득 배어 있는 것 같았어.기차와 모스크바, 매혹적인 일확천금의 꿈이 그대로 남아 있었지. 링이와 마찬가지로 그는 말을 끊임없이 했어. 좋은 시절은 이미 다 지나갔고 지금은 모든 게 엉망진창이라고 웅변하는 것 같더군. 갈수록 더알아듣기 어려웠어. 그 시대의 분위기가 가득 펼쳐지면서 나는 아빠가 아주 가까운 곳에 있는 듯한 착각을 일으켰지. 하지만 그는 아빠에 대해선 일체 언급하지 않았어.

훠궈 집은 쇼핑몰 안에 있어 일찍 문을 닫았어. 우리는 또 다른 술집을 찾아 들어갔지. 그가 선택한 곳이었어. 강가에 위치해 있었지.당구대도 있고 축구 경기도 볼 수 있는 아일랜드식 바였어.

"내가 전에 자주 오던 곳이에요."

그가 맥주를 한 모금 들이켜고 나서 말했어.

"요즘 자치씨같이 젊은 사람들은 뭘 하면서 노나요? 카페나 바 같은 데서 시간을 보내기도 하나요?"

"가끔이요."

내가 말했어.

"젊은 사람들이 뭘 하고 노는지는 저도 잘 모르겠어요."

그가 껄껄대며 웃었지.

"자치씨 세대는 스스로를 노련하고 침착한 사람처럼 꾸미는 걸 좋아하지요…… 결혼은 했나요?"

그가 물었어.

"아니요."

"삶을 함께할 사람을 찾는 게 좋아요. 자신의 능력을 과신하면서 뭐든 다 할 수 있다고 자만하는 건 바람직하지 못하지요."

그가 말했어.

당시 나는 탕후이와 함께 살고 있었어. 헤어지고 난 뒤에도 그는 줄곧 나를 걱정했지. 걸핏하면 전화를 걸어와 자신의 근황을 얘기하곤 했어. 아주 만족스런 논문을 썼고, 아주 재미있는 사람을 만났으며, 한번도 먹어보지 못한 음식을 먹었다는 등 모든 걸 다 얘기했어. 쉬야천과 헤어진 지 1년쯤 되었을 때, 그가 말하더군.

"자치가 심은 꽃이 피었는데 와서 보지 않을래?"

우리는 창가에 함께 서 있었어. 그가 창밖을 내다보면서 말했지.

"자치는 좀 고집스럽고 제 잘난 맛에 사는 부분이 없지 않지. 하지만 자치를 행복하게 해줄 수 있는 사람은 나밖에 없는 것 같아."

그가 내 손을 잡아당겨 자기 가슴 위로 가져갔어. 2주 뒤에 나는 그의 집으로 이사했지. 우리는 푸들을 한 마리 키우기 시작했어. 녀석은 거실에서 자기도 하고 창고에서 자기도 했지. 창고는 녀석이 자려고 하지 않을 때를 위해 마련해준 보금자리였어.

"이틀 전인가, 예전에 함께 모스크바에 갔던 친구를 한 명 만났어요. 자치씨 아빠 얘기를 하더군요."

세텐청이 말했어.

"뭐라고 하던가요?"

"자치씨 아빠가 자기한테 거액의 빚을 졌다고 하더군요."

"얼마나요?"

"아주 큰 액수예요. 1993년부터 지금까지 이자를 합산한 금액이지요. 최근 몇 년 동안 방방곡곡으로 왕루한을 찾아다닌 모양이에요. 그녀에게 돈을 받아낼 심산이었지요. 그 친구가 자치씨를 찾아내면 그냥 놔주지 않을 거예요."

"왕루한을 찾지 못했나요?"

"못 찾았대요."

그는 나를 한번 힐끗 쳐다보고는 말을 이었어.

"왜요? 못 믿겠어요? 나도 그 친구를 10년 넘게 못 만났거든요."

"나중에 나는 또 두 분이 같이 있지 않았을까 하는 생각을 했어요."

"그러지 못했어요. 자치씨가 바라던 것처럼 말이에요."

그가 빙긋이 웃더군.

세텐청은 자신이 좋아했던 것은 아마도 일정한 시간 어떤 특정 상태에 있는 왕루한이었던 것 같다고 말했어. 그녀가 입술선 밖까지 요염하게 립스틱을 바르고 흐릿한 눈빛으로 한 개비 또 한 개비 줄담배를 피우면서 고개를 돌려 입안 가득한 연기를 그의 얼굴 위로 내뿜고는 이내 깔깔대며 웃음을 터뜨렸대. 그는 약간의 광기가 가장 적절한 정도의 신경질에 머물러 있던, 그래서 장점처럼 보였던 그녀를 사랑했다고 하더군. 하지만 나중에 그녀는 정말로 미쳐버렸지.

우리 아빠가 세상을 떠나고 두 해 동안 셰텐칭은 왕루한과 서로 왕래했어. 그는 자신이 그녀에 대해 환상을 품고 있었던 것이 분명하다고 인정하더군. 그녀는 이사를 하고 머리를 짧게 자른 다음, 왕푸징王府井 백화점에서 화장품 판매 일을 하기 시작했어. 손님이 없을 때면 종잇조각에 향수를 뿌려 힘껏 허공에 대고 흔들어야 했지. 그는 그녀를 두 번 찾아갔어. 그녀가 그에게 물었지.

"내 몸에서 나는 향수 냄새를 맡을 수 있어요?"

"있지."

"무슨 향수예요?"

"아주 달콤한 향기로군. 단향목 냄새도 약간 나는 것 같고."

"맞아요. 하지만 저 자신은 아무 냄새도 맡지 못해요."

출근할 때면 그녀는 친 노파를 집 안에 가둬두었어. 그는 주말마다 집으로 그녀를 만나러 갔지. 그녀의 태도에서 일말의 변화를 찾고 싶었던 거야. 하지만 그녀는 항상 그렇게 냉담한 모습이었어. 아무런 내색도 하지 않았고, 그가 완전히 포기하도록 거친 모습을 보이지도 않았어. 1995년이 되자 친 노파는 심한 폐렴에 걸리고 말았어. 한겨울에 집에 혼자 있으면서 창문을 전부 열어놓았던 거야. 반년이 지나지 않아 결국 친 노파는 세상을 떠나고 말았지. 그는 왕루한을 도와 또 한 차례 장례를 치러야 했어. 당시 그는 친 노파의 죽음이 어쩌면 오히려 더 잘된 일인지도 모른다고 생각했어. 왕루한이 어두운 그림자로부터 완전히 벗어나 새로운 삶을 살 수 있을 거라는 기대에서였지. 확실히 그녀는 새로운 삶을 시작한 것 같았어. 어디서 알게 됐는지 모르지만 종교를 가진 사람들과 어울리더니 예수를 믿기 시작했지. 잠자기 전에 성경을 조금 읽고 주일마다 예배당에 가는 그런 신도가 아니라 확실하게 행동하는 신도였어. 매순간 어떻게 자신의 죄를 사함받고 어떻게 해야 하나님을 기쁘게 할 수 있는지를 생각했지. 그녀는 교회에서 조직한 갖가지 활동에 참가하면서 병원과 복지원, 장애인 협회 등을 찾아다녔어. 비가 오나 바람이 부나 변함없이 이런 활동에 한번도 빠지지 않고 참가했지. 셰톈칭은 그렇게 고집이 센 신도는 한 번도 본 적이 없다더군. 그런 활동이 좋은 일을 함께 누리려는 노력처럼 느껴졌어. 나중에 그녀가 실종되자 집으로 몇 번 찾아가봤지만 전부 허탕이었지. 이웃 사람 하나가 그녀가 트렁크를 끌고 한 중년 부인을 따라가는 걸 봤다고 말해주더래. 그는 그녀가 아는 사람들을 전부 찾아가 물어봤지만 그녀가 어디에 있는지 아는 사람은 하나도 없었지. 그렇게 시간이 가는 동안 그는 몹시 의기소침해졌어. 매일 저녁 바에 가서 술을 마시면서 온몸에 반짝거리는 비늘이 달린 옷을 입은 여자가 무대 위에서 엉덩이를 흔들며 춤추고 노래하는 모습을 바라봤지. 술에 취하면 머리를 테이블에 파묻고 잠이 들었다가 새벽 4~5시가 되어서야 술집을 나서기도 했어. 술집 문을 열고 밖으로 나오면 하늘은 이미 환해져 있지만 거리에는 사람 그림자 하나 없었지. 천천히 집을 향해 걷는 그의 마음속은 환멸로 가득 찼어. 다시는 기분이 좋아질 것 같지 않았지. 하지만 사실 이런 세월이 지속된 것은 겨우 한 달에 불과했어. 어느 날 저녁 또다시 술을 마시러 바에 갔더니 무대에서 노래하는 여자가 다른 사람으로 바뀌어 있었지. 이번에는 취하지 않고 마지막 한 곡까지 노래를 다 듣고 있었어. 여자가 무대에서 내려오자 그는 그녀에게 술을 한잔 사주었지. 그때부터 그는 매일 그녀가 노래를 다 끝내기를 기다렸다가 술을 한잔씩 사주곤 했어. 이렇게 두 주가 지난 어느 날 저녁, 그는 그녀를 바에서 데리고 나왔지. 그리고 그녀와 집중적인 연애를 했어. 그러다가 지금의 아내를 만나서 금세 결혼했지.

"나는 어느 면에서도 자치씨 아빠와 비교가 안 돼요. 하지만 왕루한이 나를 따라왔다면 지금 훨씬 더 잘 살고 있을 거라고 장담할 수 있어요."

그가 말했어.

"사실 왕루한도 이 점을 잘 알고 있었어요. 사람은 말이에요, 정말 이상한 존재예요. 갈 수 없는 곳일수록 더 가고 싶어지거든요. 부딪혀서 머리가 깨지고 피가 흐르는데도 자신에게 이것이 운명이야라고 말하면서 그 길을 가게 되지요."

셰텐청은 머리를 가로저으면서 술병을 테이블 위에 내려놓았지.

그날 나는 밤이 아주 깊어서야 집으로 돌아왔어. 침실에는 불이 켜져 있고, 탕후이는 침대에 앉아 책을 읽고 있더군. 그가 고개를 들어 나를 쳐다보면서 말했어.

"온몸에서 술 냄새가 진동하는군."

강아지가 일어나 사방을 둘러보더니 침대 옆에서 욕실 입구로 자리를 옮겨 엎드렸어.

일주일 후에 나는 또다시 셰텐청을 만났어. 그는 나를 노자호老字號 (아주 오래되어 전통을 자랑하는 점포) 음식점으로 데려가 베이징 요리를 사주더군.

"왕루한과 함께 이 집에 몇 번 왔었어요. 매번 차오류위피엔糟溜魚片을 주문했지요."

차오류위피엔은 상에 오르자마자 아주 빨리 식어버렸어. 위에 뿌려진 녹말가루가 녹아 두터운 천연고무 같아 보이더군.

셰텐청은 나중에 왕루한을 또 만난 적이 있다고 말했어. 자기 아내가 임신한 지 두 달쯤 되었을 때였다나. 왕루한은 다른 친구에게서 그가 살고 있는 곳을 알게 되었고, 그를 찾아왔을 때는 이미 밤이었어. 마침 아내는 집 안이 너무 덥다면서 친정에 가고 없었지. 왕루한은 저녁식사를 하지 않은 터라 그는 그녀를 인근 음식점으로 데려갔어. 몹시 더운 날인데도 그녀는 긴 소매에 깃이 높은 니트 차림이었지. 팔꿈치 부분에는 보풀이 잔뜩 일어나 있었어. 몹시 초췌한 얼굴에 눈도 부어 있었지. 창백한 입술은 군데군데 표피가 벗겨져 있어 보는 사람으로 하여금 손을 뻗어 떼어내주고 싶은 생각이 들게 했지. 그녀는 교회 신도들과 사이가 틀어졌다고 말했어. 그들은 아주 나쁜 사람들이고, 자신에게 잘 대해주었던 것은 단지 그녀를 끌어들여 이용해먹기 위해서였으며, 자신은 이미 그들의 속마음을 꿰뚫어보고 있다고 했지. 그녀의 콧등에 맺혀 있던 땀방울이 아래로 흘러내렸어. 그는 테이블에서 티슈를 집어 그녀에게 건네면서 그렇게 생각하게 된 것이 다행이라고 말했지. 그녀는 그 사람들이 너무 우습다고, 하나님을 독점하려 한다고, 자신들을 통해야만 구원을 얻을 수 있는 것처럼 군다고 분개하며 말했어. 그는 음식을 그녀의 접시에 놓아주면서 얘기는 그만하고 우선 음식을 좀 먹으라고 말했지. 그녀는 음식을 아주 빨리 먹었지만 자신이 뭘 먹고 있는지 모르는 것 같았어. 그녀가 말을 이었어.

"돈 좀 빌려줄 수 있어요? 원래 여신도 한 명과 함께 살았는데 지금 그 여자가 내 짐을 압류하고 방세를 내지 않으면 보내주지 않겠다는 거예요. 이런 사람들은 벌을 받지도 않아요. 하나님 앞에서 남 탓만 하니까요……"

그는 그녀에게 어디로 갈 생각이냐고 물었지. 그녀가 말했어.

"잘 모르겠어요. 하지만 곧 알게 될 거예요. 하나님이 내가 갈 길을 따라 쭉 표시를 남겨 내가 가야 할 길을 가게 하실 테니까요. 하나님은 절 버리지 않아요. 하나님은 반드시 내가 모든 죄를 사함받을 수 있도록 도와주실 거예요."

그녀는 손에 들고 있던 담배를 한 모금 빨고는 하얀 연기를 토해 그의 얼굴 위로 뿜어냈어. 그는 그런 그녀를 바라봤지. 한때는 그를 가장 미혹시켰던 몸짓이었지만 그녀는 그런 사실을 알지 못했어. 그녀에게는 중요하지 않은 일이었으니까. 시간이 흐르면서 그에게도 중요하지 않은 것이 되어버렸어. 그는 문득 서글픈 생각이 들었지.

"내 말 좀 들어봐, 루한."

그가 말했어.

"루한에게는 아무 죄도 없어⋯⋯."

"당연히 죄가 있지요."

그녀가 그의 말을 잘랐어. 흥분한 표정이 역력했지.

"하나님이 저를 남겨둔 것은 내가 속죄할 수 있게 하기 위한 거예요."

그는 아무 대꾸도 하지 않았어. 식사를 마치고 그녀는 그를 따라 그의 집으로 갔지. 두 사람은 차가운 자리에 앉아 캔맥주 두 개를 꺼내 마셨어. 그러고 나서 그녀는 스웨터를 벗어버리고 팔베개를 하고 누웠지. 그녀에 대한 그의 갈망은 이미 사라지고 없었지만 그래도 그녀와 사랑을 나누고 싶었어. 그렇게 해야만 뭔가를 매듭지을 수 있을 것 같았지. 한 남자와 한 여자 사이의 아주 통속적인 매듭이었어. 그는 줄곧 자신이 그녀에 대한 감정을 너무 높게 평가하고 있다는 걸 의식했어. 그녀를 여신으로 여겼지만 결국 자신의 여신이 정신을 잃고 여기저기 다니며 다른 신을 찾고 있다는 걸 알게 되었지. 그녀는 그보다도, 어떤 사람보다도 더 신을 필요로 하고 있었어.

그녀는 몸이 굳어지더니 눈동자가 줄곧 천장에 매달린 선풍기 날개에 고정되어 있었어. 방금 전에 음식을 먹을 때 자신이 뭘 먹고 있는지 몰랐던 것처럼 그녀는 자신이 뭘 하고 있는지 알지 못했지. 그는 맨 처음에 약간 양심의 가책을 느꼈어. 그녀에게 억지로 욕망을 강제한 듯한 느낌이 들었기 때문이지. 하지만 이내 마음이 편안해졌어. 자신이 그녀에게 상처를 주진 않았을 거라는 사실을 잘 알고 있었거든. 그녀의 하나님을 제외하고는 누구도 그녀를 다치게 할 수 없었어. 모든 게 마무리되고 나서 그녀는 담뱃갑을 만지작거리며 침대에 걸터앉아 담배를 피웠어. 담뱃재가 베개 위로 마구 흩어졌지. 그녀가 말했어.

"날 좋아하죠? 다 알아요. 하지만 우리는 이루어질 수 없어요. 방금 있었던 일은 아무것도 대변하지 못해요. 알죠?"

그녀는 그가 자신을 사랑할까봐 몹시 걱정하는 듯했어. 하지만 그녀는 자신에게 이미 남들로 하여금 자신을 사랑하게 할 능력이 없다는 걸 알지 못했지.

"그래. 물론 아무것도 대변하지 못하지."

그가 대답했어. 날이 밝아올 무렵, 그는 그녀를 데리고 근처의 은행으로 가서 돈을 찾았어. 그가 그녀에게 건넨 돈은 집세를 지불하기에 형편없이 모자랐지만 방법이 없었어. 그 역시 가정을 부양해야 했거든. 다시 몇 달이 지나 그의 아이가 태어났어. 그 여신도는 조폭이 아니니까 어떻게든 돈을 융통했겠지. 그날 이후로 왕루한은 다시는 그를 찾아오지 않았어.

"꿈에서 왕루한을 한번 봤어요."

세텐청이 말했어.

"병원 입구에서 만났지요. 사내아이를 하나 낳았다고 했어요. 뭔가

급히 일을 처리해야 했던지 서둘러 가버리더군요. 꿈에서 깬 나는 그게 생시였으면 얼마나 좋을까 하는 생각을 했지요. 그녀에게도 동반자가 생긴 거니까요. 난 그녀가 혼자 외롭게 살아가지 않기를 바랐거든요……."

그때 우리는 또다시 그 아일랜드식 바에 앉아 있었어. 텔레비전에서는 당구 경기를 중개하고 있는지 화면이 온통 초록색이었어. 그 위에 여러 색깔의 작은 공들이 흩어져 있었지. 나는 내가 취했다는 것을 느꼈어. 아주 드넓은 공간에 와 있는 듯한 기분이었지. 기억들이 태풍처럼 눈앞을 스쳐 지나갔어.

베이징을 떠나기 전날 저녁, 왕루한은 내게 혼자 살아갈 거라고 약속했어. 어쩌면 그녀는 그 순간부터 이미 마음의 준비를 하고 있었는지도 모르지. 그때부터 인생의 문을 닫아버리고 어떤 사람도 들어오지 못하게 했던 거야. 그녀의 하나님만 빼고 말이야. 최근 몇 년 사이에 나는 자주 그녀를 떠올리곤 했어. 그녀를 생각하는 것이 아빠에 대한 그리움의 일부가 되었지. 나도 그녀를 찾고 싶었어. 그녀와 우리 아빠의 이야기를 확실하게 알고 싶었기 때문이지. 하지만 그녀가 나중에 어떤 생활을 하게 되었는지 진지하게 생각해보진 않았어. 내 머릿속에서는 그녀의 인생이 아빠가 돌아가시던 그 순간에 정지되어 있었거든. 그것으로 그쳤으면 좋았겠지만 인생은 너무나 길었지. 온갖 상념이 다 없어져도 계속 살아가야 했어. 그게 얼마나 어려운 일이겠어. 그녀는 술 장식장에 기대어 그윽한 표정으로 말했어. 내 뺨 위로 한 줄기 눈물이 흘러내렸지.

"지금 같았으면 저는 두 분이 함께 살기를 바랐을 거예요."

내가 세뤤청에게 말했어.

그것이 그날 내가 마지막으로 기억한 한마디였어. 정신을 차리고 보니 나는 소파 위에 누워 있고 술집 안은 이미 캄캄하더군. 의자가 전부 서로 거꾸로 포개져 놓여 있고 종업원 하나가 스탠드에 엎드려 자고 있었어. 갑자기 내게 말하는 소리가 들리더군. 결국 깨어났군요. 친구분도 당신이 어디 사는지 모른다며 깨어나면 전화를 좀 해달라고 하더라고요. 휴대전화를 꺼냈지만 배터리가 다 방전된 상태였어. 밖에는 이미 날이 밝아 있었지. 길거리에 아침 좌판을 벌인 노점에서 각종 생화를 팔고 있었어. 나는 쪼그리고 앉아 석죽매 한 다발을 골랐지. 해가 꽃잎에 맺힌 이슬방울을 비추자 붉은빛이 눈부시게 반짝거렸어. 나는 그 꽃다발을 안고 강가에 한참을 앉아 있다가 지하철을 탔어. 나는 도피하고 있었어. 그렇게 빨리 집으로 돌아가고 싶지 않았지. 탕후이의 분노가 두려운 게 아니라 그의 실망이 두려웠어. 몹시 가슴 아파하는 듯한 눈빛이 두려웠지.

나는 길게 변명하지 않았어. 탕후이도 따져 묻지 않았지. 그는 그저 더 이상 우리 아빠의 옛 친구들을 만나지 않을 수 없느냐고, 그러겠다고 약속해줄 수 없겠느냐고만 물었어. 나는 아무 말도 하지 않았지. 내가 어떻게 그 말에 대답을 하고, 그에게 또다시 러시아 인형 꿈을 꾸기 시작했다고 말할 수 있겠어? 어떻게 비밀의 핵심에 다가가고 있다고 말할 수 있겠어? 그는 틀림없이 그 비밀에 도대체 무슨 의미가 있는 거냐고 되물을 거야. 그는 그 비밀이 내게 얼마나 중요한지 영원히 이해하지 못할 거야.

그는 내가 아직 셰톈청이라는 사람과 만나고 있다는 사실을 알아챘어. 대낮이고 술에 취하지 않았다 해도 그는 여전히 받아들일 수 없었지. 나는 그런 사실을 알리면서 내게 시간을 조금만 더 달라고 말했어. 그는 더 이상 나와 말다툼을 벌이려 하지 않았지. 우리는 냉전 상태에 빠졌어. 어쩌면 그가 헤어질 것을 고려하고 있었는지도 모르지. 하지만 여전히 하루하루 참고 있었어. 그 긴 겨울이 다 지나가기를 기다리고 있는 듯했어. 그의 관용은 정말 감격스러웠지. 그건 동시에 일종의 몸부림이기도 했어. 나는 매일 자신이 그에게서 더 큰 손해를 보고 있다고 생각했지. 그리고 이런 느낌은 끊임없이 나를 그로부터 더 멀리 밀어냈어.

그와 동시에 나는 비밀의 핵심에 도달했어. 셰톈청에게서 왕루한과 우리 아빠의 이야기를 알아냈지. 그 이야기의 배후에는 더 많은 이야기가 있었어. 러시아 인형 마트로시카의 꿈은 정지됐어. 나는 잠을 잃기 시작했지. 어둠 속에서 창밖이 하얗게 변하기를 기다리고 있다가 개가 집 안을 이리저리 뛰어다니는 소리를 들으면 몸을 일으켰다가 다시 엎드리곤 했어. 그 시기에 나는 당장 난위안으로 돌아가 이 비밀을 너에게 전해주고 싶다는 생각도 했지. 하지만 네가 정말로 이런 비밀을 알 필요가 있을까? 어쩌면 넌 애당초 관심이 없었는지도 몰라. 이미 아주 오래전에 지나가버린 일이라 아무도 관심을 갖지 않았으니까 말이야.

이 이야기는 전부 왕루한이 셰톈청에게 했던 거야. 우리 아빠가 막 세상을 떠난 뒤였지. 아마도 내가 베이징을 떠나고 얼마 있지 않아서였을 거야. 그 며칠 동안 그녀는 감정이 매우 유약해졌던 터라 지나간 얘기들을 적지 않게 털어놓았어. 그녀가 말했지.

"당신이 듣고 싶어하지 않는다는 것 알아요. 하지만 그래도 얘길 해야겠어요. 해도 되겠지요? 그 사람은 이미 죽었으니까요."

셰톈청은 정말 듣고 싶지 않았어. 그는 이 이야기가 자신을 즐겁게 하진 않을 거라고 예감하고 있었지.

"듣고 나서 잊어버려요. 알았죠?"

왕루한이 말했어. 하지만 아마 그녀는 마음속으로 그가 아주 훌륭한 청중이기 때문에 자신이 말하는 걸 한 글자 한 글자 다 기억할 뿐만 아니라, 이 이야기를 가야 할 곳으로 가져가리라는 사실을 잘 알고 있었을 거야.

세상의 이야기들은 절반 이상이 그 발생에 있어서 날씨와 관련이 있어. 그리고 이 이야기는 폭우로부터 시작되었지. 그날은 비가 아주 많이 내렸어. 우리 할아버지와 왕루한은 우산을 챙겨왔는데도 걸음을 옮기기가 힘들었어. 그 거리에는 비를 피할 만한 곳이 없었지. 두 사람은 결국 사인탑으로 가게 되었어. 당시에는 비판투쟁이 이미 끝나고 사람들이 다 해산한 뒤였지. 너희 할아버지는 그들에게 맞아 기절한 채 탑루 바닥에 쓰러져 있었어. 나중에 어떤 일이 발생했는지는 아무도 몰랐지. 너희 할아버지는 머리에 못이 하나 박혀 너무나 빨리 식물인간이 되고 말았어. 왕량청은 자살했지. 두려움 때문이었을까 아니면 죄가 무서워서였을까? 그걸 아는 사람은 아무도 없었어. 하지만 왕루한은 자기 아버지가 아무 짓도 하지 않았다고 엄마에게 말한 걸 믿고 싶어했지.

나중에 그녀는 항상 그날 비가 오지 않았다면 자신과 우리 아빠가 평생 이웃으로 살았을 거라고 생각했어. 건물 아래서 만나면 서로 가볍게 고개를 끄덕이며 인사를 주고받았겠지. 그러다가 각자 하방下放되어 농촌으로 갔다가 도시로 돌아와서는 서로 다른 직장에 배정되어 결혼을 하고 아이도 낳았을 거야. 우연히 난위안에 돌아와 만나게 되면 서로의 배우자에 관해 묻고 아이들의 머리를 쓰다듬었겠지. 그러다가 또 총총히 작별하고 각자의 자리로 돌아갔을 거야. 일생에 만나게 되는, 가치를 생각할 수 없을 정도로 무수한 그런 관계 가운데 하나였겠지.

하지만 그런 일은 일어나지 않았어. 두 사람은 그 못에 단단히 박혀 하나가 되었지.

몇 달밖에 안 되는 짧은 시간 동안 왕루한은 집안에서 일련의 적지 않은 변고를 겪었어. 아버지가 고무호스로 스스로 목숨을 끊었고, 엄마는 옷장 안으로 숨었지. 오빠는 멀리 베이징에 있어서 돌아올 수가 없었어. 그녀 혼자 엉망진창이 되어버린 집안을 수습하면서 정신병자가 된 엄마를 돌보며 밥 짓고 음식 만드는 것부터 시작해서 온갖 자잘한 가사를 전부 감당해야 했지. 하루는 양표糧票를 분실하고는 길바닥에서 날이 어두워질 때까지 찾았어. 다음 날에는 창피를 무릅쓰고 친척집을 찾아가 양표를 빌려야 했지. 또 어떤 날에는 큰 눈이 내리자 바닥이 낮은 수레를 빌려 연탄배급소에 가서 조개탄을 한 수레 실어왔어. 오는 길에 언덕길에서 소년 둘이 길을 막아섰지. 그 가운데 한 명이 너희 아빠였어. 너희 아빠는 줄곧 보복을 구실로 그녀를 괴롭혔어. 두 소년은 거칠게 달려들어 수레를 엎어버렸지. 조개탄은 언덕을 따라 와르르 굴러내려가 쌓인 눈에 묻혀버렸어. 두 소년은 그 위를 마구 밟은 다음에야 만족한 듯 자리를 떴지. 왕루한은 눈 속에서 부서진 조개탄을 골라내 다시 수레에 실었어. 우리 아빠가 다가와 쭈그리고 앉아 그녀를 도와주었어. 우리 아빠는 멀리서 계속 그녀를 따라오고 있었던 거야. 그림자처럼 충성심을 보였지만 소용없었지. 그녀가 괴롭힘을 당할 때, 우리 아빠 역시 멀리서 바라보기만 할 뿐, 아무것도 할 수 없었어. 왕루한이 고개를 숙인 채 말했어.

"저리 가. 네가 신경 쓸 일이 아니야. 넌 나한테 분명한 선을 긋고 있었던 것 아니야?"

분명한 선을 긋는다. 우리 아빠는 그렇게 할 수밖에 없었어. 하지만 그 선의 경계는 어디에 있는 걸까? 겉으로 보면 두 사람은 처지가 다른 것 같았어. 그녀의 아빠는 자살했고 엄마는 미쳐버렸지. 가정이 완전히 무너져버린 거야. 반면에 아빠의 집은 모든 것이 예전과 다르지 않았지. 아주 조용한 세월을 보내고 있었어. 하지만 사실 그녀는 범죄자의 자녀였고 아빠도 마찬가지였어. 아빠의 아버지도 아무것도 말하지 않으려 했지만 범죄와의 관계에서 완전히 벗어날 수 없다는 걸 잘 알고 있었지. 다른 점이 있다면 자신은 정상인인 것처럼 가장해야 했다는 거였어. 아빠는 왕루한에게 그러는 게 결코 좋은 기분은 아니라고, 다른 친구들과 함께 있으면 항상 마음이 무겁다고 말했지. 친구들의 열광적인 분위기가 아빠를 늘 불안하게 했어. 언젠가 친구들이 자신의 죄를 알아챌까 두려웠지. 아빠는 같은 악몽을 반복해서 꾸곤했어. 친구들이 아빠의 앞가슴에 죄명이 적힌 팻말을 달고 난위안으로 끌고 간 다음, 운동장의 높은 사열대 위에 서게 하는 꿈이었지. 아빠는 집에 돌아가고 싶지도 않았어. 집에서는 숨도 제대로 쉴 수 없을 정도로 압박감이 심했거든. 집에 있을 때 아빠는 미간을 잔뜩 찌푸린 채 아무 말도 하지 않았어. 하지만 엄마는 남몰래 울었지. 그러다가 성경 위에 손을 얹고 기도했어. 주 예수여, 당신의 용서를 구합니다. 아빠는 엄마가 하나님에 대해 그다지 신실하지 않다고 생각했어. 그래서 그렇게 큰 소리로 여러 번 기도를 반복해야 하는 거라고 여겼지. 하지만 동생은 아무것도 듣지 못하는 것처럼 전등불 아래 앉아 책만 읽었어. 동생은 겨우 두 살 아래였는데도 사리에 밝지 못하고 아무것도 모르는 듯했어. 물론 그게 성숙을 의미하는 표식일 수도 있었지. 가족이 네모난 식탁에 앉아 저녁식사를 할 때도 모두가 고개를 밥그릇에 파묻은 채 누구도 말을 하지 않았어. 집 전체에 무서운 정적만 흘렀지. 요란하게 음식 씹는 소리만 들을 수 있었어. 모두가 일제히 타인의 뼈를 씹고 있는 것 같았지.

아빠가 왕루한에게 말했어.

"내가 아무런 도움도 되지 않는다는 거 잘 알아. 하지만 루한과 같이 있어야 마음을 놓을 수 있을 것 같아."

왕루한은 건물에서 나올 때마다 이층의 창문을 한번씩 바라보곤 했어. 그녀는 우리 아빠가 창가에 서서 그녀가 도로 위에 나타나기를 기다리며 아래를 바라보고 있으리라는 걸 알고 있었지. 그녀는 천천히 계속 걸었어. 얼마 가지 않아 그녀의 등 뒤에 아빠가 나타나 함께 채소 시장에도 가고 기름집이나 구식 조미료 가게에도 가곤 했지. 길을 가면서 두 사람은 항상 일정한 거리를 유지했어. 얼핏 보기에는 서로 관여하지 않고 각자 제 갈 길을 가는 것 같았어. 그녀는 때로 일부러 걸음을 빨리하다가 갑자기 모퉁이를 획 돌아 아빠를 떨어버리곤 했지. 아빠는 처음에는 조급해하다가 나중에는 습관이 되어 가까운 길로 앞서 가 그녀를 기다렸어. 그녀는 그런 아빠를 보고도 놀라지 않았어. 그냥 못 본 척하고 지나가버렸지. 이런 식으로 원래의 모습이 회복되고, 아빠는 왕루한이 건물 안으로 들어가 시야에서 모습이 완전히 사라질 때까지 멀리서 그녀의 뒤를 쫓았지.

두 사람은 줄곧 이처럼 은밀한 우정을 유지했어. 그러던 어느 날 그녀가 후청하護城河 옆에 있는 자유시장에 갔어. 너희 아빠와 남자아이 둘이 맞은편에서 걸어오고 있었지. 그들은 왕루한을 발견하자 그녀의 두 손을 등 뒤로 묶고 머리에 오래되어 낡은 털모자를 씌웠어. 그녀의 얼굴 전체가 가려져버렸어. 아무것도 볼 수가 없었어. 그런 다음 그들은 그녀의 땋은 머리를 원래의 위치로 돌려놓았어. 얼마나 오래 돌렸는지 땋은 머리가 다 풀어져버렸어. 주변은 아주 조용했어. 두 사람 모두 사라져버린 것 같았지. 머리가 몹시 어지러웠던 그녀는 비틀비틀 앞으로 걸어갔어. 나무를 한 그루 찾아 몸을 기댈 작정이었어. 하지만 발을 헛디뎌 몸의 무게를 잃고 빠른 속도로 미끄러져 넘어지고 말았어. 머리가 물에 빠지기 전에 그녀는 우리 아빠가 뒤에서 자기 이름을 부르는 걸 들었지.

강은 그다지 깊지 않았지만 왕루한은 수영을 할 줄 몰랐어. 손이 묶여 있어 발만 힘껏 움직여야 했지. 12월의 강물은 한기가 뼈에 사무치도록 차가웠어. 체내의 열량이 아주 빨리 소진되면서 그녀는 가라앉기 시작했지. 강바닥에 발이 닿는 순간 그녀는 자신의 아빠를 봤어. 그녀의 아빠는 옅은 갈색 눈동자로 조용히 그녀를 바라보고 있었지. 그녀는 몸부림을 멈췄어. 더 이상 추위가 느껴지지도 않았어. 그녀는 아빠가 다가와 자신을 이끌어주기를 기다렸어. 하지만 그녀의 아빠는 금세 몸을 돌려 가버렸지. 그러고는 한순간에 사라졌어. 곧이어 누군가의 두 손이 그녀의 몸을 받치기 시작했어. 다시 눈을 떴을 때는 자기 몸이 강가로 밀려가고 있는 것을 알게 되었지. 분명히 저녁 무렵이라 하늘빛이 빠르게 흩어져 사라지고 있었지만 그녀는 그걸 여명이라고 생각했어. 해가 구름 밖으로 빠져나오려고 몸부림을 치는 것 같았지.

아주 오랜 세월이 지나 왕루한과 우리 아빠가 대사관 파티에서 다시 만났을 때, 옆에서 어떤 사람들이 베이다이허北戴河에서의 겨울 수영에 관해 얘기했어. 아빠가 고개를 돌려 왕루한에게 물었지.

"수영 배웠어요?"

그녀는 고개를 가로저었어.

"하지만 다리에 힘이 붙어서 물속에서 계속 발차기를 할 수 있어요."

두 사람은 함께 웃었어. 잠시 후에 왕루한이 말했지.

"사실 바로 앞이 강이라는 걸 알고 있었어요. 당신이 달려오게 하고 싶었던 거예요. 모든 사람이 당신을 볼 수 있게 하고 싶었죠."

아빠는 아주 씁쓰레한 웃음을 지었지.

"그랬군요. 나도 알고 있었어요."

"당신도 알고 있었다고요?"

"내가 찰싹 달라붙어 있으니까 몸을 뺄 생각일랑 하지 말아요."

여명 같던 그날의 황혼에 아빠는 물에 흠뻑 젖은 몸으로 그녀의 뒤를 따라 그녀 집까지 왔어. 그녀는 아빠에게 자기 오빠가 입던 옷을 건네고 나서 자신의 솜저고리를 벗어 화로 옆 의자에 널었지. 그녀의 엄마가 큰 옷장에서 고개를 내밀고는 그녀를 부르더니 누가 왔냐고 물었어. 그녀는 아무도 오지 않았다고 대답하면서 물에 젖은 머리를 풀고는 창틀에서 이가 빠진 빗을 꺼내 빗기 시작했지. 머리칼이 너무 푸석푸석한 데다 엉킨 부분도 있어 빗을 때 당겨지면서 두피가 몹시 아팠어. 그녀는 그런 통증을 즐기기라도 하는 것처럼 한번 또 한번 아주 힘주어 머리를 빗었지. 끊어진 머리카락이 소리 없이 바닥에 떨어졌어. 집 안은 무척 어두웠지. 창문에는 아주 진한 남색 천이 압정으로 단단히 고정되어 있었어. 아빠는 그녀를 도와 불이 제대로 들어오지 않는 전구를 갈아주고 싶었지만 그녀는 엄마가 빛을 무서워한다며 그럴 필요 없다고 했어. 아빠는 화장실에 갔다가 역시 창문이 천으로 가려져 있는 것을 발견했지. 하지만 오른쪽 위에서 희미한 빛이 새어 들어오고 있었어. 천을 고정하는 압정이 한쪽은 높고 한쪽은 낮게 박혀 있었기 때문이지. 아빠는 그녀가 의자에 올라가 이 창문에 가까이 다가갈 때 몹시 무서워하는 모습을 본 듯싶었어. 빗장이 망가졌는지 창문은 꼭 닫히지 않았고, 바람이 끊임없이 새어 들어오면서 천을 요란하게 흔들었지. 갑자기 천이 한쪽으로 처지면서 창살이 다 드러나기도 했지. 거무스름한 그림자가 천 위로 마구 흔들렸어. 그 뒤에 다섯 손가락을 쫙 벌린 해골의 커다란 손이 매달려 있는 것 같았어. 아빠는 얼른 도망쳐 나왔지.

아빠는 화로 옆으로 돌아와 티백이 꽉 차게 들어 있는 찻잔을 들어 꿀꺽꿀꺽 물을 마셨어. 그녀는 아빠에게 물을 더 따라주고 옆에 앉아 자신의 찻잔에도 차를 따랐지. 하지만 마시지는 않고 그냥 두 손에 받쳐 들고 온기만 느꼈어. 아마 밖은 이미 완전히 어두워져 있었을 거야. 하지만 그걸 아는 사람은 아무도 없었지. 집 안에는 전등이 하나밖에 켜져 있지 않아 지독하게 어두웠어. 몇 가닥 희미한 광선만이 그들의 어깨 위에 내려앉았지. 그녀의 엄마는 옷장 밖으로 고개를 내밀고 음침한 눈빛으로 두 사람을 바라보고 있었어. 잠시 후 안에서 가늘게 물 흐르는 소리가 새어나왔지. 물은 옷장 가장자리를 타고 흘러내렸어. 그녀의 엄마가 소변을 본 거였어. 그녀는 얼른 건조대로 가서 수건을 챙겨 뛰어 들어갔지.

"일부러 이런 거 다 알아요."

그녀가 말했어.

"아니야, 참을 수가 없었어."

그녀의 엄마가 말했지.

"일부러 그런 거 다 안다니까요."

그녀는 엄마를 향해 큰 소리로 말하면서 수건을 대야에 던져넣었어.

그녀는 화장실로 가서 힘껏 수건을 빨았어. 엄마에게 화를 내고 싶진 않았지만 이런 불편을 언제까지고 참을 수도 없었어. 그녀는 엄마의 증세가 확실히 좋아졌지만 본인이 정상적으로 행동하길 원치 않는 거라고 생각했어. 그래서 아무리 시간이 지나도 두 사람의 생활에 변화가 찾아오지 않는 거라고 믿었지. 그녀는 욕조 가장자리를 손으로 짚고 한없이 눈물을 흘렸어. 아빠가 문가에 오래 서 있다가 그녀에게 다가가 물에 젖어 축축한 손을 들어 올려주었지. 차가운 바람이 불어와 작은 창문이 마구 흔들렸어. 차가운 해가 머리 위를 비춰주는 것 같았지.

그날 이후 네 아빠가 우리 아빠를 찾아와 괴롭히기 시작했어. 왜 항상 왕루한을 따라다니는 거냐고 따져대면서 우리 아빠한테 할아버지가 왕량청의 음모에 가담했다는 사실을 인정하라고 다그쳤지. 우리 아빠는 자신과 할아버지가 모욕을 당하는데도 아무 말도 하지 않았어. 네 아빠는 사람들을 거느리고 우리 할아버지 집으로 찾아갔지. 집에는 우리 할머니밖에 없었어. 그들은 할머니에게 대체 범죄자 왕량청과 어떤 관계냐고 따져댔어. 그러다가 우리 할아버지가 돌아와 그들을 쫓아냈지. 할머니는 너무 놀라 쓰러지고 말았어. 며칠 동안 침대에 누워 있었지. 할머니는 아빠를 가까이 불러 앞으로 더 이상 왕루한과 왕래하지 말라고 당부했어.

"그녀를 좀 멀리하도록 해."

그녀가 말했지.

"더 이상 우리 집안을 망가뜨리지 말아달라고."

"이 집안은 이미 다 망가졌어요."

아빠가 말했어.

너희 아빠와 뒤엉키는 것을 피하고 할머니의 간섭을 막기 위해, 아빠는 밖에 있을 때는 더 이상 그녀와 함께 있지 않았어. 하지만 매일 그녀의 집으로 만나러 갔지. 아빠는 그녀 혼자 거리에 나섰다가 너희 아빠에게 해코지를 당할까봐 두려워 그녀를 집에만 있게 했어. 그 대신 물건을 사는 일과 조개탄과 양식을 받아오는 일을 전부 아빠가 대신했지. 왕루한을 만나러 갈 때마다 아빠는 항상 집에서 뭔가를 훔쳐 가려 했어. 어떤 때는 만터우를 가져가고 어떤 때는 바오쯔 두 개를 가져갔지. 운이 아주 좋을 때는 삼겹살이나 기름을 짜고 남은 찌꺼기도 가져갈 수 있었어. 그럴 때마다 그녀는 신이 나서 손뼉을 쳤지. 나중에 아빠는 집에 있는 양표나 돈을 훔쳐 아주 작게 접거나 말아서 솜저고리 안에 숨겨 가져가기 시작했어. 한번은 집 장롱에서 돈을 꺼내는 순간, 할머니가 들어와 아빠가 황급히 돌아서서 방 밖으로 나가는 걸 봤지. 알고 보니 할머니는 일찌감치 모든 걸 눈치 채고 있었던 거야. 그저 모른 척하고 있었던 것뿐이지. 나중에 아빠는 고정적으로 일정한 돈을 꺼내갔어. 아빠와 할머니 사이에는 이미 모종의 묵계가 이루어져 있었던 거지. 할머니는 아빠에게 돈을 주었을 뿐만 아니라 아빠를 위해 할아버지를 속이기까지 했어. 아빠는 다른 사람이 자신과 왕루한의 왕래를 눈치 채지 못하도록 하려고 노력했지.

아빠가 왕루한 집에서 머무는 시간은 갈수록 늘어났어. 항상 책을 들고 가서 그녀와 함께 바깥채의 어둡고 흐린 스탠드 불빛 아래서 읽곤 했지. 한 친구의 형이 '홍위병'의 우두머리라 남의 집을 수색해 가져온 외국 소설이 아주 많았어. 아빠는 몰래 이 책들을 빌렸던 거야. 그녀도 책을 무척 좋아했지. 읽어도 이해하지 못하는 책이 많았지만 항상 책에 담긴 또 다른 세계로 들어가 잠시 숨을 수 있었어. 눈앞에 있는 이 다 무너져가는 집안을 피할 수 있었지. 『안나 카레니나』는 그녀가 가장 좋아하는 책이었어. 그녀는 기차와 모스크바를 몹시 동경했거든. 그녀는 또 아무 이유 없이 '브론스키'라는 이름을 좋아했어. 입에 익기도 하고 겨울날의 운치를 느낄 수 있는 이름이었지. 그는 이 책을 반납했다가 다시 빌리기를 반복하다가 결국에는 하모니카와 바꿔 영원히 자기 것으로 만든 다음, 어느 날 황혼 무렵 그녀의 손에 넘겨주었어. 그때부터 그녀는 그 책을 항상 수중에 지니고 다녔지. 파리와 아프리카에 갔을 때도 가져갔고, 여러 해가 지나 두 사람이 다시 만났을 때도 수중에 지니고 있었어. 그녀는 남편을 배반하고 아빠와 함께 모스크바에 갔어. 흔들리는 기차 객실에서 아빠는 그 책이 그녀의 트렁크 안에 조용히 놓여 있는 것을 발견했지. 그녀가 처량하게 웃으면서 말했어.

"어쩌면 안나가 내 운명인지도 모르겠어요."

그 책은 결국 두 사람 사이의 아주 일상적인 말다툼 때문에 사라지고 말았지. 그녀가 화를 참지 못하고 그 책을 박박 찢어서 창문 밖으로 던져버린 거야.

우리 아빠는 대개 왕루한의 집에서 저녁식사 때까지 있다 오곤 했어. 그녀 아버지는 음식 솜씨가 정말 뛰어나서 그녀 엄마의 까다로운 입맛을 잘 맞춰주었지. 그녀 아버지는 강남 지방 입맛을 재빨리 터득해 모든 음식에 설탕을 한 스푼 더 넣고 술도 조금 넣었어. 나중에는 스스로 자신만의 조리법을 창조해 몇 가지 음식을 더 만들어내기도 했지. 새 음식은 매번 대성공이었어. 그녀의 엄마가 먹고 나서 기분이 몹시 좋아 다음 날 또 해달라고 한 적이 한두 번이 아니었지. 이상하게도 그녀의 엄마는 그녀 아버지가 누군지 전혀 기억하지 못하면서도 그를 대단히 신뢰하는 태도를 보였어. 나중에는 식사 준비를 아버지가 다 하고 그녀는 메뉴 선택과 설거지를 담당했지. 우리 아빠와 왕루한은 그녀 엄마와 아버지의 앞치마를 두르고 아주 그럴듯하게 좁은 부엌에서 분주하게 움직였어. 마치 그 집안의 남자 주인과 여자 주인 같았지. 반대로 그녀 엄마는 두 사람의 아이인 것처럼 편식을 하는 데다 감정의 기복이 심해 비위를 맞추기가 아주 힘들었어.

일단 그녀 엄마의 병이 발작했다 하면 이런 잠시 동안의 평안은 곧장 깨지고 말았어. 우리 아빠가 저녁 무렵까지 남아 있어야 했던 좀 더 중요한 원인은 병이 발작하는 것이 항상 그 시각이었기 때문이야. 저녁 무렵이 되면 아래층이 소란스러워지고 밖에 나갔던 사람들이 줄줄이 돌아오면서 자전거 벨 소리가 요란해졌지. 어린아이들도 이리저리 뛰어다니며 소리를 질러댔고 부엌마다 기름 연기가 피어올랐어……. 그녀 엄마는 이 모든 소리의 자극을 더는 참지 못하고 압정으로 고정시킨 커튼을 젖히고 밖을 내다봤던 거야. 하늘빛이 점점 어두워지고 창문마다 하나둘 불이 켜지는 것을 바라보면서 그녀는 어둠 속에 앉아 몸을 떨기 시작했어. 벽과 공기를 향해 남편의 이름을 부르면서 자신을 버리고 가지 말라고 간곡하게 애원했지.

"걱정하지 말아요. 당신이 한 짓도 아니잖아요. 뭘 두려워하는 거예요. 당신의 못이 또 어쨌다는 거예요. 당신은 아무 짓도 안 했잖아요……."

그녀는 끊임없이 같은 말을 반복하고 있었어. 몇 번만 더 말하면 남편의 마음을 바꿀 수 있을 것 같았지. 그녀는 한번 또 한번 그날 밤, 목숨이 줄 한 가닥에 달려 있던 순간으로 돌아가 헛수고인 줄 알면서도 남편을 설득해 죽음의 사신에게서 도로 빼앗아오려고 시도했지.

이런 말이 우리 아빠에게는 강한 규탄의 의미로 들렸어. 왕루한 엄마의 눈빛이 풀리고 그녀의 눈동자 안에 우리 아빠의 모습은 전혀 없었지만 아빠는 그녀가 자신을 노려보고 있다고 생각했지. 그녀를 제압해야 했던 왕루한과 우리 아빠는 최대한 빨리 약을 먹여 진정시키는 수밖에 없었어. 그러지 않았다가는 사태가 더 격렬해지고, 그녀가 금세 자신의 머리채를 쥐어뜯고 머리로 문을 들이받기 시작하기 때문이었지. 아니면 화장실로 가서 그 창문에 기어올라갈지도 모를 일이었어. 그녀가 약을 먹고 서서히 조용해질 때면 두 사람은 이미 기진맥진해 있었지. 그제야 아빠는 마음 놓고 집으로 돌아왔어. 아빠가 그 집을 나설 때면 왕루한은 눈을 내리깐 채 아빠를 쳐다보지 못했지.

"됐어요, 엄마. 아무 일 없어요."

그녀는 가볍게 자기 엄마의 등을 두드리고 있었어.

아빠는 그녀가 마음속으로 또 자신을 원망하고 있다는 걸 알았어. 엄마의 병이 발작할 때마다 그녀는 누가 자기 집안을 그렇게 만들어 놓았는지 또다시 기억했지. 그리고 두 사람의 '관계'를 또다시 정확하게 인식하게 되었어. 그녀 엄마의 병이 계속 두 사람의 감정을 이간시키고 있었던 거지. 며칠간 병이 발작하지 않으면 두 사람은 아주 친밀해졌다가 다음 날이면 또 대판 싸우고 나서 금세 소원해지곤 했어. 그녀의 마음속에 방금 녹았던 곳에 다시 얼음이 얼었지.

나중에, 왕루한은 엄마에게 최대한 낮잠을 자지 못하게 했어. 그리고 오후 좀 늦은 시각에 안정제를 한 알 먹여 한숨 자는 걸로 황혼을 보내게 했지. 이렇게 하면 밤에 정신이 아주 맑아져 밤새 뒤척이다가 새벽이 되어서야 잠이 들게 되거든. 왕루한은 밤새 자고 싶지 않았어. 그리고 조용하고 편안한 오후를 생각했지. 그녀와 우리 아빠의 오후였어. 그녀는 빨래를 하면서 아빠가 소설을 읽어주는 걸 듣고 있었어. 아주 아름다운 단락에서는 다시 한번 천천히 읽어달라고 부탁하기도 했지. 아주 웃기는 이야기가 나오면 아빠는 아예 공연을 했고, 그녀는 깔깔대며 마음껏 웃었어. 두 사람은 사과 하나를 나눠 먹기도 했지. 누가 사과껍질을 더 길게 깎나 겨루기도 했어. 나중에 그녀는 껍질이 한번도 끊어지지 않게 사과 하나를 완벽하게 깎을 수 있을 정도로 기술이 숙련됐지. 햇볕이 좋을 때면 그녀는 참지 못하고 압정을 떼어내 커튼을 활짝 열었어. 바닥과 창틀을 닦으면서 흥얼흥얼 노래를 부르기도 했지. 신이 나서 날아다니는 빛이 만드는 반점이 그녀의 얼굴 위를 이리저리 뛰어다녔어. 그녀와 게임을 하는 것 같았지. 잠시 엄마의 존재를 잊는 동안 그녀는 활발하고 잘 웃는 천성을 회복했어. 여러 해가 지나 우리 아빠는 그녀에게 당시 그 웃음이 밤하늘을 긋는 유성 같았다고, 항아리를 가져다 전부 담고 싶었다고 말했어.

하루는 아빠가 그녀에게 제기를 하나 가져다주었어. 그녀는 집안에서 몇 번 차보고는 멈출 수 없게 되었어. 정신없이 제기를 차고 있는데 갑자기 언제 일어났는지 엄마가 문가에 서서 자신을 바라보고 있는 것을 발견했어. 그녀는 황급히 허공에 떠 있던 제기를 거둬 손을 등 뒤로 감췄지.

"어지간히 신이 났구나."

그녀의 엄마가 말했어.

"엄마, 아니에요."

그녀가 말했지.

"어머나, 제기 하나가 너를 그렇게 신나게 하는구나."

그녀의 엄마가 다시 말했어.

그녀는 입술을 깨물면서 손을 들어올려 이마 위의 땀을 닦았어. 일말의 즐거움의 흔적마저 얼른 지워버리고 싶었지.

"날이 어두워졌니?"

그녀 엄마가 중얼거리듯이 말하면서 창가로 가서는 커튼을 들추고 밖을 내다봤어.

"곧 어두워지겠네. 곧 어두워질 것 같아."

그녀는 자신이 던진 질문에 스스로 대답했어. 감정을 숙성시키고 있었던 거지. 제대로 또 한 차례 발작이 일어날 징조였어.

그녀 엄마는 고통에서 벗어나고 싶어하지 않았어. 고통에서 벗어나는 것이 배반을 의미하는 것 같았지. 왕루한이 고통에서 벗어나는 것도 허락하려 하지 않았어. 모든 즐거움은 불경한 것이라 금지되어야 마땅했지. 그녀 엄마는 과거에서 뻗어나온 손이라 그녀를 그 기억의 블랙홀로 끌어들이지 않으면 안 됐던 거야. 당시 그녀는 한가지 잔인한 사실을 의식했지. 엄마에게서 벗어나야만 즐거울 수 있다는 사실이었어. 성년이 되어 그녀가 타향으로 멀리 갔던 것은 신기한 인연 때문이 아니면 살기 위한 본능에 이끌렸기 때문일 거야. 아주 여러 해가 지나 오빠가 말기 암이라는 사실을 알게 된 순간, 그녀는 이것이 일종의 소환이라고, 마침내 올 것이 온 거라고 생각했어. 그녀는 엄마 곁으로 돌아가야 했지.

그 몇 년 동안 그녀 오빠 왕광이汪光毅는 줄곧 베이징에 있었어. 대학을 졸업하고 나서는 외교부에 배정되었지. 아버지에게 일이 생긴 두 해 동안 그는 집에 자주 돌아오지 않았어. 한번은 동료와 함께 타이안泰安에 가다가 지난을 지나게 되었지만 기차에서 내리지 않았어. 남들에게 집안일을 알게 하고 싶지 않았지. 자신이 연루될까봐 두려웠던 거야. 이 일이 줄곧 부끄러웠기 때문이지. 1972년이 되어 외교부에서 그에게 집을 한 채 배정해주었어. 누추한 집이긴 했지만 그는 엄마와 여동생을 데려다 함께 살기로 결심했어. 먼저 지난으로 돌아가 가족을 만났지. 마침 너희 아빠가 사람들을 데리고 집으로 찾아와 한바탕 소동을 일으킬 때였어. 난로가 뒤집히고 커튼에 불이 붙어 벽 한 면이 전부 까맣게 그을렸지. 그녀의 엄마는 놀라서 다시 옷장 안으로 숨었어. 너희 아빠는 그녀를 보기만 해도 몸서리를 쳤거든. 왕루한은 이런 상황에 이미 익숙해져 있는 듯했어. 왕광이를 더욱 놀라게 한 것은 우리 아빠가 의자를 딛고 올라가 커튼을 바꿔 다는 모습을 본 거였어. 그는 방 한가운데 서서 방해만 되고 있는 게 분명했어. 오히려 그가 더 외부인 같았지. 물론 그는 우리 아빠가 누군지 기억했어. 이런 상황이 그로 하여금 여동생을 데리고 가야겠다는 생각을 더욱 확고하게 했지.

물론 왕루한은 가려고 하지 않았어. 하지만 그녀의 오빠는 자기 집으로 가는 것이 어머니를 위해서라고 했지. 환경을 새롭게 바꿔야 엄마의 병이 나아질지 모른다는 거였어.

"당분간 호구戶口 없이 거주지 학교에 다닐 수 있어. 몇 년 있다 다시 돌아오면 될 거야. 그때는 청씨 집안 사람들이 와서 괴롭히는 일도 없을 테니까."

왕루한은 오빠가 먼저 엄마를 데려가고 자신은 좀 뒤에 따라갈 수 있도록 하기 위해 다양한 핑곗거리를 찾았지만 왕광이는 끝내 허락하지 않고 곧장 두 모녀에게 차표를 사주었어. 며칠 후 곧 떠나야 했지.

"넌 뭐가 그렇게 아쉬워서 그러는 게냐?"

왕광이가 그녀를 똑바로 쳐다보면서 묻자 그녀는 눈길을 피하면서 고개만 가볍게 가로저었어.

그 뒤로 며칠 동안은 계속 짐을 쌌어. 오빠가 옆에서 지키고 있는 바람에 그녀는 우리 아빠에게 이런 사실을 알릴 틈조차 없었지. 떠나기 바로 전날이 되어서야 그녀는 도서관에 책을 반납하러 간다는 핑계를 대고 집을 빠져나와 우리 아빠 집 문을 두드렸어. 문을 열어준 사람은 할머니였지. 할머니는 왕루한을 보고서 깜짝 놀랐어. 할머니가 반응하기도 전에 우리 아빠는 이미 왕루한을 따라 빠른 걸음으로 걷고 있었지. 두 사람은 평소와 마찬가지로 앞뒤로 일정한 거리를 두면서 걸어 도서관 뒤쪽에 이르렀어. 그곳엔 온통 황무지가 펼쳐져 있었지. 풀이 길게 자라 있어 사람이 걸어 들어갈 수가 없었어. 그녀가 지난 며칠 동안 있었던 일을 다 얘기하자 우리 아빠는 한동안 아무 말 없다가 간신히 입을 열었어.

"사실은 나도 루한이 떠나리라는 것을 이미 알고 있었어. 맞아. 차라리 떠나는 게 나을 거야. 여기 남아 있다간 큰 죄를 뒤집어쓸 테니까 말이야."

몹시 화가 난 그녀는 몇 마디 항변을 했지만 우리 아빠는 아예 들은 척도 하지 않았어. 얼굴에만 아주 씁쓰레한 웃음을 보였지. 모든 걸 다 알고 있다는 듯한 미소였어.

"나는 이런 날이 올 줄 알았어."

이렇게 말하면서 등을 돌린 아빠는 허리를 숙여 땅바닥에서 작은 돌을 하나 주워들고는 건물 뒤쪽 담벼락에다 아무렇게나 마구 그리고 쓰기 시작했어. 그녀는 아빠 등 뒤에 서서 아빠에 대한 자신의 감정을 말하려 했지. 지난 몇 년 동안 한번도 하지 않은 말들이었지만 이번에는 말하지 않을 수 없을 것 같았어. 그가 이런 날이 오리라는 걸 일찌감치 알았다는 것은 앞으로 그녀와 함께 생활할 생각이 전혀 없다는 것을 의미했지. 물론 그건 불가능한 일이었어. 그녀는 범죄자의 딸이었으니까. 그녀는 두 사람이 다르다는 것을 항상 잊고 있었어.

그녀는 애써 울음을 참으면서 자신을 만나러 올 거냐고 물었어. 아빠는 모르겠다고 대답하고서 낙서를 계속했지.

"좋아요."

그녀는 고개를 끄덕이면서 그만 가겠다고 말했어.

그녀는 아주 천천히 걸었지. 우리 아빠가 쫓아오기를 기다리는 것 같았어. 집에 거의 다 왔을 때까지 그녀는 아빠가 빠른 길로 앞질러와 자신을 가로막을 거라고 생각했어. 집으로 올라가면서도 그녀는 우리 아빠가 등 뒤에서 낮은 목소리로 자신을 불러줄지도 모른다는 일말의 희망을 품고 있었어. 집에 다 도착해서도 그녀는 아빠가 자신을 찾아올 거라고 믿으면서 밤새 잠을 자지 못했어. 일정한 간격으로 창가로 가서 밖을 내다봤지. 다음 날 아침 일찍 출발하기 전에도 건물 앞에 잠시 서 있다가 역으로 갔고, 짐을 다 내려놓고도 '지난 역'이라는 팻말 아래로 가서 기적이 울리고 승무원이 부를 때까지 서 있었

어. 기차가 움직이기 시작한순간, 결국 마음을 접은 그녀는 앞좌석 등
받이에 얼굴을 묻고 울음을 터뜨렸지.

"당신은 정말 무정한 사람이에요. 떠나는데도 말 한마디 안 하다
니!"

여러 해가 지나서도 그녀는 이 일에 관해 얘기할 때면 우리 아빠를
원망하곤 했어.

"말했어. 도서관 뒤쪽 담장에다."

"뭐라고 말했는데요?"

"그건 말해줄 수 없어."

셰톈청은 왕루한이 여기까지 말하고 나서 잠시 얘기를 멈추고는 눈
을 들어 자신을 쳐다보면서 물었다고 하더군.

"그 글씨들이 아직 남아 있을까요? 돌아가서 확인해봐야 하지 않
을까요?'

그러고는 말을 이었대.

"리무위안은 그렇게 무정한 사람이 아니에요. 지나치게 비관적인
사람이라 아름다운 상태가 오래갈 거라고 믿지 못할 뿐이지요. 그는
뭔가를 상실해야 할 때면 이미 슬픔과 자존감에 철저히 패배해 있곤
했어요. 애당초 손을 뻗어 만류하는 법을 몰라요."

하지만 그래도 그녀는 만류하고 있었어. 지난을 떠난 지 석 달째
되었을 때, 그녀는 우리 아빠에게 편지를 한 통 보냈어. 하지만 편지
는 우리 아빠의 엄마가 가로채버렸지. 나중에 또 한 통 써 보냈지만
그 편지 역시 아빠 손에 들어가지 못했어. 세 번째 편지를 보냈을 때
는 아빠가 이미 시골에 내려가 있었지. 1979년, 그녀는 지난으로 한
번 돌아온 적이 있어. 우리 아빠가 대학에 합격했고 결혼도 했다는
소식을 들었지. 그녀는 전혀 뜻밖이라고 생각하지 않았어. 그저 아

주 오래 기다리던 소식이 도착한 것 같다는 느낌이었지. 지난을 떠나기 전날, 그녀는 아빠의 학교를 찾아갔어. 비가 내리는 날이었지. 그의 기숙사 침실로 찾아갔을 때는 그녀는 옷이 흠뻑 젖어 있었어. 룸메이트가 그녀에게 우리 아빠가 주말에 집으로 갔다고 말해주었어. 그러면서 그녀가 아빠의 오랜 친구라고 들었다면서 시 동아리의 잡지를 내밀었지. 떠나올 때 그녀는 우리 아빠의 우산을 하나 챙겨 나왔어. 그녀는 우산을 들고 교정에 있는 잔디밭과 가로수가 하늘을 덮은 길을 가로질러 나왔어. 나오면서 식당과 운동장을 지났지. 교무실이 있는 건물 처마 밑에 잠시 멈춰선 그녀는 잡지를 뒤적여 아빠가 쓴 시 몇 수를 읽었어. 비가 멈추자 그녀는 우산을 접고서 학교 정문을 향해 걸어갔지.

이듬해에 그녀는 자기 오빠 친구에게 시집을 갔어. 불어를 공부하고 외교부에서 일하는 사람으로 그녀보다 여덟 살 많았지. 1년 후 그녀는 남편과 함께 아프리카로 갔어. 처음에는 알제리에서 살다가 나중에 세네갈로 갔지. 그곳 외국인들 눈에 그녀는 당당한 대사관 직원의 아내였어. 아주 자랑스러운 중국 여인이었지. 그녀가 범죄자의 딸이라는 사실을 아는 사람은 아무도 없었어. 대사관 뒤쪽의 정원에서 그녀는 검은 피부의 여인들이 나무에 올라가 망고를 따는 모습을 바라봤어. 햇빛이 나뭇잎 틈새로 새어 들어와 그녀가 고개를 드는 순간 해를 마주할 수 있었어. 어둡지만 달콤했던 날들이 생각나면서 너무나 먼 과거로 느껴졌지. 지평선 너머로 지나가버린 작은 배 같았어. 그녀는 자신이 이미 지난일의 어두운 그림자에서 완전히 벗어났다는 걸 알았지.

줄곧 아이를 가질 수 없었고 왕루한은 이에 대해 약간 유감을 품고 있었어. 하지만 두 사람의 생활은 대단히 자유로웠지. 때로는 남편이 자신의 여행 동반자에 더 가깝다는 생각이 들기도 했어. 두 사람은 끊임없이 이사를 다니며 낯선 나라에 정착해 그 타향의 집에 자신들의 냄새가 밸 때쯤이면 다시 작별을 고하고 떠나야 했지. 두 사람은 짐을 들고 자신들을 보살펴주던 사람들에게 손을 흔들어 작별을 고해야 했어. 매년 크리스마스가 되어 엽서를 보낼 때면 눈앞에 그 옛 친구들의 얼굴이 떠오르곤 했지. 1년에 한번 두 사람은 옛 친구들에 관해 얘기를 나누면서 지금 그들의 삶에 어떤 변화가 있을지 상상하곤 했어. 항상 여행 중에 있는 사람들은 너무 많은 이별을 경험하게 되고, 점점 감정이 무딘 사람으로 변하지. 아주 분명한 감정이 여러 토막으로 잘려 있기 때문에 좋은 만남과 헤어짐을 더 잘 이해하게 되고 모든 관계가 좋게 시작해서 좋게 끝나게 돼. 이처럼 냉혹한 이성이 그녀 남편의 몸에 배어 있는 소중한 기질이었지. 왕루한은 줄곧 자신도 그와 같은 품성을 가질 수 있기를 기대했어.

조용하고 차분한 생활 속에서 시간은 눈금을 잃어버렸어. 그리하여 무감각하게 12년이라는 세월이 지나가버렸지. 그 시절은 아주 많은 사진을 남겼어. 오른쪽 아래의 날짜가 없었다면 그녀는 애당초 이런 사진들을 순서대로 배열하지도 못했을 거야. 사계절이 무덥기만 한 나라에서 그녀는 원피스를 입고 진주 목걸이를 하고서 웃는 얼굴로 남편 옆에 앉아 있거나 서 있어야 했지.

왕루한은 우리 아빠를 다시 만나지 않았다면 남편과 헤어진 이유를 상상할 수 없다고 말하더군. 하지만 다시 만난 그날 밤, 그녀는 술자리에서 흔들리는 수많은 사람의 그림자를 사이에 두고 지난 20년 동안 만나지 못한 이 사람을 한눈에 알아보고는 순간적으로 머릿속이 아득해졌어. 온몸에 전기가 흐르는 기분이었지. 그 순간 아주 긴 꿈에서 깨어난 듯했어. 우리 아빠를 향해 다가가는 동안 지난 10여

년 동안 안정되고 조용했던 삶이 등 뒤에서 폭발하면서 무너지고 있었지. 지난날 그녀가 굳게 믿었던 행복이 갑자기 공허한 허상으로 변하고 말았던 거야. 다시 돌아갈 수가 없었지.

그다음 주에 그녀는 남편을 따라 방문 길에 나서는 대신 우리 아빠와 함께 모스크바로 갔어. 모스크바로 가는 기차 안에서 두 사람은 서로 꼭 붙어 있었지. 창밖은 온통 생기 없는 산언덕과 눈 덮인 거대한 호수였어. 우리 아빠는 그녀를 바라보면서 그녀가 자기 삶에 다시 의미를 부여해주었다고 말했어. 순간 그녀는 마음이 다급해졌지. 눈앞에 있는 이 남자가 소년 시절에 비해 훨씬 초라해져 있기 때문이었어. 과거에 맑게 빛나던 눈동자에는 잿빛만 가득했지. 그녀는 우리 아빠의 손을 꼭 잡고 영원히 함께 있겠다고, 앞으로는 하루하루가 즐겁기만 할 거라고 말했어. 아빠가 고개를 끄덕이며 말했지.

"물론이지. 우리는 아주 행복할 거야."

모스크바에서 돌아오자마자 왕루한은 남편에게 이혼을 요구했어. 이처럼 갑자기 찾아온 선언을 마주하고서도 그녀의 남편은 의연한 품격을 보였어. 그는 가는 금테를 두른 동그란 안경 너머로 그녀를 조용히 바라봤어. 그러고 나서 물었지.

"좀더 시간을 갖고 잘 생각해봐야 한다고 생각하지 않아?"

"그럴 필요 없어요."

그녀가 단호하게 대답했어.

"알겠어. 이달 말에 프랑스에 가야 하니까 최대한 그 전에 모든 수속을 마치도록 하지."

그 뒤로 그녀는 텔레비전에서만 그를 볼 수 있었어. 당시 그는 이미 아프리카 어느 나라의 대사가 되어 있었고, 옆에는 목에 진주목걸이를 두른 다른 여인이 긍지로 가득한 미소를 지으며 서 있었지.

거의 동시에 우리 아빠도 이혼을 했어. 우리 엄마는 이혼을 수락하지 않았지만 그건 시간문제일 뿐이었어. 이어서 우리 아빠는 왕루한과 이사를 해서 함께 살기 시작했지. 두 사람은 한동안 아주 신나는 세월을 보냈어. 함께 생활하는 느낌이 너무나 익숙하고 달콤했지. 과거에 그녀의 집 그 어두운 방 두 칸으로 돌아온 듯한 느낌이었어. 심지어 두 사람은 의도적으로 소년 시절의 일들을 재현하면서 아침부터 저녁까지 커튼을 꼭 닫고 방 안에만 틀어박혀 있기도 했어. 아빠는 그녀에게 소설을 읽어주었고 둘이 함께 식사를 준비했으며 창가에 서서 사과 하나를 나눠 먹곤 했어. 이런 행위들이 갑자기 솟아오르는 욕정에 의해 잠시 중단되기도 했지. 사랑의 행위가 언어를 대신하면서 가장 중요한 교류 방식이 되었어. 하지만 그토록 미친 듯한 환락 속에서 그녀는 항상 떨쳐버릴 수 없는 한 가닥 두려움을 느끼곤 했지. 무언가가 갑자기 나타나 두 사람을 갈라놓을 것만 같았어. 그녀는 일단 입 밖에 뱉으면 돌로 변해 영원히 두 사람 사이에 가로놓일 수많은 말을 한번도 아빠에게 말한 적이 없었어. 게다가 그녀는 그런 느낌이 시간이 깨끗하게 소화해버리지 못한 음영의 찌꺼기라 점차 사라질 거라고 믿었지.

그래서 오빠가 암에 걸려 엄마를 모셔와야 했을 때, 그녀는 마음속으로 이 일이 두 사람의 관계에 위험 요소가 되리라고 생각하지 않았을 리가 없었어. 시간은 적잖이 고통스러웠지만 발병한 엄마를 마주할 때면 느끼곤 했던 무력감을 기억했어. 솔직히 말하자면 그 몇 년사이에 외국에 있으면서 엄마에 대한 그녀의 걱정은 그리 크지 않았어. 그녀는 누군가 엄마를 보살피고 있어 아주 편하게 잘 지내고 있다는 걸 알았지. 이것만으로도 충분했어. 때로는 한 달 넘게 전화 통화한번 안 한 적도 있었지. 매번 엄마의 목소리를 들을 때마다 그녀는 항상 긴장했고, 다음 순간에 감정의 폭발과 함께 찢어지는 목소리가 들려오지나 않을지 노심초사했어. 그녀는 10년을 이렇게 도피했지만 이제는 더 이상 도피할 방법이 없어졌지.

하지만 우리 아빠의 반응은 담담하기만 했어. 그녀가 엄마를 모셔 오는 것을 적극 지지했지. 아빠는 여러 해 전의 그 임시 가정이 이제 세 사람으로 구성되게 되었고, 그녀의 엄마도 그 일원이라고 말했어. 아빠는 항상 그녀의 엄마를 떠올릴 때마다 사뭇 친절한 느낌을 가졌 지. 당시에는 두 사람 모두 어린애였기 때문에 도움이 되지 못했지만 이제 아빠는 능력 있는 성년 남자로 성장해 있었고, 그녀 엄마에게 아주 훌륭한 생활을 제공할 수 있었어. 하지만 아빠가 이렇게 얘기한 건 이미 술에 반쯤 취했을 때였어. 술 귀신은 항상 비교적 낙관적인 편이지. 아빠는 자신이 말한 대로 행동하지 않았어. 술을 안 마시기 로 한 약속을 깨고 그녀의 엄마가 입주해 들어온 뒤로 갈수록 더 많 은 술을 마셔댔지. 이때부터 두 사람은 말다툼을 시작했고 서로를 미 워하게 됐어.

셰톈칭은 그녀에게 엄마가 두 사람과 함께 살지 않았다면 리무위안 과 아주 잘 지낼 수 있었을 거라고 생각하느냐고 물었어.

왕루한이 대답했지.

"만일이라는 건 없어요. 리무위안의 말이 맞았어요. 우리는 처음부 터 세 사람이었지요. 우리 엄마가 항상 우리 둘 사이에 있었어요."

그녀는 마지막 담배를 비벼 끄고 꽁초를 빨간 하트가 가득한 재떨 이에 비벼 넣었어. 또 하나의 황혼이 시작되고 있었고, 꼭 닫힌 방 안 에서 노랫소리가 새어나왔지.

"하늘에는 별들이 가득하네, 하늘에는 별들이 가득하네……."

그 뒤로 또다시 만났을 때, 우리는 못에 관한 일을 얘기하기 시작했어. 내가 셰텐청에게 왕루한이 우리 할아버지와 그녀 아빠가 왜 청셔우이程守義를 해치려 했는지 말했느냐고 물었어. 그는 그런 얘기는 못 들었다고 하더군. 청셔우이는 간부라 평소에 두 사람을 몹시 압박했던 모양이야. 두 사람 다 그를 아주 미워했지. 하지만 왕루한의 얘기로는 그녀 아빠는 아주 관대한 사람이라 누군가에게 그런 보복을 할 리가 없대. 따라서 그를 해치려 한 것은 주로 리지셩의 생각이었다고 하더군. 누가 알겠어. 그 시절에는 나쁜 사람도 악독한 짓을 하고 좋은 사람도 악독한 짓을 했으니, 누가 잘했고 잘못했는지 확실히 따질 수 없겠지. 단지 왕량청이 죽으면서 모든 죄책감이 그에게 전이되고 말았던 거야. 내가 말했어.

"아마 그분은 자신의 자살로 모든 죄책감을 안고 갈 수 있을 거라고 생각했을 거예요."

셰텐청이 빙긋이 웃으면서 말을 받더군.

"자치씨는 사람들을 너무 좋게만 생각하는군요."

내가 말을 받았지.

"저는 많은 일에 대해 듣고 또 많은 일을 직접 목격했어요. 왕량청의 이미지가 조금씩 선명해지는 것 같네요. 저는 그분이 그런 사람이라고 생각했어요."

"그럼 자치씨 할아버지는요? 자치씨 마음속에 할아버지는 어떤 분인가요?"

나는 아무 말도 하지 않았어. 그러다가 잘 모르겠다고, 할아버지의 이미지가 갈수록 더 희미해진다고 대답했지.

셰텐청이 말했어.

"나는 자치씨 할아버지를 뵌 적이 있어요. 자치씨 아버님 추도회

자리에서요. 표정이 아주 엄숙했지요. 줄곧 미간을 찌푸리고 계셨어요. 처음부터 끝까지 눈물은 흘리지 않았지요. 고별의식이 끝나고 나서 많은 사람이 왕루한에게 다가가 말을 건넸지만 자치씨 할아버지는 줄곧 혼자 문밖에 서 계셨어요. 내가 다가가 담배를 한 대 권했지요. 고맙지만 담배를 안 피운다면서 거절하시더군요. 내가 담배에 불을 붙이면서 베이징에서 며칠 더 기다리실 거냐고 물었더니 그날 저녁에 돌아가실 거라고 했어요. 내가 몇 마디 위로의 말을 건네자 할아버지는 고맙다고 하시더군요. 눈동자는 시종 정면을 주시하고 계셨어요. 왠지 모르지만 그분 몸에서는 아주 강직한 기운이 느껴지더군요. 사람들로 하여금 자신도 모르게 경외감을 갖게 만드는 힘이 있었어요. 왕루한이 말한 것처럼 그렇게 음험하고 간사한 이미지와는 차이가 있었지요."

사람들이 다 가고 나서 그가 왕루한에게 다가가서 말했대.

"무위안 엄마의 다리가 골절돼서 침대에서 내려오지 못해요. 무위안 엄마는 무슨 요구 사항이 있으면 우리에게 말하라고 했어요."

왕루한은 줄곧 고개를 숙인 채 아무 말도 하지 않았어. 우리 할아버지는 두터운 편지봉투 하나를 그녀에게 내밀고는 도리우치 모자를 쓰고 자리를 떴지.

내가 물었어.

"왕루한이 우리 할아버지를 용서했다고 생각하시나요?"

셰톈청이 대답했어.

"그건 중요하지 않아요. 중요한 건 그녀가 자신에게도 죄가 있다고 생각한다는 점이에요. 누군가는 그 죄에 대해 책임을 져야 하는 것 같았어요. 자치씨 아빠가 세상을 떠난 뒤로는 그녀가 그 죄의 책임을 맡으려 했지요."

나와 셰톈청은 노천 카페의 차양막 아래 앉아 있었어. 이미 봄이라 가는 비가 내리면서 공기 중에 푸른 풀 내음이 가득했지. 내가 말했어.

"이렇게 많은 걸 얘기해주셔서 정말 감사합니다."

"만나서 정말 반가웠어요. 얘기를 좀더 길게 자세히 전해주고 싶지만 내가 아는 건 이게 전부네요."

"제게 들려주신 얘기를 다 기억할게요. 매년 아빠의 기일이 다가올 때마다 저는 벽에 못으로 훙바오紅包(축의금이나 세뱃돈을 줄 때 사용하는 빨간 봉투)를 걸어놓고 집 안에 들어앉아 아빠가 돌아오시기를 기다리곤 하지요."

그는 내게 졸지 말고 커피를 좀 마시라고 했어. 나는 잠들지 않을 거라고 말했지.

「인심인술 ― 리지성 원사에게 다가가다」

40'17"

50세 전후의 남자가 수술복을 벗고 수술실에서 나온다. 카메라가 그를 따라 복도를 가로질러 엘리베이터에 오른다. 그의 사무실로 가는 길이다. 창가에는 테이블이 놓여 있고 창틀에는 스킨답서스 화분이 놓여 있다. 자막에 이런 문구가 뜬다.

모든 학생 가운데 우톈위吳天宇는 어쩌면 리지성이 가장 신뢰하는 제자 가운데 하나였을 것이다. 지금 그는 이미 베이징의 한 병원에서 심장내과 주임으로 근무하고 있다. 그는 리지성의 엄격하고 성실한 학문 자세를 이어받아 풍부한 임상 경험을 기초로 새로운 의술 개발에 주력하면서 끊임없이 새로운 수술 방안을 고안해내 성공률을 높이고 있다. 생활에서도 그는 스승과 마찬가지로 아주 소박하면서도 단순한 나날을 보내면서 물질생활에 대해서는 추구하는 바가 거의 없다. 우톈위가 책상 앞에 앉아 한 무더기의 원고지를 꺼내서는 머리를 파묻고 읽는다. 자막에 이런 문구가 뜬다.

"이는 내 박사논문의 초고로, 위에 은사님의 지적 사항이 잔뜩 표시되어 있습니다. 은사님은 문제가 있다고 생각되는 부분마다 표시를 해놓으셨지요. 심지어 어법상 정확하지 않은 부분에도 표시를 빼놓지 않으셨습니다. 논문이 책으로 출간되자마자 은사님께 한 부를 보내드렸습니다. 이틀도 안 돼서 은사님은 이 책을 다시 보내왔지요. 문제 있는 부분들이 더 발견되어 전부 표시를 해놓았으니 재판을 인쇄할 때 반드시 수정하라는 것이었습니다."

카메라 앵글이 바뀐다. 우톈위가 카메라를 마주하고 있다. 자막에 이런 문구가 뜬다.

"리 선생님은 우리에게 수술을 할 때는 반드시 낙관적으로 생각하지 말고 가장 안 좋은 가능성도 전부 염두에 둘 것을 강조하셨습니다. 선생님 자신도 의료 사고를 경험하신 적이 있지요. 아마 문화대혁명이 막 시작되던 해였던 것 같습니다. 선생님은 비판투쟁을 당하고 나서 수술 자격을 박탈당했습니다. 대신 수술을 잘 모르는 의사의 조수가 되었지요. 그 의사는 수술의 난이도를 충분히 계산하지 않은 상태에서 환자의 몸에 메스를 댔고, 환자는 출혈과다를 일으키고 말았습니다. 리지성이 메스를 이어받아 환자를 살리려고 필사의 노력을 다했지만 이미 때가 늦은 터였고, 결국 환자는 숨을 멈추고 말았지요. 이런 비극의 발생은 리 선생님에게 너무나 큰 충격을 주었습니다. 선생님은 제대로 손을 쓰지 못하고 심지어 정반대의 결과를 자초한 그 건방지고 무능한 의사를 죽도록 미워했지요. 하지만 그래도 자신을 용서할 수 없었습니다. 선생님은 항상 자신의 책임을 느끼며 제게 여러 차례 말씀하셨습니다. 텐위, 이 일은 아마 내 일생에서 가장 큰 치욕일 것 같네……."

제
4
장

청궁

내가 나중에 왕루한을 만났다고 말하면 넌 뜻밖이라 생각할까? 넌 내가 그녀를 어디서 만났는지 절대로 생각해내지 못할 거야. 317호 병실이었어. 그 병실에서는 아주 작은 극장처럼 일정한 시간 간격을 두고 연극이 한 편씩 상연되는 것 같았어. 나와 너의 연극, 고모와 샤오탕의 연극 등 아주 다양했지. 할아버지 몸에는 자력이 있는 것 같아. 항상 우리를 끌어당겨 당신 눈앞에서 일이 벌어지게 하지.

네가 전학 가고 나서 얼마 지나지 않아 317호 병실에 한번 가봤어. 침대 옆에 서서 잠깐 할아버지를 바라보다가 영원히 완성할 수 없는 영혼무전기를 종이상자에 넣고 테이프로 밀봉한 다음, 침대 밑에 밀어넣었지. 그러고 나서 곧장 나와 병실 문을 닫았어.

나는 너와 관련된 모든 기억을 그 문 안에 가둬버렸어. 그 뒤로 1년 동안 그곳에 가지 않았지. 한번은 병원 문 앞에서 고모가 퇴근하는 걸 기다리다가 고개를 들어 동쪽 끝 창문을 바라봤어. 창틀에 회색 비둘기 두 마리가 앉아 있다가 푸드덕 날아오르더군.

얼핏 창문 안쪽에 사람이 한 명 서 있는 게 보였어. 흐릿한 회색 유리에 비친 모습이었지. 어쩌면 환영이었는지도 몰라. 밥을 먹여주는 간호사가 매일 그 자리에서 10분 정도 서성이는 것 외에 다른 사람은 있을 리 없었으니까.

고모가 나오길래 창문을 가리키며 저기 서 있는 사람이 보이냐고 물었어. 고모는 그쪽을 쳐다보더니 아무도 없다고 하면서 날 잡아당겨 계속 가던 길을 갔어. 도로에 반쯤 나왔을 때 고모 얼굴에 눈물이 가득한 걸 봤지. 따져 묻고서야 317호 병실이 고모와 샤오탕의 데이트 장소였다는 걸 알았어. 그때는 가을이라 꽤 추웠는데도 두 사람은 매일 작은 숲속 깊숙이 들어갔대. 어느 날 갑자기 작은 숲 쪽으로 가던 도중에 번갯불이 번쩍하듯이 317호 병실이 생각나더래. 고모가 정말로 그렇게 말했어. 고모는 샤오탕을 이끌어 그쪽으로 뛰어갔지. 그때부터 두 사람은 매일 317호 병실을 찾았어. 난 정말 두 사람이 할아버지가 보는 앞에서 사랑을 나누는 모습을 상상할 수가 없었어. 할아버지는 제멋대로 움직이는 작은 눈동자로 두 사람의 지순한 사랑의 증인이 됐던 거지.

네가 떠나고 2년째 되던 해에 부속병원은 북쪽에 있던 공터에 새 병동을 지었어. 너도 기억하지. 그해에 터파기 작업을 할 때 백사 한 마리가 나왔다는 소문을 듣고 우리 모두 구경하러 달려갔잖아. 아무것도 보지 못했으면서도 우리는 이 소문을 계속 퍼뜨렸지. 새 병원은 8층 건물이었어. 충분한 병상을 갖춘 병동이었지. 그때부터 317호 병실이 있는 원래의 입원병동은 장기 입원 환자들을 수용하게 됐어. 전신마비나 반신불수, 노인성 치매 등의 질병을 앓는 환자들이 돈을 내거나 인맥을 통해 입원해서는 침상 하나에 의지한 채 장기간 나가지 않았지. 이런 환자들은 대부분 치료가 불가능했어. 생명을 유지하는 것이 주목적이었지. 병원에서 이런 사람들을 돌보는 이유는 할 일 없는 직원들을 위해서였어. 원장은 이들을 퇴직시킬 수 없어서 하는 수 없이 전부 구병동에 배치해 간단한 간호 업무를 담당하게 했지. 그때 고모도 그쪽으로 배치될까봐 두려워 집에서 하루 종일 울었어. 고모가 약국에 남게 될 줄은 정말 몰랐어.

구병동에 배치되어 일하는 사람들은 대부분 50세 전후의 아줌마들이었어. 조울증이 있는 갱년기 아줌마들은 말도 못하게 사나웠지. 환자들에게 밥이나 약을 제때 주지 않았고 침대보나 이불이 더러워져도 한참을 더 사용하고 나서야 갈아주었어. 성격들도 정말 거칠어서 대소변을 못 가리는 환자들에게는 큰 소리로 욕을 해대기도 했지. 환자 가족들이 병원 당국에 신고해도 결과는 표면적인 조치로 그칠 뿐 별다른 효과는 없었어. 원장은 분원을 건립하는 일과 의학성과상을 신청하는 데 더 마음을 쓰고 있었어. 그는 이 엉망진창인 입원병동을 아무리 잘 관리한다 해도 자신의 승진에 아무런 도움이 되지 않는다는 사실을 잘 알고 있었지. 눈을 뜨고 있는 것이 눈을 감고 있는 것보다 못한 실정이었어. 사람 목숨 가지고 소란만 떨지 않으면 된다는 태도였지.

모두 그곳을 '악마 입원실'이라 불렀어. 나와 고모는 그 아줌마들이 할아버지를 엉망으로 '돌보고' 있다는 걸 모르지 않았어. 관리가 아무리 엉망이라 해도 어차피 고발도 못하는 형편이었지. 그들은 인내심을 갖고 시간에 맞춰 할아버지 몸을 뒤집어주지도 않을 테고, 몸을 닦아주거나 기저귀를 갈아줄 리도 없었어. 할아버지 몸에는 욕창이 생기고 여기저기 부스럼이 났을 것이며, 근육이 줄어들고 심장도 극도로 쇠약해졌을 거야. 하지만 우리는 누구도 병실에 가보자고 제안하지 않았지. 할머니한테 얘기할 수도 없었어. 할머니는 화가 났다

하면 곧바로 달려가 그 거친 간호사들과 싸움을 벌이기 십상이었으니까. 하지만 할머니도 남쪽 병동에 입원 중이었고, 주변에 수다 떨기 좋아하는 할머니가 여럿 있었는데 정말 이런 사실을 몰랐을까? 아마 나와 다르지 않았을 거야. 그냥 모르는 척하는 것뿐이었겠지. 일단 '알게' 되면 가서 한바탕 소란을 피우는 수밖에 없었으니까. 그래야 남에게 절대로 무시당하지 않고 고매한 이미지를 지켜나갈 수 있거든. 하지만 할머니도 이제 늙으셨어. 소란을 피우기에는 기력이 달렸지. 게다가 그건 별로 의미도 없는 일이었거든. 할아버지가 몇 년 더 사시든 덜 사시든 할머니한테는 달라질 게 없었어. 가족 전체가 묵계라도 한 듯 누구도 할아버지와 317호 병실에 관한 얘기를 꺼내지 않았어. 모두가 어느 날 문득 병원에서 할아버지가 돌아가셨다는 소식이 전해져오기만을 기다리고 있는 것 같았지.

하지만 그런 소식은 줄곧 날아오지 않았어. 1995년 가을에 나는 다시 한번 317호 병실에 가봤어. 할머니와 크게 말다툼을 한 뒤였지. 나는 벌써 열네 살이 됐는데도 여전히 고모와 한방을 쓰고 있었어. 정말 짜증나는 일이었지. 고모가 거실로 나가 할머니와 같이 지냈으면 했어. 할머니의 낡은 트렁크 하나만 옮기면 충분한 공간이 생기거든. 그 자리에 큰 침대 하나만 사놓으면 되는데 할머니는 트렁크를 옮길 생각도 없었고 침대 사는 데 돈을 쓰는 것도 아까워했지. 중간에 낀 고모만 처지가 애매해져 몹시 우울해 보였어. 고모는 나의 합리적 요구를 자기가 싫어서 그런 것으로 오해했던 모양이야.

그렇게 화를 내고 나서 나는 집을 나가기로 결심했지. 다음 날은 토요일이었어. 아침 일찍 배낭을 메고 집을 나섰지. 시외버스 터미널로 가서 표지판 위의 생소한 지명들을 멍하니 바라보고 있었어. 대형 버스들이 한 대씩 먼지를 일으키고는 그 속으로 사라져갔지. 정오가 되어서도 마음속에는 먼 곳으로 떠나야겠다는 열망이 전혀 생기지 않더군. 오히려 갈수록 무서워졌어. 배고픔과 피곤이 섞인 소리가 나를 타이르더군. 집으로 돌아가라고 말이야. 하지만 그렇게 집으로 돌아간다는 건 정말 창피한 일이잖아. 적어도 하룻밤은 밖에서 보내야 가출이라 할 수 있지. 어디로 가야 하나? 문득 머릿속에 할아버지 얼굴이 떠올랐어. 생생한 보살님의 모습이었지.

해가 질 무렵 나는 병원 3층으로 올라가 맨 끝에 있는 그 방으로 향했어. 317호 병실 문은 굳게 닫힌 채로 복도 바닥에 빛과 그림자를 던지고 있더군. 마치 그리다 만 여인상 같은 형상이었어. 난 그 가장자리를 밟으며 병실 안을 들여다봤지. 뜻밖에도 정말 한 여자가 침대 옆에 앉아 할아버지의 몸을 닦아주고 있는 거야. 그녀는 할아버지가 입고 있는 스웨터를 걷어올리고 젖은 수건으로 가슴과 배를 닦아준 다음, 다시 몸을 일으켜 등을 닦아주었어. 이어서 스웨터를 내리고 가지런하게 잡아당겨 펴주더군. 그런 다음 할아버지 허리를 올려서 낡은 흰색 털바지를 허벅지부터 당겨서 발목까지 벗겼어. 그러고는 침대 끝 난간에 걸어두었던 수건을 들어 종아리부터 닦으며 올라갔지. 수건을 사이에 두고 그녀의 손이 할아버지의 다리 위를 미끄러지듯 움직였어. 이미 죽은 지 오래된 다리가 가볍게 떨리는 것 같더군. 그녀는 일을 잠시 멈추고 창가로 가서 보온병을 가져와 다시 쪼그리고 앉았어. 하얀 수증기가 피어오르는 것으로 보아 틀림없이 더운물을 대야에 부어 수건을 빨았을 거야. 침대가 가리고 있었기 때문에 정확히 볼 수는 없었어. 줄줄 물 흐르는 소리만 들렸지. 그녀가 잠시 시야에서 사라지자 조바심이 났어. 마침내 몸을 일으킨 그녀는 따뜻해진 수건을 펼쳤어. 그녀 등 뒤에 있는 창문으로 가득 밀려들어온 늦은 저녁 노을빛이 그녀의 등을 관통하자 그 빛이 하얀 수건에 비치면서 색이 변했어. 몽글몽글 피어오르는 수증기 사이에 붉은빛이 아른거렸지. 그녀는 수건을 네모나게 개켜 왼손에서 오른손으로, 다시 오른손에서 왼손으로 번갈아 옮겨 들었어. 알맞은 온도로 내려갈 때까지 계속 그렇게 했지. 그런 다음 하던 동작을 이어갔어. 몸을 숙이고 수건을 꼭 쥔 채 할아버지의 사타구니와 가랑이 사이를 닦았지. 이어서 할아버지의 처진 생식기를 손으로 받치고 부드럽게 닦았어. 촉촉해진 손가락이 자주색과 갈색이 뒤섞인 피부를 건드리며 굶주린 주름 위를 미끄러져 내려갔지. 그녀는 그걸 천천히 다시 내려 희끗희끗한 털 속에 뉘였어. 나는 금방이라도 가빠진 호흡 속으로 침몰할 것만 같았지. 심장이 몸 밖 어딘가에서 뛰고 있는 것 같았어. 그녀의 손 위에서 뛰고 있는 것 같기도 했지. 그녀는 베개 밑에서 연고를 꺼내 할아버지 엉덩이에 조심스럽게 발랐어. 그런 다음 연고가 다 마를 때까지 내내 할아버지 몸을 받쳐 들고 있다가 힘겹게 내려놓았지.

여자가 할아버지 몸을 닦아주는 모습을 처음 본 건 아니었어. 예전에 몇몇 간호사가 하는 걸 본 적이 있지. 하지만 간호사들의 행동은 완전히 달랐어. 시간에 쫓기듯이 대충대충 하고 마무리했지. 일을 최대한 빨리 끝내고 싶은 생각밖에 없는 듯했어. 하지만 내 눈앞에 있는 이 여자는 확실히 달랐어. 더없는 인내심으로 시간이 더 천천히 가기를 바라기라도 하듯이 아주 느린 동작으로 조심스럽게 손을 움직였지. 자발적으로 이 일을 조금이라도 더 하려는 것 같았어. 그녀의 몸이 줄곧 문 쪽을 향하고 있었지만 끝까지 나를 발견하진 못했어. 그녀는 고도의 집중력을 발휘했고, 완전히 일에 빠져 있었거든. 우리 할아버지의 몸을 닦는 일이 세상에서 가장 중요한 일인 것 같았지.

일을 다 끝낸 그녀는 보온병을 들고 창가로 가서 원래 있던 자리에 내려놓은 다음, 창문을 반쯤 밀어 열더군. 난 이 부분에 신경이 쓰였어. 몸을 닦을 때 할아버지가 감기 걸릴까봐 걱정이 됐는지 그녀는 창문을 닫았었거든. 창틀에 몸을 기댄 그녀는 바지 주머니를 뒤져 담뱃갑에서 담배를 한 개비 꺼내더니 불을 붙이더군. 비둘기 한 마리가 푸드덕 날아오르자 그녀는 얼른 고개를 돌려서 창밖을 내다봤어.

그녀가 담배를 피우는 사이에 나는 간신히 마음의 평정을 되찾고 그녀를 자세히 살펴봤지. 나이가 고모랑 별로 차이가 나지 않을 것 같더군. 젊은 여자는 아니었지만 젊은 여자라고 하기에 충분히 동안이었어. 하지만 눈동자가 풀어져 있고 볼이 처져 있는 데다 입꼬리도 내려가 있었어. 나이에 걸맞지 않아 좀 슬픈 느낌을 주었지. 젊었을 적 모습이 무척 궁금해지는 얼굴이었어. 머리는 뒤로 대충 묶은 상태였고, 귀 옆에서 어깨까지 긴 머리칼이 한 줄기 흘러내려 있었어. 위에는 두꺼운 남색 천으로 만든 셔츠 차림이었지. 옷이 좀 컸는지 소매를 걷어올렸더군. 그것도 한쪽은 높고 한쪽은 낮게 말이야.

흰 가운을 입지 않은 걸로 봐서 병원 간호사는 아닌 듯했어. 나도 그 병동에 그렇게 부드럽고 따스한 간호사가 있다는 사실을 믿을 수 없었지. 그렇다면 그녀는 누구였을까? 마음씨 좋은 자원봉사자였을까? 아니면 근처 교회당의 착한 수녀였을까? 계속 갖가지 추측을 다 해봤어. 그렇다고 꼭 해답을 얻으려던 것은 아니었지. 난 아직 눈앞에서 할아버지 몸을 닦던 그녀의 모습에 정지되어 있는 것 같았어. 계속 하나하나의 동작을 떠올리면서 그 동작이 가져다주는 촉감을 생각했지.

그녀가 담배를 끄자 나는 얼른 몸을 돌려 자리를 피했어. 그녀가 금세 병실에서 나올 것 같았기 때문이지. 나와 맞닥뜨리는 곤경을 피하게 하고 싶었거든. 그랬다면 나도 하는 수 없이 침상에 누워 있는 사람이 우리 할아버지라고 설명해야 하니까 말이야. 혹시 그녀가 환자 가족이 아직도 찾아오고 있다는 것을 알게 되면 돌볼 사람이 있는 것으로 생각하고 다시는 안 올지도 모르잖아. 그녀를 다시 보기 위해서라도 나는 얼른 자리를 비켜야만 했어. 하지만 멀리 가지는 않고 병원 입구에 있는 과일 노점 옆에 숨어서 그녀가 나오는 것을 지켜봤지. 그녀는 혼자 천천히 도로를 가로질러 건너편 버스 표지판 아래로 갔어. 11번 버스가 와서 그녀를 싣고 가버리더군. 표지판 아래에는 또다시 많은 사람이 다가왔고, 어떤 사람이 그녀가 방금 서 있던 그 자리에 섰어. 나는 잠시 그런 모습을 지켜보다가 집을 향해 걸어갔지. 그녀를 다시 볼 수 있을까? 알 수 없는 감정이 나를 몹시 고통스럽게 했어. 집 앞까지 가서야 갑자기 내가 317호 병실에 갔던 이유가 생각나더군. 내가 가출 중이라는 게 생각났고, 내 방이 필요하다는 게 생각났어. 하지만 이 모든 것이 더 이상 중요하지 않게 되었지. 어떤 고상한 정서가 온몸에 가득 차면서 그런 고민거리들을 전부 하찮은 것으로 만들어버렸어.

그녀는 매일 병실에 왔어. 오후 4시에 와서 한 시간 반 정도 머물다 갔지. 할아버지 몸을 닦아주었을 뿐만 아니라 관을 통해 음식을 먹여주고, 옷과 기저귀도 갈아주었어. 간호사가 하는 일을 다 했지. 나는 문 뒤에 숨어서 잠시 살펴보다가 아래층 과일 가게로 가서 11번 버스가 떠날 때까지 지켜봤어. 2주쯤 지나서인가 하루는 내가 좀 일찍 갔어. 그녀가 보온병을 들고 밖으로 나오는 순간, 우연히 정면으로 마주치고 말았지. 당황한 나는 침상에 누워 있는 사람이 우리 할아버지라고 다급하게 말해버렸어. 그녀가 말했어.

"청셔우이는 상태가 아주 좋으니 그만 돌아가."

내가 말했어.

"조금만 더 있다 갈게요. 오랫동안 할아버지를 못 뵈었거든요."

그녀가 되묻더군.

"어제도 오지 않았었니?"

나는 아무 말도 하지 못했어.

"나 좀 도와줄래, 얘야!"

그녀는 내게 물을 좀 떠오라고 했어. 난 보온병을 건네받으면서 내 이름이 청궁이라고 말했지. 그녀는 고개를 끄덕이며 알았다고 하더군. 내가 더운물을 받아서 돌아오자 그녀가 말했어.

"세숫대야 옆에다 내려놔, 꼬마야."

난 서둘러 더운물도 따르고 수건도 가져왔어. 그녀가 날 쫓아낼까 봐 겁이 났기 때문이지. 그녀가 할아버지 몸을 닦아주는 동안 나는 옆에서 가만히 지켜보고 있었어. 이번에는 거리가 너무 가까워서 그녀의 두 손만 시야에 들어왔지. 그런 모습을 바라보면서 내 마음이 점점 뜨거워졌어. 내가 말했지.

"우리 할아버지는 나쁜 놈한테 당해서 이렇게 된 거예요. 원래는 해방군이셨지요. 명사수였어요. 총이나 칼로 싸웠다면 질 리가 없다고요. 저는 아직도 할아버지가 제게 총 쏘는 법을 가르쳐주는 꿈을 꾸곤 해요. 나는 새도 떨어뜨릴 수 있을 거예요."

나는 또 과거 할아버지의 영웅담도 말했어. 단기필마로 나쁜 놈들을 물리치는 얘기였지. 어떤 건 근거도 없는 것이었지만 진짜처럼 얘기했어. 내가 할아버지를 좀 위대한 사람으로 얘기해야 그녀가 계속 할아버지를 돌봐주고 싶은 마음이 들 테니까 말이야. 하지만 그녀는 내 얘기에 아무런 반응도 보이지 않았어. 시종 고개를 숙인 채 일만 했지. 내 얘길 듣고 있는 건지 아닌지조차 알 수 없었어. 떠날 때가 되어서야 그녀가 입을 열었어.

"다른 사람에게 내가 여기 왔다는 얘기는 하지 않았으면 좋겠어."

나는 고개를 끄덕였지.

"알겠어요. 좋은 일은 남모르게 해야 하는 법이지요."

그때부터 나는 매일 오후에 317호 병실로 그녀를 찾아갔어. 나중에는 오후 자습 시간도 빼먹었고 숙제도 병실에 가져가서 하기 시작했지. 일을 다 끝내고 나면 그녀는 또 창가에 가서 한참 동안 아래를 내려다보곤 했어. 나는 이 짧은 시간이 너무 아까웠어. 결국 살금살금 다가가서 그녀 옆에 섰지. 사실은 그녀와 더 많은 얘기를 나누고 싶었지만 그러지 못해도 상관없었어. 그냥 그렇게 함께 있는 것만으로도 좋았거든. 어느 날엔가 그녀가 사과를 하나 꺼내 깎기 시작했어. 과도를 잡고 엄지로 칼등을 앞으로 밀면서 깎더군. 껍질이 일정한 폭으로 투명할 정도로 얇게 깎여 동그랗게 말리면서 아래로 처져 내려왔어. 다 깎을 때까지 한 군데도 끊어지지 않았지. 그녀는 줄곧 자신의 손을 보고 있었어. 그 과정을 즐기고 있는 듯했어. 그러고는 가운데를 반으로 갈라 내게 절반을 건네더군.

"다니?"

그녀는 매번 이렇게 물었어. 마치 자신은 입속에 든 것이 어떤 맛인지 모르는 것 같더군.

"네, 달아요."

내가 말했어. 그때부터 우리는 사과를 즐겨 먹기 시작했지.

어느 날 저녁 무렵, 그녀와 함께 버스 정류장으로 가면서 더는 참지 못하고 내가 물었어.

"어디 사세요?"

"아주 먼 데 살아."

그녀가 대답했어.

내가 되물었지.

"집에 있는 분들이 식사하러 오길 기다리지 않나요?"

그녀는 고개를 가로저었어. 내가 다시 뭘 물어볼까 생각하고 있던 차에 버스가 왔지. 그날 그녀는 붉은색과 초록색이 어우러진 체크무늬 모직코트를 입고 있었어. 정말 예뻤지. 하지만 뒷모습은 너무 쓸쓸해 보여 마음이 좀 아팠어.

이듬해 봄이 막 시작될 무렵, 할아버지 병이 많이 악화됐어. 알 수 없는 이유로 고열이 계속됐고, 몇 가지 해열제를 써봐도 소용없었지. 간간이 혼수상태에 빠져 경련을 일으키기도 했어. 얼굴이 보랏빛으로 변해 흰 거품을 토할 때도 있었어. 그녀가 말했어.

"난 오늘 여기 남아 있어야 할 것 같아. 이 고비만 넘기면 괜찮아질 거야. 집안사람들에게는 말하지 않는 게 좋겠어."

난 그러겠다고 했어. 그녀가 그런 말을 하지 않았어도 난 할머니나 고모에게 알리지 않았을 거야. 난 두 사람이 병실에 오는 걸 바라지 않았어. 어쩌면 원장을 찾아가 할아버지를 새 병동으로 옮겨 치료하게 해달라고 요구할 수도 있었거든. 그곳에는 간호사가 많기 때문에 이 여자가 끼어들지 못하게 할 게 분명했지. 또 왠지 모르지만 난 그녀를 믿었어. 그녀가 할아버지를 구할 수 있을 것 같았지. 그녀가 할 수 있는 일이라곤 이따금 얼음주머니를 대주거나 알코올에 적신 거즈로 몸을 닦아주는 것밖에 없는데도 말이야. 밤에 열이 빠르게 올라가는 바람에 그녀는 반시간마다 한번씩 할아버지의 몸을 닦아주느라 며칠 밤을 자지 못했어. 나도 아주 늦게야 집에 돌아왔지. 오후에는 수업도 빼먹었어. 나는 그녀에게 더운물을 날라다주었을 뿐만 아니라 밥도 가져다주었어. 과일 가게 앞을 지날 때면 사과를 한 개 사는 것도 잊지 않았지. 일주일이 지나자 할아버지는 신기하게도 열이 완전히 내리고 몸도 좋아지셨어. 대신 그녀가 병이 나서 이틀 동안 병실에 오

지 못했지. 정말 너무 긴 두 번의 오후였어. 나는 혼자 병실 안을 왔다
갔다 하다가 그녀의 전화번호조차 모른다는 사실을 깨달았어. 그녀
가 이대로 사라져버린다면 어디 가서 찾아야 할지 알 수 없었지. 셋째
날 오후에 그녀가 병실 문 앞에 나타났을 때는 눈두덩이 뜨거워지는
걸 느꼈어. 그녀를 안을 듯이 달려갔지만 그냥 손을 잡고 악수만 했
어. 그녀가 차가운 손을 빼내면서 말했어.

"어서 가서 더운물 좀 떠와. 지금 안 가면 잠시 후에는 길게 줄을
서야 할 거야."

3월 말이 되자 의과대학에서는 중대한 희소식을 한가지 발표했어.
너희 할아버지가 의학원사_{院士}(과학원이나 아카데미 등의 회원) 칭호를
받으셨다는 거였지. 교내 게시판은 이 희소식과 관련된 글로 가득했
어. 너희 할아버지는 사진에서 아주 근엄하게 입을 다물고 형형한 눈
빛으로 단정하게 정면을 바라보고 있더군. 난 껌 한 덩이를 너희 할아
버지 이마 위에 붙여놓았어. 학교에서는 너희 할아버지를 위해 아주
성대한 축하의식을 거행했지. 부속 초등학교는 반나절 동안 휴교하고
학생들을 이 의식에 참석하도록 동원했어. 나만 빼고 모든 아이가 참
석했지. 그녀가 병실로 돌아오자마자 말했어.

"오늘은 이 병동이 너무 조용한 것 같네. 방금 새 고무호스가 필요
해서 당직실을 찾아갔더니 문이 굳게 잠겨 있더구나."

나는 그들 모두 과학관 강당에 갔다고 말했어. 그녀는 무슨 행사이
기에 그렇게 거창하냐고 묻더군.

"어떤 교수가……"

나는 그 이름을 입 밖에 내기 싫었어.

"……원사가 돼서 학교에서 축하의식을 거행하는 거예요."

"응, 그랬군!"

그녀는 가볍게 한마디 하고는 계속해서 할아버지 이불을 여며주었어. 그러다가 갑자기 동작을 멈추더니 그 교수 이름이 뭐냐고 묻더군. 내가 리지성이라고 알려주자 그녀는 그 자리에 서서 미동도 하지 않더니 잠시 후에 입을 열었어.

"원사라…… 잘됐군."

그날 오후 나머지 시간 동안 그녀는 말을 한마디도 하지 않았어. 매일 하던 대로 일을 하긴 했지만 평소처럼 집중하진 못하는 것 같았어. 내가 더운물을 떠왔을 때는 고무관을 통한 음식물 주입이 끝나 있었지만 관은 여전히 제거되지 않은 채 꽂혀 있었어. 그녀는 우리 할아버지를 쳐다보면서 멍하니 서 있더군. 마치 다음에 뭘 해야 하는지 잊은 듯했어. 세숫대야에 더운물을 부을 때도 한번에 너무 많이 부었고, 내 말을 듣지 않고 온도를 재려고 물에 손을 집어넣었다가 데이고 말았지. 내가 도와주려 했지만 그녀가 팔로 나를 저지했어.

모든 일을 끝낸 그녀는 피곤한 듯 창가로 가서 몸을 기댔어. 하지만 평소처럼 담배를 꺼내 불을 붙이지는 않더군. 그녀는 창밖을 내다봤어. 아주 먼 곳 어딘가를 바라보는 것 같았지. 내가 그녀에게 뭘 보고 있냐고 묻자 그녀는 의식이 끝났을까 하고 묻더군. 나는 많은 사람이 밖으로 나가는 광경을 보고 있었어. 교정 쪽을 바라봤지만 과학관 강당은 보이지 않고 멀리 밤의 어둠에 물들어가는 회색 건물들만 보이더군. 날은 이미 많이 어두워져 있었어. 평소 같았으면 그 시각에 그녀는 이미 도로 건너편 버스 표지판 아래에서 차를 기다리고 있어야 했지. 그녀는 시종 한곳을 응시하고 있었어. 어깨가 가볍게 떨리는 것 같더군. 난 그녀가 곧 울음을 터뜨릴 거라고 생각했어.

날이 완전히 어두워져 밖에 아무것도 보이지 않자 그녀는 창가에서 벗어나 외투를 입고 문 쪽으로 걸어가더군. 그러더니 문득 걸음을 멈추고 말했어.

"꼬마야, 나 좀 도와줄래?"

난 곧바로 고개를 끄덕였지. 하지만 그녀는 또다시 입을 닫았어. 약간의 시간이 지나서야 말을 이었지.

"리지성을 찾아가서 왕루한이 만나고 싶어한다고 전해줄 수 있겠니? 그에게 이리로 좀 와달라고 해줘. 내일이나 모레 오후에 내가 여기서 기다리고 있겠다고 말이야."

그녀를 배웅하고 나서 나는 작은 숲으로 가서 잠시 앉아 있었어. 흩어진 나무 그림자가 바람에 산산조각 나 광막한 밤의 장막에 걸린 검은 구름 같았어. 줄곧 내 눈을 가리고 있던 한 조각 천이 가볍게 흘러내리는 것 같았지. 그녀는 도대체 누구일까? 어떻게 그 자리에 있게 된 걸까? 사실 그녀를 처음 봤을 때부터 생긴 이 의문을 나는 줄곧 회피하고 있었어. 누구보다 비밀의 냄새를 잘 맡는 내가 어떻게 이 여자의 의심스런 냄새를 맡지 못할 수 있겠어? 하지만 나는 곧바로 후각을 닫아버리고 더 이상 궁리하지 않기로 마음먹었어. 해답을 찾아내면 더 많은 게 망가질 것만 같았거든. 나는 조심스럽게 그녀에 대한 내 감정을 지키면서 상처받지 않으려고 노력했어. 이건 너한테서 배운 방법이지. 네가 떠나고 나서 나는 많이 자란 것 같아.

비밀이 비밀이 되고 사람들이 그걸 계속 감추려 하는 것은 그 안에 세계에 대한 파괴성이 내포되어 있기 때문이야. 하지만 너랑 나 우리 두 아이가 비밀을 캐내는 데 지나치게 열중했던 것은 어쩌면 바로 이런 파괴성을 좋아했기 때문인지도 모르지. 확실하진 않지만 아마 무언가가 우리 유년기의 창조력을 억누르고 있었던 것 같아. 창조할 수 없다면 차라리 파괴해버리는 거지. 혹은 이 나라에서는 파괴가 항상 지고의 창조로 여겨졌다고 할 수 있지. 우리에게는 비밀의 도화선에 불을 붙이고 세계를 폭파시켜 구멍을 내는 것이 몹시 흥분되는 일이었어. 세계가 굉음을 내며 폭파하는 순간을 목도하면서 묘한 쾌감을 느낄 수 있지. 그런 쾌감 때문에 내가 비밀에 집착하는 거야. 비밀이 우리로부터 이렇게 가까이 있고, 우리 둘 사이에 묻혀 있는 것이긴 하지만 나는 개의치 않고 반드시 그 비밀을 폭파시키고 말 거야. 순간의 쾌감은 누군가에 대한 복수일 수도 있겠지. 그런 다음에 자신이 폭발 뒤의 폐허 위에 서 있다는 걸 발견하게 될 거야. 내 삶 속에 있던 너는 다른 곳으로 이끌려갔어. 얼핏 보기에는 뜻밖의 일인 것 같지만 나는 다 알고 있었지. 모든 게 나와 관련이 있다는 걸 말이야. 내가 우리의 감정을 잘 보살피지 못했던 거야.

도서관 뒤편에 있는 라넌큘러스 꽃밭에서 네가 내게 비밀의 냄새는 어떤 냄새냐고 물은 적이 있지. 나는 아주 달콤한 냄새라고, 잘 익어서 벌어진 참외 같은 냄새라고 대답했어.

올봄 어느 날 저녁에 나는 정말로 비밀의 냄새를 맡은 것 같았어. 위험하고 오래된 마그마나 운석을 연상시키는 그런 냄새였지. 어쨌든 달콤한 냄새는 아니었어. 난 정말 당장이라도 네게 달려가서 말해주고 싶었지. 하지만 곧바로 영원히 그렇게 하지 못할 거라는 걸 깨달았어.

다음 날 나는 너희 할아버지 사무실을 찾아갔어. 너희 할아버지한테 새 사무실이 생겼더군. 지은 지 얼마 안 되는 높은 사무동 건물의 한 층 전체가 학장실이었어. 내가 찾아갔을 때 마침 너희 할아버지가 그곳에 있었어. 많은 사람이 문 앞에 운집해 있더군. 카메라가 몇 대 설치되어 촬영을 하고 있었어. 두 군데 방송국에서 왔는데 한 곳은 인터뷰 중이었고, 다른 한 곳은 '원사의 하루'라는 제목의 단편영화를 찍고 있었어. 나는 "내일 오후 구병동 317호 병실로 오세요. 왕루한이라는 사람이 만나고 싶어합니다"라고 적힌 쪽지를 손에 쥔 채 자리를 떴지.

결국 너희 할아버지 집으로 찾아가는 수밖에 없었어. 문을 열어주는 사람이 네 할머니일까봐 두려웠지. 왕루한이 강조하지는 않았지만 다른 사람에게는 반드시 비밀을 지켜야 한다는 걸 알았거든. 그날 저녁에 내가 너희 할아버지 집에 가서 문을 두드렸을 때 근처 어느 집 창문에서 마침 뉴스 방송의 시작을 알리는 음악 소리가 흘러나왔어. 그 직전에 나는 맞은편 건물 입구에 세워진 자전거 짐받이에 앉아 핸들에 달린 벨을 가지고 놀고 있었지. 너희 할아버지가 집에 돌아왔을 때도 나는 여전히 그 낡은 자전거 짐받이 위에 앉아 있었어. 그러다가 너희 할아버지를 따라 올라가 얼른 그 쪽지를 손에 찔러주고는 재빨리 몸을 돌려 달아났지. 너희 할아버지는 내가 누군지 제대로 보지도 못한 것 같았어. 나 역시 너희 할아버지의 표정을 보지 못했지.

다음 날은 하늘이 몹시 흐렸어. 짙은 아침 안개가 오후가 되어서야 걷혔지. 날은 이미 어두워지기 시작했어. 하늘과 비둘기 날개가 똑같은 잿빛이었지. 둘 다 보호색으로 칠한 것 같았어. 3층 창문에서 내려다보면 쇠빛 건물들이 크고 평평해 보였지. 그리다 망친 거대한 스케치 같았어. 이불을 말리려던 나와 왕루한의 계획은 접는 수밖에 없었어. 실내 난방이 끊어지지 않아 더운 열기가 우리 둘의 얼굴을 데웠지. 정신이 혼미해지면서 잠이 오더군. 우리는 열기가 빠져나갈 수 있도록 창문을 조금 열어놓았어. 왕루한은 소리 없이 바삐 움직이고 있었지. 그녀는 내가 본 적이 없는 짙은 초록색 스웨터를 입고 있었어. 일을 할 때는 손과 팔이 몸에 스치면서 정전기로 인해 가벼운 불꽃이 일기도 했지.

한 줄기 바람이 창문 사이로 새어 들어와 방 안을 뚫고 지나갔어.

문이 두 번 삐그덕 소리를 냈지. 내가 벌떡 일어나자 왕루한도 거친 동작으로 고개를 돌렸어. 둘 다 문 쪽을 바라봤지. 다음 순간에 문이 열릴 것만 같았어. 그 사람이 문밖에서 걸어 들어올 것 같았지.

하지만 그는 오지 않았어. 다음 날에도 오지 않았지. 사흘째, 나흘째 되는 날에도……

흐리고 비가 오는 날이 일주일이나 계속되다가 마침내 날이 활짝 개었어. 나는 왕루한과 함께 발코니에 나가 건조대를 펼쳐놓고 이불을 내다 널기로 했어. 그녀가 깜빡 잊고 가져오지 않은 나무집게를 가지러 간 사이에 나는 접힌 이불 사이에 손을 집어넣어봤어. 겨우 손두 개를 집어넣는 순간 그녀가 가까이 다가오는 소리가 들리더군. 위아래로 몸이 흔들리는 것이 마치 둔한 로봇 같았어. 나는 재빨리 따스한 이불 속으로 기어들어가 그녀의 입가에 번지는 가벼운 미소 때문에 생길 주름을 상상했어. 그녀가 내 발을 밟더군. 소란 피우지 말고 얌전히 있으라는 경고 같았어. 나는 여전히 이불 안에서 손을 휘저어댔지. 그러다가 갑자기 뭔가 오른손에 닿는 것을 느꼈어. 나무집게였지. 집게가 내 집게손가락을 물고 있었어. 하지만 정말로 문 건 아니었어. 그녀가 집게 끝을 손에서 놓지 않고 있었거든. 그녀는 조심스럽게 힘을 주어 집게를 조였다 풀었다 했어. 손가락 끝에 작고 따스한 압박감이 느껴졌지. 한번 또 한번 내 마음을 죄는 것 같았어. 어둠 속에서 나는 햇빛 아래 우리 두 사람의 그림자가 하나로 이어져 있고, 서로 겹쳐진 부분이 가볍게 떨리는 것을 상상했지. 땀이 났던 걸까? 나무집게가 부드러워졌어. 촉촉한 입술이 나를 무는 것 같았지.

집게가 다시 손가락을 물기 시작했어.

"자, 됐다. 놀이 시간은 끝났어."

그녀가 말했어. 그러면서 날 이불 속에서 끌어내 손에 들고 있던 나무집게 절반을 내게 건네더군.

"빨리 일하자."

밝은 햇빛이 현기증을 일으키게 했어. 나는 눈을 가늘게 뜨고 입을 벌리면서 그녀를 향해 미소를 지었지. 그러고는 따스함이 남아 있는 손을 주머니에 집어넣었어.

우리는 집게로 이불을 고정시켰어. 그 정도 바람이 이불을 날려버릴 리는 없었지만 그해 봄날의 바람은 약간 놀라웠어. 집게 하나가 남자, 왕루한은 손이 닿는 대로 자기 귀밑머리에 꽂아 일할 때마다 하늘거리며 얼굴을 가리는 머리칼을 고정시켰어. 덕분에 그녀의 귀가 드러났지. 줄곧 머리칼 속에 묻혀 있던 그 작고 가냘픈 귀는 다소 창백해 보이더군. 가늘고 좁은 귓불은 약간 파란빛이었고 가운데 작은 구멍이 뚫려 있었어. 나는 할머니 귓불에 난 구멍도 본 적이 있어. 더 길고 깊은 데다 약간 검은 편이었지. 두 사람 다 귀고리를 하진 않았지만 할머니의 구멍이 훨씬 더 정상적인 것 같았어. 왕루한의 귀에 난 구멍은 사람들의 마음을 공허하게 만들기에 충분했어. 말라버린 우물 같았거든.

"가자!"

왕루한이 이불을 탁탁 털면서 말했어.

"오늘은 해야 할 일이 아주 많아. 얼른 가서 침대보를 벗겨 날씨가 좋을 때 빨아야겠어."

모든 게 일주일 전으로 돌아온 듯했어. 그녀는 일에 집중하면서도 특유의 약간 신경질적인 모습을 드러냈어. 눈앞에 있는 이 사소한 일들이 전부 중요한 업무로 변한 것 같았어. 나는 그녀를 따라 창틀을 뛰어넘으면서 마음속으로 밀려오는 행복감을 느꼈어. 그녀에 대한 의혹은 빠르게 지나가버린 먹구름 같았어. 하지만 나는 그 먹구름이 다시 돌아오기를 원치 않았지. 나는 갑자기 할아버지가 돌아가시면 어떡하나 하는 두려움이 생겼어. 나와 왕루한을 연결시켜 아침저녁으로 함께 있을 수 있게 해주는 존재가 바로 할아버지였거든. 할아버지가 없으면 우리는 서로 아무런 관계가 없는 사이가 되는 거지. 더이상 서로 만날 이유도 없고 말이야. 나는 침대 옆에 서서 할아버지의 엉덩이를 들어 왕루한이 그 밑에 있는 침대보를 빼낼 수 있게 했어. 할아버지의 부은 눈꺼풀 안에는 수정 같은 눈동자가 있고, 입가에는 눈에 잘 띄지 않게 아주 가벼운 미소가 걸려 있었어. 내가 할아버지를 자세히 관찰한 건 아주 오랜만이지만 그래도 할아버지는 내 관심을 끌기에 충분했어. 나는 문득 이 닫힌 몸뚱어리 안에 측량할 수 없는 신비한 에너지가 담겨 있을지 모른다는 생각이 들었어. 이 에너지가 두꺼운 살과 피부를 뚫고 할아버지의 위력을 드러내고 있는 거였지. 곰곰이 돌이켜 생각해보니 우리 가족은 시기는 서로 다르지만 할아버지가 돌아가시지 않기를 바랐던 것 같아. 우리 아빠는 끊임없이 병원의 배상을 요구하면서 할아버지가 돌아가시지 않기를 바랐지. 할머니는 좀더 큰 집으로 이사하기 위해 할아버지가 돌아가시지 않기를 바랐고, 고모는 병원에서의 일을 계속하기 위해 할아버지가 돌아가시지 않기를 바랐어. 그리고 나는 왕루한을 만날 수 있기 위해 할아버지가 돌아가시지 않기를 바라고 있었어. 우리는 할아버지가 항상 우리가 바라는 것을 다 수용해 그것들이 다 성취될 수 있도록 계속 살아 있을 수 있게 해달라고 간절히 기도하고 있는 것 같았어. 우리의 기도가 효험이 있는 건지는 나도 잘 모르겠어. 하지만 할아버지는 우리보다 더 건강해 보였어. 영원히 살아서 살아 있는 화석이 될 것만 같았어.

그해는 너무 빨리 지나갔어. 눈 깜빡할 사이에 크리스마스가 다가

왔지. 외국에서 온 이 명절은 그 한두 해 사이에 크리스마스카드와 흰 구슬이 박힌 빨간 모자 그리고 흔들면 눈이 내리는 크리스털 볼의 형식으로 아이들을 향해 대거 진격해 들어왔어. 우리 반의 어떤 애는 크리스마스카드를 서른 장 넘게 사서 똑같은 축하 문구를 쓴 다음, 포커 게임할 때 카드를 돌리듯이 아이들에게 나눠주기도 했지. 다빈도 그런 애들 가운데 하나였어. 그 30여 명의 친구 가운데 20명은 그와 한번도 얘기를 나눠본 적이 없는 아이들이었지. 그 애는 선물하는 걸 좋아해서 이런 일로 남들을 즐겁게 했어. 효과가 어떻든 상관없이 그는 항상 이런 일에 큰 만족을 느꼈지. 크리스마스 바로 전 토요일에 그는 나를 데리고 동문東門 시장으로 선물을 사러 갔어. 시장은 사람들로 몹시 붐볐지. 모두 질세라 카드를 여섯 장 혹은 열두 장씩 한 묶음으로 샀어. 알고 보니 이 세상에는 다빈처럼 착한 아이가 아주 많았던 거야. 인파가 내뿜는 그 요란한 소음 속에서 다빈은 입체카드 한 장을 펼쳐 귀에 대고는 카드 안에서 흘러나오는 캐럴을 들었어. 그의 등 뒤에 서 있던 나는 바로 옆 좌판 위에서 반짝거리는 물건에 관심이 쏠렸어. 다가가서 긴 나무 잎사귀 모양의 옅은 자주색 머리핀을 집어들었어. 잎맥을 따라 아주 작은 보석들이 박혀 있더군. 지금은 그것이 아주 작은 플라스틱 조각이라는 걸 알지만 유년 시절에는 반짝거리는 건 전부 보석이라고 생각했지. 나는 왕루한이 그걸 머리에 달고 있는 모습을 상상하면서 선반 위에 걸려 있는 귀고리를 살펴보기 시작했어. 반짝거리는 커다란 구슬과 진주 조각 장식을 집어들고 보다가 맨 위에 있는 귀고리 한 쌍에 눈길이 갔지. 집게손가락 손톱만 한 크기의 진주가 박혀 있고 꽉 찬 원형에 우윳빛이 감도는 귀고리였어.

나는 잎사귀 모양의 머리핀과 진주 귀고리 사이에서 마음을 정하기 못하고 있었어. 왕루한에게는 아무래도 머리핀이 더 필요할 듯싶었지. 하지만 그녀의 귓불에 난 마른 우물 같은 구멍이 생각났어. 죽어 메말라버린 그녀의 마음을 드러내주는 것 같았지. 어쩌면 이 귀고리를 달면 마음이 더 즐거워질지도 모른다는 생각이 들었어. 나는 이분야에 대해 전혀 아는 바가 없었지만 그녀가 이런 장신구를 달고 있는 모습을 보고 싶은 갈망에 저항할 방법이 없었어. 나는 돈을 내고 귀고리 한 쌍을 사서 분홍색 셀로판지로 된 작은 봉투에 담았지. 다빈 곁으로 돌아와보니 녀석은 아직도 크리스마스카드를 켰다 껐다 하면서 시험하고 있더군. 한 장 한 장 켰다 끄면서 인내심 있게 스위치를 켜서 전지가 들어 있는지 확인했어. 나는 갑자기 그런 그가 무척 슬프게 느껴졌어. 그렇게 신중하게 선물을 고르고 있지만 마음속에는 진심으로 선물을 주고 싶은 사람이 하나도 없었거든.

나는 작은 셀로판지 봉투를 바지 주머니 안에 잘 넣어두었어. 그런데 다음 날 아침 일찍 일어나보니 바지가 보이지 않는 거야.

"어머, 내가 빨았는데."

고모가 눈썹을 치켜세우며 말했어. 어쩐지 고모가 왜 그렇게 즐거워하나 했지. 나는 하는 수 없이 고모에게 귀고리를 달라고 했어. 고모는 빨래하기 전에 주머니를 뒤지는 습관이 있었거든.

"귀고리라니. 무슨 귀고리?"

고모는 잠시 눈을 껌뻑거리더니 갑자기 생각난 듯이 말하더군.

"아, 그거. 창틀에 있어."

나는 재빨리 달려가 그 분홍색 봉투를 열어봤어. 진주 귀고리는 그 안에 얌전히 들어 있었지.

고모가 등 뒤로 와서 물었어.

"그걸 누구 주려고?"

"같은 반 여학생 하나가 생일이거든요."

내가 봉투를 손에 꼭 쥐면서 대답했지.

"누군데? 내가 아는 아이니?"

고모가 내 겨드랑이를 쿡쿡 찌르며 계속 물어댔어.

"고모는 모르는 애예요. 새로 전학 온 애거든요."

"어머, 넌 잘 모르겠지만 갑자기 네 엄마가 생각나는구나. 내가 너한테도 얘기한 적 있지. 당시 너희 엄마가 모아놓은 돈으로 국고채권을 조금 샀는데, 마침 추첨으로 상을 주는 행사가 있었어. 네 엄마는 3등상에 당첨되었지. 상품이 바로 이렇게 생긴 귀고리였어. 귀에 구멍을 뚫을 필요도 없이 귓불에 다는 형식이었지. 너희 엄마는 항상 귀고리가 떨어져 잃어버릴까봐 달고 다니지도 못했어."

나는 귀고리가 든 봉투를 책가방 가장 어두운 곳에 넣은 다음 지퍼를 닫았어.

"그 여학생은 귀를 뚫었니? 대체 몇 살인데 집안 어른들이 구멍을 뚫게 놔두니?"

고모는 웃으면서 날 쳐다봤어. 나는 책가방을 들고 얼른 몸을 돌렸지.

귀고리를 선물한 것은 분명히 잘못된 일이었어. 귀고리가 성년 여자에게 선물할 수 있는 흔한 물건이어서가 아니라 고모가 그걸 보고서 우리 엄마를 생각했다는 게 문제였어. 그렇게 오랜 세월이 지났고, 엄마가 우리의 삶에서 일찌감치 사라져버리긴 했지만, 이 가상의 적을 교체한 적이 없었던 것으로 보아 우리 고모가 얼마나 감정에 충실한 사람인지 알 수 있었지. 나중에 고모는 내게 그날 밤새 잠을 자지 못했다고 말하더군. 그 귀고리가 우리 엄마 거랑 너무나 닮아서 엄마에게 선물하는 게 아니면 누구에게 선물하는 걸까 생각했대. 고모는 정말로 내 삶 속에 자신이 알지 못하는 또 다른 여자가 있을 수 있다는 사실을 상상하기 어려웠나봐. 그래서 고모는 내가 엄마랑 줄곧 연락을 취하고 있다는 결론을 내렸던 거지. 이런 결론은 밤새 엎치락뒤치락하면서 잠 못 이룬 긴 밤 동안 끊임없이 수정되었지. 곧 날이 밝을 때쯤 되어서 고모는 우리 엄마가 이미 돌아왔고, 나와 자주 만났으며 곧 나를 데리고 갈 거라는 추측을 확신하게 되었지.

크리스마스이브 저녁 무렵, 나는 버스 정류장에서 손에 입김을 호호 불면서 왕루한에게 내일 만나자는 작별 인사를 건네고 나서 주머니에서 분홍색 봉투를 꺼내 재빨리 그녀의 손에 쥐여주고는 얼른 달아났어. 내 앞을 향해 다가오던 중년의 남자와 정면으로 부딪쳤지만 정신을 차리기 전에 나는 이미 멀리 달아나 있었지.

다음 날 오후 왕루한을 만났을 때 유심히 살펴보니 그녀의 양쪽 머리가 귀를 단단히 덮고 있더군. 나는 정말로 머리칼을 헤집어 귀고리를 했는지 안 했는지 확인하고 싶었어. 머리핀을 사지 않은 것을 후회하기 시작했지. 그걸 샀다면 적어도 한쪽 귀는 쉽게 확인할 수 있었을 테니 말이야. 우리 할아버지의 몸을 닦느라 젖은 수건을 들고 섰을 때 그녀의 오른쪽 머리가 가볍게 흔들리더니 마침내 위로 조금 들리면서 귀가 반쯤 모습을 드러냈어. 귓불은 밋밋하기만 했지. 아무것도 없었어. 그녀는 분명히 내 실망감을 알아챘을 거야. 하지만 해명할 생각은 전혀 없는 것 같더군.

"어서 가서 더운물 좀 받아와."

그녀가 말했어.

"돌아오는 길에 당직실에도 좀 들러서 간호사에게 이 방 플러그가 망가졌으니까 갈아달라고 해."

"간호사들이 그런 건 간여하지 않아요. 그 위에 전선이 꽂혀 있잖아요."

내가 말했어.

그녀는 고개를 끄덕이더니 다시 창가로 가서 플러그에 연결된 전선을 두 번 비틀면서 말했어.

"오늘 북풍이 불면 날아가버릴지도 모르겠네."

그녀는 반복적으로 자신의 손등을 비벼댔어. 한때 나를 사로잡았던 그 신경질적인 모습이 이번에는 아예 나를 분노하게 만들었지. 그녀의 눈에는 이런 것들 외에 다른 건 보이지 않는단 말인가? 나는 씩씩거리며 보온병을 들고 자리를 떴어.

더운물을 받기 위해 줄을 서는 동안 나는 여전히 화가 나 있었어. 이건 귀고리 한 쌍의 문제가 아니었어. 그녀의 안중에는 애당초 내가 없다는 증거였지. 내가 무슨 일을 하든지 그녀의 눈에는 보이지 않았던 거야. 이런 생각을 하니까 몹시 실망스럽고 화가 나더군. 심지어 다시는 병실에 가지 않겠다고 다짐하기도 했어. 어차피 내가 있든 없든 마찬가지일 테니까. 나는 그녀가 혼자 그 병실에서 일하는 모습을 상상해봤어. 매일 오후 기계처럼 소리 없이 작동하는 모습을 상상했지. 그녀가 헐렁헐렁한 소매에서 가늘고 마른 손을 꺼내 침대 밑의 진열장 위에 쌓인 먼지를 닦거나 보온병을 들고 천천히 아래층으로 내려가는 모습을 상상했어. 그녀가 창가에 몸을 기대 쪼글쪼글한 사과를 하나 집어들고 뱀처럼 길게 껍질을 깎아내는 모습도 상상했어. 내가 없으면 그녀에게 사과가 달다고 말해줄 사람도 없겠지. 하지만 그건 중요하지 않아. 누군가 말해준다 해도 그녀는 달다고 느끼지 않을 테니까. 그녀가 창문을 열 때마다 플러그의 전선을 두 번 비틀어 빼고, 창문을 닫을 때는 그걸 다시 꽂아두는 것을 상상했어. 한번 또 한번, 그녀 몸의 태엽을 감는 것 같았겠지. 전선을 감싸고 있는 하얀 플라스틱 피복이 마모되어 조각조각 떨어져 내리다가 금속 철사가 드러나게 될 거야. 그런 다음에야 새것으로 교체하겠지. 황혼 무렵이면 두 손을 외투 주머니에 넣고 병원을 나선 그녀는 거리를 가로질러 건너편 정류장으로 가서 11번 버스에 오를 거야. 그녀는 이 세상의 틈새에 사는 것 같았어. 나를 제외하고는 아무도 그녀의 존재에 관심을 갖지 않는 것 같았지. 나는 그녀가 아주 외로운 사람임을 직감했어. 강렬한 직감이었지. 친구도 하나 없는 외톨이라고 생각했어. 아마 내가 이 세상에서 그녀와 관련 있는 유일한 사람일지도 모른다고 생각했지. 유일하다는 게 어떤 건지 넌 잘 모를 거야. 나에게 이 단어는 치명적인 유혹이었어. 내가 우리 엄마를 유일한 존재로 여겼을 때도 수많은 밤에 엄마는 아빠 차지였지. 나중에 그 밝고 빛나던 오후에 엄마는 밀전 아저씨 차지가 되었어. 그리고 더 나중에 내 곁을 완전히 떠나서야 온전히 엄마만의 한 사람이 되었지. 내가 너를 유일한 존재로 여겼을 때, 너는 항상 쉬지 않고 너희 아빠 얘길 했어. 그 망할 놈의 모스크바와 시베리아 얘기만 했지. 결국 너는 너희 아빠를 따라 베이징으로 가버렸어. 우리 고모도 마찬가지야. 고모도 하마터면 샤오탕이라는 사람 때문에 내 곁을 떠날 뻔했지. 나만 빼고 너를 비롯한 모든 사람이 이 세상 다른 어딘가에 몸을 기탁할 곳을 두고 있었어. 결국 그런 곳이 나를 물리치고 사람들을 데려가버렸지. 나는 경쟁하는 게 싫었어. 뭔가를 상실하는 두려움과 박탈감에 빠지는 게 싫었지. 하지만 왕루한은 달랐어. 그녀의 마음속에는 내가 없었지만 다른 사람도 없었지. 그녀를 데려가버릴 사람이 없었어. 나는 내 마음을 그녀에게 두는 것이 안전하다고 생각했지.

보온병을 들고 병실로 돌아갈 때는 이미 더 이상 화가 나지 않았어. 마음속으로 내일 어떻게든 플러그를 수리하기로 마음먹었지.

다음 날 학교에 가면서 집에 있는 공구함을 챙겨 갔어. 학교가 파하기 무섭게 근처 철물점으로 달려갔지. 플러그는 하나같이 비슷하게 생겼어. 낡은 플러그를 잘라 가져와서 대조해야 한다는 걸 잊는 바람에 큰 것과 작은 것 두 개를 사야 했지. 플러그를 잘 챙겨넣은 다음, 주머니 안에서 요란한 소리가 나도록 빠른 속도로 병원을 향해 달려갔어.

3층에 도착하니 병실 문이 열려 있고 입구에서 여러 사람의 그림자가 어른거리더군. 안에서는 날카로운 비명이 흘러나왔어. 그 가운데는 아주 익숙한 자고새 목소리도 섞여 있었지. 순간 나는 진저리를 쳤어. 간신히 정신을 가다듬고 다시 앞으로 나아갔지.

병실 문 앞에 도착하니 고모와 할머니가 안에 있는 모습이 보였어. 나에게 등을 보이면서 창문을 향하고 있었지. 왕루한은 창문 앞에 서 있었어.

"더 이상 가장하지 마, 왕루한. 내가 널 일찌감치 알아보고 있었다고!"

우리 할머니가 말했어.

"여기 음흉하게 숨어서 도대체 무슨 짓을 하려고 했던 거야!"

우리 고모는 몹시 분개한 목소리였어. 완전히 다른 사람이 된 것 같았어.

왕루한은 입을 굳게 다물고 아무 말도 하지 않았어.

"도대체 무슨 음모를 꾸미고 있는 거냐고?"

고모가 그녀에게 다가가 몸을 밀치면서 을러댔어.

"왜 그러는 거야? 우리 집 영감이 아직 살아 있는 게 맘에 안 들어서 그래? 아니면 네 애비의 목숨이 억울해서 그래? 우리 영감도 저승으로 보내야 속이 시원하겠냐고? 내 말 똑똑히 들어. 나쁜 짓을 그렇게 많이 한 걸 생각하면 너희 일가 전부의 목숨을 다 내놔도 모자라다는 걸 알라고!"

우리 할머니가 찢어지는 목소리로 악다구니를 치기 시작했어.

고모도 왕루한의 몸을 두 번 밀치면서 을러댔어.

"어서 말해. 누가 시킨 짓이야?"

왕루한은 잠시 휘청거리다가 두 손으로 창틀을 잡았어.

"하나님께서 절 이리 보내신 거예요."

그녀는 두 사람을 넘어서서 단호한 눈빛으로 앞을 바라봤어.

"누구? 누가 시켰다고?"

할머니가 따져 물었어.

"하나님이요."

그녀가 말했지.

우리 고모와 할머니는 잠시 서로를 쳐다봤어.

"하나님께서 저를 이리 보내신 거예요. 저에게 속죄의 기회를 주신 것이지요."

"속죄라고? 왜 네 애비처럼 밧줄을 찾아 목을 매지 않고?"

할머니가 큰 소리로 비아냥거렸어.

왕루한은 고개를 가로저으며 말을 받았지.

"두 분은 잘못 알고 계세요. 자살은 절대 속죄의 방법이 되지 못해요. 자신의 죄과만 더할 뿐이지요."

"쳇, 백번 죽어도 모자란다니까!"

그녀의 얼굴에 할머니의 침방울이 튀었어.

"내가 보기에는 네년 머리에 문제가 있는 것 같다. 네 어미의 유전자를 8할이나 물려받았으니 병이 가볍지 않겠지! 당장 여기서 꺼져!"

"저를 내쫓으시면 안 돼요. 이건 하나님께서 제게 맡기신 일이란 말이에요. 제게 이분을 계속 돌볼 수 있게 해주세요."

왕루한이 말했어.

"거짓말하지 말고 당장 꺼져!"

"내 말 안 들려? 다시는 우리 앞에 나타나지 말란 말이야!"

고모가 왕루한에게 다가가 팔을 비틀어 밖으로 내쫓으려 했어. 동화에 나오는 흉악한 난쟁이 같았지. 왕루한은 우리 고모를 피해 침대 난간을 붙잡고 손을 놓지 않았어.

"두 분에게는 제게 이러실 권리가 없어요. 하나님께서 제게 남기신……"

"하나님은 무슨 얼어죽을 하나님이야! 내가 보기에는 네년이 마음 좀 편해지려고 그러는 것 같은데!"

할머니가 차갑게 웃으면서 말을 받았어.

"마음 편하게 살고 싶겠지만 내가 절대로 그렇게 되도록 놔두지 않을 거야. 내 눈에 흙이 들어가기 전에는 절대 이 방에 못 들어와!"

"왜 환자 본인의 의사를 물어보지 않는 건가요?"

왕루한이 우리 할아버지를 가리키며 말했어.

"저분은 아무것도 모르세요. 저분에게는 아직 영혼이 남아 있어요. 제게 여기 남아달라고 말씀하셨단 말이에요……."

"여기서 귀신놀음 할 생각일랑 하지 말라고!"

할머니가 왕루한에게 다가가 머리채를 잡아당기며 말했어. 고모도 그녀의 팔을 비틀어 문 쪽으로 끌고 가려 했지. 왕루한은 필사적으로 침대 난간을 붙잡고 놓지 않았어. 철제 침대가 맹렬하게 흔들리면서 끽끽 소리가 났어. 침대가 곧 분해되어 주저앉을 것 같았지만 그 위에 누워 있는 할아버지는 여전히 편안한 모습이었어. 목에 관을 꽂고 있는 모습이 마치 수족관 속의 금붕어 같았지. 보이지 않는 유리병 속에서 살고 있는 것 같았어. 할아버지는 정말로 눈앞에서 벌어지고 있는 모든 일을 보고 있고, 마음속으로 그런 일들이 무얼 의미하는지 분명하게 알고 있는 걸까? 나는 이런 의혹을 품고 할아버지를 바라봤어. 할아버지의 눈동자는 여전히 이리저리 움직이고 있었어. 입가에는 심오한 미소가 걸려 있었지.

할아버지의 영혼이 아직 몸 안에 있다는 왕루한의 말에 나는 문득 네가 생각났어. 이 병실 안에서 너는 지금 왕루한이 서 있는 자리와 거의 똑같은 자리에 서 있었지. 똑같은 말을 하면서 말이야. 그래서 나중에 영혼무전기를 시도하게 된 거였지. 얼마나 황당한 발명이었던 가! 가족 전체를 구하겠다고 나섰던 당시의 장대한 웅지를 생각하면 지금도 몸이 떨리는군.

나는 왕루한과 네가 아주 닮았다는 생각이 들었어. 두 사람 다 내 원수의 후예들이고, 몸에서 신비하면서도 위험한 숨결을 발산하고 있지. 두 사람 다 내게 다가와 나를 미혹시켰어. 나를 나 자신에게서 나오게 했지. 그런 다음 두 사람은 내 꿈을 깨뜨려버렸어. 내 처지를 분명하게 볼 수 있게 해주었지. 비겁하고 무능한 참모습을 말이야.

세 여자가 병실 인에서 실랑이하는 것을 보면서 갑자기 혐오감을 느낀 나는 몸을 돌려 뒤도 돌아보지 않고 건물 아래로 내려가버렸어. 금속 플러그가 주머니 안에서 서로 부딪치면서 달그락달그락 소리를 냈어. 대문 입구를 지나는 순간 나는 이것들을 주머니에서 꺼내 쓰레기통에 던져버렸지.

다음 날 아침 일찍 우리 할머니는 그 낡은 병동의 수간호사를 찾아가 누구의 동의로 왕루한이 우리 할아버지를 돌보게 한 거냐고 따져 물었어. 수간호사는 마흔이 좀 넘은 여자로 모두 그녀를 윈이芸姨라고 불렀어. 나는 전에 그녀가 복도에서 자신보다 나이가 어린 간호사들을 훈계하면서 목소리를 높이는 모습을 본 적이 있어. 그녀는 얼굴이 아주 긴 데다 코 바로 아래 인중이 유난히 길었지. 얼굴만 봐서는 100년은 훨씬 넘게 살 것 같았어. 우리 할머니의 질책을 마주하고도 그녀는 조금도 미안한 기색을 보이지 않더군. 그녀는 기꺼이 우리 할아버지를 돌보는 일을 하려는 사람이 아무도 없는 마당에 왕루한이 이 일을 하려 하고, 게다가 아주 훌륭하게 해내면서 아무런 문제도 남기지 않으니 병원으로서는 그런 자원봉사자를 거부할 명분이 없다고 말했어. 그러면서 가족들과 왕루한 사이에 어떤 은원이 있는지는 자신들이 상관할 바가 아니라고 했지. 그러면서 어차피 우리 집 어른은 이곳에 누워 있고 머리털 하나 줄어들지 않았다고 항변했어. 우리 할머니는 317호 병실의 열쇠를 교체하겠다고 했지만 그녀는 거부했어. 그녀가 말했지.

"차라리 할아버지를 댁으로 모셔가세요. 가서 방범문을 몇 개 더 달아서 파리 한 마리 날아들지 못하게 하시라고요."

우리 할머니는 화가 나서 발을 동동 굴렀지만 방법이 없었어. 오후에 할머니는 줄곧 병실을 지키고 있다가 왕루한이 오자 준비해간 빗자루를 집어들고 그녀를 때렸지. 집에 돌아와서는 저녁밥을 챙겨가지고 곧장 다시 병실로 갔어. 이번에는 부러진 나무 몽둥이를 가져갔지. 위에 못이 박힌 몽둥이였어. 과연 예상대로 왕루한이 또 왔지. 그리고 이번에도 한 차례 구타가 있었어. 들리는 얘기에 따르면 왕루한의 이마가 깨져 적지 않은 피를 흘렸대.

그날 나는 병실에 가지 않았어. 우리 고모는 집에서 나를 지켰지. 고모가 말했어.

"너희 할머니가 그러시는데 또다시 몰래 왕루한을 만나러 갔다간 네 다리몽둥이를 분질러놓는대."

그러더니 한숨을 내쉬면서 나를 자기 앞으로 끌어당겨놓고 말하더군.

"너 같은 경우를 뭐라고 하는지 알아? '도적인 줄 알면서 사귄다認
賊作交'고 하는 거야. 그 여자가 네 할아버지를 돌보는 모습을 보고서
좋은 사람이라고 생각하나본데, 네가 어려서 너무 단순한 거지. 이 세
상에 공짜로 그렇게 좋은 일을 하는 사람이 어디 있겠니? 그런데도
그 여자에게 그렇게 잘해주다니……."

우리 고모는 고개를 숙인 채 입술을 깨물면서 말을 이었어.

"나한테는 그런 귀고리 하나 안 사주면서 말이야……."

나는 고모의 손을 홱 뿌리치고 방으로 돌아와 침대 위층으로 올라
와버렸어.

다음 날, 우리 할머니는 열쇠 장인을 데리고 317호 병실에 가서 자
물쇠를 하나 더 달았어. 열쇠는 할머니와 고모만 하나씩 나눠 가졌
지. 그리고 다시 병원 원장을 찾아가 왕루한이라는 자원봉사자가 사
실은 아주 간악한 음모를 품고 있고, 우리 할아버지를 죽이려 하니까
병원에서 내쫓아버리고 다른 간호사를 보내 우리 할아버지를 보살피
게 해달라고 요구했어. 할머니 때문에 너무나 골치가 아팠던 원장은
윈이에게 간호사를 교체하라고 지시했지. 새로 온 간호사는 얼굴이
시커먼 여자였어. 그녀가 우리 할머니 손에서 열쇠를 넘겨받자 할머
니는 열쇠를 절대 다른 사람에게 줘선 안 된다고 신신당부했지. 하지
만 할머니는 그래도 마음이 놓이지 않았는지 매일 병실에 가서 확인
했고, 한번은 병동 건물 아래서 배회하고 있는 왕루한을 발견하기도
했어. 왕루한은 멀리서 우리 할머니를 보고는 곧장 몸을 돌려 도망쳐
버렸지.

그 며칠 동안 나는 학교가 파하면 곧장 집으로 돌아와 밥을 먹고
나서 일찍 잠자리에 들었어. 잠이 안 올 때는 침대에 엎드려 음악을

들었지. 워크맨 안에 든 테이프가 늘어져 음조가 변할 정도로 주구장 창 들어댔어. 어떤 일도 생각할 수가 없었어. 생각하기 시작했다 하면 곧장 워크맨의 볼륨을 크게 높여 고막이 아프고 두피가 흔들려 마비될 정도로 음악을 들었지. 이런 방법은 정말 효과가 좋았어. 여러 해가 지나 다빈이 실연했을 때도 그에게 이런 방법을 추천했더니 녀석은 귀가 너무 흔들려 하마터면 귀머거리가 될 뻔했다더군. 이렇게 일주일 남짓 지낸 어느 날 아침, 침대에서 일어나자마자 머릿속이 텅 비어버린 것을 느꼈어. 내가 영원히 왕루한을 만날 수 없다는 민숭민숭한 생각밖에 없었지. 이때도 이어폰을 귀에 꽂았지만 더 이상 소용없었어. 1년 남짓 아침저녁으로 함께 지냈던 화면이 끊임없이 눈앞에 솟아 올라왔어. 하루 또 하루 반복되는 단조로운 생활 속에서 똑같은 일을 하던 정경이 계속 중첩되고 있었어. 입에 올릴 가치도 없는 사소한 일들이 전부 포착되고 있었어. 그녀의 둔하고 온기 없는 눈빛과 아무런 탄력도 없는 기계적인 동작이 겨울날 호수 위의 두터운 얼음장 같았어. 환각인지도 모르지만 나는 내가 그녀에게서 그리 멀지 않은 곳에 있다고 생각했어. 그 두꺼운 얼음층만 뚫고 들어가면 그 밑의 따스한 수류에 도달할 수 있을 것 같았지. 어쩌면 그녀가 지금도 병동 아래를 왔다 갔다 하고 있을지 모른다는 생각이 들었어. 그녀를 찾아야 했어. 그녀가 인파 속으로 들어가 완전히 사라져버리게 놔둘 수는 없었지.

다음 날 오후 나는 학교에 가지 않고 줄곧 병원 건물 밑을 맴돌았어. 하지만 그녀는 나타나지 않았지. 그다음 날은 마침 토요일로 이어졌어. 나는 오전부터 병원에 가서 그녀를 기다릴 작정이었지. 하지만 토요일 아침에 내가 출발하기도 전에 고모가 어디선가 전화를 받았어. 할아버지가 보이지 않는다는 소식에 고모는 곧장 병원으로 달려갔지.

나도 고모와 할머니를 따라 병원으로 달려갔어. 할아버지를 돌보는 일을 맡고 있던 간호사가 아침에 와보니 자물쇠가 부서져 있고 침대 위에 할아버지가 보이지 않았다고 말하더군. 화가 난 할머니는 몸을 부들부들 떨면서 간신히 침대 난간을 붙잡고 정신을 가다듬더니 밖으로 뛰쳐나갔어. 고모도 따라 나갔지. 나는 줄곧 그 자리에 서서 꼼짝도 않고 있었어. 그 방은 무척이나 이상해 보였어. 내가 처음 이 방에 왔을 때는 침대 위에 사람이 하나 누워 있었어. 봄, 여름, 가을, 겨울, 아침이나 저녁이나 그는 이 침대 위에 누워 있었지. 벽에 붙어 있는 붙박이 가구 같았어. 이 방의 일부였지. 나와 연결된 일부이기도 했어. 내게는 이 방이 아주 친근했어. 또 하나의 집처럼 느껴졌지. 하지만 이제 그 일부가 없어져버렸어. 317호 병실이 이제는 보통 병실로 변해버린 거지. 이미 내가 알아볼 수 없는 보통 병실이 되어버린 거야. 익숙하던 것들이 전부 낯설게 느껴지면서 나는 또다시 모골이 송연해지는 두려움을 느꼈어.

나는 침대를 바라보고 있었어. 침대보는 아주 오랫동안 빨지 않아서 약간 끈적끈적했어. 어느 부분에는 신체의 일부 형상이 남아 있기도 했지. 나는 왕루이가 어떻게 그 거대한 몸을 이곳에서 운반해나갔는지 상상해봤어. 하지만 마리에 떠오르는 것은 그녀 얼굴의 단호한 표정뿐이었지. 이는 뭔가에 인도되고 소환되어 확실한 허락을 받은 행동이었어. 그녀는 강한 신앙을 가졌을 뿐만 아니라 그에 필적할 용기도 가졌지. 그녀를 막을 수 있는 건 아무것도 없었어.

그녀는 이 세상 어느 곳에 있는 또 다른 방에서 매일 오후 세숫대야에 더운물을 반쯤 받아 수건을 빨고 우리 할아버지의 옷을 벗긴 다음, 몸 구석구석을 닦아주고 있을 거야. 그 숙련된 손이 하얗게 피어오르는 수증기 사이로 빠르게 움직이겠지. 순간 나는 마음이 따스해지면서 눈물이 흘러내렸어. 영원히 그녀를 만날 수 없다는 걸 알았거든.

나중에 병원에서는 아주 오랜 시간을 들여 조사를 했어. 경찰도 왔지. 주요 의문은 우리 할아버지가 어떻게 정문을 통과해 운반되어 나갔느냐 하는 데 모아졌어. 병원에는 문이 앞뒤로 두 개밖에 없고, 밤 9시가 넘으면 둘 다 닫히게 되어 있는 데다 경비원들도 의심이 갈 만한 사람을 본 적이 없다는 거야. 또 다른 길이 있기는 했지. 시체안치실을 통과하는 거야. 하지만 그곳도 자물쇠로 잠겨 있었지. 열쇠를 가진 사람을 전부 조사해봤지만 용의자는 발견되지 않았어. 담을 넘어 나갔다는 추측도 가능했지. 병원 북쪽의 담은 비교적 낮은 편이었거든. 하지만 안에서 도와주는 사람이 있었다 해도 반드시 사다리가 있어야 했을 거야. 그런데 담장 밑의 땅바닥에는 아무런 흔적도 없었어. 물론 혐의가 충분한 중요한 용의자인 왕루한은 경찰이 줄곧 중점적으로 찾고 있는 대상이었지. 하지만 그녀가 남긴 마지막 자취는 1993년 남편 리무위안의 사망증명서에 한 서명이었어. 시종 왕루한을 찾지 못한 채 사건의 조사는 전혀 진척이 없었어. 결국 흐지부지 끝나고 말았지.

두 가지 해결되지 못한 기이한 사건을 뒤로하고 우리 할아버지는 확실히 전설이 되었어. 할아버지는 처음으로 이 도시에서 실종된 사람들 가운데 식물인간이 없었다는 기록을 깼지. 아마 이런 기록은 100년이 지나도 깨지지 않을 거야. 아주 오래전에 우리 할머니는 할아버지를 위해 묘지를 마련해두셨지만 할머니가 돌아가시고 나서 긴 세월이 흐른 뒤에도 할아버지의 묘지는 텅 비어 있었어. 어느 곳에서도 할아버지의 시신을 찾지 못했기 때문이지. 사람들은 할아버지가 아직 살아 있다고 가정하는 수밖에 없었어. 할아버지가 정말 돌아가시지 않고 지금까지 살아 계신다면 아마도 이 세상에서 가장 장수한 식물인간일 거야.

우리 할머니는 또 한번의 위로금을 받았어. 나중에 할머니는 항상 액수가 너무 적다고 불평을 늘어놓았지. 전에는 노상 할아버지가 왜 안 돌아가시는지 모르겠다고 툴툴거리곤 했어. 어차피 할아버지는 있으나 없으나 별 차이가 없었으니까. 하지만 나중에는 있는 것과 없는 것의 차이를 알게 되었지. 할아버지가 있을 때는 볼 수도 있고 만질 수도 있었어. 병원에도 할아버지 가족들에 대한 책임이 있어 소홀히 하고 싶어도 그럴 수 없었지. 하지만 지금은 사람이 없어지고 나니 예전처럼 당당하고 떳떳한 태도를 보일 수 없었지. 얼마 지나지 않아 병원 간부들이 교체되었어. 전부 외부에서 온 사람들이었지. 우리 할아버지가 누군지조차 모르는 사람들이었어. 그렇게 해서 할아버지에 관한 한 페이지가 넘어가게 되었지. 할머니는 이런 일들을 생각하며 욕을 몇 마디 하긴 했지만 대부분은 자신의 새 적수인 왕루한을 저주하는 걸로 그쳤어. 아주 오랜만에 이처럼 누군가를 죽도록 미워할 수 있게 되자 할머니의 마음은 투지로 가득 찼지. 할머니는 지난을 전부 뒤집는 한이 있더라도 그 천한 계집을 반드시 찾아내 할아버지를 되찾아오겠다고 말했어. 경찰은 지난을 떠났을 가능성이 크지 않다고 말하면서 도로 경계지마다 검문소를 설치했다고 했어. 할머니는 지난 지도를 한 장 사서 여러 구역으로 나누고 거리마다 찾으며 돌아다녔지. 가도街道주민위원회를 일일이 찾아다니면서 주위에 집을 임대하거나 새로 이사해온 가구가 없는지 확인하면서 끊임없이 범위를 좁혀나갔어. 결국 의심 대상을 몇몇 집으로 압축한 다음 건물 아래서 기다리기 시작했지. 우편배달부를 시켜 대신 문을 두드리게 하기도 했어.

이렇게 몇 달을 찾았지만 아무런 수확이 없었지. 게다가 방금 조사를 끝낸 거리에서 낡은 집을 허물고 새집을 지으면서 적지 않은 사람들이 이사해 나갔어. 그해에 지난에서는 도처에 건물 신축 바람이 일었지. 할머니가 수색을 진행하는 속도는 새 건물을 신축하는 속도를 영원히 따라잡지 못했어. 게다가 7월이 되자 지난에는 폭우가 내렸지. 지세가 낮은 북쪽 구릉지역 일대에서는 홍수가 나 여러 사람이 목숨을 잃었어. 원래 그날 그 구역에 가보려 했던 할머니는 아침부터 다리가 아파서 뒤로 미루고 하루를 쉰 덕분에 목숨을 부지할 수 있었지. 할머니는 이 일을 생각하면서 두려움에 몸을 떨었고, 열흘 넘게 문밖 출입을 하지 않았어. 나중에 날씨가 좋아진 뒤에도 더 이상 밖에 나가지 않았지. 하지만 매번 이 일을 언급할 때면 이를 앙다물고 말했어.

"내가 언젠가는 기필코 이 천한 계집을 찾아내고 말 거야."

왕루한이 사라지고 난 뒤로 나는 더 이상 317호 병실에 가지 않았어. 병원 앞을 지나가지도 않았지. 학교와 집 사이만 왔다 갔다 했어. 나는 당장 그녀를 만나고 싶진 않았어. 그냥 혼자 기다리기로 했지. 그 무렵 고모와 할머니는 내게 아주 잘해주었어. 내 몰골이 말이 아니라서 두사람을 두렵게 했던 모양이야. 고모가 여러 차례 나를 데리고 놀러 가겠다고 제안했지만 나는 전부 거절했어. 나중에는 나를 즐겁게 하기 위해 고모가 할머니와 얘기해서 자발적으로 방을 옮기기까지 했지. 하지만 나는 습관적으로 침대 위층에서 잠을 잤지. 손만 뻗으면 천장이 닿는 그 거리가 내게 푸근하고 안전한 느낌을 주었어. 그 침대 위에서 나는 처음으로 수음을 하기 시작했지. 때는 이미 여름이라 기압이 아주 낮았고 열기가 사방에 들어차 있었어. 나는 손에 묻은 정액을 닦아내고 깊은 잠에 빠졌지. 꿈에서 깨도 잔영이 있었어.

내 자신이 옥상에 서 있는 것 같았어. 줄지어 널린 침대보가 바람에 날리는 모습이 마치 항해에 나선 배의 돛 같았어. 햇빛 때문인지 모르지만 눈이 부실 정도로 흰빛이었지. 침대 가에 앉은 나는 눈이 아팠고 눈물 몇 방울이 눈가를 타고 흘러내렸어.

나는 사람이 아무런 희망도 없이 말라비틀어진 마음으로도 살아 있을 수 있고, 살아갈 수도 있다는 걸 깨달았어. 이대로 평생을 살게 될 것만 같았지.

여름방학이 시작되던 날, 나는 학교에 가서 물건들을 정리해 정오가 되기도 전에 집으로 돌아왔어. 열쇠를 잊은 게 생각났지만 고모를 찾아가고 싶지도 않았어. 그냥 계단에 앉아 잠시 기다리다가 차라리 밖에 나가 발길 닿는 대로 돌아다니기로 마음먹었지. 사실 그날은 밖에 나가기에 별로 좋지 않았어. 너무 더웠거든. 도끼로 머리를 내리쳐 머리에 박히는 듯한 더위였어. 사람은 움직이고 있지만 머리는 이미 작동이 중지된 상태였지. 그렇게 앞으로 걸어가다가 나도 모르게 의과대학 교정 안으로 들어가 도서관 주위를 맴돌고 있었어. 등 뒤는 흰 복도였고 주위는 담쟁이덩굴로 빽빽하게 덮여 있었지. 안으로 들어가자 몹시 어두웠어. 산속 동굴에 들어온 듯한 느낌이었지. 머리 위에 해가 없어지자 약간 갈증이 느껴지면서 다시 나가서 물을 한 병 사와야겠다는 생각이 들었어. 하지만 햇빛 아래로 다시 나가는 게 싫어서 계속 그대로 앉아 있었지. 땀이 천천히 물러가고 의식이 되돌아오더군. 과거에 그곳에 와서 술래잡기하던 일이 생각났어. 너와 나는 도서관 뒤의 대나무 숲에 숨었었지. 네 손은 비온 뒤의 버섯처럼 촉촉이 젖어 있었어. 네가 갑자기 날카로운 비명을 질러댔지. 그사이에 아주 많은 일이 있어서 그런지, 이미 너무 오래전 일인 듯 느껴졌어. 그 일들이 나를 성장하게 했지. 나는 고개를 숙여 손가락 사이의 틈새를 내려다봤어. 잡고 싶은 건 하나도 잡지 못하고 남기고 싶은 것은 전부 새어나가버려 두 손은 텅 비어 있었지. 폐물 같았어. 빨리 햇빛 아래로 나가야 이런 생각을 멈출 수 있다는 걸 깨달았지. 문득 복도 맨 끝에서 발걸음 소리가 들려왔어. 그쪽에는 아치형 문이 하나 있었기 때문에 누군가 걸어오는 것이 지극히 정상적인 일이었지. 하지만 갑자기 걸음이 멈췄어. 그 사람이 나를 보고 있는 것 같았어. 나는 억지로 고개를 들었지. 저 앞에 천샤샤가 서 있었어. 헐렁헐렁한 흰색 치마를 입고 있더군. 마치 연 같았어. 초등학교를 졸업한 뒤로 그 애를 통 보지 못했다는 생각이 들었어. 모두 부속중학교에 다녔지만 그 애가 어느 반인지도 잘 몰랐어.

"뭐 볼만한 게 있니?"

내가 물었어.

"넌 웬일이야?"

그 애는 아주 조심스럽게 걸음을 옮겨 내가 있는 쪽으로 다가왔어.

"너랑 상관없는 일이야. 어서 가!"

그 애는 내게 2, 3미터 떨어진 지점까지 다가와 멈춰 섰어. 오래 안 본 사이에 키가 많이 자란 것 같더군. 머리칼도 아주 길게 자라 어깨 위로 찰랑거리고 있었지. 천연고무를 두피에 붙여놓은 것 같았어. 치마는 마치 밀가루 포대 같았어. 소매 입구가 너무 깊이 파여 있어 갈비뼈가 다 보일 정도였어. 그 애의 몸에 걸친 모든 것이 자기 게 아닌 것 같았어. 그 애는 가진 게 아무것도 없는데도 아주 편안하게 잘 살고 있었어. 그 애의 그런 무지한 표정이 나를 화나게 했어. 나는 몸을 숙이고 더 이상 그 애를 상대하지 않았지. 더 이상 갈증도 밀려오지 않았어. 뜨거운 기운만 메마른 피부를 긁어댔지. 몸이 곧 타버릴 것만 같았어.

"사이다 마실래?"

내가 고개를 들면서 물었지.

그 애는 대답하지 않았어.

나는 몸을 일으켜 아치형 문을 향해 걸어갔지. 그 애는 내 뒤를 따라왔어. 우리는 도서관 뒤편의 작은 정원을 가로질렀어. 거대한 무화과나무를 돌아 담장 밑으로 간 나는 손으로 대나무 줄기를 젖혔어. 대나무 잎이 사삭사삭 부드러운 소리를 냈지. 꼭 물 같았어.

"이리 와."

내가 말했어. 그 애는 여전히 내게서 3미터 정도 떨어진 지점에 서서 움직이지 않았어. 내가 다가가 손을 잡고 대나무 쪽으로 이끌었지. 내가 한번 툭 밀치자 그 애는 땅바닥에 주저앉았어. 그 애가 소리를 지르려 했지만 내가 목을 눌러 막았지. 목이 너무 가늘어서 힘을 조금 주어 비틀면 부러질 것만 같았어. 이런 생각에 마음이 약해졌지. 나는 손을 놓은 다음, 그 애의 치마를 들췄어. 그 애는 꼼짝도 하지 못했고 소리도 지르지 않았지. 나는 반바지를 내리고 나를 밀어넣었어. 그 애의 좁고 메마른 음도는 마치 하나의 형구 같더군. 이 일은 금세 마무리됐어. 온몸의 피가 전부 그곳으로 몰린 듯했지. 두 손은 그 애의 복사뼈를 꼭 잡고 있었어. 한 차례 강렬한 쾌감이 발산되었어. 나는 그 자리에 그대로 쪼그리고 앉아 몸이 조금씩 오그라드는 걸 느꼈지.

이게 전부였어. 나는 이런 쾌감이 그다지 유쾌하진 않다는 생각이 들었어. 그 애는 그 무지한 두 눈을 커다랗게 뜨고 나를 쳐다보고 있었어. 나는 수치심을 느끼면서 치마를 들어올려 그 애의 얼굴을 가려버린 다음, 얼른 그 애의 몸에서 떨어졌어.

하늘에서 더러운 구름 덩어리가 소용돌이치더니 번개가 숲을 가르면서 어두운 구석을 비췄어. 여자아이의 벌려진 두 다리가 하얗게 빛났지. 한쪽 다리의 복사뼈에는 분홍색 팬티가 걸려 있었어.

내가 발로 그 애의 다리를 툭툭 치면서 말했어.

"일어서."

그 애는 주저앉은 채 미동도 하지 않았지.

내가 다시 한번 찼지만 역시 미동도 하지 않았어. 나는 반바지 허리띠를 단단히 매고서 몸을 돌려 와버렸지. 집에 거의 다 와갈 때쯤, 폭우가 쏟아지기 시작했어.

비는 사흘 밤낮을 쉬지 않고 내렸어. 지세가 낮은 도시 지역에는 홍수가 났지. 도로가 물에 잠기고 집이 무너지기도 했어. 물속에서 고압전선이 끊어지기도 했지.

뉴스에서는 지하상가 한 동이 물에 잠겼지만 적지 않은 사람이 미처 대피하지 못하고 있다고 보도하는 중이었어. 물은 이미 가득 들어찬 상태였지. 구조대원들이 달려왔고 남자 대원 하나가 상가에서 파는 공기주입 고무침대를 타고 팔로 노를 저으면서 열심히 입구를 향해 다가가고 있었어. 수많은 실종자의 소식을 알 수 없는 가운데 긴급하게 물을 빼내는 작업이 진행되고 있었지.

텔레비전 화면에 상가 밖의 침수된 광장에 혼탁한 물이 가득 차 있는 모습이 보였어. 물 위에 떠 있는 플라스틱 마네킹 하나가 유난히 눈길을 끌었지.

나와 고모는 식탁 옆에 앉아 있었어. 수박을 반 개씩 들고 먹고 있었지. 다행히 며칠 전에 수박을 넉넉히 사두었지만 냉장고는 이미 텅 비어 있었어. 고모는 홍수에 놀라 감히 야채를 사러 밖에 나가지 못했어. 나도 나가지 못하게 했지.

뉴스가 끝나서야 고모는 손에 들고 있던 수박을 내려놓으면서 한

숨을 내쉬더군.

"갑자기 1976년이 생각나네. 그때도 7월이었어. 며칠 차이 안 나지. 지진이 막 끝나자 폭우가 시작됐어. 얼마 지나지 않아 마오 주석이 세상을 떠났지. 올해는 윤팔월이 아니라 그나마 다행이야."

"윤팔월이 어때서요?"

"윤팔월이 아니라 윤칠월이야. 윤팔월에는 칼로 사람을 죽이게 되지."

고모는 또 한숨을 내쉬더니 식탁 위의 수박 껍질을 가져다 버리더군. 고모는 피곤했는지 잠시 눈을 좀 붙이기로 했었어. 나는 텔레비전을 끄고 그 자리에 앉아 있었지. 불을 켜지 않은 방에서는 벽에서 축축한 곰팡이 냄새가 났어. 창밖의 요란한 빗소리가 귀에 메아리쳤지. 나는 흙탕물로 가득한 강을 바라봤어. 여름날 미친 듯이 자란 잡초가 물에 잠겨 수초처럼 힘없이 흔들리고 있었어. 마치 내가 배 위에 앉아 있는 것 같았어. 그것도 침몰하고 있는 배였지.

나는 사흘 내내 기다렸어. 천샤샤의 아빠나 경찰이 문을 두드리길 기다렸지. 그들이 분홍색 팬티를 내밀면서 "네 마음속에는 아주 더러운 것이 들어 있어"라고 말하길 기다렸지.

하지만 문밖은 조용하기만 했어. 세상 모든 사람이 홍수에 떠내려간 것 같았어.

비는 사흘째 되는 날 밤중이 되어서야 멎었지. 다음 날 아침에 깨어보니 해가 하늘에 걸려 있더군. 햇빛은 아주 조밀하게 비춰왔어. 너무나 뜨거웠지. 사람들에게서 떨어질 생각이 조금도 없는 듯했어. 7월이 이렇게 지나갔지.

리 자 치

내가 평생 가장 큰 피해를 입힌 사람은 틀림없이 우리 엄마일 거야. 내 가출이 엄마의 혼사를 망가뜨렸거든. 게다가 그 혼사는 우리 엄마에게 존엄과 사랑, 삶의 회복을 의미했어. 그랬어. 내가 엄마로 하여금 또다시 잃었다가 되찾은 모든 걸 다시 잃게 했어.

나는 줄곧 엄마가 허영심이 많은 사람이라고 생각했어. 린씨 아저씨와의 결혼을 서두른 것도 할아버지를 비롯한 사람들에게 자신이 좀더 훌륭한 안식처를 찾았다는 것을 보여주기 위해서라고 생각했지. 하지만 내 생각이 틀렸어. 적어도 그런 사소한 허영은 나에 대한 사랑에 비하면 아무것도 아니었지. 나의 실종이 엄마를 몹시 혼란하게 만들었어. 엄마는 거의 미친 사람이 다 되어 도처로 다니며 나를 찾기 시작했지. 결혼 생각은 일찌감치 사라졌어. 엄마는 혼례를 미루자고 했어. 물론 린씨 아저씨 일가는 불만이 컸지. 호텔에 예약한 20줘桌(1줘가 10인분이다)의 주연을 취소하는 것은 두말할 것도 없고, 친척들에게 상황을 어떻게 설명하고, 신부의 딸이 실종된 것을 어떻게 해명하느냐는 것이 문제였어. 그들은 모두 체면을 몹시 중시하는 사람들이라 이런 이유는 정말 면목이 없는 것이었지. 게다가 결혼 같은 대사는 날짜를 바꾸는 것 자체가 대단히 불길한 일이었어.

나중에 나는 셰렌성에 의해 지난으로 돌려보내졌어. 하지만 혼이 나간 듯한 모습이 사람들을 몹시 놀라게 했지. 나는 말도 하지 않고 아무것도 먹지 않으면서 매일 방 안에만 처박혀 있었어. 미동도 않은 채 어느 한곳만 멍하니 바라보고 있었어. 우리 엄마가 줄곧 나를 감시하고 있어서 반 발짝도 옮기지 못했어. 당시 우리는 린씨 아저씨와 엄마가 결혼해서 살게 된 집에 거주한 게 아니라 이모 집에 묵고 있었어. 아마 내가 린씨 아저씨 집을 좋아하지 않는다는 걸 엄마도 알고 있었던 모양이야. 처음에는 린씨 아저씨가 나를 자주 보러 왔어. 집안의 압력 때문에 그는 여러 차례 혼사를 거론했지. 하지만 매번 우리 엄마에게 거절당했어. 엄마는 내가 가출한 것이 두 사람의 결혼을 반대하는 의사표현이라고 확신했지. 당시로서는 더 이상 내게 새로운 자극을 줄 수 없었어. 그러니 엄마는 내가 좀더 안정되면 그때 다시 얘기하자고 말했지. 린씨 아저씨는 내가 안정된다 해도 영원히 큰 골칫거리가 되리라는 점을 의식하고 있었을 거야. 두 사람은 틀림없이 이 문제로 말다툼을 했겠지만 내 앞에서는 다투는 모습을 보이지 않았어. 엄마는 며칠 동안 마음이 몹시 상해 많이 울었고 이때부터 린씨 아저씨는 더 이상 찾아오지 않았어.

우리 엄마는 석 달이나 나를 지켰고, 나는 마침내 점차 안정을 되찾기 시작했지. 여전히 말은 많지 않았지만 이미 스스로 뭔가를 먹기 시작했고 음식도 가리지 않았어. 뭐든 다 입으로 들어갔지. 정신상태도 많이 좋아졌어. 매일 오후가 되면 아래층으로 내려가 정원을 거닐기도 했지. 그리고 다시 얼마가 지나서 나는 거의 정상을 회복했고, 그제야 엄마는 나를 데리고 새 학교로 전학 등록을 하러 갔어.

그 일단의 시간에 관한 내 기억은 텅 비어 있었어. 나중에 엄마가 당시의 정황을 얘기해주었지만 인상에 남는 것이 하나도 없었어. 그 몇 달을 어떻게 지내왔는지 애당초 기억이 나질 않았어. 내가 기억을 갖게 된 것은 이미 5월이 되어서였지. 엄마가 나를 데리고 린씨 아저씨를 찾아갔어.

그해 봄은 특별히 늦게 찾아왔어. 항상 비가 내리다가 5월이 되어서야 날씨가 따뜻해지면서 사람들은 비로소 스웨터를 벗기 시작했지. 엄마는 새로 만든 치마를 입었어. 옅은 회색 바탕에 갈색 구슬이 가득 달려 있는 치마였지. 가늘고 부드러운 깔깔이 천으로 만든 이 치마의 디자인은 책에서 베낀 거였어. 소매는 소라처럼 아주 넓고 팔목 부분에서 좁아졌어. 양쪽 깃은 커다란 나비처럼 하늘거렸지. 밖에 나가기 전에 엄마는 아주 긴 시간을 들여 나비매듭을 묶었어. 그러면서 매듭이 항상 튀어나온다고 짜증을 냈어. 앞가슴에 시든 꽃 한 송이가 달려 있는 것 같아 사람 전체가 비실해 보였기 때문이었어. 엄마는 핀 두 개로 나비매듭을 고정시켰어. 그러자 이번에는 너무 뻣뻣해서 하늘거리지 않았지. 엄마는 핀을 뽑아 다시 꽂았어. 이번에는 약간 느슨하게 꽂았지. 마침내 엄마는 만족한 듯 한숨을 내쉬었어.

"됐다. 이 정도로 하지 뭐."

머리도 그다지 이상적이지 못했어. 방금 파마를 한 머리는 좀 뻣뻣했지. 거칠고 꼽슬꼽슬한 머리칼이 한 가닥 한 가닥 두피에 곤두섰어. 너무 위풍당당해 전혀 부드러워 보이지 않았지. 하지만 그래도 엄마는 충분히 아름다웠어.

나도 새 치마를 입었어. 전에 입던 치마는 전부 작아졌거든. 예전에 사람들은 월경을 시작하면 더 이상 키가 크지 않는다고 말했어. 하지만 월경을 시작하고 겨울이 한번 지났는데도 나는 키가 아주 많이 자랐지. 새 치마는 검은색과 빨간색이 아로새겨진 체크무늬였어. 질긴 나일론 천이 커다란 치마폭을 받치고 있었지. 겉만 그럴싸한 작은 예복이라 전적으로 남들에게 보여주기 위한 옷이었어. 그러니 착용감이 조금도 쾌적하지 않았지. 혼방 재질이 스타킹에 달라붙어 몹시 껄끄러웠어. 머리칼은 풀어헤친 상태에서 아주 새빨간 헤어밴드를 한 덕분에 제법 귀여워 보였지. 우리는 이렇게 공연을 하듯이 성대하게 차려입었어. 노름꾼이 남은 돈을 다 걸어 마지막 승부를 노리는 듯한 기분이 들었지.

우리는 과일 바구니와 영양식품 상자를 들고 린씨 아저씨 부모님 댁을 찾아갔어. 문을 열어준 사람은 아저씨의 어머니였어. 사전에 전화를 했기 때문에 그녀는 우리가 온다는 사실을 알고 있었을 텐데도 약간 놀라는 기색을 보였어.

"굳이 올 필요 없다고 했는데, 그래도 꼭 한번 와야 했나보군요……"

"제가 낮잠을 방해한 건 아니겠지요?"

엄마가 웃으면서 말했어.

"저희는 점심을 먹고 왔어요. 아직 낮잠을 주무시고 계실지 모른다는 생각에 근처를 한 바퀴 빙 돌았지요."

린씨 아저씨 어머니는 더 이상 예의를 따지지 않고 잠시 주저하다가 몸을 한쪽으로 비키면서 우리에게 안으로 들어오라고 하셨어.

린씨 아저씨가 안에 있는 방에서 나와 고개를 끄덕이며 우리를 맞았지. 얼굴에 가벼운 미소를 보이면서 말이야. 그의 아버지는 발코니에서 새 모이를 주고 있다가 고개를 한번 돌리더니 다시 하던 일을 계속했어. 엄마가 손에 들고 있던 선물 상자를 아저씨 어머니한테 건넸지. 그녀는 사양하지 않고 순순히 받아서 바닥에 내려놓으며 말했어.

"우리 집에는 부족한 게 없는데 뭐 하러 이렇게 아까운 돈을 써요?"

린씨 아저씨가 우리에게 물 두 잔을 따라주고 의자를 가져다주면서 멀찌감치 떨어져 앉게 했어. 그의 어머니는 그의 옆에 앉았지. 그에게 대신 말을 하게 하려는 듯했어. 나와 엄마는 낮고 긴 소파에 파묻히듯 앉았지. 맞은편에 앉아 있는 두 사람이 너무 높아 보였어.

엄마가 고개를 들고 웃으면서 말했어.

"자치를 데리고 와서 죄송해요…… 이 아이는 어려서부터 제가 버

룻을 잘못 들여서 너무 제멋대로예요. 지난번에는 아무 말 없이 혼자
밖에 나가는 바람에 어른들이 온 세상을 뒤지며 찾아다녀야 했지요.
그렇게 큰일을 저지르다니, 정말 철딱서니 없는 아이지요."

엄마는 잠시 말을 멈췄다가 맞은편에 앉아 있는 사람들이 아무런
반응도 보이지 않는 것을 확인하고는 다시 말을 이었어.

"당시엔 저도 너무 다급해서 정신이 없었어요. 해야 할 일을 제때하
지 못했지요. 폐를 끼쳐서 정말 죄송해요."

린씨 아저씨 어머니는 미간을 잔뜩 찌푸리고 있었어. 그 유쾌하지
못한 경험의 기억에 빠져드는 듯했지. 입을 열어 질책을 하고 싶었지
만 애써 참는 것 같았어. 아무리 교양 있는 사람이라도 시정잡배로
변했다면 일찌감치 목구멍을 열어 욕을 해댔겠지. 애석하게도 교양이
란 것이 심장을 부드럽게 해주진 못했어. 그녀의 차가운 얼굴이 그럴
듯한 교양 때문에 갈수록 더 잔혹해졌지.

엄마가 용기를 내서 말했어.

"혼사 문제가 이렇게 된 것은 정말 죄송하게 생각해요. 이제 자치
도 상태가 좋아졌으니……"

린씨 아저씨의 어머니가 손을 내저으며 담담한 어투로 말을 받았
어.

"됐어요. 다 지나간 일인걸요 뭘. 그 일을 다시 거론해서 뭐 하겠어
요?"

엄마는 두려운 듯한 표정으로 린씨 아저씨를 쳐다봤어. 그는 말없
이 발밑의 슬리퍼만 내려다보고 있었어. 어쩌면 카펫의 어느 한 부분
을 내려다보고 있었는지도 모르지. 방금 전보다 훨씬 더 멀리 떨어져
앉아 있는 듯한 느낌이었어. 두 사람의 대화가 자신과는 아무런 관계
도 없다는 듯한 표정이었지.

"정말 죄송해요!"

나는 내 자신이 큰 소리로 말하는 소리를 들었어.

"전부 제 잘못입니다!"

이 크고 돌발적인 목소리에 모두 놀라움을 금치 못했어. 아저씨 아버지도 고개를 돌릴 정도였으니까.

아저씨 어머니가 어두운 표정으로 한숨을 내쉬었어.

"이 일은 누가 잘하고 누가 잘못한 것도 없어요. 문제는 연분이 있느냐 하는 것이지요. 누구도 더 이상 이 일을 억지로 진행할 수는 없을 것 같아요."

그녀의 이 한마디에 순간 집 전체가 극도로 조용해졌어.

엄마는 이미 대세가 기울었다는 걸 알고는 몸을 일으켜 세워 부드럽게 소파 등받이에 기댔지. 나는 고개를 숙인 채 엄마 치마의 작은 구슬들이 극렬하게 흔들리는 것을 바라봤어. 당장이라도 떼구르르 바닥으로 떨어져 굴러갈 것만 같았지.

우리는 곧 일어서 작별 인사를 하고 나왔어. 린씨 아저씨가 배웅해 주었지. 나는 먼저 앞에 나와 엄마를 기다렸어. 엄마와 린씨 아저씨는 처마 밑에 서서 작은 목소리로 이별의 대화를 나누었지. 그저 몇 마디 주고받는 사이에 하늘이 많이 어두워졌어. 땅 위로 내려앉아 서둘러 이미 끝난 연극의 한 막을 마무리하려는 것 같았지. 고개를 돌려보니 엄마가 내 쪽으로 걸어오고 있더군. 짙은 초록색 치마가 황혼에 깊이 가라앉아 윤곽이 보이지 않았어. 더 가까이 다가오고 있는 게 분명한데 그림자는 오히려 갈수록 더 작아지는 것 같았어. 어둠 속에 녹아버리는 것 같았지. 몹시 씁쓸레한 기분이 들었어.

더 멀리 떨어져 있는 린씨 아저씨의 모습이 오히려 더 선명하게 보였어. 그가 제자리에 서서 나를 향해 손을 흔들어주더군. 나도 그를 향해 손을 흔들어주었지. 이 사람에 대해 별다른 감정은 없었지만 앞으로는 다시 만날 수 없을 거라는 사실을 생각하니 약간 서글픈 마음이 들었어. 린씨 아저씨는 엄마가 내 곁에 거의 다다를 때까지 눈으로 배웅하고는 몸을 돌려 문 안으로 들어갔어.

"가자."

엄마가 말했어. 엄마의 얼굴 위로 눈물방울이 주르르 흘러내렸지.

우리는 말없이 버스 정류장을 향해 걸었어. 바람이 불면서 엄마 치마 위의 나비매듭이 갑자기 흔들리기 시작하더니 불꽃처럼 마구 펄럭이다가 엄마의 얼굴을 덮었어. 정류장 표지판 아래로 오자 버스를 기다리던 사람들이 일제히 이상하다는 눈빛으로 우리를 쳐다봤지. 이런 계절에 치마를 입는 건 아무래도 좀 이른 감이 있었거든. 나는 추워서 몸을 계속 떨고 있었어. 엄마가 입고 있는 치마도 너무 얇았지. 엄마는 틀림없이 더 추웠을 거야. 하지만 스스로는 전혀 모르고 있더군. 내가 살그머니 처진 엄마의 손을 들어올렸어. 엄마의 손은 텅 비어 있었어. 아무것도 없었어. 아무것도 잡고 있지 않았어.

나는 덜커덕하고 가슴이 내려앉았어. 갑자기 엄마의 일생에서 사랑이 이렇게 끝나버렸다는 걸 알았거든.

나는 두려운 마음에 엄마의 손을 놓아버렸어. 일을 저지른 사람이 황급히 현장을 벗어나는 것 같은 기분이었어. 몸을 돌려 멀리 달아나고 싶은 마음밖에 없었어. 최대한 멀리 가버리고 싶었어. 하지만 아무것도 잡지 않은 그 손이 뻗어와 마지막 남은 힘으로 내 팔을 잡았지. 나는 다소 거칠게 소리를 지르면서 황급히 고개를 들었어.

"차가 왔네."

엄마는 나무처럼 말없이 앞을 바라보면서 혼자 중얼거리듯이 말했어. 그런 다음 나를 잡아끌며 인파 속으로 비집고 들어갔지.

과연 나는 다시는 린씨 아저씨를 만날 수 없었어. 하지만 그에 관한 소식은 이따금 들을 수 있었지. 얼마 지나지 않아 결혼했다는 소식을 들었어. 상대는 초등학교 음악 선생님이라나. 그리고 그다음 해에 아들을 하나 낳았대. 모두가 예상했던 대로 린씨 아저씨는 앞길이 순탄해 나중에는 직위가 교육청 청장까지 올라갔다더군. 이런 소식을 전하던 사람은 매번 아쉬움을 나타냈어.

"그때 네가 그 사람과 순조롭게 결혼을 했더라면……"

그럴 때마다 엄마가 말했지.

"아니야, 나는 그 사람과 인연이 없었던 거야."

린씨 아저씨 어머니의 생각이 엄마의 머릿속에 아주 깊이 옮겨와 가장 합리적인 해석으로 자리 잡은 듯했어.

나중에 우리 엄마도 린씨 아저씨를 한번 만났지. 외조카가 대학에 들어가는 일 때문에 특별히 집으로 찾아간 거였어. 당시 나와 엄마는 줄곧 이모 집에 얹혀살고 있었어. 이모는 엄마의 둘째 언니로, 군인에게 시집가서 우리 엄마보다 2년 늦게 지난으로 왔지. 가족 전체 중에 두 자매만 도시에 거주했기 때문에 이모 집이 나와 엄마가 유일하게 발붙일 수 있는 곳이었어. 이모의 딸은 나이가 나보다 두 살 많았어. 얼굴에 여드름이 가득했고 잘할 줄 아는 게 하나도 없었지. 모든 생각을 공부에만 쏟았어. 하지만 학업 성적은 그다지 좋지 않았지. 이모는 도무지 방법이 없어서 엄마에게 옛정에 기대볼 것을 간청했고, 엄마는 순순히 승낙했던 거야.

이모는 엄마와 함께 아주 유명한 서예가의 두루마리 작품 한 점과 보르도 산 포도주 두 병을 들고 린씨 아저씨 집을 찾아갔어. 엄마는 특별히 꾸미지 않고 평소 출근할 때의 복장을 하고 가서는 문 앞에 이르러서야 엉클어진 머리칼을 간단히 수습했을 뿐이야. 엄마는 이미 린씨 아저씨를 위해 계절에 맞지 않은 치마를 입을 생각은 없었지. 엄마와 이모는 집으로 돌아와 며칠 동안 린씨 아저씨에 관한 생각을 주고받았어. 이모는 직위에 맞게 허세를 부린다고 말했고, 엄마는 그래도 좋은 사람인데 단지 그렇게 살이 쪄서 미륵처럼 배가 불룩 나왔을 줄은 미처 몰랐다고 했지. 옛날에 비해 완전히 다른 사람이 되었다고 했어. 엄마는 아주 흥미진진한 어투로 말했어. 린씨 아저씨의 결함을 발견한 게 큰 위안이 되는 것처럼 보였어.

엄마는 아주 빠르게 늙어갔어. 스스로 당황할 정도였지. 어느 날은 눈썹과 아이라인 문신을 하러 갔다가 돌아와서는 실패했다는 걸 알았어. 반복해서 거울을 들여다보면서 그럴듯한 부분을 찾으려 애쓰다가 간신히 자신을 위로하면서 말했지.

"내가 뭐 젊은 아가씨도 아니고, 예쁘든 안 예쁘든 상관하지 않은 지 오래야. 그저 품위만 좀 있어 보이면 되지 뭐."

엄마는 화장을 해야만 짙은 눈썹이 잘 어울렸어. 저녁에 얼굴의 색조 화장을 지우면 누렇고 거무튀튀한 얼굴로 변했지. 오래되어 더러워진 구리거울 같았어. 주사를 맞은 부분만 몇 가닥 선이 드러났지. 무척이나 섬뜩해 보였어.

엄마는 며칠 동안 괴로워했지만 색조 층이 점차 표피를 뚫고 피부 깊숙이 들어가면서 자기 눈썹이 된 것 같았어. 그 모습에 익숙해지면서 더 이상 화장을 하지 않게 되었지. 나중에는 이모와 몇몇 동료에게도 아주 성심성의껏 문신을 하러 갈 것을 권했어. 물귀신처럼 다른 사람들을 끌고 갈 생각은 결코 아니었지. 이모는 정말로 엄마의 권유에 따랐어. 물론 역시 실패였지. 하지만 엄마를 질책하진 않았어. 며칠이 지나면서 다시 자신의 얼굴에 익숙해졌거든.

그 몇 해 동안 눈썹과 아이라인 문신이 무섭게 유행했어. 뻔히 실패할 줄 알면서도 중년의 여인네들은 이런 실험을 통해 시대의 리듬을 타고 있다는 환각을 즐겼지. 하지만 자신들이 허공에 떠 있는 줄 모르고 있다가 전부 도랑으로 떨어지고 말았어. 시대에 의해 영원히 뒤로 방기된 거지. 이런 경계는 구시대가 얼굴에 찍어놓은 스탬프였어. 이런 여자들은 시기가 지난 어음처럼 더 이상 이 세상에 유통될 수 없었지.

하지만 엄마는 여전히 재미있게 생활하고 있었어. 버스를 타면 편안한 자리를 차지하려고 다퉜고, 야채 시장에 가면 열심히 흠이 없는 채소를 골랐어. 텔레비전을 볼 때면 출연자들의 갖가지 득실을 따지고 평가했지…… 엄마와 이모가 가장 좋아하는 프로는 미인선발대회였어. 둘이서 텔레비전을 보면서 열띤 토론을 벌이곤 했지.

"잘 보고 누가 떨어질 건지 맞춰봐. 내가 보기에 5번은 반드시 떨어진다. 다른 애들보다 수준이 한 단계 낮은 것 같아."

엄마는 아주 기술 좋게 호두를 깠어. 호두를 까 먹는 기술에 있어선 엄마를 따라갈 사람이 없었어. 가장 작고 단단한 호두도 엄마 손에 넘어가면 여지없이 깨끗이 발라졌어. 남은 껍질도 아주 완벽했지.

"이렇게 수준이 안 되는 애가 경선에 나올 수 있다는 것 자체가 정말 이상한 일이야."

이모는 치아가 좋지 못해 견과 대신 밀전을 먹는 수밖에 없었어. 엄마는 많이 먹으면 살이 찐다는 걸 잘 알면서도 항상 호두와 과즈를 까 먹었지. 엄마의 입이 쉬는 건 정말 이상한 일이었어.

"틀림없이 뒤에서 밀어주는 사람이 있을 거야."

"뒤에서 밀어주면 뭐해. 노래를 대신해줄 수는 없잖아. 음정도 불안정하고 계속 눈을 깜빡거리잖아. 난 저 애를 처음 보지만 단번에 가망이 없다는 걸 알 것 같아."

"다음 단계에서는 틀림없이 9번이 떨어질 거야."

"9번 아니면 13번, 둘 다 가망이 없어 보여."

"얘, 자치야, 너도 여기 앉아서 좀 봐."

고등학교에 진학해서 나는 기숙사 생활을 선택했어. 열여섯 살에 처음 섹스를 경험했지. 우리 반 여학생들 중에선 내가 가장 빠른 편일 거야. 하지만 내게는 너무 늦은 일이었지.

남자애는 나보다 두 살 많은 복학생이었어. 그 애는 시간을 절약하기 위해 학교 근처에 방을 얻어 살고 있었지. 북향의 창문에는 항상 두터운 커튼이 드리워져 있었어. 그 애는 햇빛을 싫어했어. 햇빛은 그를 졸리게만 했지. 좁은 방은 항아리 같았어. 그는 어둠 속에 묻혀 있었고 몸에서 분비되어 나온 욕정이 피부 표면에 창백한 서리로 응고되어 있었지.

나는 닫혀 있는 문을 열고 문 앞에서 신발을 벗은 다음, 살금살금 그의 방으로 들어갔어. 발뒤꿈치를 들고 바닥에 잔뜩 흩어져 있는 참고서와 갈아입은 티셔츠를 넘어 다 먹지 않은 컵라면과 아직 숟가락이 꽂혀 있는 수박 반쪽을 밟지 않으려고 조심했지. 그의 두 가지 장난감도 피해야 했어. 문제를 낼 수 없을 때 마음대로 가지고 놀 수 있는 '지혜의 고리九連環(여러 모양의 고리를 끼었다 뺐다 하는 장난감)'와 아주 오래 본 것 같은 일본 만화였지. 귀퉁이가 접혀 있는 몇 페이지에는 커다란 유방을 가진 여자의 나체가 그려져 있었어. 남아도는 그의 체력을 소모하는 데 큰 도움이 됐을 것 같았지.

나는 살금살금 그의 등 뒤로 다가가 손으로 두 눈을 가렸어. 그리고 그의 손에 들려 있던 펜을 빼앗아 내려놓았지.

"정말 내 사정을 몰라서 그러는 거야? 난 급하단 말이야. 시간이 없다고!"

남자애가 소리를 지르면서 나를 침대 위로 밀었어. 그러고는 반바지를 내리면서 달려들었지. 침대라고 해야 사실은 얇은 이부자리를 깔아놓은 시몬스 매트리스에 불과했어. 매트리스를 싸고 있는 비닐도 벗기지 않은 상태였지. 침대보가 중간에 미끄러져 흘러내리는 바람에 내 등이 그 비닐에 닿았어. 땀 때문에 몸에 찰싹 달라붙었지.

나는 확실히 짜릿함을 느꼈어. 하지만 그런 쾌감은 대부분 생각에 의한 것이었어. 다시 말해서 스스로 짜릿한 기분을 느껴야 한다고 생각했기 때문에 그런 쾌감을 누릴 수 있었던 거지. 사랑을 나눈다는 것은 대단히 의미 있는 일이니까. 거리 구경을 하고 소설을 읽거나 수업을 듣는 것보다 훨씬 의미 있는 일이지. 이런 일을 할 때에만 나는 시간을 낭비하고 있지 않다는 생각을 하게 돼. 청춘은 허비가 없는 것이니까. 그 어둡고 갑갑한 방에서 나와 거리를 나설 때마다 가벼운 바람이 불어와 내 주름투성이 치마를 흔들었어. 변형된 두 다리가 조금 조여올 때, 나는 마음이 무언가로 가득 차는 느낌이 들었어.

나는 주말을 보내는 게 싫어지기 시작했어. 집에 돌아가고 싶지 않았지. 엄마를 만나는 게 두려웠거든. 엄마는 얼굴에 갈색 반점이 생기고 작은 배가 약간 볼록해진 모습으로 손에 브래지어를 하나 들고 물었어.

"또 사려고 그러니? 내가 보니까 다 합쳐서 두 번도 하지 않은 것 같은데. 줄곧 옷장 안에 있었단 말이야."

"너무 작은 걸 샀나봐요."

내가 말했어.

"괜찮아. 내가 고리를 바깥쪽으로 좀 옮겨서 달아줄게."

엄마가 말했어.

"그래서 더 하겠다는 거야 말겠다는 거야?"

"가서 맞는 걸 살게요. 돈도 얼마 안 들 테니까요."

"이걸 저런 데 두면 낭비잖아. 차라리 내가 하고 다녀야겠다. 옷 안에 하는 건데 뭐 어때!"

엄마는 외출할 때만 브래지어를 하고 집 안에서는 하지 않았어.

축 처진 젖가슴 한 쌍이 마구 흔들릴 바에야 조금 안 좋은 재질의 천에 이리저리 쏠린다 해도 그다지 불편할 건 없었지.

"엄마 맘대로 해요."

내가 말했어.

엄마는 신이 나서 그걸 가져갔어. 다음 날 그걸 하고 밖에 나갔지. 몸에 딱 달라붙는 스웨터에는 두 군데 움푹 파인 자국이 선명했어. 등 쪽의 살도 여러 겹으로 접혔지.

몸이 열린 뒤로 나는 셀 수 없이 많은 사랑을 나누었어. 엄마는 오래전에 그런 사랑을 다 끝낸 터라 몸이 서서히 닫히고 있었지. 폐기된 정원이 되고 있었어. 가끔 생각해보니 엄마는 서른여섯 이후로 남자가 없었고 사랑도 나누지 못했던 것 같아. 이에 대해 나는 큰 두려움을 느꼈지. 심지어 자신이 엄마의 여자로서의 지위를 차지해 원래 엄마의 것이어야 하는 환락을 대신 누리고 있다는 생각마저 들었어. 그래서 내 최초의 성적 환상이 아빠에 대한 것이었다는 사실을 깨닫게 되었지. 당시 나는 자신이 엄마를 대신할 수 있기를 강렬하게 갈망했어.

나는 엄마에게 남자를 만나라고 완곡하게 권했어. 나는 전혀 개의치 않는다고 말했지. 하지만 그럴 때마다 엄마는 몹시 긴장하면서 자신이 늙으면 내가 보살펴야 할 일이 두려운 거냐고 물었어. 엄마가 내 마음을 이해할 리가 없지. 나는 그저 엄마에게 남자를 하나 돌려주고 싶은 것뿐이었어. 심지어 때로는 엄마와 이모부 사이에 어떤 관계가 발생했으면 하는 사악한 기대를 갖기도 했지. 하지만 이모부는 엄마에 대해 전혀 관심이 없었어. 아마 엄마가 이모와 너무 닮았기 때문일 거야. 한여름 가장 더운 날 정오에 두 사람이 나란히 식탁에 앉아 국수를 먹고 있었어. 똑같이 민소매 여름 셔츠를 입고 있었지. 느슨해진 팔을 드는 순간 엉클어진 무명실 같은 액모가 드러났어. 두 사람은 거의 같은 속도로 먹고 있었고, 둘 다 콧등에 땀방울이 맺혀 있었지. 한 사람이 냄비를 들어 자기 그릇에 국수를 더 채운 다음, 상대방에게도 채워주었어. 애당초 상대방이 얼마나 더 먹을 건지 물어볼 필요도 없이 묵계가 되어 있었던 거지. 국수를 다 먹고 두 사람은 함께 낮잠을 잤어. 한 사람이 설거지를 하러 갔다면 다른 한 사람은 침대에서 상대가 오기를 기다렸을 거야. 두 사람은 에어컨을 켰다가 관절이 아플까봐 두려워 부채만 사용했어. 모기향에 불을 붙인 다음 시원한 돗자리 위에서 둘이 함께 잠을 자곤 했어. 두 사람은 곧 샴쌍둥이가 될 것 같았어. 야채를 사러 갈 때도 함께 가고 전화 요금을 낼 때도 함께 갔지. 물론 말다툼을 하기도 했지만 일단 아침에 잠에서 깨면 전날 있었던 일은 깨끗이 잊었어.

이모부는 엄마가 이모 곁에 있는 것을 무척 좋아했어. 덕분에 자신이 더 자유로울 수 있었거든. 밖에서 접대를 하느라 집에 늦게 들어와도 뭐라고 하는 사람이 없었지. 이모부는 어느 국영 기업에서 공장장으로 일하고 있었어. 수백 명의 직원을 거느리다보니 성질이 거칠었고 기분이 좋지 않을 때는 우리 엄마한테 화를 내기도 했어. 술이 좀 들어갔다 하면 듣기 싫은 말을 마구 늘어놓곤 했지. 자기가 없으면 우리 모두 길바닥에 나앉아 굶어 죽을 거라고 말하기도 했어. 최근 몇년 기업의 수익이 좋아서 그런지 이모부는 갈수록 기세등등해졌고 성격도 갈수록 거칠어졌어. 밖에 여자도 하나 얻었다가 나중에 이모가 알게 되자 아예 집에 돌아오지 않기 시작했지. 이모는 화가 나서 펄쩍 펄쩍뛰었지만 이모부를 어떻게 하지는 못했어. 이 가족 전체가 이모부에게 의지해 살고 있었기 때문이지.

이모부가 막 이사해 나가던 그 시기에 우리 엄마는 라오치老齊를 알게 되었어. 라오치는 이모부의 기사가 아니라 다른 회사에서 일하는 기사였어. 주로 화물차를 몰았지. 대체로 시간이 아주 많은 편이라 회사 일과 별도로 이모부 회사에서 개인적으로 일을 받아 해주고 있었지. 이모부는 이사해 나간 뒤로 회사 사람들이 자기 일을 알게 하고 싶지 않아 라오치를 집으로 보내 물건을 가져오게 했어. 화가 잔뜩 났지만 이를 풀 데가 없었던 이모는 애먼 라오치에게 호되게 고함을 치고 소리를 지르면서 이모부의 물건을 마구 집어던졌지. 다행히 엄마가 나서서 막는 바람에 그는 간신히 몸을 뺄 수 있었어. 엄마는 그걸로 그치지 않고 그를 위해 이모부의 물건을 하나하나 가져다주기도 했어. 얼굴이 온통 땀에 젖을 정도로 힘들었지만 말이야. 감사의 뜻을 표하기 위해 라오치는 엄마를 근처에 있는 음식점으로 초대해서 식사를 대접했어. 그 자리에서 그는 엄마에게 자기 아내가 5년 전에 암으로 세상을 떠났다는 사실을 얘기했어. 아들도 공부를 잘 못해서 고등학교를 졸업하자마자 일을 시작해 지금 전자제품 회사에서 구매 안내원으로 일하고 있다고 말했어. 버는 돈이 쓰는 돈만 못해 매번 집에 올 때마다 자기한테 손을 벌린다는 얘기도 했지. 집으로 돌아온 엄마는 이런 얘기를 이모에게 전하면서 혼자 살아가는 게 쉽지 않을 것 같다고 말했어. 이모는 전에 이미 다 들은 얘기라면서 라오치가 원래 장거리 버스를 몰다가 해고당했다는 설명을 덧붙였지. 손버릇이 좋지 못해 공금에 손을 댔다는 거였어. 그러면서 엄마에게 앞으로는 이런 사람과 왕래하지 않는 게 좋겠다고 말했어.

엄마는 줄곧 이모의 말을 잘 듣는 편이었어. 하지만 이번에는 예외였지. 이모는 항상 자신이 시집을 잘 왔다고 자랑스러워하면서 남들의 결혼을 깎아내리기 좋아했어. 자기 남편을 제외하고는 눈에 들어오는 남자가 없었지. 하지만 지금은 상황이 달라졌어. 엄마는 속으로 몰래 이모야말로 남자 보는 눈이 정확하지 못하면서 남들을 가르치려 한다고 비아냥거렸지. 나는 간에 붙었다 쓸개에 붙었다 하는 노예근성이 엄마의 몸에 박혀 있다는 것을 발견했어. 성공해서 행복한 사람에게는 순복하는 태도를 보이다가 일단 그 사람이 안 좋은 일을 당하면 금세 태도를 바꿔버리지. 하지만 엄마도 현실적인 걱정을 안고 있는 게 분명했어. 이모가 정말 이혼을 하고 일부 재산만 분할받으면 안정된 경제적 내원을 상실하게 되는 셈이었어. 그렇게 되어도 우리를 거둘 수 있는지는 장담하기 어려웠지.

엄마는 이모 몰래 라오치를 두 번 더 만났어. 하지만 그 뒤로 여러 주 동안은 내가 주말마다 집에 갔기 때문에 엄마는 문밖에 나설 수도 없었고, 라오치에 관해 거론할 수도 없었지. 내가 물어봐도 엄마는 더 이상 왕래가 없다고만 말했어.

"넌 너무 어려. 쓸데없는 걸 알려고 하지 마."

엄마가 말했어.

엄마는 또 고인 물 같은 세월을 보내기 시작했지. 게다가 어느새 조용히 이모에 대한 충성을 회복했어.

또다시 토요일이 돌아오자 나는 혼자 라오치를 찾아갔어. 나는 그가 큰 단지에 산다는 것밖에 몰랐어. 구체적으로 몇 동에 사는지는 알지 못했지. 다행히 그의 하얀색 소형 승합차가 마당에 세워져 있었어. 나는 바로 옆 계단에 앉아 그를 기다렸지. 햇볕이 너무 좋아 무릎을 껴안은 채 잠이 들고 말았어. 깨어보니 어떤 남자가 마른 수건을 손에 쥐고 열심히 그 하얀 승합차를 닦고 있더군. 나는 그쪽으로 다가가 그의 등 뒤에 섰어. 그가 몸을 돌리다가 나를 보고는 소스라치게 놀라더군. 나도 놀랐어. 그의 몸에 담긴 완강한 남자의 기질이 내게 어떤 두려움을 느끼게 했지.

우리는 그 전에 서로 사진만 한번 봤을 뿐이야. 그때 그가 남긴 인상은 지금보다 훨씬 좋았지. 멀리 떨어져 있어 선명하게 볼 수 없었기 때문인지도 몰라. 한데 그의 얼굴에 검은 사마귀가 여러 개 흩어져 있어 나를 좀 불안하게 했어. 약간 부은 듯한 눈꺼풀은 편안하지 못한 눈빛만 남기고 눈 전체를 거의 뒤덮고 있었지. 그는 연노랑 폴로 셔츠 차림이었어. 셔츠 밑단이 헐렁헐렁한 양복바지 안으로 들어가 있었지. 허리띠에 찬 성냥갑 크기의 외장 주머니에서 반질반질한 금빛이 번쩍였어.

"나는 너희 엄마랑 안 맞아."

라오치는 플라스틱 통에서 젖은 걸레를 꺼내 유리 위에 물을 뿌린 다음, 두 번 짜서 계속 차를 닦았어.

"왜요?"

"너희 엄마는 확실하고 믿을 만한 사람을 만나 결혼하고 싶어하는 것 같더군."

"아저씨는 별로 생각이 없으세요?"

"먼저 함께 지내봐야 하지. 함께 지내보지도 않고 맞는지 안 맞는지 누가 알겠니?"

그가 빙긋이 웃었어.

"너희 엄마가 어떤 생각을 하고 있는지 모르는 건 아니야. 아직 얼굴이 봐줄 만할 때 얼른 남자를 만나려는 것 아니겠니? 그래야 여생을 책임져줄 사람이 생기는 셈일 테니까."

"엄마는 제가 부양할 수 있어요. 나중에 제가 돈을 벌면 말이에요."

내가 말했어.

"아저씨는 그런 걱정 안 하셔도 돼요."

"내가 걱정할 게 뭐가 있겠니? 걱정해야 할 사람은 너희 엄마지."

라오치는 걸레를 다시 통 안에 던져넣고 두 손을 바지에 문지른 다음, 주머니에서 담배를 한 개비 꺼내 불을 붙였어.

"너희 엄마가 보내서 온 거니?"

"엄마는 제가 여기 온 거 몰라요."

라오치가 연기를 한 모금 내뿜고는 눈을 가늘게 뜨고 나를 쳐다봤어.

"너는 나랑 너희 엄마가 잘되기를 바라니?"

나는 입술을 깨물면서 아무 말도 하지 않았어.

"네가 그렇게 생각한다면 새아빠가 필요하다는 거겠구나?"

라오치가 히죽히죽 웃으며 다가와 내 머리를 어루만졌어. 그가 웃을 때 얼굴 위의 사마귀들도 함께 따라 움직이더군. 현미경 아래서 꿈틀대는 세균 같았어. 그는 물을 따라 버리고 플라스틱 통을 다시 트렁크 안에 넣어두었어.

"난 물건을 운송하러 가야 하니까 할 얘기가 더 있으면 차 안에서 하도록 하자."

나는 잠시 망설이다가 차에 올라탔어.

라오치는 차를 아주 빨리 몰더군. 조수석에 탄 나는 바깥세계가 나를 향해 달려드는 듯한 느낌을 받았어.

"너는 엄마랑 조금도 닮지 않은 것 같구나."

그가 얼굴을 돌려 나를 쳐다보면서 말했어.

"생긴 것만 다른 게 아니라 성격도 다른 것 같아."

"제 성격이 어떤지 아세요?"

"척 보면 알 수 있지. 성격이 엄마보다 좋은 것 같아. 사리분별도 명확한 것 같고. 너희 엄마는 성격이 왜곡되어 있어서 비위 맞추기가 힘들 것 같아."

"두 분이 싸우신 적 있나요?"

내가 물었어.

그는 빨간불 앞에서 차를 멈추고는 몸을 뒤로 세워 담배를 한 개비 꺼내 불을 붙였어.

"그날 우리는 아주 늦게 저녁을 먹었어. 나는 몹시 피곤했지. 저녁을 먹은 음식점은 우리 집에서 그리 멀지 않은 곳이었어. 내가 아예 집에 가지 말고 우리 집에서 같이 살자고 말했지. 너희 엄마는 아무런 요구도 없이 그냥 울면서 야단법석을 떨더군. 나를 상대로 우위를 점하려는 것 같았어."

그가 힘껏 기어핸들을 당기는 바람에 머리칼이 이마 위로 늘어졌어.

"그런 식이라면 둘 다 별 재미가 없지. 안 그렇겠니?"

"너희 엄마는 자신이 정말 갓 스무 살 넘은 어린 아가씨라고 생각하는 모양이야. 이런 일로 상대를 굴복시키려고 하니 말이야. 하지만 그렇게 남을 굴복시킬 수 있을까? 남녀 사이의 일은 그렇지 않아야 하는 게 아니겠니? 나잇값도 못한다면 정말 헛산 거지."

그는 씩씩거리면서 담배를 연달아 몇 모금 빨고는 꽁초를 창밖으로 던져버렸어.

잠시 후에 그가 다시 묻더군.

"넌 남자친구 사귀어본 적 있니?"

"없어요."

"없다고? 내가 보기엔 네가 좀 조숙한 것 같은데."

그가 웃으면서 다시 물었어.

"그것도 못해봤겠네?"

"못해봤어요."

"넌 별 문제 없을 거야. 남자를 반쯤 뻗게 만들 수 있을 것 같구나."

그가 또 헤죽헤죽 웃었어.

"나는 여자를 보는 눈이 가장 정확하지. 척 보면 한눈에 침대 위에서의 능력이 어떤지 알 수 있다니까."

틀림없이 내 얼굴이 빨개졌을 거라는 생각이 들었어. 그래서 얼른 고개를 돌려 창밖을 바라봤지.

그는 물건을 옮기기 위해 차에서 내리면서 나한테는 안에서 기다리라고 했어. 나는 차 안에 있는 카세트를 틀었지. 양위잉楊鈺瑩의 노래가 흘러나오더군. 테이프는 해적판이었어. 노래 한 곡이 여러 번 반복됐지. 잠시 후에 그가 돌아와서는 시원한 음료를 마시러 가지 않겠냐고 묻더군. 광장 쪽으로 가자고 했어. 그곳에 가면 음료 가게 건너편이 스케이트장이라 사람들이 스케이트 타는 모습을 구경할 수 있다고 하더군. 그러면서 나 같은 어린아이들이 대부분 스케이트를 좋아하지 않느냐고 묻더라고. 나는 보충수업에 가야 한다면서 학교에 데려달라고 했어.

"난 너희 학교가 어디 있는지 몰라."

그는 약간 불쾌한 기색을 비치더군.

"제가 길을 안내해드릴게요."

내가 말했지.

가는 길에 취안청泉城 광장을 지나게 되었을 때, 그가 또다시 냉음료 가게에 들르자고 제안했어. 나는 못 들은 척하면서 그에게 앞에서 좌회전하라고 말했지.

"다 왔어요. 여기서 세워주세요."

내가 말했어.

차를 세운 라오치가 머리를 창밖으로 내밀고는 주위를 둘러보더군.

"학교 대문이 닫혀 있네. 사람 그림자 하나 없어. 무슨 보충수업을 한다는 거냐?"

"제가 너무 일찍 와서 그래요. 여기서 조금만 기다리면 돼요."

나는 차 문을 당겨 열면서 고개를 돌려 말했어.

"우리 엄마한테 얘기할게요. 아저씨를 찾아가보라고요."

그는 손을 내저었어.

"괜찮아. 나는 뭐든지 억지로 하는 건 싫거든."

차가 멀리 가버리고 나서 나는 도로를 가로질러 학교 건너편에 있는 주거 건물로 걸음을 옮겼어.

좁고 어두운 계단을 올라 문을 밀어 열고는 바닥에 널린 책들을 밟고 지나갔지. 한참 숙제를 하고 있는 남자애를 등 뒤에서 안았어. 그의 몸을 꼭 끌어안았어. 남자애는 나를 힘껏 밀쳐내면서 버럭 소리를 지르더군.

"왜 또 온 거야?"

그는 단번에 나를 매트리스 위로 넘어뜨리고는 내 몸을 덮쳐 빨아 대기 시작했어. 입으로는 야수처럼 슬픈 탄식을 내뱉더군.

"너 때문에 내가 망가질 것 같아. 알아?"

나는 어둠 속에서 피식 웃었어. 그 날카로운 물건이 내 몸에 들어와 아주 깊은 곳을 파고들었어. 그렇게 작은 물건인데도 나는 몸 아주 깊은 곳에 바닥이 보이지 않는 거대한 블랙홀이 있는 것을 느꼈어.

우리 엄마가 라오치에 관해 얘기하기 시작한 것은 두 주가 지난 뒤의 일이었어. 때는 이미 칠월이었지. 여름 공부에 충실했던 남자애는 시험장에 가 있었어. 다시 한번 자신의 운명과 힘겨루기를 하고 있었지. 그날 오후, 나는 갑자기 밖에 나가고 싶다면서 엄마에게 함께 가줄 수 없느냐고 물었어. 엄마는 과분한 총애와 우대에 기쁘고 놀라우면서도 마음 한편으로는 불안감을 느끼는 듯한 반응이었어. 지난 여러 해 동안 우리는 함께 쇼핑몰 나들이를 한 적이 없거든.

나는 줄곧 그날의 날씨를 기억하고 있어. 하늘이 너무 흐려 공기 중에 비 오기 직전의 후텁지근하고 숨 막히는 물기가 가득했지. 잠자리가 머리칼을 스치면서 날아다녔어. 새로 문을 연 쇼핑몰에서 우리는 각자 그다지 만족스럽지 못한 옷을 하나씩 샀지. 엄마는 자신이 산 옷의 스타일이 너무 젊은 것 같다고 툴툴거렸지만 나는 그걸 꼭 사라고 집요하게 우겨댔어. 그 자리에서 입어보라고 권하기까지 했지. 내가 산 옷은 노티가 많이 나지만 엄마는 너무 예쁘다고 과장해서 말했어. 그러면서 내가 사놓고 입지 않으면 자기가 입을 수도 있다고 했지. 그날 엄마는 무척 즐거워 보였어. 새옷을 입고 길을 가다가 거울이 보이면 재빨리 그 안에 자기 모습을 비춰보곤 했지. 내 제안으로 우리는 근처 음식점에 가서 식사를 했어. 음식이 나오자 조금도 마음에 두지 않고 있는 척하면서 라오치에 관해 얘기하기 시작했지.

"도대체 엄마랑 그 아저씨는 어떻게 돼가는 거예요?"

"그저 그래."

엄마는 당황한 듯 황급히 고개를 숙였어.

"무슨 오해가 있었던 건 아니에요?"

"오해 같은 건 없었어."

"그럼 그분이 엄마가 생각했던 그런 분이 아닌가보네요. 제 생각에는 두 분이 얘기를 좀 잘 해보는 게 좋을 것 같아요."

"그래, 알았어."

엄마는 고개를 끄덕이면서 금세 평소에 나와 대화할 때의 어투를 회복했어.

"넌 말이야, 네 일이나 제대로 잘하면 돼. 난 혼자서도 아주 잘 지낸단 말이야. 2년만 있으면 네가 대학에 갈 테고, 그때는 완전한 해방을 맞겠지. 하고 싶은 일은 뭐든지 할 수 있게 될 거야. 새로 사람을 만나게 되면 또 그 사람에게 마음을 써야 하기 때문에 너무 피곤해."

나는 자리에서 일어나 화장실에 가려고 했어. 여종업원이 문을 나서서 오른쪽으로 모퉁이를 돌면 된다고 알려주더군. 밖에는 비가 내리고 있었어. 빗물은 아주 더러웠지. 몸에 떨어지는 게 전부 오수였어. 축축한 먼지 속에 욕정의 냄새가 배어 있었어.

내가 자리로 돌아오자 엄마가 내 젖은 머리를 보고서 말했어.

"밖에 비 오는구나?"

"아주 많이 와요. 라오치 아저씨한테 전화해야겠어요. 우리를 좀 데리러 와달라고 하게요. 엄마도 그 아저씨랑 얘기를 좀 할 수 있을 테니까요."

"그 사람 전화번호를 네가 어떻게 알아?"

엄마가 놀란 눈으로 나를 쳐다봤어.

"언젠가 건물 아래서 마주친 적이 있어요. 아저씨가 내게 전화번호를 알려주시더라고요."

내가 말했어.

"나가보면 알아요. 밖에 온통 버스를 기다리는 사람들이에요. 버스는 두 시간을 기다려도 타기 어려울 거예요."

엄마는 자신과 상의하지 않은 데 대해 약간 화가 난 듯했어. 우리는 계산을 하고 음식점에서 나왔지. 비가 많이 내리고 있었고, 우리는 건물 처마 밑에서 라오치를 기다렸어. 엄마는 불안해하는 기색이 역력했어. 입을 약간 오므리면서 끊임없이 도로 쪽을 바라봤지.

라오치의 차가 길가에 멈춰 섰어. 나는 엄마의 손을 잡아끌고서 빗속으로 뛰어 들어갔지.

"먼저 저를 집에 데려다주시고 두 분은 적당한 곳을 찾아 얘기 좀 나누세요."

나는 백미러로 라오치를 힐끗 쳐다봤어.

"이렇게 큰비가 오는데 어딜 갈 수 있겠니?"

라오치가 중얼거리듯이 말했어.

"차라리 우리 집으로 갈까요?"

"그것도 괜찮겠네요."

내가 재빨리 대신 대답했어.

"얘기가 끝나면 다시 우리 집까지 데려다주시면 되잖아요."

"여부가 있겠습니까?"

라오치가 백미러 안에서 내게 윙크를 보냈어.

내가 차에서 내리려고 하자 엄마는 갑자기 긴장한 모습을 보이더니 내 손을 잡고 말했어.

"얘기는 나중에 하지 뭐. 아무래도 너랑 같이 차에서 내리는 게 낫겠어……."

"왜 그래요, 저랑 얘기 다 끝냈잖아요?"

내가 말했지.

엄마의 몸이 떨리고 있었어. 아무 도움을 받지 못하는 어린애처럼 내 손을 꼭 잡더군.

차가 완전히 멈추기도 전에 나는 자리에서 일어섰어. 엄마도 곧장 따라 일어섰지.

"저 갈게요. 두 분 얘기 잘 나누세요."

엄마의 손을 뿌리치고 차에서 뛰어내린 나는 비에 젖은 유리창을 사이에 두고 엄마를 바라봤어. 사육사에게 잡힌 동물 같았어. 나는 손을 흔들어주고는 빗속으로 뛰어들어갔지. 차가 등 뒤에서 빠른 속도로 멀어져가면서 거센 물보라를 일으켰어.

엄마가 마지막으로 나를 바라보던 눈빛은 놀란 처녀의 표정처럼 보는 사람의 마음을 찢어놓았어. 나는 냉혹한 포주처럼 엄마를 밀어냈지. 이 문턱만 넘으면 돼. 이건 어쩔 수 없는 일이야……. 이게 정말 꼭 필요한 일일까? 스스로에게 반문하던 나는 깜짝 놀라고 말았어. 갑자기 왜 이러지 않으면 안 됐는지 알 수가 없었어. 어쩌면 엄마에게 뭔가를 돌려주고 싶었던 게 아니라 엄마를 내 쪽으로, 타락 쪽으로 끌어들이려 했던 건지도 몰라. 악마가 내게 내린 사명 같았어.

다음 날 아침 잠에서 깨자마자 거실에 나가보니 엄마가 소파 위에 앉아 있었어. 방금 목욕을 했는지 내가 입기 싫어했던 잠옷 치마를 입고 있더군. 청바지 때문에 변색돼서 가슴 앞부분의 고양이 캐릭터 가필드의 얼굴에 약간 자줏빛 흔적이 생겼어. 촉촉한 머리칼에서는 아직 물방울이 뚝뚝 떨어져 고양이 눈을 때리고 있었지. 엄마의 눈빛이 먼지처럼 허공에 떠다니고 있었어.

내 기억에 엄마가 아침에 목욕을 하는 일은 아주 드물었어.

커튼을 열자 햇빛이 쏟아져 들어와 엄마의 몸을 비췄어. 엄마는 그 진하고 풍성한 빛을 받아들일 수 없었는지 몸을 앞으로 숙이고 팔로 무릎을 짚어 얼굴을 두 손에 묻었지.

"어제 줄곧 기다렸어요. 나중에는 피곤해서 안 되겠더라고요……."

나는 일부러 가벼운 어투로 말했어.

"두 분이 얘기는 잘 했어요?"

대답이 없었어. 엄마의 손가락 사이로 눈물이 흘러내려 뚝뚝 바닥에 떨어졌어. 이른 아침의 조용한 방 안에서 절간의 목어 소리가 들리는 것 같았지.

나는 어찌 해야 좋을지 몰라 그 자리에 그냥 서 있었어. 내가 잘못을 저질렀다는 것을 알았지. 엄마의 고통을 이해할 수가 없었어. 두 사람은 그저 섹스를 했을 뿐이야. 그렇지 않아? 나는 왜 섹스가 엄마에게 상처를 가져다주었는지 알 수 없었어. 몸이 망가지기라도 한 것처럼 말이야. 하지만 몸은 그렇게 단정하게 그대로 있잖아? 나는 섹스가 엄마에게 즐거움을 가져다줄 거라고 생각했어. 끝없는 쾌락과 환희를 가져다줄 거라고 생각했지. 하지만 엄마의 몸은 이미 닫혀 있었어. 감지 능력을 상실한 거지. 어쩌면 한번도 열린 적이 없고 감지 능력도 가져본 적이 없었는지도 몰라. 엄마에게는 섹스가 시종 일종의 범죄이자 치욕이었는지도 몰라.

엄마는 한 차례 병을 앓은 데 이어 아주 오랫동안 활력을 잃었어. 생명과 관련된 것을 누군가 빼앗아가버린 것 같았지. 하지만 이모에게는 내내 아무 말도 하지 않았어. 이 일은 우리 둘 사이의 비밀이 되었지. 엄마는 나를 탓하지도 않았어. 내가 호의로 그랬던 거라고만 생각했지. 확실히 나는 호의로 그런 거였어. 엄마의 평생 행복을 망쳤다는 죄책감에서 뭔가 보상을 해주고 싶었던 거야. 하지만 나 자신이 뭔가 할수록 일을 더 망치고 엄마에게 고통만 안겨준다는 사실을 깨달았지. 어쩌면 내가 할 수 있는 유일한 일은 엄마에 대해 관심을 갖지 않거나 엄마 혼자 지내게 하는 것이었는지도 몰라.

그때 이후로 엄마는 남자에 대해 강한 두려움을 나타냈어. 수도관을 수리하는 사람이 찾아와 작업을 하다가 시간이 좀 걸려 물을 한

잔 달라고 해도 엄마는 그 사람을 나쁜 사람으로 의심했지. 조금 친절한 편인 단지 입구의 경비원의 태도에도 그가 다른 마음을 품고 있는 거라고 의심했어. 언젠가 이모가 딸을 만나기 위해 광저우廣州에 갔을 때 엄마는 일주일 동안 혼자 집에 있어야 했어. 엄마는 누군가 문을 두드리는 소리만 들어도 두려움에 떨면서 응대하지 않았지. 저녁에는 공원에 산보하러 나가는 것도 그만뒀어. 가장 큰 문제는 일종의 환각을 느끼기 시작했다는 거야. 라오치가 아직도 자신에게 치근댄다고 생각하는 거지. 사실 지난번 그 일 이후로 라오치는 더 이상 엄마를 찾지 않았어. 하지만 엄마는 흰색 승합차만 봐도 라오치의 차라고 착각하면서 그가 계속 자신을 따라다닌다고 생각했어. 한번은 슈퍼마켓 입구에서 나오다가 흰색 승합차를 보고는 도로 안으로 들어가 슈퍼마켓이 문을 닫을 때까지 숨어 있었어. 물론 엄마는 라오치가 갑자기 뛰어나와 자신을 끌고 갈까 두려워 그의 집이 있는 거리에는 얼씬도 하지 않았지.

"네가 몰라서 그래. 라오치 같은 나쁜 사람들이 겉은 항상 멀쩡하단 말이야."

엄마가 내게 말했어.

엄마는 또 앞으로 품행이 단정한 남자를 만나라고 끊임없이 나를 훈계했어. 나는 어떤 남자가 품행이 단정한 남자냐고, 신혼 첫날밤 전에는 절대 여자와 자지 않는 그런 남자냐고 되묻지 않았지.

여름방학이 거의 끝나갈 무렵, 나는 어느 쇼핑몰 입구에서 복학한 남자애와 마주쳤어. 우리가 햇빛 아래서 만난 건 그때가 처음이었지. 서로가 무척 부자연스러워했어. 그는 이류 대학에 합격했더군. 기대했던 바에 비하면 약간 차이가 있지만 그래도 충분히 만족하는 것 같았어. 그래서 그런지 살도 많이 쪘더군. 우리는 스케이트장 옆에 있는 냉음료 가게에서 아이스크림을 먹었어. 그런 다음 그가 내 손을 잡아 끌고 작은 여관으로 들어갔지. 이번에는 그의 태도가 더없이 좋았어. 충분한 인내심과 성의를 보이면서 태연하고 침착하게 섹스를 즐겼지. 길고 긴 애무 도중에 나는 금방이라도 잠이 들 것만 같았어. 눈앞의 남자가 흡인력을 완전히 상실해버린 거야. 전에 그 어두운 방에서 누렸던 위험하면서도 강렬한 욕정은 이미 사라지고 없었어. 모든 게 너무나 안전하고 정상적이었지.

하지만 그는 아주 즐거워했어. 섹스를 끝내고도 아주 오래 나를 안아주었지. 마침내 좋은 날이 온 것처럼 만감이 교차했어. 그는 내게 보상을 해주겠다고, 나를 더 잘 사랑해주겠다고 했어. 하지만 그건 애당초 내가 바라던 게 아니었지. 그에게는 이미 내가 원하는 게 없었어.

작별 인사를 하면서 그는 내게 이틀 뒤에 다시 만나자고 했어. 하지만 몸을 돌려 가는 순간 마음속에서 어떤 목소리가 내게 말했지. 이것이 그와의 마지막 만남이 될 거라고 말이야. 그래도 나는 그를 좀더 자세히 살펴보기로 마음먹었어. 어차피 어떤 의미에서는 그가 내게는 최초의 남자였으니까. 그저 이런 이유로 그만의 독특한 특징을 잡아야 했어. 기념사진을 찍어 개인 신상기록부에 남기듯이 말이야. 하지만 내가 다시 고개를 돌렸을 때는 이미 그를 다시 찾을 수 없었어. 사방을 두리번거리며 하나하나 지나가는 얼굴들을 훑었지만 인파 속에서 그의 얼굴을 변별해낼 수 없었지.

마침내 연애를 해야 하는 나이가 되었지만 나는 동년배의 모든 남자에 대해 흥미를 잃었어. 그들은 그저 영화를 보자거나 스케이트를 타자고 여자를 불러냈다가 날이 어두워지면 작은 공원의 벤치에서 떨리는 두 팔로 껴안거나 겁먹은 동작으로 입술을 빼는 것이 전부였지. 뭔가 잘못된 것도 없어. 아마 너무 잘못된 것이 없기 때문에 내가 실망하게 된 것 같아. 나는 두 번의 비슷한 만남을 그만두고 더 이상 그런 남자들에게 시간을 낭비하지 않기로 마음먹었어. 고2로 올라가면서 나는 우리 반에서 연애를 하지 않는 극소수 여학생 중의 하나가 되었어. 매일 혼자 다녔고 어떤 일에도 개의치 않았어. 담배를 피우고, 고트Gothe풍의 우울한 음악을 듣고, 잔혹한 청춘영화를 봤지. 귀에는 항상 이어폰을 끼고 다녔어……. 이런 것들이 내가 퇴폐를 표현하는 방식이었지만 하나같이 천박한 것들이라 진정으로 재미를 느끼지는 못했어. 나는 어떤 일에도 흥미를 느끼지 못했지. 머릿속에 구멍이 하나 뚫려 있는 것 같았어. 졸졸 물이 새는 소리를 들을 수 있었지. 햇빛 아래로 가면 눈 아래 녹색 광반光班이 끝없이 확대되면서 갑자기 몇 초 동안 시야가 어두워지곤 했어. 그러고 나서 얼마가 지나서야 뇌가 다시 가동되기 시작하는 듯했지.

내가 시에 흥미를 갖기 시작할 무렵이 되어서야 이런 증상은 조금씩 호전되기 시작했어. 시립 도서관의 낡은 잡지에서 나는 아빠가 쓴 시 몇 수를 찾아냈지. 또다시 아빠와 연결된 거였어. 나도 시 쓰기를 시도해봤어. 이런 방식으로 아빠에게 다가가려 했지. 모든 시가 아빠에게 쓰는 편지였어. 아주 고독한 편지를 썼지. 영원히 답장을 받을 수 없었으니까 말이야. 하지만 분명히 답장을 한 통 받기는 했어. 시잡지의 편집자에게서 온 답장이었지. 원래 투고를 할 생각은 없었지만 그날은 열일곱 살이 되는 생일이었어. 뭔가 좀 다른 일을 하고 싶어서 집에 돌아가는 길에 방금 쓴 시를 봉투에 담아 우체통에 넣었지. 얼마 후에 답장을 받았어. 정확히 말하자면 그 시 잡지의 편집자에게서 온 것이 아니라 그들이 초청한 칼럼의 필자인 한 시인에게서 온 것이었어. 이름은 인정殷正이라고 했지. 아주 유명한 시인인것 같았어. 이름을 들어본 적이 있거든. 그는 내게 천부적인 소질이 있다고, 시를 아주 자유롭게 잘 썼다고, 몇몇 단락이 대단히 감동적이라고 말했어. 그러면서 이번에는 실리기 어렵겠지만 앞으로도 투고를 계속하기 바란다면서 새천년이 시작되는 날 밤에 시 낭송회가 있으니 시간이 되면 놀러 오라고 덧붙였어. 손으로 직접 쓴 편지였지. 편지 말미에는 낭송회 시간과 장소도 적혀 있었어. 나는 퇴고의 편지는 전부 이렇게 쓰는 거로구나 하고 추측하면서 편지를 접어 서랍 속에 넣어두었지.

낭송회 일은 줄곧 잊지 않고 있었어. 시간이 다가올수록 기대는 더 크고 강렬해졌지. 1999년 마지막 날 오후, 나는 서랍에서 그 편지를 다시 꺼내 주소를 일기장에 옮겨 적었어. 저녁식사를 마치고 집을 나선 나는 버스를 탔지. 그곳은 도시의 서쪽 변두리라 정류장을 열 몇 개나 지나야 했어. 날은 이미 어두워졌지만 모든 사람이 거리에 있었고, 어린 학생들의 손에는 하나같이 작은 형광봉이 들려 있었어. 빛이 반짝거리는 토끼 귀를 머리에 단 아이들이 삼삼오오 떼를 지어 시내를 향해 몰려가고 있었지. 내 옆에 앉은 노인은 라디오를 듣고 있었어. 방송에서는 다정한 여자 아나운서가 우리 모두가 새천년을 맞아 배우자와 친구, 가족 등 인생에서 가장 중요한 사람들과 함께 이 잊을 수 없는 밤을 보냈으면 좋겠다고 말하더군. 버스가 취안청 광장을 지날 때 그곳은 이미 새까맣게 사람들 머리로 가득 차 있었어. 사람들은 광장 맨 동쪽으로 몰려갔지. 대형 스크린 안의 시계에서는 카운트다운이 진행되고 있었어. 거대한 숫자가 사람들의 마음을 격동시키고 있는 듯했지. 광장 쪽 정류장을 지나자 차는 금세 텅 비어버렸어. 나와 그 노인만 남아 있었지. 노인은 잠을 자고 있는 것 같았어. 들고 있는 라디오가 금방이라도 손에서 미끄러져 떨어질 것만 같았지. 버스가 사람 하나 없는 정류장에 잠시 멈췄다가 다시 움직이기 시작하는 순간, 나는 자리에서 벌떡 일어나 차 문 쪽으로 달려갔어. 일찌감치 내린다고 말하지 않았다면서 기사가 호통을 치더군. 차에서 내린 나는 외투 뒤에 달린 모자를 당겨 머리에 쓰고는 빠른 걸음으로 앞을 향해 걸어갔어. 날은 정말 추웠어. 맹렬한 바람 소리가 잔뜩 귓가로 몰려왔지만 그 와중에 나는 다른 소리도 들었어.

"너는 그걸 믿니?"

"뭘 믿느냐는 거야?"

"지구 종말의 날 말이야. 1999년 12월 31일."

"잘 모르겠어…… 여하튼 오늘이 정말 지구 종말의 날이었으면 좋겠다. 대학시험을 안 봐도 될 테니까 말이야."

"이해되지 않는 일이 한가지 있어. 지구상에 사람이 이렇게 많은데 한꺼번에 다른 세계로 간다면 다 수용할 수 있을까?"

"아마 일부밖에 갈 수 없을 거야. 그땐 우리 꼭 같이 있기로 하자. 남든 떠나든 함께 움직이는 거야."

"난 우리 아빠를 찾아가야 해. 아빠와 함께 가야 한다고……"

"난 너와 함께 베이징에 갈 수 있어. 하지만 그가 돌아온다고 장담할 순 없지. 지구 종말인데 무슨 사업을 한다는 건지?"

"그래, 그럼 난 먼저 아빠를 찾아가야겠어. 아빠를 찾아서 너랑 합류하도록 할게. 어디로 가야 하지?"

"그때는 어디에 사람이 가장 많은지를 봐야 해."

"왜?"

"많은 사람이 한곳을 향해 가는 데는 반드시 이유가 있는 거야. 그곳이 비교적 안전하기 때문이지."

나는 광장으로 갔어. 서쪽 도로 위에는 이미 인파가 잔뜩 몰려 있더군. 눈에 잘 보이지도 않는 아주 먼 곳에서 날카롭게 외치는 소리가 들려왔어. 머리를 노랗게 물들인 여자애가 몸이 높이 들린 채로 손을 휘젓고 있더군. 나는 등 뒤에 있는 사람들에게 떠밀려 동쪽으로 걸음을 옮겨 광장 한가운데로 갔어. 어떤 남자 하나가 파란색 '천泉' 자 모양의 조형물 위로 올라가 자기 머리에 맥주를 쏟아붓고 있었어. 나서기 좋아하는 수많은 사람이 그를 둘러싸고 아래를 내려다보고 있더군. 인파를 이끌어 길을 여는 사람들이 걸음을 멈춘 채 앞으로 나아가지 못하는 바람에 한참이 지나서야 다시 움직일 수 있었어. 고개를 돌려보니 조형물 위에 있던 남자는 이미 보이지 않았어. 아마 스스로 내려왔을 거야. 하지만 주위는 조금 전보다 더 붐볐어. 내 앞가슴이 앞 사람의 등에 달라붙었지. 배를 당겨야만 호흡을 할 수 있을 정도였어. 어디로 가야 할지 알 수 없었어. 그렇게 사람들 사이에 끼어 앞으로 움직일 뿐이었지. 고개를 들어보니 대형 모니터가 바로 위에 있더군. 끊임없이 펄떡이는 숫자는 새로운 세기로 향해 나아가는 발걸음처럼 보였어. 노래를 부르는 사람도 있고 날카롭게 소리를 지르는 사람도 있었어. 광장은 광적인 환락의 분위기에 휩싸여 있었지.

5,4,3,2,1…… 사람들은 서로를 끌어안았고 무수한 풍선이 하늘 위로 날아올랐어. 나는 얼굴을 치켜들고 이런 광경을 바라봤어. 어둡고 음침한 하늘은 주철로 된 병풍 같았어. 뒤에 있는 또 다른 세계도 지금 이 순간 이렇게 열광적일까? 어쩌면 아주 조용할지도 모르지. 그곳에는 애당초 시간이란 것이 존재하지 않을 테니까.

다른 세계로 간 사람은 아무도 없었어. 아무 일도 일어나지 않았지. 오늘이 지구 종말의 날이라는 걸 누가 기억이나 하겠어? 하지만 나는 마지막 순간에 이르렀어. 가슴에 어떤 기대를 품고 있었지만 갑자기 콰르릉하는 소리와 함께 눈앞이 캄캄해졌어. 두 개의 세계가 오늘 하나로 합쳐졌어. 너도 이렇게 생각했다면 어쩌면 너도 이곳에 와서 나와 마찬가지로 카운트다운을 할 때, 아주 빨리 그 낯선 얼굴들을 스쳐 지나면서 허둥대며 찾고 있었었겠지.

우리 꼭 같이 있기로 하자. 남든 떠나든 함께 움직이는 거야.

"그래."

마지막 1초에 나는 마음속에서 어떤 목소리를 들었어.

청궁

술은 다 떨어져가는데 나는 오히려 술이 완전히 다 깼어. 가지 않아도 된다면 계속해서 술을 마시고 싶었어. 취했다 다시 깨고, 깼다가 다시 취하고 그렇게 계속 마시고 싶었어.

'천' 자 모양의 조형물 위에서 맥주를 끼얹던 남자는 스스로 내려온 게 아니라 경찰이 끌어내린 거였어. 나도 네가 말한 잘난 체하기 좋아하는 사람들 중 한 명인 게 틀림없어. 즈펑과 다빈이 한사코 가보자고 해서 그곳에 갔어. 그 남자가 사람들을 놀라게 할 일이나 볼 만한 구경거리를 준비한 것 같지는 않더군. 아쉽게도 별일 아니었어. 그저 흥분한 술주정뱅이를 경찰이 다리를 잡아당겨 조형물 위에서 내려오게 한 것이었지. 나중에는 바닥에 드러누워 일어나지도 못한 채 그대로 잠을 자려고 하더라고. 다빈은 그 남자가 사람들 발에 밟힐까봐 옆에 쪼그리고 앉아 어서 일어나라고 채근했어. 즈펑이 곧 12시가 된다고 큰 소리로 말했어. 그제야 우리는 대형 스크린이 있는 쪽으로 향했지.

그날 광장에 가자고 제안한 사람은 나였어. 원래는 볼링을 친 다음, 바에 가서 공연을 볼 계획이었지. 꽤 유명한 그 여가수가 그렇게 중요한 날 이처럼 초라한 도시에 온 건 정말 견디기 힘든 일이었을 거야. 다빈은 일찌감치 무대에서 가장 가까운 자리를 예약하고 그 여가

수에게 줄 꽃다발도 샀어. 나는 그날 볼링을 아주 잘 쳤어. 거의 매번 스트라이크였으니까. 그러다보니 재미가 없어져서 한쪽 구석에 앉아 맥주를 마셨어. 맥주 캔 마개의 고리가 끊어지는 바람에 작은 구멍으로 술이 나왔지. 남아 있는 술이 얼마 되지 않아 고개를 들었어. 천장에 매달린 등이 아주 밝더군. 눈을 감으니 맥주가 한 방울 한 방울 혀를 두드리는 것처럼 느껴졌어. 그나마 점점 느려지다가 멈추더군. 나는 어둠 속에 있었고, 볼링공이 레인 바닥을 스쳐 지나가는 소리마저 사라져 주위가 무척 조용했어. 뭔가가 끝에 다다랐다는 느낌이 들었지. 지구 종말의 날. 바로 그때 이게 생각났어. 이어서 네 생각이 났지. 나는 종종 네 생각을 하곤 했지만 매번 어떤 일과의 연관 속에서였어. 가족 간의 은원이나 배신, 속임수 같은 것과 연관되어 생각나곤 했지. 하지만 이번에는 온전히 너만 생각났어. 뭐든 다 아는 것처럼 항상 내 앞으로 달려오던 작은 여자아이의 모습이었어. 도서관 뒤의 대나무 숲에서 내가 급히 네 입을 막았던 때처럼 귓가에 날카로운 소리가 들려왔어. 눈을 떠보니 바로 옆 레인에서 한 여자가 남자친구를 향해 박수를 치고 있더군. 나는 다시 눈을 감아버렸어.

다빈은 광장에 가는 것에 반대했어. 꽃은 어떻게 하냐고 묻더군. 광장에서 가장 예쁘다고 생각되는 여자를 만나면 그 여자에게 주라고 했지.

"아주 오래전부터 우리는 네가 하자고 하는 대로만 움직인 것 같아."

다빈이 불쾌한 듯이 투덜대더군.

"너희끼리 공연을 보러 가도 돼. 나중에 만날 장소를 정하면 되잖아."

내가 말했어. 다빈과 즈펑은 서로를 쳐다보면서 한숨을 내쉬었지.

볼링장은 광장에서 그리 멀지 않아 걸어서 15분 정도밖에 걸리지 않았어. 꽃을 안고 있는 다빈은 썩 개운치 않은 기분으로 뒤에서 따라왔고. 한참을 걸었는데도 꽃다발은 여전히 그의 손에 들려 있더군. 그는 새로운 세기가 올 때까지 꽃다발을 들고 있었던 거야.

12시가 되자 우리는 사람들을 헤집고 간신히 대형 스크린 앞까지 도달했지만 다시 인파에 밀려 흩어지면서 다빈을 놓치고 말았어. 즈펑과 나는 까치발을 하고 사방을 둘러봤지. 내 막막한 시선이 사람들의 얼굴을 하나하나 훑고 지나갔어. 점점 빠르게 움직이다보니 현기증이 나기 시작했어. 도대체 내가 누굴 찾는 건지 모르겠더군. 갑자기 사람들이 큰 소리로 숫자를 세기 시작하더니 점점 숫자가 줄어들었어.

5, 4, 3, 2, 1…… 하늘 위로 풍선이 날아올랐어. 나는 머리를 뒤로 젖혔지. 머리 위는 평온하고 아무런 움직임도 없는 하늘이었어. 이렇게 중요한 날이 지나가는데 아무 일도 일어나지 않았지.

사람들이 흩어지기 시작하자 어디선가 다빈이 튀어나왔어.

"너희 내가 방금 누굴 봤는지 알아 맞춰볼래?"

다빈이 얼어서 시뻘게진 코를 문지르면서 말했어.

"리페이쉬안을 봤다고."

다빈이 말했지. 즈펑이 입을 삐죽거리면서 말을 받았어.

"그게 가능한 일이야? 그 애는 미국에 가 있는 거 아니었어?"

"나도 불가능한 일이라고 생각했는데 리페이쉬안과 정말 닮았더라고!"

즈펑이 다시 물었어.

"얼굴에 난 그 긴 흉터도 봤어?"

다빈은 멍한 표정으로 아무 말도 하지 못했어. 우리는 광장을 벗어났지만 누구도 집에 가고 싶은 마음이 없었지. 우리는 다 같이 그 술 집으로 향했어. 공연은 이미 끝났고 여가수도 진즉에 떠난 뒤였지. 손님도 몇 명 없었어. 여자 종업원 하나가 의자를 정리하고 있더군. 다빈이 우리가 무대에 가장 가까운 테이블을 예약했다고 하니까 그 종업원은 그를 힐끗 쳐다보더니 앉고 싶은 데 마음대로 앉으라고 했어. 맥주가 나오자 우리는 잔을 부딪치면서 새로운 세기의 도래를 축하했지. 갑자기 다빈이 말했어.

"나 방금 결심했어."

즈펑이 무슨 결심을 했느냐고 다그쳐 묻자 다빈은 미국에 가서 반드시 리페이쉬안을 찾을 거라고 말했어. 당시에 다빈네 가족은 이미 그의 출국 수속을 해놓은 상태였거든. 순조롭게 진행되면 고3 1학기에 떠날 수 있었지. 다빈은 항상 미국에 가고 싶지 않다면서 반드시 남아 있을 방법을 생각해낼 거라고 말하곤 했어. 미국으로 가겠다고 동의한 건 이번이 처음이었지. 즈펑이 말했어.

"그 애는 네가 누군지 기억도 못할 게 뻔해."

다빈이 말을 받았어.

"상관없어. 서로 다시 알게 되면 되지. 사람들이 서로 한번만 알 수 있다고 누가 정해놓기라도 했나?"

그러고 나서 다빈이 나를 쳐다보면서 말했어.

"청궁, 넌 생각이 좀 깊은 편이니까 내 대신 생각 좀 해봐. 그 애를 만나면 내가 무슨 말을 해야 할까? 나는 그 흉터에 전혀 개의치 않고 있고 그저 당시에 정말 나쁜 사람을 만나 한 차례 모욕을 당한 것 정도로 여기고 있다는 걸 어떻게 전달하지? 흉터 따위에는 전혀 신경 쓰지 않는다는 생각을 어떻게 전달할 수 있난 말이야?"

다빈의 눈빛은 맑고 투명했어. 물빛을 띠고 있었지. 내가 짜증난 표정으로 앞에 놓여 있던 빈 술병을 밀어 넘어뜨리면서 말했어.

"그만해 딩원빈丁文斌, 젠장 넌 자신이 누구라고 생각하는 거냐? 네가 무슨 구세주라도 되는 줄 알아?"

나를 쳐다보는 그의 눈빛이 조금 어두워지기 시작했어.

"네 말이 맞아. 난 그냥 머저리에 불과하지. 애당초 그 애하고는 어울리지도 않아."

다빈은 주먹을 움켜쥐고는 테이블을 두 번 힘껏 내리쳤어. 나는 더 이상 말을 계속할 수 없었지. 다빈은 술기운을 빌려 기운을 내더니 자기 인생을 새로 기획하기 시작했어. 아버지한테서 돈을 좀 얻어내 미국에 간 다음, 장사를 시작할 거라고 했지. 하지만 구체적으로 무엇을 할 건지는 생각해두지 않은 듯했어.

"외국인은 모두 중의中醫(중국 전통 의술)를 대단히 신뢰하지 않나?"

다빈이 말했어.

"개인병원을 차려 한약을 팔고 침과 뜸을 시술하면 돈을 벌 수 있지 않을까?"

즈펑은 이런 사업 계획이 아주 괜찮다고 생각했는지 자기도 끼고 싶다고 말했어. 두 사람은 말을 할수록 점점 더 신이 나는 것 같더군. 다빈은 정말로 내일 당장이라도 미국에 갈 것 같더라니까. 두 친구는 쉴 새 없이 내 생각을 물었어. 자신들의 계획이 정말로 대단히 중요한 일이라도 되는 것처럼 말이야. 나는 그저 가끔씩 고개를 끄덕일 뿐, 거의 말을 하지 않았어. 나와 전혀 관계없는 일인 데다 너무 피곤했거든. 사실 아무것도 안 했는데도 몹시 피곤해서 어떤 것에도 흥이 나질 않는 것 같았어. 나야말로 그 두 사람 중에서도 훨씬 더 성공이 필요하다는 걸 알면서도 그랬어. 아무래도 그건 단지 나 혼자만의 일이란 걸 잘 알고 있었으니까. 그 소망은 그렇게나 무거워서 나는 잠시만이라도 그걸 내려놓고 싶을 지경이었지.

다빈이 비틀거리며 나한테 다가왔어. 한잔 해, 새로운 한 해를 위해, 새로운 시작을 위해서 건배하자고.

나는 술병을 들고 단숨에 다 마셔버렸어. 그래, 새로운 시작이야. 방금 지난 그날이 마지막으로 너와 관계된 날일지도 몰라. 새로운 세기에서는 더 이상 네게 남겨둔 표시가 없을 테니까. 이건 분명 좋은 일이지. 철저히 네 그림자에서 벗어날 수 있을 테니까 말이야. 하지만 오히려 힘들더군. 이것이 마지막 작별 인사라는 게. 나는 광장으로 갔어. 어쩌면 안녕이라고 다시 말하기 위해서였는지 몰라.

안녕, 리자치.

나는 네가 어쩌면 다빈네 집이 큰돈을 번 사실을 아직 모를지도 모른다는 걸 잊었어. 너도 잊지 않았겠지. 예전에 우리가 자주 다빈네 집에 놀러 갔을 때 식당 옆 작은 마당에 개 한 마리 외에 항상 나무 아래에 앉아서 부들부채를 부치며 더위를 피하던 할아버지가 있었던 것 말이야. 할아버지는 갖가지 물건을 가루로 빻아 마당으로 가져다가 말리곤 하셨어. 우리는 할아버지를 찾아온 얼굴에 혹이 난 사람에게 할아버지가 빨간색 약물을 건네는 것을 본 적도 있지. 다빈은 자기 할아버지가 집안 3대째 이어온 중의로 어떤 기괴한 병도 다 고칠 수 있다고 말한 적이 있어. 내가 우리 할아버지 병도 고칠 수 있느냐고 물었어. 다빈은 난처해하면서 말했지.

"너희 할아버지는…… 대단히 특별한 경우야. 너희 할아버지만 빼고 다 고칠 수 있지."

내가 머리를 가로저으면서 말했어.

"우리 할머니가 그러는데 중의는 전부 사기꾼이라던데."

확실히 그런 것 같았어. 이 의과대학 가족 숙소에서 중의를 믿는 사람은 얼마 되지 않았지. 게다가 다빈의 할아버지는 농촌 의무대원 출신으로 글도 제대로 알지 못했거든. 바로 그 할아버지가 우리가 중학교에 올라갈 무렵 다빈의 아버지와 삼촌 두 형제를 데리고 명성이 자자한 '오복약업'이라는 회사를 창업하셨어. 그분들은 얼마 안 되는 자본으로 세 종류의 버섯을 용기에 넣어 발효시켜 신기한 '오복 드링크제'를 만들어냈지. 이 약을 먹으면 암도 고칠 수 있고, 병이 없으면 면역력을 크게 증가시킬 수 있는 것으로 유명했어. 그 드링크제는 전국을 빠르게 휩쓸었고 누구나 다 아는 영양제가 되었지. 너도 드링크제가 크게 유행했던 그 시절을 기억하겠지. 병원 맞은편의 상점 모두 과일은 팔지 않고 오로지 드링크제만 팔았으니까 말이야. 병문안을 온 사람들이 드링크제 두 상자를 들고 가지 않으면 병실에 들어가기가 미안할 정도였지.

의과대학 동문 밖의 공터는 높이 세운 회색 건물들로 둘러싸이게 되었어. 공장과 식당, 기숙사, 수영장, 테니스장 등 없는 게 없었지. 의대 교정과 마찬가지로 마치 한 도시의 축소판 같았어. 하지만 의대 교정이 심하게 훼손된 것과 달리 '오복약업'은 신식 건물과 시설을 갖추고 있었지. 다빈은 우리를 데리고 환하게 불이 밝혀진 작업 라인을 구경시켜주었어. 3층짜리 거대한 식당 건물에서 밥도 먹었지. 하늘색 작업복을 입은 노동자들 얼굴에는 행복한 표정이 넘쳐났어. 그곳을 떠날 때쯤 다빈은 또 우리에게 수영장 입장권을 잔뜩 나눠주었지. 수영장 물은 아주 파랗고 유리천장에서 내리쬐는 햇빛은 엽서에서 봤던 하와이의 풍경을 연상케 했어. 한 달쯤 뒤에 우리 집 위층에 사는 리 씨 아저씨가 의대 교수직을 사직하자 '오복약업'에서 훨씬 높은 수준의 임금을 제시하면서 한 부서의 팀장으로 모셔갔지. 그 뒤로 적지 않은 의대 교수와 의사들이 계속해서 사직하고 줄줄이 건너편에 있는 커다란 회색 건물로 자리를 옮겼어. '오복약업'은 이렇게 끊임없이 판도를 넓히더니 도시의 동부 지역을 송두리째 장악했고 뉴스연합방송 직전에 '오복약업'의 광고가 방영되기 시작했어. 내 기억으로는 그때가 1995년이었던 것 같아. 그해에 다빈의 할아버지는 '오복약업' 회장 신분으로 「춘절만회春節晚會」에도 출연했고 너희 할아버지는 중국과학원의 '원사' 칭호를 받아 의과대학이 제공한 원사 숙소 건물로 이사해 들어갔어. 너와 다빈은 나의 유년 시절의 가장 친한 친구들이라 이런 성공이 나에게는 특별히 가깝게 느껴졌어. 손을 뻗으면 잡힐 듯했지. 이처럼 놀라운 소식들이 조용하던 교정을 폭격하듯 뒤흔들었어. 모든 사람이 흥분을 감추지 못하며 이러쿵저러쿵 떠들어댈 때, 나는 정말 그들의 의론 속으로 푹 빠져들고 싶었어. 우리 할아버지가 행방불명된 사실을 완전히 잊어버리고 싶었지. 하지만 할아버지가 어디에 있든 간에 지금 이 순간에도 여전히 20여 년 동안 한번도 바뀐 적 없는 그 자세 그대로 침상에 누워 있겠지.

고3이 되던 그해에 다빈은 미국에 가지 못했어. 수속을 마치자마자 '9·11 사태'가 터지는 바람에 거의 모든 신청자가 비자를 받지 못했거든. 이 일로 미국에 가고 싶어하는 다빈의 바람은 더욱더 강렬해졌지.

"누구도 나와 리페이위안의 만남을 막을 생각을 하지 말라고."

1년 동안 집에서 빈둥거려야 했던 다빈은 거의 매일 오후에 내가 공부하던 허름한 학교로 와서 나와 농구를 하고 맥주를 마셨어. 녀석은 자주 리페이쉬안에 관해 얘기하면서 중간중간 너에 대해 언급하기도 했지. 내가 아무리 부인해도 녀석은 내가 아직도 너를 좋아하고 있다고 확신하면서 항상 널 찾아가보라고 격려하곤 했어. 녀석은 내가 자존심을 내려놓지 못하기 때문에 네게 고백하지 않는 것이라고 생각했지. 이런 어려움은 녀석과 리페이쉬안 사이의 문제와는 애당초 비교도 할 수 없는 거였는데 말이야. 몇 번인가 술을 많이 마신 날에는 리페이쉬안이 녀석의 구애를 받아들이고 나도 너를 찾게 되는 환상에 빠져 터무니없는 말을 늘어놓기도 했지.

"우리 넷이서,"

다빈이 눈을 반짝이면서 젓가락 하나를 집어들고는 테이블을 두드리면서 말했어.

"함께 결혼식을 올리는 게 어때? 미국에서 적당한 교회당을 찾아 합동결혼식을 올리고 여자 둘은 흰 웨딩드레스 차림 그대로 함께 허니문 여행을 떠나는 거야. 오픈카를 몰고 동쪽에서 서쪽으로……"

이듬해 겨울, 다빈의 비자가 나왔어. 다빈이 떠난 직후에는 정말이지 적응하기 힘들었지만 그래도 다른 새 친구들을 사귀진 않았어. 학교는 남산 자락에 자리 잡고 있어 꽤 외진 편이었어. 나는 2, 3주에 한번씩 빨랫감을 들고 집에 돌아가 할머니, 고모와 함께 식사를 했지. 몇 번인가 부속병원을 찾아가 멀리서 할아버지가 입원해 있던 병동을 바라보고 있노라면 그 안에서 일어났던 일들이 생각났어. 마치 전생에 있었던 일처럼 아득하게만 느껴졌지.

2003년 봄, 사스SARS가 전국에 만연하자 즈펑은 서둘러 베이징에서 돌아왔어. 당시만 해도 아직은 그렇게 심하지 않은 때라 즈펑이 격리되는 일은 없었지. 내가 난위안 입구에 있는 작은 음식점에서 즈펑을 위한 환영회를 열어주었어. 즈펑이 천샤샤도 불렀지. 즈펑은 줄곧 그 애를 염두에 두고 있었어. 그 애에게 남자친구를 구하라고 권하기도 했지. 우리는 맥주를 적잖이 마신 탓에 새벽이 되어서야 흩어졌어. 그날 저녁 즈펑이 고열이 심해 병원에 가서 검사해봤더니 정말로 사스였어. 함께 시간을 보낸 나와 천샤샤도 격리되어야 했지. 우리는 그 낡은 입원 병동으로 끌려갔어. 병원에서는 원래 있던 환자들을 내보내고 그곳을 사스 의심 격리 환자 전용 변동으로 사용했지. 이미 적지 않은 사람이 그곳에 격리되어 있었고 병동 1층과 2층이 거의 차 있었어. 간호사가 우리를 3층으로 데려갔어. 세월이 많이 흘렀지만 또다시 그 어두컴컴한 계단을 오르려니 말로 표현할 수 없는 야릇한 느낌이 들더군. 이 건물은 정말로 나와 인연이 있는 건지, 몇 년마다 이리로 돌아오는 저주에 걸리는 법칙이 깨지지 않는 듯했어.

나와 천샤샤는 한방에 갇혀 있었어. 간호사가 두 시간 간격으로 체온계를 들고 왔다. 원래 위층과 아래층 사이를 맘대로 돌아다닐 수 있었는데 정오가 되어 2층에 격리된 사람들 중 누군가 확진 판정을 받아 응급실로 보내지자 건물 전체가 술렁이면서 더 이상 누구도 감히 자신의 병실을 나서지 않게 되었어. 우리 병실은 317호 병실보다 조금 크고 침상도 네 개나 있었어. 나는 텔레비전을 켜고 리모컨을 손에 든 채 가장 안쪽 침상 위에 등을 기대고 앉았어. 천샤샤는 처음에는 입구 쪽 침상에 앉더니 나중에는 두 번째 침상으로 옮기더군. 그애는 그곳에 앉아서 텔레비전을 보다가 가끔씩 고개를 돌려 나를 힐긋힐긋 쳐다봤어. 내게 뭔가 말을 하고 싶은 것 같더군. 내 눈은 시종일관 텔레비전만 보고 있었어. 화면에 생수 광고가 나왔어. 남자 하나가 열심히 뛰다가 물병을 들고는 꿀꺽꿀꺽 마시는 모습이 나왔지. 반짝반짝 햇빛이 건조한 바닥을 비추자 여름의 열기가 솟아올랐어.

도서관 뒤의 나무숲에서 있었던 일이 벌써 6년이나 지났군. 그때 이후 나는 줄곧 천샤샤와 마주치는 걸 피하려고 노력했어. 하지만 그애는 항상 내 앞에 나타났지. 내가 음식점에서 만터우를 살 때면 그애도 내 뒤에서 그리 멀지 않은 곳에 줄을 서 있었고, 난위안 입구로 신문을 가지러 갈 때면 그 애가 바로 옆에 있는 과일 노점 좌판에서 수박을 고르고 있었어. 심지어 내가 시내에 나갔다가 버스를 타고 돌아오는 길에도 그 애가 정거장 표지판 아래에 서 있는 것을 봤지. 그 애는 쥐 죽은 듯이 조용히 내 눈앞을 지나다녔어. 유령처럼 나타났다가 또 유령처럼 사라졌지. 마치 내게 이 세상에 자신이 아직 존재하고 있다는 사실을 일깨워주고 싶어하는 것 같았어.

중학교를 졸업하고 나서 그 애는 직업전문학교에 진학했어. 간호조리를 배우게 되었지. 학교가 집에서 너무 멀어 학교에서 먹고 자야 했어. 그 뒤로 그 애는 난위안에 거의 오지 않았지. 다빈과 즈펑이랑 몇 번 함께 식사를 한 적이 있어. 녀석들은 천샤샤를 본 지 너무 오래됐다면서 당장 전화해서 그 애를 오게 했지. 그 애는 어디에 있든 항상 가장 빠른 속도로 우리 앞에 나타났고 나를 보고도 무척 자연스런 모습을 했어. 아무 일도 없었던 것처럼 말이야. 그 애는 많이 예뻐졌더군. 화장을 즐겨하지만 전체적으로 잘 어울리는 것 같지는 않았어. 꼭 끼는 진 조끼와 화려한 짧은 주름치마를 입고 있더군. 빨간색 매니큐어를 바른 손은 쥐가 뜯어 먹은 것처럼 들쭉날쭉했어. 자신은 심미안이 없기 때문에 주위 친구들을 따라한 거라고 하더라고. 그 애는 또 친구를 몇 명 사귄 것 같았어. 아주 정신 나간 여학생들이었지. 나는 그 친구들이 그 애를 마음대로 부려먹는 모습을 상상할 수 있었어. 하지만 그 애는 전혀 개의치 않았지. 자신을 해치는 건 아주 어려운 일이라고 생각하는 듯했어. 그 애는 항상 그 친구들을 따라했어. 친구들이 담배를 피우면 따라서 담배를 피우고, 당구를 치면 그 애도 따라서 당구를 쳤어. 즈펑이 말했지.

"다른 애들은 다 남자친구가 있는 것 같던데 너도 하나 구하지그래."

그 애는 멋쩍은 듯 웃더니 고개를 숙이고는 계속 음식을 먹어댔어. 어렸을 때와 다름없이 먹는 걸 좋아했지. 음식점이 문을 닫을 때까지 계속 먹을 수 있을 것 같았어. 그러고 나서 우리는 각자 집으로 돌아갔어. 즈펑과 다빈이 먼저 집에 도착했고 그 뒤로는 나와 천사샤 둘만 남아 계속 길을 가야 했지. 나는 걸음에 점점 속도를 내면서 빨리 그 애 집에 도착하기를 바랐어. 그런데 그 애 집 입구에 도착했는데도 그 애는 들어가지 않고 여전히 나를 따라오고 있는 거야. 나는 더 빨리 걷는 수밖에 없었지. 거의 뛰다시피 했어. 그 애도 나를 따라 뛰기 시작하더군. 내가 간신히 우리 집 앞에 도착해서 헉헉 가쁜 숨을 몰아쉬자 그제야 그 애도 걸음을 멈추고는 그 자리에 서서 내가 안으로 들어가는 모습을 지켜봤지. 그 뒤로는 매번 그랬어. 항상 나를 집까지 데려다준 다음에 혼자서 다시 돌아갔지. 길이 멀지도 않고 둘이 서로 얘기를 주고받지도 않았지만 길을 걷는 동안 나는 답답해 미칠 지경이었어. 그 뒤로도 몇 번의 모임이 있었지만 그 애가 온다고 하면 나는 핑계를 대고 가지 않았어. 나중에 그 애가 직업전문학교를 졸업하자 그 애 아빠는 정신병원에 일자리를 부탁했어. 어렸을 때 우리는 항상 머리에 병이 나면 18번 버스를 타고 종점에 있는 병원에 가야 한다고 말하곤 했지. 들리는 소문에 천사샤는 그곳 환자들과 아주 잘 지내는 것 같았어. 어쩌면 그 애의 둔한 성격이 그런 상황에서는 오히려 미덕이 된 것인지도 모르지. 유일한 골칫거리는 병원 규정에 환자 앞에서는 음식을 먹을 수 없다는 것이었어. 그 애는 정오 휴식 시간을 이용해서 몰래 숨어서 음식을 먹는 수밖에 없었지. 나중에 한 환자가 베개 뜯는 걸 좋아해 오리털이 사방으로 날리는 바람에 그 애의 천식이 발작해 병원 응급실로 호송되는 일이 발생했어. 그 뒤로 그 애는 일을 그만두고 다시 집으로 돌아와 생활하게 되었지. 다행히 나는 이미 대학에 다니고 있었고 다빈과 즈펑도 모두 지난을 떠나 더 이상 모임을 갖는 것이 불가능했어. 나는 다시는 그 애와 마주치지 않게 될 거라고 생각했지.

나는 오후 내내 텔레비전을 보고 있었어. 자세조차 바꾸지 않았지. 그렇게 몰두하는 모습을 계속 유지한 데다 정신을 집중하고 있다보니 저녁이 되자 지쳐버리고 말았어. 나는 고모에게 전화를 걸어 나를 보러 올 때 맥주를 좀 사다달라고 했어. 얼마 안 지나 간호사로 보이는 사람이 병실을 순찰하러 왔어. 흰색 마스크 위로 두 눈만 보이더군. 아주 가늘고 쌀쌀맞은 눈매였어. 간호사의 그 가느다란 두 눈이 나를 잠시 바라보더니 마스크를 벗더군.

"원이 아줌마 아니에요?"

내가 큰 소리로 물었어.

수간호사 원이 아줌마는 조금도 늙지 않았더군. 몸에 남아 있던 마지막 여성적 특징만 사라졌을 뿐, 그 기다란 얼굴은 더욱더 냉엄해 보이더라고. 내가 그녀에게 즈펑은 별일 없냐고 물었더니 자세히는 모르겠는데 하더군. 그러면서 오늘 병원에서 두 사람이 죽었지만 즈펑은 아닐 거라고 했어. 나는 그녀에게 나를 좀 내보내달라고 간곡히 부탁했지. 그녀는 원래 이틀 동안 관찰해서 아무 이상 없으면 나갈 수 있었는데, 그저께 한 사람이 나가자마자 감염 사실이 밝혀지는 바람에 아직 상부에서 명령이 떨어지진 않았지만 당분간은 감히 사람을 내보내줄 수 없을 것 같다고 말했어.

"네가 보기에는 우리가 널 붙잡아두고 있는 것 같니? 지금 나까지 합쳐 세 명의 간호사가 숨 쉴 틈도 없을 정도로 바쁘게 일하고 있단 말이야."

나는 그녀를 따라 병실을 나왔어. 복도는 어두컴컴했고 바닥에서는 진한 소독약 냄새가 풍겼지. 내가 그녀를 바라보면서 말했어.

"우리를 내보내주실 마음만 있다면 방법은 얼마든지 있을 거예요."

그녀는 의아하다는 듯 나를 쳐다보더군.

"안 그래요?"

내가 웃으면서 말을 이었지. "아줌마는 식물인간도 밖으로 옮겨 나갈 수 있었으니까요."

그녀가 고개를 가로저으면서 말을 받았어.

"난 네가 무슨 말을 하는 건지 모르겠다."

그녀가 막 이불을 갈고 있을 때 고모가 맞은편에서 다가왔어.

"너 휴가 아니었어?"

고모가 물었지.

"그런 너는? 어제 길 가다가 널 약방에서 봤어."

원이 아줌마가 말했어.

"방법이 없어. 어린애들이 동작이 너무 느리잖아. 세프라딘을 어디에 뒀는지도 모르더라고."

"이쪽은 사정이 전혀 달라. 젊은 간호사들을 믿을 수 있겠어? 돌발 상황이 생기면 당황해서 허둥지둥 응급대처 요령도 잊어버린다니까."

두 사람은 서로를 쳐다보면서 어쩔 수 없다는 듯이 웃었어. 과거의 은원은 전부 다 내려놓은 것 같더군. 나는 그 두 사람이 무척 닮았다는 걸 발견했어. 여러 해 동안 외롭게 지내다보니 외로움 때문에 이상해진 건지 아니면 이상하기 때문에 외로움을 선택한 건지 모르겠더라고. 결국 그 두 사람은 자신의 일을 열정적으로 사랑하게 되었고, 갈곳 없던 열정을 전부 일에 쏟아부었던 거야.

"청궁은 네게 맡길게."

고모가 말했어.

"우리 집 영감님을 잃어버렸으니 저 애마저 잃어버리면 안 돼."

"나한테 맡기지 말고 너희 하나님한테 맡기지그래. 모든 사람이 그

594

분 눈 아래 있으니 어딜 가도 잃어버리지 않을 테니까 말이야."

윈이 아줌마는 입에 마스크를 하면서 몸을 돌려 가버렸어.

고모는 맥주를 테이블 위에 내려놓고는 실로 짠 커다란 자루를 천 샤샤에게 건네더군.

"네 아빠는 들어오실 수 없다면서 이걸 너한테 전해주라고 하시더 구나."

천샤샤는 재빨리 그 안에 든 초콜릿을 꺼내 포장지를 뜯고는 먹기 시작했어. 고모가 가져온 찬합에는 연근 튀김과 홍소 갈비가 담겨 있 었어. 내가 힐끗 쳐다보고서 말했지.

"정말 괜찮군. 꼭 형장에 오르기 전날 저녁 같아."

고모는 눈시울을 붉히며 말했어.

"청궁, 고모 좀 놀라게 하지 마."

나는 고모의 어깨를 토닥여주면서 말을 받았어.

"고모가 윈이 아줌마에게 다시 한번 사정 좀 해봐요. 나 좀 빨리 내보내달라고 말이에요. 더 갇혀 있다가는 사스에 걸리기 전에 미쳐 서 죽을 것 같다니까요."

고모는 알겠다고 말했어. 가기 전에 고모는 뜻밖에도 천샤샤에게 말했어.

"너랑 청궁은 서로 잘 도와야 해."

나는 맥주 캔을 따서 들고 침상으로 돌아왔어. 뉴스에서는 한 여자 가 각 성에서 새롭게 집계된 사스 환자 현황을 보도하고 있더군. 말하 는 속도는 너무 느렸어. 마치 정말로 사람 수를 세면서 보고를 하는 거 같았지. 리모컨을 손에 든 나는 빨리감기 버튼을 누르고 싶을 지 경이었어. 그날 저녁을 전부 빨리감기로 과거가 되게 해버릴 수 있으 면 얼마나 좋을까 하는 생각이 들었지. 결국 나는 일찍 자기로 마음먹고 텔레비전과 전등을 다 끄고 누웠어. 눈을 감고 있는데 종이봉지가 바스락거리는 소리와 와작와작 과자 씹는 소리가 멈추지 않는 거야. 주위는 너무나 조용했지. 숨소리조차 들리지 않았어. 나는 천샤샤가 어둠 속에 앉아 있는 것을 감지했지. 고양이처럼 푸른빛이 나는 눈으로 나를 쳐다보고 있는 것 같았어. 나는 몸을 돌려 얼굴을 벽으로 향했어. 방 안의 적막은 계속 부풀어서 점점 커지는 기구 같았어. 나는 천샤샤가 조금이라도 몸을 움직이거나 기침 소리를 내거나 어떤 소리든 다 괜찮으니까 그 기구를 찔러 터뜨려주기를 기다렸지. 이때 전화벨이 울렸어. 나는 침상에서 벌떡 일어났지.

"내가 어디에 있는지 알아맞혀봐."

다빈이 전화로 물었어.

"차라리 내가 지금 어디 있는지 네가 맞혀보는 게 어때?"

내가 말했지.

"나 지금 시카고에 있어. 조금 있다가 리페이쉬안이랑 점심을 먹을 거야. 난 정말 그 애가 순순히 내 부탁에 응해주리라고는 생각지도 못했어…… 나 지금 너무 긴장돼 죽겠어. 무슨 말을 해야 할지 모르겠다니까. 그 애한테 남자친구 있는지 단도직입적으로 물어봐도 될까?"

나는 테이블 쪽으로 가서 캔맥주를 하나 땄어.

"그 애에게 주려고 작은 선물을 하나 준비했어. 좋아할지 모르겠네…… 말 좀 해줘. 만나자마자 주는 게 좋을까 아니면 헤어질 때 주는 게 좋을까? 말 좀 해봐. 지금 심장이 너무 심하게 뛴단 말이야."

"어쨌든 심장이 안 뛰는 것보단 낫네."

"무슨 뜻이야?"

"즈펑이 지금 격리실에서 응급처치를 받고 있어."

"무슨 일인데 그래?"

"사스에 감염됐어. 우리도 덩달아 격리돼 있고."

나는 천샤샤의 이름은 거론하고 싶지 않았어.

"어떻게 그런 일이……"

"나도 지금 이런 말을 해서 네 좋은 기분에 영향을 미쳐선 안 된다는 거 알아. 하지만…… 누가 알겠어? 생명이란 건 정말 연약한 거거든. 안 그래?"

나는 전화를 끊고 손에 들고 있던 맥주를 다 마셔버렸어.

천샤샤는 침상 위에 아주 단정히 앉아 있더군. 얼굴에 아무런 표정도 없었어. 그러더니 갑자기 입을 열었어.

"우리 곧 죽는 거지?"

나는 대답하지 않고 캔맥주를 하나 더 땄어. 밖에서는 바람이 불기 시작해 창문이 흔들리면서 몹시 삐걱거렸어. 이 방이 아니면 다른 방에서 나는 소리겠지. 317호 병실의 창문 빗장은 제대로 수리를 했는지 모르겠어. 그 무수한 지난 일들이 진열되어 있는 방을 최근 몇 년 동안 있는 힘을 다해 머릿속에서 떨쳐내고 싶었는데, 지금 바로 그 옆방에 갇혀 그 익숙한 창문 소리를 듣다니! 게다가 천샤샤와 함께 갇혀 있다니! 인생이 이보다 더 흥미진진할 수 있을까? 천샤샤는 줄곧 그 자리에 앉아 나를 바라보고 있었어. 감자 칩이 그대로 무릎 위에 놓여 있었지만 그 애는 더 이상 먹지 않았어. 왜 더 먹지 않는 걸까? 먹는 것 말고는 그 애가 더 할 수 있는 일도 없는데 말이야. 그 애는 애당초 슬픔이 무엇인지, 절망은 또 무엇인지 몰랐을 거야. 그 애는 줄곧 일종의 혼돈 상태에 처해 있으면서 아주 재미있게 생활하고 있지.

나는 마지막 남은 술을 들이붓고는 머리에 이불을 뒤집어썼어. 온몸이 뜨겁고 입술이 마르는 게 마치 열이 나는 것 같았지. 어쩌면 정말로 감염된 건지도 모른다는 생각이 들더군. 기분은 나쁘지 않았어.

당장 무슨 일이 일어난다 해도 전혀 뜻밖이라고 여겨지지 않을 것 같았지.

나는 비장한 마음으로 잠이 들었고 꿈을 꾸었어. 꿈속에는 아주 많은 사람이 있었어. 전부 나를 보러 온 사람들 같았어. 뭔가가 날 내리누르고 있는 듯한 느낌이 들더군. 어렴풋이 귀신이 내 몸에 올라타 있는 게 아닌가 하는 생각이 들었어. 이어서 아주 축축한 물건이 입속으로 들어와 내 입안을 휘저었지. 순간 정신이 번쩍 들면서 눈을 떴어. 천샤샤의 얼굴이 위에 매달려 있더군. 반짝이는 눈빛으로 나를 내려다보고 있었어. 이어서 그 애는 몸을 숙이더니 머리를 내 두 다리 사이에 묻었어. 머리가 올라왔다 내려가기를 반복하는 동안 머리 뒤에 달린 말총이 미친 토끼처럼 날뛰었지. 나는 있는 힘껏 팔꿈치를 받쳤고 호흡이 점점 가빠졌어. 갑자기 그 애가 내 몸에 위로 올라타더니 두 손으로 내 허리를 꽉 껴안았어. 그 애가 폴짝폴짝 뛰기 시작하자 고무줄이 떨어져 머리칼은 산발이 되었고 입에서는 쉴 새 없이 뭔가 중얼거리는 소리가 쏟아져 나왔지. 주문을 외우는 것 같았어. 나는 더는 참지 못하고 마침내 터져버리고 말았어. 사정을 하는 그 순간 나는 갑자기 그 애가 하는 말을 똑똑히 알아들을 수 있었어. 그 애는 "곧 죽게 될 거야. 우리는 곧 죽는다고"라는 말을 반복하고 있었던 거야. 그 애는 내 바로 옆에 누워서 입안 가득 뜨거운 열기를 토해내고 있었어.

"어서 네 침대로 돌아가!"

나는 그 애를 향해 작은 목소리로 화를 냈어. 하지만 그 애는 내 몸에 찰싹 달라붙었어. 내가 밀어냈지만 금세 다시 다가와 또 달라붙더군.

곧 죽게 돼. 우린 곧 죽을 거라고. 그 애는 잠꼬대처럼 같은 말을 반복하면서 내 몸에 찰싹 달라붙어 있었어. 귀신에 홀린 듯한 그 모습이 마치 홍수와 지진이 닥치기 직전에 동물들이 보이는 재난 반응 같았지. 순간 나는 두려움에 휩싸이면서 어쩌면 정말로 큰 재난이 닥쳐오고 있는 건지도 모른다는 생각이 들었어. 병균이 이미 병동 전체에 만연해 있는지도 몰랐어. 누구도 밖으로 나갈 수 없었으니까. 그렇지 않다면 어째서 이렇게 오랜 시간이 지났는데도 간호사들이 와서 병실을 살펴보지 않는 거지? 간호사들은 이곳을 포기한 게 분명해. 우리가 알아서 자생자멸自生自滅하도록 내버려둔 거지. 어쩌면 병균이 이미 몸 안에 침투해 세포를 삼키는 중인지도 모르지. 무언가가 내 목구멍을 막고 있어 호흡이 점점 가늘어지는 것만 같았어. 간신히 살아 있는 촛불처럼 언제든지 꺼질 수 있을 것 같았지. 죽음이 곧 닥쳐올 것만 같았어. 새로운 아침을 기다릴 필요도 없어 보였지. 나는 있는 힘을 다해 숨을 쉬면서 팔을 내밀어 천샤샤를 끌어안았어. 그 애는 잠시 어리둥절한 표정을 짓더니 이내 나를 끌어안고 두 다리를 내 다리 위에 얹고는 눈을 감은 채 미동도 하지 않았지. 그 자세 그대로 죽으려는 것 같았어. 어둠 속에서 그 애의 심장 박동 소리가 내 몸을 세게 가격했어. 한번, 또 한번, 이 세상이 내게 남기는 마지막 소리 같았어.

나도 눈을 감았어. 수많은 일이 더 이상 중요하지 않게 되었지. 이해하기 어려울지 모르지만 그 순간 나는 죽도록 두려우면서도 그때까지 한번도 느껴보지 못한 편안함을 느꼈어. 모든 게 끝났으니까.

나는 수시로 여러 번 깨어났어. 하지만 천샤샤는 줄곧 같은 자세를 유지하고 있었지. 날이 밝아올 무렵 나는 그 애의 손을 떼어놓고 침대에서 일어났어. 이른 새벽의 남회색 햇빛이 그 애를 감싸고 있었어. 그 애의 얼굴에는 행복 비슷한 표정이 어려 있었지. 나는 밖으로 나가 복도에 서서 담배를 피웠어. 벽에 붙은 담쟁이덩굴이 창문까지 타고 올라와 있었어. 유리의 한구석이 녹색이더군. 비둘기 두 마리가 하늘을 날고 있었어. 음, 여기에 아직 비둘기가 있다는 것도 잊고 있었네. 비둘기는 잿빛이었어. 갑자기 날개를 치켜올리며 날아오르더군.

오랫동안 사라졌던 간호사들이 저쪽에서 다가와 나를 향해 눈을 부릅뜨더군.

"누가 밖으로 나오라고 했어요? 게다가 담배까지 피우고 말이야. 얼른 꺼요."

간호사의 흉악한 얼굴을 보면서 나는 조금 감동했어. 세상이 아직 정상적으로 돌아가고 있다는 생각이 들었지. 나는 뒤돌아서 병실로 돌아가고 싶었어. 천샤샤가 문가에 기대어 나를 쳐다보고 있는 게 눈에 들어오더군. 마치 신혼 첫날밤의 부드러운 아내처럼 말이야. 오전 내내 그 애의 눈빛이 달팽이처럼 내 몸을 끌어당겼어. 나는 아무 생각 없이 그 애를 바라봤지만 그 애는 내 눈길을 느끼자마자 뻣뻣한 나무 같은 얼굴에 곧바로 생기가 돌았어. 마치 줄에 매달린 꼭두각시 인형이 움직이는 것 같았지. 그 애는 음식에 흥미를 잃었는지 더 이상 감자 칩은 건드리지도 않았어. 점심도 절반이나 남기고는 그저 넋을 놓고 나만 쳐다봤지.

정오가 지나서 간호사가 다시 왔어. 나는 간호사를 붙잡고 말했지.

"저 병실을 바꾸고 싶습니다. 원래 혼자 있는 게 익숙한 데다 코골이도 심해서요."

간호사가 나를 힐끗 쳐다보고는 말했어.

"바꾸긴 뭘 바꿔요. 다들 집으로 돌아가도 돼요."

내가 물었어.

"지금 한 말 정말인가요?"

간호사가 내게 체온계를 건네주며 말했지.

"지금 몸에서 열이 나지 않으면 말이에요."

나는 체온계를 받아들었어. 간호사는 오후에 다른 병원에 있는 사람들이 이리로 이송될 거라면서 서둘러 병실을 비워야 한다고 말했어.

"어차피 두 사람은 남위안에 사니까 돌아가서 격리 상태를 유지하면 돼요. 가능한 한 밖에 나가지 말고 가족과의 접촉을 최소화해야 해요. 알겠어요?"

나는 고모에게 전화를 했어. 고모는 즈펑이 이미 위험한 고비를 넘겼고, 며칠 더 지켜보다가 별 이상 없으면 집으로 돌아갈 수 있을 거라고 말했어. 나는 신이 나서 당시 여자친구에게도 전화를 걸어 지금 집으로 돌아갈 수 있다고 말했지. 여자친구는 무척 기뻐하면서도 내가 오후에 데리러 가겠다고 했더니 말을 얼버무리면서 급할 것 없으니 집에서 한 이틀 더 쉬라더군. 전화를 끊고 나니 천샤샤가 느린 몸짓으로 물건을 챙기면서 옆에 있는 휴대전화가 여러 번 울리고서야 전화를 받는 모습이 보였어. 그 애 아빠였어. 엄청 큰 목소리로 아직 안 내려오고 뭐 하고 있는 거냐고 호통치면서 지금 병원 입구에서 반나절을 기다리고 있다고 말하더군. 그 애는 마지못해 책가방을 메고 병실 입구까지 걸어가더니 다시 멈춰 서서 고개를 돌리고는 나를 쳐다봤어. 무슨 할 말이라도 있는 것처럼 말이야. 나는 재빨리 몸을 돌려버렸지.

마침내 그 애가 갔어. 나는 긴 안도의 한숨을 내쉬면서 짐을 싸기 시작했지. 한시라도 빨리 그곳을 떠나고 싶었거든. 복도를 지나가다가 원이 아줌마를 봤어. 그녀는 틀 옆에 서 있더군. 창문이 얼룩져 있는 걸 보고서야 밖에 비가 오고 있는 걸 의식했지. 그녀가 뒤돌아서며 물었어.

"우산 있니?"

나는 고개를 가로저었지.

"내 사무실에 있어."

그녀가 말했어. 나는 그녀를 따라 계단 가까이 있는 방으로 들어 갔어.

"네가 바로 이 건물에서 태어났던 게 생각나는구나."

그녀가 말했어.

"그래요?"

"당시 나는 산부인과 간호사였지. 그날 내가 널 씻겼어. 네 엄마의 얼굴도 생생하게 기억나는구나. 아주 예뻤지."

"엄마가 좋아하시던가요? 제 말은 아줌마가 저를 안고 왔을 때 말 이에요."

"너무 좋아서 쓰러질 뻔했지."

원이 아줌마가 말했어.

"아, 네."

나는 고개를 끄덕였어.

"네게 줄 게 하나 더 있어."

그녀가 말했어.

그녀는 문을 열더니 커튼으로 가려진 구석에서 작은 종이상자를 하나 꺼냈어.

"317호 병실을 청소하다가 침상 밑에서 찾아낸 거야. 하마터면 버 릴 뻔했지. 줄곧 너를 불러내고 싶었어. 이 건물은 곧 철거될 테고, 나 도 곧 퇴직하게 될 텐데 빨리 전해주지 못하면 정말로 버려질 것 같아 서 말이야."

나는 종이상자를 열고 안에 든 물건들을 살펴봤어. 내 기억 속의 모습과는 전혀 다른 물건이었어. 세 살 난 아이들을 속이는 질 떨어지는 장난감처럼 초라했지.

"당시 간호사들이 온갖 추측을 다 했지. 이 이상한 물건이 도대체 무엇에 쓰는 건가 하고 말이야."

"영혼무전기요."

나는 손가락으로 청진기에 달려 있는 금속판을 닦으면서 말했어.

"이게 바로 이 물건의 이름이에요."

"그래?"

그녀가 눈썹을 치켜올리더군.

"내가 병원에서 30년 넘게 일했지만 이렇게 선진화된 기기는 처음 보는구나!"

"물론이지요. 저는 이 물건이 노벨상을 타게 될 거라고 기대하고 있어요."

나는 그녀를 향해 환한 웃음을 지어 보였어.

"맞다, 이것도 있었네."

그녀는 종이상자 구석에서 분홍색 벨벳으로 만든 작은 주머니를 꺼냈어.

"317호 병실 침대 밑에 놓인 장식장에 있던 거야. 내 생각에는 아무래도 왕루한 것 같더라고."

나는 그 작은 주머니를 받아 매듭을 풀고 진주 귀고리 두 개를 손바닥 위에 쏟아놓았어.

"아니에요. 이건 제 거예요."

내가 말했지.

그녀가 다소 놀란 표정으로 말했어.

"정말 잘됐구나. 물건이 원래 주인에게 돌아왔으니 말이야."

나는 귀고리를 들고 있던 손을 위로 올려 자세히 살펴봤어. 진주는 가짜였더군. 하지만 그토록 둥글고 빛나는 것이 어떤 영원의 물건 같더라고. 영원의 물건은 전부 가짜일 테니까 말이야. 그런 물건은 절대로 시간에 의해 분해되지 않는 기이한 물건일 거야.

"왕루한은요."

나는 아주 어렵게 이 이름을 입 밖에 꺼냈어.

"그분은 잘 지내시나요?"

"우리 사이엔 아무런 연락도 없어."

그녀가 나를 쳐다보면서 묻더군.

"왜, 내 말 못 믿겠니?"

"아니요. 못 믿다니요."

나는 귀고리를 주머니에 집어넣으며 말을 받았어.

"하지만 두 분은 어렸을 때 아주 친한 친구 사이였잖아요. 안 그래요?"

"난 어렸을 때 친구가 없었어. 아마 그 애도 그랬을 거야. 당시에는 친구를 사귀는 게 아주 위험한 일이었으니까. 잘못했다가는 안 좋은 일에 연루되기 십상이었지. 우리는 그저 이웃이었던 셈이야."

그녀가 말했어.

"그분은 어렸을 때 어땠어요?"

"그 애는 노래하는 걸 좋아하고 그림 그리는 것도 좋아했어. 현실과는 조금 맞지 않았지. 몇 번인가 우리 엄마랑 아버지가 밖에서 비판투쟁을 당할 때, 나 혼자 집 안에 숨어 있으면 그 애가 문을 두드려 나를 데리고 자기 집에 가서 밥을 먹여주었어. 그 애 집 서가는 텅텅 비어 있었지. 바이올린도 팔아버렸지. 하지만 왠지 모르게 집 안에는 프티부르주아의 분위기가 남아 있었어. 나중에야 나는 그게 그 애 엄마 아빠가 서로를 너무 사랑했기 때문이라는 걸 알게 되었지. 두 분은 함께 부엌에서 음식을 만들고 얘기를 나누면서 웃음꽃을 피웠어. 그 애 엄마는 손수건을 꺼내 그 애 아빠의 땀을 닦아주기도 했지. 그 애 아빠는 엄마를 작은 토끼라고 불렀어. 엄마가 당근을 즐겨 드셨거든. 식사할 때마다 그 애 아빠는 엄마에게 음식을 집어주거나 새우를 까줬어. 이치대로 하자면 외부 사람에게는 조금 거북할 수도 있는 일이었지만 나는 그런 걸 전혀 느끼지 못했어. 두 분이 내게 아주 잘해주셨기 때문이지. 내가 마치 친척집 아이라도 되는 것 같았어. 그런데 얼마 안 되어 그 애 아빠가 목을 매 자살하셨어. 그렇게 좋은 분이 어떻게 네 할아버지 머리에 못을 박을 수 있겠니? 나는 지금도 그런 사실이 믿기지 않아. 나중에 집안에는 그 애와 그 애 엄마만 남겨졌지. 그래도 너희 아빠가 매번 사람들을 데리고 몰려가 재산을 몰수해갈 때면, 그 애 엄마는 놀라서 큰 소리로 울었고 때로는 벽장에 숨어 나올 생각을 못했어. 그러다가 이내 정신이 이상해졌어. 그때 나는 정말 그 애를 도와주러 달려가고 싶었지만 아빠가 못하게 했어. 아빠는 그 집 사람들과 엮이면 곤란해질 수 있다고 했지. 다른 사람들도 모두 그렇게 생각하면서 그 집 식구를 멀리했어. 그 기간에 그 애는 정말 견디기 힘들었을 거야. 결국에는 오빠가 와서 그 애를 데리고 갔지. 그 애가 떠나던 날, 나는 마음대로 배웅해줄 수도 없었어……."

"그래서 아줌마는 줄곧 죄책감을 느끼고 있다가 그분이 우리 할아버지를 돌보러 오는 걸 허락하고 결국 그분이 할아버지를 데리고 가게 놔뒀던 거로군요?"

내가 물었어.

"그런 건가요?"

그녀가 고개를 한쪽으로 돌린 채 말했지.

"그렇지 않아."

"걱정하지 마세요. 아줌마를 난처하게 할 생각은 없으니까요. 저는 아줌마가 인정하지 않을 거라는 것 잘 알아요. 이제 이 일은 중요하지도 않으니까요."

"우린 정말 아무런 연락도 주고받지 않았어. 그 애는 이상하게 변했고, 정신도 그리 정상이 아니야."

"아줌마 생각에는 우리 할아버지가 아직 살아 계실 수 있을 것 같아요?"

"불가능한 일이지. 당시 너희 할아버지의 신체 기능은 이미 쇠퇴하기 시작했거든."

"그렇군요."

"너는 할아버지가 아직 살아 계시길 바라는 거니?"

"할아버지는 왕루한의 정신적 지주셨거든요. 아버지가 돌아가셨을 때 왕루한이 어땠는지 모르겠어요."

윈이 아주머니는 잠시 아무 말도 하지 않았어.

"알 수 없지. 병원에서 오래 일했지만 나는 기적을 그리 믿지 않아. 하지만 자세히 생각해보면 사람은 평생에 한두 번은 기적을 만나기도 하는 것 같아. 네 생각은 어떻니?"

우리는 함께 사무실을 나왔어.

"너한테 우산을 준다는 걸 깜빡했구나. 틀림없이 하나가 있었는데 어디에 뒀더라?"

윈이 아주머니는 내게 잠시 기다리라고 하고는 다시 사무실로 들어갔어.

나는 상자를 안고 복도에 서 있었지. 복도는 어두웠고 공기 중에는 비 냄새가 가득 배어 있었어. 빗소리가 복도의 저쪽 끝에서 다가와 내 갈비뼈에 부딪혔지. 부드럽고 축축한 고통이 몸 안으로 퍼져나갔어. 나는 천천히 그쪽을 향해 걸어갔지. 반짝반짝 빛나는 빗물이 맨 끝에 있는 창문을 통해 날아 들어와서는 창틀에 튀고 있더군. 창문이 닫히지 않은 걸까? 어쩌면 그런지도 몰라. 아니, 아니었어. 창문이 깨졌던 거였어. 유리에 커다란 구멍이 나 있어 옥상이 내다보였어. 나는 날씨가 아주 좋았던 그날이 생각났어. 옥상 빨랫줄에 널어놓아 햇볕에 따끈따끈하게 구워지던 이불과 건조한 바람에 날리던 흰 침대보가 생각났지.

그 문은 굳게 닫혀 있었어. 317호. 비쩍 마른 채로 창틀 한쪽에 서 있었지. 빗물이 병실 앞의 바닥을 적셨어. 지금과 똑같은 바닥이었지. 예전에는 항상 햇볕이 가득 쏟아져 들어왔어. 오후의 오렌지색 햇빛을 너는 톡톡사탕이라고 부르기도 했지.

나는 문 앞으로 다가가 그 물속에 서 있었어. 빗소리가 뼈를 두드렸지만 방 안의 기척을 들을 수 있었어. 잠자는 소리와 꿈꾸는 소리, 아이들이 까르르 웃는 소리를 들을 수 있었어. 영혼이 육체의 장막을 들락거리는 소리도 들었지.

빗방울이 내 신발을 때렸어. 나는 방 안의 동정을 듣고 있었지. 나는 뭔가를 기다리고 있었어. 갑자기 그 문이 열리면서 그 남자아이가 안에서 뛰어나오길 기다렸지. 황혼이 질 때마다 그렇게 그 아이는 책가방을 메고 서둘러 떠났어.

이봐, 잠깐만 기다려. 내가 그 애를 불러 세웠어. 그런 다음 손에 들고 있던 종이상자를 그 애에게 건네주었지.

리 자 치

술을 다 마셨는데도 나는 전혀 피곤함을 느끼지 못했어. 눈이 아직도 내리고 있을까? 아마 이미 멎었을 거야. 밖에는 날이 밝았지만 지난 아침들과 빛이 다른 듯했어. 어쩌면 아직 아침이 오지 않았는데 눈 때문에 밝은 것인지도 모르지. 이 회색빛은 태양에서 오는 게 아니라 그 미세한 결정체에서 오는 거야.

이듬해 봄, 나는 인정을 알게 되었어. 나를 낭송회에 초청했던 그 시인 말이야. 나중에 나는 그의 시집을 한 권 샀지. 그리고 아홉 편의 시 페이지 귀퉁이를 접어두었어. 신문에서 사인회 소식을 접한 나는 저녁 자습을 빼먹고 달려갔어. 그날은 비가 내려서인지 서점 안에는 사람들이 드문드문 앉아 있었어. 인정이 간단한 강연을 하고 있더군. 시에 대한 자신의 이해를 얘기하면서 현대문학 환경에 대한 걱정도 얘기했어. 그는 대학 시절의 시 동아리와 시 잡지를 회상하면서 그때 야말로 문학의 황금시대였다며 감상에 젖어 말하더군. 그가 우리 아빠의 대학 동창일 거라고는 전혀 생각 못했어. 그는 우리 아빠보다 다섯 살 어렸고 아주 젊어 보였거든. 나는 대학입시가 부활되던 해에는 신입생들의 나이가 똑같지 않고 들쭉날쭉했다는 사실을 잊고 있었어. 물론 그가 우리 아빠 이름을 거론하지는 않았지만 이야기 한마디 한 마디가 우리 아빠를 둘러싸고 전개되고 있었어. 나는 긴장된 마음으로 열 손가락으로 깍지를 끼고 있었지. 다음 순간에 그의 입에서 아빠의 이름이 튀어나올 것만 같았어. 강연이 끝나자 나는 시집을 들고 그에게 다가가 사인을 해달라고 했어. 그가 고개를 들어 나를 잠시 쳐다보더니 어느 대학에 다니느냐고 묻더군. 나는 고등학생이라고 대답했어. 그는 공부하느라 바쁠 텐데 와줘서 고맙다고 하더라고. 그러더니 잠시 후에 모임 참가자들과 함께 근처 바에 가서 술을 한잔 할 수 있겠느냐고 또 물었어. 내가 대답을 안 하는 걸 보고는 술 말고 주스를 마셔도 된다고 했어.

우리는 다 합쳐서 일고여덟 명이 우산을 받치고 근처 술집으로 향했어. 나머지 몇 명은 전부 그의 학생들이었지. 모두 맥주를 주문했고 나도 한 잔 주문했어. 한 학생이 모두 시를 한 편씩 낭송하자고 제안했어. 나는 인정의 시집에 있는 한 수를 골랐지. 인정이 말했어.

"그 시에 주목하는 사람은 아주 드물어요. 하지만 내가 무척 좋아하는 시죠."

그 시는 그가 오래전 미국에 교환학생으로 갔을 때 같은 반의 한 여학생에게 써줬던 시라고 했어. 모두 당시 이야기를 해달라고 졸라댔지. 그는 그 여학생이 미국인이라고 했어. 스모키 화장으로 눈 주위를 검게 그렸고 팔에는 문신이 가득한 학생이었다더군. 고등학교 때 헤로인을 흡입하다 걸려 한동안 마약치료센터에서 생활하다가 스물네 살이 되어서야 학교로 복귀했지만 여전히 퇴폐적인 모습이었대. 강의실에서는 마치 다른 곳에 와 있는 것처럼 항상 소원한 태도를 보였다더군. 인정은 왠지 모르지만 수업할 때면 자주 그녀에게 눈길이 가곤 했다고 말했어. 그래야 마음이 놓였대. 그 시도 수업 시간에 쓴 거라고 하더군. 학생들이 답안지를 작성하고 있을 때, 그는 많은 시간을 그녀를 관찰하는 데 할애했대. 그가 말했어.

"왜 때로는 위험한 사물이 사람들에게 따스함을 느끼게 하는 걸까요. 그런 느낌은 정말 미안해요."

말을 마친 그는 가벼운 미소를 지었어. 남학생 하나가 당시 그 여학생에게 그런 생각을 밝혔는지 물었고, 한 여학생은 그 여자의 사진을 갖고 있느냐고 물었어. 모두 그녀를 보고 싶어했지. 아빠와 비슷한 연배의 남자가 자기 감정을 표현하는 걸 들은 것은 그때가 처음이야. 우리 아빠도 저 나이에 학생들에게 이런 얘기를 했을까? 내가 말했어.

"이 시를 그 여학생에게 보냈어야 했네요. 한 수 한 수 전부 편지가 되었을 거예요. 이 편지는 그녀의 몫이죠."

그가 빙긋이 웃으면서 말을 받았지.

"오래전에 다 지나간 일이에요. 이 시가 아니었다면 이런 사람이 있었다는 것조차 기억하지 못했을 거예요."

그는 상실감에 빠진 듯한 나를 힐끗 쳐다보면서 말했어.

"너희 같은 아이들은 시간이 지나가는 걸 잘 받아들이지 못하는 것 같다. 하지만 그건 필연적인 거지. 아무리 강렬한 감정도 아주 오래 존재하지는 못해. 너희가 화학 시간에 배우는 유기물질은 격렬한 반응을 통해 생성되지만 아주 잠깐 동안만 존재했다가 금세 분해되어 다른 물질로 전환되는 것과 마찬가지지."

나는 그를 바라봤어. 아빠에 대한 내 감정은 절대 그렇지 않다고 말해주고 싶었지.

학생들이 여러 차례 가겠다고 했지만 인정은 매번 조금만 더 앉아 있다 가라고 했어. 그는 술을 아주 많이 마셨지. 눈은 유난히 밝아 보였어. 우리는 줄곧 술집이 문을 닫기만을 기다렸지. 시간이 이미 새벽 3시였고 밖에는 가는 비가 내리고 있었어. 그는 우리 학교에서 그리 멀지 않은 곳에 산다면서 나를 먼저 집에 데려다주겠다고 했어. 거리에는 택시가 없어서 우리는 하는 수 없이 걸어서 집에 가야 했지. 나는 손에 우산을 하나 들고 있었지만 펴지는 않았어. 공기가 차가웠고 빗방울이 얼굴 위로 떨어졌지. 미약하게 전류가 흐르는 것 같았어. 인정은 오른쪽에서 걸었어. 마르고 키가 큰 체형이라 걸음이 아주 경쾌했지. 학교에 도착해보니 대문이 굳게 잠겨 있었어. 밖에서 날이 밝을 때까지 기다려야 한다는 걸 알았지. 그는 나 혼자 남는 것에 동의하지 않았어. 나와 함께 날이 밝기를 기다리기로 했지. 하지만 기온이 갑자기 떨어졌고 우리가 몸에 걸친 거라고는 홑겹 옷뿐이었어. 몸이 덜덜 떨릴 정도로 추웠지. 그는 땅바닥에 앉았다가 금세 다시 일어서더니 이대로는 안 되겠다고, 자기 집에 가서 잠시 쉬다가 다시 오자고 했어.

우리가 간 곳은 그의 집이 아니라 그가 일하는 곳이었어. 다락방 형태의 공간에 작은 방이 두 칸 있었어. 한 방은 사방이 전부 책장이었고 다른 한 방에는 책상과 일인용 침대가 놓여 있었어. 그는 컵에 더운물을 따라 내게 건네면서 묻더군.

"하룻밤 안 돌아가도 무슨 일이 있는 건 아니겠지? 선생님이 집으로 전화하실까?"

내가 대답했어.

"저도 잘 모르겠어요."

"전혀 걱정 안 하는 것 같은 표정이군. 엄마가 걱정 안 하셔?"

나는 괜찮다고 대답했어. 오늘 저녁은 충분히 그럴 만했다고 했지. 그가 말했어.

"나도 오늘 저녁 아주 즐거웠어. 이 시집을 내는 일이 쉽진 않았거든. 지금은 아무도 시를 읽지 않아."

그는 내 잔에 더운물을 더 따라주면서 말했어.

"눈 좀 붙일래? 나는 자주 밤을 새우기 때문에 괜찮지만 너는 잠을 못 자면 아침에 무슨 힘으로 수업을 듣겠니?"

나는 피곤하지 않다고 말하고 나서 내게 시 쓰는 걸 가르쳐줄 수 있냐고 물었어. 그는 좋다고 대답하면서 시를 써서 자기한테 보여주면 의견을 말해주겠다고 하더군. 내가 말했지.

"제게는 시가 어떤 사람에게 편지를 쓰는 것과 같아요. 말로 할 수 없는 것도 시로 말할 수 있지요. 마음속에 하나의 '당신'이 없으면 저는 아무것도 쓸 수가 없어요."

"누구에게 편지를 쓰고 싶은데?"

"우리 아빠한테요."

"아빠한테 쓴다고?"

그가 빙긋이 웃더군.

"나는 또 네가 좋아하는 남학생한테 쓰려는 줄 알았지."

"저는 제 또래 남학생들한테는 관심이 없어요. 하나같이 유치한걸요."

그가 나를 쳐다보며 말했어.

"조숙한 게 꼭 좋은 일인 것만은 아니야."

나는 개의치 않는다는 듯이 어깨를 으쓱해 보였어.

갑자기 바깥 하늘이 환해지더니 작은 유리창을 통해 햇빛이 쏟아져 들어왔어. 공중에 먼지가 천천히 떠올랐다가 가라앉는 모습이 보였어. 방 안에는 오래된 책 냄새가 가득했어. 어렸을 적 도서관이 생각나더군. 아빠는 나를 데리고 도서관에 가서 여러 기를 합쳐 제본한 『아동문학』지를 대출해주었지. 아빠를 생각할 때마다 아빠는 기억 속에서 끊임없이 확장되어 공간 전체를 다 차지했어. 당시 방 안의 빛과 냄새가 아빠를 우리 사이에 끌어들이지 않으면 안 될 상황으로 만들었어. 결국 내가 말했지.

"제 아빠 이름이 리무위안이에요. 아마 아실 거예요."

인정이 놀란 눈으로 나를 쳐다봤어.

"물론 알지. 알고말고."

그는 중얼거리듯이 안다는 말을 반복했어.

"두 분이 서로 잘 아시죠?"

내가 물었어.

"그럼, 알고말고. 대학 때 같은 과 친구였지. 대학원도 같은 학교에서 다녔어. 졸업 후에도 둘 다 학교에 남아 같은 교학연구실에서 근무했지."

그가 몸을 일으켜 내 컵에 물을 더 따라주고 가다가 다시 고개를 돌려 말했어.

"네 아빠가 지금 네가 시를 쓴다는 사실을 알면 정말 기뻐하실 거야."

나는 그에게 아주 많은 것을 물었어. 예컨대 아빠가 대학에 다닐 때의 모습이 어땠는지, 두 분이 함께 자주 시를 낭송했는지를 물었지. 가장 기뻤던 것은 그가 아빠의 재능을 아주 높이 평가한 거였어. 아빠가 아주 훌륭한 시인이라고 생각하더군. 이어서 그가 말했어.

"이젠 네 얘기를 좀 해봐. 너랑 엄마는 어떻게 지내왔니?"

나는 그냥 우리가 이모 집에 얹혀살고 있다는 것만 얘기했어. 집에 식구가 많기 때문에 자주 가지 않는다고 했지. 그가 말했어.

"네가 왜 그렇게 조숙한지 이제야 알 것 같구나."

바깥 하늘이 더 밝아지자 나는 졸리기 시작했어. 눈꺼풀이 아주 무거워지면서 자꾸 눈이 감겼어. 그가 말했지.

"잠시 눈 좀 붙여. 가야 할 시간이 되면 내가 깨워줄 테니까."

나는 억지로 버티고 싶었지만 정말로 눈이 떠지질 않았어. 눕자마자 금세 잠이 들었지. 온갖 잡다한 꿈도 꾸었어. 깨어보니 내 몸에 이불이 덮여 있고, 그는 옆에 있는 의자에 앉아 책을 읽고 있더군. 황급히 일어나 앉고 보니 이미 햇빛이 눈을 찌르고 있었어. 역광 속에서 그의 얼굴이 아주 깊은 우물 같아 보였어.

"학교 가야지."

그가 부드러운 목소리로 말했어.

그의 집을 나설 때, 그가 비닐 쇼핑백 하나를 건네더군. 안에는 얇게 썬 빵과 책 두 권이 들어 있었어.

"아침식사야. 내 집에는 그것밖에 없구나."

그가 말했어. 책 두 권을 꺼내봤더니 둘 다 외국 시선집이었어. 아주 오래된 책이었지. 책등에는 도서관 분류 기호가 붙어 있었어.

"잃어버리면 안 돼. 이 시집들은 나중에 재판을 찍을 가능성이 없는 거거든."

그가 말했어.

주말에 나는 이 시집을 복사한 다음 책을 반납하러 다락방으로 찾아갔어. 그는 특별한 일이 없으면 오후에는 항상 집에 있다고 말했지. 나는 이 말을 자주 찾아오라는 뜻으로 해석했어. 정말 그는 집에 있더군. 친구에게 편지를 쓰고 있었어. 책상 위에는 원고도 한 뭉치 놓여 있었지. 날은 아주 추워서 그런지 회색 털조끼를 입고 있었어. 셔츠 소매를 걷어 솜털이 가득한 팔이 그대로 드러났지. 그는 무척 반가워하며 책상 밑에서 커다란 주전부리 봉투를 꺼내놓았어. 마치 내가 오리라는 걸 알고 있었던 것처럼. 나는 전에 썼던 시 원고를 꺼내 그에게 보여주었어. 뜻밖에도 그는 투고했던 두 수를 알아보더군. 그가 말했어.

"그때 낭송회에 꼭 와서 사람들에게 네 시를 낭송했어야 했어."

그는 새로 쓴 시가 많이 발전했다면서 왜 계속 투고하지 않느냐고 묻더군. 그러면서 멈추지 말고 많이 쓰라고 당부했어.

날이 어두워질 때쯤 그는 전화를 한 통 받았어. 그런 다음 내게 말했지.

"난 내 아내와 저녁식사를 할 예정인데 너도 같이 가자. 어차피 오늘은 주말이라 학교에 돌아가도 먹을 게 없을 테니까 말이야."

가는 길에 그가 또 말했어.

"내 아내 멍징孟婧은 예전에 무용가였어. 나중에 다리에 부상을 입는 바람에 다시는 춤을 출 수 없게 됐지. 그래서 아내 앞에서는 춤 얘기를 꺼내면 안 돼."

멍징은 이미 와 있었어. 그녀도 내가 오는 걸 알고 있었던 눈치더군. 아마 인정이 전화로 얘기했을 거야. 그는 무슨 일이든 아내에게 다 얘기하는 것 같았어. 내가 그의 방에서 아침까지 있었던 것도 얘기한 모양이야. 하지만 그녀는 전혀 마음에 두지 않는 듯했어. 두 사람 모두 별일 아닌 걸로 여기는 것 같더군. 내가 가까이 다가가는 동안 그녀는 줄곧 나를 바라보고 있었어. 내가 자리에 앉자 그녀가 말했지.

"몸이 앞으로 좀 굽은 것 같네. 똑바로 걷는 훈련을 해야 할 것 같아. 그래야 좀더 자신감이 있어 보일 테니."

나는 내게 자신감이 부족하다고는 생각하지 않는다고 말했어. 하지만 사실 내가 하고 싶은 말은 무슨 상관이냐는 것이었지. 어차피 나는 무용가가 되지도 않을 텐데 말이야. 우리가 간 곳은 아주 그윽한 분위기의 레스토랑이었어. 촛대에는 하얀 촛불이 타고 있고 은색 찬구餐具들이 번쩍번쩍 빛을 발했어. 나는 시저샐러드와 대구구이를 주문했어. 종업원이 우리 잔에 와인을 따라주었어. 인정이 아름다운 주말을 위해 건배하자고 제안했지. 그는 부부가 주말마다 밖에 나와 저녁을 먹는다고 말했어. 음식점을 선택하는 데는 멍징이 전문가라고 하더군. 내가 와인을 마신 건 그때가 처음이야. 몹시 시큼한 맛이었지.

그들과 함께 앉아 있자니 기분이 좀 묘했어. 전부터 알고 지낸 듯한 느낌이 들었어. 아빠와 왕루한과 함께 앉아 있는 듯한 기분이었지. 너무나 갈망하는 일은 한번도 일어나지 않은 기억으로 변하지. 그런 기억 속에서 1993년에 나는 베이징에 갔었어. 아빠와 왕루한은 나를 맥심 레스토랑에 데리고 갔지. 스차하이什刹海(베이징시 한가운데 있는 호수)와 고궁故宮에도 갔어. 아주 즐겁게 놀면서 사진도 많이 찍었지. 정신을 차려보니 멍징은 이미 접시를 밀어놓더군. 그녀는 스테이크만 조금 먹고는 이미 배가 부르다고 했어. 그녀처럼 입이 짧아야 비교적 고귀해 보이는 걸까? 반면에 나는 그녀가 남긴 스테이크까지 깨끗이 먹어치울 만큼 배가 고팠어. 멍징은 무척 지루하고 심심한 표정으로 내가 먹는 모습을 바라보고 있다가 갑자기 물었어.

"너희 아빠가 돌아가실 때 네가 몇 살이었지?"

"열한 살이요."

"자동차 사고였다고 했던가?"

"네. 술을 마시고 운전하시다가 트럭과 충돌했어요."

"자살이었다고 말하는 사람도 있던데, 네 생각은 어떠니?"

나는 잠시 멍하니 있다가 고개를 들었어.

"멍징!"

인정이 주의를 주듯이 큰 소리로 그녀의 이름을 불렀어. 하지만 그녀는 계속 나를 쳐다보면서 내 대답을 기다렸지.

"아니에요."

내가 말했어.

"네 말은 자살이 아니라는 거지? 음, 나도 자살이 아니었다고 생각해. 너희 아빠처럼 승부욕이 강한 사람이 어떻게……"

인정이 말을 잘랐어.

"멍징! 그 얘기 그만하면 안 되겠어?"

그러고는 종업원을 불러 디저트를 달라고 했지.

나는 자리에서 일어나 화장실에 좀 다녀오겠다고 했어. 그러고는 레스토랑을 나와버렸지. 밖으로 나오자마자 울었어. 눈물이 멈추지 않고 솟구쳤지. 옆에 있던 편의점에 들어가 담배를 달라고 했어. 편의점 주인은 비행소녀를 쳐다보는 눈빛으로 나를 바라보더군. 나는 담배를 입에 물고 편의점 밖으로 나와 쉴 새 없이 라이터를 켜봤지만 불을 붙일 수가 없었어. 레스토랑 입구에 돌아와 고개를 들어보니 인정이 앞을 막고 있더군. 나는 멍하니 그를 바라봤어. 그런 다음 머리를 그의 품에 묻었지.

"사방으로 널 찾아다녔어."

그가 내 등을 가볍게 두드리면서 말했어. 그 순간 고독 혹은 다른 이유로 인해 갑자기 이 남자의 사랑을 얻고 싶어졌어. 정확히 말하면 이 남자의 사랑을 가로채고 싶었어. 그윽한 분위기의 레스토랑에 세 사람이 마주보고 앉아 있는 관계가 나를 열한 살의 전장으로 되돌려놓은 것 같았어. 나는 왕루한에게서 아빠의 사랑을 빼앗아오고 싶었어. 하지만 죽음이 모든 것을 중지시켜버렸지. 어쩌면 그때 결판을 내지 못한 바둑의 후반전을 지금 이어갈 수 있을지도 모른다는 생각이 들었지.

인정이 명징을 처음 알았을 때, 그녀는 사람들의 눈길을 사로잡는 빛나는 무용가였어. 주변에 쫓아다니는 남자가 많았지. 인정도 그 가운데 한 명이었어. 그리고 이런 역할은 그녀가 마침내 그와 결혼하기로 약속할 때까지 몇 년 동안 계속됐지. 결혼한 뒤에도 인정은 온갖 방법으로 그녀를 즐겁게 해줘야 했어. 꽃을 사주고 선물을 하고 함께 여행을 가줘야 했지. 그녀는 낭만을 좋아했고 분위기 있는 생활을 좋아했으며 음식과 옷, 가구 등에 대해 무척 까다로웠어. 온갖 물건을 사들이며 돈을 물 쓰듯 썼지. 그녀를 먹여 살리기 위해 인정은 외지에 나가 강의를 해야 했고 자신이 거들떠보지도 않던 문화 기획사의 고문 역할을 해야 했어. 어느 날 오후 그가 내게 이런 일들을 얘기해주면서 고민을 털어놓더군. 그가 말했어.

"아내는 걸핏하면 내게 자신을 데리고 각종 파티에 참석할 것을 요구했어. 얼굴도 모르는 수많은 사람과 술에 취해 비좁은 공간에서 춤을 춰야 했지. 그녀는 그렇게 해야 자신이 영감을 얻을 수 있다고 하더군. 정말 웃기는 일이지."

그러고는 내게 묻더군.

"피츠제럴드라는 미국 작가 아니?"

나는 고개를 가로저었어.

"멍징은 피츠제럴드의 마누라처럼 남편을 망가뜨리지 않으면 안 되는 여자야."

피츠제럴드의 최후가 어땠냐고 물었더니 폭음으로 죽었다고 하더군. 나는 또 아빠가 생각났어. 약간 괴로웠지. 그가 이어서 말했어.

"그래서 내 여동생에게 물어서 이 집을 임대했지. 나만의 공간이 필요했거든."

"제가 여기 있으면 방해되지 않겠어요?"

"아니, 괜찮아. 이 방은 언제든지 널 환영한단다."

나는 매주 토요일 오후에 그를 찾아가서 함께 저녁을 먹었어. 멍징은 없었지. 나는 그가 그녀에게 어떻게 말했는지 모르지만 내가 있을 때는 전화가 오지 않았어. 그런데도 그녀는 종종 우리 대화의 화제가 되었지. 그는 달리 속마음을 털어놓을 만한 사람이 없었어. 밖에서는 둘 다 모범 부부인 것처럼 연기를 해야 했지.

"해어질 생각은 안 해보셨나요?"

"나랑 헤어지면 아내는 제대로 생활하지 못할 거야. 이 나이에 다시 연애할 기력도 없고. 기력이라기보다는 능력이 없다고 해야겠지. 사람은 나이가 듦에 따라 사랑의 능력을 상실하지."

"저는 이미 사랑의 능력을 상실한 것 같아요."

그가 빙긋이 웃으면서 말을 받았어.

"멍청한 아가씨야, 지금 몇 살인데 그런 소릴 해?"

그가 날 멍청한 아가씨라고 부른 게 나쁘지 않았어. 무척 귀여워하고 아깝게 여기는 감정이 담겨 있는 것 같았거든. 당시에 그가 쓴 어느 시에서 그는 나를 '나의 가장 별난 좋은 친구'라고 칭한 적이 있었지. 나는 그 시를 적어놓지 않았어. 그때는 그 시를 다 외울 수 있었거든. 평생 잊지 못할 것 같았어. 하지만 뜻밖에도 지금은 맨 앞부분 몇 구절밖에 외우지 못해. 그 시는 그의 가장 좋은 시가 아닌 게 분명했어. 하지만 중요한 것은 그가 또 쓸 수 있다는 거였어. 그 전에도 1년 동안 그는 시를 한 글자도 쓰지 않은 적이 있지. 그가 농담 삼아 내가 자신의 뮤즈라고 말했어. 어떤 때는 오후에 책상 앞에 앉아 뭔가를 쓰고, 나는 침대에 기대어 책을 읽곤 했어. 책을 읽다가 지치면 누워서 잠시 잠을 자기도 했지. 어렴풋한 잠결에 사삭사삭 만년필로 종이에 뭔가 쓰는 소리를 들을 수 있었어. 컵을 들었다가 다시 책상 위에 내려놓는 소리도 들렸어. 그 소리들이 나를 지켜줘 편안하게 쉴 수 있게 해주었어. 잠에서 깨면 방 안이 온통 파르스름한 빛에 덮여 있었어. 초저녁인지 새벽인지 구분하기 어려웠지. 나는 새벽이기를 바랐어. 그러면 혼자 집으로 돌아가 기나긴 밤과 대면하지 않아도 될 테니까 말이야.

토요일이 전부 명절 같았어. 나머지 시간에는 그에게 약속이라도 한 듯이 열심히 공부했지. 시간을 전부 공부에 쏟아부었어. 내가 말했지.

"선생님 대학 중문과에 들어가서 선생님 제자가 될 거예요."

"안 돼. 넌 더 크고 좋은 대학에 가야 해."

이렇게 겨울이 되면 새로운 세기의 첫해가 눈 깜짝할 사이에 끝나 버릴 터였어. 12월 31일은 토요일이 아니었지만 학교 수업이 없었어. 나는 저녁 친목회에 참석하고 싶지 않아 다락방으로 그를 찾아갔어. 그는 막 문을 나서려던 참이었지. 저녁에 명징의 친구 집에 가서 함께 새해를 축하하기로 했다더군. 나는 문가에 서서 두 사람이 탁자 위의 찻잔을 치우고 외투를 입는 모습을 바라보고 있었어.

"선생님은 안 가시면 안 돼요?"

내가 고개를 숙이면서 물었어.

"오늘 모임은 오래전에 약속된 거라 가지 않으면 안 돼."

그는 문가로 와서 내 어깨를 다독였어. 하지만 난 그 자리에 그대로 서서 미동도 하지 않았지.

"모임이 끝나면 이곳으로 돌아오실 수 있나요?"

내가 물었어. 그는 상황을 봐야 한다더군. 내가 재빨리 말을 이었지.

"제가 여기서 선생님 기다릴게요. 늦게 오셔도 상관없어요."

그가 한숨을 쉬며 말했어.

"학교 문 닫을 시간 다 될 때까지 내가 오지 않으면 기다리지 말고 가. 알았지?"

그날 저녁 나는 줄곧 그를 기다렸어. 학교가 문 닫을 시간이 지났는데도 가지 않았지. 그가 오리라고 확신할 수는 없었어. 하지만 어디에도 가고 싶지 않았어. 그가 왔을 때 나는 계단에서 잠이 들어 있었지. 내 머리 위에 손 하나가 얹히더니 따스한 온기가 정수리에서부터 아래로 내려오는 것이 느껴졌어. 그는 나를 끌어당겨 이마에 뽀뽀를 하면서 낮은 목소리로 나를 명청이 아가씨라고 불렀어. 나는 울음을 터뜨렸지. 그는 나를 부축해 안으로 들어가서는 더운물을 따라주었어. 그리고 밖에서 사온 과일과 치즈케이크를 가져다주었어.

자정이 다 되어가는데도 밖에서는 끊임없이 하늘로 연기가 피어올랐어. 우리는 작은 창문 앞에 서서 그 광경을 바라봤지. 내가 말했어.

"뽀뽀 한번만 더 해주시면 안 돼요? 이게 제가 바라는 새해 선물이에요."

그는 잠시 주저하다가 고개를 숙이고 뽀뽀를 해주었어. 유리에 비친 불빛 속에서 그 뽀뽀는 붉은색이었다가 다시 흰색으로 변하더니 여러 다발로 변해 작은 별들로 흩어졌어. 반짝거리다가 사라졌어. 나는 그에게서 떨어져 몸을 돌려 창밖을 바라봤어. 내가 말했어.

"저는 선생님이 저를 필요로 했으면 좋겠어요."

그는 아무 말도 하지 않고 책상 옆으로 가서 앉았어.

"그럴 수 있어요?"

내가 물었어.

"이리 와서 좀 앉아 봐."

그가 말했어. 나는 고개를 가로저으면서 고집스럽게 그 자리에 서 있었지. 나는 내가 거대한 신화 같아 보일 거라고 생각했어. 하지만 그 순간 존엄은 내면의 갈망에 비하면 애당초 거론할 것도 못 됐지. 내가 물었어.

"제가 동창생 딸이기 때문인가요?"

그가 말했어.

"아니야. 네가 미성년자라 멍청한 소리만 하기 때문이지."

나는 내가 이미 만으로 열여덟 살이라고 말했어. 그가 말했어.

"하지만 넌 아직 어린애야."

그가 다가와 내 손을 잡고 침대 옆으로 가서는 내 어깨를 눌러 주저앉게 만들었어. 그러고는 약간 쉰 목소리로 말했어.

"자치, 너는 너무나 순진하고 순결한 아이라…… 나를 부끄럽게 하지. 물론 나도 널 좋아해. 당연한 일이지. 너는 너무나 귀엽고 너무나 조숙하지. 하지만 내가 너에게 뭘 줄 수 있겠니? 나는 이미 늙기 시작했어. 갈수록 초췌하고 재미없는 사람으로 변해갈 거라고. 때로는 멍징이랑 말다툼을 하긴 하지만 그 속에서도 약간의 즐거움을 찾을 수 있어. 이렇다 할 창조력도 없어진 지 이미 오래고 시를 써도 진부하고 썩은 냄새만 가득하지. 나는 젊은 시인들이 날 어떻게 생각하는지 다 알아. 그들은 이렇게 말하지, 어휴, 저 늙은이는 이미 좋은 시절이 다 지나갔는데도 자신은 그런 줄도 모르고 꾸준히 뭔가를 쓴단 말이야. 정말 가소로운 일이지. 사실 생각해보면 너희 아빠는 일찍 세상을 뜨긴 했지만 아무런 유감도 없었을 것 같아. 적어도 평생 투사로 살다가 갔으니까 말이야……"

그는 자신의 두 손을 내려다봤어. 아직 뭔가를 쥐고 있는지 검사하려는 것 같았어. 잠시 후에 그는 정신을 차리고 고개를 들면서 말했어.

"자치, 넌 네 아빠랑 많이 닮았어. 너도 투사인 것 같아. 하지만 넌 자신을 보호할 수 있기를 바란다. 네 병기를 망가뜨려 상처를 입어선 안 돼. 상처가 널 더 성장시켜주고 더 훌륭한 사람으로 만들어준다는 걸 모르는 건 아니지만 그래도 상처를 피했으면 한다."

"지금 이렇게 말이에요?"

내가 또 물었지.

"맞아."

그는 내 어깨를 넘어 뒤에 있는 벽을 바라보면서 중얼거리듯이 말했어.

"맞아. 나는 너에게 상처를 주게 될 거야. 내가 널 해치게 된다는 걸 잘 안단 말이야."

그날 저녁에 관한 마지막 기억은 이른 아침 방 안에 가득했던 빛이야. 창백하고 투명한 빛이었지. 차갑게 식은 모닥불 위로 피어오르는 연기처럼 나뭇잎 타는 냄새가 났지. 한순간에 내 머릿속에 여러 해가 지나 그가 이 방에서 죽었을 때의 장면이 떠오르는군. 내 등 뒤에 있는 침대 위에서였지. 푸른 눈두덩은 깊게 파여 있고 입은 미세하게 열려 있었어. 한 손은 가슴 부분에 가 있었지. 마음이라 불리는 그곳을 어루만지고 있던 모양이야.

나는 다시는 그를 찾아가지 않았어. 여름이 오면서 비가 아주 많이 내렸지. 나는 잠에서 깨는 시간이 갈수록 빨라졌어. 큰비가 내려도 이른 아침에는 변함없이 청아한 새 울음소리가 들린다는 걸 알았지. 새들은 빗속에 있는 것이 아니라 다른 어떤 곳에 있는 것 같았어. 나는 침대에 몸을 기대고 피츠제럴드의 책을 읽었어. 가장 맘에 드는 책은 『밤은 부드러워라』였어.

합격통지서가 온 다음 날, 나는 몇몇 동창생과 함께 칭다오靑島에 갔어. 모래밭에서 모두 모닥불을 피워놓고 고기를 구워 먹었지. 나는 대나무 꼬챙이에 앙상한 비둘기 고기를 꽂았어. 단단한 고기가 꼬챙이에 꽂히는 순간 퍽 하는 소리가 나더군. 너무나 매력적인 소리였어. 바닷바람이 불어왔고, 친구들은 녹음기로 콜드플레이의 노래를 틀었어. 그런 다음 머리칼을 휘날리며 춤을 추었지. 마약을 흡입하는 동작을 흉내 내기도 했어. 이러한 모방이 가져다주는 고통과 광기가 무척 우스워 보였지. 친구들은 앞으로 어떻게 해야 할지 몰라 갈피를 잡지 못하는 상태가 아니었어. 모두가 자신의 방향을 확정해놓았고 어떤 사람으로 성장해야 하는지도 다 알고 있었어. 이것이 나와 친구들의 가장 큰 차이처럼 느껴졌지.

어느 날 저녁 무렵 나 혼자 해변에 나가 수영을 했어. 하늘은 이미 어두워지기 시작했고 바람도 아주 거셌어. 물속에 있던 몇 안 되는 사람들은 해변을 향해 헤엄쳐 돌아오고 있었어. 하지만 나는 바다를 향해 헤엄쳐 나아갔지. 깊은 곳에는 아무것도 없다는 걸 잘 알고 있었지만 그래도 가보고 싶었어. 몇 년 전에 나랑 아빠랑 공원에 갔을 때 아빠가 호수 건너편에 가보고 싶어했던 것과 마찬가지였지. 파도가 밀려와 나는 아주 빠른 속도로 떠밀려갔지만 억지로 방향을 잡고 계속 헤엄쳐갔어. 바닷물은 아주 차가워 뼈가 다 울릴 정도였지. 두 다리가 약간 마비되기 시작하면서 발차기가 갈수록 느려졌지. 나는 눈을 감고 자신의 호흡 속으로 가라앉았어. 이미 숨이 가빠지기 시작했지. 밤의 장막이 바다에 녹아들고 있고 별들은 전부 꺼져 있었어. 나는 더 큰 파도가 밀려오기를 기다렸지. 비릿한 바닷물이 목구멍으로 밀려들기를 기다렸어. 두려움이 사라지고 의식이 사라지기를 기다렸지.

여객선이 기항하는 소리가 들려왔어. 아주 먼 곳이라 어딘지 보이진 않았어. 작은 소리로 귓속말을 속삭이는 것처럼 낮은 소리였어. 흐느끼는 것도 같고 뭔가 하소연하는 것도 같았지. 나를 부르는 소리 같기도 했어. 소리는 아주 오래 지속되었고 끊임없이 가까워졌지. 높은 곳에서 내려오는 밧줄 같기도 했어. 나는 몸부림치면서 수면 위로 올라와 그 소리를 잡았어. 그러고는 방향을 바꿔 돌아가기 시작했지. 눈앞이 온통 무겁고 캄캄한 어둠이었어. 어디가 해안인지는 오래전부터 보이지 않았지. 나는 있는 힘을 다해 팔을 저으면서 계속 물 위로 몸을 내밀 때마다 기력이 아주 빨리 소모되면서 몸에 감각이 없어지는 걸 느꼈어. 다음 순간에 모든 게 멈춰버릴 것만 같았어. 하지만 나는 계속 앞을 향해 헤엄쳐갔어. 해안에 도달했을 때는 이미 탈진한 상태였지. 모래밭에 누운 채 미동도 하지 않았어.

9월에 베이징에 갔어. 베이징은 지난번에 갔을 때보다 많이 확장되어 있더군. 도로도 아주 넓어졌어. 하지만 모든 변화가 내게는 낯선 느낌을 주진 못했지. 나와 베이징 사이에 맺어진 연결은 이미 아빠가 떠나면서 단단히 굳어져 있었거든. 나는 마음속으로 스스로에게 마침내 베이징으로 돌아왔다고 말했어. 어쩌면 이 도시는 내가 18년 동안 살았던 지난보다 더 고향 같은 곳인지도 몰라.

내 고등학교 동창생 하나는 나중에 인정의 학생이 되었어. 그 애가 항상 인정에 관한 소식을 가져왔어. 대학 3학년이 되던 해에 그 애가 전해준 소식에 의하면 인정과 한 여학생이 특별한 관계에 있다고 하더군. 여학생 엄마가 학교에 와서 소란을 피우는 바람에 같은 과 사람들이 전부 알게 됐대. 그다음 학기부터 인정은 학교에 나오지 않았어. 들리는 소문에 다른 학교로 갔다더군.

"그 여학생 예뻤어?"

나는 가장 용속한 질문을 던졌지.

"보통이야. 한동안 잠깐 이성과 감정이 흐려졌었나봐."

내 동창생이 대답했지. 그다음 한 달 동안 나는 거의 수업에 들어가지 않았어. 항상 혼자 기숙사에 틀어박혀 음악을 들으면서 멍하니 시간을 보냈어. 눈물이 천천히 눈두덩을 타고 흘러내렸어. 그렇게 자신이 미웠던 적이 없었지. 내게는 사랑받을 자격도 없고 남에게 이성과 감정이 동시에 흐려지게 할 능력도 없다는 생각이 들었어. 어느 날 저녁, 여행 트렁크 맨 밑바닥에 처박아뒀던 2년 전에 쓴 시를 꺼냈어. 두꺼운 원고 뭉치를 들고 옷을 입은 다음, 아래층으로 내려갔지. 기숙사 뒤에 있는 공터에서 성냥불을 그었어. 한 장 한 장 읽어봤지. 아빠에게 쓴 그 시들은 남겨두려 했지만 어떤 게 아빠에게 쓴 것인지 애당초 구분되지 않았어. 인정과 우리 아빠가 한 사람으로 합쳐져 있는 것처럼 모든 시가 그를 향해 쓴 듯했지. 원고지는 아주 빠르게 말리더니 글자가 마구 일그러졌어. 사라지기 바로 전 순간에 종이를 떠나 허공으로 떠오르는 것 같더군. 펄쩍펄쩍 뛰는 불꽃을 사이에 두고 나는 어떤 사람을 마주하고 있었어. 그는 그곳에 서 있다가 불이 다 꺼진 다음에 다가와서 내게 말했지.

"학생, 여기서 불을 피우면 안 돼요."

나는 아무 말도 하지 않고 몸을 돌려 가버렸어.

이 사람이 바로 탕후이야. 전에도 우린 만난 적이 있지. 내 룸메이트가 그의 룸메이트랑 연애를 했거든. 한번은 우리 기숙사 화장실 수도관이 망가지자 그의 룸메이트가 그를 통해 펜치를 보내주었어. 그는 우리 기숙사 방에 와서 내 자리에 잠시 앉아 있는 동안 내가 접어놓은 소설을 몇 페이지 읽었어.

원고를 태우던 그날, 탕후이는 나와 함께 영화를 보러 가기로 약속했어. 그게 시작이었지. 내 룸메이트와 그의 룸메이트 같은 사이가 되었지. 그는 매일 저녁 함께 운동장을 몇 바퀴 뛰자고 나를 불러내기도 했어. 바로 그 시기에 그가 쫓아다닌 덕분에 일그러진 자존감이 조금 회복되었다는 건 인정해. 하지만 약간 기운을 차리자 그에게 뭔가를 분명히 말해줘야겠다는 생각이 들었지. 나는 나와 인정의 이야기를 다 털어놓으면서 나를 놓아달라고 했어. 그가 말했지.

"이 바보야, 그런 건 사랑이 아니야."

그는 내 손을 잡아 자기 심장이 있는 곳에 가져다 댔어.

"이게 바로 사랑이지. 느껴져? 지금 너는 나에 대해 이런 감정이 없을지도 몰라. 하지만 어느 날엔가 꼭 생길 거야."

탕후이가 내 곁을 떠나고 나서야 나는 마침내 그런 감정을 느꼈던 것 같아. 그날 저녁 무렵, 나는 문가에 서서 그가 짐을 정리하는 모습을 바라보면서 아빠가 떠나던 광경을 상상했어. 그리고 아빠가 떠난 다음에 우르릉 쾅 하고 무너진 세계를 상상했지. 나는 뭔가가 찢어지는 소리를 들으며 내가 자신의 일부와 헤어지고 있는 것을 의식했어.

내가 셰텐청과 왕래를 끊었을 때, 탕후이가 내게 말했지.

"지금 너는 네 아빠의 일을 분명히 해둘 필요가 있어. 앞으로는 과거의 사람들과 복잡하게 얽히지 말라고. 내가 이런 말을 하는 건 이번이 마지막이야. 자치도 나를 존중해줬으면 좋겠어. 다음에 또 이러면 반드시 너랑 헤어지고 말 거야."

어쩌면 그의 그 낙관하지 못하는 마음이 이미 다음에 내가 또 그럴 것임을 염두에 두고 있었던 것인지 모르지. 하지만 어쨌든 그는 그 사람이 인정이라는 것은 전혀 생각지 못했을 거야. 그의 말을 빌리자면 원래 아주 멀리 돌아왔지만 우리는 어느새 원점으로 돌아와 있었던 거지.

그 대담의 제목은 '실수와 재회'였어. 작년 여름 시의 주週 활동의 마지막 섹션이었지. 검정 포스터에는 두 명의 초청 인사 사진이 인쇄되어 있었어. 나는 서점 입구에 서서 오른쪽에 있는 얼굴을 바라보고 있었지. 튀어나온 눈두덩이 약간 푸르스름한 빛을 띠고 있었어. 입가에는 자조적인 미소를 짓고 있었지. 그래, 그는 늙었어. 내가 여기에 온 것은 어쩌면 이 점을 확인하기 위한 것인지도 몰라. 하지만 나는 갑자기 몹시 괴로웠어. 내가 그를 포기해 그 홀로 외롭게 이 잔인한 과정을 감당하게 했던 것 같았어. 한순간, 그 원한과 억울함이 전부 사라지고 아쉬움만 남았지. 나는 서점 안으로 들어가 맨 마지막 줄에 앉았어. 그리고 자신에게 말했지. 난 그저 그를 한번 보고 싶었을 뿐이라고 말이야.

대담이 진행되는 동안 내내 그는 몹시 흥분하는 모습을 보였어. 게다가 기세등등하게 상대를 압박하면서 몰아붙였지. 여러 차례 상대 게스트의 말을 중간에 자르기도 했어. 그는 여러 관점을 다급하게 표현하려고 서둘렀어. 마이크를 잡고 쉬지 않고 얘기를 이어갔지. 어쩌다 눈길을 홀로 돌려 청중의 표정을 확인하고서야 갑자기 뚝 발언을 멈췄지. 그러다가 또 계속 말을 이었어. 하지만 아주 빨리 발언을 끝내고 마이크를 상대 게스트에게 넘겼지. 그 뒤로 그는 거의 입을 열지 않았어. 무거운 낯빛으로 땅바닥만 쳐다보고 있었지. 청중의 질문에 답할 때도 아주 간단히 몇 마디로 끝내버렸어. 사회자는 그의 기분이 변한 것을 간파하고는 재빨리 행사 종료를 알렸어. 일부 청중이 그를 둘러싸고 사인을 부탁했지만 그는 가방을 들고 문 쪽을 향해 가버렸어.

"자치!"

누군가 뒤에서 나를 부르더군. 나는 몇 발짝 더 가다가 걸음을 멈췄어. 뒤를 돌아다봤어. 나를 바라보던 그가 빙긋이 웃더군.

"자치, 우리 또 만났군!"

그가 새로 출판된 시집을 꺼냈어. 위에는 '자치에게'라는 문구와 함께 그의 이름과 날짜가 적혀 있더군.

그는 나를 저녁에 열리는 '시의 밤' 행사에 데리고 갔어. 우리는 제일 후미진 구석에 있는 높은 테이블 옆에 앉아 유리창을 통해 바깥의 잔디밭을 바라봤어. 낮에는 결혼식이 치러졌는지 생화를 매단 아치 통로가 아직 치워지지 않은 상태로 남아 있더군. 해질녘의 희미한 어둠 속에서 아이들 둘이 서로 쫓고 쫓기면서 뛰놀고 있었어. 쉴 새 없이 사람들이 인정에게 다가와 말을 걸고 잔을 부딪치더군. 사람들이 없는 빈틈에는 우리 둘 다 말없이 서서 서로를 바라보기만 했어. 인정이 말했어.

"내가 말해도 너는 믿지 않겠지만 나는 줄곧 네가 베이징에 있을 거라는 느낌이 들었어. 그래서 매번 출장을 올 때마다 너를 만날 수 있기를 기대했지."

그는 웃는 얼굴로 나를 쳐다보면서 말했어.

"잘 지냈지. 자치, 별일 없는 거지? 시간이 정말 너무 빨리 흘러가는 것 같아. 내 기억 속에는 네가 아직 교복을 입은 어린 아가씨였는데 말이야."

남자 하나가 다가와 그에게 친구들을 소개하고 싶다고 하더군. 인정은 그를 따라 가다가 다시 돌아와 내게 말했어.

"가면 안 돼. 금방 돌아올 거니까."

그는 내가 고개를 끄덕이고 나서야 다시 몸을 돌려 그 남자를 따라 갔어.

큰 홀이 금세 사람들로 붐비기 시작했어. 사람들은 모두 열심히 얘기를 주고받더군. 한 대학생 차림의 남자애 하나가 나를 아주 오래 쳐다보더니 겁먹은 표정으로 쭈뼛쭈뼛 다가와 묻더군.

"아가씨도 시인이에요?"

나는 고개를 가로저었어. 그가 가버리자 나는 유리 창문을 열었어. 나가서 시원한 공기를 마시고 싶었지. 하늘은 이미 완전히 어두워져 있었어. 잔디밭에서는 방금 물을 뿌렸는지 반짝반짝 어둠 속에서 빛을 발하고 있었지. 누군가 꽃 모양의 통로를 철거하고 있었어. 장미꽃이 다 뽑히고 철제 틀만 어둠 속에 앙상한 몰골을 드러냈지. 이때, 탕후이는 집에서 다음 달 교토에 갈 여행 계획을 짜고 있었을 거야. 하지만 그 아름다운 사원과 거리들이 나랑 무슨 관계가 있겠어? 얼마 지나지 않아 그런 것은 전부 잊어버리겠지. 하지만 이날 밤은 기억할 수 있을 것 같았어. 인정과 내가 아무 말도 하지 않았지만 그래도 기억할 거야. 나는 그 자리에 서서 푸른 풀에 맺힌 물방울 냄새를 맡았고 장미 향기를 맡았으며, 여름밤 높고 드넓은 하늘의 구름층이 넘실대는 광경을 봤어. 나는 몹시 슬펐어. 거의 열여덟 살 때만큼이나 슬펐지. 하지만 이런 슬픔이 어떤 은전처럼 또 찾아온 거야. 나는 자신이 아주 드물게 그런 감정들에 자극되어야만 진정으로 살아 있다는 것을 느끼게 된다는 사실을 깨달았어. 무료함과 공허함에 대한 장기간의 인내는 이런 순간의 강림을 기다리기 위한 것이지. 한 줄기 빛이 머리끝에서 미끄러져 내려와 나를 감싸고 있는 그림자 속에서 나를 벗겨내는 것 같았어.

인정이 나와서 내 옆에 섰어. 우리는 바로 앞에 있는 잔디밭을 응시하고 있었지.

"여름날의 베이징은 정말 좋아!"

그가 감탄하듯 말했어.

"나는 줄곧 이 도시가 맘에 들지 않았어. 그래서 매번 일을 마치면 곧장 떠났지."

"왜요?"

내가 물었어.

"아마 도시가 너무 크기 때문일 거야. 어딜 가든 너무 떠들썩하고 소란스럽거든. 10여 년 전에 나는 대학을 옮길 생각을 했어. 하마터면 베이징으로 배정될 뻔했지. 하지만 결국 베이징으로 오진 못했어."

그가 시계를 들여다보고는 말을 잇더군.

"자치, 우리 가자. 집에 일찍 들어가야 돼? 바쁘지 않으면 우리 어디 가서 좀 앉았다 가는 게 어때?"

그는 자신이 묵고 있는 호텔 아래층에 있는 바로 가자고 제안했어.

그곳에는 노천 좌석이 있었지. 그리 멀지도 않았어. 우리는 대사관 지역의 텅 빈 도로를 따라 앞을 향해 걸었어. 길 양쪽에 늘어선 키 큰 오동나무들이 아주 짙은 그늘을 만들어주었지. 가로등 불빛은 무척이나 부드러워 달빛과 완전히 하나로 어우러졌어. 그가 물었어.

"아직 시를 쓰니?"

"안 써요."

내가 대답했지.

"그렇군. 나도 안 써."

"그 회고록을 쓰시느라 그런 건가요?"

내가 물었지.

"그걸 네가 어떻게 알지?"

그가 놀란 눈으로 날 쳐다봤어. 그러더니 고개를 끄덕이더군.

"맞아. 내가 방금 행사에서 말했구나. 나이가 들면 체력이 정말 안 따라줘. 글을 조금만 써도 금세 피곤해지지. 원래는 올해 완성할 예정이었는데 꼴을 보니 내년이나 되어야 마무리할 수 있을 것 같아."

"어떤 것들을 회고하시는 거예요?"

내가 물었어.

"어린 시절부터 시작해서 '문화대혁명'과 대학 시절 그리고 지금까지의 모든 일을 고발하는 형태로 쓰고 있지. 아무도 읽고 싶어하지 않을 거야. 하지만 내게는 매우 중요한 책이지."

그는 의미심장한 눈빛으로 나를 바라보며 말을 이었어.

"이 책이 출판되면 네게도 한 부 보내줄게."

아주 넓은 사거리에 다다른 우리는 건널목 앞에 서서 신호등 색깔이 바뀌기를 기다리고 있었어. 그가 고개를 돌려 나를 쳐다보면서 물었어.

"나를 처음 만나던 날 저녁 기억나니? 그때 우리는 네 학교 교문 앞에 서 있었지. 비가 막 그친 뒤라 아주 추웠어. 아직 가을이었을 거야."

사실은 봄이었어. 하지만 나는 바로잡지 않고 듣기만 했어. 어쩌면 그의 머릿속에서는 밤이 항상 가을 풍경으로 남아 있는지도 모르지. 기억 속에서 계절과 풍경이 하나로 응고되어버린 거야.

술집의 노천 좌석은 거의 다 차 있었어. 우리는 맨 뒤에 있는 테이블로 갔지. 인정은 다시 한번 시계를 들여다보더니 일어서면서 전화 한 통 하고 오겠다고 말했어. 그는 수화기를 든 채 스탠드 옆에 서 있었어. 얼굴에는 가벼운 미소가 걸려 있더군. 나는 화이트와인을 몇 모금 마시면서 탕후이에게 문자를 보내 친구를 만나느라 좀 늦게 돌아갈 것 같으니 먼저 자라고 알렸지. 몇 분 뒤에 알겠다는 답신이 왔어. 인정이 다시 자리로 돌아와 앉았어. 우리는 잔을 한번 부딪치고 각자 술을 마셨지. 그가 말했어.

"방금 딸한테 전화한 거야. 그 애는 꼭 내 목소리를 들어야 잠을 자거든."

나는 약간 놀란 표정을 지었지.

"몇 년 전에 멍징이 갑자기 생각을 바꿔 아이가 몹시 갖고 싶다고 하더군. 몇 번 시험관 수정을 시도하다가 마침내 성공했어."

"딸인가요?"

내가 물었어.

"응. 딸이야. 이제 겨우 다섯 살이지."

"정말 잘됐군요. 멍징이 아이에게 춤을 가르쳐주면 되겠네요."

그가 고개를 끄덕이며 말했어.

"뜻밖에도 멍징은 아주 좋은 엄마더군. 나는 전혀 생각지 못한 일이지."

밤바람이 담장 옆의 대나무를 흔들자 사사삭 소리가 났어. 그가 말했지.

"자치, 아직도 날 원망하니?"

"뭐라고요?"

나는 그를 쳐다보며 되물었지.

"별 뜻이 있어서 묻는 건 아니야."

나는 술을 좀더 따라 천천히 마셨어. 그도 내게 자신의 말이 잘 먹히지 않는다고 하면서 술을 몇 모금 더 마셨어. 그러고는 말을 이었지.

"내가 너에게 상처를 주는 일이 없었으면 좋겠다. 나한테 생각이 아주 많다는 건 자치도 잘 알 거야."

나는 고개를 끄덕이며 계속 술을 마셨어. 그가 종업원을 부르더니 술을 한 병 더 주문하더군. 종업원이 오프너로 코르크 마개를 뽑아 잔에 술을 따라주고 돌아갔어. 나는 눈으로 종업원의 뒷모습을 쫓으면서 고개를 가로저었어. 그러고는 중얼거리듯이 말했지.

"무슨 말인지 잘 모르겠어요. 다른 여자아이들에 대해서는 걱정이 없다는 뜻인가요?"

그가 나를 쳐다봤어. 그 얼굴에 아주 천천히 이상한 미소가 번지더군. 나는 마침내 공격을 하기로 마음먹고 가슴속에 묻어두고 있던 문제를 꺼냈어. 그 문제의 위력은 조금도 줄어들지 않았지. 입 밖으로 나오는 순간, 내 상처를 뒤흔들어놓았지. 자존감이 무너져 산산조각 나고 말았어. 나는 그가 입을 열기를 기다렸지. 그냥 생각나는 대로 아무 말이나 해도 나를 구제해줄 수 있을 것 같았어. 하지만 그는 말을 하지 않았어. 그저 담장 옆의 대나무만 바라보면서 잔을 들어 술을 마셨지.

한참이 지나서, 내가 오늘밤이 침묵 속에서 끝날 것 같다는 생각을 하고 있을 때, 그가 몸을 곧게 펴더니 두 손을 테이블 위에 올려놓고 말했어.

"자치, 너한테 말하지 않은 일들이 있어. 나는 네 아빠와 친구가 아니라 적이었다고 해도 과언이 아닐 거야. 당시 시 모임을 꾸리면서 나와 네 아빠는 둘 다 대표 후보자였어. 둘 다 젊은 데다 패기가 넘쳤지. 스스로 자신이 비범하다고 생각하면서 누구도 서로 양보하려 하지 않았어. 그를 지지한 사람들도 있고 나를 지지한 사람들도 있었지. 두 파가 서로 대치하면서 원만한 해결이 불가능했고. 나중에 나는 정말로 그런 투쟁이 지겨워 모임에서 나가기로 결심했지. 네 아빠가 모임의 대표가 됐어. 그는 리더 자리에 대한 욕심이 아주 강했지. 자신이 갖고 있는 일련의 사상을 모든 사람이 옹호해주기를 바랐어. 시가 일종의 권력이 된 것 같았어. 종교와 비슷한 게 되고 말았지."

그는 심호흡을 한번 하고 나서 얘길 이어갔어.

"너희 아빠에 관해 시비를 따져선 안 되겠지. 그는 네가 가장 존경하는 사람일 테니까 말이야. 나도 한때는 그를 무척 존경했지. 그래서 나중에 실망도 컸던 거야. 그가 나중에 더 이상 시를 쓰지 않는다는 소식을 듣고 뜻밖에도 나는 몹시 괴로웠어. 아주 훌륭한 맞수를 잃었을 뿐만 아니라 그처럼 승부욕이 강한 사람이 얼마나 고통스러울지 나도 충분히 상상할 수 있었기 때문이지. 그게 대체 어떻게 된 일인지 아는 사람은 아무도 없었어. 알고 보니 천재성은 하늘이 내렸다가 아무 때고 거둬갈 수 있는 거였어. 물론, 네 아빠는 이 점을 인정하지 않겠지. 그는 시를 쓰고 싶지 않을 뿐이라고, 의미를 느끼지 못한다고 말했어. 학교에 남아 일하기 시작한 뒤로 그는 모든 정력을 강의와 연구에 쏟았어. 나는 그가 천재라는 걸 인정하지 않을 수 없었지. 학문에도 아주 뛰어났으니까. 우리 지도교수인 쑨孫 선생은 그를 편애하면서 자신의 후계자로 삼았지. 하지만 쑨 교수도 나중에 그에게 실망하고 말았어. 자신이 가장 자랑스러워하는 제자가 길을 바꿔 관원이 되고 말았기 때문이지. 당시 네 아빠가 학술 저작을 한 권 출판했지만 기대했던 것만큼 큰 관심을 받지 못했고 미국에 방문학자로 갈 기회마저 놓치자 크게 상심하고는 학과장을 도와 사무적인 일을 맡게 되었지. 학과장은 그를 자기 직속 부하로 발탁하려고 했어. 너희 아빠는 너무 쉽게 좌절감을 느끼는 듯했어. 얼마 후 자신이 추구하던 목표를 포기하고는 맨 처음으로 되돌아왔어. 나중에는 관료가 되려는 생각마저 포기하고 말았지. 학과장과 사이가 틀어졌기 때문이야. 당시 그의 태도는 대단히 급진적이었지. 나중에 학과장은 그런 사실을 알고는 네 아빠에 대한 태도가 아주 신중해졌어. 물론 네 아빠를 중용하지도 않게 되었지. 얼마 후 네 아빠는 사직하고 말았어. 이렇게 성격이 분명하고 항상 예봉을 드러내고 다니던 사람이 우리 시야에서 사라지고 말았지. 나중에 그가 베이징에 가서 사업을 해 큰돈을 벌었다는 소식을 들었을 때 전혀 뜻밖이라는 생각이 들지 않았어. 정말이야. 그는 무슨 일을 하든지 잘해낼 거라고 생각했지. 그 뒤로 또 그가 자동차 사고를 당했다는 소식을 들었어…… 그때는 정말 놀랐지. 아주 오랫동안 그 소식을 믿을 수가 없었어. 그가 지난을 떠날 때만 해도 그와의 은원恩怨이 이렇게 끝나리라고는 생각지 못했지. 어떤 상황에서 다시 만나게 될지, 갈등이 있을지 알지도 못했지. 그래서 너와 마주쳤을 때, 마음속으로 생각했어. 아, 알고보니 이런 거였구나…… 너를 의도적으로 속이고 싶은 의도는 추호도 없었어. 그저 너에게 이처럼 음울하고 아름답지 못한 것들은 보게 하고 싶지 않았던 것뿐이야. 내게는 네 눈을 가리고 있을 책임이 있었던 거지."

내가 말했어.

"선생님이랑 우리 아빠 중에 한 사람만 좋은 사람이라는 걸 제게 말해주는 것이 걱정됐던 거로군요. 제가 반드시 한 사람을 선택해야 한다면 이건 너무 잔인한 것 아닌가요?"

그는 고개를 가로저었어.

"아니야. 잔인한 건 우리 둘 다 좋은 사람이 아니라는 사실이지. 정말 잔인한 건 이 세상에 이른바 좋은 사람이 존재하지 않는다는 거야."

그는 내 담배를 한 개비 가져가 불을 붙였어.

술집은 이미 문 닫을 준비를 시작했고 손님들은 하나둘 일어나 자리를 떴어. 창밖의 조명등도 꺼졌지. 그가 잔 안에 있는 하얀 양초를 바라보면서 낮은 목소리로 말했어.

"나는 익명의 편지를 한 통 썼어. 네 아빠와 학생들 사이의 왕래에 관한 일들을 열거하는 편지였지. 한 학생이 내게 말해준 이야기였어. 나는 그 얘기를 다 듣고 나서 그 학생에게 다른 사람에게는 절대 말하지 말라고 당부했지. 그렇지 않으면 리 선생님한테 불리할 거라고 했어. 나 자신도 다른 사람들에겐 말을 옮기지 않았지. 이 일은 그렇게 지나갔어. 한 달 남짓 지난 어느 날 오후, 사무실에 나 한 사람밖에 없었어. 다음 주 수업 준비를 마치고 나니 피로감이 몰려오더군. 그래서 차를 한 잔 마시려고 우렸어. 창밖의 하늘은 몹시 흐렸어. 곧 비가 내릴 것만 같았지. 하늘에 먹구름이 마구 몰려오고 있었어. 방 안은 아주 답답했지. 잔뜩 눌리는 듯한 느낌이었어. 나는 서랍을 열고 원고지 뭉치를 꺼냈어. 그런 다음 만년필 뚜껑을 열고 단숨에 편지를 완성한 다음, 읽어보지도 않고 편지봉투에 집어넣고 건물을 나와 학과장의 편지함에 던져넣었지. 맞은편에서 동료 하나가 걸어왔어. 나는 그에게 인사까지 건넸지. 사무실로 돌아오자마자 나는 글자 자국이 남아 있는 맨 위의 원고지 몇 장을 찢어 주머니에 넣었어. 그런 다음 의자에 앉아 아직 미지근하게 열기가 남아 있는 차를 다 마셔버렸지. 밖에는 비가 내리기 시작했어. 빗방울이 후두둑 창문을 때렸지. 머리에 땀이 났지만 마음은 아주 평온했어. 방금 평상시와 다름없는 육체노동을 끝낸 듯한 기분이었지. 그 평온함은 그 뒤로 줄곧 나를 따라다녔어. 너희 아빠가 사직하고 떠날 때도 흐트러지지 않았지. 떠나기 직전에 네 아빠가 물건을 정리하러 사무실을 찾아왔어. 나는 네 아빠와 문 앞에서 잠깐 얼굴을 마주하게 되었어. 그가 나를 향해 고개를 끄덕였어. 나도 그에게 고개를 끄덕였지. 그러고 나서 『현대소설 대계』 총서가 내년에 출판될 예정인데 나오면 보내줄까 하고 물었지. 그는 좋다고 말하고는 곧장 문을 닫고 몸을 돌려 가버렸어. 그 전에 우리는 이미 여러 해 동안 서로 말을 주고받지 않았지. 함께 그 총서의 편집 작업을 진행하면서 회의를 하느라 얼굴 마주치는 것을 피할 수 없을 때에도 상대방이 완전히 보이지 않는 것처럼 행동했어. 1년 후, 책이 출판되자 나는 그와 연락을 유지하고 있는 동료에게 증정본 책을 건넸어. 나중에 너희 아빠가 교통사고를 당했다는 소식을 들었지. 어떤 사람은 자살이었다고 말하더군. 그날 저녁 나는 혼자 발코니에 긴 시간 앉아 있었어. 담배를 적잖이 피웠지. 결국 나는 나 자신을 설득시켰어. 한 사람의 운명은 주로 그의 성격이 결정하는 거라고, 다른 사람들은 별 관계가 없다고 말이야. 이런 결론은 네가 나타날 때까지는 줄곧 아주 견고한 편이었어. 너를 처음 만났을 때부터 나는 네 몸에 밴 그런 슬픔이 나와 연관이 있다는 생각이 들었어. 너에 대한 감정은 복잡할 수밖에 없어. 좋아하는 부분도 있고 애석하게 느끼는 부분도 있고 마음에 걸리는 부분도 있지. 네가 그 조숙한 두 눈으

로 나를 바라볼 때면 나는 곧장 마음이 쪼그라들지. 속마음이 다 드
러난 기분이야. 정말 견디기 어려운 맛이지. 하지만 나는 애당초 너한
테 저항할 수가 없어. 그냥 나 자신에게 말할 뿐이지. 네가 나를 필요
로 한다면 너에게 뭔가 긍정적인 것들을 가져다주겠다고, 너를 그 퇴
폐적이고 염세적인 정서에서 구해내주겠다고 말이야. 하지만 때로는
나도 미혹을 느끼지. 너와 함께 있으면 구제되는 사람이 네가 아니라
나인 것 같아. 이런 생각이 들 때마다 나는 몹시 수치스러움을 느끼
지. 마지막 그날 저녁, 너의 순진함과 깊은 정이 내 마음을 몹시 아프
게 했어. 나는 그렇게 할 수가 없었어. 내게 가정이 있고 네가 아직 어
린아이이기 때문만이 아니라 이런 감정이 시작되자마자 그 안에 속임
수와 잘못된 사랑이 포함되어 있었기 때문이지……. 이런 사실을 너
에게 얘기하지 않았던 걸 용서해줘. 말했더라면 아마 고통을 조금은
줄일 수 있었겠지. 하지만 너에게 세상 전체에 대해 환멸을 느끼게 했
을 거야."

그가 말을 멈추고는 고개를 가로젓더니 낮은 목소리로 말했어.

"어쩌면 모든 게 핑계인지도 몰라. 당시에는 감히 말하지 못했지만
그해의 일을 직시할 마음의 준비가 되어 있지 않았던 것 같아. 자치,
나를 용서해줄 수 있겠니?"

나는 얼굴에 흘러내리는 눈물을 훔치면서 지금은 준비가 되었냐고
물었지. 그가 말했어.

"그 회고록에 네 아빠와의 지난 일에 관해서도 썼어. 그 익명의 편
지에 관해서도 썼지. 그 책은 감정이 범람하는 참회록이 아니야. 나는
벗어날 수 있기를 바랐어. 최대한 객관적으로 당시의 나 자신을 바라
보고 싶었어. 당시에 범했던 모든 실수도 포함해서 말이야. 모든 사람
의 영혼에는 더럽고 추악한 부분이 있어. 선량하고 아름다운 자질들

과 한데 뒤섞여 있어 완전히 잘라낼 방법이 없지. 아마 그것들을 인정하고 하나하나 다 가려내는 것이 그것들과 결별하는 유일한 방법일 거야. 내가 너에게 이미 말했듯이 이 책은 나 자신을 위한 책이야. 하지만 이 책에 약간의 가치가 있다면, 그건 아마 자신의 죄를 대하는 방식을 제공하고 있는 거라고 할 수 있겠지. 이 모든 것과 관련해 네게 감사해야 할 것 같다. 자치, 네가 나타나지 않았다면 나는 영원히 이 책을 쓰지 못했을 거야. 네가 내 삶에서 사라진 뒤로 그 가슴 아픈 나날 속에서 나는 이 책을 써야겠다는 생각을 하기 시작했어. 하지만 황당하게도 나는 반성과 동시에 새로운 죄를 짓게 되었어. 내가 말하는 것은 여학생과의 일이야. 분명히 실수였어……."

그는 고개를 숙인 채 손가락을 움직였어. 아마도 이것이 인간의 복잡한 점이겠지. 잘못을 인정하고 지적하는 게 아니라 철저하게 매듭을 짓는 거야. 살아 있는 한, 아직 숨을 쉬고 있는 한, 항상 시련이 닥치기 마련이지. 항상 허약해질 때가 있는 법이야.

바람이 불어오자 대나무 잎이 사사삭 소리를 냈어. 촛불도 마구 흔들렸지. 내가 말했어.

"가끔씩 꿈에서 아빠를 만나요. 그런데 선생님의 모습으로 나타나요. 선생님이 아빠의 말투로 말을 하는 거예요. 말을 안 할 때는 선생님의 표정으로 침묵하지요. 아빠와 헤어진 지 너무 오래돼서 그런가 봐요. 전 이미 아빠의 모습이 생각나지 않아요. 어쩌면 제 기억 속에서 두 분이 점점 한 사람으로 변하는 건지도 모르지요. 오늘 이후로 제가 두 분을 떼어놓을지도 몰라요."

그가 쓴웃음을 지으며 말을 받았어.

"떼어놓은 뒤에도 내게 약간의 감정이 남아 있으면 좋겠군. 자치!"

그가 꿈속에서 내 이름을 부르는 것 같았어.

"널 한번 안아볼 수 있을까?"

그에게 다가가서야 나는 그가 몸을 떨고 있는 것을 알았어. 알코올 혹은 다른 무언가가 그 효력을 연장하고 있는 듯했지. 그가 나를 꼭 안아 내 얼굴이 그의 가슴에 밀착되게 했어. 쿵쿵대는 심장 소리가 내 귀를 울렸어. 그 소리는 이내 작아졌어. 주위는 조용했고 공기는 촉촉하면서도 따스했어. 갑자기 피로가 몰려오더군. 아주 긴 길을 걷다가 마침내 걸음을 멈춘 것 같았어. 그 짧은 순간 나는 잠이 든 것 같았어. 칠흑같이 어두운 하늘에 불꽃이 솟구쳤다가 한 송이 한 송이 꺼지는 것 같았지. 나는 눈을 크게 뜨고 얼굴을 들어 그를 바라봤어. 나는 그가 울었다는 것을 확신할 수 있었어. 내가 그의 입술에 가볍게 입을 맞췄어. 그도 내 입술에 입을 맞췄지. 그런 다음 나는 그의 품에서 빠져나왔어. 그의 두 팔이 움츠러들더니 몸 양쪽으로 길게 처지더군. 알코올 혹은 다른 무언가는 시간이었다는 것을 알았어. 잠시 후 우리는 다시 서로 얼굴을 마주했지. 날이 이미 환하게 밝아오고 있었어. 아주 높은 곳에서 새 울음소리가 들려오기 시작했지.

공기가 점점 더워지면서 여름날의 건조한 냄새를 풍기기 시작했어. 유리잔 안의 촛불은 아직 타고 있었지. 그 불빛은 끊임없이 억눌리고 있는 소리가 하소연을 계속하고 있는 것 같았어. 나는 내 목소리를 들었어. 또 다른 내가 또 다른 그에게 호소하고 있는 것 같았어. 시간 속에 울리는 소리 같았어. 지난 몇 년 동안 나는 아빠가 도대체 어떤 사람이었는지 확실히 정리해두고 싶었어. 내가 아는 것이 많아질수록 아빠의 모습은 점점 흐릿해지기만 했지. 내가 아빠에게 다가갈 때마다 항상 한 차례의 이별이었어.

우리는 일어서서 술집을 나왔어. 거리는 아주 조용했어. 도로가 아주 넓어진 듯한 느낌이 들었지. 살수차가 지나간 노면 위로 햇빛이 비치면서 옅은 회색빛이 번졌어. 헤어지기 전에 그가 말했어.

"지난밤이 아마 내 일생에서 가장 특별한 의미를 갖는 밤이었을 거야. 안녕, 자치!"

집에 돌아와보니 탕후이는 아주 깊은 잠을 자고 있더군. 나는 침대 옆에 한참을 앉아 있었어. 그가 깨기를 기다리고 싶었지. 나중에는 너무 피곤해서 그냥 침대에 눕고 말았어. 잠에서 깼을 때는 우르릉 쾅 하고 천둥소리가 들리고 창밖에는 비가 내리고 있었어. 탕후이는 나를 등진 채 옷장에서 옷을 꺼내고 있었지. 침대 머리 선반에 있는 자명종을 들어 보니 오후 1시였어. 자명종 옆에 내 가방이 놓여 있었고, 또 그 옆에는 인정의 시집이 놓여 있었어.

내가 탕후이 등 뒤로 다가가서 말했어.

"미안해, 하지만 아무 일도 없었어."

"난 네 물건 뒤지지 않았어."

탕후이가 말했지.

"네 가방이 거꾸로 떨어지면서 물건이 전부 쏟아진 거지. 아무것도 보이지 않았어. 뭐가 뭔지 구분도 되지 않았고. 이 말은 분명히 해둬야 할 것 같군."

그는 서랍을 열고는 안에서 스웨터를 꺼냈어. 장뇌환樟腦丸 한 보따리가 그의 발 옆에 놓여 있더군. 장뇌삼의 지독한 냄새는 이미 거의 다 날아가 과거의 그 일상적인 세월 속에 흩어져버렸어. 하지만 우리는 줄곧 그걸 버리지 않고 있었어. 그런데 그가 그걸 수습해서 쓰레기통에 넣었어.

"영원히 떠날 리 없다고 말해놓고 이제 와서 후회하는 거로군."

내가 낮은 목소리로 말했어.

"그래. 후회하고 있어. 아직 늦지 않은 것 같아."

그가 말했어.

"아직 늦지 않은 것 맞지? 나도 잘 모르겠어."

"나는 네가 후회하리라는 걸 일찌감치 알고 있었어."

"맞아. 넌 일찌감치 알고 있었지. 어젯밤에 아무 일도 없었다는 것 믿어. 하지만 동시에 아주 많은 일이 있었겠지. 하지만 넌 항상 사물의 어두운 면만 보는 것 같아. 여기에도 장점은 있지. 오늘 이런 지경에 이르러서도 너는 전혀 뜻밖이라고 여기지 않으니까 말이야."

그는 트렁크를 닫고는 벽 쪽에 똑바로 서서 말했어.

"네 아빠의 역사에 관해 뭔가 새로운 단서를 찾은 거야? 그래서 과거의 적을 다시 찾아가기로 마음먹은 건가?"

"그런 게 아니야. 어젯밤 이후로 모든 게 끝났어."

"그들의 몸에서만 찾을 수 있었던 격정 말이지? 그렇지 않으면 살아 있는 송장이요 걸어다니는 고깃덩이였을 테니까 말이야."

"그만해. 제발 부탁이야. 지난 일이야. 다 지나갔다고, 탕후이!"

"리자치, 너의 이런 생활에 대한 내 견해를 들어보고 싶지 않아? 너는 굳이 네게 속하지도 않은 역사 속으로 기어들어갔어. 단지 도피를 위해서였지. 현실생활에 대한 두려움과 무능에 직면해 이를 가리고 싶었던 거라고. 너는 자신의 존재 가치를 찾지 못했어. 그래서 네아빠의 시대에 숨어 그들 세대의 짓무른 상처에 기생하는 거지. 썩은고기를 쪼아먹는 대머리독수리와 다를 바 없어. 너는 끊임없이 이른바 목격자와 증인들을 찾아다니면서 유령처럼 그 폐허 위를 배회하며 네 아빠와 관련 있는 깨진 기와 조각을 줍고 있지. 네 아빠와 왕루한의 사랑 이야기의 퍼즐을 맞추려고 말이야. 아, 얼마나 심금을 울리는 이야기겠어. 하지만 애석하게도 전부 너의 허구와 환상이 빚어낸 거지. 너 자신에게 부족한 감정을 채우기 위해 입만 열었다 하면 모든 게 사랑 때문이지. 리자치, 사람이 뭔지 알기나 해?"

나는 그 자리에 꼼짝도 않고 서 있었어. 발밑의 냉기가 몸을 타고 올라오는 것 같았어.

"넌 정말 몰라."

그는 고개를 가로저으며 우산을 집어든 다음, 트렁크를 들고 나갔어. 문 닫는 소리에 의한 진동으로 창문이 울렸지. 방 안엔 다시 정적이 감돌았어.

"뭐가 사랑이냐고? 네가 말해주면 되잖아. 사랑이 뭔지를 말이야!"

나는 문을 열고 찢어질 듯한 목소리로 소리쳤어. 이미 문이 닫힌 엘리베이터에 대고 소리를 질렀지.

"사랑이 뭔데? 내게 말해달란 말이야!"

나는 방으로 돌아와 문을 닫았어. 개가 나를 쳐다보고는 뒤로 몇 걸음 물러서더니 자기 집 안으로 들어가버리더군. 나는 방 한가운데 서 있었어. 후둑후둑 빗소리가 쉴 새 없이 밀려들어왔지. 공기에서 아주 날카로운 칼날이 수없이 나와 내 폐부를 그어댔어.

사랑이 뭔데? 사랑이 뭐냐고? 메아리가 세균처럼 번져 방 전체를 가득 메웠어. 나는 1분도 더 지체하지 않고 재빨리 물건을 정리해서 곧장 그곳에서 도망치고 싶었어. 하지만 그 물건들을 가져가야 할까? 그와 함께 샀던 잔과 그릇, 함께 키웠던 식물들, 생일에 그가 내게 선물했던 쿠션을 전부 가져가야 할까? 일기장 안에 끼워둔 폴리에틸렌으로 싼 사진이 방바닥 한가득 떨어졌어. 내게 무시당하는 그 순간을 주시하고 있는 듯했어. 탕후이는 내게 사랑하는 법을 가르쳐주고 싶어했던 사람이야. 하지만 그는 포기했지. 줄곧 나를 붙잡고 있던 그 손을 놓고 가버린 거야. 나는 몸이 무게를 잃어버린 듯한 느낌이 들었어. 끊임없이 추락하고 추락해 심연으로 떨어져버렸지. 나는 바닥에 무릎을 꿇고 앉아 손을 가슴에 얹었어. 아마도 그때가 내 일생에서 사랑이 무엇인가 하는 해답에 가장 근접한 순간이었을 거야.

나는 곧 그 집에서 이사해 나왔어. 개는 남에게 줘버리고 가구는 잠시 교외에 있는 친구의 창고에 보관해뒀지. 지출을 줄이려고 친구 집에 얹혀살면서 여전히 잡지에 원고를 썼어. 잡지는 불경기라 계속 정간 상태였지. 나는 사방으로 일자리를 찾기 시작했어. 그 기간 남자친구 몇 명이랑 짧은 교제를 하기도 했어. 그들의 눈에는 내가 아주 이상한 사람이었을 거야. 그들은 항상 아리송한 표정으로 내게 물었지.

"대체 원하는 게 뭔가요?"

나중에 페이쉬안이 왔어. 나는 그 애 집으로 이사해 들어갔지. 그 시기에 할아버지가 우리의 대화 속에 등장하기 시작했어. 할아버지가 침묵 속에서 나타났어. 페이쉬안이 간 뒤에도 난 그 애 아파트에서 두 달을 더 지냈어. 엄마가 불시에 전화를 해서 샤오바이루에 관해 얘기하면서 내가 돌아오면 좋겠다고 말했지. 그 목소리들이 하나로 합쳐져 일종의 소환으로 변했어. 그리고 그 소환은 갈수록 더 분명해졌지. 나는 아빠의 여정을 추적하는 작업이 거의 막바지에 이르렀다는 것을 깨달았어. 결국 이곳으로 와서 할아버지를 만났지.

확실히 인정이 말한 것처럼 모든 잘못을 인정하고 지적해야만 영혼이 정결해질 수 있는 걸까? 난 잘 모르겠어. 하지만 단 한 가닥 희망만 있어도 할아버지는 이런 노력을 포기하지 말았어야 했어. 어쨌든 그건 할아버지 한 사람만의 일이었어. 누구도 강요하거나 뭔가를 대신 해주지 않았지. 따라서 내가 이곳에 온 이유는 목격자가 되기 위한 것뿐이었어. 기다리는 것 말고는 내가 할 수 있는 게 아무것도 없었지.

어제 널 찾으러 갔을 때, 나는 갑자기 이번 여정의 종점이 할아버지를 만나는 게 아니라 너와 재회하는 것임을 깨달았어. 아주 많은 일이 이걸로 종결될 수 있었지. 하지만 이건 종결인 동시에 또 다른 시작이기도 했어. 우리 사이의 연결은 우리 할아버지가 떠난다고 해서 단절되는 게 아니었어. 우리 관계는 영원히 존재할 거야. 영원히 그렇게 긴밀할 거야. 오늘 이후로 우리 관계는 영원히 우리 손에 넘겨진 거야.

청궁

날이 곧 밝을 것 같아. 난 출발해야 해. 지난밤에 술을 너무 많이 마셨어. 하지만 최근 몇 년 사이에 정신이 가장 맑은 날인 것 같아. 너에게 감사해야 할 것 같아. 네가 날 이곳에 오게 해준 것에 대해, 좀 더 가벼운 마음으로 떠날 수 있게 해준 것에 대해 고맙게 생각해. 하지만 어디로 가야 할지 모르겠어. 아마 남방으로 가야겠지. 아주 더운 곳, 안개가 그렇게 많지 않은 곳으로 가야 할 것 같아. 매일 햇볕이 강렬하고 너무 덥기 때문에 아무 일도 생각할 수 없는 곳으로 가야겠어. 그곳에서 새로운 삶을 시작해야지. 너무 늦은 건 아니겠지? 내가 왜 떠나려 하는지 네가 몹시 묻고 싶어한다는 것 잘 알아. 그래, 왜 떠나야 하는 걸까? 나 스스로 한번 대답해봐야 할 것 같아. 이렇게 늦은 밤에는 감춰야 할 게 하나도 없을 테니까.

어쩌면 2008년의 세월로 돌아가려는 건지도 몰라. 그해 가을이 내게는 상당히 견디기 어려운 시간이었지. 샤오커가 떠나고 얼마 지나지 않아 고모가 퇴직했어. 사실 퇴직 연령이 지난 지 오래였지만 줄곧 버티면서 떠나지 않고 있던 거였어. 그 일자리가 갖는 의미는 보통의 것이 아니었지. 할아버지에게서 물려받은 유일한 것이었으니까. 고모는 줄곧 그 직장을 조상의 가산처럼 소중히 여기면서 지키려고 노력했어. 여러 번의 협상을 거친 끝에 병원 고위 인사들은 마침내 인내심을 잃고 고모의 퇴직 수속을 강행했어. 고모를 집으로 쫓아버린 거지. 매일 아침 8시에 고모는 단정하게 옷을 갖춰 입고 소파에 멍하니 앉아 있곤 했어. 지난 몇 년 동안 고모는 지각을 한 적이 한번도 없었지. 제때 시간을 알려주는 종루鍾樓나 고루鼓樓처럼 고모는 아주 정확히 시각에 따라 움직였어. 고모는 어떤 약이 어디에 있는지 완벽하게 알고 있어 눈 감고도 찾을 수 있을 정도였지. 고모는 이런 기능을 잃을까 두려워 집에서도 쉬지 않고 연습을 했어.

"아목시실린이 어디 있었지? 그 옆에는 어떤 약이 있었지? 왼쪽에는 또 어떤 약이 있었더라? 아 생각이 안 나네. 정말 기억이 안 나."

고모는 두려움에 울음을 터뜨리더니 방 안을 왔다 갔다 했어. 그러고는 대걸레를 들고 쉴 새 없이 바닥을 닦았지. 당시 나는 이미 몇 달째 일을 쉬고 있었어. 광고회사를 그만둔 뒤로 어리석기 짝이 없으면서도 자신이 무조건 옳은 줄 아는 사장에 신물이 난 나는 창업하기로 결심했지. 그래도 나쁘지 않았던 것은 아주 긴 계획서를 써 보냈지만 회신이 없었다는 거야. 저축해두었던 돈이 다 떨어져갈 즈음, 나 스스로에게 나가서 일자리를 찾아봐야 할 것 같다고 말했지. 하지만 여전히 아침부터 저녁까지 고모와 얼굴을 마주하고 있었어. 매일 저녁 무렵, 날이 어두워지는 한 시간이 하루 중에서 가장 견디기 어려웠어. 매일 이때가 되면 친구랑 술 마시러 간다는 구실로 집을 나섰지. 사실 나는 건물을 나서지도 않았어. 그저 3층으로 올라갔을 뿐이야. 샤오커가 살았던 집에서 천샤샤가 날 기다리고 있었거든.

이제 나와 천샤샤의 이야기를 해야 할 것 같네. 사스가 유행하던 그해에 우리가 입원병동에서 나온 뒤에 그 애는 끊임없이 내 앞에 나타나기 시작했어. 매주 토요일 학교에서 돌아오면 그 애가 난위안 정문 입구에 서 있는 걸 볼 수 있었지. 과거와 다른 것은 그 애가 더 이상 우연을 가장하지 않고 대담하게 나를 향해 다가와서는 "이제 오는 길이야? 밥은 먹었어?" 하고 말을 건 거야. 그 애의 손에는 다양한 색깔의 비닐 쇼핑백이 들려 있었어. 내가 우리 집 건물 앞에 도착할 때까지 따라오다가 그 쇼핑백들을 내 손에 쥐여주고는 재빨리 몸을 돌려 내빼곤 했지. 쇼핑백 안에는 이상한 모양의 쿠키가 잔뜩 들어 있었어. 자신이 직접 만들었는지 어떤 건 너무 오래 구워서 가장자리가 깨져 있더군. 나는 그걸 전부 쓰레기통에 쏟아버렸어. 이런 일이 일고여덟 번 일어났지. 나중에 나는 연달아 몇 주 동안 집에 돌아가지 않았어. 당시는 막 여자친구랑 헤어진 터라 몹시 의기소침해 있을 때였어. 아침부터 저녁까지 기숙사에서 게임만 했지. 어느 날 먹을 걸 사러 아래층으로 내려가 기숙사를 막 나서는 순간, 천샤샤가 가로등 아래 서 있는 모습을 봤어.

"너 기숙사에서 하루도 내려오지 않더라고. 뭐 좀 먹었어?"

그 애가 이렇게 말하면서 손에 든 비닐 쇼핑백을 흔들었어. 이번에는 컵케이크였어. 정말로 배가 고팠던 나는 그중 하나를 집어들었지. 케이크 안에는 덜 익어서 축축한 밀가루 덩어리가 들어 있었어. 하지만 뱉어내지 않고 한입에 다 먹었지. 내가 어떻게 왔냐고 묻자 그 애는 내가 신문방송학과에 다닌다는 사실을 사무실에 가서 알아냈다고 하더군. 내가 말했어.

"넌 정말 재주가 다양하구나."

그 애가 말을 받았어.

"그 사람에게 케이크를 두 개 줬어. 원래는 여덟 개였거든."

나는 천샤샤와 얘기를 좀 나눌 생각이었지만 기숙사 건물 아래는 사람들의 왕래가 너무 많아 같은 과 친구들이 보면 새 여자친구라고 생각할 게 뻔했어. 나는 그 애를 학교 밖에 있는 작은 음식점으로 데려가서 맥주와 꼬치를 주문해놓고 말했어.

"앞으로 다시는 날 찾아오지 마. 우리는 안 되는 사이야, 알겠어?"

그 애는 눈길을 내리깐 채 한동안 입을 다물고 있다가 말했어.

"알아, 나도 리자치가 돌아올 거라고 생각해."

내가 숨을 들이마시고서 말을 받았지.

"이건 리자치와 아무런 관련도 없는 일이야."

"넌 자치를 좋아하잖아."

"사람은 평생 동안 수많은 사람을 좋아하게 된다고. 이런 이치도 모르겠어?"

그 애는 대꾸하지 않았어. 한 주가 지나 그 애가 또 나타났지. 여전히 그 자리에 서 있다가 비닐봉지를 내 손에 건네주고 갔어. 나는 안을 들여다보지도 않고 던져버렸지. 그 애는 거의 매주 찾아왔어. 때로는 비닐봉지에 다른 것이 들어 있기도 했지. 목도리가 들어 있을 때도 있고 아주 이상하게 생긴 모자가 들어 있을 때도 있었어. 하지만 과자와 케이크는 항상 있었지. 때로는 잘 구워진 과자와 케이크를 단것을 좋아하는 룸메이트에게 나눠주기도 했지. 나중에 나는 새 여자친구를 사귀었어. 그날 공교롭게 여자친구도 건물 아래서 날 기다렸지. 그 애는 내가 새 여자친구의 손을 잡고 가는 걸 두 눈 똑바로 뜨고 지켜봐야 했어. 그 애는 비닐 쇼핑백을 기숙사를 관리하는 아줌마에게 맡겨두었어. 나는 여러 날이 지나도록 찾아가지 않았어. 나중에 받아와 보니 안에 든 치즈케이크에 곰팡이가 피었더군. 하지만 금세 새것이 배달되었어. 그 애는 여전히 매주 찾아왔어. 한번은 팔에 깁스를 해 목에 걸고 왔더군. 높은 선반에 물건을 진열하다가 발을 헛디뎠대. 그제야 나는 그 애가 슈퍼마켓에 일자리를 구했다는 걸 알았어. 벌써 1년째라고 하더라고.

졸업한 뒤에 나는 집으로 이사해 들어갔어. 그 애는 또다시 난위안 대문 앞에서 내가 퇴근하는 걸 기다리기 시작했지. 며칠에 한번씩 나타났어. 쇼핑백을 들고 여전히 말없이 나를 따라 집으로 왔지. 그 사이에 그 애는 나의 새 여자친구를 여러 명 봤어. 우리 사이에는 일종의 묵계가 이뤄진 것 같았어. 내 옆에 사람이 있기만 하면 그 애는 절대 다가오지 않았지. 그 사람이 우리 고모라 해도 마찬가지였어. 나중에 직장을 그만두게 되자 집을 나서는 시간이 일정치 않다보니 한동안 그 애가 보이지 않았어. 당시 샤오커는 3층에 살고 있었고 가끔씩 내가 그 애 집에서 나올 때면 천샤샤가 2층 계단에 앉아 있는 게 보였어. 그 애는 내가 위에서 내려오는 걸 보고 놀란 표정으로 이사한 거냐고 물었지. 나는 아니라고 대답했지만 설명은 하지 않았어. 그 애가 내게 출장을 갔었냐고 묻기에 회사를 그만뒀다고 대답해주었어. 그 애는 알았다며 고개를 끄덕이더니 또 쇼핑백을 내밀더군. 나는 샤오커가 그 애를 볼까봐 두려웠어. 그래서 시간을 정해서 매주 토요일 낮 12시에 난위안에 있는 작은 잡화점 앞에서 만나자고 했지. 앞으로 우리 집으로 찾아오지는 말아달라고 했어. 그 애는 정말로 오지 않았어. 하지만 나는 이 일을 잊고서 종종 집에 돌아가고 싶지 않다는 생각이 들곤 했지. 나중에 할머니가 돌아가시고 샤오커가 떠난 뒤로 나는 꽤 여러 주 동안 난위안에 가지 않았어. 하루는 저녁 무렵에 아래층으로 쓰레기를 버리러 내려갔는데 문을 열자마자 그 애가 2층에서 고개를 내밀더군. 나를 보더니 황망한 표정으로 원래는 길가에서 기다리려고 했는데 밖에 비가 오는 바람에 건물 안으로 뛰어 들어오게 된 거라고 해명하더라고. 옷이 전부 젖어 있고 머리에서는 물이 뚝뚝 떨어지고 있었어. 그런 모습으로 쇼핑백을 내밀며 가볍게 웃더군.

"어서 가봐. 난 좀더 앉아 있다가 비가 그치면 갈 테니까."

나는 담배에 불을 붙였어. 머리가 약간 어지러웠지. 방금 잠에서 깼기 때문일 거야. 당시에는 거의 매일 날이 밝아올 무렵에야 잠들었거든. 담배를 다 피우고 나서도 나는 그 자리에 계속 서 있었어. 축축한 공기가 아주 쾌적했지. 공기를 몇 모금 더 들이마시고 싶었어. 그 시간 집 안에서는 고모가 한바탕 울음을 터뜨리고 나서 쉴 새 없이 테이블을 닦고 있었어. 이날은 월요일이었고 나는 원래 면접시험을 보러 갈 예정이었어. 하지만 잠에서 깨보니 하늘이 막 어두워지기 시작했더군. 하루가 또 지나간 거였어.

"밥은 먹었니?"

그 애가 묻더군. 문 앞에서 계속 얘기하다가는 고모가 들을 수도 있다는 생각에 위층으로 올라가자는 눈짓을 보냈어. 우리는 3층으로 올라갔어. 나는 문에 기대어 담배를 또 한 대 피웠어. 전에는 샤오커가 안에 있었고 문 앞에는 그 애가 사다놓은 돗자리가 깔려 있었지. 우리는 발로 그 돗자리를 밟으며 장난을 치다가 희미한 금속성 소리를 들었어. 잿빛 먼지 속에서 열쇠 하나가 모습을 드러냈지. 은빛이 반짝이는 열쇠였어. 나는 샤오커가 떠나면서 이 방의 모든 기억을 지워버리려 했다는 걸 알았지. 나는 열쇠를 밟아버리려다가 허리를 숙여 주워들었어. 그러고 나서 나 자신의 목소리를 들었지. 한번 들어가 보고 싶지 않아?

내가 문을 열었어. 그 애도 함께 따라 들어왔지. 그 소파 침대는 그다지 크지 않았지만 내 기억 속에서는 방 전체를 차지하고 있었어. 침대보는 평평하게 잘 깔려 있더군. 먼지가 잔뜩 앉아 있었지만 아주 희었어. 나는 침대에 앉아 고개를 뒤로 젖힌 다음 천천히 누웠어. 천샤샤도 따라 눕더군. 밖에는 빗소리가 아주 요란했어. 마치 다시 여름으로 돌아온 것 같았지. 난 천장을 바라보면서 손을 뻗어 그 애를 더듬었어. 축축하게 젖은 그 애 옷을 억지로 열어 한쪽 젖가슴을 만졌어. 젖가슴에도 빗물이 묻어 있더라고. 젖꼭지는 장기 알처럼 꽁꽁 얼어 있었고. 나는 손가락을 그 애의 몸속에 집어넣어 솟구쳐 오르는 열기의 흐름을 느꼈어. 그 애는 몸을 떨고 있더군. 방 안은 몹시 추웠어. 천장에는 한 줄기 금이 가 있었어. 열기의 흐름은 갈수록 촉촉하고 끈적끈적해져 내 손가락을 다 적셨어. 나는 욕망이 조금씩 내 몸 안으로 돌아오고 있는 것을 느꼈지. 뭔가 팽창하는 느낌, 뜨거워지는 느낌, 아무런 의미도 없지만 진실하고 강력한 생명력이었지. 나는 그 애 몸을 뒤집은 다음 뒤에서 들어가 사정을 했어.

그 애는 매일 저녁 무렵 2층 계단에서 날 기다리기 시작했어. 나중에는 날이 너무 추워져 샤오커의 그 열쇠를 아예 그 애에게 주었어. 그 애는 비닐 쇼핑백 외에 술도 가져왔어. 내가 말한 상표를 잘 기억했다가 매번 그 상표의 술을 사왔지. 근처 슈퍼마켓에 물건이 떨어지면 더 먼 데까지 가서 사왔어. 어쩌다 한번씩 그 애도 술을 마셨어. 하지만 아주 조금이었어. 천식이 발작할까봐 두려웠기 때문이지. 우리는 거의 매일 섹스를 했어. 술을 마시고 나서 불을 끄면 마치 뗏목 위에 누워 있는 것 같았지. 그런 다음 그 애의 몸속으로 들어갔어. 처음에는 그것이 샤오커 시대에 대한 추억이라고 생각했어. 그러다가 어느 날 내가 이미 산봉우리를 넘어 새로운 곳으로 인도되어 가고 있다는 걸 깨달았지. 언제부터 시작되었는지 모르지만 나한테 변화가 생겼어. 더 민감해지고 더 축축해졌지. 사리분별이 충분치 않은 그 애의 부족한 지적 능력 속에 어떤 천부적이고 무서운 폭발력이 숙성되고 있는 듯했어. 어쩌면 지적 능력이 떨어지기 때문에 다른 걸 생각할 필요 없이 몸에 집중해 들어가 가장 미세한 감각을 체험할 수 있었던 것인지도 모르지. 그 애는 탐욕스럽게 아주 사소한 쾌감까지 전부 포착해서 자신의 몸 안에 오래 머물러 있게 했어. 나는 그 애가 나를 완전히 장악하고 있다는 생각이 들었어. 내 몸의 리듬을 이해하고 내 몸의 필요를 잘 알고 있었지. 그런 느낌이 나를 두렵게 했어. 그래서 때로는 징벌로서 혹은 그 애의 능력에 대한 약속으로서 나는 약간의 폭력을 사용했지. 하지만 그 애는 그걸 상이라고 생각하고 그 속에서 어떤 새로운 쾌감을 발견했을 거야. 그 애에게는 수치심이 없었고, 자존심 따위는 염두에 두지도 않았어. 두려움 없는 천성이 우리로 하여금 끊임없이 극한을 넘어서게 했지.

그런 절정 같은 쾌락 뒤에 따라오는 건 강렬한 상실감이었어. 섹스를 끝낼 때마다 거대한 낙차가 몰려왔지. 나는 매트리스 위에 누워 텅 빈 방을 둘러봤어. 나와 별 관계가 없는 이 여자가 몸을 일으켜 내 주위에서 움직이는 걸 볼 때마다 항상 얼떨떨한 기분이 들었어. 곧이어 나는 원래의 생활로 돌아가는 것 말고는 출구가 없다는 걸 의식하게 되었지. 그런 절망이 항상 나로 하여금 방금 전의 절정의 쾌감으로 돌아가게 했어. 때로는 정말 그렇게 하기도 했어. 결국 정력이 다 고갈되고, 이어서 더 큰 상실감에 빠졌지. 이런 상황이 발생하는 것을 방지하기 위해 섹스를 마치면 그 애가 빨리 사라지게 해야 한다고 생각했어. 때로는 정말로 그렇게 하기도 했어. 섹스를 끝내자마자 그 애를 쫓아버린 거야. 그런 다음 혼자 텅 빈 방에 남아 술을 마셨지. 한 겹한 겹 내리기 시작한 고독이 나를 완전히 눌러버리려 할 때에야 비틀비틀 몸을 일으켜 집으로 돌아왔어. 집에 오면 식탁에 고모와 얼굴을

652

마주하고 앉아 억지로 대화를 하면서 고모의 모든 질문에 대답했지. 고모는 길고 평범한 인생에서 반복해서 사유할 수 있는 두 가지 문제를 찾아내 모든 시간을 이 문제로 채웠어. 하나는 샤오탕이 나중에 행복을 찾았을까 하는 것이었지. 이 문제에서는 또 다른 문제가 파생되었어. 당시에 고모가 내게 원망을 사는 일이 있더라도 샤오탕과 함께 떠나는 게 옳지 않았을까 하는 거였지. 내가 그렇다고, 이 세상에 후회하는 일이 없는 사람이 어디 있겠냐고 하면 고모는 지금의 내 꼴을 좀 보라고 하면서 격렬한 논쟁을 불붙이곤 했어. 또 다른 문제는 우리 할아버지가 지금 어디에 계실까, 아직 살아 계실까 하는 거였어. 이런 문제를 떠올릴 때마다 고모는 안절부절못했지. 당시에 할머니가 그랬던 것처럼 지도를 들고 집집마다 돌아다니며 찾아봐야겠다는 생각도 했어. 고모는 이 일이 마무리되지 않았다고, 할아버지가 돌아가셨다면 그 유골이라도 찾아와야 한다고 말했어.

　나중에, 나는 고모가 잠들 때까지 기다렸다가 집에 들어갔어. 천샤샤는 더 이상 쫓아버리지 않았어. 술을 마시는 동안 그 애가 옆에 남아 있게 했지. 그 애는 배낭에서 많은 주전부리를 꺼내놓고는 혼자서 천천히 먹었어. 겨울이 오자 한 해가 금세 끝났어. 밖에 눈이 내리던 어느 날 나는 술에 얼큰하게 취해 창문 아래 앉아 있었어. 등을 라디에이터 팬에 기대고 있었지. 더운 공기 때문인지 잠이 쏟아졌어. 그래서 벌떡 일어나 창문을 열었지. 눈송이가 밀려들어와 내 머리 위에 내려앉았어. 방 안은 아주 조용했어. 와삭와삭 감자 칩 씹는 소리만 들리더군. 눈물이 뺨을 타고 흘렀어. 너 왜 그래? 천샤샤가 손에 들고 있던 은박지 과자봉지를 내려놓고 다가와서는 내 옆에 무릎을 꿇고 앉더군. 왜 우는 거야? 눈물이 마구 쏟아져 나오는 걸 막을 수가 없었어. 그 애가 두 팔로 내 머리를 안았어. 다 좋았잖아. 그렇게 슬퍼

하지 마. 그 애의 품에서 기름에 튀긴 과자 냄새가 났어. 하지만 나는 그 애를 밀어내지 않았지. 어깨 위에 눈송이가 가득 내려앉을 때까지 그 자리에 가만히 앉아 있었어.

새해 첫날이 지나고 다빈이 나를 찾아왔어. 우리는 이미 아주 오래 연락이 없던 터였지. 그는 미국으로 간 직후에는 나한테 자주 전화도 하고 거기서 경험하는 신선한 일들에 관해 얘기해주곤 했어. 그 애는 럭비를 좋아했지. 스쿠버다이빙도 배웠어. 할리우드에서 브래드 피트도 만났대. 내게 전화할 때마다 아주 좋다는 말만 했지. 아마 내 호응이 충분히 열렬하지 않았던지 전화하는 횟수가 점점 적어지더니 나중에는 아예 끊어져버렸어. 마지막 통화를 한 지 1년이 넘었지. 그는 곧 귀국할 거라고 했어. 나는 너무 잘됐다고 했지. 그는 우리가 곧 만나 함께 술을 마시게 될 거라면서 신나지 않느냐고 묻더군. 나는 물론이라고 말했어.

다빈과 나는 소피텔 호텔 옥상에 있는 회전식당에서 만나기로 했어. 그는 반짝거릴 정도로 기름을 잔뜩 바른 머리를 단정하게 빗고 나왔더군. 작고 동그란 테의 안경도 걸쳤더라고. 셔츠의 소매 단추가 접시 가장자리에 부딪혀 딩딩 경쾌한 소리를 냈지.

"넌 조금도 변하지 않았네."

다빈이 말했어. 이런 평가를 받는 것은 쉽지 않은 일이었어. 다행히 오후에 머리를 깎은 덕분이라는 생각이 들었지. 음식을 다 먹고 냅킨을 내려놓은 그가 나를 쳐다보면서 물었어.

"너 우리 아빠 회사에서 일할 생각 없니?"

그는 자기가 이미 석사과정을 마쳤고 이번에 돌아온 건 회사의 일부 업무를 인수인계하기 위해서라고 하더군. 내가 말했지.

"글쎄, 날 도와주려는 거야?"

"그런 게 아니야. 형제인 너와 함께 새로운 사업을 하려는 거지. 너 우리 약속을 잊은 거야?"

"이유야 어떻든 간에 고맙다."

내가 말했어. 그가 술잔을 들어 내 잔에 가볍게 부딪히면서 말했어.

"난 이날을 아주 오래 기다려왔어."

난 이날을 아주 오래 기다려왔어. 그보다 더 이런 말을 하고 싶은 사람은 나였을 거야. 고1 여름방학 때 우리는 '오복약업'에 가서 전단지 돌리는 일을 한 적이 있지. 한 사람당 한 동씩 맡아 집집마다 문틈에 전단지를 꽂는 일이었어. 그날은 여름 중에서도 가장 더운 날이었지. 오후에 햇볕이 쨍쨍 내리쬐는데 나는 자전거에 전단지를 잔뜩 싣고 아파트 단지를 돌아다니고 있었어. 1층에서 6층까지 올라갔다 내려왔다 해야 했지. 품질이 좋지 않은 잉크를 썼는지 손이 온통 새빨갛게 물들었어. 대부분의 사람이 3층까지만 올라가고는 다 돌리지 못한 전단지를 몰래 버리곤 했지만 나는 그러지 않았어. 너무 피곤하면 계단에 앉아 좀 쉬면서 전단지의 내용을 읽어봤지. 전단지에는 다빈 할아버지의 초상화가 인쇄되어 있었어. 흰색 두루마기 차림이었지. 진용金庸 소설에 나오는 장張 진인眞人(도가에서 참된 도를 터득한 사람을 일컫는 말) 같았어. 날이 어두워질 때가 되어서야 전단지 돌리는 일을 마치고 사무실로 돌아가 담당자에게서 돈을 받았지. 100장을 돌려야 8위안을 벌 수 있었어. 하지만 그 일을 한 건 돈 때문만이 아니었어. 나 자신만의 방식으로 회사와 가까워져 그 일원이 되고 싶었던 것뿐이지. 그렇게 하면 성공을 향해 첫걸음을 내딛은 듯한 기분이 들었거든.

1월에 나는 다빈의 조수 신분으로 '오복약업'에 들어갔어. 출근하기 전날 천샤샤에게 말했지.

"이제는 날 찾아오지 마. 난 일을 시작하게 됐거든."

그 애가 고개를 숙인 채 묻더군.

"그럼 앞으로 쿠키를 어떻게 전달하지?"

"그냥 두었다가 네가 먹으면 되잖아."

그날 우리는 섹스를 하지 않았어. 술도 마시지 않았지. 그 애를 문밖까지 배웅한 다음 방을 정리했어. 그 애가 먹다 남긴 음식물과 빈 술병을 전부 갖다 버렸지. 쓰다 남은 콘돔도 한 상자 있었어.

나는 모든 정력을 일에만 쏟아부었어. 다빈은 나를 매우 존중했고 크건 작건 간에 모든 일에 관해 내 의견을 물었지. 나는 아주 빨리 지금의 '오복약업'이 기억 속에 있던 그 신기한 공업의 제국이 아니라는 사실을 알게 되었어. 드링크제가 시장을 잃고 그룹을 맹목적으로 확장한 뒤로 부동산에서 돈을 번 것 외에 다른 영역에서는 전부 실패했지. 가장 치명적인 문제는 이 회사가 구성이 치밀하지 못한 가족 기업이라는 것이었어. 도처에 낙하산을 타고 들어온 친척들뿐이고 정말로 일하는 사람은 몇 되지 않았어. 간신히 숨만 쉬고 있는 이 거대한 짐승이 쓰러지는 데는 5년도 채 걸리지 않을 것 같더군. 하지만 나는 어쩌면 내가 이 회사를 구할 수 있을지도 모른다는 느낌을 강하게 받고 있었어.

내가 다빈에게 물었지.

"너 출애굽기 이야기 들어본 적 있지? 네가 모세가 되어 홍해를 건너가야 해."

그는 무슨 뜻이냐고 묻더군. 나는 그에게 회사를 새로 세워 전문적으로 건강식품 영역을 경영해볼 것을 제안했어. 그 애도 매일 아버지와 삼촌들 밑에서 아무런 자유도 누리지 못하고 그들의 의견에 박수나 치면서 무조건 따라야 하는 상황에 몹시 괴로워하고 있던 터였지.

나는 그가 흥분해서 내 제안에 호응하리라는 걸 진즉에 알고 있었어.

"넌 정말 사업의 천재인 것 같아!"

새 회사는 굉장히 빨리 설립되었고 모든 게 아주 순조로웠어. 하지만 얼마 지나지 않아 다빈이 두한杜涵이라는 여자 앵커에게 빠지면서 일에 대해선 완전히 흥미를 잃고 말았지. 그 여자 앵커가 리페이쉬안이랑 너무나 닮았다는 게 이유였어. 미국에 가 있는 몇 년 동안 그는 몇 달에 한번씩 리페이쉬안을 찾아가 그 애와 학교 근처에 있는 음식점에서 점심을 함께 먹곤 했지. 하지만 그는 시종 그녀에게 남자친구가 있는지 묻지 못했어. 높은 곳에서 아래를 내려다보는 듯한 그 애의 고귀한 예의가 튼튼한 방패가 되어 그로 하여금 가까이 다가갈 수 없게 했던 거지. 여자 앵커는 달랐어. 좀 도도해 보이긴 했지만 실제로는 금세 반응을 보였지. 그는 매일 꽃을 한 다발 들고 방송국 건물 앞에서 그녀를 기다렸다가 그녀와 함께 차를 몰고 드라이브를 하기도 하고 밤참을 먹으러 가기도 했어. 나중에는 그녀가 방송 녹화를 하는 동안 줄곧 옆에서 기다리는 수준으로까지 발전했지. 때로는 하루 종일 함께 있기도 했어. 회사 일은 전부 내게 넘겼지. 나는 매일 늦은 밤까지 야근을 해야 했고 주말에도 쉴 수가 없었어. 연구개발한 제품이 속속 시장에 나오면서 큰 호평을 받았고 한 해 동안의 업적은 대단히 훌륭했지. 모회사에서도 크게 만족하면서 나를 부대표로 승진시켜줬어.

그다음 새해 첫날에 다빈은 여자 앵커와 결혼했어. 내가 신랑 들러리를 섰지. 피로연에서 그는 술에 취해 나를 끌어안고는 울면서 말했어.

"너는 나의 가장 좋은 친구야. 너 같은 친구가 있다는 게 내게는 아주 큰 행운이지."

다빈은 화장실에 가서 구토를 하고 나서 자기가 토해놓은 것을 밟고는 미끄러져 넘어졌어. 눈썹 위가 찢어져 피를 많이 흘리는 바람에 병원에 가서 다섯 바늘이나 꿰매야 했지. 그뿐만이 아니었어. 전에 신부를 쫓아다니던 남자가 나타나 소란을 피우다가 경비원 두 명에게 끌려나가는 일도 있었지. 극도로 혼란스러운 결혼식이었어. 내가 손님들을 다 보내고 몹시 피곤한 몸으로 호텔 문을 나서는 순간 천샤샤가 계단에 서 있었어. 다빈이 그 애도 초대했지만 현장에 사람이 너무 많다보니 그 애가 어디 있는지 관심을 갖지 못했던 거지. 그 애가 다가와서 물었어.

"너 난위안에 살고 있는 것 아니었어?"

"응."

대답과 동시에 나는 방금 손님을 모셔온 택시를 막아 세워 얼른 차 문을 열고 안에 탔어. 그 애가 거대한 비닐 쇼핑백을 차 안으로 밀어넣더군. 차가 움직이자 그 애는 그 자리에 서서 나를 향해 손을 흔들었어. 쇼핑백을 열고 안을 들여다봤더니 밀봉한 통이 일고여덟 개쯤 있고 그 안에 쿠키가 잔뜩 들어 있더군. 내가 먼 길을 떠날 예정이라 도중에 먹으라고 준비해준 듯했어.

내가 출근하기 시작한 뒤로 그 애는 또다시 난위안 입구에서 나를 기다리는 습관을 되찾았어. 하지만 나는 항상 야근을 하는 데다 때로는 출장을 가야 했지. 그 애는 항상 끝까지 기다리지 못했어. 나중에 나는 회사 옆에 아파트를 임대해서 집에서 완전히 나왔지. 고모가 이사를 반대했지만 이틀에 한번씩 집에 들르기로 하고 허락을 받았어. 대부분 늦은 밤이라 천샤샤와 마주치는 일은 없었지. 결혼식에서 다시 만나지 않았다면 나는 이미 철저하게 그 애에게서 벗어났다고 생각했을 거야.

다빈이 신혼여행을 마치고 돌아오자마자 나는 서둘러 나의 다음 계획을 설명했어. 나는 우리가 또 다른 자회사 하나를 합병해야 한다고 생각했지. 이 회사의 대표는 다빈의 사촌형이었는데 이미 몇 년째 큰 손실만 보고 있었어. 유사한 회사가 네 군데나 더 있고, 앞으로 몇 년 사이에 이 회사들도 전부 합병해 우리 실력을 확대하다가 결국에는 본사까지 합병해야 한다는 게 내 생각이었어. 내 설명을 들은 다빈은 무척 기뻐하면서 그때가 되면 '오복약업'이 우리 두 사람의 천하가 될 거라고 말했어.

나는 두 달 정도 시간을 들여 완벽한 자료를 준비했어. 그 회사의 실질적인 운영 상태를 한눈에 볼 수 있게 했지. 동시에 우리가 새로 개발한 제품의 라인이 이 회사와 중첩되기 때문에 합병하는 것이 지극히 당연하고 자연스러운 일임을 분명히 했어. 하지만 이사회에서 다빈이 뒤로 물러나면서 자료는 봉인한 상태로 꺼내보지도 못하고 도로 가져와야 했지. 사촌형이 일자리를 잃는 상황을 견딜 수 없다는 게 이유였어. 둘은 어릴 적부터 함께 자란 사이였다더군. 내가 그에게 말했어.

"이러다가는 그룹 전체를 무너뜨릴 수 있어. '오복약업'은 너희 집안 3대에 걸쳐 심혈을 기울여 이룬 결과물 아니야? 뭐가 중요하고 뭐가 안 중요한지 구별이 안 돼?"

그는 잠시 고민하더니 고개를 가로저으면서 자신은 정말로 아무도 다치게 하고 싶지 않다고 말하더군.

두 주가 지난 어느 날 아침 회사에 일찍 왔더니 천샤샤가 벽에 붙어 있는 사무용 책상 앞에 앉아 있는 거야. 나를 보더니 곧장 자리에서 일어나더군. 하마터면 발밑에 있는 비닐 쇼핑백을 넘어뜨릴 뻔했어. 비서가 와서는 다빈이 새로 영입한 사원이라고 소개하더라고. 나는 사무실로 뛰어 들어가 다빈에게 전화를 걸었어. 그는 아직 자고 있다가 잠이 덜 깬 목소리로 그게 어째서 그러냐고 되묻더군. 내가 말했어.

"천샤샤를 회사로 영입할 때는 먼저 내 의견을 물었어야지."

"응, 그 애가 날 찾아와서 이 회사에 다니고 싶다기에 그러라고 했지."

"그 애가 무슨 일을 할 수 있는지 말해봐."

"이리저리 뛰어다니면서 문서 복사 같은 잡일을 시키면 돼. 월급도 그리 많지 않다고."

"회사는 절대로 한가한 사람들을 먹여 살리는 곳이 아니야. 이건 원칙에 관한 문제라고."

난 전화를 끊고 나서 하루 종일 거의 사무실을 나서지 않았어. 하지만 항상 유리문을 통해 여러 번 나갔다 들어오기를 반복하면서 쉴 새 없이 안쪽을 주시하는 천샤샤의 모습을 볼 수 있었지.

그 애는 예전과 달라진 듯했어. 동작도 많이 민첩해졌더군. 인지상정과 세상물정을 어느 정도는 알아먹는 것 같았어. 나는 그 애가 겉으로 보이는 것처럼 그렇게 멍청하고 단순하지 않다는 걸 알게 되었지. 그 애에게도 나름의 계산이 있었던 거야.

저녁 무렵 다빈이 회사에 와서는 기사한테 우리를 그와 나, 즈펑, 천샤샤가 자주 가던 작은 음식점으로 데려다달라고 했어.

"우리 다 함께 술 한잔 하는 것도 정말 오랜만이군."

그는 이렇게 말하면서 나와 잔을 부딪쳤어. 그러고는 나를 쳐다보면서 단숨에 잔을 비우더라고.

"너에게 한마디 상의도 하지 않은 건 정말 미안해. 하지만 난 정말 네가 그렇게 격한 반응을 보일 줄은 몰랐어."

그는 내게 또 술을 따라주고는 말을 이었어.

"네 말이 맞아. 이건 확실히 회사의 규칙을 깨뜨리는 일이지. 하지만 천샤샤는 우리와 함께 자랐잖아. 도울 수 있다면 돕는 게 마땅하지. 그렇지 않아?"

"글쎄, 과거에 네가 나를 회사로 끌어들일 때도 그렇게 생각했지. 이렇게 하는 게 좋다고 생각해?"

그는 잠시 생각을 가다듬고 나서 말을 받았어.

"내가 조수 하나쯤 쓸 수 있는 것 아닌가? 그 애를 내 조수라고 생각해둬. 그 애 월급은 내 돈으로 줄게."

"이건 네 회사야. 네가 한마디 하면 그대로 되는 거지."

"아니야, 이건 우리 회사야."

그는 팔로 내 어깨를 감싸면서 말했어.

"됐어. 화내지 말고 술이나 마시자!"

그날 저녁 우리는 둘 다 술을 아주 많이 마셨어. 나중에는 말도 똑바로 하지 못할 정도였지. 집으로 돌아가는 길에 차가운 바람이 이마를 때렸어. 눈을 떠보니 내가 다빈의 차 안에 있더군. 그는 이미 기사가 집에 데려다준 뒤였어. 나는 얼굴을 차창에 붙이고 있었지. 술기운이 좀 가시자 정신이 아주 맑아졌어. 지난 한 해 동안 나는 엄청난 노력을 했고 많은 것을 이루었지. 하지만 이런 성취들은 견고하지 못해 언제든 다빈의 결정에 아주 쉽게 무너지고 말았어. 나는 자신의 손에 진정으로 장악된 게 아무것도 없다는 사실을 깨달았지. 이튿날 사무실에 가보니 뜻밖에도 눈에 익은 비닐 쇼핑백이 내 책상 위에 놓여 있는 거야. 고개를 들어 보니 천샤샤가 밖에 서 있더군. 백엽창 하나를 사이에 두고 나를 향해 웃고 있었어.

토요일에 나는 장페이蔣飛를 만나러 갔어. 전에도 그에 관해 언급한 적이 있지. 여러 해 전 내가 땡땡이를 칠 때, 당구장에서 우연히 만났던 그 남자애 말이야. 나중에 그 애가 학교로 날 찾아왔어. 돈을 좀 빌리고 싶다더군. 나는 돈을 빌려주지 않았고 그 애도 크게 괘념치 않는 것 같더라고. 그냥 학교 문 앞에서 나와 몇 마디 얘기를 나누다 가버렸어. 그 애는 그렇게 가끔씩 나를 찾아오곤 했어. 돈을 빌려달라고는 하지 않고 잠시 얘기를 나누었지. 혹은 함께 당구를 치러 가자고 했어. 내가 고등학교에 올라간 뒤로는 3, 4년 동안 그 애의 모습이 보이지 않았어. 사기죄로 소년보호소에 들어간 것 같더라고. 석방된 뒤에 다시 나를 찾아왔어. 우리는 술친구가 됐어. 그의 주량은 보통이었고 술을 좀 많이 마셨다 하면 자기 얘기를 늘어놓았어. 자신이 어떤 사람 대신 고리대금업을 하는데 혹시 자기와 함께 일할 생각이 없냐고 묻더군. 나는 대답하지 않았어. 내가 직장을 잃고 집에서 노는 동안 그 애가 몇 번 전화를 한 적이 있지만 한번도 받지 않았어. 나는 그 애를 만나는 게 두려웠거든. 술을 많이 마셔 의지가 약해지고 그의 꾐에 넘어가 결국 아빠처럼 될까봐 두렵기도 했지. 위험한 친구인줄 알면서 왜 그와 연락을 유지했냐고? 그 문제는 한번도 생각해본 적이 없어. 그러다가 장페이와 얘기를 나누고 돌아오는 길에 갑자기 이 문제가 머리에 떠올랐지. 그날도 나는 술을 마셨어. 그러니 생각을 명징하게 할 수 없었지. 어떤 어둠의 힘이 나를 끌어내리는 건지 아니면 내가 이 힘을 끌어안고 놓지 않는 것인지 알 수 없었어. 그저 내가 두려움을 느끼고 있다는 것만 기억할 수 있었지. 그래서 나는 장페이에게 끊임없이 강조했어.

"내 말 들어야 해. 내가 시키는 대로 하라고, 알겠어?"

나는 장페이와 함께 새로운 회사를 등록했어. 겉으로는 모든 일에 있어서 그가 전면에 나서는 것처럼 보였지. 나는 그에게 새 회사의 명의로 원료 공급상 한 곳과 협력하게 했어. 그들에게 '오복약업'의 엄청난 오더를 따내게 하고 10퍼센트를 리베이트로 받게 한 거지. '오복약업' 쪽에서는 내가 이 일을 처리했어. 어차피 모든 계약서에 내가 서명하도록 돼 있었거든. 하지만 내 목적은 약간의 돈을 버는 데 있는 게 아니었어. 이 점에 있어선 장페이와 의견 차이가 있었지. 그의 안목은 몹시 짧고 낮았어. 나는 '오복약업'의 비밀 제조 기술을 빼내 약간의 개조와 조정을 거친 다음, 나와 장페이의 회사에서 생산해 새로운 이름을 붙일 생각이었어. 게다가 내가 장악한 유통 경로의 관계자 네트워크를 이용하면 오래지 않아 우리 제품이 '오복약업'을 제압하고 시장을 점령하게 되지. 하지만 장페이를 믿고 순조로운 진행을 기대할 수는 없었어. 나는 다른 회사에서 유능한 관리 인재들을 물색하기 시작했지. 장페이는 이에 대해 놀라움과 두려움을 동시에 느꼈어. 언젠가는 그들이 자신을 대체하게 될 거라고 생각했지. 내가 그 가운데 한 명을 부총재로 지명한 뒤로 그는 모든 일에서 그와 부딪치기 시작했어. 어떤 일을 결정할 때 그 사람이 자신의 생각대로 하지 않으면 장페이는 몹시 화를 내면서 나한테 전화를 걸어 그를 잘라버리겠다고 했지만, 나는 동의하지 않았지. 어느 날 오후 그가 '오복약업'으로 달려와 나를 찾았어. 그 전에 우리는 절대로 밖에서 만나는 일이 없도록 하기로 약정한 바 있었지. 나는 하는 수 없이 회의를 중단하고 아래층으로 내려가 그를 만났어. 그를 구석진 화단 옆으로 데려갔지. 그는 감정이 몹시 격앙되어 있더군. 자신을 쫓아내면 나를 고발하겠다고 위협하는 거야. 아주 힘들게 그를 진정시킬 수 있었어. 내가 말했지.

"우선 돌아가 있어. 잠시 후에 내가 갈 테니까. 무슨 일이든 상의할 수 있어. 하지만 이렇게 충동적으로 나오면 조만간 일을 망치게 된다고."

그는 다소 이해할 수 없다는 듯한 표정을 지으면서도 일단 입을 다물었어.

"날 위협할 생각은 하지 마. 아무리 늦어도 내일 저녁까지는 꼭 와야 해."

그는 씩씩거리며 돌아갔어. 이미 가을이었고 바람이 낙엽을 사방으로 흩뜨리고 있었어. 그런데도 나는 땀이 나서 양복을 벗었어. 주머니를 더듬어 라이터를 꺼내 담배에 불을 붙였지. 눈에 언뜻 붉은 그림자 하나가 스쳤어. 고개를 돌려보니 천샤샤가 미동도 하지 않고 그곳에 서 있더군. 나는 다시 얼굴을 돌려 계속 피우던 담배를 피웠어. 몸에 난 땀이 점점 차갑게 식는 것이 느껴지더군.

다시 이틀이 지나 장페이를 찾아가서 적당히 양보를 했어. 그와 부딪쳤던 그 사람은 계속 남게 했지. 하지만 그 뒤로 중요한 결정은 반드시 장페이의 동의를 얻어야 했어. 내가 장페이에게 말했지.

"난 남이 날 위협하는 걸 별로 안 좋아해. 앞으로 또 그러는 일이 없었으면 좋겠어."

"알았어."

그가 말했어. 나는 그의 말을 절대로 믿지 않았어. 하지만 우선은 사태를 진정시킨 다음에 다시 얘기하기로 했지. 적어도 새 회사의 발판이 튼튼해져 더 이상 '오복약업'의 어떤 자원도 이용할 필요가 없을 때까지 기다렸다가 사직할 생각이었거든. 그런 다음 직장을 옮기는 형식으로 자연스럽게 새 회사에 들어갈 작정이었어.

얼마 지나지 않아 추석이 다가왔어. 전날 회사에서는 회식을 했지. 하지만 나는 아직 할 일이 좀 남아 있어서 참석하지 않았어. 천샤샤도 가지 않았지. 나는 백엽창을 통해 그 애를 바라보고 있었어. 사람들이 전부 떠난 뒤에야 나는 사무실을 나왔어. 그 애가 뛰어와 또 그 비닐 쇼핑백을 내밀더군. 열어보니 그 애가 직접 만든 월병月餅이 들어 있었어. 내가 손가락으로 눌러보고 나서 말했어.

"안에 쇳조각이 들었니, 왜 이렇게 무거워?"

그 애가 부끄러운 듯이 말했어.

"다 익지 않았을까봐 여러 번 구웠어."

내가 쇼핑백을 건네받으며 물었어.

"난 오늘 난위안에 가. 너도 가는 길이지?"

나는 난위안을 향해 차를 몰았어. 조수석에 탄 그 애는 수시로 고개를 돌려 나를 쳐다봤어. 차가 그 애 집 앞에 이르자 그 애는 등을 곧게 펴고 자기 가방을 손에 꼭 쥐었어.

"다 왔어."

내가 말했어.

"잠깐만 기다려줄 수 있어? 집을 나서기 전에 새로 구운 월병이 있거든. 좀더 부드러울 거야."

그 애가 말했어. 나는 안전띠를 풀고 차에서 내렸지.

"올라가서 좀 앉았다 갈래? 내 말은 밖이 너무 추우니까 네가 올라오고 싶으면 그래도 된다는 뜻이야."

나는 그 애와 함께 위층으로 올라갔어. 그 애 집이 있는 이 건물은 우리 할아버지가 살던 건물처럼 그렇게 낡지 않았더군. 하지만 계단은 꽤 비슷했어. 녹슨 철제 난간과 유리 없는 창문도 비슷했지. 거미줄 냄새도 똑같았어. 몇 가지 기억이 떠올랐어. 무수한 겨울의 저녁 무렵, 나는 그 애와 지금처럼 나란히 계단을 올랐었지.

몸이 온통 어둠 속에 휩싸여 있고 유일한 불빛의 절망을 붙잡고 있었어. 나는 절망이 이처럼 가까이 압박해온 것에 대해 놀라움을 금할 수 없었어. 지금까지도 절망이 나를 뒤덮고 있는 것 같았지. 하지만 나는 절망에 대해 일말의 기대를 갖고 있었어. 그 압도적인 절망 속에 왕성한 환락이 끼워져 있었으니까. 어쩌면 그 환락은 가장 철저한 절망이 있어야만 나타나는 것인지도 몰라. 그래서 환락은 절망과 함께 영구적으로 매장되어 있는 거지.

침실의 구조도 3층의 그 빈집과 무척 비슷했어. 침대가 방 한가운데 있고 침대보가 흰색이었어. 등이 꺼져 있다는 게 다를 뿐이었지. 그 애는 몸을 숙여 나를 향해 엉덩이를 벌렸어. 그러고는 미친 듯이 흔들어댔지. 늘어진 머리칼이 여러 차례 침대보를 때렸어. 그 애의 얼굴이 보이지도 않았는데 나는 눈을 감았어. 하지만 그 애를 다른 어떤 여자로도 상상할 수 없다는 걸 깨달았지. 대체할 수 없는 절정의 체험이었어. 다 끝나자 갑자기 그 애가 몸을 뒤집더니 나를 꼭 껴안았어. 자신을 똑똑히 봐달라고, 이럴 수 있는 사람이 자기밖에 없다고 말하는 것 같았어. 나는 그 애를 밀쳐내고 일어나 앉았어. 달빛 아래서, 사면이 아무 것에도 기대어 있지 않은 침대가 가볍게 흔들리고 있었어. 또다시 그 뗏목 위로 돌아온 것 같았지.

그 애는 옷을 걸치고 부엌으로 뛰어들어가 월병을 가지고 나왔어. 새로 구운 월병도 그렇게 말랑말랑하진 않았어. 그 애가 면장갑을 끼고 프라이팬을 꺼내 이쑤시개로 찔러보더군. 부엌의 수조에는 일고여덟 개의 프라이팬이 쌓여 있었어. 조리대 위에는 월병이 잔뜩 들어 있는 크고 작은 밀폐 용기가 잔뜩 놓여 있었지. 내가 말했어.

"뭐 하러 월병을 이렇게 많이 만든 거야?"

"이전에 너무 많이 실패해서 프라이팬과 용기를 많이 사놓은 거야. 이 용기들이 비어 있는 걸 참을 수가 없어. 항상 가득 채워놔야 해."

그 애가 웃으면서 말했어.

"나는 집 안에 뭔가를 구운 냄새가 가득 차 있는 걸 좋아해."

부엌이 비좁은 걸 제외하고 집 안의 다른 곳은 전부 텅 빈 느낌이었어. 그 애의 아빠가 여자를 하나 만나 이사해 나가면서 가구도 일부 가져갔지. 거실에는 접이식 의자 두 개밖에 없었어. 밖에서 열리지 않게 잠금장치를 해놓은 나무 상자 위에 더운물 주머니랑 약병 몇 개가 놓여 있더군.

당시 내게는 막 사귀기 시작한 여자친구가 있었어. 집안이 좋아서 그런지 약간 오만했지. 질질 끌면서 침대에 오르려 하지 않았어. 이 일로 상대를 가지고 놀려는 것 같았지. 천샤샤 집에 갔다 온 뒤로 나는 공세를 강화했어. 부드러운 방법과 강경한 방법을 고루 동원해서 마침내 그녀를 침대에 눕혔지. 결과는 좀 실망스러웠어. 하지만 별로 괘념치 않았지. 그냥 빨리 연애 상태로 진입하고 싶었어. 하지만 천샤샤가 매일 사무실에서 내가 퇴근하기를 기다리고 있었어. 내 옆에 사람이 없을 때면 조용히 날 따라와 내가 차에 오르는 모습을 지켜보기도 했지. 한번은 내가 참지 못하고 그 애에게 차에 타라고 했어. 그 뒤로 두 번, 세 번 계속 차에 오르게 됐지. 매번 그 애 집 계단을 오를 때마다 나는 그런 절망에 빠졌다가 되돌아오곤 했어. 그 절망은 나를 비춰 수족이 오그라들게 만드는 아주 강한 불빛 같았어. 그런 순간에 나는 항상 어떤 숙명 같은 게 나를 에워싸고 있어 평생 이런 상태에서 탈피할 수 없을 것 같다는 생각이 들었지.

지난해 겨울, 나는 집안이 좋은 그 여자친구랑 헤어졌어. 사실 일찌감치 서로 맞지 않는다는 것을 깨달은 터였지. 하지만 계속 질질 끌면서 그녀가 항상 나를 가려줄 수 있는 일종의 병풍이라고 간주했어. 그녀와 헤어진 뒤로 천샤샤의 집을 찾는 일이 늘어나기 시작했지. 한번은 그 애가 내 차에 타다가 어느 직원에게 목격되고 말았어. 나는 회사 사람들이 전부 뒤에서 이 일에 관해 이러쿵저러쿵 떠들어댈지도 모른다는 의심이 들었어. 어쩌면 다빈도 알고 있을 거라고 생각했지.

하루는 큰 눈이 내렸어. 회사를 나서려던 차에 차가 얼어버린 것을 알았지. 아무리 해도 시동이 걸리지 않았어. 여러 번 시도하다가 결국 포기하고 말았지. 천샤샤가 줄곧 뒤에서 나를 바라보고 있었어. 나는 그 애 집에 가고 싶지 않았어. 하지만 눈이 너무 많이 내려 택시를 잡을 수가 없었지. 간신히 한 대가 와서 그 애도 타게 했어. 원래는 그 애를 난위안에 내려주고 나는 계속 갈 생각이었지만 기사가 차를 돌려야 한다고 했어. 하는 수 없이 그 애를 따라 내렸지. 너무 춥고 배가 고팠던 터라 그 애가 만들어준 국수를 한 그릇 먹었어. 맛은 그런대로 괜찮았어. 국수를 다 먹은 다음 맥주도 한 캔 마셨지. 그 애는 전에 마셨던 그 상표의 맥주를 잔뜩 사다가 창가에 쭉 늘어놓았더라고. 그 애는 쟁반을 거둬가서는 부엌에서 한동안 꼼지락거리더니 다시 나와서는 시폰 케이크를 만들었다고 선포하더군. 그러면서 창문을 바라보더니 밖에 눈이 정말 많이 내린다고 했어. 내가 당장 떠날 수 없다는 것을 암시하는 듯했지. 그 애는 다가와 옆에 있는 의자에 앉았어. 그러고는 신이 나서 내게 잔을 내밀더군.

"나도 술 좀 마시면 안 돼? 나도 조금 마시고 싶어."

그 애는 내가 따라준 술을 단숨에 마셔버렸어. 눈이 반짝반짝 빛나더군.

"나 학원에 등록했어. 내년에 독학시험에 참가할 생각이야."

그 애가 말했어. 그 애는 잠시 생각에 잠기더니 저녁에 수업을 듣기 때문에 회사에 출근하는 데는 지장이 없다고 하더군. 나는 아무 말도 하지 않았어. 집 안이 몹시 더워서 그런지 위 속에서 알코올 기운이 올라오기 시작했어. 몸이 뜨거워지면서 당장 그 애를 자빠뜨리고 싶었지. 하지만 의식 속에 또 다른 힘이 있어 이런 생각을 눌러버리고 싶기도 했어. 단 한 번이라도 이런 의식의 힘이 이겨주기를 바랐어. 그 애는 옆에서 술을 마시면서 실실 웃음을 흘리며 나를 바라보고 있었어. 나의 변화를 관찰하고 있는 것 같았지. 잠시 후 마침내 그 애가 몸을 일으키면서 말했어.

"케이크가 어떻게 됐나 좀 보고 올게."

그러고는 부엌으로 달려갔어. 나는 텔레비전을 켰어. 그 애 집에는 위성방송이 연결되어 있지 않아 볼 수 있는 채널이 열 개 남짓밖에 되지 않았어. 전부 뉴스 전문 채널이었지.

"레바논 베카 계곡에서 시리아 난민 부녀자가 작은 칼을 들고 땅에서 풀을 뽑고 있습니다. 함께 풀을 뽑고 있는 사람은 열 살도 안 된 그녀의 아이들입니다. 유엔의 원조 자금 중단 문제가 열흘 전에 시리아 난민들의 식량 공급을 중단시켰습니다. 난민들은 생존을 위해 모든 방법을 다 동원하고 있습니다."

부엌에서 와당탕하는 소리가 들려왔어. 나는 맥주 캔을 내려놓았지. 집 안은 다시 정적을 회복했어. 텔레비전에서는 일기예보 음악이 흘러나오고 한 여자가 전국의 강설량 분포에 관해 설명하고 있었어. 나는 화면을 잠시 바라보다가 일어서서 부엌으로 갔지. 천샤샤가 바닥에 누워 몸을 동그랗게 말고 있더군. 입을 크게 벌리고는 숨을 쉬려고 있는 힘을 다하고 있었어. 얼굴은 이미 고동색으로 변해 있고 혈관은 금방이라도 터질 것만 같더군. 그 애는 고통스럽게 몸을 뒤척이면서 두 손으로 목을 감싸쥐고 있었어. 목구멍에서는 뭔가를 찢는 듯한 건조한 소리가 새어나왔지. 나는 무릎을 꿇고 살펴보다가 다시 일어서서 사방을 둘러봤어. 문득 거실에 있는 나무 상자 위의 약병에 든 약이 천식을 치료하는 약일 가능성이 크다는 생각이 들었지. 하지만 나는 몸을 움직이지 않고 문가에서 머뭇거렸어. 그 자리에 서서 그 애가 있는 힘을 다해 손을 들어 나를 잡으려고 애쓰는 모습을 바라봤지. 점점 그 애의 모습이 시야에서 흐려지기 시작했어. 내 마음속이 아주 고요해졌어. 아주 높은 곳으로 인도되어 인간 세상을 내려다보고 있는 듯했지. 그 애는 땅 위에서 꿈틀거리는 아주 작은 덩어리에 지나지 않았어. 그 애의 생명은 그처럼 사소하고 그토록 의미가 없었어. 벌레 한 마리나 마찬가지라 손가락을 눌러 비비면 당장 흔적도 남기지 않고 사라져버릴 것 같았어. 그 애가 번거로움을 가져다준다 해도 말살되어야 할 것만 같았어. 나는 자신의 권력, 그 애를 사라지게 할 권력을 행사하는 것뿐이었지. 할아버지의 얼굴이 떠올랐어. 희소식을 알리는 선전게시판에 인쇄되어 있던 사진이었지. 당시에 누가 손에 못을 들고 발밑에 있는 그 사람을 내려다보고 있었을까? 청셔우이라 불리는 그 사람은 세상에 대해 아무런 가치도 지니지 못했던 걸까? 아니면 남의 앞길을 막아 가치를 지닌 사람들이 자신의 가치를 실현하지 못하게 했던 걸까? 그렇다면 왜 그를 다른 곳으로 옮겨놓지 못한 걸까? 그 사람을 이 세계로 옮겨놓는 게 더 좋은 일 아니었을까? 일부 생명은 다른 생명들보다 더 높고, 일부 사람이 또 다른 사람들의 운명을 장악하고 있어. 이것이 바로 세상의 논리 아닐까? 이런 생각이 하얀 섬광처럼 머릿속을 획 하고 스쳐 지나가면서 어두운 구석들을 전부 밝혀주었어. 나는 약간 어지러우면서도 힘이 솟았지.

내 눈앞이 다시 한번 선명해지기 시작했을 때, 이미 천샤샤는 더이상 데굴데굴 구르지 않고 한두 번 가벼운 경련을 일으키면서 눈앞의 어떤 곳을 응시하고 있었어. 동공이 이미 아주 커진 듯했어. 오븐 안에서는 지직 소리가 났어. 시한폭탄 같았지. 케이크 향기가 솟아나왔어. 달콤한 가스 냄새 같았지. 나는 부엌 맨 끝에 있는 창문으로 밖을 내다보면서 다음 단계를 생각했어. 담배꽁초와 맥주 캔을 집어들고 바닥의 발자국을 지웠어. 리모콘도 옷에 문질러 닦았지.

천샤샤가 갑자기 움직이더니 내 발을 향해 몸을 약간 옮겼어. 나는 이것이 환각이라고 생각하면서 뒤로 두 걸음 물러섰어. 잠시 후에 그 애가 또 움직였어. 얼굴을 아래로 향하고 기어서 앞으로 50센티 정도 이동했어. 잠시 멈췄던 그 애는 이런 움직임을 계속했지. 나를 넘어 앞으로 기어오르면서 몸은 계속 경련을 일으켰어. 강가로 올라가려고 발버둥치는 물고기 같았어. 어떤 신비한 힘이 그 애를 밀어주고 있는 것 같았어. 거실 바닥을 미끄러져 지나간 그 애는 나무 상자 앞에 이르렀어. 간신히 몸을 지탱하면서 그 위에 있는 약병을 집더니 버둥거리며 뚜껑을 열고는 약을 입안에 털어넣었어. 그런 다음 얼굴을 위로 향한 채 바닥에 다시 누웠어. 경련이 점점 누그러지더니 기침을 시작하더군. 그러고는 조금씩 몸을 돌려 얼굴을 들고 나를 바라봤어. 푹 가라앉은 두 개의 눈두덩 속에 눈동자가 툭 불거져 있었어. 형형한 눈빛이 마치 광장의 장명등長明燈 같더군. 나는 그 자리에 멍하니 서 있었어. 잠시 후에 정신이 돌아오자 외투를 들고 재빨리 문을 나섰지.

눈은 계속 내렸고 바람이 귓불을 때렸어. 나는 보폭을 달리하면서 앞으로 걸었어. 입을 크게 벌려야만 숨을 쉴 수 있었어. 눈송이가 목구멍으로 밀려들어왔지. 아주 뜨거웠어. 그 애의 눈빛이 인두처럼 내 마음에 낙인을 찍어댔어. 고모 집으로 간 나는 안에 들어서자마자 문을 잠그고 곧장 침대에 누웠어. 베개로 눈을 가리고 끊임없이 악몽에 시달렸지. 악몽 속에서 또 악몽을 꾸었어. 겹겹이 이어진 악몽이었어. 사인탑을 본 것밖에 기억나지 않더군. 포르말린 용액이 가득 담긴 수조에 어떤 여자가 얼굴을 위로 향한 채 누워 있었어. 내가 손을 뻗어 그 애를 잡으려 했지만 그 애는 그냥 가볍게 스쳐가기만 했어. 나뭇잎처럼 가볍고 유유하게 스쳐 지나갔지. 누군가 날 비웃었어. 웃음 소리는 갈수록 커지더니 거칠게 고막을 찔렀어. 하하. 하하하. 천장이 빙글빙글 돌면서 한없이 넓어졌어. 어쩌면 하늘과 우주가 빙글빙글 돌고 있는 거였는지도 모르지. 아니야. 어떻게 한 가닥 균열이 생길 수 있는 거지? 나는 침대에서 일어났어. 날은 아직 밝지 않았지만 방 안에는 희미한 빛이 있었어. 희고 차가운 빛이었지. 눈에서 반사된 빛 같았어. 나는 빛을 내는 창문을 바라봤어. 아주 긴 시간을 들여서야 천샤샤가 죽지 않았다는 것을 확인할 수 있었어. 나는 기어서 화장실로 가서는 거울에 자신의 얼굴을 비춰봤어. 하룻밤 사이에 수염이 아주 길게 자라 있더군. 방으로 돌아온 나는 담배에 불을 붙였어. 무미건조한 방에 천천히 빛이 차올랐어. 창문 위의 얼음이 녹아 물방울이 되고 있었어. 나는 창문 앞으로 가서 고개를 들고 하늘에 뜬 해를 바라봤어. 밝고 거대하고 완전무결한 해였어.

정오가 지나서야 나는 사무실에 갔어. 모든 사람이 날 기다리고 있더군. 나는 무의식적으로 그쪽 구석을 바라봤어. 천샤샤는 없었고 테이블은 텅 비어 있었어. 아무것도 없었어.

회의를 하는 동안 나는 줄곧 앞에 있는 서류에서 눈을 떼지 않았어. 글자들이 깡충깡충 뛰면서 각자의 발음을 내고 있었어. 하지만 나는 그 글자들의 의미를 포착하지 못했지. 나는 손에 쥔 펜으로 맨 위에 있는 종이를 두드렸어. 살아서 펄쩍펄쩍 뛰는 물고기를 작살로 찍는 것 같았지. 하지만 물고기는 갈수록 더 많아져 사면팔방에서 몰려왔지. 내가 탁 하고 펜을 테이블 위에 내려놓는 순간, 모든 사람이 고개를 들었어. 비서가 달려와 엎어진 잔을 바로 세워주고 테이블 위에 쏟아진 물을 닦아주었어. 내가 말했지.

"방금 토론한 일은 좀더 생각해봐야겠어요. 오늘 회의는 여기까지 합시다."

나는 테이블에 엎드렸어. 좀 자고 싶더군. 얼마나 지났을까, 문이 삐걱 열리더니 한 줄기 바람이 밀려들어와 내 머리를 스치고 지나갔어. 방 안은 아주 조용했지. 테이블 위에 쏟아진 물이 아직도 흘러내리고 있는지 똑, 똑 소리가 났어. 내가 몸을 일으켜 고개를 돌리는 순간 천샤샤가 문가에 서 있었어. 얼굴의 절반은 어두운 그림자 속에 잠겨 있었어. 순간 그 개가 생각났어. 하수도에서 고개를 쳐들고 나를 바라보던 그 개가 생각났지. 가면이 천천히 나를 향해 다가오고 있었어. 내 후반생에 아무리 많은 일이 일어난다 해도 그 순간이 내 일생에서 가장 잊기 어려운 장면이었다고 맹세할 수 있어. 가면에는 아주 진한 빛이 맺혀 있어 나를 압박하면서 다가왔어. 끊임없이 커지더니 검은빛이 나를 완전히 뒤덮는 바람에 나는 꼼짝도 할 수 없었어. 가면은 내 바로 앞에 이르러 멈췄어. 내 심장 박동도 멈췄지. 하지만 나는 똑, 똑 물방울 떨어지는 소리를 들을 수 있었어. 종점을 향해 가는 시한폭탄 같았지. 나는 그 시한폭탄이 폭발하기를 기다렸어. 아주 짙고 검은 빛이 갑자기 흩어져버렸어. 가면도 사라져버렸지. 천장에서 비치는 환한 빛이 그 애의 얼굴을 비췄어. 미소를 짓고 있더군.

"이러고 자면 안 돼. 감기 걸려."

그 애가 손에 든 비닐 쇼핑백을 높이 들어올리면서 말했어.

"어제 그 시폰 케이크 다 만들었어."

그 애가 의자를 당기고 앉아 쇼핑백에서 시폰 케이크를 꺼내더니 플라스틱 칼로 한 조각을 잘랐어. 그러고는 내게 건네주면서 부스러기를 자기 입에 털어넣더군.

"괜찮지?"

그 애가 말했어.

"시폰 케이크는 정말 만들기 어려워."

나는 크게 한 입 베어 먹었어. 달콤하고 부드러운 것이 목구멍을 타고 넘어갔어.

"네 차 탈 수 있어?"

그 애가 물었어.

"아직 수리 안 했어."

내가 대답했지. 그 애는 고개를 끄덕이면서 내일 야간학교에 등록하러 간다고 말했어.

"수업 시간에 자면 안 된다고 했지?"

나는 멍한 얼굴로 고개만 가로저었어. 그 애가 눈을 크게 뜨고 말했어.

"그러면 안 되겠지? 난 정말 걱정이야. 수업을 너무나 오래 듣지 않았으니까 말이야."

그 애는 한숨을 내쉬면서 어깨를 축 내려뜨렸어. 그러고는 나를 쳐다보며 묻더군.

"물 좀 마실래? 내가 가져다줄게."

그 애가 몸을 일으켰지만 내가 끌어당겨 다시 자리에 앉혔어. 그 애는 멍한 표정을 짓더니 또다시 미소를 보이더군. 나는 그 애의 눈빛을 피하면서 남아 있는 케이크를 내 앞으로 가져왔어.

"네가 이렇게 잘 먹을 줄은 몰랐어."

그 애가 말했어.

"내가 다시 만들어다줄게. 이런 케이크는 그냥 놔두면 안 돼. 금방 말라버리거든."

나는 고개를 들지 않은 채 케이크를 입안에 쑤셔넣었어. 그 애는 또 손가락으로 내 옷소매 주위에 떨어진 부스러기를 찍으면서 말했어.

"몇 년 더 있다가 케이크 가게를 열 생각이야. 우리 집에 있는 케이크 팬을 전부 가져오고 오븐도 큰 걸로 바꿀 거야. 어떨 것 같아? 잘될 것 같아?"

내 눈가에서 물이 흘러나왔어. 나는 눈알을 마구 굴렸지. 그 눈물을 되돌리려는 몸부림 같았어.

"잘되겠지."

이 말에 그 애 입가에 또 미소가 걸렸어.

"그때가 되면 언제든지 놀러 와. 항상 방금 구운 케이크가 있을 테니까. 쿠키도 만들어 팔 거야. 틀을 다양하게 많이 사야지. 판다 모양으로 만드는 것도 어렵지 않아. 눈은 코코아 가루로 만들면 되지. 우리가 어렸을 때 먹던 눈사람 얼굴과 비슷할 거야. 기억나지? 모자를 쓴 눈사람 말이야."

내가 코를 한번 훌쩍거리고 나서 말했어.

"어서 집에 가봐."

"뭐라고?"

그 애는 의혹이 가득한 눈빛으로 나를 쳐다봤어. 내가 말했지.

"나 너무 피곤해. 집에 가서 자야겠어."

"그래, 내일은 토요일이니까 푹 잘 수 있을 거야. 하지만 저녁은 꼭 챙겨 먹어야 해. 저녁을 먹고 자야 한다고."

문을 나서니 하늘은 이미 어두워져 있었어. 하지만 가로등은 아직 켜지지 않았지. 거센 바람은 새가 쪼아대는 것처럼 날카로웠어. 눈가의 축축한 흔적을 마구 쪼아댔지. 땅바닥에 깔려 있던 눈이 날려 허공에 치솟았어. 다시 한번 내려 눈앞의 모든 것을 덮어버리려는 듯했어. 누군가 뒤에서 큰 소리로 나를 부르더군. 나는 걸음을 멈췄어. 천샤샤가 따라온 거였어. 손에는 내 외투가 들려 있더군.

"추위를 느끼지 못하는 거야?"

그러고는 예전처럼 그 자리에 서서 내가 차에 타는 모습을 지켜봤어. 차가 움직이자 두 걸음 더 쫓아오면서 나를 향해 손을 흔들었어. 어젯밤의 일이 그저 전날 꾸었던 악몽의 일부분인 것 같았어. 내가 그렇게 믿는다면 그 일은 일어나지 않은 것과 마찬가지겠지. 내가 자신에게 이렇게 믿게 할 수 있을까?

나는 휴가를 내고 야자수 밑에서 며칠 푹 쉬었어. 설탕 같은 흰 모래가 뜨거운 햇볕에 말라 푸석푸석했어. 아주 좋은 냄새가 났지. 나는 자신을 이 모래 속에 묻었어. 몸에 열이 날 때 두꺼운 이불을 덮는 것과 비슷한 느낌이었어. 땀이 나자 이불을 걷어버렸어. 팔을 들어올려 뜨겁게 익은 얼굴을 가렸지. 햇빛이 손가락 틈새로 쏟아져 들어와 손가락을 하얗게 비췄어. 가장자리는 거의 투명에 가까웠어. 노천 카페에서 종업원이 내게 미소를 보내면서 지금 방송에 나오는 노래가 자신이 가장 좋아하는 노래라고 하더군. 음료 자판기 앞에서 한 여자가 내게 자기 동전을 건네줬어. 저녁 무렵 해변에서 산보를 하고 있을 때는 어린 사내아이 하나가 뒤를 따라와서는 이러는 거야.

"아저씨, 아저씨가 내 성을 밟아서 뭉개버렸어요. 하지만 괜찮아요. 다시 지으면 되니까요. 아니면 저랑 같이 지으실래요?"

이 세계는 내가 원래 속해 있던 세계와 약간 다르다는 생각이 들었어. 이 세계는 나에 대해 극도의 선의를 품고 있는 것 같았지.

세상사는 참 무상한 거야. 하지만 영원한 것도 있는 것 같아. 나는 그렇다고 믿어야 하고 그 영원한 것들을 지켜가야 해. 이런 신념이 모든 것을 초월하지. 심지어 야심이나 성공에 대한 집착도 뛰어넘는 거야. 타국 호텔의 노천 테라스에서 나는 하늘이 밝아질 때까지 앉아 많은 일을 생각했어. 나는 '오복약업'을 사직하고 이런 지하생활을 끝내기로 마음먹었어. 다빈에 대한 배신도 끝내기로 했지. 돌아가기 하루 전에 다빈의 전화를 받았어. 진상을 다 알았다고 하더군. 가슴이 덜컥 내려앉았어. 무슨 진상이냐고 물었지.

"두한과 방송국 국장이 몰래 서로 특별한 관계를 유지하고 있었어. 그러다가 결국 내게 꼬리를 잡히고 말았지."

"넌 어떻게 할 생각인데?"

내가 물었지.

"한 병 더 줘요. 방금 마셨던 그걸로."

그는 그쪽 종업원에게 뭔가를 주문하는 것 같았어. 그러고 나서 다시 전화기로 돌아와 내게 말하더군.

"말이야, 이 세상에는 리페이쉬안과 비슷하게 생긴 사람이 너무 많은 것 같아. 하지만 그녀들은 모두 리페이쉬안이 아니지. 리페이쉬안은 이 세상에 단 한 사람밖에 없어."

그가 기침을 몇 번 하더군. 사레가 들렸던 모양이야.

"내 잘못이야. 내가 끝까지 약속을 지키지 못한 거야."

"무슨 약속?"

내가 물었지.

"미국을 떠나올 때, 나는 마음속으로 자신에게 말했어. 반드시 사업에 성공해서 리페이쉬안을 찾아가겠다고 말이야. 그 애는 능력 있는 사람을 좋아하거든. 이제 알았어. 내가 너무 연약했던 거야. 유혹을 이기지 못했어……. 하지만 내게는 네가 있잖아. 우리 회사도 있고 말이야. 내일부터 열심히 일할 거야. 너와 함께 열심히 노력해서 회사를 최대한 일찍 상장시킬 계획이야. 내가 지금 깨달았다 해도 너무 늦은 건 아니겠지?"

"그래……."

나는 가볍게 응대해주면서 두한과는 어떻게 할 작정이냐고 물었어.

"어떻게 하긴 뭘 어떻게 해? 이혼하는 거지."

그는 이혼하지 않고 이 혼인 상태를 만회하기 위해 많은 노력을 했어. 그녀를 데리고 파리로 또 한 차례 밀월여행을 떠나기도 했지. 샤넬 매장이 텅 비도록 선물을 사주고 르 퐁 데자르에 자신들의 이름이 새겨진 자물쇠를 걸어놓기도 했어. 여행에서 돌아와서는 그녀를 위해 성대한 생일파티를 열어주었어. 하지만 얼마 지나지 않아 두한이 그 방송국 국장과의 관계를 유지하고 있다는 사실을 알았지. 그는 또 한번 그녀의 해명을 들었지만 이때부터 의심을 많이 하게 됐고 매일 새로운 증거를 찾아냈어. 그의 정력을 송두리째 앗아가는 일이었지. 회사에 충실하기 시작한 지 얼마 지나자 않아 또 어디론가 사라져버렸어. 그 전에 그가 일에 온 마음을 집중하겠다며 나와 함께 대대적으로 사업을 벌이겠다는 태도를 보이는 바람에 나는 당장 사직 얘기를 입 밖에 낼 수 없었어. 나중에는 만날 때마다 내게 뭔가를 토로하면서 새로운 증거들을 늘어놓는 등 정신이 거의 무너진 것 같았지. 나는 일단 이 난관을 잘 넘긴 다음에 다시 얘기하기로 마음먹었어. 장페이 쪽에서는 줄곧 견제가 있었지. 뒤로 엄청난 오더를 받아 큰돈을 벌었기 때문에 당연히 손을 떼려 하지 않았어. 여차하면 고기를 다 잡고 나서 그물을 찢듯이 나를 고발해버릴 태세였지. 이런 식으로 1년이라는 세월이 흘렀어.

이해에 나는 다시 난위안으로 이사해 들어왔어. 고모는 몸이 아주 안 좋아서 매일 잠을 제대로 못 잤고 나한테 크게 의존하는 태도를 보였지. 하지만 원래의 집에서 한 발짝도 벗어나려 하지 않았어. 결국 내가 이사해 들어가는 수밖에 없었어. 천샤샤는 매일 퇴근해서 나를 기다렸어. 모든 사람이 집에 가고 난 뒤에야 그 애는 내 차를 타고 나와 함께 난위안으로 돌아왔지. 거의 매주 한번씩 나는 그 애와 함께 위층에 올라가 그 애 집에서 함께 시간을 보냈어. 그런 날이면 그 애는 수업을 빼먹고 학교에 가지 않았지. 매번 그 애는 명절을 맞기라도 한 것처럼 즐거워하면서 내가 자신의 구세주라고 말했어. 야간학교를 띄엄띄엄 다닌 그 애는 독학시험에 통과하지 못했고 1년 더 다니기로 마음먹었지. 나는 그 애에게 책상을 하나 사줬어. 책을 읽거나 공부할 수 있는 자리가 생긴 거지. 책상이 운반되어오던 그날, 우리는 그 위에서 섹스를 했어. 그 전에는 아주 오랫동안 그 애와 섹스를 하지 않았지. 그 애에 대해 일종의 존중하는 느낌이 생겼거든. 항상 그 전처럼 대해선 안 된다는 생각이 들곤 했어. 책상에서는 진한 페인트 냄새가 뿜어져 나왔어. 그 애는 두 다리를 쫙 벌리고 손으로 책상 가장자리를 잡았어. 스탠드 불빛이 그 애의 얼굴을 비췄어. 땀방울이 반짝반짝 빛을 발했지. 뭔가가 변했어. 그 흉악하고 극악한 쾌감이 사라지고 부드럽고 따스한 감정이 솟아났지. 조수가 물러간 바닷가의 가늘고 부드러운 모래 같았어. 그 책상 위에서 나는 처음으로 그 애에게 키스를 했어. 그 애는 잠시 놀라는 반응을 보이더니 혀를 내 입으로 집어넣었어. 나는 눈을 감고 사방에 위기가 매복해 있는 삶 속에서 가장 조용하고 평온한 부분을 느꼈지.

다빈은 결국 여자 앵커와 이혼했어. 여자 앵커가 먼저 이혼을 요구했지. 매일 심문과 감시를 당하는 생활에 지쳤던 거야. 막 이혼하고 두 주 동안 다빈은 매일 술에 취했고 몸도 많이 야위었어. 바로 그런 상황에서 내가 몰래 회사를 차렸다는 사실도 알게 되었지. 장페이에 의해 쫓겨난 사람이 그에게 보복하기 위해 '오복약업'으로 다빈의 아버지를 찾아가 우리 회사가 '오복약업'의 제조 비법을 훔쳐내고 공급상들을 조종하면서 리베이트를 챙긴 사실을 다 밝힌 거야. 다빈의 아버지는 다빈에게 철저한 조사를 요구했고, 이 일을 배후에서 조종한 사람을 찾아냈지. 며칠 후 조사 자료를 받은 다빈은 모든 증거가 나를 향하고 있다는 것을 알게 되었어.

지난 주 어느 날 저녁 무렵에 그는 내게 남쪽 교외에 있는 산 아래서 만나자고 하더군. 그곳은 한 달 전에 시신 훼손 사건이 발생한 곳이라 그런지 산자락에 도착하니까 약간의 살기 같은 것이 느껴졌어. 날은 유난히 추웠고 사람 그림자 하나 보이지 않았어. 나는 그를 따라 산 정상으로 올라갔어. 산을 오르는 내내 둘 다 한마디도 하지 않았지. 산 정상에 이르니 이미 온몸이 땀에 젖어 있었어. 우리는 정자에 자리를 잡고 앉아 둘 다 가쁜 숨을 몰아쉬었어. 앞에는 민둥민둥한 바위가 펼쳐져 있고 그 앞은 가파른 절벽이었어. 그가 먼저 입을 열었어.

"기억하니? 초등학교 다닐 때, 이곳으로 봄 소풍을 온 적이 있어. 너랑 리자치가 대열에서 낙오됐었지. 어디로 갔는지 알 수 없었어. 나랑 즈펑이 너희 두 사람을 여기저기 찾아다녔지."

나는 아무 말도 하지 않고 담배를 꺼내 불을 붙였어. 그가 말을 이었어.

"너는 어렸을 때부터 아주 괴짜였어. 너랑 리자치는 정말 이상한구석이 많았지. 여느 아이들과 많이 달랐어. 너희 몸에는 일종의 사기邪氣가 흐르는 것 같았어. 아주 신비했지. 두 사람 다 자신이 아주 못됐다고 공공연히 말했지만 사실은 아주 착했어. 난 내가 너희만큼 똑똑하지 못하다는 걸 잘 알아. 항상 너희를 따라가지 못했지. 하지만 너희와 어울려 놀 때는 걱정이 되지 않았어. 너희가 나를 해칠 리가 없다는 걸 알았기 때문이지."

그는 숨을 깊이 들이마시더니 두 손에 얼굴을 묻었어. 잠시 후에 고개를 든 그가 다시 얘길 이어갔어.

"우리의 그 열등생 모임도 기억나지? 매일 학교가 파하면 모두 한데 모여 너랑 리자치가 발명해낸 갖가지 희귀하고 이상한 게임을 하면서 놀았지. 정말 즐거운 나날이었어. 나중에 리자치가 전학을 가고 그 뒤에는 즈펑이 군에 입대하면서 이곳에는 우리 세 사람만 남게 되었어. 너는 천샤샤를 별로 중요하지 않게 여겼을지 모르지만 나는 그애가 영원히 우리의 일원이라고 생각했어. 바로 이런 생각 때문에 굳이 그 애를 회사에 남게 했던 거야. 나는 항상 한번 친구가 되면 영원히 친구라고 생각했지. 내 생각이 너무 유치한 건지도 몰라. 항상 감정으로 일을 처리하고, 하겠다고 한 일을 하나도 제대로 처리하지 못했지. 하지만 난 정말 너를 가장 좋은 친구라고 생각했어……."

다빈은 끝내 울음을 터뜨렸어.

"뭣 때문에 나한테 이런 짓을 하는 거냐?"

나는 헤헤 하고 가볍게 웃으면서 눈으로는 바위틈에 박혀 있는 마른 풀 더미를 응시하고 있었어. 그가 따져 묻더군.

"왜 말을 안 하는 거야? 나는 너의 해명을 기다리고 있단 말이야. 너도 나름대로 고충이 있었을 것 아니야?"

나는 고개를 가로저었어.

"고충이랄 건 없었어. 단지 '오복약업'이 조만간 무너질 테고, 더 노력해봤자 소용없다는 걸 분명하게 알았을 뿐이지."

그가 묻더군.

"그럼 나는? 마음속으로 나를 무시했던 거네. 난 그저 네 발판이 될 수 있을 뿐이고, 마음대로 이용하고 마음대로 상처를 줘도 된다고 생각했던 것 아니야?"

나는 라이터를 켰어. 불꽃만 튀었다가 금방 꺼지더군. 다시 켰지만 이번에도 그대로 꺼졌어. 내가 말했어.

"아마 나를 너무 믿었던 것 같아. 항상 자신이 뭔가 큰일을 이룰 수 있을 거라고 생각했지. 일을 위해선 이것저것 따지지 않았어. 네가 믿을지 모르겠지만 갈림길을 만난 것은 바로 작년이었어. 나는 정말 돌아가고 싶었어. 이제 와서 이런 얘기 해봤자 아무 의미도 없겠지만 말이야."

내가 고개를 돌려 그를 한번 쳐다보고는 물었어.

"넌 앞으로 나를 어떻게 처리할 생각이니?"

한참 입을 다물고 있다가 그가 말했어.

"이대로 떠나. 너를 조사한 문건은 내가 며칠 더 갖고 있다가 상부에 올릴 테니까. 며칠 내로 서둘러 떠나서 적당한 곳으로 피신하도록 해."

내가 말했어.

"고마워."

그는 고개를 들어 하늘을 바라보면서 한마디 덧붙이더군.

"하지만 우리는 더 이상 친구가 아니야. 나는 너를 모르는 사람으로 치부할 거야."

나는 불을 붙이지 않은 채 쥐고 있던 담배를 비비면서 고개를 끄덕였어.

"앞으로, 그러니까 아주 오랜 시간이 흐른 뒤에 이곳에 다시 돌아왔을 때, 너를 찾아 술 한잔 할 수 있었으면 좋겠다. 그때가 되면 우리가 다시 서로 아는 사람이 될 수 있을지 모르겠군. 네가 전에 말했잖아. 사람과 사람이 어떻게 서로 한번만 아는 사이가 될 수 있느냐고 말이야."

말을 마치고 나니 갑자기 날이 어두워지기 시작했어. 한동안 우리는 둘 다 말없이 앉아 있다가 차가운 정자를 벗어났지.

떠나게 된 것과 관련해 원래는 고모를 속일 작정이 아니었어. 하지만 그날 집에 갔더니 고모가 북쪽 근교의 주택가로 왕루한을 찾으러 갔다가 정말로 그녀와 비슷한 여자를 만났다고 하는 거야. 마스크를 하고 있었지만 두 눈이 그녀와 똑같았다는 거야. 애석하게도 자전거를 타고 있어 눈 깜짝할 사이에 사라져버렸다고 하더군. 그래서 우리 고모는 이튿날에 또 근처에 가서 그녀를 기다릴 작정이었어. 내가 말했어.

"그거 잘됐군요. 한번 가보세요."

고모의 얼굴에 다시 생기가 돌고 삶을 기탁할 대상이 생겼다는 사실이 내게 큰 위안이 됐어. 어쩌면 정말로 왕루한을 만날 수 있는 건지도 모르지. 두 사람이 서로 만나면 과거의 은원을 다 풀고 편안한 마음으로 당시의 일을 얘기할 수 있을지도 모르지. 나는 그런 날이 올 수 있기를 진심으로 바랐어. 고모에게는 그게 모든 것의 마무리를 뜻했으니까.

천샤샤에 관해서는 아주 오래 생각한 끝에 얘기를 해주기로 마음먹었어. 그 애가 사방으로 날 찾아다닐 게 걱정됐기 때문이지. 내가 말했어.

"나는 한동안 아주 멀리 가 있다가 시간이 좀 지나야 돌아올 수 있을 것 같아. 나 없는 동안 야간학교에 잘 다니고 내년에는 시험에 꼭 합격하도록 해."

그 애가 물었어.

"얼마나 오래 걸리는데? 내년 봄에 내가 시험에 합격하면 돌아올 수 있는 거야?"

나는 아마 그럴 거라고 대답했지. 그 애는 고개를 끄덕이면서 언제 떠나느냐고 묻더군. 쿠키를 많이 만들어서 가져갈 수 있게 하겠다고 했어. 오늘 오후 네가 온 뒤에 나는 짐을 싼 다음 고모를 위한 상비약을 사기 위해 집을 나서서 그 애 집 건물 아래를 지나가다가 문득 다시 한번 올라가보고 싶은 생각이 들었어. 그 애는 마침 쿠키를 굽고 있더군. 모든 밀폐용기가 가득 채워져 있었어. 그 애가 말했어.

"네가 곧 떠날 것 같아서 많이 만들어놓은 거야."

내가 캔맥주를 하나 따서 자리를 잡고 앉자 그 애가 물었어.

"요 며칠 왜 출근하지 않았어? 무슨 일이라도 있는 거야?"

"아니야."

"오늘 저녁에 떠나는 건 아니겠지?"

나는 아무 말도 하지 않았어.

"야간학교는 네가 돌아온 다음에 다녀도 될 것 같아. 어차피 시험은 매년 있으니까. 차라리 너랑 같이 가는 게 어떨까? 그러면 옆에 동반자가 있는 셈이잖아."

나는 대답하지 않았어.

"너한테 번거로운 존재가 되지 않겠다고 약속할게. 네가 귀찮다고 느끼면 다시 돌아오면 되잖아. 어때?"

그 애는 앞치마를 벗어놓고 몸에 묻은 밀가루를 털면서 말을 이었어.

"지금 당장 가서 짐을 챙길게."

나는 만류하지 않았어. 그 애를 슬프게 하고 싶지 않았기 때문이지. 조만간 괴로움을 겪어야겠지만 그 애가 즐거워하는 모습을 보고 싶었어. 지난 10년 동안 내가 그 애에게 가져다준 즐거움은 정말 가련할 정도로 적었거든. 기뻤던 순간은 그야말로 순간으로 그쳤지. 나는 고모를 위해 산 수면제를 몇 알 꺼내 그 애의 찻잔에 넣었어. 그 애는 아주 커다란 여행 가방을 들고 나오면서 말했어.

"다 됐어. 이제 갈까?"

"그렇게 급할 것 없어. 잠깐 앉아봐."

"그럼 케이크 팬 좀 닦아놓고 올게. 안 그러면 바퀴벌레가 생기거든."

"잠깐만 앉아봐. 좀 앉아보라고."

"그래, 알았어."

그 애가 의자에 앉았어.

"자, 우리 건배 한번 하자. 나는 맥주로, 너는 물로. 넌 천식이 있으니까 앞으로 다시는 술을 마시면 안 돼."

그 애가 고개를 들고 물을 쭉 들이켜고 나서 말했어.

"너한테 아직 묻지 못한 게 있어. 우리 남쪽으로 가는 거야 아니면 북쪽으로 가는 거야?"

"남방이야."

그 애가 손뼉을 치면서 말했어.

"내 추측이 맞았네. 봐, 난 두꺼운 옷을 하나도 안 챙겼잖아. 북쪽으로 간다 해도 상관없어. 현지에 가서 사면 될 테니까."

내가 물었어.

"넌 힘들지 않았어?"

"뭐가 힘들다는 거야?"

"그렇게 오랫동안 내게 엄청난 양의 쿠키를 만들어줬잖아."

"어머, 쿠키. 쿠키를 잊을 뻔했네."

그 애는 부엌으로 들어갔어. 나올 때는 머리에 땀을 잔뜩 흘리고 있더군. 그러면서 내게 물었어.

"지금 몇 시야? 왜 이렇게 노곤하지?"

"한숨 자. 자고 나서 출발하지 뭐."

"너도 자려고?"

"응, 나도 좀 자야겠어."

나는 그 애를 따라 침실로 들어가 침대 위에 누웠어. 그 애가 몸을 돌려 내 팔을 잡으면서 말했지.

"난 아주 잠깐만 잘 거야. 가야 할 시간이 되면 네가 몇 번만 흔들어줘."

"알았어. 자!"

그 애는 여전히 빙긋이 웃는 얼굴로 나를 쳐다봤어. 이내 눈꺼풀이 합쳐지는가 싶더니 금세 완전히 감기더군. 나는 불을 끄고 어둠 속에 잠시 앉아 있다가 몸을 일으켜 방을 나왔어.

지금쯤 그 애는 아직 자고 있겠지. 그 애가 한숨 잘 자고 일어났을 때 모든 것을 꿈이라고 생각하고 잊어줬으면 좋겠어. 나는 정말 그 애가 새로운 삶을 살 수 있기를 간절히 바라. 심지어 나 자신의 새로운 삶에 대한 기대보다 그 애의 삶에 대한 기대가 더 크다고 할 수 있지. 내가 정말로 새로운 삶을 시작할 수 있다면 그 애에게 감사해야 할 거야. 내가 철저히 무너지고 완전히 망가지는 걸 그 애가 막아주었거든. 어쩌면 너무 늦었는지도 몰라. 하지만 한번 시도해보고 싶어. 이번에는 평온하고 따스한 삶을 살고 싶어. 천천히 가슴속의 악한 기운을 다 털어버리고 싶어.

어디에 있든지 나는 마음속으로 말없이 천샤샤의 복을 빌어줄 거야. 가능하다면 내가 가진 행운의 기운을 전부 그 애에게 주고 싶어. 그러면 그 애가 행복에 좀더 가까이 다가가게 할 수 있지 않을까?

제
5
장

이미 날이 밝았고 바람도 멎었다. 창문은 미동도 하지 않았다. 집 전체가 회백색 빛으로 덮여 있었다. 테이블 위에는 술병 두 개와 잔 두 개가 나란히 놓여 있었다. 리자치는 창가로 다가가 밖을 내다봤다.

"눈이 잦아들었어."

그녀가 말했다.

"가야 할 것 같아."

청궁이 말했다. 하지만 몸을 움직이진 않았다.

리자치가 멀찌감치 떨어진 광경을 바라보며 말했다.

"사인탑이 보이는 것 같아."

"사인탑은 재작년에 불이 나서 전부 타버렸어."

"주위에 나무 한 그루도 없네. 어떻게 불이 난 거지?"

"모르겠어. 어린아이 몇몇이 그곳에 가서 불장난을 했나봐."

청궁도 창가로 다가갔다.

"아이들은 누구나 그곳을 좋아하지."

리자치가 말했다.

"탑 안의 유골들도 전부 타서 가루가 되어버렸겠네. 어쩌면 그렇게 타버리는 게 유골들의 바람이었는지도 몰라. 그 망자들 말이야. 이 세상에 어떤 흔적을 남기고 싶지 않았겠지."

"글쎄."

두 사람은 창밖을 바라보고 있었다. 큰 눈이 중앙화원의 가산을 덮어버렸다. 울퉁불퉁한 오솔길도 덮어버렸다. 인내심 있게 이 세상의 모든 모난 것들을 전부 껴안는 것 같았다.

리자치가 몸을 돌려 청궁을 바라봤다.

"너의 '영혼무전기'는 어디 갔어? 어디다 놨지?"

"잊었어. 발코니에 있는 어느 상자 안에 들어 있을 거야. 그런데 그건 왜?"

"한번 보고 싶어."

그녀가 말했다.

"지금도 잘 써먹을 수 있는지 모르겠네."

청궁이 어깨를 으쓱해 보였다.

"한번도 제대로 사용한 적이 없는 물건이거든."

"그때 우리가 소꿉장난 놀이를 했던 게 기억나는군. 내가 노래를 불렀다 하면 너희 할아버지가 눈을 깜박였지. 그때 나는 영혼무전기로 너희 할아버지에게 노래를 한 곡 들려주고 싶었어……."

참대 위에 있는 사람이 움직였다. 리자치와 청궁이 얼른 그쪽으로 다가갔다. 침대 위에 있는 사람이 눈을 크게 떴다.

"다들 왔구나……."

그가 중얼거리듯이 말했다.

리자치가 청궁을 힐끗 쳐다보면서 말했다.

"아무래도 그 교회 목사님을 불러와야 할 것 같아."

"죽은 지 2년이나 되었잖아."

청궁은 고개를 들어 창밖을 바라봤다. 그는 미간을 찌푸리며 힘껏 뭔가를 제대로 보려고 애쓰고 있었다. 그러고 나서 잠시 어깨를 늘어뜨리고는 손을 주머니에 쑤셔넣었다.

"잠깐 나갔다 올게."

그가 말했다.

"담배 한 대 피우려고."

리자치는 밖으로 나가는 그를 눈빛으로 배웅하고는 고개를 돌려 리지성을 바라봤다.

"그 못 말이에요. 그 못 기억하세요?"

그녀가 물었다.

침대 위에 있는 사람이 그녀를 바라봤다. 어떤 힘에 의해 다음 세계로 끌려가는 것 같았다. 곧 이 세계의 대문이 닫혔다. 영원히 닫혀버렸다. 그녀가 손을 뻗어 그의 이마를 가볍게 어루만져주었다.

"자신에게 죄가 있다고 생각하세요?"

그녀가 물었다.

리지성이 그녀를 물끄러미 쳐다봤다. 눈빛이 그녀를 관통해 광활한 곳에 떨어졌다.

"불 좀 꺼줘. 너무 밝아."

그가 말했다.

리자치는 벽으로 다가가 스위치에 손을 얹었지만 누르지는 않았다. 불은 이미 꺼져 있었다. 어둠 속에서 그녀는 침대 위에 있는 사람의 한숨 소리를 들었다. 그녀는 침대 옆으로 다가가다가 다시 멈춰 방 한가운데 섰다. 귀를 기울였다. 방 안은 아주 조용했고 창밖도 무척 조용했다. 벽이 사라졌다. 방 안이 한없이 넓어졌다. 리자치는 침대 옆에 쪼그리고 앉아 머리를 그의 몸 위에 묻었다. 이불을 사이에 두고 그녀의 이마가 그의 손의 형태를 느꼈다. 돌출된 뼈마디가 흩어지지 않는 힘을 모으고 있는 것 같았다.

리자치가 몸을 일으켰다. 텔레비전 화면에 시골의 진흙길이 나타났다. 개 한 마리가 밭두렁 옆에 서 있었다. 아래 자막에는 이런 문구가 올라왔다.

"1921년, 리지성은 이곳 마을의 한 농민 가정에서 태어났다. 당시 그의 모친은 과부가 된 지 석 달째였다. 이곳 사람들은 그녀의 성이 량粱이라는 것 외에 다른 것은 전혀 알지 못했다."

개가 고개를 돌려 카메라를 쳐다보고는 다시 앞을 향해 내달렸다. 흑백 화면에 드문드문 들어선 농촌의 집들이 보였다. 시간이 1921년에 멈춰 있는 것 같았다. 이럴 때 배경 음향으로 아기 울음소리가 나와야 하는데. 리자치는 속으로 생각했다. 집 안은 극도로 고요했다. 누군가의 한숨 소리가 들리는 듯했다. 하지만 이내 바람이 커튼을 흔드는 소리였다는 것을 발견했다.

그녀가 방을 나와보니 청궁이 복도에 서 있었다. 오른손에 불을 붙이지 않은 담배가 들려 있었다.

"모든 게 다 끝났어."

리자치가 말했다.

청궁은 아무 말도 하지 않고 담배에 불을 붙였다.

"내가 페이쉬안에게 조금 늦게 전화를 했어. 그 앤 그래도 돌아올 거야."

리자치가 말했다.

"응. 장례는 아주 성대하게 치러야겠지."

청궁이 손에 든 담배 불꽃을 바라보며 말했다.

"가서 창문을 닫아야겠어."

리자치가 말했다.

그녀가 밖으로 나가며 문을 닫았다. 두 사람은 계단을 내려갔다. 일층으로 내려오자 청궁이 걸음을 멈추고 텅 빈 대청을 바라봤다.

"당시에 그 어른들은 여기서 우정의 춤을 췄겠지?"

"그랬겠지."

"음악 선생님은 동쪽 창가 자리에 앉는 걸 좋아했어. 그녀의 머리 위쪽에서 스포트라이트가 비쳤지. 렘브란트의 그림 같았어. 그녀 자신도 틀림없이 알았을 거야. 자기가 매번 그 자리를 선택한다는 걸 말이야."

"너희 남학생들은 모두 그녀가 예쁘다고 생각했지."

"여학생들은?"

"대개는 그런 편이었지."

"나중에 그녀는 식도암에 걸렸어. 떠날 때 그녀를 한번 만날 생각이었지. 하지만 그녀는 아무도 만나려 하지 않았어."

"그녀는 그런 상황에서 작별을 고하고 싶어하지 않았어."

"아니, 그때 댄스홀에서 그녀를 만났을 때, 그녀가 등불 아래 앉아 있던 모습은 매번 이별을 고하고 있었어."

"모든 게 다 끝났어."

리자치가 말했다.

"내가 방금 이 말을 하지 않았나?"

"맞아."

두 사람은 대문 입구로 갔다. 리자치가 벽에 세워둔 우산을 집어들었다.

"사실 날 배웅해줄 필요가 없어."

청궁이 말했다.

"숨 좀 깊이 몰아쉬어야겠어. 방 안에 너무 오래 있었어."

밖에는 눈이 깊이 쌓여 발뒤꿈치가 묻혔다. 저 앞길은 일망무제의 흰빛이었다.

"내 생각에는 사실 네가 샤오바이루에 한동안 숨어 있어도 될 것 같아. 네가 여기 있으리라고 생각하는 사람은 아무도 없을 테니까."

리자치가 말했다.

"너는? 너는 어떻게 할 생각이야? 계속 여기에 있을 거야?"

"잘 모르겠어. 아마 일이 다 마무리된 다음에 떠날 것 같아."

"어디로 갈 건데?"

"남쪽으로."

말하면서 그녀가 빙긋이 웃었다.

"아주 더운 곳으로 가려고. 네가 그랬잖아. 더운 곳으로 가면 다른 생각을 할 겨를이 없다고 말이야."

"맞는 말이야."

"그렇지."

두 사람은 계속 앞으로 걸어가다가 사거리에 이르렀다.

"우리 내기를 해보는 게 어때?"

리자치가 주머니에서 5자오 동전을 하나 꺼내 청궁에게 건넸다.

"글자가 나오면 너는 기차역으로 가는 거야. 꽃이 나오면 이곳에 남는 거고. 샤오바이루에 있으면 되잖아. 밥은 내가 매일 날라다줄게. 내가 계란볶음밥을 아주 잘하거든."

"국수도 먹을 수 있어?"

청궁이 물었다.

"그건 안 돼. 난 국수를 별로 좋아하지 않아서."

"자장면 만드는 법을 배워봐. 아주 간단하다고."

"그렇게 하는 거지? 자 그럼 네가 던져봐."

청궁은 동전을 만지작거렸다. 그러다가 허공을 향해 던졌다. 동전은 눈 속으로 떨어져 소리가 나지 않았다. 두 사람은 서로를 쳐다봤다. 빨간 그림자 하나가 이쪽을 향해 달려오고 있었다. 갈수록 더 가까워졌다. 천샤샤였다. 청궁 앞까지 온 그녀는 멈춰 섰다.

"네가 날 흔들어 깨운 거야?"

그녀가 물었다.

"내가 너무 깊이 잠들었나보지?"

그녀의 눈빛이 리자치에게로 옮겨갔다. 그제야 그녀의 존재를 발견한 것 같았다.

"리자치? 너 리자치 맞아?"

천샤샤는 멍한 눈빛으로 리자치를 바라봤다. 그러고는 빙긋이 웃었다.

"난 네가 돌아올 줄 알았어."

세 사람이 그 자리에 그렇게 서 있었다. 눈은 갈수록 커졌다.

천샤샤가 가방에서 쿠키 두 통을 꺼내 청궁에게 건네면서 그의 어깨에 얹혀 있는 눈을 털어주었다. 그런 다음 다시 지퍼를 잠그고 여행 가방을 어깨에 메고는 왔던 방향으로 되돌아갔다.

청궁이 소리를 질러 그녀를 불러 세우고는 주머니에서 약방문 한 장을 건넸다.

"천식을 치료하는 데 아주 좋대. 한번 시도해봐."

"난 이미 다 나은 것 같아."

천샤샤는 미소를 지으며 손을 내젓고는 계속 앞을 향해 걸어갔다.

청궁이 몸을 돌렸을 때는 동전이 이미 새로 내린 눈에 덮여버려 보이지 않았다. 그는 그 자리에서 리자치와 함께 아주 먼 곳의 소리를 들었다. 자동차 엔진 소리였다. 개 짖는 소리와 아이들이 희희낙락 웃고 떠드는 소리도 들렸다. 아침이 시작되는 소리였다. 청궁은 다진 고기를 볶는 냄새도 맡았다. 단맛이 나는 진한 된장이 냄비 안에서 거품을 내고 있었다. 조금만 있으면, 또 조금만 있으면 냄비를 비워내고 채를 썬 오이와 함께 희고 투명한 그릇에 담길 것이다.

후
기

1977년에 남자는 자신이 일하던 양식국糧食局 수송대에 작별을 고하고 대학에 들어갔다. 등록 수속을 하던 날 그에게 자동차 운전을 가르쳤던 기사가 억지를 부려 그를 배웅했다. 흰 장갑을 끼고 작업복 차림으로 수송대에서 가장 새 차인 해방표 트럭을 몰았다. 도중에 사부는 아무 말도 하지 않고 한 개비 또 한 개비 줄담배만 피워댔다. 학교에 거의 도착해서야 그는 참지 못하고 한마디 물었다.

"자네가 다니게 될 중문과에서는 구체적으로 뭘 배우게 되는 건가?"

남자가 대답했다.

"모르겠어요. 저는 소설 쓰는 법을 배우고 싶거든요."

사부가 말했다.

"그런 걸 써서 뭐 하려고?"

남자가 말했다.

"그냥 쓰고 싶어서요."

사부는 한숨을 내쉬었다.

"이렇게 좋은 직장을 때려치우다니, 아무래도 나중에 후회할 것 같네."

이듬해 가을, 남자는 첫 번째 소설을 완성해 상하이에서 발행되는 한 문학잡지에 보냈다. 소설의 제목은 『못』으로, 소년 시절 직접 목격했던 사건을 소재로 하고 있었다. 그가 거주하던 병원의 직원아파트에서 바로 옆 동에 살던 의사가 비판투쟁 중에 누군가의 의해 머리에 못이 박혔다. 점차 언어와 행동 능력을 상실한 그는 식물인간이 되어 줄곧 병상에 누워 있어야 했다. 그 혼란과 격변의 시대에는 사방에서 잔인한 일들이 적지 않게 일어났다. 하지만 왠지 모르게 이 사건은 그의 뇌리에 지울 수 없는 인상을 남겼다. 한 달 후, 남자는 잡지사로부터 게재 통보를 받았다. 무척 기뻤던 그는 이 일을 여자친구에게 말했고, 두 사람은 함께 축하했다. 다시 한 달이 지나 그는 편집자로부터 또 한 통의 편지를 받았다. 소설의 분위기가 너무 우울해 게재하기 어렵다는 내용이었다. 좋아했던 일이 완전히 물거품이 된 것이다. 남자는 원고를 서랍 속에 던져놓고 다시는 읽지 않았다. 나중에 그는 몇 편의 소설을 더 썼다. 전부 어두운 분위기의 소설이라 잡지사에 보내도 연락이 없었다. 졸업 후에 그는 학교에 남아 교편을 잡았고, 그 여자친구와 결혼도 했다. 교원 숙소는 아주 비좁은 원통 모양의 건물이었다. 통로에는 책과 배추가 잔뜩 쌓여 있고 저녁때가 되면 모두 복도에 나와 밥을 하는 바람에 건물 전체에 파와 마늘 냄새가 진동했다. 아이들이 태어난 뒤에는 그가 글을 쓰던 책상을 아기 침대로 사용했다. 그때부터 그는 더 이상 소설을 쓰지 않았다. 일상생활에 의한 소모가 글쓰기를 중단한 주요 원인이라고 하는 것이 어떤 상황에서도 합리적인 해석이었다. 가끔씩 머릿속에 뜬금없이 그런 걸 써서 뭐 하나 하고 물었던 사부의 말이 떠올랐다. 소설을 쓰진 못했지만 시간의 흐름에 따라 대학에 들어가기로 했던 것이 정말 훌륭한 결정이었음을 갈수록 더 실감했다. 그는 마음속으로 정말 다행이라는 생각을 떨칠 수 없었다. 세상의 모든 일이 대부분 이랬다. 가고 또 가다보면 맨 처음에 가졌던 마음을 잊고 원래의 길에서 많이 벗어나게 된다. 하지만 사방을 둘러보면 그다지 나쁠 것도 없다는 생각을 하게 되고, 가던 길을 계속 가게 된다.

그가 썼던 소설은 얼마 후 이사를 하면서 완전히 유실되고 말았다. 남자는 점차 자신이 어떤 내용을 썼는지조차 잊어버렸다. 어떤 의미에서 볼 때, 그 소설은 기본적으로 이 세상에 존재하지 않았던 것과 마찬가지다. 여러 해가 지나서야 그는 그 소설에 대해 언급하게 되었고, 그 못과 관련된 일도 다시 기억하게 되었다. 기억의 계곡 바닥에 깊이 가라앉아 있었던 이야기는 이미 퇴색하고 바람에 말라 대단히 작고 빈약하게 변해버렸다. 자신도 그 이야기를 하면서 별로 재미가 없다고 느낄 정도였다. 몇 마디만으로도 그는 이야기를 마무리할 수 있었다. 다시 얼마간의 세월이 흘렀다. 어느 날 저녁식사를 하는 자리에서 그의 딸이 아무 생각 없이 편안한 마음으로 그 못과 관련된 이야기를 소설로 쓰겠다고 선포했다. 그는 한참이 지나서야 못과 관련된 이야기가 무얼 의미하는지 기억해내고는 자신도 모르게 피식 허탈한 웃음을 보였다. 그게 뭐 쓸 만한 얘깃거리가 된다고? 딸은 아빠의 이런 생각을 무시하고 몇 가지 디테일에 관해 물었다. 그는 억지로 몇 가지를 기억해냈지만 사실은 대부분 기억이 잘 나지 않았다. 딸은 실망한 기색이 역력했고, 그 뒤로 다시는 이 일에 관해 거론하지 않았다. 나중에야 그는 딸이 직접 그 병원으로 가서 그 식물인간에 관해 조사를 진행하고 자료를 수집했다는 사실을 알게 되었다. 하지만 그 뒤로는 별다른 움직임이 없었다. 딸은 줄곧 변화무쌍한 모습을 보였다. 오늘은 이랬다 내일을 저랬다 했지만, 그는 이미 이런 딸의 모습에 익숙해져 있었다. 딸은 세속적 의미에서 말하자면 특별히 반역적이라고 할 수 없었지만 절대로 착하고 고분고분하다고도 할 수 없었다. 요컨대, 그가 이상적이라고 생각하는 그런 딸이 아니었다. 그렇게 또 긴 세월이 흘렀다. 그는 직장에서 은퇴했고 가끔씩 베이징에 있는 딸의 집에서 지내곤 했다. 하루는 딸의 집에서 흰 표지의 책을 한 권 발견했다. 딸이 막 완성한 소설로, 정식으로 출판되기 전에 주위 친구들에게 읽히기 위해 복사해 대충 제본한 것이었다. 딸은 책을 보낼 명단을 작성해 그에게 배송을 부탁하고 나서 곧장 문을 나섰다. 그는 책을 하나하나 쇼핑백에 담아 택배 배달원에게 건넸다. 그 가운데 한 권이 수취인의 휴대전화 번호가 없다는 이유로 누락되어 남겨졌다. 그는 그 책을 다탁 위에 올려놓았다. 저녁식사를 마치고 그는 노트북 컴퓨터로 바둑을 한 판 두었다. 상대방 수준이 너무 엉망이라 금세 결판이 났고, 그는 이내 게임을 그만두었다. 그는 찜찜한 기분으로 모니터 앞에 잠시 앉아 있다가 노트북을 닫았다. 거실은 아주 조용했다. 밖에는 가는 봄을 시샘하는 바람 소리가 요란했다. 그는 차를 우려 다시 소파로 돌아와 앉았다. 잠시 멍하니 앉아 있던 그는 그 하얀 표지의 책에 눈길이 갔다. 앞으로 조금 다가간 그는 책을 집어들고 첫 페이지를 펼쳤다.

난위안南院으로 돌아온 지 이미 2주일이 되었지만 근처 슈퍼에 간 걸 제외하면 아무 데도 가지 않았어. 참, 약국에는 한번 갔었지. 항상 잠이 오지 않았기 때문이야. 나는 줄곧 이 집 건물 안에 머물면서 곧 죽을 이 사람을 지키고 있어. 오늘 아침 일찍 그는 혼수상태에 빠졌어. 아무리 해도 깨어나지 않았지. 날은 몹시 흐렸고, 방 안의 기압은 매우 낮았어. 침대 옆에 서서 죽음의 그림자가 검은 날개를 가진 박쥐처럼 건물 상공을 날고 있는 것을 느꼈어. 마침내 그날이 오고 있었지. 난 방에서 나왔어.

여행용 트렁크 안에서 두터운 스웨터를 꺼냈지. 이곳은 항상 난방이 충분하지 못하거든. 어쩌면 집이 너무 크기 때문인지도 몰라. 나는 줄곧 그 벽 밖에서 새어 들어오는 냉기와 잘 지내보려고 노력했지만 결국 더는 참을 수 없는 지경에 이르고 말았어. 화장실로 갔지만 등은 켜지 않았지. 가느다란 형광등 전구가 차갑게 파란빛을 내뿜고 있으면 더 춥게 느껴지거든. 세면대 가까이 서서 세면을 하면서 내일 이후에 일어날 일들을 생각해봤지. 내일, 그가 죽으면 나는 이 방에 있는 등을 전부 바꿔버릴 거야. 세면대의 하수관이 새는 바람에 더운물이 뚝뚝 떨어져 나와 어둠 속에서 조용히 내 발까지 흘러왔어. 피처럼 따뜻하더군. 나는 그 자리에 서서 차마 수도꼭지를 잠그지 못했어.

내가 이 부분을 쓴 것은 대략 2011년 초였다. 당시에는 아직 제목도 없었던 이 소설은 그 전에 이미 여러 차례 서두 부분이 바뀌었다. 한때는 서두 부분에서 여주인공이 높은 담장 위에 올라가 있었고, 또 한때는 여주인공이 기차를 타고 가고 있었다. 가장 신기했던 것은 서두에 뜻밖에도 붉은 꼬리를 가진 여우가 등장하는 대목이었다. 여우가 왜 필요했는지 지금은 기억이 잘 나지 않는다. 하지만 당시에는 여우가 등장하지 않으면 이야기 전개가 불가능할 것 같았다. 아마도 여우는 일종의 전지적 배역이었던 것 같다. 하지만 애석하게도 여우는 서사에 도움이 되기보다는 오히려 방해가 됐다. 당시에 이 여우가 여주인공에게 자신의 존재를 받아들이는 것이 가장 바람직한 방법이라고 경고했던 게 생각난다. 기왕에 출현했으니 사라져선 안 된다는 것이었다. 결국 나는 몇 주 지나지 않아 이 위풍당당한 여우를 원고에서 철저하게 지워버렸다. 여우가 없어진 뒤로 주인공은 약간 활력이 없고 맥이 빠진 모습이었다. 망망대해에서 항해 표지를 잃어버린 것처럼 목적지 없이 표류하고 있었다. 여러 차례 다른 시도를 해봤지만 방향을 찾을 수 없었다. 결국 이 이야기를 폐기하고 다른 걸 쓰기로 했다. 당시 나와 이 소설의 애정은 그다지 깊지 않았다. 눈에 보이지 않아도 별로 걱정이 되지 않는 사이였다.

설이 되기 전에 나는 지난에 있는 부모님 댁을 찾아갔다. 부모님은 방금 이사해 다시 내가 어렸을 때 살았던 대학 직원 아파트 단지에 살게 되었다. 오랫동안 가보지 못한 곳이었다. 전에 살던 옛 건물은 이미 철거되고 원래의 자리에 고층 아파트가 들어서 있었다. 한눈에 변화가 크다는 걸 알 수 있었다. 하지만 섣달그믐날 오후에 나는 혼자 단지 안 여기저기를 둘러보다가 나무와 단층 건물들, 쓰레기 수거장 등 도처에 과거의 흔적이 남아 있는 것을 발견했다. 단지 입구에서 신문을 파는 아저씨도 그 자리에 그대로 있었고 자기 아빠 대신 과일 좌판을 지키던 아가씨도 원래의 자리에 그대로 남아 있었다. 달라진 거라고는 이미 중년의 여인이 되어 눈이 약간 혼탁해졌다는 것뿐이었다. 이런 사물과 사람들을 보면서 나는 전혀 친근감을 느끼지 못했다. 오히려 약간의 두려움을 느꼈다. 내가 떠난 뒤에도 그 사람들은 여전히 원래의 자리에서 생활을 이어가고 있었다. 산다는 것이 모두 이런 게 아닐까? 하지만 그들을 보는 순간, 뭔가 거대한 비밀을 발견한 것 같아 나 스스로도 놀라움을 금할 수 없었다. 약간 불안하긴 했지만 내가 그들을 방기하고 있었고, 그들을 원래의 자리에 남겨두고 있었다는 생각이 들었다. 나는 그 자리에 멈춰 서서 그 익숙한 사람과 경물들로 구성된 풍경을 바라봤다. 뭔가가 나를 기다리고 있는 듯한 느낌이 들었다. 바로 다음 순간에 또 다른 내가 화면 안으로 걸어 들어올 것만 같았다. 그 나와 이 나 사이에 구체적으로 어떤 차이가 있는 건지 분명하게 말할 수 없을 것 같았다. 하지만 어쨌든 그 또 다른 나, 한번도 나를 떠나지 않았던 내가 이곳에서 즐거움과 고뇌를 두루 지닌 채 성장하고 늙어가는 것 같았다. 다시 말해서 우리가 떠나온 유년은 닫혀 있고 완결된 시공이 아니라 계속 말없이 운행되고 있는 평행의 세계인 것 같았다. 그날 오후, 나는 단지 입구에 아주 오래 서 있었다. 물론 또 다른 내가 모습을 나타내길 기다린 건 아니었다. 하지만 소설에는 내내 얼굴이 흐릿한 또 다른 주인공이 등장해 조금씩 머릿속에서 모습을 드러냈다. 그는 아마도 유년의 평행한 세계 속에 남아 있는, 주인공을 더 닮은 '또 다른 나'일 것이다.

자정에 가까워졌을 무렵, 하늘에 연기와 불꽃이 피어올라 칠흑같이 어두운 창가를 비춰주었다. 나는 책상 앞에 앉아 지금 이 소설의 서두를 쓰고 있었다. 잠시 후 나는 그 불빛이 소설의 서사 시각을 결정해주었을 뿐만 아니라 소설의 구도도 확립해주었다는 것을 깨달았다. 그 전까지는 오래전에 일찌감치 내 손에 쥐여진 이야기를 어떻게 서술해나가야 할지 잘 생각나지 않았다. 나는 일련의 조사와 인터뷰를 진행했고, 갖가지 방식으로 이 이야기에 접근했다. 하지만 항상 뭔가에 막혀 있는 듯한 느낌을 떨칠 수 없었다. 이날 밤, 나는 어렸을 때 살던 곳으로 돌아가 놀란 눈빛으로, 알고 보니 이야기로 통하는 길이 내 유년에 있었다는 사실을 깨달았다.

못에 관한 이야기는 우리 아빠의 유년 시절에 일어났지만 그 안으로 들어가는 입구는 내 유년에 있었다. 이는 어쩌면 나와 아빠의 유년이 원래 하나로 이어져 있었다는 것을 설명하는 것인지도 모른다. 그 일은 아빠의 유년에 아주 깊은 기억의 낙인을 찍었고, 장차 필연적으로 어떤 방식으로든 내 유년에 흔적을 드러낼 수밖에 없었다. 그런 역사는 우리가 느낄 수 있는 것이 아니다. 그 역사를 인식할 수 있는 찰나는 우리의 생명 속에 있다. 그 역사는 항상 우리 주변에 있는 것이다.

그해 설을 전후해 나는 줄곧 어떤 유년의 분위기 속에 젖어 있었지만 아빠와 대화를 주고받지는 않았다. 우리는 원래 교류가 드문 부녀였고, 당시에는 가련할 정도로 왕래가 적었다. 나는 아빠와 대화하는 것을 피했고, 서로 떨어져 있어야만 아빠의 이야기를 나 자신의 이야기로 전환시킬 수 있었다. 하지만 시간이 흐르면서 소설을 절반 정도 썼을 때, 나는 아빠가 이미 내 소설 안에 들어와 있다는 사실을 깨달았다. 아빠와 아빠의 이야기를 멀리할 수 없을 것 같았다. 아빠는 아빠의 이야기와 함께 성장했다. 아빠가 이 소설에 들어오는 방식은 어떤 구체적인 인물로 현신하는 것이 아니라 일종의 기조를 설정하는 것이었다. 뭔가에 실망하고 거부하며 더 이상 믿지 않는 것이었다. 그것이 우리 아빠의 몸에 밴 그 무엇이었다. 아주 오랫동안 바로 그 무언가가 나와 아빠의 감정을 이간시키고 있었던 것인지도 모른다. 특히 유년 시절에 세계에 대해 무한한 열정을 가졌던 나로서는 받아들이기 힘든 것들이었는지도 모른다. 하지만 지금에 이르러서야 나는 그런 성격이 천성적으로 타고난 것이 아님을 의식하게 되었다. 그런 성격과 시대 및 역사 사이에는 수많은 연계가 존재한다. 소설을 처음 쓰기 시작했을 때부터 나는 사랑에 대한 요구를 표현했고, 사랑이라는 사건이 몹시 어렵다는 것을 느꼈다. 사랑을 잘 모를 뿐만 아니라 어쩌면 사랑의 능력 일부를 상실했을지도 모른다는 생각이 들었다. 계속되는 글쓰기에서 나는 자신도 모르게 아빠에 관해 썼고, 사랑의 문제에 관한 많은 것이 아빠와 연관되어 있다는 것을 깨달았다. 하지만 이 소설을 쓰면서 비로소 진정으로 근원 혹은 그들이 겪었던 것들을 이해하게 되었다. 그들을 변화시키고 그들을 만든 역사를 알게 되었다.

내가 태어났을 때, 그 식물인간은 아직 살아 있었다. 같은 병원의 같은 입원병동에 누워 있었다. 그 가을날 오후, 혹시 그는 옆 병실에서 들려오는 갓난아기의 울음소리를 듣지 않았을까? 오랜 세월이 흘러 그 갓난아기가 그 병원에 다시 돌아와 그와 관련된 흔적을 수집해 그의 이야기를 쓰게 되리라는 것을 알았을까? 어쩌면 그는 아예 알려고 하지도 않았을 것이다. 이미 세상 밖에 있는 사람에게 그의 이야기가 어떤 형태로 존재하든, 공중에 산포되든 아니면 책이나 기록으로 정리되든 무슨 차이가 있겠는가? 이 이야기는 아빠에게는 더 이상 중요하지 않을지도 모른다. 나의 글쓰기가 아빠의 기억을 밝혀주지도 않을 것이고 유년 시절 내면의 격정을 환기시켜주지도 못할 것이다. 어쩌면 아빠는 죽도록 심심할 때에야 이 소설을 집어 책장을 넘기게 될지 모르지만 끝까지 다 읽을 리도 없을 것이다. 이는 물론 내가 충분히 재미있게 쓰지 못했기 때문일 수도 있다. 어쨌든 중요한 것은 아빠가 더 이상 허구의 마법을 믿지 않는다는 것이다.

이 이야기를 필요로 하는 사람은 아무도 없다. 이 이야기는 나에게만 아주 중요할 뿐이다. 7년 전 내가 이 소설을 들고 길에 올랐을 때는 어떤 모양이 될지 구체적인 생각이 전혀 없었지만, 한 걸음 한 걸음 나아가면서 조금씩 흐린 안개가 걷히고 윤곽이 선명해지는 가운데 피와 살이 서서히 모습을 드러내기 시작했다. 얼마나 많은 새벽이 나와 함께했는지 모른다. 이 소설은 나와 함께 내 청춘의 마지막 시간 속을 걸었다. 마지막 결과에 대해 전혀 개의치 않는다고 말한다면 거짓일 것이다. 하지만 이러한 추구와 발견의 과정이 결과보다 훨씬 중요하다는 것은 분명히 해두고 싶다. 본질적으로 말해서 문학의 의미는 우리로 하여금 좀더 깊은 생명의 단계에 이르게 하고, 전에 없었던 새로운 체험을 얻게 하는 것이다.

내 머릿속에는 항상 까닭 없이 그 식물인간의 얼굴에 번지던 미소가 떠오르곤 한다. 그 가을날 오후 옆 병실에서 갓난아기 울음소리를 들었을 때도, 그의 얼굴에는 슬그머니 한 줄기 미소가 피어올랐을 것이다. 나는 그를 만난 적이 없지만 그 미소는 본 적이 있다. 그리하여 나는 이 이야기를 쓰는 동안 틀림없이 눈에 보이지 않는 어떤 사람의 축복을 받았을 것이다.

옮긴이 후기

신비한 시대의 연대기

장웨란을 안 지 10년이 넘었지만 그녀는 내내 알기 어려운 사람이었다. 출중한 미모와 말없이 새침한 표정 속에 감춰져 있는 내면의 슬픔과 불꽃같은 사랑, 사회와 역사에 대한 바닥 모를 회의 같은 것들을 짐작하기 어려웠다. 이른바 '바링허우八零後' 작가들 가운데 문학적으로 가장 성숙한 모습을 보이고 있는 그녀는 대부분의 젊은 작가들이 격변하는 중국사회를 상상으로 재연하고 있을 때, 특히 화려하고 파란만장한 도시 서사를 지고지상의 소설 미학에 의지하면서 지난 역사와 시대의 상처를 지저분한 금기로 여기고 있을 때, 아주 조용하면서도 과감하고 단호한 발걸음으로 아버지와 할아버지 세대의 부조리한 삶의 조건과 현실의 현장으로 돌아가 자신의 존재와 사랑과 청춘의 단서를 찾는다. 그녀가 후기에서 밝힌 것처럼 이 소설은 '그녀와 함께 청춘의 마지막 시간 속을 걸었던' 순례의 기록이다. 그녀에게 그 시대는 너무나 신비하고 불가사의했다. 게다가 그 시대를 살았던 사람들의 엄청나게 많은 기록은 대부분 이데올로기적 해석과 상흔의 메아리에 머물러 있었다. 그녀가 그 엄청난 기록과 공허한 메아리 속에서 할아버지와 아버지 세대 그리고 자신의 청춘과 기억을 투영하여 찾아낸 진실의 그림자, 그 신비한 시대의 또 다른 연대기가 바로 이 소설이다.

우리에게 익숙한 중국 소설들은 대부분 거대한 대륙의 지역적 차별성을 문학적 뿌리와 배경으로 하여 서사가 이루어진다. 모옌莫言의 산둥山東이나 왕안이王安憶의 상하이上海, 류전윈劉震雲과 옌롄커閻連科의 허난河南, 쑤퉁蘇童의 쑤저우蘇州 등이 그렇다. 하지만 장웨란에게는 이런 지역적 배경이나 뿌리가 없다. 공간에 대한 사유와 기억이 그녀의 글쓰기를 제약하지 않는다. 대신 그녀는 역사의 기억에 천착한다. 개인의 기억과 역사의 기억이 만나는 지점에서 그녀의 상상과 사유, 이를 바탕으로 한 글쓰기가 시작된다. 타이완의 저명 문학평론가이자 직업 독자인 탕누어唐諾의 경험에 따르면 작품으로 재현해야 하는 사건과 기억들이 지나게 복잡하거나 방대하고 모호할 때, 많은 소설가가 이를 쉽게 포기하고 상상에만 의지하는 경향이 있지만 장웨란은 그렇지 않다. 그녀는 기억의 실체를 철저하게 규명하고 그 안에 담긴 진실과 상처를 껴안는다. 때문에 그녀의 소설 속에서는 그녀의 삶을 그대로 들여다볼 수 있다. 요컨대 그녀는 삶과 글쓰기가 괴리되지 않는 작가다.

내게는 대화체 소설이 그다지 익숙지 않다. 그만큼 번역에 시간이 많이 들었다. 왜 굳이 대화체로 작품을 썼을까 하는 의구심과 함께 은근한 불만을 갖기도 했다. 하지만 생각해보니 어쩌면 눈으로만 읽는 소설이 아니라 눈과 귀를 동시에 사용해서 다가가야 하는 작품을 쓰려고 했던 게 아닐까 하는 유추를 하게 되었다. 어찌 됐건 국내에

소개되는 장웨란의 첫 작품인 이 책이 독자들에게 진한 감동과 함께 오늘의 중국문학에 대한 새로운 이해와 시각을 제공해줄 수 있기를 기대한다.

2019년 2월 15일
김태성

고치繭

초판 인쇄	2019년 3월 22일
초판 발행	2019년 4월 1일
지은이	장웨란
옮긴이	김태성
펴낸이	강성민
편집장	이은혜
마케팅	정민호 정현민 김도윤
홍보	김희숙 김상만 이천희
펴낸곳	(주)글항아리	**출판등록** 2009년 1월 19일 제406-2009-000002호
주소	10881 경기도 파주시 회동길 210
전자우편	bookpot@hanmail.net
전화번호	031-955-8891(마케팅) 031-955-1936(편집부)
팩스	031-955-2557
ISBN	978-89-6735-609-5 03820

글항아리는 (주)문학동네의 계열사입니다.

이 도서의 국립중앙도서관 출판시도서목록(CIP)은 서지정보유통지원시스템 홈페이지(http://seoji.nl.go.kr)와 국가자료공동목록시스템(http://www.nl.go.kr/kolisnet)에서 이용하실 수 있습니다. (CIP제어번호: CIP2019009298)